CLASSIQUES & CIE

La Duchesse de Langeais

Ferragus •
La Fille aux yeux d'or

Honoré de Balzac

Collection dirigée par
Marc Robert et Henri Marguliew

Notes et dossier
Marie-Ève Thérenty
agrégée de lettres modernes

HATIER

L'ŒUVRE DANS UN GENRE

VERS L'ÉPREUVE

ARGUMENTER, COMMENTER, RÉDIGER

Conception graphique de la maquette : c-album, Jean-Baptiste Taine, Rachel Pfleger
Principe de couverture : Double
Mise en pages : Chesteroc International Graphics
Suivi éditorial : Bertrand Louët

ISBN : 9782218-93273-1

Texte conforme à l'édition de 1843, dernière édition revue par Balzac.

HISTOIRE DES TREIZE

Ferragus,
Chef des Dévorants

La Duchesse
de Langeais

La Fille aux yeux d'or

Préface

Il s'est rencontré, sous l'Empire et dans Paris, treize hommes également frappés du même sentiment, tous doués d'une assez grande énergie pour être fidèles à la même pensée, assez probes entre eux pour ne point se trahir, alors même que leurs intérêts se trouvaient opposés, assez profondément politiques pour dissimuler les liens sacrés qui les unissaient, assez forts pour se mettre au-dessus de toutes les lois, assez hardis pour tout entreprendre, et assez heureux pour avoir presque toujours réussi dans leurs desseins ; ayant couru les plus grands dangers, mais taisant leurs défaites ; inaccessibles à la peur, et n'ayant tremblé ni devant le prince, ni devant le bourreau, ni devant l'innocence ; s'étant acceptés tous, tels qu'ils étaient, sans tenir compte des préjugés sociaux ; criminels sans doute, mais certainement remarquables par quelques-unes des qualités qui font les grands hommes, et ne se recrutant que parmi les hommes d'élite. Enfin, pour que rien ne manquât à la sombre et mystérieuse poésie de cette histoire, ces treize hommes sont restés inconnus, quoique tous aient réalisé les plus bizarres idées que suggère à l'imagination la fantastique puissance faussement attribuée aux Manfred[1],

1. *Manfred* : héros d'un poème du romantique anglais Byron (1788-1824), composé en 1817.

aux Faust[1], aux Melmoth[2], et tous aujourd'hui sont brisés, dispersés du moins. Ils sont paisiblement rentrés sous le joug des lois civiles, de même que Morgan[3], l'Achille[4] des pirates, se fit, de ravageur, colon tranquille, et disposa sans remords, à la lueur du foyer domestique, de millions ramassés dans le sang, à la rouge clarté des incendies.

Depuis la mort de Napoléon, un hasard que l'auteur doit taire encore a dissous les liens de cette vie secrète, curieuse, autant que peut l'être le plus noir des romans de madame Radcliffe[5]. La permission assez étrange de raconter à sa guise quelques-unes des aventures arrivées à ces hommes, tout en respectant certaines convenances, ne lui a été que récemment donnée par un de ces héros anonymes auxquels la société tout entière fut occultement soumise, et chez lequel il croit avoir surpris un vague désir de célébrité.

Cet homme en apparence jeune encore, à cheveux blonds, aux yeux bleus, dont la voix douce et claire semblait annoncer une âme féminine, était pâle de visage et mystérieux dans ses manières, il causait avec amabilité, prétendait n'avoir que quarante ans, et pouvait appartenir aux plus hautes classes sociales. Le nom qu'il avait pris paraissait être un nom supposé ; dans le monde, sa personne était inconnue. Qu'est-il ? On ne sait.

Peut-être, en confiant à l'auteur les choses extraordinaires qu'il lui a révélées, l'inconnu voulait-il les voir en quelque sorte

---

1. *Faust* : personnage qui vend son âme au diable, héros notamment du drame de Goethe composé de 1773 à 1832. \ **2.** *Melmoth* : héros du roman *Melmoth l'errant* (1820) de l'Irlandais Maturin (1782-1824) qui a notamment inspiré Balzac dans son conte philosophique, *Melmoth réconcilié* (1835). Ce personnage, comme les deux précédents, conclut un pacte avec le diable et en acquiert un pouvoir surhumain. \ **3.** *Morgan* : aventurier anglais du XVIIe siècle qui, après avoir ravagé les Antilles espagnoles finit tranquillement ses jours dans la vie civile à la Jamaïque. \ **4.** *Achille* : héros grec, quasiment invincible. Ici le nom est utilisé comme une antonomase (nom propre utilisé comme nom commun). \ **5.** *Radcliffe* : Ann Radcliffe (1764-1823) est l'auteur de romans noirs aux épisodes terribles et surnaturels.

reproduites, et jouir des émotions qu'elles feraient naître au cœur de la foule, sentiment analogue à celui qui agitait Macpherson[1] quand le nom d'Ossian, sa créature, s'inscrivait dans tous les langages. Et c'était, certes, pour l'avocat écossais, une des sensations les plus vives, ou les plus rares du moins, que l'homme puisse se donner. N'est-ce pas l'incognito du génie ? Écrire l'*Itinéraire de Paris à Jérusalem*[2], c'est prendre sa part dans la gloire humaine d'un siècle ; mais doter son pays d'un Homère, n'est-ce pas usurper sur Dieu ?

L'auteur connaît trop les lois de la narration pour ignorer les engagements que cette courte préface lui fait contracter ; mais il connaît assez l'*Histoire des Treize* pour être certain de ne jamais se trouver au-dessous de l'intérêt que doit inspirer ce programme. Des drames dégouttant de sang, des comédies pleines de terreurs, des romans où roulent des têtes secrètement coupées, lui ont été confiés. Si quelque lecteur n'était pas rassasié des horreurs froidement servies au public depuis quelque temps, il pourrait lui révéler de calmes atrocités, de surprenantes tragédies de famille, pour peu que le désir de les savoir lui fût témoigné. Mais il a choisi de préférence les aventures les plus douces, celles où des scènes pures succèdent à l'orage des passions, où la femme est radieuse de vertus et de beauté. Pour l'honneur des Treize, il s'en rencontre de telles dans leur histoire, qui peut-être aura l'honneur d'être mise un jour en pendant de celle des flibustiers, ce peuple à part, si curieusement énergique, si attachant malgré ses crimes.

Un auteur doit dédaigner de convertir son récit, quand ce récit est véritable, en une espèce de joujou à surprise, et de promener, à la manière de quelques romanciers, le lecteur,

1. *Macpherson* : en 1760, l'Écossais James Macpherson (1736-1796) avait publié un recueil de poésies faussement attribuées à un barde du IIIe siècle nommé Ossian. Il s'agit d'une mystification littéraire. \ **2.** *Itinéraire de Paris à Jérusalem* : récit de voyage (1811) de Chateaubriand (1768-1848) que Balzac admirait beaucoup.

pendant quatre volumes, de souterrains en souterrains, pour lui montrer un cadavre tout sec, et lui dire, en forme de conclusion, qu'il lui a constamment fait peur d'une porte cachée dans quelque tapisserie, ou d'un mort laissé par mégarde sous des planchers. Malgré son aversion pour les préfaces, l'auteur a dû jeter ces phrases en tête de ce fragment. *Ferragus* est un premier épisode qui tient par d'invisibles liens à l'*Histoire des Treize*, dont la puissance naturellement acquise peut seule expliquer certains ressorts en apparence surnaturels. Quoiqu'il soit permis aux conteurs d'avoir une sorte de coquetterie littéraire, en devenant historiens, ils doivent renoncer aux bénéfices que procure l'apparente bizarrerie des titres sur lesquels se fondent aujourd'hui de légers succès. Aussi l'auteur expliquera-t-il succinctement ici les raisons qui l'ont obligé d'accepter des intitulés peu naturels en apparence.

Ferragus est, suivant une ancienne coutume, un nom pris par un chef de Dévorants[1]. Le jour de leur élection, ces chefs continuent celle des dynasties dévorantesques dont le nom leur plaît le plus, comme le font les papes à leur avènement, pour les dynasties pontificales. Ainsi les Dévorants ont *Trempe-la-Soupe IX*, *Ferragus XXII*, *Tutanus XIII*, *Masche-Fer IV*, de même que l'Église a ses Clément XIV, Grégoire IX, Jules II, Alexandre VI, etc. Maintenant, que sont les Dévorants ? Dévorants est le nom d'une des tribus de *Compagnons* ressortissant jadis de la grande association mystique formée entre les ouvriers de la chrétienté pour rebâtir le temple de Jérusalem[2]. Le *Compagnonnage* est encore debout en France dans le peuple. Ses traditions, puissantes sur des têtes peu éclairées et sur des

1. *Dévorants* : par altération de « Dévoirants », c'est-à-dire membres du Devoir (sur le compagnonnage, voir page 432). Le terme désigne généralement des maçons. \ **2.** *Temple de Jérusalem* : temple érigé à Jérusalem par Salomon (972-933 av. J.-C.) pour abriter l'Arche d'alliance, symbole de la révélation divine. Détruit en 587 par les Babyloniens, il est reconstruit sous le roi Hérode de 37 à 40 av. J.-C. puis détruit à nouveau en 70 par les Romains.

gens qui ne sont point assez instruits pour manquer à leurs serments, pourraient servir à de formidables entreprises, si quelque grossier génie voulait s'emparer de ces diverses sociétés. En effet, là, tous les instruments sont presque aveugles; là, de ville en ville, existe pour les Compagnons, depuis un temps immémorial, une *Obade*, espèce d'étape tenue par une Mère, vieille femme, bohémienne à demi, n'ayant rien à perdre, sachant tout ce qui se passe dans le pays, et dévouée, par peur ou par une longue habitude, à la tribu qu'elle loge et nourrit en détail. Enfin, ce peuple changeant, mais soumis à d'immuables coutumes, peut avoir des yeux en tous lieux, exécuter partout une volonté sans la juger, car le plus vieux Compagnon est encore dans l'âge où l'on croit à quelque chose. D'ailleurs, le corps entier professe des doctrines assez vraies, assez mystérieuses, pour électriser patriotiquement tous les adeptes, si elles recevaient le moindre développement. Puis l'attachement des Compagnons à leurs lois est si passionné, que les diverses tribus se livrent entre elles de sanglants combats, afin de défendre quelques questions de principes. Heureusement pour l'ordre public actuel, quand un Dévorant est ambitieux il construit des maisons, fait fortune, et quitte le Compagnonnage. Il y aurait beaucoup de choses curieuses à dire sur les Compagnons du Devoir, les rivaux des Dévorants, et sur toutes les différentes sectes d'ouvriers, sur leurs usages et leur fraternité, sur les rapports qui se trouvent entre eux et les francs-maçons; mais ici ces détails seraient déplacés. Seulement, l'auteur ajoutera que sous l'ancienne monarchie il n'était pas sans exemple de trouver un Trempe-la-Soupe au service du roi, ayant place pour cent et un ans sur ses galères; mais de là, dominant toujours sa tribu, consulté religieusement par elle; puis, s'il quittait sa chiourme[1], certain de rencontrer aide,

1. *Chiourme* : ensemble de rameurs d'une galère.

secours et respect en tous lieux. Voir son chef aux galères n'est pour la tribu fidèle qu'un de ces malheurs dont la Providence est responsable, mais qui ne dispense pas les Dévorants d'obéir au pouvoir créé par eux, au-dessus d'eux. C'est l'exil momentané de leur roi légitime, toujours roi pour eux. Voici donc le prestige romanesque attaché au nom de Ferragus et à celui de Dévorants complètement dissipé.

Quant aux Treize, l'auteur se sent assez fortement appuyé par les détails de cette histoire presque romanesque, pour abdiquer encore l'un des plus beaux privilèges de romancier dont il y ait exemple, et qui, sur le Châtelet[1] de la littérature, pourrait s'adjuger à haut prix, et imposer le public d'autant de volumes que lui en a donné la Contemporaine[2]. Les Treize étaient tous des hommes trempés comme le fut Trelawney[3], l'ami de lord Byron, et, dit-on, l'original du *Corsaire*[4], tous fatalistes, gens de cœur et de poésie, mais ennuyés de la vie plate qu'ils menaient, entraînés vers des jouissances asiatiques par des forces d'autant plus excessives que, longtemps endormies, elles se réveillaient plus furieuses. Un jour, l'un d'eux, après avoir relu *Venise sauvée*[5], après avoir admiré l'union sublime de Pierre et de Jaffier, vint à songer aux vertus particulières des gens jetés en dehors de l'ordre social, à la probité des bagnes, à la fidélité des voleurs entre eux, aux privilèges de puissance exorbitante que ces hommes savent conquérir en confondant toutes les idées dans une seule volonté. Il trouva l'homme plus grand que les hommes. Il présuma que la société

1. *Châtelet* : les ventes aux enchères avaient lieu à cette époque sur la place du Châtelet. \ **2.** *La Contemporaine* : pseudonyme choisi par l'aventurière Ida de Saint-Elme qui fit publier ses mémoires scandaleuses rédigées par des « nègres » autour de 1830. \ **3.** *Trelawney* : Edward Trelawney (1792-1881), aventurier, ami de Byron et de Shelley, auteur des *Mémoires d'un cadet de famille,* traduites en français en 1833. \ **4.** *Le Corsaire* : roman poétique en trois chants de Byron, publié en 1814. \ **5.** *Venise sauvée* : tragédie de l'Anglais Otway (1682) qui met en scène l'amitié entre Jaffier, le héros vénitien, et Pierre, un soldat étranger qui conspire. Jaffier se suicide après avoir causé involontairement la mort de Pierre.

devait appartenir tout entière à des gens distingués qui, à leur esprit naturel, à leurs lumières acquises, à leur fortune, joindraient un fanatisme assez chaud pour fondre en un seul jet ces différentes forces. Dès lors, immense d'action et d'intensité, leur puissance occulte, contre laquelle l'ordre social serait sans défense, y renversait les obstacles, foudroierait les volontés, et donnerait à chacun d'eux le pouvoir diabolique de tous. Ce monde à part dans le monde, hostile au monde, n'admettant aucune des idées du monde, n'en reconnaissant aucune loi, ne se soumettant qu'à la conscience de sa nécessité, n'obéissant qu'à un dévouement, agissant tout entier pour un seul des associés quand l'un d'eux réclamerait l'assistance de tous ; cette vie de flibustier en gants jaunes et en carrosse ; cette union intime de gens supérieurs, froids et railleurs, souriant et maudissant au milieu d'une société fausse et mesquine ; la certitude de tout faire plier sous un caprice, d'ourdir une vengeance avec habileté, de vivre dans treize cœurs ; puis le bonheur continu d'avoir un secret de haine en face des hommes, d'être toujours armé contre eux, et de pouvoir se retirer en soi avec une idée de plus que n'en avaient les gens les plus remarquables ; cette religion de plaisir et d'égoïsme fanatisa treize hommes qui recommencèrent la société de Jésus[1] au profit du diable. Ce fut horrible et sublime. Puis le pacte eut lieu ; puis il dura, précisément parce qu'il paraissait impossible. Il y eut donc dans Paris treize frères qui s'appartenaient et se méconnaissaient tous dans le monde ; mais qui se retrouvaient réunis, le soir, comme des conspirateurs, ne se cachant aucune pensée, usant tour à tour d'une fortune semblable à celle du Vieux de la Montagne[2] ; ayant les pieds dans tous les salons, les mains dans tous les

1. *Société de Jésus* : ordre des Jésuites, s'appelant en fait « La Compagnie de Jésus » fondé par Ignace de Loyola en 1540. \ 2. *Vieux de la Montagne* : surnom d'Hassan-Ibn-Sabbah, qui fonda à la fin du XIe siècle une société secrète dite la société des assassins.

coffres-forts, les coudes dans la rue, leurs têtes sur tous les oreillers, et, sans scrupule, faisant tout servir à leur fantaisie. Aucun chef ne les commanda, personne ne put s'arroger le pouvoir ; seulement la passion la plus vive, la circonstance la plus exigeante passait la première. Ce furent treize rois inconnus, mais réellement rois, et plus que rois, des juges et des bourreaux qui, s'étant fait des ailes pour parcourir la société du haut en bas, dédaignèrent d'y être quelque chose, parce qu'ils y pouvaient tout. Si l'auteur apprend les causes de leur abdication, il les dira.

Maintenant, il lui est permis de commencer le récit des trois épisodes qui, dans cette histoire, l'ont plus particulièrement séduit par la senteur parisienne des détails, et par la bizarrerie des contrastes.

Paris, 1831[1].

1. *1831* : Balzac a rédigé cette préface en 1853 mais il l'a antidatée pour montrer qu'il a préparé cet ouvrage de longue date.

FERRAGUS, CHEF DES DÉVORANTS

À Hector Berlioz [1]

1. *Hector Berlioz* : musicien français (1803-1869) qui, depuis 1830 et sa *Symphonie fantastique,* connaissait un grand succès.

Chapitre premier
Madame Jules

Il est dans Paris certaines rues déshonorées autant que peut l'être un homme coupable d'infamie ; puis il existe des rues nobles, puis des rues simplement honnêtes, puis de jeunes rues sur la moralité desquelles le public ne s'est pas encore formé d'opinion ; puis des rues assassines, des rues plus vieilles que de vieilles douairières[1] ne sont vieilles, des rues estimables, des rues toujours propres, des rues toujours sales, des rues ouvrières, travailleuses, mercantiles. Enfin, les rues de Paris ont des qualités humaines, et nous impriment par leur physionomie certaines idées contre lesquelles nous sommes sans défense. Il y a des rues de mauvaise compagnie où vous ne voudriez pas demeurer, et des rues où vous placeriez volontiers votre séjour. Quelques rues, ainsi que la rue Montmartre, ont une belle tête et finissent en queue de poisson. La rue de la Paix est une large rue, une grande rue ; mais elle ne réveille aucune des pensées gracieusement nobles qui surprennent une âme impressible au milieu de la rue Royale, et elle manque certainement de la majesté qui règne dans la place Vendôme.

1. *Douairière* : veuve jouissant d'une rente, un douaire, laissée par son mari.

Si vous vous promenez dans les rues de l'île Saint-Louis [1], ne demandez raison de la tristesse nerveuse qui s'empare de vous qu'à la solitude, à l'air morne des maisons et des grands hôtels déserts. Cette île, le cadavre des fermiers-généraux, est comme la Venise de Paris. La place de la Bourse [2] est babillarde, active, prostituée ; elle n'est belle que par un clair de lune, à deux heures du matin : le jour, c'est un abrégé de Paris ; pendant la nuit, c'est comme une rêverie de la Grèce. La rue Traversière-Saint-Honoré [3] n'est-elle pas une rue infâme ? Il y a là de méchantes petites maisons à deux croisées [4], où, d'étage en étage, se trouvent des vices, des crimes, de la misère. Les rues étroites exposées au nord, où le soleil ne vient que trois ou quatre fois dans l'année, sont des rues assassines qui tuent impunément ; la Justice d'aujourd'hui ne s'en mêle pas ; mais autrefois le Parlement eût peut-être mandé le lieutenant de police pour le vitupérer *à ses causes*, et aurait au moins rendu quelque arrêt contre la rue, comme jadis il en porta contre les perruques du chapitre de Beauvais [5]. Cependant monsieur Benoiston de Châteauneuf [6] a prouvé que la mortalité de ces rues était du double supérieure à celle des autres. Pour résumer ces idées par un exemple, la rue Fromenteau [7] n'est-elle pas tout à la fois meurtrière et de mauvaise vie ? Ces observations, incompréhensibles au-delà de Paris, seront sans doute saisies par ces hommes d'étude et de pensée, de poésie et de plaisir qui savent récolter, en flânant dans Paris, la masse de jouissances flottantes, à toute

1. *Île Saint-Louis* : cette île parisienne, située sur la Seine, avait connu son heure de gloire au XVIIe siècle lorsque des fermiers-généraux étaient venus y établir leurs splendides hôtels. Au temps de Balzac, passée de mode, elle était habitée par de vieilles gens. \ **2.** *Place de la Bourse* : le bâtiment de l'architecte Brongniart, la Bourse, avait été inauguré en 1826. \ **3.** *Rue Traversière-Saint-Honoré* : ancienne rue qui correspond aujourd'hui partiellement à la rue Molière dans le quartier de l'Opéra. \ **4.** *Croisées* : fenêtres. \ **5.** *Perruques du chapitre de Beauvais* : le chapitre de la cathédrale de Beauvais rappela à l'ordre en 1685 un chanoine qui voulait dire sa messe en perruque. \ **6.** *Benoiston de Châteauneuf* : Louis-François Benoiston de Châteauneuf (1776-1856), chirurgien et statisticien, auteur notamment d'*Extraits des recherches statistiques dans la ville de Paris et le département de la Seine* (1824). \ **7.** *Rue Fromenteau* : elle joignait le quai du Louvre à la place du Palais-Royal.

heure, entre ses murailles ; par ceux pour lesquels Paris est le plus délicieux des monstres : là, jolie femme ; plus loin, vieux et pauvre ; ici, tout neuf comme la monnaie d'un nouveau règne ; dans ce coin, élégant comme une femme à la mode. Monstre complet d'ailleurs ! Ses greniers, espèce de tête pleine de science et de génie, ses premiers étages, estomacs heureux ; ses boutiques, véritables pieds ; de là partent tous les trotteurs, tous les affairés. Eh ! quelle vie toujours active a le monstre ? À peine le dernier frétillement des dernières voitures de bal cesse-t-il au cœur que déjà ses bras se remuent aux Barrières [1], et il se secoue lentement. Toutes les portes bâillent, tournent sur leurs gonds, comme les membranes d'un grand homard, invisiblement manœuvrées par trente mille hommes ou femmes, dont chacune ou chacun vit dans six pieds [2] carrés, y possède une cuisine, un atelier, un lit, des enfants, un jardin, n'y voit pas clair, et doit tout voir. Insensiblement les articulations craquent, le mouvement se communique, la rue parle. À midi, tout est vivant, les cheminées fument, le monstre mange ; puis il rugit, puis ses mille pattes s'agitent. Beau spectacle ! Mais, ô Paris ! qui n'a pas admiré tes sombres paysages, tes échappées de lumière, tes culs-de-sac profonds et silencieux ; qui n'a pas entendu tes murmures, entre minuit et deux heures du matin, ne connaît encore rien de ta vraie poésie, ni de tes bizarres et larges contrastes. Il est un petit nombre d'amateurs, de gens qui ne marchent jamais en écervelés, qui dégustent leur Paris, qui en possèdent si bien la physionomie qu'ils y voient une verrue, un bouton, une rougeur. Pour les autres, Paris est toujours cette monstrueuse merveille, étonnant assemblage de mouvements, de machines et de pensées, la ville aux cent mille romans, la tête du monde. Mais, pour ceux-là, Paris est triste ou gai, laid ou beau, vivant ou mort ; pour eux, Paris est une créature ; chaque homme, chaque fraction de maison est un lobe du tissu cellulaire de cette

1. *Barrières* : entrées de la ville. \ **2.** *Pied* : ancienne mesure de longueur, environ 33 cm.

grande courtisane de laquelle ils connaissent parfaitement la tête, le cœur et les mœurs fantasques. Aussi ceux-là sont-ils les amants de Paris : ils lèvent le nez à tel coin de rue, sûrs d'y trouver le cadran d'une horloge ; ils disent à un ami dont la tabatière est vide : Prends par tel passage, il y a un débit de tabac, à gauche, près d'un pâtissier qui a une jolie femme. Voyager dans Paris est, pour ces poètes, un luxe coûteux. Comment ne pas dépenser quelques minutes devant les drames, les désastres, les figures, les pittoresques accidents qui vous assaillent au milieu de cette mouvante reine des cités, vêtue d'affiches et qui néanmoins n'a pas un coin de propre, tant elle est complaisante aux vices de la nation française. À qui n'est-il pas arrivé de partir, le matin, de son logis pour aller aux extrémités de Paris, sans avoir pu en quitter le centre à l'heure du dîner ? Ceux-là sauront excuser ce début vagabond qui, cependant, se résume par une observation éminemment utile et neuve, autant qu'une observation peut être neuve à Paris où il n'y a rien de neuf, pas même la statue posée d'hier sur laquelle un gamin[1] a déjà mis son nom. Oui donc, il est des rues, ou des fins de rue, il est certaines maisons, inconnues pour la plupart aux personnes du grand monde, dans lesquelles une femme appartenant à ce monde ne saurait aller sans faire penser d'elle les choses les plus cruellement blessantes. Si cette femme est riche, si elle a voiture, si elle se trouve à pied ou déguisée, en quelques-uns de ces défilés du pays parisien, elle y compromet sa réputation d'honnête femme. Mais si, par hasard, elle y est venue à neuf heures du soir, les conjectures qu'un observateur peut se permettre deviennent épouvantables par leurs conséquences. Enfin, si cette femme est jeune et jolie, si elle entre dans quelque maison d'une de ces rues ; si la maison a une allée longue et sombre, humide et puante ; si au fond de l'allée tremblote la lueur pâle d'une lampe, et que sous cette lueur se dessine un horrible visage de vieille femme aux

1. *Gamin* : une des premières apparitions romanesques du gamin de Paris, du Gavroche.

doigts décharnés ; en vérité, disons-le, par intérêt pour les jeunes et jolies femmes, cette femme est perdue. Elle est à la merci du premier homme de sa connaissance qui la rencontre dans ces marécages parisiens. Mais il y a telle rue de Paris où cette rencontre peut devenir le drame le plus effroyablement terrible, un drame plein de sang et d'amour, un drame de l'école moderne. Malheureusement, cette conviction, ce dramatique sera, comme le drame moderne, compris par peu de personnes ; et c'est grande pitié que de raconter une histoire à un public qui n'en épouse pas tout le mérite local. Mais qui peut se flatter d'être jamais compris ? Nous mourons tous inconnus. C'est le mot des femmes et celui des auteurs.

À huit heures et demie du soir, rue Pagevin, dans un temps où la rue Pagevin n'avait pas un mur qui ne répétât un mot infâme, et dans la direction de la rue Soly[1], la plus étroite et la moins praticable de toutes les rues de Paris, sans en excepter le coin le plus fréquenté de la rue la plus déserte ; au commencement du mois de février, il y a de cette aventure environ treize ans[2], un jeune homme, par l'un de ces hasards qui n'arrivent pas deux fois dans la vie, tournait, à pied, le coin de la rue Pagevin pour entrer dans la rue des Vieux-Augustins, du côté droit, où se trouve précisément la rue Soly. Là, ce jeune homme, qui demeurait, lui, rue de Bourbon[3], trouva dans la femme à quelques pas de laquelle il marchait fort insouciamment de vagues ressemblances avec la plus jolie femme de Paris, une chaste et délicieuse personne de laquelle il était en secret passionnément amoureux, et amoureux sans espoir : elle était mariée. En un moment son cœur bondit, une chaleur intolérable sourdit de son diaphragme[4] et passa dans toutes ses

1. *Rue Soly* : cette rue, parallèle à la rue Pagevin, située dans l'actuel premier arrondissement, a disparu lors du percement de la rue Étienne-Marcel. \ **2.** *Il y a* [...] *treize ans* : soit en 1820. \ **3.** *Rue de Bourbon* : actuelle rue de Lille. \ **4.** *Diaphragme* : muscle entre le thorax et l'abdomen qui joue un rôle très important pour la respiration.

veines, il eut froid dans le dos, et sentit dans sa tête un frémissement superficiel. Il aimait, il était jeune, il connaissait Paris ; et sa perspicacité ne lui permettait pas d'ignorer tout ce qu'il y avait d'infamie possible pour une femme élégante, riche, jeune et jolie, à se promener là, d'un pied criminellement furtif. *Elle,* dans cette crotte, à cette heure ! L'amour que ce jeune homme avait pour cette femme pourra sembler bien romanesque, et d'autant plus même qu'il était officier dans la Garde royale. S'il eût été dans l'infanterie, la chose serait encore vraisemblable ; mais officier supérieur de cavalerie, il appartenait à l'arme française qui veut le plus de rapidité dans ses conquêtes, qui tire vanité de ses mœurs amoureuses autant que de son costume. Cependant la passion de cet officier était vraie, et à beaucoup de jeunes cœurs elle paraîtra grande. Il aimait cette femme parce qu'elle était vertueuse, il en aimait la vertu, la grâce décente, l'imposante sainteté, comme les plus chers trésors de sa passion inconnue. Cette femme était vraiment digne d'inspirer un de ces amours platoniques qui se rencontrent comme des fleurs au milieu de ruines sanglantes dans l'histoire du Moyen Âge ; digne d'être secrètement le principe de toutes les actions d'un homme jeune ; amour aussi haut, aussi pur que le ciel quand il est bleu ; amour sans espoir et auquel on s'attache, parce qu'il ne trompe jamais ; amour prodigue de jouissances effrénées, surtout à un âge où le cœur est brûlant, l'imagination mordante, et où les yeux d'un homme voient bien clair. Il se rencontre dans Paris des effets de nuit singuliers, bizarres, inconcevables. Ceux-là seulement qui se sont amusés à les observer savent combien la femme y devient fantastique à la brune. Tantôt la créature que vous y suivez, par hasard ou à dessein, vous paraît svelte ; tantôt le bas, s'il est bien blanc, vous fait croire à des jambes fines et élégantes ; puis la taille, quoique enveloppée d'un châle, d'une pelisse, se révèle jeune et voluptueuse dans l'ombre ; enfin les clartés incertaines d'une boutique ou d'un réverbère donnent à l'inconnue un éclat fugitif, presque toujours trompeur, qui réveille, allume l'imagination et la lance au-delà du vrai. Les sens s'émeuvent alors, tout se colore et s'anime; la femme prend un aspect tout nouveau; son corps s'embellit; par moments ce n'est plus une femme, c'est un démon, un feu follet qui vous entraîne par un ardent magnétisme jusqu'à une maison décente où la pauvre bourgeoise, ayant peur de votre pas menaçant ou de vos bottes retentissantes, vous ferme la porte cochère au nez sans vous regarder. La lueur vacillante que projetait le vitrage d'une boutique de cordonnier illumina soudain, précisément à la chute des reins, la taille de la femme qui se trouvait devant le jeune homme. Ah! certes, *elle* seule était ainsi cambrée! Elle seule avait le secret de cette chaste démarche qui met innocemment en relief les beautés des formes les plus attrayantes. C'était et son châle du matin et le chapeau de velours du matin. À son bas de soie gris, pas une mouche, à son soulier pas une éclaboussure. Le châle était bien collé sur le buste, il en dessinait vaguement les délicieux contours, et le jeune homme en avait vu les blanches épaules au bal; il savait tout ce que ce châle couvrait de trésors. À la manière dont s'entortille une Parisienne dans son châle, à la manière dont elle lève le pied dans la rue, un homme d'esprit devine le secret de sa course mystérieuse. Il y a je ne sais quoi de frémissant, de léger dans la personne et dans la démarche : la femme semble peser moins, elle va, elle va, ou mieux elle file comme une étoile, et vole emportée par une pensée que trahissent les plis et les jeux de sa robe. Le jeune homme hâta le pas, devança la femme, se retourna pour la voir… Pst! elle avait disparu dans une allée dont la porte à claire-voie[1] et à grelot claquait et sonnait. Le jeune homme revint, et vit cette

1. *Claire-voie* : qui présente des intervalles entre ses éléments.

femme montant au fond de l'allée, non sans recevoir l'obséquieux salut d'une vieille portière, un tortueux escalier dont les premières marches étaient fortement éclairées ; et madame montait lestement, vivement, comme doit monter une femme impatiente.

– Impatiente de quoi ? se dit le jeune homme qui se recula pour se coller en espalier[1] sur le mur de l'autre côté de la rue. Et il regarda, le malheureux, tous les étages de la maison avec l'attention d'un agent de police cherchant son conspirateur.

C'était une de ces maisons comme il y en a des milliers à Paris, maison ignoble, vulgaire, étroite, jaunâtre de ton, à quatre étages et à trois fenêtres. La boutique et l'entresol appartenaient au cordonnier. Les persiennes du premier étage étaient fermées. Où allait madame ? Le jeune homme crut entendre les tintements d'une sonnette dans l'appartement du second. Effectivement, une lumière s'agita dans une pièce à deux croisées fortement éclairées, et illumina soudain la troisième dont l'obscurité annonçait une première chambre, sans doute le salon ou la salle à manger de l'appartement. Aussitôt la silhouette d'un chapeau de femme se dessina vaguement, la porte se ferma, la première pièce redevint obscure, puis les deux dernières croisées reprirent leurs teintes rouges. Là, le jeune homme entendit : *Gare*, et reçut un coup à l'épaule.

– Vous ne faites donc attention à rien, dit une grosse voix. C'était la voix d'un ouvrier portant une longue planche sur son épaule. Et l'ouvrier passa. Cet ouvrier était l'homme de la Providence, disant à ce curieux : – De quoi te mêles-tu ? Songe à ton service, et laisse les Parisiens à leurs petites affaires.

Le jeune homme se croisa les bras ; puis, n'étant vu de personne, il laissa rouler sur ses joues des larmes de rage sans

1. *Se coller en espalier* : se coller contre le mur tel un arbre fruitier dont les branches sont palissées contre ce mur.

les essuyer. Enfin, la vue des ombres qui se jouaient sur ces deux fenêtres éclairées lui faisait mal, il regarda au hasard dans la partie supérieure de la rue des Vieux-Augustins, et il vit un fiacre arrêté le long d'un mur, à un endroit où il n'y avait ni porte de maison ni lueur de boutique.

Est-ce elle ? n'est-ce pas elle ? La vie ou la mort pour un amant. Et cet amant attendait. Il resta là pendant un siècle de vingt minutes. Après, la femme descendit, et il reconnut alors celle qu'il aimait secrètement. Néanmoins il voulut douter encore. L'inconnue alla vers le fiacre et y monta.

– La maison sera toujours là, je pourrai toujours la fouiller, se dit le jeune homme qui suivit la voiture en courant afin de dissiper ses derniers doutes, et bientôt il n'en conserva plus.

Le fiacre s'arrêta rue de Richelieu, devant la boutique d'un magasin de fleurs, près de la rue de Ménars. La dame descendit, entra dans la boutique, envoya l'argent dû au cocher, et sortit après avoir choisi des marabouts[1]. Des marabouts pour ses cheveux noirs ! Brune, elle avait approché le plumage de sa tête pour en voir l'effet. L'officier croyait entendre la conversation de cette femme avec les fleuristes.

– Madame, rien ne va mieux aux brunes, les brunes ont quelque chose de trop précis dans les contours, et les marabouts prêtent à leur toilette un flou qui leur manque. Madame la duchesse de Langeais dit que cela donne à une femme quelque chose de vague, d'ossianique[2] et de très comme il faut.

– Bien. Envoyez-les-moi promptement.

Puis la dame tourna lestement vers la rue de Ménars, et rentra chez elle. Quand la porte de l'hôtel où elle demeurait fut fermée, le jeune amant, ayant perdu toutes ses espérances, et,

1. *Marabouts* : plumes de la queue du marabout, grand oiseau d'Asie et d'Afrique. \ 2. *Ossianique* : référence au barde Ossian (*cf.* note n° 1, p. 9). Signifie « furieusement romantique ».

double malheur, ses plus chères croyances, alla dans Paris comme un homme ivre, et se trouva bientôt chez lui sans savoir comment il y était venu. Il se jeta dans un fauteuil, resta les pieds sur ses chenets, la tête entre les mains, séchant ses bottes mouillées, les brûlant même. Ce fut un moment affreux, un de ces moments où, dans la vie humaine, le caractère se modifie, et où la conduite du meilleur homme dépend du bonheur ou du malheur de sa première action. Providence ou Fatalité, choisissez.

Ce jeune homme appartenait à une bonne famille dont la noblesse n'était pas d'ailleurs très ancienne ; mais il y a si peu d'anciennes familles aujourd'hui, que tous les jeunes gens sont anciens sans conteste. Son aïeul avait acheté une charge de Conseiller au Parlement de Paris, où il était devenu Président. Ses fils, pourvus chacun d'une belle fortune, entrèrent au service, et, par leurs alliances, arrivèrent à la cour. La révolution avait balayé cette famille ; mais il en était resté une vieille douairière [1] entêtée qui n'avait pas voulu émigrer ; qui, mise en prison, menacée de mourir et sauvée au 9 thermidor [2], retrouva ses biens. Elle fit revenir en temps utile, vers 1804, son petit-fils Auguste de Maulincour, l'unique rejeton des Charbonnon de Maulincour, qui fut élevé par la bonne douairière avec un triple soin de mère, de femme noble et de douairière entêtée. Puis, quand vint la Restauration [3], le jeune homme, alors âgé de dix-huit ans, entra dans la Maison-Rouge [4], suivant les princes à Gand, fut fait officier dans les Gardes du corps, en sortit pour servir dans la Ligne, fut rappelé dans la Garde royale, où il se trouvait alors, à vingt-trois ans, chef d'escadron

1. *Douairière* : veuve jouissant d'une rente, un douaire, laissée par son mari. \ **2.** *9 thermidor* : 27 juillet 1794 ; ce jour-là une coalition de députés renversa Robespierre et le fit arrêter. \ **3.** *Restauration* : rétablissement de la monarchie après le Ier Empire, marqué par le règne de Louis XVIII de 1814 à 1824 puis de Charles X de 1824 à 1830. \ **4.** *Maison-Rouge* : corps de gendarmes et de chevau-légers de la Maison du Roi à l'uniforme rouge.

d'un régiment de cavalerie, position superbe, et due à sa grand-mère, qui, malgré son âge, savait très bien son monde. Cette double biographie est le résumé de l'histoire générale et particulière, sauf les variantes, de toutes les familles qui ont émigré, qui avaient des dettes et des biens, des douairières et de l'entregent. Madame la baronne de Maulincour avait pour ami le vieux vidame[1] de Pamiers, ancien Commandeur de l'Ordre de Malte. C'était une de ces amitiés éternelles fondées sur des liens sexagénaires, et que rien ne peut plus tuer, parce qu'au fond de ces liaisons il y a toujours des secrets de cœur humain, admirables à deviner quand on en a le temps, mais insipides à expliquer en vingt lignes, et qui feraient le texte d'un ouvrage en quatre volumes, amusant comme peut l'être *le Doyen de Killerine*[2], une de ces œuvres dont parlent les jeunes gens, et qu'ils jugent sans les avoir lues. Auguste de Maulincour tenait donc au faubourg Saint-Germain par sa grand-mère et par le vidame, et il lui suffisait de dater de deux siècles pour prendre les airs et les opinions de ceux qui prétendent remonter à Clovis. Ce jeune homme pâle, long et fluet, délicat en apparence, homme d'honneur et de vrai courage d'ailleurs, qui se battait en duel sans hésiter pour un oui, pour un non, ne s'était encore trouvé sur aucun champ de bataille, et portait à sa boutonnière la croix de la Légion d'Honneur. C'était, vous le voyez, une des fautes vivantes de la Restauration, peut-être la plus pardonnable. La jeunesse de ce temps n'a été la jeunesse d'aucune époque : elle s'est rencontrée entre les souvenirs de l'Empire et les souvenirs de l'Émigration, entre les vieilles traditions de la cour et les études consciencieuses de la bourgeoisie, entre la religion et les bals costumés, entre deux Fois politiques, entre Louis XVIII qui ne voyait que le présent, et Charles X qui voyait trop en

1. *Vidame* : officier qui remplace les seigneurs ecclésiastiques dans les fonctions juridiques ou militaires. \ 2. *Le Doyen de Killerine* : roman sentimental et moralisateur de l'abbé Prévost (1697-1763).

avant ; puis obligée de respecter la volonté du roi quoique la royauté se trompât. Cette jeunesse incertaine en tout, aveugle et clairvoyante, ne fut comptée pour rien par des vieillards jaloux de garder les rênes de l'État dans leurs mains débiles, tandis que la monarchie pouvait être sauvée par leur retraite, et par l'accès de cette jeune France de laquelle aujourd'hui les vieux doctrinaires, ces émigrés de la Restauration, se moquent encore. Auguste de Maulincour était une victime des idées qui pesaient alors sur cette jeunesse, et voici comment. Le vidame était encore, à soixante-sept ans, un homme très spirituel, ayant beaucoup vu, beaucoup vécu, contant bien, homme d'honneur, galant homme, mais qui avait, à l'endroit des femmes, les opinions les plus détestables : il les aimait et les méprisait. Leur honneur, leurs sentiments ? Tarare [1], bagatelles et mômeries ! Près d'elles, il croyait en elles, le ci-devant *monstre*, il ne les contredisait jamais, et les faisait valoir. Mais, entre amis, quand il en était question, le vidame posait en principe que tromper les femmes, mener plusieurs intrigues de front, devait être toute l'occupation des jeunes gens, qui se fourvoyaient en voulant se mêler d'autre chose dans l'État. Il est fâcheux d'avoir à esquisser un portrait si suranné. N'a-t-il pas figuré partout ? et littérairement, n'est-il pas presque aussi usé que celui d'un grenadier de l'Empire ? Mais le vidame eut sur la destinée de monsieur de Maulincour une influence qu'il était nécessaire de consacrer ; il le moralisait à sa manière, et voulait le convertir aux doctrines du grand siècle de la galanterie. La douairière, femme tendre et pieuse, assise entre son vidame et Dieu, modèle de grâce et de douceur, mais douée d'une persistance de bon goût qui triomphe de tout à la longue, avait voulu conserver à son petit-fils les belles illusions de la vie, et l'avait élevé dans les meilleurs principes ; elle lui donna toutes ses déli-

1. *Tarare* : taratata, imitation du son de la trompette.

catesses, et en fit un homme timide, un vrai sot en apparence. La sensibilité de ce garçon, conservée pure, ne s'usa point au dehors, et lui resta si pudique, si chatouilleuse, qu'il était vivement offensé par des actions et des maximes auxquelles le monde n'attachait aucune importance. Honteux de sa susceptibilité, le jeune homme la cachait sous une assurance menteuse, et souffrait en silence ; mais il se moquait, avec les autres, de choses que seul il admirait. Aussi fut-il trompé, parce que, suivant un caprice assez commun de la destinée, il rencontra dans l'objet de sa première passion, lui, homme de douce mélancolie et spiritualiste en amour, une femme qui avait pris en horreur la sensiblerie allemande. Le jeune homme douta de lui, devint rêveur, et se roula dans ses chagrins, en se plaignant de ne pas être compris. Puis, comme nous désirons d'autant plus violemment les choses qu'il nous est plus difficile de les avoir, il continua d'adorer les femmes avec cette ingénieuse tendresse et ces félines délicatesses dont le secret leur appartient et dont peut-être veulent-elles garder le monopole. En effet, quoique les femmes se plaignent d'être mal aimées par les hommes, elles ont néanmoins peu de goût pour ceux dont l'âme est à demi féminine. Toute leur supériorité consiste à faire croire aux hommes qu'ils leur sont inférieurs en amour ; aussi quittent-elles assez volontiers un amant, quand il est assez inexpérimenté pour leur ravir les craintes dont elles veulent se parer, ces délicieux tourments de la jalousie à faux, ces troubles de l'espoir trompé, ces vaines attentes, enfin tout le cortège de leurs bonnes misères de femme ; elles ont en horreur les Grandisson[1]. Qu'y a-t-il de plus contraire à leur nature qu'un amour tranquille et parfait ? Elles veulent des émotions, et le bonheur sans orages n'est plus le bonheur pour elles. Les âmes féminines

---

1. *Grandisson* : héros d'un roman éponyme, *L'Histoire de sir Charles Grandisson*, de Richardson, publié en 1754, qui représente la parfaite vertu.

assez puissantes pour mettre l'infini dans l'amour, constituent d'angéliques exceptions, et sont parmi les femmes ce que sont les beaux génies parmi les hommes. Les grandes passions sont rares comme les chefs-d'œuvre. Hors cet amour, il n'y a que des arrangements, des irritations passagères, méprisables, comme tout ce qui est petit.

Au milieu des secrets désastres de son cœur, pendant qu'il cherchait une femme par laquelle il pût être compris, recherche qui, pour le dire en passant, est la grande folie amoureuse de notre époque, Auguste rencontra dans le monde le plus éloigné du sien, dans la seconde sphère du monde d'argent où la haute banque tient le premier rang, une créature parfaite, une de ces femmes qui ont je ne sais quoi de saint et de sacré, qui inspirent tant de respect, que l'amour a besoin de tous les secours d'une longue familiarité pour se déclarer. Auguste se livra donc tout entier aux délices de la plus touchante et de la plus profonde des passions, à un amour purement admiratif. Ce fut d'innombrables désirs réprimés, nuances de passion si vagues et si profondes, si fugitives et si frappantes, qu'on ne sait à quoi les comparer ; elles ressemblent à des parfums, à des nuages, à des rayons de soleil, à des ombres, à tout ce qui, dans la nature, peut en un moment briller et disparaître, se raviver et mourir, en laissant au cœur de longues émotions. Dans le moment où l'âme est encore assez jeune pour concevoir la mélancolie, les lointaines espérances, et sait trouver dans la femme plus qu'une femme, n'est-ce pas le plus grand bonheur qui puisse échoir à un homme que d'aimer assez pour ressentir plus de joie à toucher un gant blanc, à effleurer des cheveux, à écouter une phrase, à jeter un regard, que la possession la plus fougueuse n'en donne à l'amour heureux ? Aussi, les gens rebutés, les laides, les malheureux, les amants inconnus, les femmes ou les hommes timides, connaissent-ils seuls les trésors que renferme la voix de la personne aimée. En prenant leur source et leur principe dans l'âme même, les vibrations de l'air chargé de feu mettent si violemment les cœurs en rapport, y portent si lucidement la pensée, et sont si peu menteuses, qu'une seule inflexion est souvent tout un dénouement. Combien d'enchantements ne prodigue pas au cœur d'un poète le timbre harmonieux d'une voix douce ! combien d'idées elle y réveille ! quelle fraîcheur elle y répand ! L'amour est dans la voix avant d'être avoué par le regard. Auguste, poète à la manière des amants (il y a les poètes qui sentent et les poètes qui expriment, les premiers sont les plus heureux), Auguste avait savouré toutes ces joies premières, si larges, si fécondes. *Elle* possédait le plus flatteur organe que la femme la plus artificieuse ait jamais souhaité pour pouvoir tromper à son aise ; elle avait cette voix d'argent, qui, douce à l'oreille, n'est éclatante que pour le cœur qu'elle trouble et remue, qu'elle caresse en le bouleversant. Et cette femme allait le soir rue Soly, près la rue Pagevin ; et sa furtive apparition dans une infâme maison venait de briser la plus magnifique des passions ! La logique du vidame triompha.

– Si elle trahit son mari, nous nous vengerons, dit Auguste.

Il y avait encore de l'amour dans le si… Le doute philosophique de Descartes[1] est une politesse par laquelle il faut toujours honorer la vertu. Dix heures sonnèrent. En ce moment le baron de Maulincour se rappela que cette femme devait aller au bal dans une maison où il avait accès. Sur-le-champ il s'habilla, partit, arriva, *la* chercha d'un air sournois dans les salons. Madame de Nucingen, le voyant si affairé, lui dit : – Vous ne voyez pas madame Jules, mais elle n'est pas encore venue.

– Bonjour, ma chère, dit une voix.

Auguste et madame de Nucingen se retournent. Madame Jules arrivait vêtue de blanc, simple et noble, coiffée

1. *Descartes* : philosophe français (1596-1650), auteur du fameux « je pense, donc je suis ».

précisément avec les marabouts que le jeune baron lui avait vu choisir dans le magasin de fleurs. Cette voix d'amour perça le cœur d'Auguste. S'il avait su conquérir le moindre droit qui lui permît d'être jaloux de cette femme, il aurait pu la pétrifier en lui disant : – Rue Soly ! Mais quand lui, étranger, eût mille fois répété ce mot à l'oreille de madame Jules, elle lui aurait avec étonnement demandé ce qu'il voulait dire : il la regarda d'un air stupide.

Pour les gens méchants et qui rient de tout, c'est peut-être un grand amusement que de connaître le secret d'une femme, de savoir que sa chasteté ment, que sa figure calme cache une pensée profonde, qu'il y a quelque épouvantable drame sous son front pur. Mais il y a certaines âmes qu'un tel spectacle contriste réellement, et beaucoup de ceux qui rient, rentrés chez eux, seuls avec leur conscience, maudissent le monde et méprisent une telle femme. Tel se trouvait Auguste de Maulincour en présence de madame Jules. Situation bizarre ! Il n'existait pas entre eux d'autres rapports que ceux qui s'établissent dans le monde entre gens qui échangent quelques mots sept ou huit fois par hiver, et il lui demandait compte d'un bonheur ignoré d'elle, il la jugeait sans lui faire connaître l'accusation.

Beaucoup de jeunes gens se sont trouvés ainsi, rentrant chez eux, désespérés d'avoir rompu pour toujours avec une femme adorée en secret ; condamnée, méprisée en secret. C'est des monologues inconnus, dits aux murs d'un réduit solitaire, des orages nés et calmés sans être sortis du fond des cœurs, d'admirables scènes du monde moral, auxquelles il faudrait un peintre. Madame Jules alla s'asseoir, en quittant son mari qui fit le tour du salon. Quand elle fut assise, elle se trouva comme gênée, et, tout en causant avec sa voisine, elle jetait furtivement un regard sur monsieur Jules Desmarets, son mari, l'Agent de change du baron de Nucingen. Voici l'histoire de ce ménage.

Monsieur Desmarets était, cinq ans avant son mariage, placé chez un Agent de change, et n'avait alors pour toute fortune que les maigres appointements d'un commis. Mais c'était un de ces hommes auxquels le malheur apprend hâtivement les choses de la vie, et qui suivent la ligne droite avec la ténacité d'un insecte voulant arriver à son gîte ; un de ces jeunes gens têtus qui font les morts devant les obstacles et lassent toutes les patiences par une patience de cloporte. Ainsi, jeune, il avait toutes les vertus républicaines des peuples pauvres : il était sobre, avare de son temps, ennemi des plaisirs. Il attendait. La nature lui avait d'ailleurs donné les immenses avantages d'un extérieur agréable. Son front calme et pur ; la coupe de sa figure placide, mais expressive ; ses manières simples, tout en lui révélait une existence laborieuse et résignée, cette haute dignité personnelle qui impose, et cette secrète noblesse de cœur qui résiste à toutes les situations. Sa modestie inspirait une sorte de respect à tous ceux qui le connaissaient. Solitaire d'ailleurs au milieu de Paris, il ne voyait le monde que par échappées, pendant le peu de moments qu'il passait dans le salon de son patron, les jours de fête. Il y avait chez ce jeune homme, comme chez la plupart des gens qui vivent ainsi, des passions d'une étonnante profondeur ; passions trop vastes pour se compromettre jamais dans de petits incidents. Son peu de fortune l'obligeait à une vie austère, et il domptait ses fantaisies par de grands travaux. Après avoir pâli sur les chiffres, il se délassait en essayant avec obstination d'acquérir cet ensemble de connaissances, aujourd'hui nécessaires à tout homme qui veut se faire remarquer dans le monde, dans le Commerce, au Barreau, dans la Politique ou dans les Lettres. Le seul écueil que rencontrent ces belles âmes est leur probité même. Voient-ils une pauvre fille, ils s'en amourachent, l'épousent, et usent leur existence à se débattre entre la misère et l'amour. La plus belle ambition s'éteint dans le livre de dépense du ménage. Jules Desmarets donna pleinement dans cet écueil. Un soir, il vit chez son patron une jeune personne de la plus rare beauté. Les malheureux privés d'affection, et qui consument les belles heures de la jeunesse en de longs travaux, ont seuls le secret des rapides ravages que fait une passion dans leurs cœurs désertés, méconnus. Ils sont si certains de bien aimer, toutes leurs forces se concentrent si promptement sur la femme de laquelle ils s'éprennent, que, près d'elle, ils reçoivent de délicieuses sensations en n'en donnant souvent aucune. C'est le plus flatteur de tous les égoïsmes pour la femme qui sait deviner cette apparente immobilité de la passion et ces atteintes si profondes qu'il leur faut quelque temps pour reparaître à la surface humaine. Ces pauvres gens, anachorètes[1] au sein de Paris, ont toutes les jouissances des anachorètes, et peuvent parfois succomber à leurs tentations; mais plus souvent trompés, trahis, mésentendus, il leur est rarement permis de recueillir les doux fruits de cet amour qui, pour eux, est toujours comme une fleur tombée du ciel. Un sourire de sa femme, une seule inflexion de voix suffirent à Jules Desmarets pour concevoir une passion sans bornes. Heureusement, le feu concentré de cette passion secrète se révéla naïvement à celle qui l'inspirait. Ces deux êtres s'aimèrent alors religieusement. Pour tout exprimer en un mot, ils se prirent sans honte tous deux par la main, au milieu du monde, comme deux enfants, frère et sœur, qui veulent traverser une foule où chacun leur fait place en les admirant. La jeune personne était dans une de ces circonstances affreuses où l'égoïsme a placé certains enfants. Elle n'avait pas d'état-civil, et son nom de *Clémence*, son âge furent constatés par un acte de notoriété publique. Quant à sa fortune, c'était peu de chose. Jules Desmarets fut l'homme le plus heureux en apprenant ces malheurs. Si Clémence eût

1. *Anachorète* : homme qui vit seul, en ermite, retiré du monde.

appartenu à quelque famille opulente, il aurait désespéré de l'obtenir ; mais elle était une pauvre enfant de l'amour, le fruit de quelque terrible passion adultérine : ils s'épousèrent. Là, commença pour Jules Desmarets une série d'événements heureux. Chacun envia son bonheur, et ses jaloux l'accusèrent dès lors de n'avoir que du bonheur, sans faire la part à ses vertus ni à son courage. Quelques jours après le mariage de sa fille, la mère de Clémence, qui, dans le monde, passait pour en être la marraine, dit à Jules Desmarets d'acheter une charge d'Agent de change, en promettant de lui procurer tous les capitaux nécessaires. En ce moment, ces charges étaient encore à un prix modéré. Le soir, dans le salon même de son Agent de change, un riche capitaliste proposa, sur la recommandation de cette dame, à Jules Desmarets le plus avantageux marché qu'il fût possible de conclure, lui donna autant de fonds qu'il lui en fallait pour exploiter son privilège, et le lendemain l'heureux commis avait acheté la charge de son patron. En quatre ans, Jules Desmarets était devenu l'un des plus riches particuliers de sa compagnie ; des clients considérables vinrent augmenter le nombre de ceux que lui avait légués son prédécesseur. Il inspirait une confiance sans bornes, et il lui était impossible de méconnaître, dans la manière dont les affaires se présentaient à lui, quelque influence occulte due à sa belle-mère ou à une protection secrète qu'il attribuait à la Providence. Au bout de la troisième année, Clémence perdit sa marraine. En ce moment, monsieur Jules, que l'on nommait ainsi pour le distinguer de son frère aîné, qu'il avait établi notaire à Paris, possédait environ deux cent mille livres de rente. Il n'existait pas dans Paris un second exemple du bonheur dont jouissait ce ménage. Depuis cinq ans cet amour exceptionnel n'avait été troublé que par une calomnie dont monsieur Jules tira la plus éclatante vengeance. Un de ses anciens camarades attribuait à madame Jules la fortune de son mari, qu'il expliquait par une haute protection chèrement achetée. Le calomniateur fut tué en duel. La passion profonde des deux époux l'un pour l'autre, et qui résistait au mariage, obtenait dans le monde le plus grand succès, quoiqu'elle contrariât plusieurs femmes. Le joli ménage était respecté, chacun le fêtait. L'on aimait sincèrement monsieur et madame Jules, peut-être parce qu'il n'y a rien de plus doux à voir que des gens heureux ; mais ils ne restaient jamais longtemps dans les salons, et s'en sauvaient impatients de gagner leur nid à tire-d'ailes comme deux colombes égarées. Ce nid était d'ailleurs un grand et bel hôtel de la rue de Ménars, où le sentiment des arts tempérait ce luxe que la gent financière continue à étaler traditionnellement, et où les deux époux recevaient magnifiquement, quoique les obligations du monde leur convinssent peu. Néanmoins Jules subissait le monde, sachant que, tôt ou tard, une famille en a besoin ; mais sa femme et lui s'y trouvaient toujours comme des plantes de serre au milieu d'un orage. Par une délicatesse bien naturelle, Jules avait caché soigneusement à sa femme et la calomnie et la mort du calomniateur qui avait failli troubler leur félicité. Madame Jules était portée, par sa nature artiste et délicate, à aimer le luxe. Malgré la terrible leçon du duel, quelques femmes imprudentes se disaient à l'oreille que madame Jules devait se trouver souvent gênée. Les vingt mille francs que lui accordait son mari pour sa toilette et pour ses fantaisies ne pouvaient pas, suivant leurs calculs, suffire à ses dépenses. En effet, on la trouvait souvent bien plus élégante, chez elle, qu'elle ne l'était pour aller dans le monde. Elle aimait à ne se parer que pour son mari, voulant lui prouver ainsi que, pour elle, il était plus que le monde. Amour vrai, amour pur, heureux surtout, autant que le peut être un amour publiquement clandestin. Aussi monsieur Jules, toujours amant, plus amoureux chaque jour, heureux de tout près de sa femme, même de ses caprices, était-il inquiet de ne pas lui en voir, comme si c'eût été le symptôme de quelque maladie. Auguste de Maulincour avait eu le malheur de se heurter contre cette passion, et de s'éprendre de cette femme à en perdre la tête. Cependant, quoiqu'il portât en son cœur un amour si sublime, il n'était pas ridicule. Il se laissait aller à toutes les exigences des mœurs militaires ; mais il avait constamment, même en buvant un verre de vin de Champagne, cet air rêveur, ce silencieux dédain de l'existence, cette figure nébuleuse[1] qu'ont, à divers titres, les gens blasés, les gens peu satisfaits d'une vie creuse, et ceux qui se croient poitrinaires ou se gratifient d'une maladie au cœur. Aimer sans espoir, être dégoûté de la vie, constituent aujourd'hui des positions sociales. Or, la tentative de violer le cœur d'une souveraine donnerait peut-être plus d'espérances qu'un amour follement conçu pour une femme heureuse. Aussi Maulincour avait-il des raisons suffisantes pour rester grave et morne. Une reine a encore la vanité de sa puissance, elle a contre elle son élévation ; mais une bourgeoise religieuse est comme un hérisson, comme une huître dans leurs rudes enveloppes.

En ce moment, le jeune officier se trouvait près de sa maîtresse anonyme, qui ne savait certes pas être doublement infidèle. Madame Jules était là, naïvement posée, comme la femme la moins artificieuse du monde, douce, pleine d'une sérénité majestueuse. Quel abîme est donc la nature humaine ? Avant d'entamer la conversation, le baron regardait alternativement et cette femme et son mari. Que de réflexions ne fit-il pas ? Il recomposa toutes les *Nuits* d'Young[2] en un moment. Cependant la musique retentissait dans les appartements, la lumière y était versée par mille bougies, c'était un bal de banquier, une de ces fêtes insolentes par lesquelles ce monde

1. *Nébuleuse* : obscurcie par les nuages. \ **2.** *Nuits d'Young* : méditations sur la mort et la vanité du monde, écrites par le poète anglais Edward Young (1683-1765) et traduites en français en 1822.

d'or mat essayait de narguer les salons d'or moulu où riait la bonne compagnie du faubourg Saint-Germain, sans prévoir qu'un jour la Banque envahirait le Luxembourg et s'assiérait sur le trône. Les conspirations dansaient alors, aussi insouciantes des futures faillites du pouvoir que des futures faillites de la Banque. Les salons dorés de monsieur le baron de Nucingen avaient cette animation particulière que le monde de Paris, joyeux en apparence du moins, donne aux fêtes de Paris. Là, les hommes de talent communiquent aux sots leur esprit, et les sots leur communiquent cet air heureux qui les caractérise. Par cet échange, tout s'anime. Mais une fête de Paris ressemble toujours un peu à un feu d'artifice : esprit, coquetterie, plaisir, tout y brille et s'y éteint comme des fusées. Le lendemain, chacun a oublié son esprit, ses coquetteries et son plaisir.

– Eh quoi ! se dit Auguste en forme de conclusion, les femmes sont donc telles que le vidame les voit ? Certes, toutes celles qui dansent ici sont moins irréprochables que ne le paraît madame Jules, et madame Jules va rue Soly. La rue Soly était sa maladie, le mot seul lui crispait le cœur.

– Madame, vous ne dansez donc jamais ? lui demanda-t-il.

– Voici la troisième fois que vous me faites cette question depuis le commencement de l'hiver, dit-elle en souriant.

– Mais vous ne m'avez peut-être jamais répondu.

– Cela est vrai.

– Je savais bien que vous étiez fausse, comme le sont toutes les femmes…

Et madame Jules continua de rire.

– Écoutez, monsieur, si je vous disais la véritable raison, elle vous paraîtrait ridicule. Je ne pense pas qu'il y ait fausseté à ne pas dire des secrets dont le monde a l'habitude de se moquer.

– Tout secret veut, pour être dit, une amitié de laquelle je ne suis sans doute pas digne, madame. Mais vous ne sauriez avoir que de nobles secrets, et me croyez-vous donc capable de plaisanter sur des choses respectables ?

– Oui, dit-elle, vous, comme tous les autres, vous riez de nos sentiments les plus purs ; vous les calomniez. D'ailleurs, je n'ai pas de secrets. J'ai le droit d'aimer mon mari à la face du monde, je le dis, j'en suis orgueilleuse ; et si vous vous moquez de moi en apprenant que je ne danse qu'avec lui, j'aurai la plus mauvaise opinion de votre cœur.

– Vous n'avez jamais dansé, depuis votre mariage, qu'avec votre mari ?

– Oui, monsieur. Son bras est le seul sur lequel je me sois appuyée, et je n'ai jamais senti le contact d'aucun autre homme.

– Votre médecin ne vous a pas même tâté le pouls ?…

– Eh ! bien, voilà que vous vous moquez.

– Non, madame, je vous admire parce que je vous comprends. Mais vous laissez entendre votre voix, mais vous vous laissez voir, mais… enfin, vous permettez à nos yeux d'admirer…

– Ah ! voilà mes chagrins, dit-elle en l'interrompant. Oui, j'aurais voulu qu'il fût possible à une femme mariée de vivre avec son mari comme une maîtresse vit avec son amant : car alors…

– Alors, pourquoi étiez-vous, il y a deux heures, à pied, déguisée, rue Soly ?

– Qu'est-ce que c'est que la rue Soly ? lui demanda-t-elle.

Et sa voix si pure ne laissa deviner aucune émotion, et aucun trait ne vacilla dans son visage, et elle ne rougit pas, et elle resta calme.

– Quoi ! vous n'êtes pas montée au second étage d'une maison située rue des Vieux-Augustins, au coin de la rue Soly ? Vous n'aviez pas un fiacre à dix pas, et vous n'êtes pas revenue rue de Richelieu, chez la fleuriste, où vous avez choisi les marabouts qui parent maintenant votre tête ?

– Je ne suis pas sortie de chez moi ce soir.

En mentant ainsi, elle était impassible et rieuse, elle s'éventait ; mais qui eût eu le droit de passer la main sur sa ceinture, au milieu du dos, l'aurait peut-être trouvée humide. En ce moment, Auguste se souvint des leçons du vidame.

– C'était alors une personne qui vous ressemble étrangement, ajouta-t-il d'un air crédule.

– Monsieur, dit-elle, si vous êtes capable de suivre une femme et de surprendre ses secrets, vous me permettrez de vous dire que cela est mal, très mal, et je vous fais l'honneur de ne pas vous croire.

Le baron s'en alla, se plaça devant la cheminée, et parut pensif. Il baissa la tête ; mais son regard était attaché sournoisement sur madame Jules, qui, ne pensant pas au jeu des glaces, jeta sur lui deux ou trois coups d'œil empreints de terreur. Madame Jules fit un signe à son mari, elle en prit le bras en se levant pour se promener dans les salons.

Quand elle passa près de monsieur de Maulincour, celui-ci, qui causait avec un de ses amis, dit à haute voix, comme s'il répondait à une interrogation : – C'est une femme qui ne dormira certes pas tranquillement cette nuit… Madame Jules s'arrêta, lui lança un regard imposant plein de mépris, et continua sa marche, sans savoir qu'un regard de plus, s'il était surpris par son mari, pouvait mettre en question et son bonheur et la vie de deux hommes. Auguste, en proie à la rage qu'il étouffa dans les profondeurs de son âme, sortit bientôt en jurant de pénétrer jusqu'au cœur de cette intrigue. Avant de partir, il chercha madame Jules afin de la revoir encore ; mais elle avait disparu. Quel drame jeté dans cette jeune tête éminemment romanesque comme toutes celles qui n'ont point connu l'amour dans toute l'étendue qu'elles lui donnent ! Il adorait madame Jules sous une nouvelle forme, il l'aimait avec la rage de la jalousie, avec les délirantes angoisses de l'espoir. Infidèle à son mari, cette femme devenait vulgaire. Auguste pouvait se livrer à toutes les félicités de l'amour heureux, et son imagination lui ouvrit alors l'immense carrière des plaisirs de la possession. Enfin, s'il avait perdu l'ange, il retrouvait le plus délicieux des démons. Il se coucha, faisant mille châteaux en Espagne, justifiant madame Jules par quelque romanesque bienfait auquel il ne croyait pas. Puis il résolut de se vouer entièrement, dès le lendemain, à la recherche des causes, des intérêts, du nœud que cachait ce mystère. C'était un roman à lire ; ou mieux, un drame à jouer, et dans lequel il avait son rôle.

Chapitre II

Ferragus

Une bien belle chose est le métier d'espion, quand on le fait pour son compte et au profit d'une passion. N'est-ce pas se donner les plaisirs du voleur en restant honnête homme ? Mais il faut se résigner à bouillir de colère, à rugir d'impatience, à se glacer les pieds dans la boue, à transir et brûler, à dévorer de fausses espérances. Il faut aller, sur la foi d'une indication, vers un but ignoré, manquer son coup, pester, s'improviser à soi-même des élégies, des dithyrambes[1], s'exclamer niaisement devant un passant inoffensif qui vous admire ; puis renverser des bonnes femmes et leurs paniers de pommes, courir, se reposer, rester devant une croisée, faire mille suppositions… Mais c'est la chasse, la chasse dans Paris, la chasse avec tous ses accidents, moins les chiens, le fusil et le tahiau[2] ! Il n'est de comparable à ces scènes que celles de la vie des joueurs. Puis besoin est d'un cœur gros d'amour ou de vengeance pour s'embusquer dans Paris, comme un tigre qui veut sauter sur sa proie, et pour jouir alors de tous les accidents de Paris et d'un quartier, et leur prêtant un intérêt de plus que celui dont ils abondent déjà.

1. *Dithyrambe* : louange lyrique et enthousiaste. \ **2.** *Tahiau* : cri du chasseur, quand il appelle les chiens pour les lancer après la bête.

Alors, ne faut-il pas avoir une âme multiple ? n'est-ce pas vivre de mille passions, de mille sentiments ensemble ?

Auguste de Maulincour se jeta dans cette ardente existence avec l'amour, parce qu'il en ressentit tous les malheurs et tous les plaisirs. Il allait déguisé, dans Paris, veillait à tous les coins de la rue Pagevin ou de la rue des Vieux-Augustins. Il courait comme un chasseur de la rue de Ménars à la rue Soly, de la rue Soly à la rue de Ménars, sans connaître ni la vengeance, ni le prix dont seraient ou punis ou récompensés tant de soins, de démarches et de ruses ! Et, cependant, il n'en était pas encore arrivé à cette impatience qui tord les entrailles et fait suer ; il flânait avec espoir, en pensant que madame Jules ne se hasarderait pas pendant les premiers jours à retourner là où elle avait été surprise. Aussi avait-il consacré ces premiers jours à s'initier à tous les secrets de la rue. Novice en ce métier, il n'osait questionner ni le portier, ni le cordonnier de la maison dans laquelle venait madame Jules ; mais il espérait pouvoir se créer un observatoire dans la maison située en face de l'appartement mystérieux. Il étudiait le terrain, il voulait concilier la prudence et l'impatience, son amour et le secret.

Dans les premiers jours du mois de mars, au milieu des plans qu'il méditait pour frapper un grand coup, et en quittant son échiquier après une de ces factions assidues qui ne lui avaient encore rien appris, il s'en retournait vers quatre heures à son hôtel où l'appelait une affaire relative à son service, lorsqu'il fut pris, rue Coquillière [1], par une de ces belles pluies qui grossissent tout à coup les ruisseaux, et dont chaque goutte fait cloche en tombant sur les flaques d'eau de la voie publique. Un fantassin de Paris est alors obligé de s'arrêter tout court, de se réfugier dans une boutique ou dans un café, s'il est assez riche pour y payer son hospitalité forcée ; ou, selon l'urgence, sous une porte

1. *Rue Coquillière* : rue située près des Halles où Balzac avait travaillé comme clerc de notaire.

cochère, asile des gens pauvres ou mal mis. Comment aucun de nos peintres n'a-t-il pas encore essayé de reproduire la physionomie d'un essaim de Parisiens groupés, par un temps d'orage, sous le porche humide d'une maison ? Où rencontrer un plus riche tableau ? N'y a-t-il pas d'abord le piéton rêveur ou philosophe qui observe avec plaisir, soit les raies faites par la pluie sur le fond grisâtre de l'atmosphère, espèce de ciselures semblables aux jets capricieux des filets de verre ; soit les tourbillons d'eau blanche que le vent roule en poussière lumineuse sur les toits ; soit les capricieux dégorgements des tuyaux pétillants, écumeux ; enfin mille autres riens admirables, étudiés avec délices par les flâneurs, malgré les coups de balai dont les régale le maître de la loge ? Puis il y a le piéton causeur qui se plaint et converse avec la portière, quand elle se pose sur son balai comme un grenadier sur son fusil ; le piéton indigent, fantastiquement collé sur le mur, sans nul souci de ses haillons habitués au contact des rues ; le piéton savant qui étudie, épelle ou lit les affiches sans les achever ; le piéton rieur qui se moque des gens auxquels il arrive malheur dans la rue, qui rit des femmes crottées et fait des mines à ceux ou celles qui sont aux fenêtres ; le piéton silencieux qui regarde à toutes les croisées, à tous les étages ; le piéton industriel, armé d'une sacoche ou muni d'un paquet, traduisant la pluie par profits et pertes ; le piéton aimable, qui arrive comme un obus, en disant : Ah ! quel temps, messieurs ! et qui salue tout le monde ; enfin, le vrai bourgeois de Paris, homme à parapluie, expert en averse, qui l'a prévue, sorti malgré l'avis de sa femme, et qui s'est assis sur la chaise du portier. Selon son caractère, chaque membre de cette société fortuite contemple le ciel, s'en va sautillant pour ne pas se crotter, ou parce qu'il est pressé, ou parce qu'il voit des citoyens marchant malgré vent et marée, ou parce que la cour de la maison étant humide et catarrhalement mortelle, la lisière, dit un proverbe, est pire que le drap. Chacun a ses motifs. Il ne reste que le piéton prudent, l'homme qui, pour se remettre en route, épie quelques espaces bleus à travers les nuages crevassés.

Monsieur de Maulincour se réfugia donc, avec toute une famille de piétons, sous le porche d'une vieille maison dont la cour ressemblait à un grand tuyau de cheminée. Il y avait le long de ces murs plâtreux, salpêtrés et verdâtres, tant de plombs et de conduits, et tant d'étages dans les quatre corps de logis, que vous eussiez dit les cascatelles de Saint-Cloud[1]. L'eau ruisselait de toutes parts ; elle bouillonnait, elle sautillait, murmurait ; elle était noire, blanche, bleue, verte ; elle criait, elle foisonnait sous le balai de la portière, vieille femme édentée, faite aux orages, qui semblait les bénir et qui poussait dans la rue mille débris dont l'inventaire curieux révélait la vie et les habitudes de chaque locataire de la maison. C'était des découpures d'indienne[2], des feuilles de thé, des pétales de fleurs artificielles, décolorées, manquées ; des épluchures de légumes, des papiers, des fragments de métal. À chaque coup de balai, la vieille femme mettait à nu l'âme du ruisseau, cette fente noire, découpée en cases de damier, après laquelle s'acharnent les portiers. Le pauvre amant examinait ce tableau, l'un des milliers que le mouvant Paris offre chaque jour ; mais il l'examinait machinalement, en homme absorbé par ses pensées, lorsqu'en levant les yeux il se trouva nez à nez avec un homme qui venait d'entrer.

C'était, en apparence du moins, un mendiant, mais non pas le mendiant de Paris, création sans nom dans les langages humains ; non, cet homme formait un type nouveau frappé en dehors de toutes les idées réveillées par le mot de mendiant. L'inconnu ne se distinguait point par ce caractère originalement parisien qui nous saisit assez souvent dans les malheureux que Charlet[3] a

1. *Cascatelles de Saint-Cloud* : petites cascades artificielles situées à proximité du château de Saint-Cloud. \ 2. *Indienne* : étoffe de coton, peinte ou imprimée, qui fut d'abord fabriquée aux Indes. \ 3. *Charlet* : Nicolas Charlet (1792-1845), graveur français fort apprécié par Balzac.

représentés parfois, avec un rare bonheur d'observation : c'est de grossières figures roulées dans la boue, à la voix rauque, au nez rougi et bulbeux, à bouches dépourvues de dents, quoique menaçantes ; humbles et terribles, chez lesquelles l'intelligence profonde qui brille dans les yeux semble être un contresens. Quelques-uns de ces vagabonds effrontés ont le teint marbré, gercé, veiné ; le front couvert de rugosités ; les cheveux rares et sales, comme ceux d'une perruque jetée au coin d'une borne. Tous gais dans leur dégradation, et dégradés dans leurs joies, tous marqués du sceau de la débauche jettent leur silence comme un reproche ; leur attitude révèle d'effrayantes pensées. Placés entre le crime et l'aumône, ils n'ont plus de remords, et tournent prudemment autour de l'échafaud sans y tomber, innocents au milieu du vice, et vicieux au milieu de leur innocence. Ils font souvent sourire, mais font toujours penser. L'un vous présente la civilisation rabougrie, il comprend tout : l'honneur du bagne, la patrie, la vertu ; puis c'est la malice du crime vulgaire, et les finesses d'un forfait élégant. L'autre est résigné, mime profond, mais stupide. Tous ont des velléités d'ordre et de travail, mais ils sont repoussés dans leur fange par une société qui ne veut pas s'enquérir de ce qu'il peut y avoir de poètes, de grands hommes, de gens intrépides et d'organisations magnifiques parmi les mendiants, ces bohémiens de Paris ; peuple souverainement bon et souverainement méchant, comme toutes les masses qui ont souffert ; habitué à supporter des maux inouïs, et qu'une fatale puissance maintient toujours au niveau de la boue. Ils ont tous un rêve, une espérance, un bonheur : le jeu, la loterie ou le vin. Il n'y avait rien de cette vie étrange dans le personnage collé fort insouciamment sur le mur, devant monsieur de Maulincour, comme une fantaisie dessinée par un habile artiste derrière quelque toile retournée de son atelier. Cet homme long et sec, dont le visage plombé trahissait une pensée profonde et glaciale, séchait la pitié dans le cœur des curieux, par une attitude pleine d'ironie et par un regard noir qui annonçaient sa prétention de traiter d'égal à égal avec eux. Sa figure était d'un blanc sale, et son crâne ridé, dégarni de cheveux, avait une vague ressemblance avec un quartier de granit. Quelques mèches plates et grises, placées de chaque côté de sa tête, descendaient sur le collet de son habit crasseux et boutonné jusqu'au cou. Il ressemblait tout à la fois à Voltaire et à don Quichotte ; il était railleur et mélancolique, plein de mépris, de philosophie, mais à demi aliéné. Il paraissait ne pas avoir de chemise. Sa barbe était longue. Sa méchante cravate noire tout usée, déchirée, laissait voir un cou protubérant, fortement sillonné, composé de veines grosses comme des cordes. Un large cercle brun, meurtri, se dessinait sous chacun de ses yeux. Il semblait avoir au moins soixante ans. Ses mains étaient blanches et propres. Il portait des bottes éculées et percées. Son pantalon bleu, raccommodé en plusieurs endroits, était blanchi par une espèce de duvet qui le rendait ignoble à voir. Soit que ses vêtements mouillés exhalassent une odeur fétide, soit qu'il eût à l'état normal cette senteur de misère qu'ont les taudis parisiens, de même que les Bureaux, les Sacristies et les Hospices ont la leur, goût fétide et rance, dont rien ne saurait donner l'idée, les voisins de cet homme quittèrent leurs places et le laissèrent seul ; il jeta sur eux, puis reporta sur l'officier son regard calme et sans expression, le regard si célèbre de monsieur de Talleyrand[1], coup d'œil terne et sans chaleur, espèce de voile impénétrable sous lequel une âme forte cache de profondes émotions et les plus exacts calculs sur les hommes, les choses et les événements. Aucun pli de son visage ne se creusa. Sa bouche et son front furent impassibles ; mais ses yeux s'abaissèrent par un mouvement d'une lenteur noble et presque

1. *Monsieur de Talleyrand* : Charles-Maurice de Talleyrand (1754-1838), diplomate français réputé pour son habileté politique et pour ses changements de camp.

tragique. Il y eut enfin tout un drame dans le mouvement de ses paupières flétries.

L'aspect de cette figure stoïque fit naître chez monsieur de Maulincour l'une de ces rêveries vagabondes qui commencent par une interrogation vulgaire et finissent par comprendre tout un monde de pensées. L'orage était passé. Monsieur de Maulincour n'aperçut plus de cet homme que le pan de sa redingote qui frôlait la borne ; mais, en quittant sa place pour s'en aller, il trouva sous ses pieds une lettre qui venait de tomber, et devina qu'elle appartenait à l'inconnu en lui voyant remettre dans sa poche un foulard dont il venait de se servir. L'officier, qui prit la lettre pour la lui rendre, en lut involontairement l'adresse :

À Mosieur,

Mosieur Ferragusse

Rue des Grans-Augustains, au coing de la rue Soly.

PARIS.

La lettre ne portait aucun timbre, et l'indication empêcha monsieur de Maulincour de la restituer : car il y a peu de passions qui ne deviennent improbes à la longue. Le baron eut un pressentiment de l'opportunité de cette trouvaille, et voulut, en gardant la lettre, se donner le droit d'entrer dans la maison mystérieuse pour y venir la rendre à cet homme, ne doutant pas qu'il ne demeurât dans la maison suspecte. Déjà des soupçons, vagues comme les premières lueurs du jour, lui faisaient établir des rapports entre cet homme et madame Jules. Les amants jaloux supposent tout ; et c'est en supposant tout, en choisissant les conjectures les plus probables que les juges, les espions, les amants et les observateurs devinent la vérité qui les intéresse.

– Est-ce à lui la lettre ? est-elle de madame Jules ?

Mille questions ensemble lui furent jetées par son imagination inquiète ; mais aux premiers mots il sourit. Voici textuellement, dans la splendeur de sa phrase naïve, dans son orthographe ignoble, cette lettre, à laquelle il était impossible de rien ajouter, dont il ne fallait rien retrancher, si ce n'est la lettre même, mais qu'il a été nécessaire de ponctuer en la donnant. Il n'existe dans l'original ni virgules, ni repos indiqué, ni même de points d'exclamation ; fait qui tiendrait à détruire le système des points par lesquels les auteurs modernes ont essayé de peindre les grands désastres de toutes les passions.

« Henry !

Dans le nombre des sacrifisses que je m'étais imposée a votre égard ce trouvoit ce lui de ne plus vous donner de mes nouvelles, mais une voix irrésistible mordonne de vous faire connettre vos crimes en vers moi. Je sais d'avance que votre ame an durcie dans le vice ne daignera pas me pleindre. Votre cœur est sour à la censibilité. Ne l'ét-il pas aux cris de la nature, mais peu importe : je dois vous apprendre jusqu'à quelle poing vous vous etes rendu coupable et l'orreur de la position où vous m'avez mis. Henry, vous saviez tout ce que j'ai souffert de ma promière faute et vous avez pu mé plonger dans le même *malheur* et m'abendonner à mon desespoir et ma douleur. Oui, je la voue, la croyence que javoit d'être aimée et d'être estimée de vou m'avoit donné le couraje de suporter mon sort. Mais aujourd'hui que me reste-t-il ? ne m'avez vous pas fai perdre tout ce que j'avoit de plus cher, tout ce qui m'attachait à la vie : parans, amis, onneur, réputations, je vous ai tout sacrifiés et il ne me reste que l'oprobre, la honte et je le dis sans rougire, la misère. Il ne manquai à mon malheur que la sertitude de votre mépris et de votre aine ; maintenant que je l'é, j'orai le couraje que mon projet exije. Mon parti est pris et l'honneur de ma famille le commande : je vais donc mettre un terme à mes souffransses. Ne faites aucune réflaictions sur mon projet, Henry. Il est affreux, je le sais, mais mon état m'y forsse. Sans secour, sans soutien, sans un *ami* pour me consoler, puije vivre ? non. Le sort en a désidé. Ainci dans deux jours, Henry, dans deux jours, Ida ne cera plus digne de votre estime ; mais recevez le serment que je vous fais d'avoir ma conscience tranquille, puisque je n'ai jamais sésé d'être digne de votre amitié. O Henry, mon ami, car je ne changerai jamais pour vous, promettez-moi que vous me pardonnerez la carrier que je vait embrasser. Mon amour m'a donné du courage, il me soutiendra dans la vertu. Mon cœur d'ailleur plain de ton image cera pour moi un préservatife contre la séduction. N'oubliez jamais que mon sort est votre ouvrage, et jugez-vous. Puice le ciel ne pas vous punir de vos crimes, c'est à genoux que je lui demende votre pardon, car je le sens, il ne me manquerai plus à mes maux que la douleur de vous savoir malheureux. Malgré le dénument où je me trouve, je refuserai tout èspec de secour de vous. Si vous m'aviez aimé, j'orai pu le recevoir comme venent de la mitié, mais un bienfait exité par la *pitié, mon ame le repousse* et je cerois plus lache en le resevent que celui qui me le proposerai. J'ai une grâce a vous demander. Je ne sais pas le temps que je dois rester chez madame Meynardie[1], soyez assez généreux déviter di paroitre devent moi. Vos deux dernier visites mon fait un mal dont je me résentirai longtemps : je ne veux point entrer dans des détailles sur votre condhuite à ce sujet. Vous me haisez, ce mot est gravé dans mon cœur et la glassé défroit. Hélas ! c'est au moment où j'ai besoin de tout mon courage que toutes mes facultés ma bandonnent, Henry, mon ami, avant que j'aie mis une barrier entre nous, donne-moi une dernier preuve de ton estime : écris-moi, répons-moi, dis-moi que tu mestime encore quoique ne m'aimant plus. *Malgré que*

1. *Madame Meynardie* : dans *La Comédie humaine*, tenancière d'une maison de passe.

mes yeux soit toujours dignes de rencontrer les vôtres, je ne solicite pas d'entrevue : je crains tout de ma faiblesse et de mon amour. Mais de grâce écrivez-moi un mot de suite, il me donnera le courage dont j'ai besoin pour supporter mes adversités. Adieu l'oteur de tous mes maux, mais le seul ami que mon cœur ai choisi et qu'il n'oublira jamais.

IDA. »

Cette vie de jeune fille dont l'amour trompé, les joies funestes, les douleurs, la misère et l'épouvantable résignation étaient résumés en si peu de mots ; ce poème inconnu, mais essentiellement parisien, écrit dans cette lettre sale, agirent pendant un moment sur monsieur de Maulincour, qui finit par se demander si cette Ida ne serait pas une parente de madame Jules, et si le rendez-vous du soir, duquel il avait été fortuitement témoin, n'était pas nécessité par quelque tentative charitable. Que le vieux pauvre eût séduit Ida ?... cette séduction tenait, du prodige. En se jouant dans le labyrinthe de ses réflexions qui se croisaient et se détruisaient l'une par l'autre, le baron arriva près de la rue Pagevin et vit un fiacre arrêté dans le bout de la rue des Vieux-Augustins qui avoisine la rue Montmartre. Tous les fiacres stationnés lui disaient quelque chose. – Y serait-elle ? pensa-t-il. Et son cœur battait par un mouvement chaud et fiévreux. Il poussa la petite porte à grelot, mais en baissant la tête et en obéissant à une sorte de honte, car il entendait une voix secrète qui lui disait : – Pourquoi mets-tu le pied dans ce mystère ?

Il monta quelques marches, et se trouva nez à nez avec la vieille portière.

– Monsieur Ferragus ?

– Connais pas...

– Comment, monsieur Ferragus ne demeure pas ici ?

– Nous n'avons pas ça dans la maison.

– Mais, ma bonne femme.

– Je ne suis pas une bonne femme, monsieur, je suis concierge.

– Mais, madame, reprit le baron, j'ai une lettre à remettre à monsieur Ferragus.

– Ah ! si monsieur a une lettre, dit-elle en changeant de ton, la chose est bien différente. Voulez-vous la faire voir, votre lettre ? Auguste montra la lettre pliée. La vieille hocha la tête d'un air de doute, hésita, sembla vouloir quitter sa loge pour aller instruire le mystérieux Ferragus de cet incident imprévu ; puis elle dit : – Eh ! bien, montez, monsieur. Vous devez savoir où c'est... Sans répondre à cette phrase, par laquelle cette vieille rusée pouvait lui tendre un piège, l'officier grimpa lestement les escaliers, et sonna vivement à la porte du second étage. Son instinct d'amant lui disait : – *Elle est là.*

L'inconnu du porche, le Ferragus ou l'*oteur* des maux d'Ida, ouvrit lui-même. Il se montra vêtu d'une robe de chambre à fleurs, d'un pantalon de molleton blanc, les pieds chaussés dans de jolies pantoufles en tapisserie, et la tête débarbouillée. Madame Jules, dont la tête dépassait le chambranle de la porte de la seconde pièce, pâlit et tomba sur une chaise.

– Qu'avez-vous, madame, s'écria l'officier en s'élançant vers elle.

Mais Ferragus étendit le bras et rejeta vivement l'officier en arrière par un mouvement si sec qu'Auguste crut avoir reçu dans la poitrine un coup de barre de fer.

– Arrière ! monsieur, dit cet homme. Que nous voulez-vous ? Vous rôdez dans le quartier depuis cinq à six jours. Seriez-vous un espion ?

– Êtes-vous monsieur Ferragus ? dit le baron.

– Non, monsieur.

– Néanmoins, reprit Auguste, je dois vous remettre ce papier, que vous avez perdu sous la porte de la maison où nous étions tous deux pendant la pluie.

En parlant et en tendant la lettre à cet homme, le baron ne put s'empêcher de jeter un coup d'œil sur la pièce où le recevait Ferragus, il la trouva fort bien décorée, quoique simplement. Il y avait du feu dans la cheminée ; tout auprès était une table servie plus somptueusement que ne le comportaient l'apparente situation de cet homme et la médiocrité de son loyer. Enfin, sur une causeuse de la seconde pièce, qu'il lui fut possible de voir, il aperçut un tas d'or, et entendit un bruit qui ne pouvait être produit que par des pleurs de femme.

– Ce papier m'appartient, je vous remercie, dit l'inconnu en se tournant de manière à faire comprendre au baron qu'il désirait le renvoyer aussitôt.

Trop curieux pour faire attention à l'examen profond dont il était l'objet, Auguste ne vit pas les regards à demi magnétiques par lesquels l'inconnu semblait vouloir le dévorer ; mais s'il eût rencontré cet œil de basilic[1], il aurait compris le danger de sa position. Trop passionné pour penser à lui-même, Auguste salua, descendit, et retourna chez lui, en essayant de trouver un sens dans la réunion de ces trois personnes : Ida, Ferragus et madame Jules ; occupation qui, moralement, équivalait à chercher l'arrangement des morceaux de bois biscornus du casse-tête chinois, sans avoir la clef du jeu. Mais madame Jules l'avait vu, madame Jules venait là, madame Jules lui avait menti. Maulincour se proposa d'aller rendre une visite à cette femme le lendemain, elle ne pouvait pas refuser de le voir, il s'était fait son complice, il avait les pieds et les mains dans cette ténébreuse intrigue. Il tranchait déjà du sultan[2], et pensait à demander impérieusement à madame Jules de lui révéler tous ses secrets.

En ce temps-là, Paris avait la fièvre des constructions. Si Paris est un monstre, il est assurément le plus maniaque des

1. *Basilic* : serpent fabuleux dont le regard passait pour être mortel. \ 2. *Trancher du sultan* : faire le grand personnage.

monstres. Il s'éprend de mille fantaisies : tantôt il bâtit comme un grand seigneur qui aime la truelle ; puis il laisse sa truelle et devient militaire ; il s'habille de la tête aux pieds en garde national, fait l'exercice et fume ; tout à coup, il abandonne les répétitions militaires et jette son cigare ; puis il se désole, fait faillite, vend ses meubles sur la place du Châtelet, dépose son bilan ; mais quelques jours après, il arrange ses affaires, se met en fête et danse. Un jour il mange du sucre d'orge à pleines mains, à pleines lèvres ; hier il achetait du papier Weynen [1] ; aujourd'hui le monstre a mal aux dents et s'applique un alexipharmaque [2] sur toutes ses murailles ; demain il fera ses provisions de pâte pectorale [3]. Il a ses manies pour le mois, pour la saison, pour l'année, comme ses manies d'un jour. En ce moment donc, tout le monde bâtissait et démolissait quelque chose, on ne sait quoi encore. Il y avait très peu de rues qui ne vissent l'échafaudage à longues perches, garni de planches mises sur des traverses et fixées d'étages en étages dans des boulins [4] ; construction frêle, ébranlée par les Limousins [5], mais assujettie par des cordages, toute blanche de plâtre, rarement garantie des atteintes d'une voiture par ce mur de planches, enceinte obligée des monuments qu'on ne bâtit pas. Il y a quelque chose de maritime dans ces mâts, dans ces échelles, dans ces cordages, dans les cris des maçons. Or, à douze pas de l'hôtel Maulincour, un de ces bâtiments éphémères était élevé devant une maison que l'on construisait en pierres de taille. Le lendemain, au moment où le baron de Maulincour passait en cabriolet devant cet échafaud, en allant chez madame Jules, une pierre de deux pieds carrés, arrivée au sommet des perches, s'échappa de ses liens de corde en tournant sur elle-même,

1. *Papier Weynen* : papier légèrement bleuté fort à la mode pour les correspondances. \ **2.** *Alexipharmaque* : contrepoison. \ **3.** *Pâte pectorale* : pâte pour les poumons. \ **4.** *Boulins* : trous pratiqués dans les murs pour y fixer les traverses d'échafaudages. \ **5.** *Limousins* : ouvriers maçons.

tomba sur le domestique, qu'elle écrasa derrière le cabriolet. Un cri d'épouvante fit trembler l'échafaudage et les maçons ; l'un d'eux, en danger de mort, se tenait avec peine aux longues perches et paraissait avoir été touché par la pierre. La foule s'amassa promptement. Tous les maçons descendirent, criant, jurant et disant que le cabriolet de monsieur de Maulincour avait causé un ébranlement à leur grue. Deux pouces de plus, et l'officier avait la tête coiffée par la pierre. Le valet était mort, la voiture était brisée. Ce fut un événement pour le quartier, les journaux le rapportèrent. Monsieur de Maulincour, sûr de n'avoir rien touché, se plaignit. La justice intervint. Enquête faite, il fut prouvé qu'un petit garçon, armé d'une latte, montait la garde et criait aux passants de s'éloigner. L'affaire en resta là. Monsieur de Maulincour en fut pour son domestique, pour sa terreur, et resta dans son lit pendant quelques jours ; car l'arrière-train du cabriolet en se brisant lui avait fait des contusions ; puis, la secousse nerveuse causée par la surprise lui donna la fièvre. Il n'alla pas chez madame Jules. Dix jours après cet événement, et à sa première sortie, il se rendait au bois de Boulogne dans son cabriolet restauré, lorsqu'en descendant la rue de Bourgogne, à l'endroit où se trouve l'égout, en face la Chambre des Députés, l'essieu se cassa net par le milieu et le baron allait si rapidement que cette cassure eut pour effet de faire tendre les deux roues à se rejoindre assez violemment pour lui fracasser la tête ; mais il fut préservé de ce danger par la résistance qu'opposa la capote. Néanmoins il reçut une blessure grave au côté. Pour la seconde fois en dix jours il fut rapporté quasi mort chez la douairière éplorée. Ce second accident lui donna quelque défiance, et il pensa, mais vaguement, à Ferragus et à madame Jules. Pour éclaircir ses soupçons, il garda l'essieu brisé dans sa chambre, et manda son carrossier. Le carrossier vint, regarda l'essieu, la cassure, et prouva deux choses à monsieur de Maulincour. D'abord l'essieu ne sortait pas de ses ateliers ; il n'en fournissait aucun qu'il n'y gravât grossièrement les initiales de son nom, et il ne pouvait pas expliquer par quels moyens cet essieu avait été substitué à l'autre ; puis la cassure de cet essieu suspect avait été ménagée par une chambre, espèce de creux intérieur, par des soufflures et par des pailles très habilement pratiquées[1].

– Eh ! monsieur le baron, il a fallu être joliment malin, dit-il, pour arranger un essieu sur ce modèle, on jurerait que c'est naturel…

Monsieur de Maulincour pria son carrossier de ne rien dire de cette aventure, et se tint pour dûment averti. Ces deux tentatives d'assassinat étaient ourdies avec une adresse qui dénotait l'inimitié de gens supérieurs.

– C'est une guerre à mort, se dit-il en s'agitant dans son lit, une guerre de sauvage, une guerre de surprise, d'embuscade, de traîtrise, déclarée au nom de madame Jules. À quel homme appartient-elle donc ? De quel pouvoir dispose donc ce Ferragus ?

Enfin monsieur de Maulincour, quoique brave et militaire, ne put s'empêcher de frémir. Au milieu de toutes les pensées qui l'assaillirent, il y en eut une contre laquelle il se trouva sans défense et sans courage : le poison ne serait-il pas bientôt employé par ses ennemis secrets ? Aussitôt, dominé par des craintes que sa faiblesse momentanée, que la diète et la fièvre augmentaient encore, il fit venir une vieille femme attachée depuis longtemps à sa grand-mère, une femme qui avait pour lui un de ces sentiments à demi maternels, le sublime du commun. Sans s'ouvrir entièrement à elle, il la chargea d'acheter secrètement, et chaque jour, en des endroits différents, les aliments qui lui étaient nécessaires, en lui recommandant

1. *Par des soufflures (…) pratiquées* : les soufflures sont des cavités provoquées dans un ouvrage par l'action d'un gaz ; la paille est un défaut dans l'ouvrage.

de les mettre sous clef, et de les lui apporter elle-même, sans permettre à qui que ce fût de s'en approcher quand elle les lui servirait. Enfin il prit les précautions les plus minutieuses pour se garantir de ce genre de mort. Il se trouvait au lit, seul, malade ; il pouvait donc penser à loisir à sa propre défense, le seul besoin assez clairvoyant pour permettre à l'égoïsme humain de ne rien oublier. Mais le malheureux malade avait empoisonné sa vie par la crainte ; et, malgré lui, le soupçon teignit toutes les heures de ses sombres nuances. Cependant ces deux leçons d'assassinat lui apprirent une des vertus les plus nécessaires aux hommes politiques, il comprit la haute dissimulation dont il faut user dans le jeu des grands intérêts de la vie. Taire son secret n'est rien ; mais se taire à l'avance, mais savoir oublier un fait pendant trente ans, s'il le faut, à la manière d'Ali-Pacha[1], pour assurer une vengeance méditée pendant trente ans, est une belle étude en un pays où il y a peu d'hommes qui sachent dissimuler pendant trente jours. Monsieur de Maulincour ne vivait plus que par madame Jules. Il était perpétuellement occupé à examiner sérieusement les moyens qu'il pouvait employer dans cette lutte inconnue pour triompher d'adversaires inconnus. Sa passion anonyme pour cette femme grandissait de tous ces obstacles. Madame Jules était toujours debout, au milieu de ses pensées et de son cœur, plus attrayante alors par ses vices présumés que par les vertus certaines qui en avaient fait pour lui son idole.

Le malade, voulant reconnaître les positions de l'ennemi, crut pouvoir sans danger initier le vieux vidame aux secrets de la situation. Le commandeur aimait Auguste comme un père aime les enfants de sa femme ; il était fin, adroit, il avait un esprit diplomatique. Il vint donc écouter le baron, hocha la

1. *Ali-Pacha* : (1744-1822) pacha de Ioannina (ou Jannina, ville de Grèce, capitale de l'Épire), réputé pour son despotisme et sa dissimulation.

tête, et tous deux tinrent conseil. Le bon vidame ne partagea pas la confiance de son jeune ami, quand Auguste lui dit qu'au temps où ils vivaient, la police et le pouvoir étaient à même de connaître tous les mystères, et que, s'il fallait absolument y recourir, il trouverait en eux de puissants auxiliaires.

Le vieillard lui répondit gravement : – La police, mon cher enfant, est ce qu'il y a de plus inhabile au monde, et le pouvoir ce qu'il y a de plus faible dans les questions individuelles. Ni la police, ni le pouvoir ne savent lire au fond des cœurs. Ce qu'on doit raisonnablement leur demander, c'est de rechercher les causes d'un fait. Or, le pouvoir et la police sont éminemment impropres à ce métier ; ils manquent essentiellement de cet intérêt personnel qui révèle tout à celui qui a besoin de tout savoir. Aucune puissance humaine ne peut empêcher un assassin ou un empoisonneur d'arriver soit au cœur d'un prince soit à l'estomac d'un honnête homme. Les passions font toute la police.

Le commandeur conseilla fortement au baron de s'en aller en Italie, d'Italie en Grèce, de Grèce en Syrie, de Syrie en Asie, et de ne revenir qu'après avoir convaincu ses ennemis secrets de son repentir, et de faire ainsi tacitement sa paix avec eux ; sinon, de rester dans son hôtel, et même dans sa chambre, où il pouvait se garantir des atteintes de ce Ferragus, et n'en sortir que pour l'écraser en toute sûreté.

– Il ne faut toucher à son ennemi que pour lui abattre la tête, lui dit-il gravement.

Néanmoins, le vieillard promit à son favori d'employer tout ce que le ciel lui avait départi d'astuce pour, sans compromettre personne, pousser des reconnaissances chez l'ennemi, en rendre bon compte, et préparer la victoire. Le commandeur avait un vieux Figaro[1] retiré, le plus malin singe qui jamais

1. *Figaro* : personnage de Beaumarchais, homme du peuple malin et débrouillard au service du comte Almaviva dans *Le Barbier de Séville* (1775) et *Le Mariage de Figaro* (1784).

eût pris figure humaine, jadis spirituel comme un diable, faisant tout de son corps comme un forçat, alerte comme un voleur, fin comme une femme, mais tombé dans la décadence du génie, faute d'occasions, depuis la nouvelle constitution de la société parisienne, qui a mis en réforme les valets de comédie. Ce Scapin[1] émérite était attaché à son maître comme à un être supérieur ; mais le rusé vidame ajoutait chaque année aux gages de son ancien prévôt de galanterie une assez forte somme, attention qui en corroborait l'amitié naturelle par les liens de l'intérêt, et valait au vieillard des soins que la maîtresse la plus aimante n'eût pas inventés pour son ami malade. Ce fut cette perle des vieux valets de théâtre, débris du dernier siècle, ministre incorruptible, faute de passions à satisfaire, auquel se fièrent le commandeur et monsieur de Maulincour.

– Monsieur le baron gâterait tout, dit ce grand homme en livrée appelé au conseil. Que monsieur mange, boive et dorme tranquillement. Je prends tout sur moi.

En effet, huit jours après la conférence, au moment où monsieur de Maulincour, parfaitement remis de son indisposition, déjeunait avec sa grand-mère et le vidame, Justin entra pour faire son rapport. Puis, avec cette fausse modestie qu'affectent les gens de talent, il dit, lorsque la douairière fut rentrée dans ses appartements : – Ferragus n'est pas le nom de l'ennemi qui poursuit monsieur le baron. Cet homme, ce diable s'appelle Gratien, Henri, Victor, Jean-Joseph Bourignard. Le sieur Gratien Bourignard est un ancien entrepreneur de bâtiments, jadis fort riche, et surtout l'un des plus jolis garçons de Paris, un Lovelace[2] capable de séduire Grandisson[3]. Ici s'arrêtent mes

1. *Scapin* : personnage de valet rusé dans *Les Fourberies de Scapin* (1671) de Molière (1622-1673). \ 2. *Lovelace* : Richard Lovelace (1618-1657), poète et dramaturge anglais à réputation de séducteur. \ 3. *Grandisson* : héros d'un roman éponyme, *L'Histoire de sir Charles Grandisson*, de Richardson publié en 1754, qui représente la parfaite vertu.

renseignements. Il a été simple ouvrier, et les Compagnons de l'Ordre des Dévorants l'ont, dans le temps, élu pour chef, sous le nom de Ferragus XXIII. La police devrait savoir cela, si la police était instituée pour savoir quelque chose. Cet homme a déménagé, ne demeure plus rue des Vieux-Augustins, et perche maintenant rue Joquelet [1], madame Jules Desmarets va le voir souvent ; assez souvent son mari, en allant à la Bourse, la mène rue Vivienne, ou elle mène son mari à la Bourse. Monsieur le vidame connaît trop bien ces choses-là pour exiger que je lui dise si c'est le mari qui mène sa femme ou la femme qui mène son mari ; mais madame Jules est si jolie que je parierais pour elle. Tout cela est du dernier positif. Mon Bourignard joue souvent au numéro 129. C'est, sous votre respect, monsieur, un farceur qui aime les femmes, et qui vous a ses petites allures comme un homme de condition. Du reste, il gagne souvent, se déguise comme un acteur, se grime comme il veut, et vous a la vie la plus originale du monde. Je ne doute pas qu'il n'ait plusieurs domiciles, car, la plupart du temps, il échappe à ce que monsieur le commandeur nomme les *investigations parlementaires*. Si monsieur le désire, on peut néanmoins s'en défaire honorablement, eu égard à ses habitudes. Il est toujours facile de se débarrasser d'un homme qui aime les femmes. Néanmoins, ce capitaliste parle de déménager encore. Maintenant, monsieur le vidame et monsieur le baron ont-ils quelque chose à me commander ?

– Justin, je suis content de toi, ne va pas plus loin sans ordre ; mais veille ici à tout, de manière que monsieur le baron n'ait rien à craindre.

– Mon cher enfant, reprit le vidame, reprends ta vie et oublie madame Jules.

1. *Rue Joquelet* : actuelle rue Léon-Cladel.

– Non, non, dit Auguste, je ne céderai pas la place à Gratien Bourignard, je veux l'avoir pieds et poings liés, et madame Jules aussi.

Le soir, le baron Auguste de Maulincour, récemment promu à un grade supérieur dans une compagnie des Gardes-du-corps, alla au bal, à l'Élysée-Bourbon, chez madame la duchesse de Berry. Là, certes, il ne pouvait y avoir aucun danger à redouter pour lui. Le baron de Maulincour en sortit néanmoins avec une affaire d'honneur à vider, une affaire qu'il était impossible d'arranger. Son adversaire, le marquis de Ronquerolles, avait les plus fortes raisons de se plaindre d'Auguste, et Auguste y avait donné lieu par son ancienne liaison avec la sœur de monsieur de Ronquerolles, la comtesse de Sérisy. Cette dame, qui n'aimait pas la sensiblerie allemande, n'en était que plus exigeante dans les moindres détails de son costume de prude. Par une de ces fatalités inexplicables, Auguste fit une innocente plaisanterie que madame de Sérisy prit fort mal, et de laquelle son frère s'offensa. L'explication eut lieu dans un coin, à voix basse. En gens de bonne compagnie, les deux adversaires ne firent point de bruit. Le lendemain seulement, la société du faubourg Saint-Honoré, du faubourg Saint-Germain, et le château, s'entretinrent de cette aventure. Madame de Sérisy fut chaudement défendue, et l'on donna tous les torts à Maulincour. D'augustes personnages intervinrent. Des témoins de la plus haute distinction furent imposés à messieurs de Maulincour et de Ronquerolles, et toutes les précautions furent prises sur le terrain pour qu'il n'y eût personne de tué. Quand Auguste se trouva devant son adversaire, homme de plaisir, auquel personne ne refusait des sentiments d'honneur, il ne put voir en lui l'instrument de Ferragus, chef des Dévorants, mais il eut une secrète envie d'obéir à d'inexplicables pressentiments en questionnant le marquis.

– Messieurs, dit-il aux témoins, je ne refuse certes pas d'essuyer le feu de monsieur de Ronquerolles ; mais auparavant, je déclare que j'ai eu tort, je lui fais les excuses qu'il exigera de moi, publiquement même s'il le désire, parce que, quand il s'agit d'une femme, rien ne saurait, je crois, déshonorer un galant homme. J'en appelle donc à sa raison et à sa générosité, n'y a-t-il pas un peu de niaiserie à se battre quand le bon droit peut succomber ?...

Monsieur de Ronquerolles n'admit pas cette façon de finir l'affaire, et alors le baron, devenu plus soupçonneux, s'approcha de son adversaire.

– Eh ! bien, monsieur le marquis, lui dit-il, engagez-moi, devant ces messieurs, votre foi de gentilhomme de n'apporter dans cette rencontre aucune raison de vengeance autre que celle dont il s'agit publiquement.

– Monsieur, ce n'est pas une question à me faire.

Et monsieur de Ronquerolles alla se mettre à sa place. Il était convenu, par avance, que les deux adversaires se contenteraient d'échanger un coup de pistolet. Monsieur de Ronquerolles, malgré la distance déterminée qui semblait devoir rendre la mort de monsieur de Maulincour très problématique, pour ne pas dire impossible, fit tomber le baron. La balle lui traversa les côtes, à deux doigts au-dessous du cœur, mais heureusement sans de fortes lésions.

– Vous visez trop bien, monsieur, dit l'officier aux Gardes, pour avoir voulu venger des passions mortes.

Monsieur de Ronquerolles crut Auguste mort, et ne put retenir un sourire sardonique en entendant ces paroles.

– La sœur de Jules César, monsieur, ne doit pas être soupçonnée.

– Toujours madame Jules, répondit Auguste.

Il s'évanouit, sans pouvoir achever une mordante plaisanterie qui expira sur ses lèvres ; mais, quoiqu'il perdît beaucoup de sang, sa blessure n'était pas dangereuse. Après une quinzaine de jours pendant lesquels la douairière et le vidame lui prodiguèrent ces soins de vieillard, soins dont une longue expérience de la vie donne seule le secret, un matin sa grand-mère lui porta de rudes coups. Elle lui révéla les mortelles inquiétudes auxquelles étaient livrés ses vieux, ses derniers jours. Elle avait reçu une lettre signée d'un F, dans laquelle l'histoire de l'espionnage auquel s'était abaissé son petit-fils lui était, de point en point, racontée. Dans cette lettre, des actions indignes d'un honnête homme étaient reprochées à monsieur de Maulincour. Il avait, disait-on, mis une vieille femme rue de Ménars, sur la place de fiacres qui s'y trouve, vieille espionne occupée en apparence à vendre aux cochers l'eau de ses tonneaux, mais en réalité chargée d'épier les démarches de madame Jules Desmarets. Il avait espionné l'homme le plus inoffensif du monde pour en pénétrer tous les secrets, quand, de ces secrets, dépendait la vie ou la mort de trois personnes. Lui seul avait voulu la lutte impitoyable dans laquelle, déjà blessé trois fois, il succomberait inévitablement, parce que sa mort avait été jurée, et serait sollicitée par tous les moyens humains. Monsieur de Maulincour ne pourrait même plus éviter son sort en promettant de respecter la vie mystérieuse de ces trois personnes, parce qu'il était impossible de croire à la parole d'un gentilhomme capable de tomber aussi bas que des agents de police ; et pourquoi, pour troubler, sans raison, la vie d'une femme innocente et d'un vieillard respectable. La lettre ne fut rien pour Auguste, en comparaison des tendres reproches que lui fit essuyer la baronne de Maulincour. Manquer de respect et de confiance envers une femme, l'espionner sans en avoir le droit ! Et devait-on espionner la femme dont on est aimé ? Ce fut un torrent de ces excellentes raisons qui ne prouvent jamais rien, et qui mirent, pour la première fois de sa vie, le jeune baron dans une des grandes colères humaines où germent, d'où sortent les actions les plus capitales de la vie.

– Puisque ce duel est un duel à mort, dit-il en forme de conclusion, je dois tuer mon ennemi par tous les moyens que je puisse avoir à ma disposition.

Aussitôt le commandeur alla trouver, de la part de monsieur de Maulincour, le chef de la police particulière de Paris, et, sans mêler ni le nom ni la personne de madame Jules au récit de cette aventure, quoiqu'elle en fût le nœud secret, il lui fit part des craintes que donnait à la famille de Maulincour le personnage inconnu assez osé pour jurer la perte d'un officier aux Gardes, en face des lois et de la police. L'homme de la police leva de surprise ses lunettes vertes, se moucha plusieurs fois, et offrit du tabac au vidame, qui, par dignité, prétendait ne pas user de tabac, quoiqu'il en eût le nez barbouillé. Puis le Sous-Chef prit ses notes, et promit que, Vidocq [1] et ses limiers aidant, il rendrait sous peu de jours bon compte à la famille Maulincour de cet ennemi, disant qu'il n'y avait pas de mystères pour la police de Paris. Quelques jours après, le chef vint voir monsieur le vidame à l'hôtel de Maulincour, et trouva le jeune baron parfaitement remis de sa dernière blessure. Alors, il leur fit en style administratif ses remerciements des indications qu'ils avaient eu la bonté de lui donner, en lui apprenant que ce Bourignard était un homme condamné à vingt ans de travaux forcés, mais miraculeusement échappé pendant le transport de la chaîne [2] de Bicêtre à Toulon. Depuis treize ans, la police avait infructueusement essayé de le reprendre, après avoir su qu'il était venu fort insouciamment habiter Paris, où il avait évité les recherches les plus actives, quoiqu'il fût constamment mêlé à beaucoup

1. *Vidocq* : François Vidocq (1775-1857), ancien forçat devenu espion de la police (1809), puis chef de la brigade de Sûreté, est l'auteur de *Mémoires* (1828-1829) qui ont fortement inspiré la littérature romantique et notamment Hugo et Balzac. \ **2.** *Le transport de la chaîne* : entre la prison de Bicêtre et le bagne de Toulon, les forçats condamnés faisaient la route enferrés, enchaînés les uns aux autres et à pied.

d'intrigues ténébreuses. Bref, cet homme, dont la vie offrait les particularités les plus curieuses, allait être certainement saisi à l'un de ses domiciles, et livré à la justice. Le bureaucrate termina son rapport officieux en disant à monsieur de Maulincour que s'il attachait assez d'importance à cette affaire pour être témoin de la capture de Bourignard, il pouvait venir le lendemain, à huit heures du matin, rue Sainte-Foi, dans une maison dont il lui donna le numéro. Monsieur de Maulincour se dispensa d'aller chercher cette certitude, s'en fiant, avec le saint respect que la police inspire à Paris, sur la diligence de l'administration. Trois jours après, n'ayant rien lu dans le journal sur cette arrestation, qui cependant devait fournir matière à quelque article curieux, monsieur de Maulincour conçut des inquiétudes, que dissipa la lettre suivante :

« Monsieur le baron,

J'ai l'honneur de vous annoncer que vous ne devez plus conserver aucune crainte touchant l'affaire dont il est question. Le nommé Gratien Bourignard, dit Ferragus, est décédé hier, en son domicile, rue Joquelet, n° 7. Les soupçons que nous devions concevoir sur son identité ont pleinement été détruits par les faits. Le médecin de la Préfecture de police a été par nous adjoint à celui de la mairie, et le chef de la police de Sûreté a fait toutes les vérifications nécessaires pour parvenir à une pleine certitude. D'ailleurs, la moralité des témoins qui ont signé l'acte de décès, et les attestations de ceux qui ont soigné ledit Bourignard dans ses derniers moments, entre autres celle du respectable vicaire de l'église Bonne-Nouvelle, auquel il a fait ses aveux, au tribunal de la pénitence, car il est mort en chrétien, ne nous ont pas permis de conserver les moindres doutes.

Agréez, monsieur le baron, » etc.

Monsieur de Maulincour, la douairière et le vidame respirèrent avec un plaisir indicible. La bonne femme embrassa son petit-fils, en laissant échapper une larme, et le quitta pour remercier Dieu par une prière. La chère douairière, qui faisait une neuvaine[1] pour le salut d'Auguste, se crut exaucée.

– Eh ! bien, dit le commandeur, tu peux maintenant te rendre au bal dont tu me parlais, je n'ai plus d'objections à t'opposer.

Monsieur de Maulincour fut d'autant plus empressé d'aller à ce bal, que madame Jules devait s'y trouver. Cette fête était donnée par le Préfet de la Seine, chez lequel les deux sociétés de Paris se rencontraient comme sur un terrain neutre. Auguste parcourut les salons sans voir la femme qui exerçait sur sa vie une si grande influence. Il entra dans un boudoir encore désert, où des tables de jeu attendaient les joueurs, et il s'assit sur un divan, livré aux pensées les plus contradictoires sur madame Jules. Un homme prit alors le jeune officier par le bras, et le baron resta stupéfait en voyant le pauvre de la rue Coquillière, le Ferragus d'Ida, l'habitant de la rue Soly, le Bourignard de Justin, le forçat de la police, le mort de la veille.

– Monsieur, pas un cri, pas un mot, lui dit Bourignard dont il reconnut la voix, mais qui certes eût semblé méconnaissable à tout autre. Il était mis élégamment, portait les insignes de l'ordre de la Toison-d'Or[2] et une plaque[3] à son habit. – Monsieur, reprit-il d'une voix qui sifflait comme celle d'une hyène, vous autorisez toutes mes tentatives en mettant de votre côté la police. Vous périrez, monsieur. Il le faut. Aimez-vous madame Jules ? Étiez-vous aimé d'elle ? de quel droit vouliez-vous troubler son repos, noircir sa vertu ?

1. *Neuvaine* : suite d'actes de dévotion répétés pendant neuf jours consécutifs. \ 2. *Ordre de la Toison-d'Or* : ordre de chevalerie prestigieux fondé en 1429 par le duc de Bourgogne, Philippe le Bon et passé ensuite dans la maison de Habsbourg. \ 3. *Plaque* : insigne portée par le dignitaire d'un ordre.

Quelqu'un survint. Ferragus se leva pour sortir.

– Connaissez-vous cet homme, demanda monsieur de Maulincour en saisissant Ferragus au collet. Mais Ferragus se dégagea lestement, prit monsieur de Maulincour par les cheveux, et lui secoua railleusement la tête à plusieurs reprises. – Faut-il donc absolument du plomb pour la rendre sage ? dit-il.

– Non pas personnellement, monsieur, répondit de Marsay, le témoin de cette scène ; mais je sais que monsieur est monsieur de Funcal, Portugais fort riche.

Monsieur de Funcal avait disparu. Le baron se mit à sa poursuite sans pouvoir le rejoindre, et quand il arriva sous le péristyle[1], il vit, dans un brillant équipage, Ferragus qui ricanait en le regardant, et partait au grand trot.

– Monsieur, de grâce, dit Auguste en rentrant dans le salon et en s'adressant à de Marsay qui se trouvait être de sa connaissance, où monsieur de Funcal demeure-t-il ?

– Je l'ignore, mais on vous le dira sans doute ici.

Le baron, ayant questionné le Préfet, apprit que le comte de Funcal demeurait à l'ambassade de Portugal. En ce moment où il croyait encore sentir les doigts glacés de Ferragus dans ses cheveux, il vit madame Jules dans tout l'éclat de sa beauté, fraîche, gracieuse, naïve, resplendissant de cette sainteté féminine dont il s'était épris. Cette créature, infernale pour lui, n'excitait plus chez Auguste que de la haine, et cette haine déborda sanglante, terrible dans ses regards ; il épia le moment de lui parler sans être entendu de personne, et lui dit : – Madame, voici déjà trois fois que vos *bravi* me manquent...

– Que voulez-vous dire, monsieur ? répondit-elle en rougissant. Je sais qu'il vous est arrivé plusieurs accidents fâcheux, auxquels j'ai pris beaucoup de part ; mais comment puis-je y être pour quelque chose ?

1. *Péristyle* : colonnade qui entoure une cour intérieure.

– Vous savez donc qu'il y a des *bravi* dirigés contre moi par l'homme de la rue Soly ?

– Monsieur !

– Madame, maintenant je ne serai pas seul à vous demander compte, non pas de mon bonheur, mais de mon sang…

En ce moment, Jules Desmarets s'approcha.

– Que dites-vous donc à ma femme, monsieur ?

– Venez vous en enquérir chez moi, si vous en êtes curieux, monsieur.

Et Maulincour sortit, laissant madame Jules pâle et presque en défaillance.

Chapitre III

La femme accusée

Il est bien peu de femmes qui ne se soient trouvées, une fois dans leur vie, à propos d'un fait incontestable, en face d'une interrogation précise, aiguë, tranchante, une de ces questions impitoyablement faites par leurs maris, et dont la seule appréhension donne un léger froid, dont le premier mot entre dans le cœur comme y entrerait l'acier d'un poignard. De là cet axiome : *Toute femme ment*. Mensonge officieux, mensonge véniel, mensonge sublime, mensonge horrible ; mais obligation de mentir. Puis, cette obligation admise, ne faut-il pas savoir bien mentir ? les femmes mentent admirablement en France. Nos mœurs leur apprennent si bien l'imposture ! Enfin, la femme est si naïvement impertinente, si jolie, si gracieuse, si vraie dans le mensonge ; elle en reconnaît si bien l'utilité pour éviter, dans la vie sociale, les chocs violents auxquels le bonheur ne résisterait pas, qu'il leur est nécessaire comme la ouate où elles mettent leurs bijoux. Le mensonge devient donc pour elles le fond de la langue, et la vérité n'est plus qu'une exception ; elles la disent, comme elles sont vertueuses, par caprice ou par spéculation. Puis, selon leur caractère, certaines femmes rient en mentant ; celles-ci pleurent, celles-là deviennent graves ; quelques-unes se fâchent. Après avoir commencé dans la vie par feindre de l'insensibilité pour les hommages qui les flattaient le plus, elles finissent souvent par se mentir à elles-mêmes. Qui n'a pas admiré leur apparence de supériorité au moment où elles tremblent pour les mystérieux trésors de leur amour ? Qui n'a pas étudié leur aisance, leur facilité, leur liberté d'esprit dans les plus grands embarras de la vie ? Chez elles, rien d'emprunté : la tromperie coule alors comme la neige tombe du ciel. Puis, avec quel art elles découvrent le vrai dans autrui ! Avec quelle finesse elles emploient la plus droite logique, à propos de la question passionnée qui leur livre toujours quelque secret de cœur chez un homme assez naïf pour procéder près d'elles par interrogation ! Questionner une femme, n'est-ce pas se livrer à elle ? n'apprendra-t-elle pas tout ce qu'on veut lui cacher, et ne saura-t-elle pas se taire en parlant ? Et quelques hommes ont la prétention de lutter avec la femme de Paris ! avec une femme qui sait se mettre au-dessus des coups de poignard, en disant : – *Vous êtes bien curieux ! que vous importe ? Pourquoi voulez-vous le savoir ? Ah ! vous êtes jaloux ! Et si je ne voulais pas vous répondre ?* enfin, avec une femme qui possède cent trente-sept mille manières de dire NON, et d'incommensurables variations pour dire OUI. Le traité du *non* et du *oui* n'est-il pas une des plus belles œuvres diplomatiques, philosophiques, logographiques [1] et morales qui nous restent à faire ? Mais pour accomplir cette œuvre diabolique, ne faudrait-il pas un génie androgyne ? aussi ne sera-t-elle jamais tentée. Puis, de tous les ouvrages inédits, celui-là n'est-il pas le plus connu, le mieux pratiqué par les femmes ? Avez-vous jamais étudié l'allure, la pose, la *disinvoltura* d'un mensonge ? Examinez. Madame Desmarets était assise dans le coin droit de sa voiture, et son mari dans le coin gauche. Ayant su se remettre de son émotion en sortant du bal, madame Jules affectait une contenance calme. Son mari ne lui avait rien dit, et ne lui disait

1. *Logographiques* : qui a rapport aux dictionnaires, aux lexiques, aux mots.

rien encore. Jules regardait par la portière les pans noirs des maisons silencieuses devant lesquelles il passait ; mais tout à coup, comme poussé par une pensée déterminante, en tournant un coin de rue, il examina sa femme, qui semblait avoir froid, malgré la pelisse doublée de fourrure dans laquelle elle était enveloppée ; il lui trouva un air pensif, et peut-être était-elle réellement pensive. De toutes les choses qui se communiquent, la réflexion et la gravité sont les plus contagieuses.

– Qu'est-ce que monsieur de Maulincour a donc pu te dire pour t'affecter si vivement, demanda Jules, et que veut-il donc que j'aille apprendre chez lui ?

– Mais il ne pourra rien te dire chez lui que je ne te dise maintenant, répondit-elle.

Puis, avec cette finesse féminine qui déshonore toujours un peu la vertu, madame Jules attendit une autre question. Le mari retourna la tête vers les maisons et continua ses études sur les portes cochères. Une interrogation de plus n'était-elle pas un soupçon, une défiance ? Soupçonner une femme est un crime en amour. Jules avait déjà tué un homme sans avoir douté de sa femme. Clémence ne savait pas tout ce qu'il y avait de passion vraie, de réflexions profondes dans le silence de son mari, de même que Jules ignorait le drame admirable qui serrait le cœur de sa Clémence. Et la voiture d'aller dans Paris silencieux, emportant deux époux, deux amants qui s'idolâtraient, et qui, doucement appuyés, réunis sur des coussins de soie, étaient néanmoins séparés par un abîme. Dans ces élégants coupés qui reviennent du bal, entre minuit et deux heures du matin, combien de scènes bizarres ne se passe-t-il pas, en s'en tenant aux coupés dont les lanternes éclairent et la rue et la voiture, ceux dont les glaces sont claires, enfin les coupés de l'amour légitime où les couples peuvent se quereller sans avoir peur d'être vus par les passants, parce que l'état civil donne le droit de bouder, de battre, d'embrasser une femme en voiture et ailleurs, partout ! Aussi combien de secrets ne se révèle-t-il pas aux fantassins nocturnes, à ces jeunes gens venus au bal en voiture, mais obligés, par quelque cause que ce soit, de s'en aller à pied ! C'était la première fois que Jules et Clémence se trouvaient ainsi chacun dans leur coin. Le mari se pressait ordinairement près de sa femme.

– Il fait bien froid, dit madame Jules.

Mais ce mari n'entendit point, il étudiait toutes les enseignes noires au-dessus des boutiques.

– Clémence, dit-il enfin, pardonne-moi la question que je vais t'adresser.

Et il se rapprocha, la saisit par la taille, et la ramena près de lui.

– Mon Dieu, nous y voici ! pensa la pauvre femme.

– Eh ! bien, reprit-elle en allant au-devant de la question, tu veux apprendre ce que me disait monsieur de Maulincour. Je te le dirai, Jules ; mais ce ne sera point sans terreur. Mon Dieu, pouvons-nous avoir des secrets l'un pour l'autre ? Depuis un moment, je te vois luttant entre la conscience de notre amour et des craintes vagues ; mais notre conscience n'est-elle pas claire, et tes soupçons ne te semblent-ils pas bien ténébreux ? Pourquoi ne pas rester dans la clarté qui plaît ? Quand je t'aurai tout raconté, tu désireras en savoir davantage ; et cependant, je ne sais moi-même ce que cachent les étranges paroles de cet homme. Eh ! bien, peut-être y aura-t-il alors entre vous deux quelque fatale affaire. J'aimerais bien mieux que nous oubliassions tous deux ce mauvais moment. Mais, dans tous les cas, jure-moi d'attendre que cette singulière aventure s'explique naturellement. Monsieur de Maulincour m'a déclaré que les trois accidents dont tu as entendu parler : la pierre tombée sur son domestique, sa chute en cabriolet et son duel à propos de madame de Sérisy étaient l'effet d'une conjuration que j'avais tramée contre lui. Puis il m'a menacée de t'expliquer l'intérêt qui me porterait à l'assassiner. Comprends-tu quelque chose à tout cela ? Mon trouble est venu de l'impression que m'ont causée la vue de sa figure empreinte de folie, ses yeux hagards et ses paroles violemment entrecoupées par une émotion intérieure. Je l'ai cru fou. Voilà tout. Maintenant, je ne serais pas femme si je ne m'étais point aperçue que, depuis un an, je suis devenue, comme on dit, la passion de monsieur de Maulincour. Il ne m'a jamais vue qu'au bal, et ses propos étaient insignifiants, comme tous ceux que l'on tient au bal. Peut-être veut-il nous désunir pour me trouver un jour seule et sans défense. Tu vois bien ? Déjà tes sourcils se froncent. Oh ! je hais cordialement le monde. Nous sommes si heureux sans lui ! pourquoi donc l'aller chercher ? Jules, je t'en supplie, promets-moi d'oublier tout ceci. Demain nous apprendrons sans doute que monsieur de Maulincour est devenu fou.

– Quelle singulière chose ! se dit Jules en descendant de voiture sous le péristyle de son escalier.

Il tendit les bras à sa femme, et tous deux montèrent dans leurs appartements.

Pour développer cette histoire dans toute la vérité de ses détails, pour en suivre le cours dans toutes ses sinuosités, il faut ici divulguer quelques secrets de l'amour, se glisser sous les lambris d'une chambre à coucher, non pas effrontément, mais à la manière de Trilby[1], n'effaroucher ni Dougal, ni Jeannie, n'effaroucher personne, être aussi chaste que veut l'être notre noble langue française, aussi hardi que l'a été le pinceau de Gérard dans son tableau de Daphnis et Chloé[2]. La chambre à coucher de madame Jules était un lieu sacré. Elle, son mari, sa femme de chambre pouvaient seuls y entrer.

1. *Trilby* : Trilby est un lutin dans un conte éponyme (1822) de Nodier (1780-1844) qui trouble l'intimité du couple écossais formé par le pêcheur Dougal et sa femme Jeannie. \ **2.** *Tableau de Daphnis et Chloé* : œuvre du baron Gérard (1770-1837) exposée au salon de 1824.

L'opulence a de beaux privilèges, et les plus enviables sont ceux qui permettent de développer les sentiments dans toute leur étendue, de les féconder par l'accomplissement de leurs mille caprices, de les environner de cet éclat qui les agrandit, de ces recherches qui les purifient, de ces délicatesses qui les rendent encore plus attrayants. Si vous haïssez les dîners sur l'herbe et les repas mal servis, si vous éprouvez quelque plaisir à voir une nappe damassée éblouissante de blancheur, un couvert de vermeil, des porcelaines d'une exquise pureté, une table bordée d'or, riche de ciselure, éclairée par des bougies diaphanes, puis, sous des globes d'argent armoriés, les miracles de la cuisine la plus recherchée ; pour être conséquent, vous devez alors laisser la mansarde en haut des maisons, les grisettes [1] dans la rue ; abandonner les mansardes, les grisettes, les parapluies, les socques [2] articulés aux gens qui payent leur dîner avec des cachets [3] ; puis vous devez comprendre l'amour comme un principe qui ne se développe dans toute sa grâce que sur les tapis de la Savonnerie [4], sous la lueur d'opale d'une lampe marmorine [5], entre des murailles discrètes et revêtues de soie, devant un foyer doté, dans une chambre sourde au bruit des voisins, de la rue, de tout, par des persiennes, par des volets, par d'ondoyants rideaux. Il vous faut des glaces dans lesquelles les formes se jouent, et qui répètent à l'infini la femme que l'on voudrait multiple, et que l'amour multiplie souvent ; puis des divans bien bas ; puis un lit qui, semblable à un secret, se laisse deviner sans être montré ; puis, dans cette chambre coquette, des fourrures pour les pieds nus, des bougies sous verre au milieu des mousselines drapées, pour lire à toute heure de nuit, et des fleurs qui n'entêtent pas, et des

1. *Grisettes* : jeunes ouvrières coquettes et souvent un peu légères, conquêtes des artistes. \ **2.** *Socques* : chaussures à semelles de bois. \ **3.** *Cachets* : rétributions d'artistes. \ **4.** *Savonnerie* : manufacture de tapis fondée par Marie de Médicis en 1615. \ **5.** *Marmorine* : néologisme de Balzac, signifie « de marbre ».

toiles dont la finesse eût satisfait Anne d'Autriche[1]. Madame Jules avait réalisé ce délicieux programme, mais ce n'était rien. Toute femme de goût pouvait en faire autant, quoique, néanmoins, il y ait dans l'arrangement de ces choses un cachet de personnalité qui donne à tel ornement, à tel détail, un caractère inimitable. Aujourd'hui plus que jamais règne le fanatisme de l'individualité. Plus nos lois tendront à une impossible égalité, plus nous nous en écarterons par les mœurs. Aussi les personnes riches commencent-elles, en France, à devenir plus exclusives dans leurs goûts et dans les choses qui leur appartiennent, qu'elles ne l'ont été depuis trente ans. Madame Jules savait à quoi l'engageait ce programme, et avait tout mis chez elle en harmonie avec un luxe qui allait si bien à l'amour. Les *Quinze cents francs et ma Sophie*[2], ou la passion dans la chaumière, sont des propos d'affamés auxquels le pain bis suffit d'abord, mais qui, devenus gourmets s'ils aiment réellement, finissent par regretter les richesses de la gastronomie. L'amour a le travail et la misère en horreur. Il aime mieux mourir que de vivoter. La plupart des femmes, en rentrant du bal, impatientes de se coucher, jettent autour d'elles leurs robes, leurs fleurs fanées, leurs bouquets dont l'odeur s'est flétrie. Elles laissent leurs petits souliers sous un fauteuil, marchent sur les cothurnes[3] flottants, ôtent leurs peignes, déroulent leurs tresses sans soin d'elles-mêmes. Peu leur importe que leurs maris voient les agrafes, les doubles épingles, les artificieux crochets qui soutenaient les élégants édifices de la coiffure ou de la parure. Plus de mystères, tout tombe alors devant le mari, plus de fard pour le mari. Le corset, la plupart du temps corset plein de précau-

1. *Anne d'Autriche* : (1601-1666) reine de France, mère de Louis XIV, régente de 1643 à 1661. \ **2.** *Quinze cents francs et ma Sophie* : selon Balzac, ce cri du cœur serait dû à Diderot amoureux de Sophie Volland. \ **3.** *Cothurnes* : bottines montant jusqu'à mi-jambe, lacées par devant.

tions, reste là, si la femme de chambre trop endormie oublie de l'emporter. Enfin les bouffants de baleine, les entournures garnies de taffetas gommé, les chiffons menteurs, les cheveux vendus par le coiffeur, toute la fausse femme est là, éparse. *Disjecta membra poetae*[1], la poésie artificielle tant admirée par ceux pour qui elle avait été conçue, élaborée, la jolie femme encombre tous les coins. À l'amour d'un mari qui bâille, se présente alors une femme vraie qui bâille aussi, qui vient dans un désordre sans élégance, coiffée de nuit avec un bonnet fripé, celui de la veille, celui du lendemain. – Car, après tout, monsieur, si vous voulez un joli bonnet de nuit à chiffonner tous les soirs, augmentez ma pension. Et voilà la vie telle qu'elle est. Une femme est toujours vieille et déplaisante à son mari, mais toujours pimpante, élégante et parée pour l'autre, pour le rival de tous les maris, pour le monde qui calomnie ou déchire toutes les femmes. Inspirée par un amour vrai, car l'amour a, comme les autres êtres, l'instinct de sa conservation, madame Jules agissait tout autrement, et trouvait, dans les constants bénéfices de son bonheur, la force nécessaire d'accomplir ces devoirs minutieux desquels il ne faut jamais se relâcher, parce qu'ils perpétuent l'amour. Ces soins, ces devoirs, ne procèdent-ils pas d'ailleurs d'une dignité personnelle qui sied à ravir ? N'est-ce pas des flatteries ? n'est-ce pas respecter en soi l'être aimé ? Donc madame Jules avait interdit à son mari l'entrée du cabinet où elle quittait sa toilette de bal, et d'où elle sortait vêtue pour la nuit, mystérieusement parée pour les mystérieuses fêtes de son cœur. En venant dans cette chambre, toujours élégante et gracieuse, Jules y voyait une femme coquettement enveloppée dans un élégant peignoir, les cheveux simplement tordus en grosses tresses sur sa tête ; car,

1. *Disjecta membra poetae* : citation inexacte d'Horace dans les *Satires* signifiant « les membres du poète dispersés ».

n'en redoutant pas le désordre, elle n'en ravissait à l'amour ni la vue ni le toucher ; une femme toujours plus simple, plus belle alors qu'elle ne l'était pour le monde ; une femme qui s'était ranimée dans l'eau, et dont tout l'artifice consistait à être plus blanche que ses mousselines, plus fraîche que le plus frais parfum, plus séduisante que la plus habile courtisane, enfin toujours tendre, et partant toujours aimée. Cette admirable entente du métier de femme fut le grand secret de Joséphine pour plaire à Napoléon, comme il avait été jadis celui de Césonie pour Caïus Caligula, de Diane de Poitiers pour Henri II[1]. Mais s'il fut largement productif pour des femmes qui comptaient sept ou huit lustres[2], quelle arme entre les mains de jeunes femmes ! Un mari subit alors avec délices les bonheurs de sa fidélité.

Or, en rentrant après cette conversation, qui l'avait glacée d'effroi et qui lui donnait encore les plus vives inquiétudes, madame Jules prit un soin particulier de sa toilette de nuit. Elle voulut se faire et se fit ravissante. Elle avait serré la batiste du peignoir, entrouvert son corsage, laissé tomber ses cheveux noirs sur ses épaules rebondies ; son bain parfumé lui donnait une senteur enivrante ; ses pieds nus étaient dans des pantoufles de velours. Forte de ses avantages, elle vint à pas menus, et mit ses mains sur les yeux de Jules, qu'elle trouva pensif, en robe de chambre, le coude appuyé sur la cheminée, un pied sur la barre. Elle lui dit alors à l'oreille en l'échauffant de son haleine, et la mordant du bout des dents : – À quoi pensez-vous, monsieur ? Puis le serrant avec adresse, elle l'enveloppa de ses bras, pour l'arracher à ses mauvaises pensées. La femme qui aime a toute l'intelligence de son pouvoir ; et plus elle est vertueuse, plus agissante est sa coquetterie.

1. *Césonie (…) Henri II* : Césonie avait pris un ascendant étonnant sur son amant, le cruel empereur romain Caligula tout comme Diane de Poitiers avait su se faire nommer duchesse de Valentinois par Henri II. \ 2. *Lustre* : période de cinq ans.

– À toi, répondit-il.

– À moi seule ?

– Oui !

– Oh ! voilà un oui bien hasardé.

Ils se couchèrent. En s'endormant madame Jules se dit : Décidément, monsieur de Maulincour sera la cause de quelque malheur. Jules est préoccupé, distrait, et garde des pensées qu'il ne me dit pas. Il était environ trois heures du matin lorsque madame Jules fut réveillée par un pressentiment qui l'avait frappée au cœur pendant son sommeil. Elle eut une perception à la fois physique et morale de l'absence de son mari. Elle ne sentait plus le bras que Jules lui passait sous la tête, ce bras dans lequel elle dormait heureuse, paisible, depuis cinq années, et qu'elle ne fatiguait jamais. Puis une voix lui avait dit : – Jules souffre, Jules pleure... Elle leva la tête, se mit sur son séant, trouva la place de son mari froide, et l'aperçut assis devant le feu, les pieds sur le garde-cendre, la tête appuyée sur le dos d'un grand fauteuil. Jules avait des larmes sur les joues. La pauvre femme se jeta vivement à bas du lit, et sauta d'un bond sur les genoux de son mari.

– Jules, qu'as-tu ? souffres-tu ? parle ! dis ! dis-moi ! Parle-moi, si tu m'aimes. En un moment elle lui jeta cent paroles qui exprimaient la tendresse la plus profonde.

Jules se mit aux pieds de sa femme, lui baisa les genoux, les mains, et lui répondit en laissant échapper de nouvelles larmes : – Ma chère Clémence, je suis bien malheureux ! Ce n'est pas aimer que de se défier de sa maîtresse, et tu es ma maîtresse. Je t'adore en te soupçonnant... Les paroles que cet homme m'a dites ce soir m'ont frappé au cœur ; elles y sont restées malgré moi pour me bouleverser. Il y a là-dessous quelque mystère. Enfin, j'en rougis, tes explications ne m'ont pas satisfait. Ma raison me jette des lueurs que mon amour me fait repousser. C'est un affreux combat. Pouvais-je rester là, tenant ta tête en y soupçonnant des pensées qui me seraient inconnues ? – Oh ! je te crois, je te crois, lui cria-t-il vivement en la voyant sourire avec tristesse, et ouvrir la bouche pour parler. Ne me dis rien, ne me reproche rien. De toi, la moindre parole me tuerait. D'ailleurs pourrais-tu me dire une seule chose que je ne me sois dite depuis trois heures ? Oui, depuis trois heures, je suis là, te regardant dormir, si belle, admirant ton front si pur et si paisible. Oh ! oui, tu m'as toujours dit toutes tes pensées, n'est-ce pas ? Je suis seul dans ton âme. En te contemplant, en plongeant mes yeux dans les tiens, j'y vois bien tout. Ta vie est toujours aussi pure que ton regard est clair. Non, il n'y a pas de secret derrière cet œil si transparent. Il se souleva, et la baisa sur les yeux. – Laisse-moi t'avouer, ma chère créature, que depuis cinq ans ce qui grandissait chaque jour mon bonheur, c'était de ne te savoir aucune de ces affections naturelles qui prennent toujours un peu sur l'amour. Tu n'avais ni sœur, ni père, ni mère, ni compagne, et je n'étais alors ni au-dessus ni au-dessous de personne dans ton cœur : j'y étais seul. Clémence, répète-moi toutes les douceurs d'âme que tu m'as si souvent dites, ne me gronde pas, console-moi, je suis malheureux. J'ai certes un soupçon odieux à me reprocher, et toi tu n'as rien dans le cœur qui te brûle. Ma bien-aimée, dis, pouvais-je rester ainsi près de toi ? Comment deux têtes qui sont si bien unies demeuraient-elles sur le même oreiller quand l'une d'elles souffre et que l'autre est tranquille... – A quoi penses-tu donc ? s'écria-t-il brusquement en voyant Clémence songeuse, interdite, et qui ne pouvait retenir des larmes.

– Je pense à ma mère, répondit-elle d'un ton grave. Tu ne saurais connaître, Jules, la douleur de ta Clémence obligée de se souvenir des adieux mortuaires de sa mère, en entendant ta voix, la plus douce des musiques ; et de songer à la solennelle pression des mains glacées d'une mourante, en sentant la caresse des tiennes en un moment où tu m'accables des témoignages de ton délicieux amour. Elle releva son mari, le prit, l'étreignit avec une force nerveuse bien supérieure à celle d'un homme, lui baisa les cheveux et le couvrit de larmes. – Ah ! je voudrais être hachée vivante pour toi ! Dis-moi bien que je te rends heureux, que je suis pour toi la plus belle des femmes, que je suis mille femmes pour toi. Mais tu es aimé comme nul homme ne le sera jamais. Je ne sais pas ce que veulent dire les mots devoir et vertu. Jules, je t'aime pour toi, je suis heureuse de t'aimer, et je t'aimerai toujours mieux jusqu'à mon dernier souffle. J'ai quelque orgueil de mon amour, je me crois destinée à n'éprouver qu'un sentiment dans ma vie. Ce que je vais te dire est affreux, peut-être : je suis contente de ne pas avoir d'enfant, et n'en souhaite point. Je me sens plus épouse que mère. Eh ! bien, as-tu des craintes ? Écoute-moi, mon amour, promets-moi d'oublier, non pas cette heure mêlée de tendresse et de doutes, mais les paroles de ce fou. Jules, je le veux. Promets-moi de ne le point voir, de ne point aller chez lui. J'ai la conviction que si tu fais un seul pas de plus dans ce dédale, nous roulerons dans un abîme où je périrai, mais en ayant ton nom sur les lèvres et ton cœur dans mon cœur. Pourquoi me mets-tu donc si haut en ton âme, et si bas en réalité ? Comment, toi qui fais crédit à tant de gens de leur fortune, tu ne me ferais pas l'aumône d'un soupçon ; et, pour la première occasion dans ta vie où tu peux me prouver une foi sans bornes, tu me détrônerais de ton cœur ! Entre un fou et moi, c'est le fou que tu crois, oh ! Jules. Elle s'arrêta, chassa les cheveux qui retombaient sur son front et sur son cou ; puis, d'un accent déchirant, elle ajouta : – J'en ai trop dit, un mot devait suffire. Si ton âme et ton front conservent un nuage, quelque léger qu'il puisse être, sache-le bien, j'en mourrai !

Elle ne put réprimer un frémissement, et pâlit.

– Oh ! je tuerai cet homme, se dit Jules en saisissant sa femme et la portant dans son lit.

– Dormons en paix, mon ange, reprit-il, j'ai tout oublié, je te le jure.

Clémence s'endormit sur cette douce parole, plus doucement répétée. Puis Jules, la regardant endormie, se dit en lui-même : – Elle a raison, quand l'amour est si pur, un soupçon le flétrit. Pour cette âme si fraîche, pour cette fleur si tendre, une flétrissure, oui, ce doit être la mort.

Quand, entre deux êtres pleins d'affection l'un pour l'autre, et dont la vie s'échange à tout moment, un nuage est survenu, quoique ce nuage se dissipe, il laisse dans les âmes quelques traces de son passage. Ou la tendresse devient plus vive, comme la terre est plus belle après la pluie ; ou la secousse retentit encore, comme un lointain tonnerre dans un ciel pur ; mais il est impossible de se retrouver dans sa vie antérieure, et il faut que l'amour croisse ou qu'il diminue. Au déjeuner, monsieur et madame Jules eurent l'un pour l'autre de ces soins dans lesquels il entre un peu d'affectation. C'était de ces regards pleins d'une gaieté presque forcée, et qui semblent être l'effort de gens empressés à se tromper eux-mêmes. Jules avait des doutes involontaires, et sa femme avait des craintes certaines. Néanmoins, sûrs l'un de l'autre, ils avaient dormi. Cet état de gêne était-il dû à un défaut de foi, au souvenir de leur scène nocturne ? Ils ne le savaient pas eux-mêmes. Mais ils s'étaient aimés, ils s'aimaient trop purement pour que l'impression à la fois cruelle et bienfaisante de cette nuit ne laissât pas quelques traces dans leurs âmes ; jaloux tous deux de les faire disparaître et voulant revenir tous les deux le premier l'un à l'autre, ils ne pouvaient s'empêcher de songer à la cause première d'un premier désaccord. Pour les âmes aimantes, ce n'est pas des chagrins, la peine est loin encore ; mais c'est une sorte de deuil difficile à peindre. S'il y a des rapports entre les couleurs et les agitations de l'âme ; si, comme l'a dit l'aveugle de Locke [1], l'écarlate doit produire à la vue les effets produits dans l'ouïe par une fanfare, il peut être

1. *Locke* : John Locke (1632-1704), philosophe anglais, fondateur de l'école sensualiste.

permis de comparer à des teintes grises cette mélancolie de contre-coup. Mais l'amour attristé, l'amour auquel il reste un sentiment vrai de son bonheur momentanément troublé, donne des voluptés qui, tenant à la peine et à la joie, sont toutes nouvelles. Jules étudiait la voix de sa femme, il en épiait les regards avec le sentiment jeune qui l'animait dans les premiers moments de sa passion pour elle. Les souvenirs de cinq années tout heureuses, la beauté de Clémence, la naïveté de son amour, effacèrent alors promptement les derniers vestiges d'une intolérable douleur. Ce lendemain était un dimanche, jour où il n'y avait ni Bourse ni affaires ; les deux époux passèrent alors la journée ensemble, se mettant plus avant au cœur l'un de l'autre qu'ils n'y avaient jamais été, semblables à deux enfants qui, dans un moment de peur, se serrent, se pressent, et se tiennent, s'unissant par instinct. Il y a dans une vie à deux de ces journées complètement heureuses, dues au hasard, et qui ne se rattachent ni à la veille, ni au lendemain, fleurs éphémères !... Jules et Clémence en jouirent délicieusement, comme s'ils eussent pressenti que c'était la dernière journée de leur vie amoureuse. Quel nom donner à cette puissance inconnue qui fait hâter le pas des voyageurs sans que l'orage se soit encore manifesté, qui fait resplendir de vie et de beauté le mourant quelques jours avant sa mort et lui inspire les plus riants projets, qui conseille au savant de hausser sa lampe nocturne au moment où elle l'éclaire parfaitement, qui fait craindre à une mère le regard trop profond jeté sur son enfant par un homme perspicace ? Nous subissons tous cette influence dans les grandes catastrophes de notre vie, et nous ne l'avons encore ni nommée ni étudiée : c'est plus que le pressentiment, et ce n'est pas encore la vision. Tout alla bien jusqu'au lendemain. Le lundi, Jules Desmarets, obligé d'être à la Bourse à son heure accoutumée, ne sortit pas sans aller, suivant son habitude, demander à sa femme si elle voulait profiter de sa voiture.

– Non, dit-elle, il fait trop mauvais temps pour se promener.

En effet, il pleuvait à verse. Il était environ deux heures et demie quand monsieur Desmarets se rendit au Parquet et au Trésor. À quatre heures, en sortant de la Bourse, il se trouva nez à nez devant monsieur de Maulincour, qui l'attendait là avec la pertinacité [1] fiévreuse que donnent la haine et la vengeance.

– Monsieur, j'ai des renseignements importants à vous communiquer, dit l'officier en prenant l'Agent de change par le bras. Écoutez, je suis un homme trop loyal pour avoir recours à des lettres anonymes qui troubleraient votre repos, j'ai préféré vous parler. Enfin croyez que s'il ne s'agissait pas de ma vie, je ne m'immiscerais, certes, en aucune manière dans les affaires d'un ménage, quand même je pourrais m'en croire le droit.

– Si ce que vous avez à me dire concerne madame Desmarets, répondit Jules, je vous prierai, monsieur, de vous taire.

– Si je me taisais, monsieur, vous pourriez voir avant peu madame Jules sur les bancs de la Cour d'assises, à côté d'un forçat. Faut-il me taire maintenant ?

Jules pâlit, mais sa belle figure reprit promptement un calme faux ; puis, entraînant l'officier sous un des auvents de la Bourse provisoire où ils se trouvaient alors, il lui dit d'une voix que voilait une profonde émotion intérieure : – Monsieur, je vous écouterai ; mais il y aura entre nous un duel à mort si…

– Oh ! j'y consens, s'écria monsieur de Maulincour, j'ai pour vous la plus grande estime. Vous parlez de mort, monsieur ? Vous ignorez sans doute que votre femme m'a peut-être fait empoisonner samedi soir. Oui, monsieur, depuis avant-hier, il se passe en moi quelque chose d'extraordinaire ; mes cheveux me distillent intérieurement à travers le crâne une fièvre et une langueur mortelle, et je sais parfaitement quel homme a touché mes cheveux pendant le bal.

1. *Pertinacité* : opiniâtreté.

Monsieur de Maulincour raconta, sans en omettre un seul fait, et son amour platonique pour madame Jules, et les détails de l'aventure qui commence cette scène. Tout le monde l'eût écoutée avec autant d'attention que l'Agent de change ; mais le mari de madame Jules avait le droit d'en être plus étonné que qui que ce fût au monde. Là se déploya son caractère, il fut plus surpris qu'abattu. Devenu juge, et juge d'une femme adorée, il trouva dans son âme la droiture du juge, comme il en prit l'inflexibilité. Amant encore, il songea moins à sa vie brisée qu'à celle de cette femme ; il écouta, non sa propre douleur, mais la voix lointaine qui lui criait ; – Clémence ne saurait mentir ! Pourquoi te trahirait-elle ?

– Monsieur, dit l'officier aux Gardes en terminant, certain d'avoir reconnu, samedi soir, dans monsieur de Funcal, ce Ferragus que la police croit mort, j'ai mis aussitôt sur ces traces un homme intelligent. En revenant chez moi, je me suis souvenu; par un heureux hasard, du nom de madame Meynardie, cité dans la lettre de cette Ida, la maîtresse présumée de mon persécuteur. Muni de ce seul renseignement, mon émissaire me rendra promptement compte de cette épouvantable aventure, car il est plus habile à découvrir la vérité que ne l'est la police elle-même.

– Monsieur, répondit l'Agent de change, je ne saurais vous remercier de cette confidence. Vous m'annoncez des preuves, des témoins, je les attendrai. Je poursuivrai courageusement la vérité dans cette affaire étrange, mais vous me permettrez de douter jusqu'à ce que l'évidence des faits me soit prouvée. En tout cas, vous aurez satisfaction, car vous devez comprendre qu'il nous en faut une.

Monsieur Jules revint chez lui.

– Qu'as-tu, Jules ? lui dit sa femme, tu es pâle à faire peur.

– Le temps est froid, dit-il en marchant d'un pas lent dans cette chambre où tout parlait de bonheur et d'amour, cette chambre si calme où se préparait une tempête meurtrière.

– Tu n'es pas sortie aujourd'hui, reprit-il machinalement en apparence.

Il fut poussé sans doute à faire cette question par la dernière des mille pensées qui s'étaient secrètement enroulées dans une méditation lucide, quoique précipitamment activée par la jalousie.

– Non, répondit-elle avec un faux accent de candeur.

En ce moment, Jules aperçut dans le cabinet de toilette de sa femme quelques gouttes d'eau sur le chapeau de velours qu'elle mettait le matin. Monsieur Jules était un homme violent, mais aussi plein de délicatesse, et il lui répugna de placer sa femme en face d'un démenti. Dans une telle situation, tout doit être fini pour la vie entre certains êtres. Cependant ces gouttes d'eau furent comme une lueur qui lui déchira la cervelle. Il sortit de sa chambre, descendit à la loge, et dit à son concierge, après s'être assuré qu'il y était seul : – Fouquereau, cent écus de rente si tu dis vrai, chassé si tu me trompes, et rien si, m'ayant dit la vérité, tu parles de ma question et de ta réponse.

Il s'arrêta pour bien voir son concierge qu'il attira sous le jour de la fenêtre, et reprit : – Madame est-elle sortie ce matin ?

– Madame est sortie à trois heures moins un quart, et je crois l'avoir vue rentrer il y a une demi-heure.

– Cela est vrai, sur ton honneur ?

– Oui, monsieur.

– Tu auras la rente que je t'ai promise ; mais si tu parles, souviens-toi de ma promesse ! alors tu perdrais tout.

Jules revint chez sa femme.

– Clémence, lui dit-il, j'ai besoin de mettre un peu d'ordre dans mes comptes de maison, ne t'offense donc pas de ce que je vais te demander. Ne t'ai-je pas remis quarante mille francs depuis le commencement de l'année ?

– Plus, dit-elle. Quarante-sept.

– En trouverais-tu bien l'emploi ?

– Mais oui, dit-elle. D'abord, j'avais à payer plusieurs mémoires de l'année dernière...

– Je ne saurai rien ainsi, se dit Jules, je m'y prends mal.

En ce moment le valet de chambre de Jules entra, et lui remit une lettre qu'il ouvrit par contenance ; mais il la lut avec avidité lorsqu'il eut jeté les yeux sur la signature.

« Monsieur,

Dans l'intérêt de votre repos et du nôtre, j'ai pris le parti de vous écrire sans avoir l'avantage d'être connue de vous, mais ma position, mon âge et la crainte de quelque malheur me forcent à vous prier d'avoir de l'indulgence dans une conjoncture fâcheuse où se trouve notre famille désolée. Monsieur Auguste de Maulincour nous a donné depuis quelques jours des preuves d'aliénation mentale, et nous craignons qu'il ne trouble votre bonheur par des chimères dont il nous a entretenus, monsieur le commandeur de Pamiers et moi, pendant un premier accès de fièvre. Nous vous prévenons donc de sa maladie, sans doute guérissable encore, elle a des effets si graves et si importants pour l'honneur de notre famille et l'avenir de mon petit-fils, que je compte sur votre entière discrétion. Si monsieur le commandeur ou moi, monsieur, avions pu nous transporter chez vous, nous nous serions dispensés de vous écrire ; mais je ne doute pas que vous n'ayez égard à la prière qui vous est faite ici par une mère de brûler cette lettre.

Agréez l'assurance de ma parfaite considération.

BARONNE DE MAULINCOUR, née DE RIEUX. »

– Combien de tortures ! s'écria Jules.

– Mais que se passe-t-il donc en toi ? lui dit sa femme en témoignant une vive anxiété.

– J'en suis arrivé, répondit Jules, à me demander si c'est toi qui me fais parvenir cet avis pour dissiper mes soupçons, reprit-il en lui jetant la lettre. Ainsi juge de mes souffrances ?

– Le malheureux, dit madame Jules en laissant tomber le papier, je le plains, quoiqu'il me fasse bien du mal.

– Tu sais qu'il m'a parlé ?

– Ah ! tu es allé le voir malgré ta parole, dit-elle frappée de terreur.

– Clémence, notre amour est en danger de périr, et nous sommes en dehors de toutes les lois ordinaires de la vie, laissons donc les petites considérations au milieu des grands périls. Écoute, dis-moi pourquoi tu es sortie ce matin. Les femmes se croient le droit de nous faire quelquefois de petits mensonges. Ne se plaisent-elles pas souvent à nous cacher des plaisirs qu'elles nous préparent ? Tout à l'heure, tu m'a dit un mot pour un autre sans doute, un non pour un oui.

Il entra dans le cabinet de toilette, et en rapporta le chapeau.

– Tiens, vois ? sans vouloir faire ici le Bartholo[1], ton chapeau t'a trahie. Ces taches ne sont-elles pas des gouttes de pluie ? Donc tu es sortie en fiacre, et tu as reçu ces gouttes d'eau, soit en allant chercher une voiture, soit en entrant dans la maison où tu es allée, soit en la quittant. Mais une femme peut sortir de chez elle fort innocemment, même après avoir dit à son mari qu'elle ne sortirait pas. Il y a tant de raisons pour changer d'avis ! Avoir des caprices, n'est-ce pas un de vos droits ? Vous n'êtes pas obligées d'être conséquentes avec vous-mêmes. Tu auras oublié quelque chose, un service à rendre, une visite, ou quelque bonne action à faire. Mais rien n'empêche une femme de dire à son mari ce qu'elle a fait. Rougit-on jamais dans le

1. *Bartholo* : allusion à une réplique du *Barbier de Séville* (1775) de Beaumarchais (1732-1799) où Bartholo découvre que sa filleule Rosine correspond avec son amant grâce à son doigt taché d'encre (acte II, scène 11).

sein d'un ami ? Eh ! bien ? ce n'est pas le mari jaloux qui te parle, ma Clémence, c'est l'amant, c'est l'ami, le frère. Il se jeta passionnément à ses pieds. – Parle, non pour te justifier, mais pour calmer d'horribles souffrances. Je sais bien que tu es sortie. Eh ! bien, qu'as-tu fait ? où es-tu allée ?

– Oui, je suis sortie, Jules, répondit-elle d'une voix altérée quoique son visage fût calme. Mais ne me demande rien de plus. Attends avec confiance, sans quoi tu te créeras des remords éternels. Jules, mon Jules, la confiance est la vertu de l'amour. Je te l'avoue, en ce moment, je suis trop troublée pour te répondre ; mais je ne suis point une femme artificieuse, et je t'aime, tu le sais.

– Au milieu de tout ce qui peut ébranler la foi d'un homme, en éveiller la jalousie, car je ne suis donc pas le premier dans ton cœur, je ne suis donc pas toi-même... Eh ! bien, Clémence, j'aime encore mieux te croire, croire en ta voix, croire en tes yeux ! Si tu me trompes, tu mériterais...

– Oh ! mille morts, dit-elle en l'interrompant.

– Moi, je ne te cache aucune de mes pensées, et toi, tu...

– Chut, dit-elle, notre bonheur dépend de notre mutuel silence.

– Ah ! je veux tout savoir, s'écria-t-il dans un violent accès de rage.

En ce moment, des cris de femme se firent entendre, et les glapissements d'une petite voix aigre arrivèrent de l'antichambre jusqu'aux deux époux.

– J'entrerai, je vous dis ! criait-on. Oui, j'entrerai, je veux la voir, je la verrai.

Jules et Clémence se précipitèrent dans le salon et ils virent bientôt les portes s'ouvrir avec violence. Une jeune femme se montra tout à coup, suivie de deux domestiques qui dirent à leur maître : – Monsieur, cette femme veut entrer ici malgré nous. Nous lui avons déjà dit que madame n'y était pas. Elle nous a répondu qu'elle savait bien que madame était sortie, mais qu'elle venait de la voir rentrer. Elle nous menace de rester à la porte de l'hôtel jusqu'à ce qu'elle ait parlé à madame.

– Retirez-vous, dit monsieur Desmarets à ses gens.

– Que voulez-vous, *mademoiselle,* ajouta-t-il en se tournant vers l'inconnue.

Cette demoiselle était le type d'une femme qui ne se rencontre qu'à Paris. Elle se fait à Paris, comme la boue, comme le pavé de Paris, comme l'eau de la Seine se fabrique à Paris, dans de grands réservoirs à travers lesquels l'industrie la filtre dix fois avant de la livrer aux carafes à facettes où elle scintille et claire et pure, de fangeuse qu'elle était. Aussi est-ce une créature véritablement originale. Vingt fois saisie par le crayon du peintre, par le pinceau du caricaturiste, par la plombagine[1] du dessinateur, elle échappe à toutes les analyses, parce qu'elle est insaisissable dans tous ses modes, comme l'est la nature, comme l'est ce fantasque Paris. En effet, elle ne tient au vice que par un rayon, et s'en éloigne par les mille autres points de la circonférence sociale. D'ailleurs, elle ne laisse deviner qu'un trait de son caractère, le seul qui la rende blâmable : ses belles vertus sont cachées ; son naïf dévergondage, elle en fait gloire. Incomplètement traduite dans les drames et les livres où elle a été mise en scène avec toutes ses poésies, elle ne sera jamais vraie que dans son grenier, parce qu'elle sera toujours, autre part, ou calomniée ou flattée. Riche, elle se vicie ; pauvre, elle est incomprise. Et cela ne saurait être autrement ! Elle a trop de vices et trop de bonnes qualités ; elle est trop près d'une asphyxie sublime ou d'un rire flétrissant ; elle est trop belle et trop hideuse ; elle personnifie trop bien Paris, auquel elle fournit des portières édentées, des laveuses de linge, des

1. *Plombagine* : mine de plomb.

balayeuses, des mendiantes, parfois des comtesses impertinentes, des actrices admirées, des cantatrices applaudies ; elle a même donné jadis deux quasi-reines à la monarchie. Qui pourrait saisir un tel Protée[1] ? Elle est toute la femme, moins que la femme, plus que la femme. De ce vaste portrait, un peintre de mœurs ne peut rendre que certains détails, l'ensemble est l'infini. C'était une grisette de Paris, mais la grisette dans toute sa splendeur ; la grisette en fiacre, heureuse, jeune, belle, fraîche, mais grisette, et grisette à griffes, à ciseaux, hardie comme une Espagnole, hargneuse comme une prude Anglaise réclamant ses droits conjugaux, coquette comme une grande dame, plus franche et prête à tout ; une véritable lionne sortie du petit appartement dont elle avait tant de fois rêvé les rideaux de calicot rouge, le meuble en velours d'Utrecht, la table à thé, le cabaret de porcelaine à sujets peints, la causeuse, le petit tapis de moquette, la pendule d'albâtre et les flambeaux sous verre, la chambre jaune, le mol édredon ; bref, toutes les joies de la vie des grisettes : la femme de ménage, ancienne grisette elle-même, mais grisette à moustaches et à chevrons[2], les parties de spectacle, les marrons à discrétion, les robes de soie et les chapeaux à gâcher ; enfin toutes les félicités calculées au comptoir des modistes, moins l'équipage, qui n'apparaît dans les imaginations du comptoir que comme un bâton de maréchal dans les songes de soldat. Oui, cette grisette avait tout cela pour une affection vraie ou malgré l'affection vraie, comme quelques autres l'obtiennent souvent pour une heure par jour, espèce d'impôt insouciamment acquitté sous les griffes d'un vieillard. La jeune femme qui se trouvait en présence de monsieur et madame Jules avait le pied si découvert dans sa chaussure qu'à peine voyait-on une légère ligne

1. *Protée* : dieu grec de la mer, qui pouvait changer de forme à volonté. \ 2. *Chevrons* : galons militaires.

noire entre le tapis et son bas blanc. Cette chaussure, dont la caricature parisienne rend si bien le trait, est une grâce particulière à la grisette parisienne ; mais elle se trahit encore mieux aux yeux de l'observateur par le soin avec lequel ses vêtements adhèrent à ses formes, qu'ils dessinent nettement. Aussi l'inconnue était-elle, pour ne pas perdre l'expression pittoresque créée par le soldat français, ficelée dans une robe verte, à guimpe [1], qui laissait deviner la beauté de son corsage, alors parfaitement visible ; car son châle de cachemire Ternaux [2], tombant à terre, n'était plus retenu que par les deux bouts qu'elle gardait entortillés à demi dans ses poignets. Elle avait une figure fine, des joues roses, un teint blanc, des yeux gris étincelants, un front bombé, très proéminent, des cheveux soigneusement lissés qui s'échappaient de son petit chapeau, en grosses boucles, sur son cou.

– Je me nomme Ida, monsieur. Et si c'est là madame Jules, à laquelle j'ai l'avantage de parler, je venais pour lui dire tout ce que j'ai sur le cœur, *conte* elle. C'est très mal, quand on a son affaire faite, et qu'on est dans ses meubles comme vous êtes ici, de vouloir enlever à une pauvre fille un homme avec lequel j'ai contracté un mariage moral, et qui parle de réparer ses torts en m'épousant à la *mucipalité*. Il y a bien assez de jolis jeunes gens dans le monde, pas vrai, monsieur ? pour se passer ses fantaisies, sans venir me prendre un homme d'âge, qui fait mon bonheur. Quien, je n'ai pas une belle hôtel, moi, j'ai mon amour ! Je *haïs* les *bel hommes* et l'argent, je suis tout cœur, et…

Madame Jules se tourna vers son mari : – Vous me permettrez, monsieur, de ne pas en entendre davantage, dit-elle en rentrant dans sa chambre.

1. *Guimpe* : plastron qui atténue le décolletage d'une robe. \ 2. *Ternaux* : nom d'un manufacturier de châle de cachemire.

– Si cette dame est avec vous, j'ai fait des *brioches* [1], à ce que je vois ; mais tant pire, reprit Ida. Pourquoi vient-elle voir monsieur Ferragus tous les jours ?

– Vous vous trompez, mademoiselle, dit Jules stupéfait. Ma femme est incapable…

– Ah ! vous êtes donc mariés vous *deusse* ! dit la grisette en manifestant quelque surprise. C'est alors bien plus mal, monsieur, pas vrai, à une femme qui a la bonheur d'être mariée en légitime mariage, d'avoir des rapports avec un homme comme Henri…

– Mais quoi, Henri, dit monsieur Jules en prenant Ida et l'entraînant dans une pièce voisine pour que sa femme n'entendît plus rien.

– Eh ! bien, monsieur Ferragus…

– Mais il est mort, dit Jules.

– C'te farce ! Je suis allée à Franconi avec lui hier au soir, et il m'a ramenée, comme cela se doit. D'ailleurs votre dame peut vous en donner des nouvelles. N'est-elle pas allée le voir à trois heures ? Je le sais bien : je l'ai attendue dans la rue, rapport à ce qu'un aimable homme, monsieur Justin, que vous connaissez peut-être, un petit vieux qui a des breloques, et qui porte un corset, m'avait prévenue que j'avais une madame Jules pour rivale. Ce nom-là, monsieur, est bien connu parmi les noms de guerre. Excusez, puisque c'est le vôtre, mais quand madame Jules serait une duchesse de la cour, Henri est si riche qu'il peut satisfaire toutes ses fantaisies. Mon affaire est de défendre mon bien, et j'en ai le droit ; car, moi, je l'aime, Henri ! C'est ma *promière* inclination, et il y va de mon amour et de mon sort à venir. Je ne crains rien, monsieur ; je suis honnête, et je n'ai jamais menti, ni volé le bien de qui que ce soit. Ce serait une impératrice

1. *Faire des* brioches : en argot, faire des sottises.

qui serait ma rivale, que j'irais à elle tout droit ; et si elle m'enlevait mon mari futur, je me sens capable de la tuer, tout impératrice qu'elle serait, parce que toutes les belles femmes sont égales, monsieur…

– Assez ! assez ! dit Jules. Où demeurez-vous ?

– Rue de la Corderie-du-Temple, n° 14, monsieur. Ida Gruget, couturière en corsets, pour vous servir, car nous en faisons beaucoup pour les messieurs.

– Et où demeure l'homme que vous nommez Ferragus ?

– Mais, monsieur, dit-elle en se pinçant les lèvres, ce n'est d'abord pas un homme. C'est un monsieur plus riche que vous ne l'êtes peut-être. Mais pourquoi est-ce que vous me demandez son adresse quand votre femme la sait ? Il m'a dit de ne point la donner. Est-ce que je suis obligée de vous répondre ?… Je ne suis, Dieu merci, ni au confessionnal ni à la police, et je ne dépends que de moi.

– Et si je vous offrais vingt, trente, quarante mille francs pour me dire où demeure monsieur Ferragus ?

– Ah ! n, i, ni, mon petit ami, c'est fini ! dit-elle en joignant à cette singulière réponse un geste populaire. Il n'y a pas de somme qui me fasse dire cela. J'ai bien l'honneur de vous saluer. Par où s'en va-t-on donc d'ici ?

Jules, atterré, laissa partir Ida, sans songer à elle. Le monde entier semblait s'écrouler sous lui ; et, au-dessus de lui, le ciel tombait en éclats.

– Monsieur est servi, lui dit son valet de chambre.

Le valet de chambre et le valet d'office attendirent dans la salle à manger pendant environ un quart d'heure sans voir arriver leurs maîtres.

– Madame ne dînera pas, vint dire la femme de chambre.

– Qu'y a-t-il donc, Joséphine ? demanda le valet.

– Je ne sais pas, répondit elle. Madame pleure et va se mettre au lit. Monsieur avait sans doute une inclination en ville, et cela s'est découvert dans un bien mauvais moment, entendez-vous ? Je ne répondrais pas de la vie de madame. Tous les hommes sont si gauches ! Ils vous font toujours des scènes sans aucune précaution.

– Pas du tout, reprit le valet de chambre à voix basse, c'est, au contraire, madame qui... enfin vous comprenez. Quel temps aurait donc monsieur pour aller en ville, lui qui depuis cinq ans n'a pas couché une seule fois hors de la chambre de madame ; qui descend à son cabinet à dix heures, et n'en sort qu'à midi pour déjeuner ! Enfin sa vie est connue, elle est régulière, au lieu que madame file presque tous les jours, à trois heures, on ne sait où.

– Et monsieur aussi, dit la femme de chambre en prenant le parti de sa maîtresse.

– Mais il va à la Bourse, monsieur. Voilà pourtant trois fois que je l'avertis qu'il est servi, reprit le valet de chambre après une pause, et c'est comme si l'on parlait à un *terne*[1].

Monsieur Jules entra.

– Où est madame ? demanda-t-il.

– Madame va se coucher, elle a la migraine, répondit la femme de chambre en prenant un air important.

Monsieur Jules dit alors avec beaucoup de sang-froid en s'adressant à ses gens : – Vous pouvez desservir, je vais tenir compagnie à madame.

Et il rentra chez sa femme qu'il trouva pleurant, mais étouffant ses sanglots dans son mouchoir.

– Pourquoi pleurez-vous ? lui dit Jules. Vous n'avez à attendre de moi ni violences ni reproches. Pourquoi me vengerais-je ? Si vous n'avez pas été fidèle à mon amour, c'est que vous n'en étiez pas digne...

– Pas digne ! Ces mots répétés s'entendirent à travers les san-

1. *Un terne* : une borne, un objet silencieux.

glots, et l'accent avec lequel ils furent prononcés eût attendri tout autre homme que Jules.

– Pour vous tuer, il faudrait aimer plus que je n'aime peut-être, dit-il en continuant ; mais je n'en aurais pas le courage, je me tuerais plutôt, moi, vous laissant à votre… bonheur, et à… à qui ?

Il n'acheva pas.

– Se tuer, cria Clémence en se jetant aux pieds de Jules et les tenant embrassés.

Mais, lui, voulut se débarrasser de cette étreinte et secoua sa femme en se traînant jusqu'à son lit.

– Laissez-moi, dit-il.

– Non, non, Jules ! criait-elle. Si tu ne m'aimes plus, je mourrai. Veux-tu tout savoir ?

– Oui.

Il la prit, la serra violemment, s'assit sur le bord du lit, la retint entre ses jambes ; puis, regardant d'un œil sec cette belle tête devenue couleur de feu, mais sillonnée de larmes : – Allons, dis, répéta-t-il.

Les sanglots de Clémence recommencèrent.

– Non, c'est un secret de vie et de mort. Si je le disais je… Non, je ne puis pas. Grâce, Jules !

– Tu me trompes toujours…

– Ah ! tu ne me dis plus *vous* ! s'écria-t-elle. Oui, Jules, tu peux croire que je te trompe, mais bientôt tu sauras tout.

– Mais ce Ferragus, ce forçat que tu vas voir, cet homme enrichi par des crimes, s'il n'est pas à toi, si tu ne lui appartiens pas…

– Oh ! Jules ?…

– Eh ! bien, est-ce ton bienfaiteur inconnu ; l'homme auquel nous devrions notre fortune, comme on l'a déjà dit ?

– Qui a dit cela ?

– Un homme que j'ai tué en duel.

– Oh ! Dieu ! déjà un mort.

– Si ce n'est pas ton protecteur, s'il ne te donne pas de l'or, si c'est toi qui lui en portes, voyons, est-ce ton frère ?

– Eh ! bien, dit-elle, si cela était ?

Monsieur Desmarets se croisa les bras.

– Pourquoi me l'aurait-on caché ? reprit-il. Vous m'auriez donc trompé, ta mère et toi ? D'ailleurs, va-t-on chez son frère tous les jours, ou presque tous les jours, hein ?

Sa femme était évanouie à ses pieds.

– Morte, dit-il. Et si j'avais tort ?

Il sauta sur les cordons de sonnette, appela Joséphine et mit Clémence sur le lit.

– J'en mourrai, dit madame Jules en revenant à elle.

– Joséphine, cria monsieur Desmarets, allez chercher monsieur Desplein. Puis vous irez après chez mon frère, en le priant de venir le plus tôt possible.

– Pourquoi votre frère ? dit Clémence.

Jules était déjà sorti.

Pour la première fois depuis cinq ans, madame Jules se coucha seule dans son lit, et fut contrainte de laisser entrer un médecin dans sa chambre sacrée. Ce fut deux peines bien vives. Desplein trouva madame Jules fort mal, jamais émotion violente n'avait été plus intempestive. Il ne voulut rien préjuger, et remit au lendemain à donner son avis, après avoir ordonné quelques prescriptions qui ne furent point exécutées, les intérêts du cœur ayant fait oublier tous les soins physiques. Vers le matin, Clémence n'avait pas encore dormi. Elle était préoccupée par le sourd murmure d'une conversation qui durait depuis plusieurs heures entre les deux frères ; mais l'épaisseur des murs ne laissait arriver à son oreille aucun mot qui pût lui trahir l'objet de cette longue conférence. Monsieur Desmarets, le notaire, s'en alla bientôt. Le calme de la nuit, puis la singulière activité de sens que donne la passion, permirent alors à Clémence d'entendre le cri d'une plume et les mouvements involontaires d'un homme occupé à écrire. Ceux qui passent habituellement les nuits, et qui ont observé les différents effets de l'acoustique par un profond silence, savent que souvent un léger retentissement est facile à percevoir dans les mêmes lieux où des murmures égaux et continus n'avaient rien de distinctible. À quatre heures le bruit cessa. Clémence se leva inquiète et tremblante. Puis, pieds nus, sans peignoir, ne pensant ni à sa moiteur, ni à l'état dans lequel elle se trouvait, la pauvre femme ouvrit heureusement la porte de communication sans la faire crier. Elle vit son mari, une plume à la main, tout endormi dans son fauteuil. Les bougies brûlaient dans les bobèches[1]. Elle s'avança lentement, et lut sur une enveloppe déjà cachetée :

CECI EST MON TESTAMENT.

Elle s'agenouilla comme devant une tombe, et baisa la main de son mari qui s'éveilla soudain.

– Jules, mon ami, l'on accorde quelques jours aux criminels condamnés à mort, dit-elle en le regardant avec des yeux allumés par la fièvre et par l'amour. Ta femme innocente ne t'en demande que deux. Laisse-moi libre pendant deux jours, et… attends ! Après, je mourrai heureuse, du moins tu me regretteras.

– Clémence, je te les accorde.

Et, comme elle baisait les mains de son mari dans une touchante effusion de cœur, Jules, fasciné par ce cri de l'innocence, la prit et la baisa au front, tout honteux de subir encore le pouvoir de cette noble beauté.

Le lendemain, après avoir pris quelques heures de repos, Jules entra dans la chambre de sa femme, obéissant machi-

1. *Bobèches* : disques de verre et de métal conçus pour recevoir les gouttes de cire de bougie fondues.

nalement à sa coutume de ne point sortir sans l'avoir vue. Clémence dormait. Un rayon de lumière passant par les fentes les plus élevées des fenêtres tombait sur le visage de cette femme accablée. Déjà les douleurs avaient altéré son front et la fraîche rougeur de ses lèvres. L'œil d'un amant ne pouvait pas se tromper à l'aspect de quelques marbrures foncées et de la pâleur maladive qui remplaçait et le ton égal des joues et la blancheur mate du teint, deux fonds purs sur lesquels se jouaient si naïvement les sentiments de cette belle âme.

– Elle souffre, se dit Jules. Pauvre Clémence, que Dieu nous protège !

Il la baisa bien doucement sur le front. Elle s'éveilla, vit son mari et comprit tout ; mais, ne pouvant parler, elle lui prit la main, et ses yeux se mouillèrent de larmes.

– Je suis innocente, dit-elle en achevant son rêve.

– Tu ne sortiras pas, lui demanda Jules.

– Non, je me sens trop faible pour quitter mon lit.

– Si tu changes d'avis, attends mon retour, dit Jules.

Et il descendit à la loge.

– Fouquereau, vous surveillerez exactement votre porte, je veux connaître les gens qui entreront dans l'hôtel, et ceux qui en sortiront.

Puis monsieur Jules se jeta dans un fiacre, se fit conduire à l'hôtel de Maulincour, et y demanda le baron.

– Monsieur est malade, lui dit-on.

Jules insista pour entrer, donna son nom ; et, à défaut de monsieur de Maulincour, il voulut voir le vidame ou la douairière. Il attendit pendant quelque temps dans le salon de la vieille baronne qui vint le trouver, et lui dit que son petit-fils était beaucoup trop indisposé pour le recevoir.

– Je connais, madame, répondit Jules, la nature de sa maladie par la lettre que vous m'avez fait l'honneur de m'écrire, et je vous prie de croire…

– Une lettre à vous, monsieur ! de moi ! s'écria la douairière en l'interrompant, mais je n'ai point écrit de lettre. Et que m'y fait-on dire, monsieur, dans cette lettre ?

– Madame, reprit Jules, ayant l'intention de venir chez monsieur de Maulincour aujourd'hui même, et de vous rendre cette lettre, j'ai cru pouvoir la conserver malgré l'injonction qui la termine. La voici.

La douairière sonna pour avoir ses doubles bésicles, et, lorsqu'elle eut jeté les yeux sur le papier, elle manifesta la plus grande surprise.

– Monsieur, dit-elle, mon écriture est si parfaitement imitée, que s'il ne s'agissait pas d'une affaire récente je m'y tromperais moi-même. Mon petit-fils est malade, il est vrai, monsieur ; mais sa raison n'a jamais été *le moindrement du monde* altérée. Nous sommes le jouet de quelques mauvaises gens ; cependant, je ne devine pas dans quel but a été faite cette impertinence… Vous allez voir mon petit-fils, monsieur, et vous reconnaîtrez qu'il est parfaitement sain d'esprit.

Et elle sonna de nouveau pour faire demander au baron s'il pouvait recevoir monsieur Desmarets. Le valet revint avec une réponse affirmative. Jules monta chez Auguste de Maulincour, qu'il trouva dans un fauteuil, assis au coin de la cheminée, et qui, trop faible pour se lever, le salua par un geste mélancolique ; le vidame de Pamiers lui tenait compagnie.

– Monsieur le baron, dit Jules, j'ai quelque chose à vous dire d'assez particulier pour désirer que nous soyons seuls.

– Monsieur, répondit Auguste, monsieur le commandeur sait toute cette affaire, et vous pouvez parler devant lui sans crainte.

– Monsieur le baron, reprit Jules d'une voix grave, vous avez troublé, presque détruit mon bonheur, sans en avoir le droit. Jusqu'au moment où nous verrons qui de nous peut demander ou doit accorder une réparation à l'autre, vous êtes tenu de m'aider à marcher dans la voie ténébreuse où vous m'avez jeté. Je viens donc pour apprendre de vous la demeure actuelle de l'être mystérieux qui exerce sur nos destinées une si fatale influence, et qui semble avoir à ses ordres une puissance surnaturelle. Hier, au moment où je rentrais, après avoir entendu vos aveux, voici la lettre que j'ai reçue.

Et Jules lui présenta la fausse lettre.

– Ce Ferragus, ce Bourignard, ou ce monsieur de Funcal est un démon, s'écria Maulincour après l'avoir lue. Dans quel affreux dédale ai-je mis le pied ? Où vais-je ? – J'ai eu tort, monsieur, dit-il en regardant Jules ; mais la mort est, certes, la plus grande des expiations, et ma mort approche. Vous pouvez donc me demander tout ce que vous désirerez, je suis à vos ordres.

– Monsieur, vous devez savoir où demeure l'inconnu, je veux absolument, dût-il m'en coûter toute ma fortune actuelle, pénétrer ce mystère ; et, en présence d'un ennemi si cruellement intelligent, les moments sont précieux.

– Justin va vous dire tout, répondit le baron.

À ces mots, le commandeur s'agita sur sa chaise.

Auguste sonna.

– Justin n'est pas à l'hôtel, s'écria le vidame avec une précipitation qui disait beaucoup de choses.

– Hé ! bien, dit vivement Auguste, nos gens savent où il est, un homme montera vite à cheval pour le chercher. Votre valet est dans Paris, n'est-ce pas ? On l'y trouvera.

Le commandeur parut visiblement troublé.

– Justin ne viendra pas, mon ami, dit le vieillard. Il est mort. Je voulais te cacher cet accident, mais…

– Mort, s'écria monsieur de Maulincour, mort ? Et quand ? et comment ?

– Hier, dans la nuit. Il est allé souper avec d'anciens amis, et s'est enivré sans doute ; ses amis, pris de vin comme lui,

Gravure de Honoré Daumier (1808-1879),
parue dans l'édition Houssiaux de 1866.

l'auront laissé se coucher dans la rue, et une grosse voiture lui a passé sur le corps...

– Le forçat ne l'a pas manqué. Du premier coup il l'a tué, dit Auguste. Il n'a pas été si heureux avec moi, il a été obligé de s'y prendre à quatre fois.

Jules devint sombre et pensif.

– Je ne saurai donc rien, s'écria l'Agent de change après une longue pause. Votre valet a peut-être été justement puni ! N'a-t-il pas outrepassé vos ordres en calomniant madame Desmarets dans l'esprit d'une Ida, dont il a réveillé la jalousie afin de la déchaîner sur nous.

– Ah ! monsieur, dans ma colère, je lui avais abandonné madame Jules.

– Monsieur ! s'écria le mari vivement irrité.

– Oh ! maintenant, monsieur, répondit l'officier en réclamant le silence par un geste de main, je suis prêt à tout. Vous ne ferez pas mieux que ce qui est fait, et vous ne me direz rien que ma conscience ne m'ait déjà dit. J'attends ce matin le plus célèbre professeur de toxicologie pour connaître mon sort. Si je suis destiné à de trop grandes souffrances, ma résolution est prise, je me brûlerai la cervelle.

– Vous parlez comme un enfant, s'écria le commandeur épouvanté par le sang-froid avec lequel le baron avait dit ces mots. Votre grand-mère mourrait de chagrin.

– Ainsi, monsieur, dit Jules, il n'existe aucun moyen de connaître en quel endroit de Paris demeure cet homme extraordinaire ?

– Je crois, monsieur, répondit le vieillard, avoir entendu dire à ce pauvre Justin que monsieur de Funcal logeait à l'ambassade de Portugal ou à celle du Brésil. Monsieur de Funcal est un gentilhomme qui appartient aux deux pays. Quant au forçat, il est mort et enterré. Votre persécuteur, quel qu'il soit, me paraît assez puissant pour que vous l'acceptiez sous sa nouvelle forme jusqu'au moment où vous aurez les moyens de le confondre et de l'écraser ; mais agissez avec prudence, mon cher monsieur. Si monsieur de Maulincour avait suivi mes conseils, rien de tout ceci ne serait arrivé.

Jules se retira froidement, mais avec politesse, et ne sut quel parti prendre pour arriver à Ferragus. Au moment où il rentra, son concierge lui dit que madame était sortie pour aller jeter une lettre dans la boîte de la petite poste, qui se trouvait en face de la rue de Ménars. Jules se sentit humilié de reconnaître la prodigieuse intelligence avec laquelle son concierge épousait sa cause, et l'adresse avec laquelle il devinait les moyens de le servir. L'empressement des inférieurs et leur habileté particulière à compromettre les maîtres qui se compromettent lui étaient connus ; le danger de les avoir pour complices en quoi que ce soit, il l'avait apprécié ; mais il ne put songer à sa dignité personnelle qu'au moment où il se trouva si subitement ravalé. Quel triomphe pour l'esclave incapable de s'élever jusqu'à son maître, de faire tomber le maître jusqu'à lui ! Jules fut brusque et dur. Autre faute. Mais il souffrait tant ! Sa vie jusque-là si droite, si pure, devenait tortueuse ; et il lui fallait maintenant ruser, mentir. Et Clémence aussi mentait et rusait. Ce moment fut un moment de dégoût. Perdu dans un abîme de pensées amères, Jules resta machinalement immobile à la porte de son hôtel. Tantôt, s'abandonnant à des idées de désespoir, il voulait fuir, quitter la France, en emportant sur son amour toutes les illusions de l'incertitude. Tantôt, ne mettant pas en doute que la lettre jetée à la poste par Clémence ne s'adressât à Ferragus, il cherchait les moyens de surprendre la réponse qu'allait y faire cet être mystérieux. Tantôt il analysait les singuliers hasards de sa vie depuis son mariage, et se demandait si la calomnie dont il avait tiré vengeance n'était pas une vérité. Enfin, revenant à la réponse de Ferragus, il se disait : – Mais cet homme si profondément habile, si logique dans ses moindres actes, qui voit, qui pressent, qui calcule et devine même nos pensées, Ferragus répondra-t-il ? Ne doit-il pas employer des moyens en harmonie avec sa puissance ? N'enverra-t-il pas sa réponse par quelque habile coquin, ou, peut-être, dans un écrin apporté par un honnête homme qui ne saura pas ce qu'il apporte, ou dans l'enveloppe des souliers qu'une ouvrière viendra livrer fort innocemment à ma femme ? Si Clémence et lui s'entendent ? Et il se défiait de tout, et il parcourait les champs immenses, la mer sans rivage des suppositions ; puis, après avoir flotté pendant quelque temps entre mille partis contraires, il se trouva plus fort chez lui que partout ailleurs, et résolut de veiller dans sa maison, comme un formicaleo[1] au fond de sa volute sablonneuse.

– Fouquereau, dit-il à son concierge, je suis sorti pour tous ceux qui viendront me voir. Si quelqu'un veut parler à madame ou lui apporte quelque chose, tu tinteras deux coups. Puis tu me montreras toutes les lettres qui seraient adressées ici, n'importe à qui !

– Ainsi, pensa-t-il en remontant dans son cabinet qui se trouvait à l'entresol, je vais au-devant des finesses de maître Ferragus. S'il envoie quelque émissaire assez rusé pour me demander afin de savoir si madame est seule, au moins je ne serai pas joué comme un sot !

Il se colla aux vitres qui, dans son cabinet, donnaient sur la rue, et, par une dernière ruse que lui inspira la jalousie, il résolut de faire monter son premier commis dans sa voiture, et de l'envoyer à la Bourse en son lieu et place, avec une lettre pour un Agent de change de ses amis, auquel il expliqua ses achats

1. *Formicaleo* : fourmi vivant dans les terres sablonneuses et creusant des pièges dans le sable pour attraper d'autres insectes.

et ses ventes, en le priant de le remplacer. Il remit ses transactions les plus délicates au lendemain, se moquant de la hausse et de la baisse, et de toutes les dettes européennes. Beau privilège de l'amour ! Il écrase tout, fait tout pâlir : l'autel, le trône et les grands-livres. À trois heures et demie, au moment où la Bourse est dans tout le feu des reports, des fins-courant [1], des primes, des fermes, etc., monsieur Jules vit entrer dans son cabinet Fouquereau tout radieux.

– Monsieur, il vient de venir une vieille femme, mais *soignée*, je dis, une fine mouche. Elle a demandé monsieur, a paru contrariée de ne point le trouver, et m'a donné pour madame une lettre que voici.

En proie à une angoisse fiévreuse, Jules décacheta la lettre ; mais il tomba bientôt dans son fauteuil tout épuisé. La lettre était un non-sens continuel, et il fallait en avoir la clef pour la lire. Elle avait été écrite en chiffres.

– Va-t'en, Fouquereau. Le concierge sortit. – C'est un mystère plus profond que ne l'est la mer à l'endroit où la sonde s'y perd. Ah ! c'est de l'amour ! L'amour seul est aussi sagace, aussi ingénieux que l'est ce correspondant. Mon Dieu ! je tuerai Clémence.

En ce moment une idée heureuse jaillit dans sa cervelle avec tant de force, qu'il en fut presque physiquement éclairé. Aux jours de sa laborieuse misère, avant son mariage, Jules s'était fait un ami véritable, un demi-*Péméja* [2]. L'excessive délicatesse avec laquelle il avait manié les susceptibilités d'un ami pauvre et modeste, le respect dont il l'avait entouré, l'ingénieuse adresse avec laquelle il l'avait noblement forcé de participer à son opulence sans le faire rougir, accrurent leur amitié. Jacquet resta fidèle à Desmarets, malgré sa fortune.

1. *Fin-courant* : terme de commerce, indique la fin du mois. \ **2.** *Péméja* : personnage du moraliste Chamfort (1741-1794), ami exemplaire.

Jacquet, homme de probité, travailleur, austère en ses mœurs, avait fait lentement son chemin dans le ministère qui consomme à la fois le plus de friponnerie et le plus de probité. Employé au Ministère des Affaires Étrangères, il y avait en charge la partie la plus délicate des archives. Jacquet était dans le ministère une espèce de ver luisant qui jetait la lumière à ses heures sur les correspondances secrètes, en déchiffrant et classant les dépêches. Placé plus haut que le simple bourgeois, il se trouvait aux Affaires Étrangères tout ce qu'il y avait de plus élevé dans les rangs subalternes, et vivait obscurément, heureux d'une obscurité qui le mettait à l'abri des revers, satisfait de payer en oboles sa dette à la patrie. Adjoint né de sa mairie, il obtenait, en style de journal, toute la considération qui lui était due. Grâce à Jules, sa position s'était améliorée par un bon mariage. Patriote inconnu, ministériel en fait, il se contentait de gémir, au coin du feu, sur la marche du gouvernement. Du reste, Jacquet était dans son ménage un roi débonnaire, un homme à parapluie, qui payait à sa femme une remise dont il ne profitait jamais. Enfin, pour achever la peinture de ce *philosophe sans le savoir*, il n'avait pas encore soupçonné, ne devait même jamais soupçonner tout le parti qu'il pouvait tirer de sa position, en ayant pour ami intime un Agent de change, et connaissant tous les matins le secret de l'État. Cet homme sublime à la manière du soldat ignoré qui meurt en sauvant Napoléon par un *qui vive*, demeurait au Ministère.

En dix minutes, Jules se trouva dans le bureau de l'archiviste, Jacquet lui avança une chaise, posa méthodiquement sur sa table son garde-vue[1] en taffetas vert, se frotta les mains, prit sa tabatière, se leva en faisant craquer ses omoplates, se rehaussa le thorax, et dit : – Par quel hasard ici, *mosieur Desmarets* ? Que me veux-tu ?

1. *Garde-vue* : visière destinée à protéger les yeux contre une lumière trop vive.

– Jacquet, j'ai besoin de toi pour deviner un secret, un secret de vie et de mort.

– Cela ne concerne pas la politique ?

– Ce n'est pas à toi que je le demanderais si je voulais le savoir, dit Jules. Non, c'est une affaire de ménage sur laquelle je réclame de toi le silence le plus profond.

– Claude-Joseph Jacquet, muet par état. Tu ne me connais donc pas ? dit-il en riant. C'est ma partie, la discrétion.

Jules lui montra la lettre en lui disant : – Il faut me lire ce billet adressé à ma femme…

– Diable ! diable ! mauvaise affaire, dit Jacquet en examinant la lettre de la même manière qu'un usurier examine un effet négociable. Ah ! c'est une lettre à grille. Attends.

Il laissa Jules seul dans le cabinet, et revint assez promptement.

– Niaiserie, mon ami ! c'est écrit avec une vieille grille dont se servait l'ambassadeur de Portugal, sous monsieur de Choiseul[1], lors du renvoi des Jésuites. Tiens, voici.

Jacquet superposa un papier à jour, régulièrement découpé comme une de ces dentelles que les confiseurs mettent sur leurs dragées, et Jules put alors facilement lire les phrases qui restèrent à découvert.

« N'aie plus d'inquiétudes, ma chère Clémence, notre bonheur ne sera plus troublé par personne, et ton mari déposera ses soupçons. Je ne puis t'aller voir. Quelque malade que tu sois, il faut avoir le courage de venir ; cherche, trouve des forces ; tu en puisera dans ton amour. Mon affection pour toi m'a contraint de subir la plus cruelle des opérations, et il m'est impossible de bouger de mon lit. Quelques moxas[2] m'ont été appliqués hier au soir à la nuque du cou, d'une épaule à l'autre,

1. *Monsieur de Choiseul* : Étienne-François de Choiseul (1719-1785), secrétaire d'État aux Affaires étrangères de 1758 à 1770. \ 2. *Moxas* : cautérisation au moyen d'un corps qui brûle lentement à la surface de la peau.

et il a fallu les laisser brûler assez longtemps. Tu me comprends ? Mais je pensais à toi, je n'ai pas trop souffert. Pour dérouter toutes les perquisitions de Maulincour, qui ne nous persécutera plus longtemps, j'ai quitté le toit protecteur de l'ambassade, et suis à l'abri de toutes recherches, rue des Enfants-Rouges, nº 12, chez une vieille femme nommée madame Étienne Gruget, la mère de cette Ida, qui va payer cher sa sotte incartade. Viens-y demain, à neuf heures du matin. Je suis dans une chambre à laquelle on ne parvient que par un escalier intérieur. Demande monsieur Camuset. À demain. Je te baise le front, ma chérie. »

Jacquet regarda Jules avec une sorte de terreur honnête, qui comportait une compassion vraie, et dit son mot favori : – Diable ! diable ! sur deux tons différents.

– Cela te semble clair, n'est-ce pas ? dit Jules. Eh ! bien, il y a dans le fond de mon cœur une voix qui plaide pour ma femme, et qui se fait entendre plus haut que toutes les douleurs de la jalousie. Je subirai jusqu'à demain le plus horrible des supplices ; mais enfin, demain, de neuf à dix heures, je saurai tout, et je serai malheureux ou heureux pour la vie. Pense à moi, Jacquet.

– Je serai chez toi demain à onze heures. Nous irons là ensemble, et je t'attendrai, si tu le veux, dans la rue. Tu peux courir des dangers, il faut près de toi quelqu'un de dévoué qui te comprenne à demi-mot et que tu puisses employer sûrement. Compte sur moi.

– Même pour m'aider à tuer quelqu'un ?

– Diable ! diable ! dit Jacquet vivement en répétant pour ainsi dire la même note musicale, j'ai deux enfants et une femme…

Jules serra la main de Claude Jacquet et sortit. Mais il revint précipitamment.

– J'oublie la lettre, dit-il. Puis ce n'est pas tout, il faut la recacheter.

– Diable ! diable ! tu l'as ouverte sans en prendre l'empreinte ; mais le cachet s'est heureusement assez bien fendu. Va, laisse-la-moi, je te la rapporterai *secundum scripturam* [1].

– À quelle heure ?

– À cinq heures et demie…

– Si je n'étais pas encore rentré, remets-la tout bonnement au concierge, en lui disant de la monter à madame.

– Me veux-tu demain ?

– Non. Adieu.

Jules arriva promptement à la place de la Rotonde du Temple, il y laissa son cabriolet, et vint à pied rue des Enfants-Rouges où il examina la maison de madame Étienne Gruget. Là, devait s'éclaircir le mystère d'où dépendait le sort de tant de personnes ; là était Ferragus, et à Ferragus aboutissaient tous les fils de cette intrigue. La réunion de madame Jules, de son mari, de cet homme, n'était-elle pas le nœud gordien [2] de ce drame déjà sanglant, et auquel ne devait pas manquer le glaive qui dénoue les liens les plus fortement serrés ?

Cette maison était une de celle qui appartiennent au genre dit *cabajoutis*. Ce nom très significatif est donné par le peuple de Paris à ces maisons composées, pour ainsi dire, de pièces de rapport. C'est presque toujours ou des habitations primitivement séparées, mais réunies par les fantaisies des différents propriétaires qui les ont successivement agrandies, ou des maisons commencées, laissées, reprises, achevées ; maisons malheureuses qui ont passé, comme certains peuples, sous plusieurs dynasties de maîtres capricieux. Ni les étages ni les

1. *Secundum scripturam* : conformément à l'Écriture. \ 2. *Nœud gordien* : difficulté presque impossible à résoudre.

fenêtres *ne sont ensemble*, pour emprunter à la peinture un de ses termes les plus pittoresques ; tout y jure, même les ornements extérieurs. Le cabajoutis est à l'architecture parisienne ce que le capharnaüm est à l'appartement, un vrai fouillis où l'on a jeté pêle-mêle les choses les plus discordantes.

– Madame Étienne, demanda Jules à la portière.

Cette portière était logée sous la grande porte, dans une de ces espèces de cages à poulets, petite maison de bois montée sur des roulettes, et assez semblable à ces cabinets que la police a construits sur toutes les places de fiacres.

– Hein ? fit la portière en quittant le bas qu'elle tricotait.

À Paris, les différents sujets qui concourent à la physionomie d'une portion quelconque de cette monstrueuse cité, s'harmonisent admirablement avec le caractère de l'ensemble. Ainsi portier, concierge ou suisse, quel que soit le nom donné à ce muscle essentiel du monstre parisien, il est toujours conforme au quartier dont il fait partie, et souvent il le résume. Brodé sur toutes les coutures, oisif, le concierge joue sur les rentes dans le faubourg Saint-Germain, le portier a ses aises dans la Chaussée-d'Antin, il lit les journaux dans le quartier de la Bourse, il a un état dans le faubourg Montmartre. La portière est une ancienne prostituée dans le quartier de la prostitution ; au Marais, elle a des mœurs, elle est revêche, elle a ses lubies.

En voyant monsieur Jules, cette portière prit un couteau pour remuer la motte presque éteinte de sa chaufferette ; puis elle lui dit : – Vous demandez madame Étienne, est-ce madame Étienne Gruget ?

– Oui, dit Jules Desmarets en prenant un air presque fâché.

– Qui travaille en passementerie[1] ?

– Oui.

1. *Passementerie* : commerce de celui qui fabrique ou qui vend des bandes de tissu, des galons destinés à l'ornement de vêtements et de meubles.

– Eh ! bien, monsieur, dit-elle en sortant de sa cage, mettant la main sur le bras de monsieur Jules et le conduisant au bout d'un long boyau voûté comme une cave, vous monterez le second escalier au fond de la cour. Voyez-vous les fenêtres où il y a des *géroflées* ? c'est là que reste madame Étienne.

– Merci, madame. Croyez-vous qu'elle soit seule ?

– Mais pourquoi donc qu'elle ne serait pas seule, cette femme, elle est veuve ?

Jules monta lestement un escalier fort obscur, dont les marches avaient des callosités formées par la boue durcie qu'y laissaient les allants et les venants. Au second étage, il vit trois portes, mais point de *géroflées*. Heureusement, sur l'une de ces portes, la plus huileuse et la plus brune des trois, il lut ces mots écrits à la craie : *Ida viendra ce soir à neuf heures*. – C'est là, se dit Jules. Il tira un vieux cordon de sonnette tout noir, à pied de biche[1], entendit le bruit étouffé d'une sonnette fêlée et les jappements d'un petit chien asthmatique. La manière dont les sons retentissaient dans l'intérieur lui annonça un appartement encombré de choses qui n'y laissaient pas subsister le moindre écho, trait caractéristique des logements occupés par des ouvriers, par de petits ménages, auxquels la place et l'air manquent. Jules cherchait machinalement les *géroflées*, et finit par les trouver sur l'appui extérieur d'une croisée à coulisse, entre deux plombs[2] empestés. Là, des fleurs ; là, un jardin long de deux pieds, large de six pouces[3] ; là, un grain de blé ; là, toute la vie résumée ; mais là aussi toutes les misères de la vie. En face de ces fleurs chétives et des superbes tuyaux de blé, un rayon de lumière, tombant là du ciel comme par grâce, faisait ressortir la poussière, la graisse, et je ne sais

1. *Pied de biche* : poignée de sonnette en forme de pied de biche. \ **2.** *Plombs* : plombs fondus en petites bandes pour lier entre eux les petits carreaux des vitrages. \ **3.** *Pieds […] pouces* : anciennes unités de longueur, le pied vaut environ 33 cm, le pouce un douzième du pied, soit 2, 7 cm.

quelle couleur particulière aux taudis parisiens, mille saletés qui encadraient, vieillissaient et tachaient les murs humides, les balustres vermoulus de l'escalier, les châssis disjoints des fenêtres, et les portes primitivement rouges. Bientôt une toux de vieille et le pas lourd d'une femme qui traînait péniblement des chaussons de lisière annoncèrent la mère d'Ida Gruget. Cette vieille ouvrit la porte, sortit sur le palier, leva la tête, et dit : – Ah ! c'est monsieur Bocquillon. Mais non. Par exemple, comme vous ressemblez à monsieur Bocquillon. Vous êtes son frère, peut-être. Qu'y a-t-il pour votre service ? Entrez donc, monsieur.

Jules suivit cette femme dans une première pièce où il vit, mais en masse, des cages, des ustensiles de ménage, des fourneaux, des meubles, de petits plats de terre pleins de pâtée ou d'eau pour le chien et les chats, une horloge de bois, des couvertures, des gravures d'Eisen[1], de vieux fers entassés, mêlés, confondus de manière à produire un tableau véritablement grotesque, le vrai capharnaüm parisien, auquel ne manquaient même pas quelques numéros du *Constitutionnel*[2].

Jules, dominé par une pensée de prudence, n'écouta pas la veuve Gruget, qui lui disait : – Entrez donc ici, monsieur, vous vous chaufferez.

Craignant d'être entendu par Ferragus, Jules se demandait s'il ne valait pas mieux conclure dans cette première pièce le marché qu'il venait proposer à la vieille. Une poule qui sortit en caquetant d'une soupente le tira de sa méditation secrète. Jules avait pris sa résolution. Il suivit alors la mère d'Ida dans la pièce à feu, où ils furent accompagnés par le petit carlin[3] poussif, personnage muet, qui grimpa sur un vieux tabouret.

1. *Eisen* : Charles-Dominique Eisen (1720-1778), dessinateur spécialisé dans les vignettes à mine de plomb. \ **2.** *Constitutionnel* : quotidien fondé pendant les Cent jours, organe de l'opposition libérale pendant la Restauration. \ **3.** *Carlin* : chien de petite taille, à poil noir, au museau aplati.

Madame Gruget avait eu toute la fatuité d'une demi-misère en parlant de chauffer son hôte. Son pot-à-feu cachait complètement deux tisons notablement disjoints. L'écumoire gisait à terre, la queue dans les cendres. Le chambranle de la cheminée, orné d'un Jésus de cire mis sous une cage carrée en verre bordé de papier bleuâtre, était encombré de laine, de bobines et d'outils nécessaires à la passementerie. Jules examina tous les meubles de l'appartement avec une curiosité pleine d'intérêt, et manifesta malgré lui sa secrète satisfaction.

– Eh ! bien, dites donc, monsieur, est-ce que vous voulez vous arranger de *mes meubes* ? lui dit la veuve en s'asseyant sur un fauteuil de canne jaune qui semblait être son quartier-général. Elle y gardait à la fois son mouchoir, sa tabatière, son tricot, des légumes épluchés à moitié, des lunettes, un calendrier, des galons de livrée commencés, un jeu de cartes grasses, et deux volumes de romans, tout cela frappé en creux. Ce meuble, sur lequel cette vieille *descendait le fleuve de la vie,* ressemblait au sac encyclopédique que porte une femme en voyage, et où se trouve son ménage en abrégé, depuis le portrait du mari jusqu'à de l'eau de mélisse pour les défaillances, des dragées pour les enfants, et du taffetas anglais pour les coupures.

Jules étudia tout. Il regarda fort attentivement le visage jaune de madame Gruget, ses yeux gris, sans sourcils, dénués de cils, sa bouche démeublée, ses rides pleines de tons noirs, son bonnet de tulle roux, à ruches plus rousses encore, et ses jupons d'indienne troués, ses pantoufles usées, sa chaufferette brûlée, sa table chargée de plats et de soieries, d'ouvrages en coton, en laine, au milieu desquels s'élevait une bouteille de vin. Puis il se dit en lui-même : – Cette femme a quelque passion, quelques vices cachés, elle est à moi.

– Madame, dit-il à haute voix et en lui faisant un signe d'intelligence, je viens pour vous commander des galons… Puis il baissa la voix. – Je sais, reprit-il, que vous avez chez vous un inconnu qui prend le nom de Camuset. La vieille le regarda soudain, sans donner la moindre marque d'étonnement. – Dites, peut-il nous entendre ? Songez qu'il s'agit de votre fortune.

– Monsieur, répondit-elle, parlez sans crainte, je n'ai personne ici. Mais j'aurai quelqu'un là-haut qu'il lui serait bien impossible de vous écouter.

– Ah ! la vieille rusée, elle sait répondre en normand, se dit Jules. Nous pourrons nous accorder. – Évitez-vous la peine de mentir, madame, reprit-il. Et d'abord, sachez bien que je ne vous veux point de mal, ni à votre locataire malade de ses moxas, ni à votre fille Ida, couturière en corsets, amie de Ferragus. Vous le voyez, je suis au courant de tout. Rassurez-vous, je ne suis point de la police, et ne désire rien qui puisse offenser votre conscience. Une jeune dame viendra demain ici, de neuf à dix heures, pour causer avec l'ami de votre fille. Je veux être à portée de tout voir, de tout entendre, sans être ni vu ni entendu par eux. Vous m'en fournirez les moyens, et je reconnaîtrai ce service par une somme de deux mille francs une fois payée, et par six cents francs de rente viagère. Mon notaire préparera devant vous, ce soir, l'acte ; je lui remettrai votre argent, il vous le délivrera demain, après la conférence où je veux assister, et pendant laquelle j'acquerrai des preuves de votre bonne foi.

– Ça pourra-t-il nuire à ma fille, mon cher monsieur, dit-elle en lui jetant des regards de chatte inquiète.

– En rien, madame. Mais d'ailleurs, il paraît que votre fille se conduit bien mal envers vous. Aimée par un homme aussi riche, aussi puissant que l'est Ferragus, il devrait lui être facile de vous rendre plus heureuse que vous ne semblez l'être.

– Ah ! mon cher monsieur, pas seulement un pauvre billet de spectacle pour l'Ambigu ou la Gaîté où elle va comme elle veut. C'est une indignité ! Une fille pour qui j'ai vendu mes couverts d'argent, que je mange maintenant, à mon âge, dedans du métal allemand, pour lui payer son apprentissage, et lui donner un état où elle ferait de l'or, si elle voulait. Car, pour ça, elle tient de moi, elle est adroite comme une fée, c'est une justice à lui rendre. Enfin, elle pourrait bien me repasser ses vieilles robes des soie, moi qu'aime tant à porter de la soie. Non, monsieur, elle va au Cadran-Bleu [1], dîner à cinquante francs par tête, roule en voiture comme une princesse, et se moque de sa mère comme de Colin-Tampon. Dieu de Dieu ! que jeunesse incohérente que celle que nous avons faite, c'est pas notre plus bel éloge. Une mère, monsieur, qu'est bonne mère, car j'ai caché ses inconséquences, et je l'ai toujours eue dans mon giron à m'ôter le pain de la bouche, et lui fourrer tout. Eh ! bien, non. Ça vient, ça vous câline, ça vous dit : – Bonjour, ma mère. Et voilà leurs devoirs remplis envers l'auteur de ses jours. Va comme je te pousse. Mais elle aura des enfants, un jour ou l'autre, et elle verra ce que c'est que cette mauvaise marchandise-là, qu'on aime tout de même.

– Comment ! elle ne fait rien pour vous ?

– Ah ! rien, non, monsieur, je ne dis pas cela, si elle ne faisait rien, ce serait par trop peu de chose. Elle me paye mon loyer, elle me donne du bois, et trente-six francs par mois... Mais, monsieur, est-ce qu'à mon âge, cinquante-deux ans, avec des yeux qui me tirent le soir, je devrais encore travailler ? D'ailleurs, *pouquoi* ne veut-elle pas de moi ? Je lui fais-t-y honte ? qu'elle le dise tout de suite. En vérité, faudrait s'enterrer pour ces chiens d'enfants qui vous ont oublié rien que le temps de fermer la porte. Elle tira son mouchoir de sa poche, et amena un billet de loterie qui tomba par terre ; mais elle le ramassa promptement en disant : – *Quien !* c'est ma quittance de mes impositions.

1. *Cadran-bleu* : restaurant situé boulevard du Temple au coin de la rue Charlot.

Jules devina soudain la cause de la sage parcimonie dont se plaignait la mère, et il n'en fut que plus certain de l'acquiescement de la veuve Gruget au marché proposé.

– Eh ! bien, madame, dit-il, acceptez alors ce que je vous offre.

– Vous disiez donc, monsieur, deux mille francs de comptant, et six cents francs de viager ?

– Madame, j'ai changé d'avis, et vous promets seulement trois cents francs de rente viagère. L'affaire, ainsi faite, me paraît plus convenable à mes intérêts. Mais je vous donnerai cinq mille francs d'argent comptant. N'aimez-vous pas mieux cela ?

– Dame, oui, monsieur.

– Vous aurez plus d'aisance, et vous irez à l'Ambigu-Comique, chez Franconi [1], partout, à votre aise, en fiacre.

– Ah ! je n'aime point Franconi, rapport à ce qu'on n'y parle pas. Mais, monsieur, si j'accepte, c'est que ça sera bien avantageux à mon enfant. Enfin, je ne serai plus à ses crochets. Pauvre petite, après tout, je ne lui en veux point de ce qu'elle a du plaisir. Monsieur, faut que jeunesse s'amuse ! et donc ! Si vous m'assureriez que je ne ferai de tort à personne…

– À personne, répéta Jules. Mais voyons, comment allez-vous vous y prendre ?

– Eh ! bien, monsieur, en donnant ce soir à monsieur Ferragus une petite infusion de têtes de pavots, il dormira bien, le cher homme ! Et il en a bon besoin, rapport à ses souffrances, car il souffre, que c'est une pitié. Mais aussi, demandez-moi ce que c'est que cette invention à un homme sain de se brûler le dos pour s'ôter un tic douloureux qui ne le tourmente que tous les deux ans. Pour en revenir à notre affaire, j'ai la clef de ma

1. *Franconi* : théâtre de cirque situé boulevard du Temple.

voisine, dont le logement est au-dessus du mien, et qui a une pièce mur mitoyen avec celle où couche monsieur Ferragus. Elle est à la campagne pour dix jours. Et donc, en faisant faire un trou, pendant la nuit, au mur de la séparation, vous les entendrez et les verrez à votre aise. Je suis intime avec un serrurier, un bien aimable homme, qui raconte comme un ange, et fera cela pour moi, ni vu, ni connu.

– Voilà cent francs pour lui, soyez ce soir chez monsieur Desmarets, un notaire dont voici l'adresse. À neuf heures l'acte sera prêt, mais… *motus*.

– Suffit, monsieur, comme vous dites, *momus* ! Au revoir, monsieur.

Jules revint chez lui, presque calmé par la certitude où il était de tout savoir le lendemain. En arrivant, il trouva chez son portier la lettre parfaitement bien recachetée.

– Comment te portes-tu ? dit-il à sa femme malgré l'espèce de froid qui les séparait.

Les habitudes de cœur sont difficiles à quitter !

– Assez bien. Jules, reprit-elle d'une voix coquette, veux-tu dîner près de moi ?

– Oui, répondit-il en apportant la lettre, tiens, voici ce que Fouquereau m'a remis pour toi.

Clémence, qui était pâle, rougit extrêmement en apercevant la lettre, et cette rougeur subite causa la plus vive douleur à son mari.

– Est-ce de la joie, dit-il en riant, est-ce un effet de l'attente ?

– Oh ! il y a bien des choses, dit-elle en regardant le cachet.

– Je vous laisse, madame.

Et il descendit dans son cabinet, où il écrivit à son frère ses intentions relatives à la constitution de la rente viagère destinée à la veuve Gruget. Quand il revint, il trouva son dîner préparé sur une petite table, près du lit de Clémence, et Joséphine prête à servir.

– Si j'étais debout, avec quel plaisir je te servirais ! dit-elle quand Joséphine les eut laissés seuls. Oh ! même à genoux, reprit-elle en passant ses mains pâles dans la chevelure de Jules. Cher noble cœur, tu as été bien gracieux et bien bon pour moi tout à l'heure. Tu m'as fait là plus de bien, par ta confiance, que tous les médecins de la terre ne pourraient m'en faire par leur ordonnance. Ta délicatesse de femme, car tu sais aimer comme une femme, toi… eh ! bien, elle a répandu dans mon âme je ne sais quel baume qui m'a presque guérie. Il y a trêve, Jules, avance ta tête, que je la baise.

Jules ne put se refuser au plaisir d'embrasser Clémence. Mais ce ne fut pas sans une sorte de remords au cœur, il se trouvait petit devant cette femme qu'il était toujours tenté de croire innocente. Elle avait une sorte de joie triste. Une chaste espérance brillait sur son visage à travers l'expression de ses chagrins. Ils semblaient également malheureux d'être obligés de se tromper l'un l'autre, et encore une caresse, ils allaient tout s'avouer, ne résistant pas à leurs douleurs.

– Demain soir, Clémence.

– Non, monsieur, demain à midi, vous saurez tout, et vous vous agenouillerez devant votre femme. Oh ! non, tu ne l'humilieras pas, non, tu es tout pardonné ; non, tu n'as pas de torts. Écoute : hier, tu m'as bien rudement brisée ; mais ma vie n'aurait peut-être pas été complète sans cette angoisse, ce sera une ombre qui fera valoir des jours célestes.

– Tu m'ensorcelles, s'écria Jules, et tu me donnerais des remords.

– Pauvre ami, la destinée est plus haute que nous, et je ne suis pas complice de ma destinée. Je sortirai demain.

– À quelle heure, demanda Jules.

– À neuf heures et demie.

– Clémence, répondit monsieur Desmarets, prends bien des précautions, consulte le docteur Desplein et le vieil Haudry.

– Je ne consulterai que mon cœur et mon courage.

– Je te laisse libre, et ne viendrai te voir qu'à midi.

– Tu ne me tiendras pas un peu compagnie ce soir, je ne suis plus souffrante ?…

Après avoir terminé ses affaires, Jules revint près de sa femme, ramené par une attraction invincible. Sa passion était plus forte que toutes ses douleurs.

Chapitre IV

Où aller mourir ?

Le lendemain, vers neuf heures, Jules s'échappa de chez lui, courut à la rue des Enfants-Rouges, monta, et sonna chez la veuve Gruget.

– Ah ! vous êtes de parole, exact comme l'aurore. Entrez donc, monsieur, lui dit la vieille passementière en le reconnaissant. Je vous ai apprêté une tasse de café à la crème, au cas où… reprit-elle quand la porte fut fermée. Ah ! de la vraie crème, un petit pot que j'ai vu traire moi-même à la vacherie que nous avons dans le marché des Enfants-Rouges.

– Merci, madame, non, rien. Menez-moi…

– Bien, bien, mon cher monsieur. Venez par ici.

La veuve conduisit Jules dans une chambre située au-dessus de la sienne, et où elle lui montra, triomphalement, une ouverture grande comme une pièce de quarante sous, pratiquée pendant la nuit à une place correspondant aux rosaces les plus hautes et les plus obscures du papier tendu dans la chambre de Ferragus. Cette ouverture se trouvait, dans l'une et l'autre pièce, au-dessus d'une armoire. Les légers dégâts faits par le serrurier n'avaient donc laissé de traces d'aucun côté du mur, et il était fort difficile d'apercevoir dans l'ombre cette espèce de meurtrière. Aussi Jules fut-il obligé, pour se maintenir là, et pour y bien voir, de rester dans une position assez fatigante, en se perchant sur un marchepied que la veuve Gruget avait eu soin d'apporter.

– Il est avec un monsieur, dit la vieille en se retirant. Jules aperçut en effet un homme occupé à panser un cordon de plaies, produites par une certaine quantité de brûlures pratiquées sur les épaules de Ferragus, dont il reconnut la tête, d'après la description que lui en avait faite monsieur de Maulincour.

– Quand crois-tu que je serai guéri, demandait-il

– Je ne sais, répondit l'inconnu ; mais, au dire des médecins, il faudra bien encore sept ou huit pansements.

– Eh ! bien, à ce soir, dit Ferragus en tendant la main à celui qui venait de poser la dernière bande de l'appareil.

– À ce soir, répondit l'inconnu en serrant cordialement la main de Ferragus. Je voudrais te voir quitte de tes souffrances.

– Enfin, les papiers de monsieur de Funcal nous seront remis demain et Henri Bourignard est bien mort, reprit Ferragus. Les deux fatales lettres qui nous ont coûté si cher n'existent plus. Je redeviendrai donc quelque chose de social, un homme parmi les hommes, et je vaux bien le marin qu'ont mangé les poissons. Dieu sait si c'est pour moi que je me fais comte !

– Pauvre Gratien, toi, notre plus forte tête, notre frère chéri, tu es le benjamin de la bande ; tu le sais.

– Adieu ! surveillez bien mon Maulincour.

– Sois en paix sur ce point.

– Hé, marquis ? cria le vieux forçat.

– Quoi ?

– Ida est capable de tout, après la scène d'hier au soir. Si elle s'est jetée à l'eau, je ne la repêcherai certes pas, elle gardera bien mieux le secret de mon nom, le seul qu'elle possède ; mais surveille-la ; car, après tout, c'est une bonne fille.

– Bien.

L'inconnu se retira. Dix minutes après, monsieur Jules n'entendit pas sans avoir un frisson de fièvre le bruissement particulier aux robes de soie, et reconnut presque le bruit des pas de sa femme.

– Eh ! bien, mon père, dit Clémence. Pauvre père, comment allez-vous ? Quel courage !

– Viens, mon enfant, répondit Ferragus en lui tendant la main.

Et Clémence lui présenta son front, qu'il embrassa.

– Voyons, qu'as-tu, pauvre petite ? Quels chagrins nouveaux...

– Des chagrins, mon père, mais c'est la mort de votre fille que vous aimez tant. Comme je vous l'écrivais hier, il faut absolument que dans votre tête, si fertile en idées, vous trouviez le moyen de voir mon pauvre Jules, aujourd'hui même. Si vous saviez comme il a été bon pour moi, malgré des soupçons, en apparence, si légitimes ! Mon père, mon amour c'est ma vie. Voulez-vous me voir mourir ? Ah ! j'ai déjà bien souffert ! et, je le sens, ma vie est en danger.

– Te perdre, ma fille, dit Ferragus, te perdre par la curiosité d'un misérable Parisien ! Je brûlerais Paris. Ah ! tu sais ce qu'est un amant, mais tu ne sais pas ce qu'est un père.

– Mon père, vous m'effrayez quand vous me regardez ainsi. Ne mettez pas en balance deux sentiments si différents. J'avais un époux avant de savoir que mon père était vivant...

– Si ton mari a mis, le premier, des baisers sur ton front, répondit Ferragus, moi, le premier, j'ai mis des larmes... Rassure-toi, Clémence, parle à cœur ouvert. Je t'aime assez pour être heureux de savoir que tu es heureuse, quoique ton père ne soit presque rien dans ton cœur, tandis que tu remplis le sien.

– Mon Dieu, de semblables paroles me font trop de bien ! Vous vous faites aimer davantage, et il me semble que c'est voler quelque chose à Jules. Mais, mon bon père, songez donc qu'il est au désespoir. Que lui dire dans deux heures ?

– Enfant, ai-je donc attendu ta lettre pour te sauver du malheur qui te menace ? Et que deviennent ceux qui s'avisent de toucher à ton bonheur, ou de se mettre entre nous ? N'as-tu donc jamais reconnu la seconde providence qui veille sur toi ? Tu ne sais pas que douze hommes pleins de force et d'intelligence forment un cortège autour de ton amour et de ta vie, prêts à tout pour votre conservation ? Est-ce un père qui risquait la mort en allant te voir aux promenades, ou en venant t'admirer dans ton petit lit chez ta mère, pendant la nuit ? est-ce le père auquel un souvenir de tes caresses d'enfant a seul donné la force de vivre, au moment où un homme d'honneur devait se tuer pour échapper à l'infamie ? Est-ce MOI enfin, moi qui ne respire que par ta bouche, moi qui ne vois que par tes yeux, moi qui ne sens que par ton cœur, est-ce moi qui ne saurais pas défendre avec des ongles de lion, avec l'âme d'un père, mon seul bien, ma vie, ma fille ?... Mais, depuis la mort de cet ange qui fut ta mère, je n'ai rêvé qu'à une seule chose, au bonheur de t'avouer pour ma fille, de te serrer dans mes bras à la face du ciel et de la terre, à tuer le *forçat*... Il y eut là une légère pause... A te donner un père, reprit-il, à pouvoir presser sans honte la main de ton mari, à vivre sans crainte dans vos cœurs, à dire à tout le monde en te voyant : – « Voilà mon enfant ! » enfin à être père à mon aise !

– Ô mon père, mon père.

– Après bien des peines, après avoir fouillé le globe, dit Ferragus en continuant, mes amis m'ont trouvé une peau d'homme à endosser. Je vais être d'ici à quelques jours monsieur de Funcal, un comte portugais. Va, ma chère fille, il y a peu d'hommes qui puissent à mon âge avoir la patience d'apprendre le portugais et l'anglais, que ce diable de marin savait parfaitement.

– Mon cher père !

– Tout a été prévu, et d'ici à quelques jours Sa Majesté Jean VI, roi de Portugal, sera mon complice. Il ne te faut donc qu'un peu de patience là où ton père en a eu beaucoup. Mais moi, c'était tout simple. Que ne ferais-je pas pour récompenser ton dévouement pendant ces trois années ! Venir si religieusement consoler ton vieux père, risquer ton bonheur !

– Mon père ! Et Clémence prit les mains de Ferragus, et les baisa.

– Allons, encore un peu de courage, ma Clémence, gardons le fatal secret jusqu'au bout. Ce n'est pas un homme ordinaire que Jules ; mais cependant savons-nous si son grand caractère et son extrême amour ne détermineraient pas une sorte de mésestime pour la fille d'un…

– Oh ! s'écria Clémence, vous avez lu dans le cœur de votre enfant, je n'ai pas d'autre peur, ajouta-t-elle d'un ton déchirant. C'est une pensée qui me glace. Mais, mon père, songez que je lui ai promis la vérité dans deux heures.

– Eh ! bien, ma fille, dis-lui qu'il aille à l'ambassade de Portugal, voir le comte de Funcal, ton père, j'y serai.

– Et monsieur de Maulincour qui lui a parlé de Ferragus ? Mon Dieu, mon père, tromper, tromper, quel supplice !

– À qui le dis-tu ? Mais encore quelques jours, et il n'existera pas un homme qui puisse me démentir. D'ailleurs, monsieur de Maulincour doit être hors d'état de se souvenir… Voyons, folle, sèche tes larmes, et songe…

En ce moment, un cri terrible retentit dans la chambre où était monsieur Jules Desmarets.

– Ma fille, ma pauvre fille !

Cette clameur passa par la légère ouverture pratiquée au-dessus de l'armoire, et frappa de terreur Ferragus et madame Jules.

– Va voir ce que c'est, Clémence.

Clémence descendit avec rapidité le petit escalier, trouva toute grande ouverte la porte de l'appartement de madame Gruget, entendit les cris qui retentissaient dans l'étage supérieur, monta l'escalier, vint, attirée par le bruit des sanglots, jusque dans la chambre fatale, où, avant d'entrer, ces mots parvinrent à son oreille : – C'est vous, monsieur, avec vos imaginations, qui êtes cause de sa mort.

– Taisez-vous, misérable, disait Jules en mettant son mouchoir sur la bouche de la veuve Gruget, qui cria : – À l'assassin ! au secours !

En ce moment, Clémence entra, vit son mari, poussa un cri et s'enfuit.

– Qui sauvera ma fille, demanda la veuve Gruget après une longue pause. Vous l'avez assassinée.

– Et comment ? demanda machinalement monsieur Jules, stupéfait d'avoir été reconnu par sa femme.

– Lisez, monsieur, cria la vieille et fondant en larmes. Y a-t-il des rentes qui puissent consoler de cela ?

« Adieu, ma mère ! je te lege tout ce que j'é. Je te demande pardon de mes fotes et du dernié chagrin que je te donne en mettant fain à mes jours. Henry, que j'aime plus que moi-même, m'a dit que je faisai son malheure, et puisqu'il m'a repoussé de lui, et que j'ai perdu toutes mes espairence d'établiceman, je vai me noyer. J'irai au-dessous de Neuilly pour n'être point mise à la Morgue. Si Henry ne me hait plus après que je m'ai puni par la mor, prie le de faire enterrer une povre fille dont le cœur n'a battu que pour lui, et qu'il me pardonne, car j'ai eu tort de me mélair de ce qui ne me regardai pas. Panse-lui bien ses moqça. Comme il a souffert ce povre cha. Mais j'orai pour me détruir le couraje qu'il a eu pour se faire brulai. Fais porter les corsets finis chez mes pratiques. Et prie Dieu pour votre fille.

Ida ».

– Portez cette lettre à monsieur de Funcal, celui qui est là. S'il en est encore temps, lui seul peut sauver sa fille.

Et Jules disparut en se sauvant comme un homme qui aurait commis un crime. Ses jambes tremblaient. Son cœur élargi recevait des flots de sang plus chauds, plus copieux qu'en aucun moment de sa vie, et les renvoyait avec une force inaccoutumée. Les idées les plus contradictoires se combattaient dans son esprit, et cependant une pensée les dominait toutes. Il n'avait pas été loyal avec la personne qu'il aimait le plus, et il lui était impossible de transiger avec sa conscience dont la voix, grossissant en raison du forfait, correspondait aux cris intimes de sa passion, pendant les plus cruelles heures de doute qui l'avaient agité précédemment. Il resta durant une grande partie de la journée errant dans Paris et n'osant pas rentrer chez lui. Cet homme probe tremblait de rencontrer le front irréprochable de cette femme méconnue. Les crimes sont en raison de la pureté des consciences, et le fait qui, pour tel cœur, est à peine une faute dans la vie, prend les proportions d'un crime pour certaines âmes candides. Le mot de candeur n'a-t-il pas en effet une céleste portée ? Et la plus légère souillure empreinte au blanc vêtement d'une vierge n'en fait-elle pas quelque chose d'ignoble, autant que le sont les haillons d'un mendiant ? Entre ces deux choses, la seule différence n'est que celle du malheur à la faute. Dieu ne mesure jamais le repentir, il ne le scinde pas, et il en faut autant pour effacer une tache que pour lui faire oublier toute une vie. Ces réflexions pesaient de tout leur poids sur Jules, car les passions ne pardonnent pas plus que les lois humaines, et elles raisonnent plus juste : ne s'appuient-elles pas sur une conscience à elles, infaillible comme l'est un instinct ? Désespéré, Jules rentra chez lui, pâle, écrasé sous le sentiment de ses torts, mais exprimant, malgré lui, la joie que lui causait l'innocence de sa femme. Il entra chez elle tout palpitant, il la vit couchée, elle avait la fièvre, il vint s'asseoir près du lit, lui prit la main, la baisa, la couvrit de ses larmes.

– Cher ange, lui dit-il quand ils furent seuls, c'est du repentir.

– Et de quoi ? reprit-elle.

En disant cette parole, elle inclina la tête sur son oreiller, ferma les yeux et resta immobile, gardant le secret de ses souffrances pour ne pas effrayer son mari : délicatesse de mère, délicatesse d'ange. C'était toute la femme dans un mot. Le silence dura longtemps. Jules, croyant Clémence endormie, alla questionner Joséphine sur l'état de sa maîtresse.

– Madame est rentrée à demi morte, monsieur. Nous sommes allés chercher monsieur Haudry.

– Est-il venu ? qu'a-t-il dit ?

– Rien, monsieur. Il n'a pas paru content, a ordonné de ne laisser personne auprès de madame, excepté la garde, et il a dit qu'il reviendrait pendant la soirée.

Monsieur Jules rentra doucement chez sa femme, se mit dans un fauteuil, et resta devant le lit, immobile, les yeux attachés sur les yeux de Clémence ; quand elle soulevait ses paupières, elle le voyait aussitôt, et il s'échappait d'entre ses cils douloureux un regard tendre, plein de passion, exempt de reproche et d'amertume, un regard qui tombait comme un trait de feu sur le cœur de ce mari noblement absous et toujours aimé par cette créature qu'il tuait. La mort était entre eux un pressentiment qui les frappait également. Leurs regards s'unissaient dans une même angoisse, comme leurs cœurs s'unissaient jadis dans un même amour, également senti, également partagé. Point de questions, mais d'horribles certitudes. Chez la femme, générosité parfaite ; chez le mari, remords affreux ; puis, dans les deux âmes, une même vision du dénouement, un même sentiment de la fatalité.

Il y eut un moment où, croyant sa femme endormie, Jules la baisa doucement au front, et dit après l'avoir longtemps contemplée : – Mon Dieu, laisse-moi cet ange encore assez de temps pour que je m'absolve moi-même de mes torts par une longue adoration... Fille, elle est sublime ; femme, quel mot pourrait la qualifier ?

Clémence leva les yeux, ils étaient pleins de larmes.

– Tu me fais mal, dit-elle d'un son de voix faible.

La soirée était avancée, le docteur Haudry vint, et pria le mari de se retirer pendant sa visite. Quand il sortit, Jules ne lui fit pas une seule question, il n'eut besoin que d'un geste.

– Appelez en consultation ceux de mes confrères en qui vous aurez le plus de confiance, je puis avoir tort.

– Mais, docteur, dites-moi la vérité. Je suis homme, je saurai l'entendre ; et j'ai d'ailleurs le plus grand intérêt à la connaître pour régler certains comptes...

– Madame Jules est frappée à mort, répondit le médecin. Il y a une maladie morale qui a fait des progrès et qui complique sa situation physique, déjà si dangereuse, mais rendue plus grave encore par des imprudences : se lever pieds nus la nuit ; sortir quand je l'avais défendu ; sortir hier à pied, aujourd'hui en voiture. Elle a voulu se tuer. Cependant mon arrêt n'est pas irrévocable, il y a de la jeunesse, une force nerveuse étonnante... Il faudrait risquer le tout pour le tout par quelque réactif violent ; mais je ne prendrai jamais sur moi de l'ordonner, je ne le conseillerais même pas ; et, en consultation, je m'opposerais à son emploi.

Jules rentra. Pendant onze jours et onze nuits, il resta près du lit de sa femme, ne prenant de sommeil que pendant le jour, la tête appuyée sur le pied de ce lit. Jamais aucun homme ne poussa plus loin que Jules la jalousie des soins et l'ambition du dévouement. Il ne souffrait pas que l'on rendît le plus léger service à sa femme ; il lui tenait toujours la main, et semblait ainsi vouloir lui communiquer de la vie. Il y eut des incertitudes, de fausses joies, de bonnes journées, un mieux, des crises, enfin les horribles mutations de la Mort qui hésite, qui balance, mais qui frappe. Madame Jules trouvait toujours la force de sourire à son mari ; elle le plaignait, sachant que bientôt il serait seul. C'était une double agonie, celle de la vie, celle de l'amour ; mais la vie s'en allait faible et l'amour allait grandissant. Il y eut une nuit affreuse, celle où Clémence éprouva ce délire qui précède toujours la mort chez les créatures jeunes. Elle parla de son amour heureux, elle parla de son père, elle raconta les révélations de sa mère au lit de mort, et les obligations qu'elle lui avait imposées. Elle se débattait, non pas avec la vie, mais avec sa passion, qu'elle ne voulait pas quitter.

– Faites, mon Dieu, dit-elle, qu'il ne sache pas que je voudrais le voir mourir avec moi.

Jules, ne pouvant soutenir ce spectacle, était en ce moment dans le salon voisin, et n'entendit pas des vœux auxquels il eût obéi.

Quand la crise fut passée, madame Jules retrouva des forces. Le lendemain, elle redevint belle, tranquille ; elle causa, elle avait de l'espoir, elle se para comme se parent les malades. Puis elle voulut être seule pendant toute la journée, et renvoya son mari par une de ces prières faites avec tant d'instances, qu'elles sont exaucées comme on exauce les prières des enfants. D'ailleurs, monsieur Jules avait besoin de cette journée. Il alla chez monsieur de Maulincour, afin de réclamer de lui le duel à mort convenu naguère entre eux. Il ne parvint pas sans de grandes difficultés jusqu'à l'auteur de cette infortune ; mais, en apprenant qu'il s'agissait d'une affaire d'honneur, le vidame obéit aux préjugés qui avaient toujours gouverné sa vie, et introduisit Jules auprès du baron. Monsieur Desmarets chercha le baron de Maulincour.

– Oh ! c'est bien lui, dit le commandeur en montrant un homme assis dans un fauteuil au coin du feu.

– Qui, Jules ? dit le mourant d'une voix cassée.

Auguste avait perdu la seule qualité qui nous fasse vivre, la mémoire. À cet aspect, monsieur Desmarets recula d'horreur. Il ne pouvait reconnaître l'élégant jeune homme dans une chose sans nom en aucun langage, suivant le mot de Bossuet [1]. C'était en effet un cadavre à cheveux blancs ; des os à peine couverts par une peau ridée, flétrie, desséchée ; des yeux blancs et sans mouvements ; une bouche hideusement entrouverte, comme le sont celles des fous ou celles des débauchés tués par leurs excès. Aucune trace d'intelligence n'existait plus ni sur le front, ni dans aucun trait ; de même qu'il n'y avait plus, dans sa carnation molle, ni rougeur, ni apparence de circulation sanguine. Enfin, c'était un homme rapetissé, dissous, arrivé à l'état dans lequel sont ces monstres conservés au Muséum, dans les bocaux où ils flottent au milieu de l'alcool. Jules crut voir au-dessus de ce visage la terrible tête de Ferragus, et cette complète Vengeance épouvanta la Haine. Le mari se trouva de la pitié dans le cœur pour le douteux débris de ce qui avait été naguère un jeune homme.

– Le duel a eu lieu, dit le commandeur.

– Monsieur a tué bien du monde, s'écria douloureusement Jules.

– Et des personnes bien chères, ajouta le vieillard. Sa grand-mère meurt de chagrin, et je la suivrai peut-être dans la tombe.

Le lendemain de cette visite, madame Jules empira d'heure en heure. Elle profita d'un moment de force pour prendre une lettre sous son chevet, la présenta vivement à Jules, et lui fit un signe facile à comprendre. Elle voulait lui donner dans un baiser son dernier souffle de vie, il le prit, et elle mourut. Jules

1. *Une chose sans nom* [...] *Bossuet* : Bossuet écrit dans le *Sermon sur la mort* : « La chair changera de nature, le corps prendra un autre nom ; même celui de cadavre ne lui demeurera pas longtemps ; il deviendra, dit Tertullien, un je ne sais quoi qui n'a plus de nom dans aucune langue. »

tomba demi-mort et fut emporté chez son frère. Là, comme il déplorait, au milieu de ses larmes et de son délire, l'absence qu'il avait faite la veille, son frère lui apprit que cette séparation était vivement désirée par Clémence, qui n'avait pas voulu le rendre témoin de l'appareil religieux, si terrible aux imaginations tendres, et que l'Église déploie en conférant aux moribonds les derniers sacrements.

– Tu n'y aurais pas résisté, lui dit son frère. Je n'ai pu moi-même soutenir ce spectacle et tous tes gens fondaient en larmes. Clémence était comme une sainte. Elle avait pris de la force pour nous faire ses adieux, et cette voix, entendue pour la dernière fois, déchirait le cœur. Quand elle a demandé pardon des chagrins involontaires qu'elle pouvait avoir donnés à ceux qui l'avaient servie, il y a eu un cri mêlé de sanglots, un cri…

– Assez, dit Jules, assez.

Il voulut être seul pour lire les dernières pensées de cette femme que le monde avait admirée, et qui avait passé comme une fleur.

« Mon bien aimé, ceci est mon testament. Pourquoi ne ferait-on pas des testaments pour les trésors du cœur, comme pour les autres biens ? Mon amour, n'était-ce pas tout mon bien ? je veux ici ne m'occuper que de mon amour : il fut toute la fortune de ta Clémence, et tout ce qu'elle peut te laisser en mourant. Jules, je suis encore aimée, je meurs heureuse. Les médecins expliquent ma mort à leur manière, moi seule en connais la véritable cause. Je te la dirai, quelque peine qu'elle puisse te faire. Je ne voudrais pas emporter dans un cœur tout à toi quelque secret qui ne te fût pas dit, alors que je meurs victime d'une discrétion nécessaire.

Jules, j'ai été nourrie, élevée dans la plus profonde solitude, loin des vices et des mensonges du monde, par l'aimable femme que tu as connue. La société rendait justice à ses qualités de convention, par lesquelles une femme plaît à la société ; mais moi, j'ai secrètement joui d'une âme céleste, et j'ai pu chérir la mère qui faisait de mon enfance une joie sans amertume, en sachant bien pourquoi je la chérissais. N'était-ce pas aimer doublement ? Oui, je l'aimais, je la craignais, je la respectais, et rien ne me pesait au cœur, ni le respect, ni la crainte. J'étais tout pour elle, elle était tout pour moi. Pendant dix-neuf années, pleinement heureuses, insouciantes, mon âme, solitaire au milieu du monde qui grondait autour de moi, n'a réfléchi que la plus pure image, celle de ma mère, et mon cœur n'a battu que par elle ou pour elle. J'étais scrupuleusement pieuse, et me plaisais à demeurer pure devant Dieu. Ma mère cultivait en moi tous les sentiments nobles et fiers. Ah ! j'ai plaisir à te l'avouer, Jules, je sais maintenant que j'ai été jeune fille, que je suis venue à toi vierge de cœur. Quand je suis sortie de cette profonde solitude ; quand, pour la première fois, j'ai lissé mes cheveux en les ornant d'une couronne de fleurs d'amandier ; quand j'ai complaisamment ajouté quelques nœuds de satin à ma robe blanche, en songeant au monde que j'allais voir, et que j'étais curieuse de voir ; eh ! bien, Jules, cette innocente et modeste coquetterie a été faite pour toi, car, à mon entrée dans le monde, je t'ai vu, toi, le premier. Ta figure, je l'ai remarquée, elle tranchait sur toutes les autres ; ta personne m'a plu ; ta voix et tes manières m'ont inspiré de favorables pressentiments ; et, quand tu es venu, que tu m'as parlé, la rougeur sur le front, que ta voix a tremblé, ce moment m'a donné des souvenirs dont je palpite encore en t'écrivant aujourd'hui, que j'y songe pour la dernière fois. Notre amour a été d'abord la plus vive des sympathies, mais il fut bientôt mutuellement deviné ; puis, aussitôt partagé, comme depuis nous en avons également ressenti les innombrables plaisirs. Dès lors, ma mère ne fut plus qu'en second dans mon cœur. Je le lui disais, et elle souriait, l'adorable femme ! Puis, j'ai été à toi, toute à toi. Voilà ma vie, toute ma vie, mon cher époux. Et voici ce qui me reste à te dire. Un soir, quelques jours avant sa mort, ma mère m'a révélé le secret de sa vie, non sans verser des larmes brûlantes. Je t'ai bien mieux aimé, quand j'appris, avant le prêtre chargé d'absoudre ma mère, qu'il existait des passions condamnées par le monde et par l'Église. Mais, certes, Dieu ne doit pas être sévère quand elles sont le péché d'âmes aussi tendres que l'était celle de ma mère ; seulement, cet ange ne pouvait se résoudre au repentir. Elle aimait bien, Jules, elle était toute amour. Aussi ai-je prié tous les jours pour elle, sans la juger. Alors je connus la cause de sa vive tendresse maternelle ; alors je sus qu'il y avait dans Paris un homme de qui j'étais toute la vie, tout l'amour ; que ta fortune était son ouvrage et qu'il t'aimait ; qu'il était exilé de la société, qu'il portait un nom flétri, qu'il en était plus malheureux pour moi, pour nous, que pour lui-même. Ma mère était toute sa consolation, et ma mère mourait, je promis de la remplacer. Dans toute l'ardeur d'une âme dont rien n'avait faussé les sentiments, je ne vis que le bonheur d'adoucir l'amertume qui chagrinait les derniers moments de ma mère, et je m'engageai donc à continuer cette œuvre de charité secrète, la charité du cœur. La première fois que j'aperçus mon père, ce fut auprès du lit où ma mère venait d'expirer ; quand il releva ses yeux pleins de larmes, ce fut pour retrouver en moi toutes ses espérances mortes. J'avais juré, non pas de mentir, mais de garder le silence, et ce silence, quelle femme l'aurait rompu ? Là est ma faute, Jules, une faute expiée par la mort. J'ai douté de toi. Mais la crainte est si naturelle à la femme, et surtout à la femme qui sait tout ce qu'elle peut perdre. J'ai tremblé pour mon amour. Le secret de mon père me parut être la mort de mon bonheur, et plus j'aimais, plus j'avais peur. Je n'osais avouer ce sentiment à mon père ; c'eût été le blesser, et dans sa situation, toute blessure était vive. Mais lui, sans me le dire, il partageait mes craintes. Ce cœur tout paternel tremblait pour mon bonheur autant que je tremblais moi-même, et n'osait parler, obéissant à la même délicatesse qui me rendait muette. Oui, Jules, j'ai cru que tu pourrais un jour ne plus aimer la fille de Gratien, autant que tu aimais ta Clémence. Sans cette profonde terreur, t'aurais-je caché quelque chose, à toi qui étais même tout entier dans ce repli de mon cœur ? Le jour où cet odieux, ce malheureux officier t'a parlé, j'ai été forcée de mentir. Ce jour j'ai pour la seconde fois de ma vie connu la douleur, et cette douleur a été croissant jusqu'en ce moment où je t'entretiens pour la dernière fois. Qu'importe maintenant la situation de mon père ? Tu sais tout. J'aurais, à l'aide de mon amour, vaincu la maladie, supporté toutes les souffrances, mais je ne saurais étouffer la voix du doute. N'est-il pas possible que mon origine altère la pureté de ton amour, l'affaiblisse, le diminue ? Cette crainte, rien ne peut la détruire en moi. Telle est, Jules, la cause de ma mort. Je ne saurais vivre en redoutant un mot, un regard ; un mot que tu ne diras peut-être jamais, un regard qui ne t'échappera point ; mais que veux-tu ? je le crains. Je meurs aimée, voilà ma consolation. J'ai su que, depuis quatre ans, mon père et ses amis ont presque remué le monde, pour mentir au monde. Afin de me donner un état, ils ont acheté un mort, une réputation, une fortune, tout cela pour faire revivre un vivant, tout cela pour toi, pour nous. Nous ne devions rien en savoir. Eh ! bien, ma mort épargnera sans doute ce mensonge à mon père, il mourra de ma mort. Adieu donc, Jules, mon cœur est ici tout entier. T'exprimer mon amour dans l'innocence de sa terreur, n'est-ce pas te laisser toute mon âme ? Je n'aurais pas eu la force de te parler, j'ai eu celle de t'écrire. Je viens de confesser à Dieu les fautes de ma vie ; j'ai bien promis de ne plus m'occuper que du roi des cieux ; mais je n'ai pu résister au plaisir de me confesser aussi à celui qui, pour moi, est tout sur la terre. Hélas ! qui ne me le pardonnerait, ce dernier soupir, entre la vie qui fut et la vie qui va être ? Adieu donc, mon Jules aimé ; je vais à Dieu, près de qui l'amour est toujours sans nuages, près de qui tu viendras un jour. Là, sous son trône, réunis à jamais, nous pourrons nous aimer pendant des siècles. Cet espoir peut seul me consoler. Si je suis digne d'être là par avance, de là, je te suivrai dans ta vie, mon âme t'accompagnera, t'enveloppera, car tu resteras encore ici-bas, toi. Mène donc une vie sainte pour venir sûrement près de moi. Tu peux faire tant de bien sur cette terre ! N'est-ce pas une mission angélique pour un être souffrant que de répandre la joie autour de lui, de donner ce qu'il n'a pas ? Je te laisse aux malheureux. Il n'y a que leurs sourires et leurs larmes dont je ne serai point jalouse. Nous trouverons un grand charme à ces douces bienfaisances. Ne pourrons-nous pas vivre encore ensemble, si tu veux mêler mon nom, ta Clémence, à ces belles œuvres ? Après avoir aimé comme nous aimions, il n'y a plus que Dieu, Jules. Dieu ne ment pas, Dieu ne trompe pas. N'adore plus que lui, je le veux. Cultive-le bien dans tous ceux qui souffrent, soulage les membres endoloris de son Église. Adieu, chère âme que j'ai remplie, je te connais : tu n'aimeras pas deux fois. Je vais donc expirer heureuse par la pensée qui rend toutes les femmes heureuses. Oui, ma tombe sera ton cœur. Après cette enfance que je t'ai contée, ma vie ne s'est-elle pas écoulée dans ton cœur ? Morte, tu ne m'en chasseras jamais. Je suis fière de cette vie unique ! Tu ne m'auras connue que dans la fleur de la jeunesse, je te laisse des regrets sans désenchantement. Jules, c'est une mort bien heureuse.

Toi qui m'as si bien comprise, permets-moi de te recommander, chose superflue sans doute, l'accomplissement d'une fantaisie de femme, le vœu d'une jalousie dont nous sommes l'objet. Je te prie de brûler tout ce qui nous aura appartenu, de détruire notre chambre, d'anéantir tout ce qui peut être un souvenir de notre amour.

Encore une fois, adieu, le dernier adieu, plein d'amour, comme le sera ma dernière pensée et mon dernier souffle ».

Quand Jules eut achevé cette lettre, il lui vint au cœur une de ces frénésies dont il est impossible de rendre les effroyables crises. Toutes les douleurs sont individuelles, leurs effets ne sont soumis à aucune règle fixe : certains hommes se bouchent les oreilles pour ne plus rien entendre ; quelques femmes ferment les yeux pour ne plus rien voir ; puis, il se rencontre de grandes et magnifiques âmes qui se jettent dans la douleur comme dans un abîme. En fait de désespoir, tout est vrai. Jules s'échappa de chez son frère, revint chez lui, voulant passer la nuit près de sa femme, et voir jusqu'au dernier moment cette créature céleste. Tout en marchant avec l'insouciance de la vie que connaissent les gens arrivés au dernier degré de malheur, il concevait comment, dans l'Asie, les lois ordonnaient aux époux de ne point se survivre. Il voulait mourir. Il n'était pas encore accablé, il était dans la fièvre de la douleur. Il arriva sans obstacles, monta dans cette chambre sacrée ; il y vit sa Clémence sur le lit de mort, belle comme une sainte, les cheveux en bandeau, les mains jointes, ensevelie dans son linceul. Des cierges éclairaient un prêtre en prières, Joséphine pleurant dans un coin, agenouillée, puis, près du lit, deux hommes. L'un était Ferragus. Il se tenait debout, immobile, et contemplait sa fille d'un œil sec ; sa tête, vous l'eussiez prise pour du bronze : il ne vit pas Jules. L'autre était Jacquet, Jacquet pour lequel madame Jules avait été constamment bonne. Jacquet avait pour elle une de ces respectueuses amitiés qui réjouissent le cœur sans troubles, qui sont une passion douce, l'amour moins ses désirs et ses orages ; et il était venu religieusement payer sa dette de larmes, dire de longs adieux à la femme de son ami, baiser pour la première fois le front glacé d'une créature dont il avait tacitement fait sa sœur. Là tout était silencieux. Ce n'était ni la Mort terrible comme elle l'est dans l'Église, ni la pompeuse Mort qui traverse les rues ; non, c'était la mort se glissant sous le toit domestique, la mort touchante ; c'était les pompes du cœur, les pleurs dérobés à tous les yeux. Jules s'assit près de Jacquet dont il pressa la main, et, sans se dire un mot, tous les personnages de cette scène restèrent ainsi jusqu'au matin. Quand le jour fit pâlir les cierges, Jacquet, prévoyant les scènes douloureuses qui allaient se succéder, emmena Jules dans la chambre voisine. En ce moment le mari regarda le père, et Ferragus regarda Jules. Ces deux douleurs s'interrogèrent, se sondèrent, s'entendirent par ce regard. Un éclair de fureur brilla passagèrement dans les yeux de Ferragus.

– C'est toi qui l'as tuée, pensait-il.

– Pourquoi s'être défié de moi ? paraissait répondre l'époux.

Cette scène fut semblable à celle qui se passerait entre deux tigres reconnaissant l'inutilité d'une lutte, après s'être examinés pendant un moment d'hésitation, sans même rugir.

– Jacquet, dit Jules, tu as veillé à tout ?

– À tout, répondit le chef de bureau, mais partout me prévenait un homme qui partout ordonnait et payait.

– Il m'arrache sa fille, s'écria le mari dans un violent accès de désespoir.

Il s'élança dans la chambre de sa femme ; mais le père n'y était plus. Clémence avait été mise dans un cercueil de plomb, et des ouvriers s'apprêtaient à en souder le couvercle. Jules rentra tout épouvanté de ce spectacle, et le bruit du marteau dont se servaient ces hommes le fit machinalement fondre en larmes.

– Jacquet, dit-il, il m'est resté de cette nuit terrible une idée, une seule, mais une idée que je veux réaliser à tout prix. Je ne veux pas que Clémence demeure dans un cimetière de Paris.

Je veux la brûler, recueillir ses cendres et la garder. Ne me dis pas un mot sur cette affaire, mais arrange-toi pour qu'elle réussisse. Je vais me renfermer dans sa chambre, et j'y resterai jusqu'au moment de mon départ. Toi seul entreras ici pour me rendre compte de tes démarches… Va, n'épargne rien.

Pendant cette matinée, madame Jules, après avoir été exposée dans une chapelle ardente, à la porte de son hôtel, fut amenée à Saint-Roch. L'église était entièrement tendue de noir. L'espèce de luxe déployé pour ce service avait attiré du monde ; car, à Paris, tout fait spectacle, même la douleur la plus vraie. Il y a des gens qui se mettent aux fenêtres pour voir comment pleure un fils en suivant le corps de sa mère, comme il y en a qui veulent être commodément placés pour voir comment tombe une tête. Aucun peuple du monde n'a eu des yeux plus voraces. Mais les curieux furent particulièrement surpris en apercevant les six chapelles latérales de Saint-Roch également tendues de noir. Deux hommes en deuil assistaient à une messe mortuaire dans chacune de ces chapelles. On ne vit au chœur, pour toute assistance, que monsieur Desmarets le notaire, et Jacquet ; puis, en dehors de l'enceinte, les domestiques. Il y avait, pour les flâneurs ecclésiastiques, quelque chose d'inexplicable dans une telle pompe et si peu de parenté. Jules n'avait voulu d'aucun indifférent à cette cérémonie. La grand-messe fut célébrée avec la sombre magnificence des messes funèbres. Outre les desservants ordinaires de Saint-Roch, il s'y trouvait treize prêtres venus de diverses paroisses. Aussi jamais peut-être le *Dies irae* ne produisit-il sur des chrétiens de hasard, fortuitement rassemblés par la curiosité, mais avides d'émotions, un effet plus profond, plus nerveusement glacial que le fut l'impression produite par cette hymne, au moment où huit voix de chantre[1] accompagnées

1. *Chantre* : celui dont la fonction est de chanter dans les offices.

par celles des prêtres et les voix des enfants de chœur l'entonnèrent alternativement. Des six chapelles latérales, douze autres voix d'enfants s'élevèrent aigres de douleur, et s'y mêlèrent lamentablement. De toutes les parties de l'église, l'effroi sourdait; partout, les cris d'angoisse répondaient aux cris de terreur. Cette effrayante musique accusait des douleurs inconnues au monde, et des amitiés secrètes qui pleuraient la morte. Jamais, en aucune religion humaine, les frayeurs de l'âme, violemment arrachée du corps et tempêtueusement agitée en présence de la foudroyante majesté de Dieu, n'ont été rendues avec autant de vigueur. Devant cette clameur des clameurs, doivent s'humilier les artistes et leurs compositions les plus passionnées. Non, rien ne peut lutter avec ce chant qui résume les passions humaines et leur donne une vie galvanique [1] au-delà du cercueil, en les amenant palpitantes encore devant le Dieu vivant et vengeur. Ces cris de l'enfance, unis aux sons de voix graves, et qui comprennent alors, dans ce cantique de la mort, la vie humaine avec tous ses développements, en rappelant les souffrances du berceau, en se grossissant de toutes les peines des autres âges avec les larges accents des hommes, avec les chevrotements des vieillards et des prêtres; toute cette stridente harmonie pleine de foudres et d'éclairs ne parle-t-elle pas aux imaginations les plus intrépides, aux cœurs les plus glacés, et même aux philosophes! En l'entendant, il semble que Dieu tonne. Les voûtes d'aucune église ne sont froides; elles tremblent, elles parlent, elles versent la peur par toute la puissance de leurs échos. Vous croyez voir d'innombrables morts se levant et tendant les mains. Ce n'est plus ni un père, ni une femme, ni un enfant qui sont sous le drap noir, c'est l'humanité sortant de sa poudre. Il est impossible de juger la religion catholique,

1. *Galvanique* : enthousiaste, remplie d'ardeur.

apostolique et romaine, tant que l'on n'a pas éprouvé la plus profonde des douleurs, en pleurant la personne adorée qui gît sous le cénotaphe[1] ; tant que l'on n'a pas senti toutes les émotions qui vous emplissent alors le cœur, traduites par cette hymne du désespoir, par ces cris qui écrasent les âmes, par cet effroi religieux qui grandit de strophe en strophe, qui tournoie vers le ciel, et qui épouvante, qui rapetisse, qui élève l'âme et vous laisse un sentiment de l'éternité dans la conscience, au moment où le dernier vers s'achève. Vous avez été aux prises avec la grande idée de l'infini, et alors tout se tait dans l'église. Il ne s'y dit pas une parole ; les incrédules eux-mêmes *ne savent pas ce qu'ils ont*. Le génie espagnol a pu seul inventer ces majestés inouïes pour la plus inouïe des douleurs. Quand la suprême cérémonie fut achevée, douze hommes en deuil sortirent des six chapelles, et vinrent écouter autour du cercueil le chant d'espérance que l'Église fait entendre à l'âme chrétienne avant d'aller ensevelir la forme humaine. Puis chacun de ces hommes monta dans une voiture drapée : Jacquet et monsieurs Desmarets prirent la treizième ; les serviteurs suivirent à pied. Une heure après, les douze inconnus étaient au sommet du cimetière nommé populairement le Père-Lachaise, tous en cercle autour d'une fosse où le cercueil avait été descendu, devant une foule curieuse accourue de tous les points de ce jardin public. Puis après de courtes prières, le prêtre jeta quelques grains de terre sur la dépouille de cette femme ; et les fossoyeurs, ayant demandé leur pourboire, s'empressèrent de combler la fosse pour aller à une autre.

Ici semble finir le récit de cette histoire ; mais peut-être serait-elle incomplète si, après avoir donné un léger croquis de la vie parisienne, si, après en avoir suivi les capricieuses

1. *Cénotaphe* : tombeau élevé à la mémoire d'un mort mais ne contenant pas ses restes. Le mot est curieusement employé ici.

ondulations, les effets de la mort y étaient oubliés. La mort, dans Paris, ne ressemble à la mort dans aucune capitale, et peu de personnes connaissent les débats d'une douleur vraie aux prises avec la civilisation, avec l'administration parisienne. D'ailleurs, peut-être monsieur Jules et Ferragus XXIII intéressent-ils assez pour que le dénouement de leur vie soit dénué de froideur. Enfin beaucoup de gens aiment à se rendre compte de tout, et voudraient, ainsi que l'a dit le plus ingénieux de nos critiques [1], savoir par quel procédé chimique l'huile brûle dans la lampe d'Aladin. Jacquet, homme administratif, s'adressa naturellement à l'autorité pour en obtenir la permission d'exhumer le corps de madame Jules et de le brûler. Il alla parler au Préfet de police, sous la protection de qui dorment les morts. Ce fonctionnaire voulut une pétition. Il fallut acheter une feuille de papier timbré, donner à la douleur une forme administrative ; il fallut se servir de l'argot bureaucratique pour exprimer les vœux d'un homme accablé, auquel les paroles manquaient ; il fallut traduire froidement et mettre en marge l'objet de la demande :

Le pétitionnaire
sollicite l'incinération
de sa femme.

Voyant cela, le chef chargé de faire un rapport au Conseiller d'État, Préfet de police, dit, en lisant cette apostille [2], où l'*objet* de la demande était, comme il l'avait recommandé, clairement exprimé : – Mais, c'est une question grave ! mon rapport ne peut être prêt que dans huit jours.

1. *Le plus ingénieux de nos critiques* : il s'agit de Philarète Chasles (1798-1873), co-auteur avec Balzac et Charles Rabou des *Contes bruns* en 1831. Balzac fait allusion à un extrait de la préface des *Romans et Contes philosophiques*, préface écrite en fait par Balzac. \ **2.** *Apostille* : recommandation en marge d'un écrit, d'une pétition, d'un mémoire.

Jules, auquel Jacquet fut forcé de parler de ce délai, comprit ce qu'il avait entendu dire à Ferragus : brûler Paris. Rien ne lui semblait plus naturel que d'anéantir ce réceptacle de monstruosités.

– Mais, dit-il à Jacquet, il faut aller au Ministre de l'Intérieur, et lui faire parler par ton Ministre.

Jacquet se rendit au Ministère de l'Intérieur, y demanda une audience qu'il obtint, mais à quinze jours de date, Jacquet était un homme persistant. Il chemina donc de bureau en bureau, et parvint au secrétaire particulier du Ministre auquel il fit parler par le secrétaire particulier du Ministre des Affaires Étrangères. Ces hautes protections aidant, il eut, pour le lendemain, une audience furtive, pour laquelle s'étant précautionné d'un mot de l'autocrate des Affaires Étrangères, écrit au pacha de l'intérieur, Jacquet espéra enlever l'affaire d'assaut. Il prépara des raisonnements, des réponses péremptoires, des *en cas* ; mais tout échoua.

– Cela ne me regarde pas, dit le Ministre. La chose concerne le Préfet de police. D'ailleurs il n'y a pas de loi qui donne aux maris la propriété des corps de leurs femmes, ni aux pères celle de leurs enfants. C'est grave ! Puis il y a des considérations d'utilité publique qui veulent que ceci soit examiné. Les intérêts de la ville de Paris peuvent en souffrir. Enfin, si l'affaire dépendait immédiatement de moi, je ne pourras pas me décider *hic et nunc* [1], il me faudrait un rapport.

Le *Rapport* est dans l'administration actuelle ce que sont les limbes [2] dans le christianisme. Jacquet connaissait la manie du rapport, et il n'avait pas attendu cette occasion pour gémir sur ce ridicule bureaucratique. Il savait que, depuis l'envahissement des affaires par le rapport, révolution administrative

1. *Hic et nunc* : ici et maintenant. \ **2.** *Limbes* : séjour des âmes des enfants morts sans baptême.

consommée en 1804, il ne s'était pas rencontré de ministre qui eût pris sur lui d'avoir une opinion, de décider la moindre chose, sans que cette opinion, cette chose eût été vannée, criblée, épluchée par les gâte-papier, les porte-grattoir et les sublimes intelligences de ses bureaux. Jacquet (il était un de ces hommes dignes d'avoir Plutarque[1] pour biographe) reconnut qu'il s'était trompé dans la marche de cette affaire, et l'avait rendue impossible en voulant procéder légalement. Il fallait simplement transporter madame Jules à l'une des terres de Desmarets ; et, là, sous la complaisante autorité d'un maire de village, satisfaire la douleur de son ami. La légalité constitutionnelle et administrative n'enfante rien ; c'est un monstre infécond pour les peuples, pour les rois et pour les intérêts privés ; mais les peuples ne savent épeler que les principes écrits avec du sang ; or les malheurs de la légalité seront toujours pacifiques ; elle aplatit une nation, voilà tout. Jacquet, homme de liberté, revint alors en songeant aux bienfaits de l'arbitraire, car l'homme ne juge les lois qu'à la lueur de ses passions. Puis, quand Jacquet se vit en présence de Jules, force lui fut de le tromper, et le malheureux, saisi par une fièvre violente, resta pendant deux jours au lit. Le Ministre parla, le soir même, dans un dîner ministériel, de la fantaisie qu'avait un Parisien de faire brûler sa femme à la manière des Romains. Les cercles de Paris s'occupèrent alors pour un moment des funérailles antiques. Les choses anciennes devenant à la mode, quelques personnes trouvèrent qu'il serait beau de rétablir, pour les grands personnages, le bûcher funéraire. Cette opinion eut ses détracteurs et ses défenseurs. Les uns disaient qu'il y avait trop de grands hommes, et que cette coutume ferait renchérir de bois de chauffage, que chez un peuple aussi ambulatoire dans ses

1. *Plutarque* : biographe et moraliste grec du Ier siècle après Jésus-Christ.

volontés que l'était le Français, il serait ridicule de voir à chaque terme un Longchamp[1] d'ancêtres promenés dans leurs urnes ; puis, que, si les urnes avaient de la valeur, il y avait chance de les trouver à l'encan[2], saisies, pleines de respectables cendres, par les créanciers, gens habitués à ne rien respecter. Les autres répondaient qu'il y aurait plus de sécurité qu'au Père-Lachaise pour les aïeux à être ainsi casés, car, dans un temps donné, la ville de Paris serait contrainte d'ordonner une Saint-Barthélemy contre ses morts qui envahissaient la campagne et menaçaient d'entreprendre un jour sur les terres de la Brie. Ce fut enfin une de ces futiles et spirituelles discussions de Paris, qui trop souvent creusent des plaies bien profondes. Heureusement pour Jules, il ignora les conversations, les bons mots, les pointes que sa douleur fournissait à Paris. Le Préfet de police fut choqué de ce que monsieur Jacquet avait employé le Ministre pour éviter les lenteurs, la sagesse de la haute voirie. L'exhumation de madame Jules était une question de voirie. Donc le Bureau de police travaillait à répondre vertement à la pétition, car il suffit d'une demande pour que l'Administration soit saisie ; or, une fois saisie, les choses vont loin, avec elle. L'Administration peut mener toutes questions jusqu'au Conseil d'État, autre machine difficile à remuer. Le second jour, Jacquet fit comprendre à son ami qu'il fallait renoncer à son projet ; que, dans une ville où le nombre des larmes brodées sur les draps noirs était tarifé, où les lois admettaient sept classes d'enterrements, où l'on vendait au poids de l'argent la terre des morts, où la douleur était exploitée, tenue en partie double[3], où les prières de l'église se payaient cher, où la Fabrique[4]

1. *Longchamp* : longue file ou défilé. Sous le règne de Louis XV, la haute société se rendait en pèlerinage à l'abbaye de Longchamp, dans le bois de Boulogne. \ 2. *Encan* : enchères publiques. \ 3. *Tenue en partie double* : c'est-à-dire comme dans une comptabilité financière. \ 4. *Fabrique* : conseil de paroissiens qui veille aux intérêts d'une église.

intervenait pour réclamer le prix de quelques filets de voix ajoutés au *Dies irae*, tout ce qui sortait de l'ornière administrativement tracée à la douleur était impossible.

– C'eût été, dit Jules, un bonheur dans ma misère, j'avais formé le projet de mourir loin d'ici, et désirais tenir Clémence entre mes bras dans la tombe ! Je ne savais pas que la bureaucratie pût allonger ses ongles jusque dans nos cercueils.

Puis il voulut aller voir s'il y avait près de sa femme un peu de place pour lui. Les deux amis se rendirent donc au cimetière. Arrivés là, ils trouvèrent, comme à la porte des spectacles ou à l'entrée des musées, comme dans la cour des diligences, des *ciceroni*[1] qui s'offrirent à les guider dans le dédale du Père-Lachaise. Il leur était impossible, à l'un comme à l'autre, de savoir où gisait Clémence. Affreuse angoisse ! Ils allèrent consulter le portier du cimetière. Les morts ont un concierge, et il y a des heures auxquelles les morts ne sont pas visibles. Il faudrait remuer tous les règlements de haute et basse police pour obtenir le droit de venir pleurer à la nuit, dans le silence et la solitude, sur la tombe où gît un être aimé. Il y a consigne pour l'hiver, consigne pour l'été. Certes, de tous les portiers de Paris, celui du Père-Lachaise est le plus heureux. D'abord, il n'a point de cordon[2] à tirer ; puis, au lieu d'une loge, il a une maison, un établissement qui n'est pas tout à fait un ministère, quoiqu'il y ait un très grand nombre d'administrés et plusieurs employés, que ce gouverneur des morts ait un traitement et dispose d'un pouvoir immense dont personne ne peut se plaindre : il fait de l'arbitraire à son aise. Sa loge n'est pas non plus une maison de commerce, quoiqu'il ait des bureaux, une comptabilité, des recettes, des dépenses et des profits. Cet homme n'est ni un suisse, ni un concierge, ni un

1. *Ciceroni* : guides qui font visiter aux étrangers les curiosités d'une ville. \ 2. *Cordon* : petite corde qui permet au concierge d'ouvrir la porte sans sortir de sa loge.

portier ; la porte qui reçoit les morts est toujours béante ; puis, quoiqu'il ait des monuments à conserver, ce n'est pas un conservateur ; enfin c'est une indéfinissable anomalie, autorité qui participe de tout et qui n'est rien, autorité placée, comme la mort dont elle vit, en dehors de tout. Néanmoins cet homme exceptionnel relève de la ville de Paris, être chimérique comme le vaisseau qui lui sert d'emblème, créature de raison mue par mille pattes rarement unanimes dans leurs mouvements, en sorte que ses employés sont presque inamovibles. Ce gardien du cimetière est donc le concierge arrivé à l'état de fonctionnaire, non soluble par la dissolution. Sa place n'est d'ailleurs pas une sinécure ; il ne laisse inhumer personne sans un permis, il doit compte de ses morts, il indique dans ce vaste champ les six pieds carrés où vous mettrez quelque jour tout ce que vous aimez, tout ce que vous haïssez, une maîtresse, un cousin. Oui, sachez-le bien, tous les sentiments de Paris viennent aboutir à cette loge, et s'y administrationalisent [1]. Cet homme a des registres pour coucher ses morts, ils sont dans leur tombe et dans ses cartons. Il a sous lui des gardiens, des jardiniers, des fossoyeurs, des aides. Il est un personnage. Les gens en pleurs ne lui parlent pas tout d'abord. Il ne comparaît que dans les cas graves : un mort pris pour un autre, un mort assassiné, une exhumation, un mort qui renaît. Le buste du roi régnant est dans sa salle, et il garde peut-être les anciens bustes royaux, impériaux, quasi royaux dans quelque armoire, espèce de petit Père-Lachaise pour les révolutions. Enfin, c'est un homme public, un excellent homme, bon père et bon époux, épitaphe à part. Mais tant de sentiments divers ont passé devant lui sous forme de corbillard ; mais il a tant vu de larmes, les vraies, les fausses ; mais il a vu la douleur sous tant de faces, et sur tant de faces, il a vu six

1. *Administrationalisent* : néologisme, mot inventé par Balzac.

millions de douleurs éternelles ! Pour lui, la douleur n'est plus qu'une pierre de onze lignes [1] d'épaisseur et de quatre pieds de haut sur vingt-deux pouces de large. Quant aux regrets, ce sont les ennuis de sa charge, il ne déjeune ni ne dîne jamais sans essuyer la pluie d'une inconsolable affliction. Il est bon et tendre pour toutes les autres affections ; il pleurera sur quelque héros de drame, sur monsieur Germeuil de *l'Auberge des Adrets* [2], l'homme à la culotte beurre frais, assassiné par Macaire ; mais son cœur s'est ossifié à l'endroit des véritables morts. Les morts sont des chiffres pour lui ; son état est d'organiser la mort. Puis enfin, il se rencontre, trois fois par siècle, une situation où son rôle devient sublime, et alors il est sublime à toute heure… en temps de peste.

Quand Jacquet l'aborda, ce monarque absolu rentrait assez en colère.

– J'avais dit, s'écria-t-il, d'arroser les fleurs depuis la rue Masséna jusqu'à la place Regnault de Saint-Jean d'Angély ! Vous vous êtes moqués de cela, vous autres. Sac à papier ! si les parents s'avisent de venir aujourd'hui qu'il fait beau, ils s'en prendront à moi : ils crieront comme des brûlés, ils diront des horreurs de nous et nous calomnieront…

– Monsieur, lui dit Jacquet, nous désirerions savoir où a été inhumée madame Jules.

– Madame Jules, *qui* ? demanda-t-il. Depuis huit jours, nous avons eu trois madame Jules…

– Ah ! dit-il en s'interrompant et regardant à la porte, voici le convoi du colonel de Maulincour, allez chercher le permis… Un beau convoi, ma foi ! reprit-il. Il a suivi de près sa grand-mère. Il y a des familles où ils dégringolent comme par gageure [3]. Ça vous a un si mauvais sang, ces Parisiens.

1. *Ligne* : ancienne unité de mesure, environ 2,5 mm. \ **2.** *L'Auberge des Adrets* : mélodrame, créé en 1823, qui fut l'un des très grands succès de l'acteur Frédérick Lemaître dans le rôle du bandit Robert Macaire. \ **3.** *Gageure* : pari.

– Monsieur, lui dit Jacquet en lui frappant sur le bras, la personne dont je vous parle est madame Jules Desmarets, la femme de l'Agent de change.

– Ah ! je sais, répondit-il en regardant Jacquet. N'était-ce pas un convoi où il y avait treize voitures de deuil, et un seul parent dans chacune des douze premières ? C'était si drôle que ça nous a frappés…

– Monsieur, prenez garde. Monsieur Jules est avec moi, il peut vous entendre, et ce que vous dites n'est pas convenable.

– Pardon, monsieur, vous avez raison. Excusez, je vous prenais pour des héritiers.

– Monsieur, reprit-il en consultant un plan du cimetière, madame Jules est rue du maréchal Lefebvre, allée n° 4, entre mademoiselle Raucourt, de la Comédie-Française, et monsieur Moreau-Malvin, un fort boucher, pour lequel il y a un tombeau de marbre blanc de commandé, qui sera vraiment un des plus beaux de notre cimetière.

– Monsieur, dit Jacquet en interrompant le concierge, nous ne sommes pas plus avancés…

– C'est vrai, répondit-il en regardant tout autour de lui.

– Jean, cria-t-il à un homme qu'il aperçut, conduisez ces messieurs à la fosse de madame Jules, la femme d'un Agent de change ! Vous savez, près de mademoiselle Raucourt, la tombe où il y a un buste.

Et les deux amis marchèrent sous la conduite de l'un des gardiens ; mais ils ne parvinrent pas à la route escarpée qui menait à l'allée supérieure du cimetière sans avoir essuyé plus de vingt propositions que des entrepreneurs de marbrerie, de serrurerie et de sculpture vinrent leur faire avec une grâce mielleuse.

– Si monsieur voulait faire construire quelque chose, nous pourrions l'arranger à bien bon marché…

Jacquet fut assez heureux pour éviter à son ami ces paroles épouvantables pour des cœurs saignants, et ils arrivèrent au lieu du repos. En voyant cette terre fraîchement remuée, et où des maçons avaient enfoncé des fiches afin de marquer la place des dés de pierre nécessaires au serrurier pour poser sa grille, Jules s'appuya sur l'épaule de Jacquet, en se soulevant par intervalles, pour jeter de longs regards sur ce coin d'argile où il lui fallait laisser les dépouilles de l'être par lequel il vivait encore.

– Comme elle est mal là ! dit-il.

– Mais elle n'est pas là, lui répondit Jacquet, elle est dans ta mémoire. Allons, viens, quitte cet odieux cimetière, où les morts sont parés comme des femmes au bal.

– Si nous l'ôtions de là ?

– Est-ce possible ?

– Tout est possible, s'écria Jules.

– Je viendrai donc là, dit-il après une pause. Il y a de la place.

Jacquet réussit à l'emmener de cette enceinte divisée comme un damier par des grilles en bronze, par d'élégants compartiments où étaient enfermés des tombeaux tous enrichis de palmes, d'inscriptions, de larmes aussi froides que les pierres dont s'étaient servis des gens désolés pour faire sculpter leurs regrets et leurs larmes. Il y a là de bons mots gravés en noir, des épigrammes contre les curieux, des *concetti*[1], des adieux spirituels, des rendez-vous pris où il ne se trouve jamais qu'une personne, des biographies prétentieuses, du clinquant, des guenilles, des paillettes. Ici des thyrses[2] ; là, des fers de lance ; plus loin, des urnes égyptiennes ; çà et là, quelques canons ; partout, les emblèmes de mille professions ; enfin tous les styles : du mauresque, du grec, du gothique, des frises, des oves[3], des peintures, des urnes, des génies, des

1. *Concetti* : pensées brillantes mais trop subtiles. \ **2.** *Thyrses* : longs bâtons entourés de lierre ou de rameau de vigne et surmontés de pommes de pin, attributs de Bacchus. \ **3.** *Oves* : ornements décoratifs en forme d'œufs.

temples, beaucoup d'immortelles[1] fanées et de rosiers morts. C'est une infâme comédie ! c'est encore tout Paris avec ses rues, ses enseignes, ses industries, ses hôtels ; mais vu par le verre dégrossissant de la lorgnette, un Paris microscopique réduit aux petites dimensions des ombres, des larves, des morts, un genre humain qui n'a plus rien de grand que sa vanité. Puis Jules aperçut à ses pieds, dans la longue vallée de la Seine, entre les coteaux de Vaugirard, de Meudon, entre ceux de Belleville et de Montmartre, le véritable Paris, enveloppé d'un voile bleuâtre, produit par ses fumées, et que la lumière du soleil rendait alors diaphane. Il embrassa d'un coup d'œil furtif ces quarante mille maisons, et dit, en montrant l'espace compris entre la colonne de la place Vendôme et la coupole d'or des Invalides : – Elle m'a été enlevée là, par la funeste curiosité de ce monde qui s'agite et se presse, pour se presser et s'agiter.

À quatre lieues de là, sur les bords de la Seine, dans un modeste village assis au penchant de l'une des collines qui dépendent de cette longue enceinte montueuse au milieu de laquelle le grand Paris se remue, comme un enfant dans son berceau, il se passait une scène de mort et de deuil, mais dégagée de toutes les pompes parisiennes, sans accompagnements de torches ni de cierges, ni de voitures drapées, sans prières catholiques, la mort toute simple. Voici le fait. Le corps d'une jeune fille était venu matinalement échouer sur la berge, dans la vase et les joncs de la Seine. Des tireurs de sable, qui allaient à l'ouvrage, l'aperçurent en montant dans leur frêle bateau.

– Tiens ! cinquante francs de gagnés, dit l'un d'eux. – C'est vrai, dit l'autre. Et ils abordèrent auprès de la morte. – C'est une bien belle fille. – Allons faire notre déclaration. Et les deux

1. *Immortelles* : nom de diverses plantes dont les fleurs desséchées conservent leur aspect.

tireurs de sable, après avoir couvert le corps de leurs vestes, allèrent chez le maire du village, qui fut assez embarrassé d'avoir à faire le procès-verbal nécessité par cette trouvaille.

Le bruit de cet événement se répandit avec la promptitude télégraphique particulière aux pays où les communications sociales n'ont aucune interruption, et où les médisances, les bavardages, les calomnies, le conte social dont se repaît le monde ne laisse point de lacune d'une borne à une autre. Aussitôt des gens qui vinrent à la Mairie tirèrent le maire de tout embarras. Ils convertirent le procès-verbal en un simple acte de décès. Par leurs soins, le corps de la fille fut reconnu pour être celui de la demoiselle Ida Gruget, couturière en corsets, demeurant rue de la Corderie-du-Temple, n° 14. La police judiciaire intervint, la veuve Gruget, mère de la défunte, arriva, munie de la dernière lettre de sa fille. Au milieu des gémissements de la mère, un médecin constata l'asphyxie par l'invasion du sang noir dans le système pulmonaire, et tout fut dit. Les enquêtes faites, les renseignements donnés, le soir, à six heures, l'autorité permit d'inhumer la grisette. Le curé du lieu refusa de la recevoir à l'église et de prier pour elle. Ida Gruget fut alors ensevelie dans un linceul par une vieille paysanne, et mise dans cette bière vulgaire, faite en planches de sapin, puis portée au cimetière par quatre hommes, et suivie de quelques paysannes curieuses, qui se racontaient cette mort en la commentant avec une surprise mêlée de commisération. La veuve Gruget fut charitablement retenue par une vieille dame, qui l'empêcha de se joindre au triste convoi de sa fille. Un homme à triples fonctions, sonneur, bedeau, fossoyeur de la paroisse, avait fait une fosse dans le cimetière du village, cimetière d'un demi-arpent[1], situé derrière l'église ; une église bien connue, église classique, ornée d'une tour carrée à toit pointu

1. *Arpent* : ancienne mesure agraire de surface représentant 20 à 50 ares.

couvert en ardoise, soutenue à l'extérieur par des contreforts anguleux. Derrière le rond décrit par le chœur, se trouvait le cimetière, entouré de murs en ruines, champ plein de monticules ; ni marbres, ni visiteurs, mais certes sur chaque sillon des pleurs et des regrets véritables qui manquèrent à Ida Gruget. Elle fut jetée dans un coin parmi des ronces et de hautes herbes. Quand la bière fut descendue dans ce champ si poétique par sa simplicité, le fossoyeur se trouva bientôt seul, à la nuit tombante. En comblant cette fosse, il s'arrêtait par intervalles pour regarder dans le chemin, par-dessus le mur ; il y eut un moment où, la main appuyée sur sa pioche, il examina la Seine, qui lui avait amené ce corps.

– Pauvre fille ! s'écria un homme survenu là tout à coup.

– Vous m'avez fait peur, monsieur ! dit le fossoyeur

– Y a-t-il eu un service pour celle que vous enterrez ?

– Non, monsieur. Monsieur le curé n'a pas voulu. Voilà la première personne enterrée ici sans être de la paroisse. Ici, tout le monde se connaît. Est-ce que monsieur ?... Tiens, il est parti !

Quelques jours s'étaient écoulés, lorsqu'un homme vêtu de noir se présenta chez monsieur Jules et, sans vouloir lui parler, remit dans la chambre de sa femme une grande urne de porphyre [1], sur laquelle il lut ces mots :

Invita lege,
Conjugi moerenti
Filiolae cineres
Restituit,
Amicis xii juvantibus
Moribundus pater [2].

---

1. *Porphyre* : roche d'origine volcanique, rouge foncé, mêlée de cristaux blancs. \ **2.** *Invita (...) pater* : malgré la loi, le père mourant, avec l'aide de douze amis, a rendu à l'époux affligé les cendres de sa chère fille.

– Quel homme ! dit Jules en fondant en larmes. Huit jours suffirent à l'Agent de change pour obéir à tous les désirs de sa femme, et pour mettre ordre à ses affaires ; il vendit sa charge au frère de Martin Faleix, et partit de Paris au moment où l'Administration discutait encore s'il était licite à un citoyen de disposer du corps de sa femme.

Conclusion

Qui n'a pas rencontré sur les boulevards de Paris, au détour d'une rue ou sous les arcades du Palais-Royal, enfin en quelque lieu du monde où le hasard veuille le présenter, un être, un homme ou femme, à l'aspect duquel mille pensées confuses naissent en l'esprit ! À son aspect, nous sommes subitement intéressés ou par des traits dont la conformation bizarre annonce une vie agitée, ou par l'ensemble curieux que présentent les gestes, l'air, la démarche et les vêtements, ou par quelque regard profond, ou par d'autres *je ne sais quoi* qui saisissent fortement et tout à coup, sans que nous nous expliquions bien précisément la cause de notre émotion. Puis, le lendemain, d'autres pensées, d'autres images parisiennes emportent ce rêve passager. Mais si nous rencontrons encore le même personnage, soit passant à heure fixe, comme un employé de Mairie qui appartient au mariage pendant huit heures, soit errant dans les promenades, comme ces gens qui semblent être un mobilier acquis aux rues de Paris, et que l'on retrouve dans les lieux publics, aux premières représentations ou chez les restaurateurs, dont ils sont le plus bel ornement, alors cette créature s'inféode à votre souvenir, et y reste comme un premier volume de roman dont la fin nous échappe. Nous sommes tentés d'interroger cet inconnu, et de lui dire : – Qui êtes-vous ? Pourquoi flânez-vous ? de quel droit avez-vous un col plissé, une canne à pomme d'ivoire, un gilet passé ?

Pourquoi ces lunettes bleues à doubles verres, ou pourquoi conservez-vous la cravate des *muscadins*[1] ? Parmi ces créations errantes, les unes appartiennent à l'espèce des dieux Termes[2] ; elles ne disent rien à l'âme ; *elles sont là*, voilà tout : pourquoi, personne ne le sait ; c'est de ces figures semblables à celles qui servent de type aux sculpteurs pour les quatre Saisons, pour le Commerce et l'Abondance. Quelques autres, anciens avoués, vieux négociants, antiques généraux, s'en vont, marchent et paraissent toujours arrêtées. Semblables à des arbres qui se trouvent à moitié déracinés au bord d'un fleuve, elles ne semblent jamais faire partie du torrent de Paris, ni de sa foule jeune et active. Il est impossible de savoir si l'on a oublié de les enterrer, ou si elles se sont échappées du cercueil ; elles sont arrivées à un état quasi fossile. Un de ces *Melmoth*[3] parisiens était venu se mêler depuis quelques jours parmi la population sage et recueillie qui, lorsque le ciel est beau, meuble infailliblement l'espace enfermé entre la grille sud du Luxembourg et la grille nord de l'Observatoire, espace sans genre, espace neutre dans Paris. En effet, là, Paris n'est plus ; et là, Paris est encore. Ce lieu tient à la fois de la place, de la rue, du boulevard, de la fortification, du jardin, de l'avenue, de la route, de la province, de la capitale ; certes, il y a de tout cela ; mais ce n'est rien de tout cela : c'est un désert. Autour de ce lieu sans nom, s'élèvent les Enfants-Trouvés, la Bourbe[4], l'hôpital Cochin, les Capucins[5], l'hospice La Rochefoucauld, les Sourds-Muets, l'hôpital du Val-de-Grâce ; enfin, tous les vices et tous les malheurs de Paris ont là leur asile ; et, pour

1. *Muscadins* : jeunes fats, dandys, jeunes hommes très attentifs à leur élégance vestimentaire. \ **2.** *Dieux Termes* : divinités protectrices des limites des champs, représentées par un bloc de pierre surmonté d'une tête. \ **3.** *Melmoth* : héros de Maturin évoqué comme surhomme dans la Préface (p. 8) et ici comme homme errant et malheureux. \ **4.** *Bourbe* : hospice de la Maternité où l'on recueillait les filles enceintes sans asile. \ **5.** *Capucins* : on soignait les femmes atteintes de maladies vénériennes dans cet hôpital.

que rien ne manquât à cette enceinte philanthropique, la Science y étudie les Marées et les Longitudes ; monsieur de Chateaubriand y a mis l'infirmerie Marie-Thérèse[1], et les Carmélites y ont fondé un couvent[2]. Les grandes situations de la vie sont représentées par les cloches qui sonnent incessamment dans ce désert, et pour la mère qui accouche, et pour l'enfant qui naît, et pour le vice qui succombe, et pour l'ouvrier qui meurt, et pour la vierge qui prie, et pour le vieillard qui a froid, et pour le génie qui se trompe. Puis, à deux pas, est le cimetière du Mont-Parnasse, qui attire d'heure en heure les chétifs convois du faubourg Saint-Marceau. Cette esplanade, d'où l'on domine Paris, a été conquise par les joueurs de boules, vieilles figures grises, pleines de bonhomie, braves gens qui continuent nos ancêtres, et dont les physionomies ne peuvent être comparées qu'à celles de leur public, à la galerie mouvante qui les suit. L'homme devenu depuis quelques jours l'habitant de ce quartier désert assistait assidûment aux parties de boules, et pouvait, certes, passer pour la créature la plus saillante de ces groupes, qui, s'il était permis d'assimiler les Parisiens aux différentes classes de la zoologie, appartiendraient au genre des mollusques. Ce nouveau venu marchait sympathiquement avec le cochonnet, petite boule qui sert de point de mire, et constitue l'intérêt de la partie ; il s'appuyait contre un arbre quand le cochonnet s'arrêtait ; puis, avec la même attention qu'un chien en prête aux gestes de son maître, il regardait les boules volant dans l'air ou roulant à terre. Vous l'eussiez pris pour le génie fantastique du cochonnet. Il ne disait rien, et les joueurs de boules, les hommes les plus fanatiques qui se soient rencontrés parmi les sectaires de quelque religion que ce soit,

1. *Infirmerie de Marie-Thérèse* : maison de Chateaubriand où madame de Chateaubriand avait fondé une infirmerie qui distribuait des soins et des médicaments aux malades et recueillait des personnes tombées dans la misère. \ **2.** *Carmélites (…) couvent* : couvent bâti en 1604.

ne lui avaient jamais demandé compte de ce silence obstiné ; seulement, quelques esprits forts le croyaient sourd et muet. Dans les occasions où il fallait déterminer les différentes distances qui se trouvaient entre les boules et le cochonnet, la canne de l'inconnu devenait la mesure infaillible, les joueurs venaient alors la prendre dans les mains glacées de ce vieillard, sans la lui emprunter par un mot, sans même lui faire un signe d'amitié. Le prêt de sa canne était comme une servitude à laquelle il avait négativement consenti. Quand il survenait une averse, il restait près du cochonnet, esclave des boules, gardien de la partie commencée. La pluie ne le surprenait pas plus que le beau temps, et il était comme les joueurs, une espèce intermédiaire entre le Parisien qui a le moins d'intelligence, et l'animal qui en a le plus. D'ailleurs, pâle et flétri, sans soins de lui-même, distrait, il venait souvent nu-tête, montrant ses cheveux blanchis et son crâne carré, jaune, dégarni, semblable au genou qui perce le pantalon d'un pauvre. Il était béant, sans idées dans le regard, sans appui précis dans la démarche ; il ne souriait jamais, ne levait jamais les yeux au ciel, et les tenait habituellement baissés vers la terre, et semblait toujours y chercher quelque chose. À quatre heures une vieille femme venait le prendre pour le ramener on ne sait où, en le traînant à la remorque par le bras, comme une jeune fille tire une chèvre capricieuse qui veut brouter encore quand il faut venir à l'étable. Ce vieillard était quelque chose d'horrible à voir.

Dans l'après-midi, Jules, seul dans une calèche de voyage lestement menée par la rue de l'Est, déboucha sur l'esplanade de l'Observatoire au moment où ce vieillard, appuyé sur un arbre, se laissait prendre sa canne au milieu des vociférations de quelques joueurs pacifiquement irrités. Jules, croyant reconnaître cette figure, voulut s'arrêter, et sa voiture s'arrêta précisément. En effet, le postillon, serré par des charrettes, ne demanda point passage aux joueurs de boules insurgés, il avait trop de respect pour les émeutes, le postillon.

– C'est lui, dit Jules en découvrant enfin dans ce débris humain Ferragus XXIII, chef des Dévorants. Comme il l'aimait ! ajouta-t-il après une pause. Marchez donc, postillon ! cria-t-il.

Paris, février, 1833.

LA DUCHESSE DE LANGEAIS

À Franz Liszt [1]

1. *Franz Liszt* : pianiste et compositeur hongrois (1811-1886) qui vécut à Paris dans les années 1830 et y fut très admiré.

Chapitre premier

La sœur Thérèse

Il existe, dans une ville espagnole située sur une île de la Méditerranée, un couvent de Carmélites Déchaussées [1] où la règle de l'Ordre institué par sainte Thérèse s'est conservée dans la rigueur primitive de la réformation due à cette illustre femme. Ce fait est vrai, quelque extraordinaire qu'il puisse paraître. Quoique les maisons religieuses de la Péninsule et celles du Continent aient été presque toutes détruites ou bouleversées par les éclats de la révolution française et des guerres napoléoniennes, cette île ayant été constamment protégée par la marine anglaise, son riche couvent et ses paisibles habitants se trouvèrent à l'abri des troubles et des spoliations générales. Les tempêtes de tout genre qui agitèrent les quinze premières années du dix-neuvième siècle se brisèrent donc devant ce rocher, peu distant des côtes de l'Andalousie. Si le nom de l'empereur vint bruire jusque sur cette plage, il est douteux que son fantastique cortège de gloire et les flamboyantes majestés de sa vie météorique aient été comprises par les saintes filles agenouillées dans ce cloître. Une rigidité conventuelle

1. *Carmélites Déchaussées* : il s'agit d'une branche des Carmélites réformée en 1562 par Thérèse d'Avila.

que rien n'avait altérée recommandait cet asile dans toutes les mémoires du monde catholique. Aussi la pureté de sa règle y attira-t-elle, des points les plus éloignés de l'Europe, de tristes femmes dont l'âme, dépouillée de tous liens humains, soupirait après ce long suicide accompli dans le sein de Dieu. Nul couvent n'était d'ailleurs plus favorable au détachement complet des choses d'ici-bas, exigé par la vie religieuse. Cependant, il se voit sur le Continent un grand nombre de ces maisons magnifiquement bâties au gré de leur destination. Quelques-unes sont ensevelies au fond des vallées les plus solitaires ; d'autres suspendues au-dessus des montagnes les plus escarpées, ou jetées au bord des précipices ; partout l'homme a cherché les poésies de l'infini, la solennelle horreur du silence ; partout il a voulu se mettre au plus près de Dieu : il l'a quêté sur les cimes, au fond des abîmes, au bord des falaises, et l'a trouvé partout. Mais nulle autre part que sur ce rocher à demi européen, africain à demi, ne pouvaient se rencontrer autant d'harmonies différentes qui toutes concourussent à si bien élever l'âme, à en égaliser les impressions les plus douloureuses, à en attiédir les plus vives, à faire aux peines de la vie un lit profond. Ce monastère a été construit à l'extrémité de l'île, au point culminant du rocher, qui, par un effet de la grande révolution du globe, est cassé net du côté de la mer, où, sur tous les points, il présente les vives arêtes de ses tables légèrement rongées à la hauteur de l'eau, mais infranchissables. Ce roc est protégé de toute atteinte par des écueils dangereux qui se prolongent au loin, et dans lesquels se joue le flot brillant de la Méditerranée. Il faut donc être en mer pour apercevoir les quatre corps du bâtiment carré dont la forme, la hauteur, les ouvertures ont été minutieusement prescrites par les lois monastiques. Du côté de la ville, l'église masque entièrement les solides constructions du cloître, dont les toits sont couverts de larges dalles qui les rendent invulnérables aux coups de vent, aux orages et à l'action du soleil. L'église, due aux libéralités d'une famille espagnole, couronne la ville. La façade hardie, élégante, donne une grande et belle physionomie à cette petite cité maritime. N'est-ce pas un spectacle empreint de toutes nos sublimités terrestres que l'aspect d'une ville dont les toits pressés, presque tous disposés en amphithéâtre devant un joli port, sont surmontés d'un magnifique portail à triglyphe[1] gothique, à campaniles, à tours menues, à flèches découpées ? La religion dominant la vie, en en offrant sans cesse aux hommes la fin et les moyens, image tout espagnole d'ailleurs ! Jetez ce paysage au milieu de la Méditerranée, sous un ciel brûlant ; accompagnez-le de quelques palmiers, de plusieurs arbres rabougris, mais vivaces qui mêlaient leurs vertes frondaisons agitées aux feuillages sculptés de l'architecture immobile. Voyez les franges de la mer blanchissant les récifs, et s'opposant au bleu saphir des eaux ; admirez les galeries, les terrasses bâties en haut de chaque maison et où les habitants viennent respirer l'air du soir parmi les fleurs, entre la cime des arbres de leurs petits jardins. Puis, dans le port, quelques voiles. Enfin, par la sérénité d'une nuit qui commence, écoutez la musique des orgues, le chant des offices, et les sons admirables des cloches en pleine mer. Partout du bruit et du calme ; mais plus souvent le calme partout. Intérieurement, l'église se partageait en trois nefs sombres et mystérieuses. La furie des vents ayant sans doute interdit à l'architecte de construire latéralement ces arcs-boutants qui ornent presque partout les cathédrales, et entre lesquels sont pratiquées des chapelles, les murs qui flanquaient les deux petites nefs et soutenaient ce vaisseau n'y répandaient aucune lumière. Ces fortes murailles présentaient à l'extérieur l'aspect

1. *Triglyphe* : ornement de la frise dorique, formé d'une plaque décorée de deux glyphes (traits gravés en creux) et de deux demi-glyphes.

de leurs masses grisâtres, appuyées, de distance en distance, sur d'énormes contreforts. La grande nef et ses deux petites galeries latérales étaient donc uniquement éclairées par la rose à vitraux coloriés, attachée avec un art méticuleux au-dessus du portail, dont l'exposition favorable avait permis le luxe des dentelles de pierre et des beautés particulières à l'ordre improprement nommé gothique. La plus grande portion de ces trois nefs était livrée aux habitants de la ville, qui venaient y entendre la messe et les offices. Devant le chœur, se trouvait une grille derrière laquelle pendait un rideau brun à plis nombreux, légèrement entrouvert au milieu, de manière à ne laisser voir que l'officiant et l'autel. La grille était séparée, à intervalles égaux, par des piliers qui soutenaient une tribune intérieure et les orgues. Cette construction, en harmonie avec les ornements de l'église, figurait extérieurement, en bois sculpté, les colonnettes des galeries supportées par les piliers de la grande nef. Il eût donc été impossible à un curieux assez hardi pour monter sur l'étroite balustrade de ces galeries de voir dans le chœur autre chose que les longues fenêtres octogones et coloriées qui s'élevaient par pans égaux, autour du maître-autel.

Lors de l'expédition française faite en Espagne pour rétablir l'autorité du roi Ferdinand VII [1], et après la prise de Cadix, un général français, venu dans cette île pour y faire reconnaître le gouvernement royal, y prolongea son séjour, dans le but de voir ce couvent, et trouva moyen de s'y introduire. L'entreprise était certes délicate. Mais un homme de passion, un homme dont la vie n'avait été, pour ainsi dire, qu'une suite de poésies en action, et qui avait toujours fait des romans au lieu d'en écrire, un

1. *Lors de l'expédition (...) Ferdinand VII* : en avril 1823, une armée française, à l'instigation du congrès international de Vérone, avait envahi l'Espagne pour restaurer l'autorité bafouée du roi.

homme d'exécution surtout, devait être tenté par une chose en apparence impossible. S'ouvrir légalement les portes d'un couvent de femmes ? À peine le pape ou l'archevêque métropolitain l'eussent-ils permis. Employer la ruse ou la force ? en cas d'indiscrétion, n'était-ce pas perdre son état, toute sa fortune militaire, et manquer le but ? Le duc d'Angoulême était encore en Espagne, et de toutes les fautes que pouvait impunément commettre un homme aimé par le généralissime, celle-là seule l'eût trouvé sans pitié. Ce général avait sollicité sa mission afin de satisfaire une secrète curiosité, quoique jamais curiosité n'ait été plus désespérée. Mais cette dernière tentative était une affaire de conscience. La maison de ces Carmélites était le seul couvent espagnol qui eût échappé à ses recherches. Pendant la traversée, qui ne dura pas une heure, il s'éleva dans son âme un pressentiment favorable à ses espérances. Puis, quoique du couvent il n'eût vu que les murailles, que de ces religieuses il n'eût pas même aperçu les robes, et qu'il n'eût écouté que les chants de la Liturgie, il rencontra sous ces murailles et dans ces chants de légers indices qui justifièrent son frêle espoir. Enfin, quelque légers que fussent des soupçons si bizarrement réveillés, jamais passion humaine ne fut plus violemment intéressée que ne l'était alors la curiosité du général. Mais il n'y a point de petits événements pour le cœur ; il grandit tout ; il met dans les mêmes balances la chute d'un empire de quatorze ans et la chute d'un gant de femme, et presque toujours le gant y pèse plus que l'empire. Or, voici les faits dans toute leur simplicité positive. Après les faits viendront les émotions.

Une heure après que le général eut abordé cet îlot, l'autorité royale y fut rétablie. Quelques Espagnols constitutionnels, qui s'y étaient nuitamment réfugiés après la prise de Cadix, s'embarquèrent sur un bâtiment que le général leur permit de fréter pour s'en aller à Londres. Il n'y eut donc là ni résistance ni réaction. Cette petite Restauration insulaire n'allait pas sans une messe, à laquelle durent assister les deux compagnies commandées pour l'expédition. Or, ne connaissant pas la rigueur de la clôture chez les Carmélites Déchaussées, le général avait espéré pouvoir obtenir, dans l'église, quelques renseignements sur les religieuses enfermées dans le couvent, dont une d'elles peut-être lui était plus chère que la vie et plus précieuse que l'honneur. Ses espérances furent d'abord cruellement déçues. La messe fut, à la vérité, célébrée avec pompe. En faveur de la solennité, les rideaux qui cachaient habituellement le chœur furent ouverts, et en laissèrent voir les richesses, les précieux tableaux et les châsses[1] ornées de pierreries, dont l'éclat effaçait celui des nombreux *ex-voto*[2] d'or et d'argent attachés par les marins de ce port aux piliers de la grande nef. Les religieuses s'étaient toutes réfugiées dans la tribune de l'orgue. Cependant, malgré ce premier échec, durant la messe d'actions de grâces, se développa largement le drame le plus secrètement intéressant qui jamais ait fait battre un cœur d'homme. La sœur qui touchait l'orgue excita un si vif enthousiasme qu'aucun des militaires ne regretta d'être venu à l'office. Les soldats même y trouvèrent du plaisir, et tous les officiers furent dans le ravissement. Quant au général, il resta calme et froid en apparence. Les sensations que lui causèrent les différents morceaux exécutés par la religieuse sont du petit nombre de choses dont l'expression est interdite à la parole, et la rend impuissante, mais qui, semblables à la mort, à Dieu, à l'Éternité, ne peuvent s'apprécier que dans le léger point de contact qu'elles ont avec les hommes. Par un singulier hasard, la musique des orgues paraissait appartenir à l'école de Rossini[3], le compositeur qui a transporté le plus de passion humaine dans l'art musical, et dont les œuvres inspireront quelque jour, par

1. *Châsses* : coffres d'orfèvrerie où sont gardées les reliques d'un saint. \ **2.** *Ex-voto* : objet placé dans un sanctuaire en remerciement pour un vœu exaucé. \ **3.** *Rossini* : Gioacchino Rossini, compositeur italien (1792-1868).

leur nombre et leur étendue, un respect homérique. Parmi les partitions dues à ce beau génie, la religieuse semblait avoir plus particulièrement étudié celle du *Mose*[1], sans doute parce que le sentiment de la musique sacrée s'y trouve exprimé au plus haut degré. Peut-être ces deux esprits, l'un si glorieusement européen, l'autre inconnu, s'étaient-ils rencontrés dans l'intuition d'une même poésie. Cette opinion était celle de deux officiers, vrais *dilettanti*[2], qui regrettaient sans doute en Espagne le théâtre Favart[3]. Enfin, au *Te Deum*[4], il fut impossible de ne pas reconnaître une âme française dans le caractère que prit soudain la musique. Le triomphe du Roi Très-Chrétien excitait évidemment la joie la plus vive au fond du cœur de cette religieuse. Certes elle était française. Bientôt le sentiment de la patrie éclata, jaillit comme une gerbe de lumière dans une réplique des orgues où la sœur introduisit des motifs qui respirèrent toute la délicatesse du goût parisien, et auxquels se mêlèrent vaguement les pensées de nos plus beaux airs nationaux. Des mains espagnoles n'eussent pas mis, à ce gracieux hommage fait aux armes victorieuses, la chaleur qui acheva de déceler l'origine de la musicienne.

– Il y a donc de la France partout ? dit un soldat.

Le général était sorti pendant le *Te Deum*, il lui avait été impossible de l'écouter. Le jeu de la musicienne lui dénonçait une femme aimée avec ivresse, et qui s'était si profondément ensevelie au cœur de la religion et si soigneusement dérobée aux regards du monde, qu'elle avait échappé jusqu'alors à des recherches obstinées adroitement faites par des hommes qui disposaient et d'un grand pouvoir et d'une intelligence supérieure.

1. *Mose* : opéra de Rossini, *Mose in Egitto* (*Moïse en Égypte*), représenté à Naples en 1818, repris à Paris en 1827. \ **2.** *Dilettanti* : personne qui exerce une activité pour le plaisir. \ **3.** *Théâtre Favart* : autre nom pour l'Opéra-comique de Paris. \ **4.** *Te Deum* : hymne liturgique latine dont le premier verset commence par *Te Deum laudamus*, mise en musique par Lulli, Mozart…

Le soupçon réveillé dans le cœur du général fut presque justifié par le vague appel d'un air délicieux de mélancolie, l'air de *Fleuve du Tage*[1], romance française dont souvent il avait entendu jouer le prélude dans un boudoir de Paris à la personne qu'il aimait, et dont cette religieuse venait alors de se servir pour exprimer, au milieu de la joie des triomphateurs, les regrets d'une exilée. Terrible sensation ! Espérer la résurrection d'un amour perdu, le retrouver encore perdu, l'entrevoir mystérieusement, après cinq années pendant lesquelles la passion s'était irritée dans le vide, et agrandie par l'inutilité des tentatives faites pour la satisfaire !

Qui, dans sa vie, n'a pas, une fois au moins, bouleversé son chez-soi, ses papiers, sa maison, fouillé sa mémoire avec impatience en cherchant un objet précieux, et ressenti l'ineffable plaisir de le trouver, après un jour ou deux consumés en recherches vaines ; après avoir espéré, désespéré de le rencontrer ; après avoir dépensé les irritations les plus vives de l'âme pour ce rien important qui causait presque une passion ? Eh ! bien, étendez cette espèce de rage sur cinq années ; mettez une femme, un cœur, un amour à la place de ce rien ; transportez la passion dans les plus hautes régions du sentiment ; puis supposez un homme ardent, un homme à cœur et face de lion, un de ces hommes à crinière qui imposent et communiquent à ceux qui les envisagent une respectueuse terreur ! Peut-être comprendrez-vous alors la brusque sortie du général pendant le *Te Deum*, au moment où le prélude d'une romance jadis écoutée avec délices par lui, sous des lambris dorés, vibra sous la nef de cette église marine.

Il descendit la rue montueuse qui conduisait à cette église, et ne s'arrêta qu'au moment où les sons graves de l'orgue ne parvinrent plus à son oreille. Incapable de songer à autre chose

1. *Fleuve du Tage* : mélodie de Pollet, romance médiocre très populaire en 1820.

qu'à son amour, dont la volcanique éruption lui brûlait le cœur, le général français ne s'aperçut de la fin du *Te Deum* qu'au moment où l'assistance espagnole descendit par flots. Il sentit que sa conduite ou son attitude pouvaient paraître ridicules, et revint prendre sa place à la tête du cortège, en disant à l'alcade et au gouverneur de la ville qu'une subite indisposition l'avait obligé d'aller prendre l'air. Puis, afin de pouvoir rester dans l'île, il songea soudain à tirer parti de ce prétexte d'abord insouciamment donné. Objectant l'aggravation de son malaise, il refusa de présider le repas offert par les autorités insulaires aux officiels français ; il se mit au lit, et fit écrire au major général pour lui annoncer la passagère maladie qui le forçait de remettre à un colonel le commandement des troupes. Cette ruse si vulgaire, mais si naturelle, le rendit libre de tout soin pendant le temps nécessaire à l'accomplissement de ses projets. En homme essentiellement catholique et monarchique, il s'informa de l'heure des offices et affecta le plus grand attachement aux pratiques religieuses, piété qui, en Espagne, ne devait surprendre personne.

Le lendemain même, pendant le départ de ses soldats, le général se rendit au couvent pour assister aux vêpres. Il trouva l'église désertée par les habitants qui, malgré leur dévotion, étaient allés voir sur le port l'embarcation des troupes. Le Français, heureux de se trouver seul dans l'église, eut soin de faire retentir les voûtes sonores du bruit de ses éperons ; il y marcha bruyamment, il toussa, il se parla tout haut à lui-même pour apprendre aux religieuses, et surtout à la musicienne, que, si les Français partaient, il en restait un. Ce singulier avis fut-il entendu, compris ?… le général le crut. Au *Magnificat*[1], les orgues semblèrent lui faire une réponse qui lui fut apportée par

1. *Magnificat* : cantique de la Vierge Marie à l'Annonciation qu'on chante notamment aux vêpres.

les vibrations de l'air. L'âme de la religieuse vola vers lui sur les ailes de ses notes, et s'émut dans le mouvement des sons. La musique éclata dans toute sa puissance ; elle échauffa l'église. Ce chant de joie, consacré par la sublime liturgie de la Chrétienté Romaine pour exprimer l'exaltation de l'âme en présence des splendeurs du Dieu toujours vivant, devint l'expression d'un cœur presque effrayé de son bonheur, en présence des splendeurs d'un périssable amour qui durait encore et venait l'agiter au-delà de la tombe religieuse où s'ensevelissent les femmes pour renaître épouses du Christ.

L'orgue est certes le plus grand, le plus audacieux, le plus magnifique de tous les instruments créés par le génie humain. Il est un orchestre entier, auquel une main habile peut tout demander, il peut tout exprimer. N'est-ce pas, en quelque sorte, un piédestal sur lequel l'âme se pose pour s'élancer dans les espaces lorsque, dans son vol, elle essaie de tracer mille tableaux, de peindre la vie, de parcourir l'infini qui sépare le ciel de la terre ? Plus un poète en écoute les gigantesques harmonies, mieux il conçoit qu'entre les hommes agenouillés et le Dieu caché par les éblouissants rayons du Sanctuaire les cent voix de ce chœur terrestre peuvent seules combler les distances, et sont le seul truchement assez fort pour transmettre au ciel les prières humaines dans l'omnipotence de leurs modes, dans la diversité de leurs mélancolies, avec les teintes de leurs méditatives extases, avec les jets impétueux de leurs repentirs et les mille fantaisies de toutes les croyances. Oui, sous ces longues voûtes, les mélodies enfantées par le génie des choses saintes trouvent des grandeurs inouïes dont elles se parent et se fortifient. Là, le jour affaibli, le silence profond, les chants qui alternent avec le tonnerre des orgues, font à Dieu comme un voile à travers lequel rayonnent ses lumineux attributs. Toutes ces richesses sacrées semblèrent être jetées comme un grain d'encens sur le frêle autel de l'Amour à la face du trône éternel d'un Dieu jaloux et vengeur. En effet, la joie de la religieuse n'eut pas ce caractère de grandeur et de gravité qui doit s'harmonier avec les solennités du *Magnificat* ; elle lui donna de riches, de gracieux développements, dont les différents rythmes accusaient une gaieté humaine. Ses motifs eurent le brillant des roulades [1] d'une cantatrice qui tâche d'exprimer l'amour, et ses chants sautillèrent comme l'oiseau près de sa compagne. Puis, par moments, elle s'élançait par bonds dans le passé pour y folâtrer, pour y pleurer tour à tour. Son mode changeant avait quelque chose de désordonné comme l'agitation de la femme heureuse du retour de son amant. Puis, après les fugues flexibles du délire et les effets merveilleux de cette reconnaissance fantastique, l'âme qui parlait ainsi fit un retour sur elle-même. La musicienne, passant du majeur au mineur, sut instruire son auditeur de sa situation présente. Soudain elle lui raconta ses longues mélancolies et lui dépeignit sa lente maladie morale. Elle avait aboli chaque jour un sens, retranché chaque nuit quelque pensée, réduit graduellement son cœur en cendres. Après quelques molles ondulations, sa musique prit, de teinte en teinte une couleur de tristesse profonde. Bientôt les échos versèrent les chagrins à torrents. Enfin tout à coup les hautes notes firent détonner un concert de voix angéliques, comme pour annoncer à l'amant perdu, mais non pas oublié, que la réunion des deux âmes ne se ferait plus que dans les cieux : touchante espérance ! Vint l'*Amen* [2]. Là, plus de joie ni de larmes dans les airs ; ni mélancolie, ni regrets. L'*Amen* fut un retour à Dieu ; ce dernier accord fut grave, solennel, terrible. La musicienne déploya tous les crêpes de la religieuse, et, après les derniers grondements des basses, qui firent frémir les auditeurs jusque dans leurs cheveux, elle sembla s'être replongée

1. *Roulades* : suite de notes légères et rapides chantées sur une seule syllabe. \ 2. *Amen* : fin de la prière.

dans la tombe d'où elle était pour un moment sortie. Quand les airs eurent, par degrés, cessé leurs vibrations oscillatoires, vous eussiez dit que l'église, jusque-là lumineuse, rentrait dans une profonde obscurité.

Le général avait été rapidement emporté par la course de ce vigoureux génie, et l'avait suivi dans les régions qu'il venait de parcourir. Il comprenait, dans toute leur étendue, les images dont abonda cette brûlante symphonie, et pour lui ces accords allaient bien loin. Pour lui, comme pour la sœur, ce poème était l'avenir, le présent et le passé. La musique, même celle du théâtre, n'est-elle pas, pour les âmes tendres et poétiques, pour les cœurs souffrants et blessés, un texte qu'elles développent au gré de leurs souvenirs ? S'il faut un cœur de poète pour faire un musicien, ne faut-il pas de la poésie et de l'amour pour écouter, pour comprendre les grandes œuvres musicales ? La Religion, l'Amour et la Musique ne sont-ils pas la triple expression d'un même fait, le besoin d'expansion dont est travaillée toute âme noble ? Ces trois poésies vont toutes à Dieu, qui dénoue toutes les émotions terrestres. Aussi cette sainte Trinité humaine participe-t-elle des grandeurs infinies de Dieu, que nous ne configurons jamais sans l'entourer des feux de l'amour, des sistres[1] d'or de la musique, de lumière et d'harmonie. N'est-il pas le principe et la fin de nos œuvres ?

Le Français devina que, dans ce désert, sur ce rocher entouré par la mer, la religieuse s'était emparée de la musique pour y jeter le surplus de passion qui la dévorait. Était-ce un hommage fait à Dieu de son amour, était-ce le triomphe de l'amour sur Dieu ? questions difficiles à décider. Mais, certes, le général ne put douter qu'il ne retrouvât en ce cœur mort au monde une passion tout aussi brûlante que l'était la sienne. Les vêpres finies, il revint chez l'alcade[2], où il était logé. Restant

1. *Sistre* : instrument de musique à percussion. \ **2.** *Alcade* : maire espagnol.

d'abord en proie aux mille jouissances que prodigue une satisfaction longtemps attendue, péniblement cherchée, il ne vit rien au-delà. Il était toujours aimé. La solitude avait grandi l'amour dans ce cœur, autant que l'amour avait été grandi dans le sien par les barrières successivement franchies et mises par cette femme entre elle et lui. Cet épanouissement de l'âme eut sa durée naturelle. Puis vint le désir de revoir cette femme, de la disputer à Dieu, de la lui ravir, projet téméraire qui plut à cet homme audacieux. Après le repas, il se coucha pour éviter les questions, pour être seul, pour pouvoir penser sans trouble, et resta plongé dans les méditations les plus profondes, jusqu'au lendemain matin. Il ne se leva que pour aller à la messe. Il vint à l'église, il se plaça près de la grille ; son front touchait le rideau ; il aurait voulu le déchirer, mais il n'était pas seul : son hôte l'avait accompagné par politesse, et la moindre imprudence pouvait compromettre l'avenir de sa passion, en ruiner les nouvelles espérances. Les orgues se firent entendre, mais elles n'étaient plus touchées par les mêmes mains. La musicienne des deux jours précédents ne tenait plus le clavier. Tout fut pâle et froid pour le général. Sa maîtresse était-elle accablée par les mêmes émotions sous lesquelles succombait presque un vigoureux cœur d'homme ? Avait-elle si bien partagé, compris un amour fidèle et désiré, qu'elle en fût mourante sur son lit dans sa cellule ? Au moment où mille réflexions de ce genre s'élevaient dans l'esprit du Français, il entendit résonner près de lui la voix de la personne qu'il adorait, il en reconnut le timbre clair. Cette voix, légèrement altérée par un tremblement qui lui donnait toutes les grâces que prête aux jeunes filles leur timidité pudique, tranchait sur la masse du chant, comme celle d'une *prima donna* sur l'harmonie d'un finale. Elle faisait à l'âme l'effet que produit aux yeux un filet d'argent ou d'or dans une frise obscure. C'était donc bien elle ! Toujours Parisienne, elle n'avait pas dépouillé sa coquetterie, quoiqu'elle eût quitté les parures du monde pour le bandeau, pour la dure étamine[1] des Carmélites. Après avoir signé son amour la veille, au milieu des louanges adressées au Seigneur, elle semblait dire à son amant : – Oui, c'est moi, je suis là, j'aime toujours ; mais je suis à l'abri de l'amour. Tu m'entendras, mon âme t'enveloppera, et je resterai sous le linceul brun de ce chœur d'où nul pouvoir ne saurait m'arracher. Tu ne me verras pas.

– C'est bien elle ! se dit le général en relevant son front, en le dégageant de ses mains, sur lesquelles il l'avait appuyé ; car il n'avait pu d'abord soutenir l'écrasante émotion qui s'éleva comme un tourbillon dans son cœur quand cette voix connue vibra sous les arceaux, accompagnée par le murmure des vagues. L'orage était au dehors, et le calme dans le sanctuaire. Cette voix si riche continuait à déployer toutes ses câlineries, elle arrivait comme un baume sur le cœur embrasé de cet amant, elle fleurissait dans l'air, qu'on désirait mieux aspirer pour y reprendre les émanations d'une âme exhalée avec amour dans les paroles de la prière. L'alcade vint rejoindre son hôte, il le trouva fondant en larmes à l'élévation[2], qui fut chantée par la religieuse, et l'emmena chez lui. Surpris de rencontrer tant de dévotion dans un militaire français, l'alcade avait invité à souper le confesseur du couvent, et il en prévint le général, auquel jamais nouvelle n'avait fait autant de plaisir. Pendant le souper, le confesseur fut l'objet des attentions du Français, dont le respect intéressé confirma les Espagnols dans la haute opinion qu'ils avaient prise de sa piété. Il demanda gravement le nombre des religieuses, des détails sur les revenus du couvent et sur ses richesses, en homme qui paraissait vouloir entretenir poliment le bon vieux prêtre des choses dont il devait être le

1. *Étamine* : étoffe mince. \ **2.** *Élévation* : moment de la messe où le prêtre élève l'hostie et le vin consacrés.

plus occupé. Puis il s'informa de la vie que menaient ces saintes filles. Pouvaient-elle sortir ? les voyait-on ?

– Seigneur, dit le vénérable ecclésiastique, la règle est sévère. S'il faut une permission de Notre Saint-Père pour qu'une femme vienne dans une maison de Saint-Bruno[1], ici même rigueur. Il est impossible à un homme d'entrer dans un couvent de Carmélites Déchaussées, à moins qu'il ne soit prêtre et attaché par l'archevêque au service de la Maison. Aucune religieuse ne sort. Cependant LA GRANDE SAINTE (la mère Thérèse) a souvent quitté sa cellule. Le Visiteur ou les Mères Supérieures peuvent seuls permettre à une religieuse, avec l'autorisation de l'archevêque, de voir des étrangers, surtout en cas de maladie. Or nous sommes un Chef d'Ordre, et nous avons conséquemment une Mère Supérieure au couvent. Nous avons, entre autres étrangères, une Française, la sœur Thérèse, celle qui dirige la musique de la chapelle.

– Ah ! répondit le général en feignant la surprise. Elle a dû être satisfaite du triomphe des armes de la maison de Bourbon ?

– Je leur ai dit l'objet de la messe, elles sont toujours un peu curieuses.

– Mais la sœur Thérèse peut avoir des intérêts en France, elle voudrait peut-être y faire savoir quelque chose, en demander des nouvelles ?

– Je ne le crois pas, elle se serait adressée à moi pour en savoir.

– En qualité de compatriote, dit le général, je serais bien curieux de la voir… Si cela est possible, si la Supérieure y consent, si…

– À la grille, et même en présence de la Révérende Mère, une entrevue serait impossible pour qui que ce soit ; mais en faveur d'un libérateur du trône catholique et de la sainte

1. *Saint-Bruno* : saint Bruno avait fondé en 1084 le couvent de la Grande Chartreuse près de Grenoble.

religion, malgré la rigidité de la Mère, la règle peut dormir un moment, dit le confesseur en clignant les yeux. J'en parlerai.

– Quel âge a la sœur Thérèse ? demanda l'amant qui n'osa pas questionner le prêtre sur la beauté de la religieuse.

– Elle n'a plus d'âge, répondit le bonhomme avec une simplicité qui fit frémir le général.

Le lendemain matin, avant la sieste, le confesseur vint annoncer au Français que la sœur Thérèse et la Mère consentaient à le recevoir à la grille du parloir, avant l'heure des vêpres. Après la sieste, pendant laquelle le général dévora le temps en allant se promener sur le port, par la chaleur de midi, le prêtre revint le chercher, et l'introduisit dans le couvent ; il le guida sous une galerie qui longeait le cimetière, et dans laquelle quelques fontaines, plusieurs arbres verts et des arceaux multipliés entretenaient une fraîcheur en harmonie avec le silence du lieu. Parvenus au fond de cette longue galerie, le prêtre fit entrer son compagnon dans une salle partagée en deux parties par une grille couverte d'un rideau brun. Dans la partie en quelque sorte publique, où le confesseur laissa le général, régnait, le long du mur, un banc de bois ; quelques chaises également en bois se trouvaient près de la grille. Le plafond était composé de solives saillantes, en chêne vert, et sans nul ornement. Le jour ne venait dans cette salle que par deux fenêtres situées dans la partie affectée aux religieuses, en sorte que cette faible lumière, mal reflétée par un bois à teintes brunes, suffisait à peine pour éclairer le grand Christ noir, le portrait de sainte Thérèse et un tableau de la Vierge qui décoraient les parois grises du parloir. Les sentiments du général prirent donc, malgré leur violence, une couleur mélancolique. Il devint calme dans ce calme domestique. Quelque chose de grand comme la tombe le saisit sous ces frais planchers. N'était-ce pas son silence éternel, sa paix profonde, ses idées d'infini ? Puis, la quiétude et la pensée fixe du cloître, cette pensée qui se glisse dans l'air, dans le clair-obscur, dans tout, et qui, n'étant tracée nulle part, est encore agrandie par l'imagination, ce grand mot : *la paix dans le Seigneur*, entre, là, de vive force, dans l'âme la moins religieuse. Les couvents d'hommes se conçoivent peu ; l'homme y semble faible : il est né pour agir, pour accomplir une vie de travail à laquelle il se soustrait dans sa cellule. Mais dans un monastère de femmes, combien de vigueur virile et de touchante faiblesse ! Un homme peut être poussé par mille sentiments au fond d'une abbaye, il s'y jette comme dans un précipice ; mais la femme n'y vient jamais qu'entraînée par un seul sentiment : elle ne s'y dénature pas, elle épouse Dieu. Vous pouvez dire aux religieux : pourquoi n'avez-vous pas lutté ? Mais la réclusion d'une femme n'est-elle pas toujours une lutte sublime ? Enfin, le général trouva ce parloir muet et ce couvent perdu dans la mer tout pleins de lui. L'amour arrive rarement à la solennité ; mais l'amour encore fidèle au sein de Dieu, n'était-ce pas quelque chose de solennel, et plus qu'un homme n'avait le droit d'espérer au dix-neuvième siècle, par les mœurs qui courent ? Les grandeurs infinies de cette situation pouvaient agir sur l'âme du général, il était précisément assez élevé pour oublier la politique, les honneurs, l'Espagne, le monde de Paris, et monter jusqu'à la hauteur de ce dénouement grandiose. D'ailleurs, quoi de plus véritablement tragique ? Combien de sentiments dans la situation des deux amants seuls réunis au milieu de la mer sur un banc de granit, mais séparés par une idée, par une barrière infranchissable ! Voyez l'homme se disant : – Triompherai-je de Dieu dans ce cœur ? Un léger bruit fit tressaillir cet homme, le rideau brun se tira ; puis il vit dans la lumière une femme debout, mais dont la figure lui était cachée par le prolongement du voile plié sur la tête : suivant la règle de la maison, elle était vêtue de cette robe dont la couleur est devenue proverbiale. Le général ne put apercevoir les pieds nus de la religieuse, qui lui en auraient attesté l'effrayante maigreur ; cependant, malgré les plis nombreux de la robe grossière qui couvrait et ne parait plus cette femme, il devina que les larmes, la prière, la passion, la vie solitaire l'avaient déjà desséchée.

La main glacée d'une femme, celle de la Supérieure sans doute, tenait encore le rideau ; et le général, ayant examiné le témoin nécessaire de cet entretien, rencontra le regard noir et profond d'une vieille religieuse, presque centenaire, regard clair et jeune, qui démentait les rides nombreuses par lesquelles le pâle visage de cette femme était sillonné.

– Madame la duchesse, demanda-t-il d'une voix fortement émue à la religieuse qui baissait la tête, votre compagne entend-elle le français ?

– Il n'y a pas de duchesse ici, répondit la religieuse. Vous êtes devant sœur Thérèse. La femme, celle que vous nommez ma compagne, est ma Mère en Dieu, ma Supérieure ici-bas.

Ces paroles, si humblement prononcées par la voix qui jadis s'harmoniait avec le luxe et l'élégance au milieu desquels avait vécu cette femme, reine de la mode à Paris, par une bouche dont le langage était jadis si léger, si moqueur, frappèrent le général comme l'eût fait un coup de foudre.

– Ma sainte Mère ne parle que le latin et l'espagnol, ajouta-t-elle.

– Je ne sais ni l'un ni l'autre. Ma chère Antoinette, excusez-moi près d'elle.

En entendant son nom doucement prononcé par un homme naguère si dur pour elle, la religieuse éprouva une vive émotion intérieure que trahirent les légers tremblements de son voile, sur lequel la lumière tombait en plein.

– Mon frère, dit-elle en portant sa manche sous son voile pour s'essuyer les yeux peut-être, je me nomme la sœur Thérèse...

Puis elle se tourna vers la Mère, et lui dit, en espagnol, ces paroles que le général entendait parfaitement ; il en savait assez pour le comprendre, et peut-être aussi pour le parler :

– Ma chère Mère, ce cavalier vous présente ses respects, et vous prie de l'excuser de ne pouvoir les mettre lui-même à vos pieds ; mais il ne sait aucune des deux langues que vous parlez...

La vieille inclina la tête lentement, sa physionomie prit une expression de douceur angélique, rehaussée néanmoins par le sentiment de sa puissance et de sa dignité.

– Tu connais ce cavalier ? lui demanda la Mère en lui jetant un regard pénétrant.

– Oui, ma mère.

– Rentre dans ta cellule, ma fille ! dit la Supérieure d'un ton impérieux.

Le général s'effaça vivement derrière le rideau, pour ne pas laisser deviner sur son visage les émotions terribles qui l'agitaient ; et, dans l'ombre, il croyait voir encore les yeux perçants de la Supérieure. Cette femme, maîtresse de la fragile et passagère félicité dont la conquête coûtait tant de soins, lui avait fait peur, et il tremblait, lui qu'une triple rangée de canons n'avait jamais effrayé. La duchesse marchait vers la porte, mais elle se retourna : – Ma Mère, dit-elle d'un ton de voix horriblement calme, ce Français est un de mes frères.

– Reste donc, ma fille ! répondit la vieille femme après une pause.

Cet admirable jésuitisme[1] accusait tant d'amour et de regrets, qu'un homme moins fortement organisé que ne l'était le général se serait senti défaillir en éprouvant de si vifs plaisirs au milieu d'un immense péril, pour lui tout nouveau. De quelle valeur étaient donc les mots, les regards, les gestes dans une scène où l'amour devait échapper à des yeux de lynx, à des griffes de tigre ! La sœur Thérèse revint.

– Vous voyez, mon frère, ce que j'ose faire pour vous entretenir un moment de votre salut, et des vœux que mon âme

1. *Jésuitisme* : légère hypocrisie dans la façon d'agir.

adresse pour vous chaque jour au ciel. Je commets un péché mortel. J'ai menti. Combien de jours de pénitence pour effacer ce mensonge ! mais ce sera souffrir pour vous. Vous ne savez pas, mon frère, quel bonheur est d'aimer dans le ciel, de pouvoir s'avouer ses sentiments alors que la religion les a purifiés, les a transportés dans les régions les plus hautes, et qu'il nous est permis de ne plus regarder qu'à l'âme. Si les doctrines, si l'esprit de la sainte à laquelle nous devons cet asile ne m'avaient pas enlevée loin des misères terrestres, et ravie bien loin de la sphère où elle est, mais certes au-dessus du monde, je ne vous eusse pas revu. Mais je puis vous voir, vous entendre et demeurer calme...

– Hé ! bien, Antoinette, s'écria le général en l'interrompant à ces mots, faites que je vous voie, vous que j'aime maintenant avec ivresse, éperdument, comme vous avez voulu être aimée par moi.

– Ne m'appelez pas Antoinette, je vous en supplie. Les souvenirs du passé me font mal. Ne voyez ici que la sœur Thérèse, une créature confiante en la miséricorde divine. Et, ajouta-t-elle après une pause, modérez-vous, mon frère. Notre Mère nous séparerait impitoyablement, si votre visage trahissait des passions mondaines, ou si vos yeux laissaient tomber des pleurs.

Le général inclina la tête comme pour se recueillir. Quand il leva les yeux sur la grille, il aperçut, entre deux barreaux, la figure amaigrie, pâle, mais ardente encore de la religieuse. Son teint, où jadis fleurissaient tous les enchantements de la jeunesse, où l'heureuse opposition d'un blanc mat contrastait avec les couleurs de la rose du Bengale, avait pris le ton chaud d'une coupe de porcelaine sous laquelle est enfermée une faible lumière. La belle chevelure dont cette femme était si fière avait été rasée. Un bandeau ceignait son front et enveloppait son visage. Ses yeux, entourés d'une meurtrissure due aux austérités de cette vie, lançaient, par moments, des rayons fiévreux, et leur calme habituel n'était qu'un voile. Enfin, de cette femme il ne restait que l'âme.

– Ah ! vous quitterez ce tombeau, vous qui êtes devenue ma vie ! Vous m'apparteniez, et n'étiez pas libre de vous donner, même à Dieu. Ne m'avez-vous pas promis de sacrifier tout au moindre de mes commandements ? Maintenant vous me trouverez peut-être digne de cette promesse, quand vous saurez ce que j'ai fait pour vous. Je vous ai cherchée dans le monde entier. Depuis cinq ans, vous êtes ma pensée de tous les instants, l'occupation de ma vie. Mes amis, des amis bien puissants, vous le savez, m'ont aidé de toute leur force à fouiller les couvents de France, d'Italie, d'Espagne, de Sicile, de l'Amérique. Mon amour s'allumait plus vif à chaque recherche vaine ; j'ai souvent fait de longs voyages sur un faux espoir, j'ai dépensé ma vie et les plus larges battements de mon cœur autour des murailles noires de plusieurs cloîtres. Je ne vous parle pas d'une fidélité sans bornes, qu'est-ce ? un rien en comparaison des vœux infinis de mon amour. Si vous avez été vraie jadis dans vos remords, vous ne devez pas hésiter à me suivre aujourd'hui.

– Vous oubliez que je ne suis pas libre.

– Le duc est mort, répondit-il vivement.

La sœur Thérèse rougit.

– Que le ciel lui soit ouvert, dit-elle avec une vive émotion, il a été généreux pour moi. Mais je ne parlais pas de ces liens, une de mes fautes a été de vouloir les briser tous sans scrupule pour vous.

– Vous parlez de vos vœux, s'écria le général en fronçant les sourcils. Je ne croyais pas que quelque chose vous pesât au cœur plus que votre amour. Mais n'en doutez pas, Antoinette, j'obtiendrai du Saint-Père un bref[1] qui déliera vos serments. J'irai certes à Rome, j'implorerai toutes les puissances de la terre ; et si Dieu pouvait descendre, je le…

1. *Bref* : ordonnance du pape, traitant d'affaires généralement de moindre importance que celles traitées dans une bulle.

– Ne blasphémez pas.

– Ne vous inquiétez donc pas de Dieu ! Ah ! j'aimerais bien mieux savoir que vous franchiriez pour moi ces murs ; que, ce soir même, vous vous jetteriez dans une barque au bas des rochers. Nous irions être heureux je ne sais où, au bout du monde ! Et, près de moi, vous reviendriez à la vie, à la santé, sous les ailes de l'Amour.

– Ne parlez pas ainsi, reprit la sœur Thérèse, vous ignorez ce que vous êtes devenu pour moi. Je vous aime bien mieux que je ne vous ai jamais aimé. Je prie Dieu tous les jours pour vous, et je ne vous vois plus avec les yeux du corps. Si vous connaissiez, Armand, le bonheur de pouvoir se livrer sans honte à une amitié pure que Dieu protège ! Vous ignorez combien je suis heureuse d'appeler les bénédictions du ciel sur vous. Je ne prie jamais pour moi : Dieu fera de moi suivant ses volontés. Mais vous, je voudrais, au prix de mon éternité, avoir quelque certitude que vous êtes heureux en ce monde, et que vous serez heureux en l'autre, pendant tous les siècles. Ma vie éternelle est tout ce que le malheur m'a laissé à vous offrir. Maintenant, je suis vieillie dans les larmes, je ne suis plus ni jeune ni belle ; d'ailleurs vous mépriseriez une religieuse devenue femme, qu'aucun sentiment, même l'amour maternel, n'absoudrait pas... Que me direz-vous qui puisse balancer les innombrables réflexions accumulées dans mon cœur depuis cinq années, et qui l'ont changé, creusé, flétri ? J'aurais dû le donner moins triste à Dieu !

– Ce que je dirai, ma chère Antoinette ! je dirai que je t'aime ; que l'affection, l'amour, l'amour vrai, le bonheur de vivre dans un cœur tout à nous, entièrement à nous, sans réserve, est si rare et si difficile à rencontrer, que j'ai douté de toi, que je t'ai soumise à de rudes épreuves ; mais aujourd'hui je t'aime de toutes les puissances de mon âme : si tu me suis dans la retraite, je n'entendrai plus d'autre voix que la tienne, je ne verrai plus d'autre visage que le tien...

– Silence, Armand ! Vous abrégez le seul instant pendant lequel il nous sera permis de nous voir ici-bas.

– Antoinette, veux-tu me suivre ?

– Mais je ne vous quitte pas. Je vis dans votre cœur, mais autrement que par un intérêt de plaisir mondain, de vanité, de jouissance égoïste ; je vis ici pour vous, pâle et flétrie, dans le sein de Dieu ! S'il est juste, vous serez heureux…

– Phrases que tout cela ! Et si je te veux pâle et flétrie ? Et si je ne puis être heureux qu'en te possédant ? Tu connaîtras donc toujours des devoirs en présence de ton amant ? Il n'est donc jamais au-dessus de tout dans ton cœur ? Naguère, tu lui préférais la société, toi, je ne sais quoi ; maintenant, c'est Dieu, c'est mon salut. Dans la sœur Thérèse, je reconnais toujours la duchesse ignorante des plaisirs de l'amour, et toujours insensible sous les apparences de la sensibilité. Tu ne m'aimes pas, tu n'as jamais aimé…

– Ha, mon frère…

– Tu ne veux pas quitter cette tombe, tu aimes mon âme, dis-tu ? Eh ! bien, tu la perdras à jamais, cette âme, je me tuerai…

– Ma Mère, cria la sœur Thérèse en espagnol, je vous ai menti, cet homme est mon amant !

Aussitôt le rideau tomba. Le général, demeuré stupide, entendit à peine les portes intérieures se fermant avec violence.

– Ah ! elle m'aime encore ! s'écria-t-il en comprenant tout ce qu'il y avait de sublime dans le cri de la religieuse, il faut l'enlever d'ici…

Le général quitta l'île, revint au quartier général, il allégua des raisons de santé, demanda un congé et retourna promptement en France.

Voici maintenant l'aventure qui avait déterminé la situation respective où se trouvaient alors les deux personnages de cette scène.

Chapitre II

L'amour dans la paroisse de Saint-Thomas d'Aquin

Ce que l'on nomme en France le faubourg Saint-Germain n'est, ni un quartier, ni une secte, ni une institution, ni rien qui se puisse nettement exprimer. La place Royale, le faubourg Saint-Honoré, la Chaussée-d'Antin possèdent également des hôtels où se respire l'air du faubourg Saint-Germain. Ainsi, déjà tout le faubourg n'est pas dans le faubourg. Des personnes nées fort loin de son influence peuvent la ressentir et s'agréger à ce monde, tandis que certaines autres qui y sont nées peuvent en être à jamais bannies. Les manières, le parler, en un mot la tradition faubourg Saint-Germain est à Paris, depuis environ quarante ans, ce que la Cour y était jadis, ce qu'était l'hôtel Saint-Paul dans le quatorzième siècle, le Louvre au quinzième, le Palais, l'hôtel Rambouillet, la place Royale au seizième, puis Versailles au dix-septième et au dix-huitième siècle. À toutes les phases de l'histoire, le Paris de la haute classe et de la noblesse a eu son centre, comme le Paris vulgaire aura toujours le sien. Cette singularité périodique offre une ample matière aux réflexions de ceux qui veulent observer ou peindre les différentes zones sociales ; et peut-être ne doit-on pas en rechercher les causes seulement pour justifier le caractère de cette aventure, mais aussi pour servir à de graves intérêts, plus vivaces dans l'avenir que dans le présent, si toutefois l'expérience n'est pas un non-sens pour les partis comme pour la jeunesse. Les grands seigneurs et les gens riches, qui singeront toujours les grands seigneurs, ont, à toutes les époques, éloigné leurs maisons des endroits très habités. Si le duc d'Uzès se bâtit, sous le règne de Louis XIV, le bel hôtel à la porte duquel il mit la fontaine de la rue Montmartre, acte de bienfaisance qui le rendit, outre ses vertus, l'objet d'une vénération si populaire que le quartier suivit en masse son convoi, ce coin de Paris était alors désert. Mais aussitôt que les fortifications s'abattirent, que les marais situés au-delà des boulevards s'emplirent de maisons, la famille d'Uzès quitta ce bel hôtel, habité de nos jours par un banquier. Puis la noblesse, compromise au milieu des boutiques, abandonna la place Royale, les alentours du centre parisien, et passa la rivière afin de pouvoir respirer à son aise dans le faubourg Saint-Germain, où déjà des palais s'étaient élevés autour de l'hôtel bâti par Louis XIV au duc du Maine, le benjamin de ses légitimés[1]. Pour les gens accoutumés aux splendeurs de la vie, est-il en effet rien de plus ignoble que le tumulte, la boue, les cris, la mauvaise odeur, l'étroitesse des rues populeuses ? Les habitudes d'un quartier marchand ou manufacturier ne sont-elles pas constamment en désaccord avec les habitudes des Grands ? Le Commerce et le Travail se couchent au moment où l'aristocratie songe à dîner, les uns s'agitent bruyamment quand l'autre se repose ; leurs calculs ne se rencontrent jamais, les uns sont la recette, et l'autre est la dépense. De là des mœurs diamétralement opposées. Cette observation n'a rien de dédaigneux. Une aristocratie est en quelque sorte la pensée d'une société, comme la bourgeoisie et les prolétaires en sont l'organisme et l'action. De là des sièges différents pour ces forces ; et, de leur antagonisme,

1. *Duc du Maine, le benjamin de ses légitimés* : fils de Louis XIV et de sa favorite, Madame de Montespan.

vient une antipathie apparente que produit la diversité de mouvements faits néanmoins dans un but commun. Ces discordances sociales résultent si logiquement de toute charte constitutionnelle, que le libéral le plus disposé à s'en plaindre, comme d'un attentat envers les sublimes idées sous lesquelles les ambitieux des classes inférieures cachent leurs desseins, trouverait prodigieusement ridicule à monsieur le prince de Montmorency de demeurer rue Saint-Martin, au coin de la rue qui porte son nom, ou à monsieur le duc de Fitz-James, le descendant de la race royale écossaise, d'avoir son hôtel rue Marie-Stuart, au coin de la rue Montorgueil[1]. *Sint ut sunt, aut non sint*[2], ces belles paroles pontificales peuvent servir de devise aux Grands de tous les pays. Ce fait, patent à chaque époque, et toujours accepté par le peuple, porte en lui des raisons d'état : il est à la fois un effet et une cause, un principe et une loi. Les masses ont un bon sens qu'elles ne désertent qu'au moment où les gens de mauvaise foi les passionnent. Ce bon sens repose sur des vérités d'un ordre général, vraies à Moscou comme à Londres, vraies à Genève comme à Calcutta. Partout, lorsque vous rassemblerez des familles d'inégale fortune sur un espace donné, vous verrez se former des cercles supérieurs, des patriciens, des première, seconde et troisième sociétés. L'égalité sera peut-être un droit, mais aucune puissance humaine ne saura le convertir en fait. Il serait bien utile pour le bonheur de la France d'y populariser cette pensée. Aux masses les moins intelligentes se révèlent encore les bienfaits de l'harmonie politique. L'harmonie est la poésie de l'ordre, et les peuples ont un vif besoin d'ordre. La concordance des choses entre elles, l'unité, pour tout dire en un

1. *Le prince de Montmorency (...) rue Montorgueil* : la rue Saint-Martin, rue bourgeoise, et la rue Marie-Stuart, rue affectée aux prostituées, ne pouvaient être le siège de demeures aristocratiques. \ **2.** *Sint ut sint, aut non sint* : « Qu'ils soient tels qu'ils sont, ou qu'ils ne soient pas », paroles prononcées par le général des Jésuites en 1762, lorsque le gouvernement exigea une réforme des statuts de la Compagnie.

mot, n'est-elle pas la plus simple expression de l'ordre ? L'architecture, la musique, la poésie, tout dans la France s'appuie, plus qu'en aucun autre pays, sur ce principe, qui d'ailleurs est écrit au fond de son clair et pur langage, et la langue sera toujours la plus infaillible formule d'une nation. Aussi voyez-vous le peuple adoptant les airs les plus poétiques, les mieux modulés ; s'attachant aux idées les plus simples ; aimant les motifs incisifs qui contiennent le plus de pensées. La France est le seul pays où quelque petite phrase puisse faire une grande révolution. Les masses ne s'y sont jamais révoltées que pour essayer de mettre d'accord les hommes, les choses et les principes. Or, nulle autre nation ne sent mieux la pensée d'unité qui doit exister dans la vie aristocratique, peut-être parce que nulle autre n'a mieux compris les nécessités politiques : l'histoire ne la trouvera jamais en arrière. La France est souvent trompée, mais comme une femme l'est, par des idées généreuses, par des sentiments chaleureux dont la portée échappe d'abord au calcul.

Ainsi déjà, pour premier trait caractéristique, le faubourg Saint-Germain a la splendeur de ses hôtels, ses grands jardins, leur silence, jadis en harmonie avec la magnificence de ses fortunes territoriales. Cet espace mis entre une classe et toute une capitale n'est-il pas une consécration matérielle des distances morales qui doivent les séparer ? Dans toutes les créations, la tête a sa place marquée. Si par hasard une nation fait tomber son chef à ses pieds, elle s'aperçoit tôt ou tard qu'elle s'est suicidée. Comme les nations ne veulent pas mourir, elles travaillent alors à se refaire une tête. Quand la nation n'en a plus la force, elle périt, comme ont péri Rome, Venise et tant d'autres[1]. La distinction introduite par la différence des mœurs

1. *Comme ont péri Rome, Venise et tant d'autres* : Rome tombe en 410 devant le Wisigoth Alaric et l'empire d'Occident meurt en 476. La république de Venise fut supprimée par Bonaparte en 1797.

entre les autres sphères d'activité sociale et la sphère supérieure implique nécessairement une valeur réelle, capitale, chez les sommités aristocratiques. Dès qu'en tout État, sous quelque forme qu'affecte le Gouvernement, les patriciens manquent à leurs conditions de supériorité complète, ils deviennent sans force, et le peuple les renverse aussitôt. Le peuple veut toujours leur voir aux mains, au cœur et à la tête, la fortune, le pouvoir et l'action ; la parole, l'intelligence et la gloire. Sans cette triple puissance, tout privilège s'évanouit. Les peuples, comme les femmes, aiment la force en quiconque les gouverne, et leur amour ne va pas sans le respect ; ils n'accordent point leur obéissance à qui ne l'impose pas. Une aristocratie mésestimée est comme un roi fainéant, un mari en jupon ; elle est nulle avant de n'être rien. Ainsi, la séparation des Grands, leurs mœurs tranchées ; en un mot, le costume général des castes patriciennes est tout à la fois le symbole d'une puissance réelle, et les raisons de leur mort quand elles ont perdu la puissance. Le faubourg Saint-Germain s'est laissé momentanément abattre pour n'avoir pas voulu reconnaître les obligations de son existence qu'il lui était encore facile de perpétuer. Il devait avoir la bonne foi de voir à temps, comme le vit l'aristocratie anglaise, que les institutions ont leurs années climatériques [1] où les mêmes mots n'ont plus les mêmes significations, où les idées prennent d'autres vêtements, et où les conditions de la vie politique changent totalement de forme, sans que le fond soit essentiellement altéré. Ces idées veulent des développements qui appartiennent essentiellement à cette aventure, dans laquelle ils entrent, et comme définition des causes, et comme explication des faits.

Le grandiose des châteaux et des palais aristocratiques, le luxe de leurs détails, la somptuosité constante des ameuble-

1. *Climatériques* : périodes dangereuses.

ments, l'*aire* dans laquelle s'y meut sans gêne, et sans éprouver de froissement, l'heureux propriétaire, riche avant de naître ; puis l'habitude de ne jamais descendre au calcul des intérêts journaliers et mesquins de l'existence, le temps dont il dispose, l'instruction supérieure qu'il peut prématurément acquérir ; enfin les traditions patriciennes qui lui donnent des forces sociales que ses adversaires compensent à peine par des études, par une volonté, par une vocation tenaces ; tout devrait élever l'âme de l'homme qui, dès le jeune âge, possède de tels privilèges, lui imprimer ce haut respect de lui-même dont la moindre conséquence est une noblesse de cœur en harmonie avec la noblesse du nom. Cela est vrai pour quelques familles. Çà et là, dans le faubourg Saint-Germain, se rencontrent de beaux caractères, exceptions qui prouvent contre l'égoïsme général qui a causé la perte de ce monde à part. Ces avantages sont acquis à l'aristocratie française, comme à toutes les efflorescences patriciennes qui se produiront à la surface des nations aussi longtemps qu'elles assiéront leur existence sur le *domaine*, le domaine-sol comme le domaine-argent, seule base solide d'une société régulière ; mais ces avantages ne demeurent aux patriciens de toute sorte qu'autant qu'ils maintiennent les conditions auxquelles le peuple les leur laisse. C'est des espèces de fiefs moraux dont la *tenure*[1] oblige envers le souverain, et ici le souverain est certes aujourd'hui le peuple. Les temps sont changés, et aussi les armes. Le Banneret[2] à qui suffisait jadis de porter la cotte de maille, le haubert, de bien manier la lance et de montrer son pennon, doit aujourd'hui faire preuve d'intelligence ; et là où il n'était besoin que d'un grand cœur, il faut, de nos jours, un large crâne. L'art, la science et l'argent forment le triangle social où s'inscrit l'écu du pouvoir et d'où doit procéder la moderne aristocratie. Un beau théorème vaut

1. *Tenure* : concession d'une terre. \ 2. *Banneret* : seigneur qui arborait une bannière.

un grand nom. Les Rothschild[1], ces Fugger[2] modernes, sont princes de fait. Un grand artiste est réellement un oligarque, il représente tout un siècle, et devient presque toujours une loi. Ainsi, le talent de la parole, les machines à haute pression de l'écrivain, le génie du poète, la constance du commerçant, la volonté de l'homme d'État qui concentre en lui mille qualités éblouissantes, le glaive du général, ces conquêtes personnelles faites par un seul sur toute la société pour lui imposer, la classe aristocratique doit s'efforcer d'en avoir aujourd'hui le monopole, comme jadis elle avait celui de la force matérielle. Pour rester à la tête d'un pays, ne faut-il pas être toujours digne de le conduire ; en être l'âme et l'esprit, pour en faire agir les mains ? Comment mener un peuple sans avoir les puissances qui font le commandement ? Que serait le bâton des maréchaux sans la force intrinsèque du capitaine qui le tient à la main ? Le faubourg Saint-Germain a joué avec des bâtons, en croyant qu'ils étaient tout le pouvoir. Il avait renversé les termes de la proposition qui commande son existence. Au lieu de jeter les insignes qui choquaient le peuple et de garder secrètement la force, il a laissé saisir la force à la bourgeoisie, s'est cramponné fatalement aux insignes, et a constamment oublié les lois que lui imposait sa faiblesse numérique. Une aristocratie, qui personnellement fait à peine le millième d'une société, doit aujourd'hui, comme jadis, y multiplier ses moyens d'action pour y opposer, dans les grandes crises, un poids égal à celui des masses populaires. De nos jours, les moyens d'action doivent être des forces réelles, et non des souvenirs historiques. Malheureusement, en France, la noblesse, encore grosse de son ancienne puissance évanouie, avait contre elle une sorte

1. *Rothschild* : famille de banquiers très puissants, installés en France depuis 1812. Sous Louis-Philippe, ils ont contrôlé la finance européenne. \ 2. *Fugger* : banquiers d'Augsbourg, créanciers de Charles Quint.

de présomption dont il était difficile qu'elle se défendît. Peut-être est-ce un défaut national. Le Français, plus que tout autre homme, ne conclut jamais en dessous de lui, il va du degré sur lequel il se trouve au degré supérieur : il plaint rarement les malheureux au-dessus desquels il s'élève, il gémit toujours de voir tant d'heureux au-dessus de lui. Quoiqu'il ait beaucoup de cœur, il préfère trop souvent écouter son esprit. Cet instinct national qui fait toujours aller les Français en avant, cette vanité qui ronge leurs fortunes et les régit aussi absolument que le principe d'économie régit les Hollandais, a dominé depuis trois siècles la noblesse, qui, sous ce rapport, fut éminemment française. L'homme du faubourg Saint-Germain a toujours conclu de sa supériorité matérielle en faveur de sa supériorité intellectuelle. Tout, en France, l'en a convaincu, parce que depuis l'établissement du faubourg Saint-Germain, révolution aristocratique commencée le jour où la monarchie quitta Versailles, le faubourg Saint-Germain s'est, sauf quelques lacunes, toujours appuyé sur le pouvoir, qui sera toujours en France plus ou moins faubourg Saint-Germain : de là sa défaite en 1830. À cette époque, il était comme une armée opérant sans avoir de base. Il n'avait point profité de la paix pour s'implanter dans le cœur de la nation. Il péchait par un défaut d'instruction et par un manque total de vue sur l'ensemble de ses intérêts. Il tuait un avenir certain, au profit d'un présent douteux. Voici peut-être la raison de cette fausse politique. La distance physique et morale que ces supériorités s'efforçaient de maintenir entre elles et le reste de la nation, a fatalement eu pour tout résultat, depuis quarante ans, d'entretenir dans la haute classe le sentiment personnel en tuant le patriotisme de caste. Jadis, alors que la noblesse française était grande, riche et puissante, les gentilshommes savaient, dans le danger, se choisir des chefs et leur obéir. Devenus moindres, ils se sont montrés indisciplinables ; et, comme dans le Bas-Empire, chacun d'eux voulait être empereur ; en se voyant tous égaux par leur faiblesse, ils se crurent tous supérieurs. Chaque famille ruinée par la révolution, ruinée par le partage égal des biens, ne pensa qu'à elle, au lieu de penser à la grande famille aristocratique, et il leur semblait que si toutes s'enrichissaient, le parti serait fort. Erreur. L'argent aussi n'est qu'un signe de la puissance. Composées de personnes qui conservaient les hautes traditions de bonne politesse, d'élégance vraie, de beau langage, de pruderie et d'orgueil nobiliaires, en harmonie avec leurs existences, occupations mesquines quand elles sont devenues le principal d'une vie de laquelle elles ne doivent être que l'accessoire, toutes ces familles avaient une certaine valeur intrinsèque, qui, mise en superficie, ne leur laisse qu'une valeur nominale. Aucune de ces familles n'a eu le courage de se dire : sommes-nous assez fortes pour porter le pouvoir ? Elles se sont jetées dessus comme firent les avocats en 1830. Au lieu de se montrer protecteur comme un Grand, le faubourg Saint-Germain fut avide comme un parvenu. Du jour où il fut prouvé à la nation la plus intelligente du monde que la noblesse restaurée organisait le pouvoir et le budget à son profit, ce jour, elle fut mortellement malade. Elle voulait être une aristocratie quand elle ne pouvait plus être qu'une oligarchie[1], deux systèmes bien différents, et que comprendra tout homme assez habile pour lire attentivement les noms patronymiques[2] des lords de la chambre haute. Certes, le gouvernement royal eut de bonnes intentions ; mais il oubliait constamment qu'il faut tout faire vouloir au peuple, même son bonheur, et que la France, femme capricieuse, veut être heureuse ou battue à son gré. S'il y avait eu beaucoup de ducs de Laval[3], que sa modestie a fait digne de son nom, le

1. *Oligarchie* : régime politique dans lequel le pouvoir est aux mains d'un petit nombre d'individus ou de familles. \ **2.** *Noms patronymiques* : noms de famille. \ **3.** *Duc de Laval* : duc de Montmorency-Laval (1766-1826), ambassadeur à Rome et réputé pour sa courtoisie. Fidèle, il partagea avec Charles X son exil en Angleterre.

trône de la branche aînée serait devenu solide autant que l'est celui de la maison de Hanovre[1]. En 1814, mais surtout en 1820, la noblesse française avait à dominer l'époque la plus instruite, la bourgeoisie la plus aristocratique, le pays le plus femelle du monde. Le faubourg Saint-Germain pouvait bien facilement conduire et amuser une classe moyenne, ivre de distinctions, amoureuse d'art et de science. Mais les mesquins meneurs de cette grande époque intelligentielle[2] haïssaient tous l'art et la science. Ils ne surent même pas présenter la religion, dont ils avaient besoin, sous les poétiques couleurs qui l'eussent fait aimer. Quand Lamartine[3], La Mennais[4], Montalembert[5] et quelques autres écrivains de talent doraient de poésie, rénovaient ou agrandissaient les idées religieuses, tous ceux qui gâchaient le gouvernement faisaient sentir l'amertume de la religion. Jamais nation ne fut plus complaisante, elle était alors comme une femme fatiguée qui devient facile ; jamais pouvoir ne fit alors plus de maladresses : la France et la femme aiment mieux les fautes. Pour se réintégrer, pour fonder un grand gouvernement oligarchique, la noblesse du faubourg devait se fouiller avec bonne foi afin de trouver en elle-même la monnaie de Napoléon, s'éventrer pour demander au creux de ses entrailles un Richelieu[6] constitutionnel ; si ce génie n'était pas en elle, aller le chercher jusque dans le froid grenier où il pouvait être en train de mourir, et se l'assimiler, comme

1. *Hanovre* : ville d'Allemagne, résidence des princes de Hanovre. \ 2. *Intelligentielle* : néologisme souvent employé par Balzac \ 3. *Lamartine* : Alphonse de Lamartine (1790-1869), poète romantique français, qui connut un premier grand succès en 1820 avec ses *Méditations poétiques*, poésies à la ferveur religieuse poussée. \ 4. *La Mennais* : Félicité de Lamennais (1782-1854), prêtre et écrivain français, souvent marginalisé par l'originalité de ses positions religieuses. Il fonda notamment un journal, *L'Avenir* (1830-1832), où il demandait la séparation de l'Église et de l'État. \ 5. *Montalembert* : Charles de Montalembert (1810-1870), journaliste français, ami de Lamennais, il participa avec lui à l'aventure du journal *L'Avenir*. \ 6. *Richelieu* : prélat et homme politique français (1585-1642). Premier ministre de Louis XIII, il a contribué à restaurer l'autorité du roi et la prépondérance de la France en Europe.

la chambre des lords anglais s'assimile constamment les aristocrates de hasard. Puis, ordonner à cet homme d'être implacable, de retrancher les branches pourries, de recéper[1] l'arbre aristocratique. Mais d'abord, le grand système du torysme[2] anglais était trop immense pour de petites têtes ; et son importation demandait trop de temps aux Français, pour lesquels une réussite lente vaut un *fiasco*. D'ailleurs, loin d'avoir cette politique rédemptrice qui va chercher la force là où Dieu l'a mise, ces grandes petites gens haïssaient toute force qui ne venait pas d'eux ; enfin, loin de se rajeunir, le faubourg Saint-Germain s'est avieilli[3]. L'étiquette[4], institution de seconde nécessité, pouvait être maintenue si elle n'eût paru que dans les grandes occasions ; mais l'étiquette devint une lutte quotidienne, et au lieu d'être une question d'art ou de magnificence, elle devint une question de pouvoir. S'il manqua d'abord au trône un de ces conseillers aussi grands que les circonstances étaient grandes, l'aristocratie manqua surtout de la connaissance de ses intérêts généraux, qui aurait pu suppléer à tout. Elle s'arrêta devant le mariage de monsieur de Talleyrand[5], le seul homme qui eût une de ces têtes métalliques où se forgent à neuf les systèmes politiques par lesquels revivent glorieusement les nations. Le faubourg se moqua des ministres qui n'étaient pas gentilshommes, et ne donnait pas de gentilshommes assez supérieurs pour être ministres ; il pouvait rendre des services véritables au pays en ennoblissant les justices de paix, en fertilisant le sol, en construisant des routes et des canaux, en se faisant puissance territoriale agissante ; mais il vendait ses terres pour jouer à la Bourse. Il pouvait priver la bourgeoisie de ses

1. *Recéper* : tailler près du sol un jeune arbre pour obtenir des pousses plus vigoureuses. \ **2.** *Torysme* : parti conservateur anglais. \ **3.** *Avieilli* : forme archaïque pour vieilli. \ **4.** *Étiquette* : cérémonial en vigueur dans une cour. \ **5.** *Le mariage de monsieur de Talleyrand* : sous le directoire, le diplomate Talleyrand (1754-1838) avait protégé sa maîtresse une aventurière anglaise, Mme Grand que Bonaparte lui demanda d'épouser en 1803. Louis XVIII lui ordonna de la quitter mais il renoua plus tard avec elle au grand dam de l'aristocratie.

hommes d'action et de talent dont l'ambition minait le pouvoir, en leur ouvrant ses rangs ; il a préféré les combattre, et sans armes ; car il n'avait plus qu'en tradition ce qu'il possédait jadis en réalité. Pour le malheur de cette noblesse, il lui restait précisément assez de ses diverses fortunes pour soutenir sa morgue. Contente de ses souvenirs, aucune de ces familles ne songea sérieusement à faire prendre des armes à ses aînés, parmi le faisceau que le dix-neuvième siècle jetait sur la place publique. La jeunesse, exclue des affaires, dansait chez Madame, au lieu de continuer à Paris, par l'influence de talents jeunes, consciencieux, innocents de l'Empire et de la République, l'œuvre que les chefs de chaque famille auraient commencée dans les départements en y conquérant la reconnaissance de leurs titres par de continuels plaidoyers en faveur des intérêts locaux, en s'y conformant à l'esprit du siècle, en refondant la caste au goût du temps. Concentrée dans son faubourg Saint-Germain, où vivait l'esprit des anciennes oppositions féodales mêlé à celui de l'ancienne cour, l'aristocratie, mal unie au château des Tuileries, fut plus facile à vaincre, n'existant que sur un point et surtout aussi mal constituée qu'elle l'était dans la Chambre des Pairs. Tissue dans le pays, elle devenait indestructible ; acculée dans son faubourg, adossée au château, étendue dans le budget, il suffisait d'un coup de hache pour trancher le fil de sa vie agonisante, et la plate figure d'un petit avocat s'avança pour donner ce coup de hache. Malgré l'admirable discours de monsieur Royer-Collard [1], l'hérédité de la pairie et ses majorats tombèrent sous les pasquinades d'un homme qui se vantait d'avoir adroitement disputé quelques têtes au bourreau, mais qui tuait maladroitement de grandes institutions. Il se trouve là des exemples et des

1. *Royer-Collard* : Pierre Royer-Collard (1763-1845), homme politique français, prononça en août 1830 un discours retentissant pour défendre l'hérédité de la pairie. La loi du 29 novembre 1831 l'abolit définitivement.

enseignements pour l'avenir. Si l'oligarchie française n'avait pas une vie future, il y aurait je ne sais quelle cruauté triste à la gehenner[1] après son décès, et alors il ne faudrait plus que penser à son sarcophage ; mais si le scalpel des chirurgiens est dur à sentir, il rend parfois la vie aux mourants. Le faubourg Saint-Germain peut se trouver plus puissant persécuté qu'il ne l'était triomphant, s'il veut avoir un chef et un système.

Maintenant il est facile de résumer cet aperçu semi-politique. Ce défaut de vues larges et ce vaste ensemble de petites fautes ; l'envie de rétablir de hautes fortunes dont chacun se préoccupait ; un besoin réel de religion pour soutenir la politique ; une soif de plaisir, qui nuisait à l'esprit religieux, et nécessita des hypocrisies ; les résistances partielles de quelques esprits élevés qui voyaient juste et que contrarièrent les rivalités de cour ; la noblesse de province, souvent plus pure de race que ne l'est la noblesse de cour, mais qui, trop souvent froissée, se désaffectionna ; toutes ces causes se réunirent pour donner au faubourg Saint-Germain les mœurs les plus discordantes. Il ne fut ni compact dans son système, ni conséquent dans ses actes, ni complètement moral, ni franchement licencieux, ni corrompu ni corrupteur ; il n'abandonna pas entièrement les questions qui lui nuisaient et n'adopta pas les idées qui l'eussent sauvé. Enfin, quelque débiles que fussent les personnes, le parti s'était néanmoins armé de tous les grands principes qui font la vie des nations. Or, pour périr dans sa force, que faut-il être ? Il fut difficile dans le choix des personnes présentées ; il eut du bon goût, du mépris élégant ; mais sa chute n'eut certes rien d'éclatant ni de chevaleresque. L'émigration de 89 accusait encore des sentiments ; en 1830, l'émigration à l'intérieur n'accuse plus que des intérêts. Quelques hommes illustres dans les lettres, les triomphes de la tribune, monsieur

1. *Gehenner* : torturer.

de Talleyrand dans les congrès, la conquête d'Alger[1], et plusieurs noms redevenus historiques sur les champs de bataille, montrent à l'aristocratie française les moyens qui lui restent de se nationaliser et de faire encore reconnaître ses titres, si toutefois elle daigne. Chez les êtres organisés il se fait un travail d'harmonie intime. Un homme est-il paresseux, la paresse se trahit en chacun de ses mouvements. De même, la physionomie d'une classe d'hommes se conforme à l'esprit général, à l'âme qui en anime le corps. Sous la Restauration, la femme du faubourg Saint-Germain ne déploya ni la fière hardiesse que les dames de la cour portaient jadis dans leurs écarts, ni la modeste grandeur des tardives vertus par lesquelles elles expiaient leurs fautes, et qui répandaient autour d'elles un si vif éclat. Elle n'eut rien de bien léger, rien de bien grave. Ses passions, sauf quelques exceptions, furent hypocrites ; elle transigea pour ainsi dire avec leurs jouissances. Quelques-unes de ces familles menèrent la vie bourgeoise de la duchesse d'Orléans, dont le lit conjugal se montrait si ridiculement aux visiteurs du Palais-Royal ; deux ou trois à peine continuèrent les mœurs de la Régence, et inspirèrent une sorte de dégoût à des femmes plus habiles qu'elles. Cette nouvelle grande dame n'eut aucune influence sur les mœurs : elle pouvait néanmoins beaucoup, elle pouvait, en désespoir de cause, offrir le spectacle imposant des femmes de l'aristocratie anglaise ; mais elle hésita niaisement entre d'anciennes traditions, fut dévote de force, et cacha tout, même ses belles qualités. Aucune de ces Françaises ne put créer de salon où les sommités sociales vinssent prendre des leçons de goût et d'élégance. Leur voix jadis si imposante en littérature, cette vivante expression des sociétés, y fut tout à fait nulle. Or, quand une littérature n'a pas de système général, elle ne fait pas corps et se dissout avec son siècle.

1. *La conquête d'Alger* : elle eut lieu en 1830.

Lorsque, dans un temps quelconque, il se trouve au milieu d'une nation un peuple à part ainsi constitué, l'historien y rencontre presque toujours une figure principale qui résume les vertus et les défauts de la masse à laquelle elle appartient : Coligny[1] chez les huguenots, le Coadjuteur au sein de la Fronde[2], le maréchal de Richelieu[3] sous Louis XV, Danton dans la Terreur. Cette identité de physionomie entre un homme et son cortège historique est dans la nature des choses. Pour mener un parti ne faut-il pas concorder à ses idées, pour briller dans une époque ne faut-il pas la représenter ? De cette obligation constante où se trouve la tête sage et prudente des partis d'obéir aux préjugés et aux folies des masses qui en font la queue dérivent les actions que reprochent certains historiens aux chefs de parti, quand, à distance des terribles ébullitions populaires, ils jugent à froid les passions les plus nécessaires à la conduite des grandes luttes séculaires. Ce qui est vrai dans la comédie historique des siècles est également vrai dans la sphère plus étroite des scènes partielles du drame national appelé les Mœurs.

Au commencement de la vie éphémère que mena le faubourg Saint-Germain pendant la Restauration, et à laquelle, si les considérations précédentes sont vraies, il ne sut pas donner de consistance, une jeune femme fut passagèrement le type le plus complet de la nature à la fois supérieure et faible, grande et petite, de sa caste. C'était une femme artificiellement instruite, réellement ignorante ; pleine de sentiments élevés, mais manquant d'une pensée qui les coordonnât ; dépensant les plus riches trésors de l'âme à obéir aux convenances ; prête à braver la société, mais hésitant et arrivant à l'artifice par suite

1. *Coligny* : (1519-1572) chef du parti protestant. \ **2.** *Coadjuteur au sein de la Fronde* : il s'agit de Paul de Gondi, cardinal de Retz (1613-1679). \ **3.** *Maréchal de Richelieu* : petit-neveu du cardinal de Richelieu, Armand de Vignerot du Plessis, duc de Richelieu (1696-1788), s'illustra autant par ses succès militaires que par ses conquêtes amoureuses.

de ses scrupules ; ayant plus d'entêtement que de caractère, plus d'engouement que d'enthousiasme, plus de tête que de cœur ; souverainement femme et souverainement coquette, Parisienne surtout ; aimant l'éclat, les fêtes ; ne réfléchissant pas, ou réfléchissant trop tard ; d'une imprudence qui arrivait presque à de la poésie ; insolente à ravir, mais humble au fond du cœur ; affichant la force comme un roseau bien droit, mais, comme ce roseau, prête à fléchir sous une main puissante ; parlant beaucoup de la religion, mais ne l'aimant pas, et cependant prête à l'accepter comme un dénouement. Comment expliquer une créature véritablement multiple, susceptible d'héroïsme, et oubliant d'être héroïque pour dire une méchanceté ; jeune et suave, moins vieille de cœur que vieillie par les maximes de ceux qui l'entouraient, et comprenant leur philosophie égoïste sans l'avoir appliquée ; ayant tous les vices du courtisan et toutes les noblesses de la femme adolescente ; se défiant de tout, et néanmoins se laissant parfois aller à tout croire ? Ne serait-ce pas toujours un portrait inachevé que celui de cette femme en qui les teintes les plus chatoyantes se heurtaient, mais en produisant une confusion poétique, parce qu'il y avait une lumière divine, un éclat de jeunesse qui donnait à ces traits confus une sorte d'ensemble ? La grâce lui servait d'unité. Rien n'était joué. Ces passions, ces demi-passions, cette velléité de grandeur, cette réalité de petitesse, ces sentiments froids et ces élans chaleureux étaient naturels et ressortaient de sa situation autant que de celle de l'aristocratie à laquelle elle appartenait. Elle se comprenait toute seule et se mettait orgueilleusement au-dessus du monde, à l'abri de son nom. Il y avait du *moi* de Médée [1] dans sa vie, comme dans celle de l'aristocratie, qui se

1. *Il y avait du* moi *de Médée* : allusion à *Médée* (1635), première tragédie de Corneille (1606-1684) où Médée répond à sa confidente qui lui demande « Dans un si grand revers, que vous reste-t-il ? : – Moi ;/Moi, dis-je et c'est assez. »

mourait sans vouloir ni se mettre sur son séant, ni tendre la main à quelque médecin politique, ni toucher, ni être touchée, tant elle se sentait faible ou déjà poussière. La duchesse de Langeais, ainsi se nommait-elle, était mariée depuis environ quatre ans quand la Restauration fut consommée, c'est-à-dire en 1816, époque à laquelle Louis XVIII, éclairé par la révolution des Cent-Jours, comprit sa situation et son siècle, malgré son entourage, qui, néanmoins, triompha plus tard de ce Louis XI moins la hache, lorsqu'il fut abattu par la maladie. La duchesse de Langeais était une Navarreins, famille ducale, qui, depuis Louis XIV, avait pour principe de ne point abdiquer son titre dans ses alliances. Les filles de cette maison devaient avoir tôt ou tard, de même que leur mère, un tabouret à la cour. À l'âge de dix-huit ans, Antoinette de Navarreins sortit de la profonde retraite où elle avait vécu pour épouser le fils aîné du duc de Langeais. Les deux familles étaient alors éloignées du monde ; mais l'invasion de la France faisait présumer aux royalistes le retour des Bourbons comme la seule conclusion possible aux malheurs de la guerre. Les ducs de Navarreins et de Langeais, restés fidèles aux Bourbons, avaient noblement résisté à toutes les séductions de la gloire impériale, et, dans les circonstances où ils se trouvaient lors de cette union, ils durent naturellement obéir à la vieille politique de leurs familles. Mademoiselle Antoinette de Navarreins épousa donc, belle et pauvre, monsieur le marquis de Langeais, dont le père mourut quelques mois après ce mariage. Au retour des Bourbons, les deux familles reprirent leur rang, leurs charges, leurs dignités à la cour, et rentrèrent dans le mouvement social, en dehors duquel elles s'étaient tenues jusqu'alors. Elles devinrent les plus éclatantes sommités de ce nouveau monde politique. Dans ce temps de lâchetés et de fausses conversions, la conscience publique se plut à reconnaître à ces deux familles la fidélité sans tache, l'accord entre la vie privée et le caractère politique, auxquels tous les partis rendent involontairement hommage. Mais, par un malheur assez commun dans les temps de transaction, les personnes les plus pures et qui, par l'élévation de leurs vues, la sagesse de leurs principes, auraient fait croire en France à la générosité d'une politique neuve et hardie, furent écartées des affaires, qui tombèrent entre les mains de gens intéressés à porter les principes à l'extrême, pour faire preuve de dévouement. Les familles de Langeais et de Navarreins restèrent dans la haute sphère de la cour, condamnées aux devoirs de l'étiquette ainsi qu'aux reproches et aux moqueries du libéralisme, accusées de se gorger d'honneurs et de richesses, tandis que leur patrimoine ne s'augmenta point, et que les libéralités de la Liste civile[1] se consumèrent en frais de représentation, nécessaires à toute monarchie européenne, fût-elle même républicaine. En 1818, monsieur le duc de Langeais commandait une division militaire, et la duchesse avait, près d'une princesse, une place qui l'autorisait à demeurer à Paris, loin de son mari, sans scandale. D'ailleurs, le duc avait, outre son commandement, une charge à la cour, où il venait, en laissant, pendant son quartier, le commandement à un maréchal-de-camp. Le duc et la duchesse vivaient donc entièrement séparés, de fait et de cœur, à l'insu du monde. Ce mariage de convention avait eu le sort assez habituel de ces pactes de famille. Les deux caractères les plus antipathiques du monde s'étaient trouvés en présence, s'étaient froissés secrètement, secrètement blessés, désunis à jamais. Puis, chacun d'eux avait obéi à sa nature et aux convenances. Le duc de Langeais, esprit aussi méthodique que pouvait l'être le chevalier de Folard[2], se livra méthodiquement à ses goûts, à ses plaisirs, et laissa sa femme libre de suivre les siens, après avoir reconnu chez elle

1. *Liste civile* : somme allouée annuellement au roi. \ **2.** *Chevalier de Folard* : Jean-Charles de Folard (1669-1752) a laissé des ouvrages de tactique militaire.

un esprit éminemment orgueilleux, un cœur froid, une grande soumission aux usages du monde, une loyauté jeune, et qui devait rester pure sous les yeux des grands-parents, à la lumière d'une cour prude et religieuse. Il fit donc à froid le grand seigneur du siècle précédent, abandonnant à elle-même une femme de vingt-deux ans, offensée gravement, et qui avait dans le caractère une épouvantable qualité, celle de ne jamais pardonner une offense quand toutes ses vanités de femme, quand son amour-propre, ses vertus peut-être, avaient été méconnus, blessés occultement. Quand un outrage est public, une femme aime à l'oublier, elle a des chances pour se grandir, elle est femme dans sa clémence ; mais les femmes n'absolvent jamais de secrètes offenses, parce qu'elles n'aiment ni les lâchetés, ni les vertus, ni les amours secrètes.

Telle était la position, inconnue du monde, dans laquelle se trouvait madame la duchesse de Langeais, et à laquelle ne réfléchissait pas cette femme, lorsque vinrent des fêtes données à l'occasion du mariage du duc de Berri [1]. En ce moment, la cour et le faubourg Saint-Germain sortirent de leur atonie et de leur réserve. Là, commença réellement cette splendeur inouïe qui abusa le gouvernement de la Restauration. En ce moment, la duchesse de Langeais, soit calcul, soit vanité, ne paraissait jamais dans le monde sans être entourée ou accompagnée de trois ou quatre femmes aussi distinguées par leur nom que par leur fortune. Reine de la mode, elle avait ses dames d'atours, qui reproduisaient ailleurs ses manières et son esprit. Elle les avait habilement choisies parmi quelques personnes qui n'étaient encore ni dans l'intimité de la cour, ni dans le cœur du faubourg Saint-Germain, et qui avaient néanmoins la

1. *Mariage du duc de Berri* : le second fils de Monsieur (nom donné au frère du roi depuis la fin du XVIe siècle ; il s'agit ici du comte d'Artois, frère de Louis XVIII et futur Charles X), le duc de Berry, successeur du trône, épouse en 1816 Marie-Caroline de Bourbon, fille du roi de Naples.

prétention d'y arriver ; simples Dominations qui voulaient s'élever jusqu'aux environs du trône et se mêler aux séraphiques[1] puissances de la haute sphère nommée *le petit château*. Ainsi posée, la duchesse de Langeais était plus forte, elle dominait mieux, elle était plus en sûreté. Ses *dames* la défendaient contre la calomnie, et l'aidaient à jouer le détestable rôle de femme à la mode. Elle pouvait à son aise se moquer des hommes, des passions, les exciter, recueillir les hommages dont se nourrit toute nature féminine, et rester maîtresse d'elle-même. À Paris et dans la plus haute compagnie, la femme est toujours femme ; elle vit d'encens, de flatteries, d'honneurs. La plus réelle beauté, la figure la plus admirable n'est rien si elle n'est admirée : un amant, des flagorneries sont les attestations de sa puissance. Qu'est un pouvoir inconnu ? Rien. Supposez la plus jolie femme seule dans le coin d'un salon, elle y est triste. Quand une de ces créatures se trouve au sein des magnificences sociales, elle veut donc régner sur tous les cœurs, souvent faute de pouvoir être souveraine heureuse dans un seul. Ces toilettes, ces apprêts, ces coquetteries étaient faites pour les plus pauvres êtres qui se soient rencontrés, des fats sans esprit, des hommes dont le mérite consistait dans une jolie figure, et pour lesquels toutes les femmes se compromettaient sans profit, de véritables idoles de bois doré qui, malgré quelques exceptions, n'avaient ni les antécédents des petits-maîtres du temps de la Fronde, ni la bonne grosse valeur des héros de l'Empire, ni l'esprit et les manières de leurs grands-pères, mais qui voulaient être *gratis* quelque chose d'approchant ; qui étaient braves comme l'est la jeunesse française, habiles sans doute s'ils eussent été mis à l'épreuve, et qui ne pouvaient rien être par le règne des vieillards usés qui les tenaient en lisière. Ce fut une époque

1. *Séraphiques* : relatifs aux séraphins, anges de première catégorie.

froide, mesquine et sans poésie. Peut-être faut-il beaucoup de temps à une restauration pour devenir une monarchie.

Depuis dix-huit mois, la duchesse de Langeais menait cette vie creuse, exclusivement remplie par le bal, par les visites faites pour le bal, par des triomphes sans objet, par des passions éphémères, nées et mortes pendant une soirée. Quand elle arrivait dans un salon, les regards se concentraient sur elle, elle moissonnait des mots flatteurs, quelques expressions passionnées qu'elle encourageait du geste, du regard, et qui ne pouvaient jamais aller plus loin que l'épiderme. Son ton, ses manières, tout en elle faisait autorité. Elle vivait dans une sorte de fièvre de vanité, de perpétuelle jouissance qui l'étourdissait. Elle allait assez loin en conversation, elle écoutait tout, et se dépravait, pour ainsi dire, à la surface du cœur. Revenue chez elle, elle rougissait souvent de ce dont elle avait ri, de telle histoire scandaleuse dont les détails l'aidaient à discuter les théories de l'amour qu'elle ne connaissait pas, et les subtiles distinctions de la passion moderne, que de complaisantes hypocrites lui commentaient ; car les femmes, sachant se tout dire entre elles, en perdent plus que n'en corrompent les hommes. Il y eut un moment où elle comprit que la créature aimée était la seule dont la beauté, dont l'esprit pût être universellement reconnu. Que prouve un mari ? Que, jeune fille, une femme était ou richement dotée, ou bien élevée, avait une mère adroite, ou satisfaisait aux ambitions de l'homme ; mais un amant est le constant programme de ses perfections personnelles. Madame de Langeais apprit, jeune encore, qu'une femme pouvait se laisser aimer ostensiblement sans être complice de l'amour, sans l'approuver, sans le contenter autrement que par les plus maigres redevances de l'amour, et plus d'une Sainte-n'y-touche lui révéla les moyens de jouer ces dangereuses comédies. La duchesse eut donc sa cour, et le nombre de ceux qui l'adoraient ou la courtisaient fut une garantie de sa vertu. Elle était coquette, aimable, séduisante jusqu'à la fin de la fête, du bal, de la soirée ; puis, le rideau tombé, elle se retrouvait seule, froide, insouciante, et néanmoins revivait le lendemain pour d'autres émotions également superficielles. Il y avait deux ou trois jeunes gens complètement abusés qui l'aimaient véritablement, et dont elle se moquait avec une parfaite insensibilité. Elle se disait : – Je suis aimée, il m'aime ! Cette certitude lui suffisait. Semblable à l'avare satisfait de savoir que ses caprices peuvent être exaucés, elle n'allait peut-être même plus jusqu'au désir.

Un soir elle se trouva chez une de ses amies intimes, madame la vicomtesse de Fontaine, une de ses humbles rivales, qui la haïssaient cordialement et l'accompagnaient toujours : espèce d'amitié armée dont chacun se défie, et où les confidences sont habilement discrètes, quelquefois perfides. Après avoir distribué de petits saluts protecteurs, affectueux ou dédaigneux de l'air naturel à la femme qui connaît toute la valeur de ses sourires, ses yeux tombèrent sur un homme qui lui était complètement inconnu, mais dont la physionomie large et grave la surprit. Elle sentit en le voyant une émotion assez semblable à celle de la peur.

– Ma chère, demanda-t-elle à madame de Maufrigneuse, quel est ce nouveau venu ?

– Un homme dont vous avez sans doute entendu parler, le marquis de Montriveau.

– Ah ! c'est lui.

Elle prit son lorgnon et l'examina fort impertinemment, comme elle eût fait d'un portrait qui reçoit des regards et n'en rend pas.

– Présentez-le-moi donc, il doit être amusant.

– Personne n'est plus ennuyeux ni plus sombre, ma chère, mais il est à la mode.

Monsieur Armand de Montriveau se trouvait en ce moment, sans le savoir, l'objet d'une curiosité générale, et le méritait plus qu'aucune de ces idoles passagères dont Paris a besoin et dont il s'amourache pour quelques jours, afin de satisfaire cette passion d'engouement et d'enthousiasme factice dont il est périodiquement travaillé. Armand de Montriveau était le fils unique du général de Montriveau, un de ces ci-devant qui servirent noblement la République, et qui périt, tué près de Joubert[1], à Novi. L'orphelin avait été placé par les soins de Bonaparte à l'école de Châlons, et mis, ainsi que plusieurs autres fils de généraux morts sur le champ de bataille, sous la protection de la République française. Après être sorti de cette école sans aucune espèce de fortune, il entra dans l'artillerie, et n'était encore que chef de bataillon lors du désastre de Fontainebleau. L'arme à laquelle appartenait Armand de Montriveau lui avait offert peu de chances d'avancement. D'abord le nombre des officiers y est plus limité que dans les autres corps de l'armée ; puis les opinions libérales et presque républicaines que professait l'artillerie, les craintes inspirées à l'Empereur par une réunion d'hommes savants accoutumés à réfléchir, s'opposaient à la fortune militaire de la plupart d'entre eux. Aussi, contrairement aux lois ordinaires, les officiers parvenus au généralat ne furent-ils pas toujours les sujets les plus remarquables de l'arme, parce que, médiocres, ils donnaient peu de craintes. L'artillerie faisait un corps à part dans l'armée, et n'appartenait à Napoléon que sur les champs de bataille. À ces causes générales, qui peuvent expliquer les retards éprouvés dans sa carrière par Armand de Montriveau, il s'en joignait d'autres inhérentes à sa personne et à son caractère. Seul dans le monde, jeté dès l'âge de vingt ans à travers cette tempête d'hommes au sein de laquelle vécut Napoléon, et n'ayant aucun intérêt en dehors de lui-même, prêt à périr chaque jour,

1. *Joubert* : Barthélemy Joubert (1769-1799) brilla pendant la campagne d'Italie et fut tué le 15 août 1799 à Novi.

il s'était habitué à n'exister que par une estime intérieure et par le sentiment du devoir accompli. Il était habituellement silencieux comme le sont tous les hommes timides ; mais sa timidité ne venait point d'un défaut de courage, c'était une sorte de pudeur qui lui interdisait toute démonstration vaniteuse. Son intrépidité sur les champs de bataille n'était point fanfaronne ; il y voyait tout, pouvait donner tranquillement un bon avis à ses camarades, et allait au-devant des boulets tout en se baissant à propos pour les éviter. Il était bon, mais sa contenance le faisait passer pour hautain et sévère. D'une rigueur mathématique en toute chose, il n'admettait aucune composition hypocrite ni avec les devoirs d'une position, ni avec les conséquences d'un fait. Il ne se prêtait à rien de honteux, ne demandait jamais rien pour lui ; enfin, c'était un de ces grands hommes inconnus, assez philosophes pour mépriser la gloire, et qui vivent sans s'attacher à la vie, parce qu'ils ne trouvent pas à y développer leur force ou leurs sentiments dans toute leur étendue. Il était craint, estimé, peu aimé. Les hommes nous permettent bien de nous élever au-dessus d'eux, mais ils ne nous pardonnent jamais de ne pas descendre aussi bas qu'eux. Aussi le sentiment qu'ils accordent aux grands caractères ne va-t-il pas sans un peu de haine et de crainte. Trop d'honneur est pour eux une censure tacite qu'ils ne pardonnent ni aux vivants ni aux morts. Après les adieux de Fontainebleau, Montriveau, quoique noble et titré, fut mis en demi-solde. Sa probité antique effraya le Ministère de la Guerre, où son attachement aux serments faits à l'aigle impériale était connu. Lors des Cent-Jours il fut nommé colonel de la garde et resta sur le champ de bataille de Waterloo. Ses blessures l'ayant retenu en Belgique, il ne se trouva pas à l'armée de la Loire ; mais le gouvernement royal ne voulut pas reconnaître les grades donnés pendant les Cent-Jours, et Armand de Montriveau quitta la France. Entraîné par son génie entreprenant, par cette hauteur de pensée que, jusqu'alors, les hasards de la guerre avaient satisfaite, et passionné par sa rectitude instinctive pour les projets d'une grande utilité, le général Montriveau s'embarqua dans le dessein d'explorer la Haute-Égypte et les parties inconnues de l'Afrique, les contrées du centre surtout, qui excitent aujourd'hui tant d'intérêt parmi les savants. Son expédition scientifique fut longue et malheureuse. Il avait recueilli des notes précieuses destinées à résoudre les problèmes géographiques ou industriels si ardemment cherchés, et il était parvenu, non sans avoir surmonté bien des obstacles, jusqu'au cœur de l'Afrique, lorsqu'il tomba par trahison au pouvoir d'une tribu sauvage. Il fut dépouillé de tout, mis en esclavage et promené pendant deux années à travers les déserts, menacé de mort à tout moment et plus maltraité que ne l'est un animal dont s'amusent d'impitoyables enfants. Sa force de corps et sa constance d'âme lui firent supporter toutes les horreurs de sa captivité; mais il épuisa presque toute son énergie dans son évasion, qui fut miraculeuse. Il atteignit la colonie française du Sénégal, demi-mort, en haillons, et n'ayant plus que d'informes souvenirs. Les immenses sacrifices de son voyage, l'étude des dialectes de l'Afrique, ses découvertes et ses observations, tout fut perdu. Un seul fait fera comprendre ses souffrances. Pendant quelques jours les enfants du scheik de la tribu dont il était l'esclave s'amusèrent à prendre sa tête pour but dans un jeu qui consistait à jeter d'assez loin des osselets de cheval, et à les y faire tenir. Montriveau revint à Paris vers le milieu de l'année 1818, il s'y trouva ruiné, sans protecteurs, et n'en voulant pas. Il serait mort vingt fois avant de solliciter quoi que ce fût, même la reconnaissance de ses droits acquis. L'adversité, ses douleurs avaient développé son énergie jusque dans les petites choses, et l'habitude de conserver sa dignité d'homme en face de cet être moral que nous nommons la conscience donnait pour lui du prix aux actes en apparence les plus indifférents. Cependant ses rapports avec les principaux savants de Paris et quelques militaires instruits firent connaître et son mérite et ses aventures. Les particularités de son évasion et de sa captivité, celles de son voyage attestaient tant de sang-froid, d'esprit et de courage, qu'il acquit, sans le savoir, cette célébrité passagère dont les salons de Paris sont si prodigues, mais qui demande des efforts inouïs aux artistes quand ils veulent la perpétuer. Vers la fin de cette année, sa position changea subitement. De pauvre, il devint riche, ou du moins il eut extérieurement tous les avantages de la richesse. Le gouvernement royal, qui cherchait à s'attacher les hommes de mérite afin de donner de la force à l'armée, fit alors quelques concessions aux anciens officiers dont la loyauté et le caractère connu offraient des garanties de fidélité. Monsieur de Montriveau fut rétabli sur les cadres, dans son grade, reçut sa solde arriérée et fut admis dans la Garde royale. Ces faveurs arrivèrent successivement au marquis de Montriveau sans qu'il eût fait la moindre demande. Des amis lui épargnèrent les démarches personnelles auxquelles il se serait refusé. Puis, contrairement à ses habitudes, qui se modifièrent tout à coup, il alla dans le monde, où il fut accueilli favorablement, et où il rencontra partout les témoignages d'une haute estime. Il semblait avoir trouvé quelque dénouement pour sa vie ; mais chez lui tout se passait en l'homme, il n'y avait rien d'extérieur. Il portait dans la société une figure grave et recueillie, silencieuse et froide. Il y eut beaucoup de succès, précisément parce qu'il tranchait fortement sur la masse des physionomies convenues qui meublent les salons de Paris, où il fut effectivement tout neuf. Sa parole avait la concision du langage des gens solitaires ou des sauvages. Sa timidité fut prise pour de la hauteur et plut beaucoup. Il était quelque chose d'étrange et de grand, et les femmes furent d'autant plus généralement éprises de ce caractère original, qu'il échappait à leurs adroites flatteries, à ce manège par lequel elles circonviennent les hommes les plus puissants, et corrodent les esprits les plus inflexibles. Monsieur de Montriveau ne comprenait rien à ces petites singeries parisiennes, et son âme ne pouvait répondre qu'aux sonores vibrations des beaux sentiments. Il eût promptement été laissé là, sans la poésie qui résultait de ses aventures et de sa vie, sans les prôneurs qui le vantaient à son insu, sans le triomphe d'amour-propre qui attendait la femme dont il s'occuperait. Aussi la curiosité de la duchesse de Langeais était-elle vive autant que naturelle. Par un effet du hasard, cet homme l'avait intéressée la veille, car elle avait entendu raconter la veille une des scènes qui, dans le voyage de monsieur de Montriveau, produisaient le plus d'impression sur les mobiles imaginations de la femme. Dans une excursion vers les sources du Nil, monsieur de Montriveau eut avec un de ses guides le débat le plus extraordinaire qui se connaisse dans les annales des voyages. Il avait un désert à traverser, et ne pouvait aller qu'à pied au lieu qu'il voulait explorer. Un seul guide était capable de l'y mener. Jusqu'alors aucun voyageur n'avait pu pénétrer dans cette partie de la contrée, où l'intrépide officier présumait devoir trouver la solution de plusieurs problèmes scientifiques. Malgré les représentations que lui firent et les vieillards du pays et son guide, il entreprit ce terrible voyage. S'armant de tout son courage aiguisé déjà par l'annonce d'horribles difficultés à vaincre, il partit au matin. Après avoir marché pendant toute une journée, il se coucha le soir sur le sable, éprouvant une fatigue inconnue, causée par la mobilité du sol, qui semblait à chaque pas fuir sous lui. Cependant il savait que le lendemain il lui faudrait, dès l'aurore, se remettre en route ; mais son guide lui avait promis de lui faire atteindre, vers le milieu du jour, le but de son voyage. Cette promesse lui donna du courage, lui fit retrouver des forces, et, malgré ses souffrances, il continua sa route, en maudissant un peu la science ; mais honteux de se plaindre devant son guide, il garda le secret de ses peines. Il avait déjà marché pendant le tiers du jour lorsque, sentant ses forces épuisées et ses pieds ensanglantés par la marche, il demanda s'il arriverait bientôt. – Dans une heure, lui dit le guide. Armand trouva dans son âme pour une heure de force et continua. L'heure s'écoula sans qu'il aperçut, même à l'horizon, horizon de sables aussi vaste que l'est celui de la pleine mer, les palmiers et les montagnes dont les cimes devaient annoncer le terme de son voyage. Il s'arrêta, menaça le guide, refusa d'aller plus loin, lui reprocha d'être son meurtrier, de l'avoir trompé ; puis des larmes de rage et de fatigue roulèrent sur ses joues enflammées ; il était courbé par la douleur renaissante de la marche, et son gosier lui semblait coagulé par la soif du désert. Le guide, immobile, écoutait ses plaintes d'un air ironique, tout en étudiant, avec l'apparente indifférence des Orientaux, les imperceptibles accidents de ce sable presque noirâtre comme est l'or bruni. – Je me suis trompé, reprit-il froidement. Il y a trop longtemps que j'ai fait ce chemin pour que je puisse en reconnaître les traces ; nous y sommes bien, mais il faut encore marcher pendant deux heures. – Cet homme a raison, pensa monsieur de Montriveau. Puis il se remit en route, suivant avec peine l'Africain impitoyable, auquel il semblait lié par un fil, comme un condamné l'est invisiblement au bourreau. Mais les deux heures se passent, le Français a dépensé ses dernières gouttes d'énergie, et l'horizon est pur, et il n'y voit ni palmiers, ni montagnes. Il ne trouve plus ni cris ni gémissements, il se couche alors sur le sable pour mourir ; mais ses regards eussent épouvanté l'homme le plus intrépide, il semblait annoncer qu'il ne voulait pas mourir seul. Son guide, comme un vrai démon, lui répondait par un coup d'œil calme, empreint de puissance, et le laissait étendu, en ayant soin de se tenir à une distance qui lui permit d'échapper au désespoir de sa victime. Enfin monsieur de Montriveau trouva quelques forces pour une dernière imprécation. Le guide se rapprocha de lui, le regarda fixement, lui imposa silence et lui dit : – N'as-tu pas voulu, malgré nous, aller là où je te mène ? Tu me reproches de te tromper ; si je ne l'avais pas fait, tu ne serais pas venu jusqu'ici. Veux-tu la vérité, la voici. Nous avons encore cinq heures de marche, et nous ne pouvons plus retourner sur nos pas. Sonde ton cœur, si tu n'as pas assez de courage, voici mon poignard. Surpris par cette effroyable entente de la douleur et de la force humaine, monsieur de Montriveau ne voulut pas se trouver au-dessous d'un barbare ; et puisant dans son orgueil d'Européen une nouvelle dose de courage, il se releva pour suivre son guide. Les cinq heures étaient expirées, monsieur de Montriveau n'apercevait rien encore, il tourna vers le guide un œil mourant ; mais alors le Nubien le prit sur ses épaules, l'éleva de quelques pieds, et lui fit voir à une centaine de pas un lac entouré de verdure et d'une admirable forêt, qu'illuminaient les feux du soleil couchant. Ils étaient arrivés à quelque distance d'une espèce de banc de granit immense, sous lequel ce paysage sublime se trouvait comme enseveli. Armand crut renaître, et son guide, ce géant d'intelligence et de courage, acheva son œuvre de dévouement en le portant à travers les sentiers chauds et polis à peine tracés sur le granit. Il voyait d'un côté l'enfer des sables, et de l'autre le paradis terrestre de la plus belle oasis qui fût en ces déserts.

La duchesse, déjà frappée par l'aspect de ce poétique personnage, le fut encore bien plus en apprenant qu'elle voyait en lui le marquis de Montriveau, de qui elle avait rêvé pendant la nuit. S'être trouvée dans les sables brûlants du désert avec lui, l'avoir eu pour compagnon de cauchemar, n'était-ce pas chez une femme de cette nature un délicieux présage d'amusement ? Jamais homme n'eut mieux qu'Armand la physionomie de son caractère, et ne pouvait plus justement intriguer les regards. Sa tête, grosse et carrée, avait pour principal trait caractéristique une énorme et abondante chevelure noire qui lui enveloppait la figure de manière à rappeler parfaitement le général Kléber[1] auquel il ressemblait par la vigueur de son front, par la coupe de son visage, par l'audace tranquille des yeux, et par l'espèce de fougue qu'exprimaient ses traits saillants. Il était petit, large de buste, musculeux comme un lion. Quand il marchait, sa pose, sa démarche, le moindre geste trahissait et je ne sais quelle sécurité de force qui imposait, et quelque chose de despotique. Il paraissait savoir que rien ne pouvait s'opposer à sa volonté, peut-être parce qu'il ne voulait rien que de juste. Néanmoins, semblable à tous les gens réellement forts, il était doux dans son parler, simple dans ses manières, et naturellement bon. Seulement toutes ces belles qualités semblaient devoir disparaître dans les circonstances graves où l'homme devient implacable dans ses sentiments, fixe dans ses résolutions, terrible dans ses actions. Un observateur aurait pu voir dans la commissure de ses lèvres un retroussement habituel qui annonçait des penchants vers l'ironie.

La duchesse de Langeais, sachant de quel prix passager était la conquête de cet homme, résolut, pendant le peu de temps que mit la duchesse de Maufrigneuse à l'aller prendre pour le lui présenter, d'en faire un de ses amants, de lui donner le pas sur tous les autres, de l'attacher à sa personne, et de déployer pour lui toutes ses coquetteries. Ce fut une fantaisie, pur caprice de duchesse avec lequel Lope de Vega ou Calderòn a fait *le Chien du jardinier*[2]. Elle voulut que cet homme ne fût à aucune femme, et n'imagina pas d'être à lui. La duchesse de

1. *Kléber* : Jean-Baptiste Kléber (1753-1800), général des armées révolutionnaires, se distingua en Vendée (1793), à Fleurus (1794) et en Allemagne (1796). Il reçut en 1799 le commandement de l'armée que Bonaparte abandonnait en Égypte. \ **2.** *Le Chien du jardinier* : comédie (1618) de l'auteur dramatique espagnol Lope de Vega (1562-1635). Dans cette pièce, l'héroïne, une comtesse, éprise de son secrétaire, se refuse à lui par orgueil mais elle est dépitée de le voir courtiser sa soubrette. Calderòn de la Barca (1600-1681) est un autre dramaturge espagnol.

Gravure de Bertall (Charles-Albert d'Arnoux, dit Bertall, 1820-1882) parue dans l'édition Houssiaux de 1866.

Langeais avait reçu de la nature les qualités nécessaires pour jouer les rôles de coquette, et son éducation les avait encore perfectionnées. Les femmes avaient raison de l'envier, et les hommes de l'aimer. Il ne lui manquait rien de ce qui peut inspirer l'amour, de ce qui le justifie et de ce qui le perpétue. Son genre de beauté, ses manières, son parler, sa pose s'accordaient pour la douer d'une coquetterie naturelle, qui, chez une femme, semble être la conscience de son pouvoir. Elle était bien faite, et décomposait peut-être ses mouvements avec trop de complaisance, seule affectation qu'on lui pût reprocher. Tout en elle s'harmoniait, depuis le plus petit geste jusqu'à la tournure particulière de ses phrases, jusqu'à la manière hypocrite dont elle jetait son regard. Le caractère prédominant de sa physionomie était une noblesse élégante, que ne détruisait pas la mobilité toute française de sa personne. Cette attitude incessamment changeante avait un prodigieux attrait pour les hommes. Elle paraissait devoir être la plus délicieuse des maîtresses en déposant son corset et l'attirail de sa représentation. En effet, toutes les joies de l'amour existaient en germe dans la liberté de ses regards expressifs, dans les câlineries de sa voix, dans la grâce de ses paroles. Elle faisait voir qu'il y avait en elle une noble courtisane, que démentaient vainement les religions de la duchesse. Qui s'asseyait près d'elle pendant une soirée, la trouvait tour à tour gaie, mélancolique, sans qu'elle eût l'air de jouer ni la mélancolie ni la gaieté. Elle savait être à son gré affable, méprisante, ou impertinente, ou confiante. Elle semblait bonne et l'était. Dans sa situation, rien ne l'obligeait à descendre à la méchanceté. Par moments, elle se montrait tour à tour sans défiance et rusée, tendre à émouvoir, puis dure et sèche à briser le cœur. Mais pour la bien peindre ne faudrait-il pas accumuler toutes les antithèses féminines ; en un mot, elle était ce qu'elle voulait être ou paraître. Sa figure un peu trop longue avait de la grâce, quelque chose de fin, de menu qui rappelait les figures du Moyen Âge. Son teint était pâle, légèrement rosé. Tout en elle péchait pour ainsi dire par un excès de délicatesse.

Monsieur de Montriveau se laissa complaisamment présenter à la duchesse de Langeais, qui, suivant l'habitude des personnes auxquelles un goût exquis fait éviter les banalités, l'accueillit sans l'accabler ni de questions ni de compliments, mais avec une sorte de grâce respectueuse qui devait flatter un homme supérieur, car la supériorité suppose chez un homme un peu de ce tact qui fait deviner aux femmes tout ce qui est sentiment. Si elle manifesta quelque curiosité, ce fut par ses regards ; si elle complimenta, ce fut par ses manières ; et elle déploya cette chatterie de paroles, cette fine envie de plaire qu'elle savait montrer mieux que personne. Mais toute sa conversation ne fut en quelque sorte que le corps de la lettre, il devait y avoir un post-scriptum où la pensée principale allait être dite. Quand, après une demi-heure de causeries insignifiantes, et dans lesquelles l'accent, les sourires, donnaient seuls de la valeur aux mots, monsieur de Montriveau parut vouloir discrètement se retirer, la duchesse le retint par un geste expressif.

– Monsieur, lui dit-elle, je ne sais si le peu d'instants pendant lesquels j'ai eu le plaisir de causer avec vous vous a offert assez d'attrait pour qu'il me soit permis de vous inviter à venir chez moi ; j'ai peur qu'il n'y ait beaucoup d'égoïsme à vouloir vous y posséder. Si j'étais assez heureuse pour que vous vous y plussiez, vous me trouveriez toujours le soir jusqu'à dix heures.

Ces phrases furent dites d'un ton si coquet, que monsieur de Montriveau ne pouvait se défendre d'accepter l'invitation. Quand il se rejeta dans les groupes d'hommes qui se tenaient à quelque distance des femmes, plusieurs de ses amis le félicitèrent, moitié sérieusement, moitié plaisamment, sur l'accueil extraordinaire que lui avait fait la duchesse de Langeais. Cette difficile, cette illustre conquête, était décidément faite, et la gloire en avait été réservée à l'artillerie de la Garde. Il est facile d'imaginer les bonnes et mauvaises plaisanteries que ce thème, une fois admis, suggéra dans un de ces salons parisiens où l'on aime tant à s'amuser, et où les railleries ont si peu de durée que chacun s'empresse d'en tirer toute la fleur.

Ces niaiseries flattèrent à son insu le général. De la place où il s'était mis, ses regards furent attirés par mille réflexions indécises vers la duchesse ; et il ne put s'empêcher de s'avouer à lui-même que, de toutes les femmes dont la beauté avait séduit ses yeux, nulle ne lui avait offert une plus délicieuse expression des vertus, des défauts, des harmonies que l'imagination la plus juvénile puisse vouloir en France à une maîtresse. Quel homme, en quelque rang que le sort l'ait placé, n'a pas senti dans son âme une jouissance indéfinissable en rencontrant, chez une femme qu'il choisit, même rêveusement, pour sienne, les triples perfections morales, physiques et sociales qui lui permettent de toujours voir en elle tous ses souhaits accomplis ? Si ce n'est pas une cause d'amour, cette flatteuse réunion est certes un des plus grands véhicules du sentiment. Sans la vanité, disait un profond moraliste du siècle dernier [1], l'amour est un convalescent. Il y a certes, pour l'homme comme pour la femme, un trésor de plaisirs dans la supériorité de la personne aimée. N'est-ce pas beaucoup, pour ne pas dire tout, de savoir que notre amour-propre ne souffrira jamais en elle ; qu'elle est assez noble pour ne jamais recevoir les blessures d'un coup d'œil méprisant, assez riche pour être entourée d'un éclat égal à celui dont s'environnent même les rois éphémères de la

1. *Un profond moraliste du siècle dernier* : Sébastien de Chamfort (1741-1794) qui écrivait : « Otez l'amour-propre de l'amour, il en reste trop peu de chose. Une fois purgé de sa vanité, c'est un convalescent affaibli, qui peut à peine se traîner. » (*Maximes et pensées,* chapitre VI, maxime 308, 1795).

finance, assez spirituelle pour ne jamais être humiliée par une fine plaisanterie, et assez belle pour être la rivale de tout son sexe ? Ces réflexions, un homme les fait en clin d'œil. Mais si la femme qui les lui inspire lui présente en même temps, dans l'avenir de sa précoce passion, les changeantes délices de la grâce, l'ingénuité d'une âme vierge, les mille plis du vêtement des coquettes, les dangers de l'amour, n'est-ce pas à remuer le cœur de l'homme le plus froid ?

Voici dans quelle situation se trouvait en ce moment monsieur de Montriveau, relativement à la femme, et le passé de sa vie garantit en quelque sorte la bizarrerie du fait. Jeté jeune dans l'ouragan des guerres françaises, ayant toujours vécu sur les champs de bataille, il ne connaissait de la femme que ce qu'un voyageur pressé, qui va d'auberge en auberge, peut connaître d'un pays. Peut-être aurait-il pu dire de sa vie ce que Voltaire disait à quatre-vingts ans de la sienne, et n'avait-il pas trente-sept sottises à se reprocher ? Il était, à son âge, aussi neuf en amour que l'est un jeune homme qui vient de lire *Faublas*[1] en cachette. De la femme, il savait tout ; mais de l'amour, il ne savait rien ; et sa virginité de sentiment lui faisait ainsi des désirs tout nouveaux. Quelques hommes, emportés par les travaux auxquels les ont condamnés la misère ou l'ambition, l'art ou la science, comme monsieur de Montriveau avait été emporté par le cours de la guerre et les événements de sa vie, connaissent cette singulière situation, et l'avouent rarement. À Paris, tous les hommes doivent avoir aimé. Aucune femme n'y veut de ce dont aucune n'a voulu. De la crainte d'être pris pour un sot, procèdent les mensonges de la fatuité générale en France, où passer pour un sot, c'est ne pas être du pays. En ce moment, monsieur de Montriveau fut à la fois saisi par un

1. *Faublas* : héros roué des *Amours du chevalier de Faublas* (1787-1789) de Jean-Baptiste Louvet de Couvrai (1760-1797).

violent désir, un désir grandi dans la chaleur des déserts, et par un mouvement de cœur dont il n'avait pas encore connu la bouillante étreinte. Aussi fort qu'il était violent, cet homme sut réprimer ses émotions ; mais tout en causant de choses indifférentes, il se retirait en lui-même, et se jurait d'avoir cette femme, seule pensée par laquelle il pouvait entrer dans l'amour. Son désir devint un serment fait à la manière des Arabes avec lesquels il avait vécu, et pour lesquels un serment est un contrat passé entre eux et toute leur destinée, qu'ils subordonnent à la réussite de l'entreprise consacrée par le serment, et dans laquelle ils ne comptent même plus leur mort que comme un moyen de plus pour le succès. Un jeune homme se serait dit : – Je voudrais bien avoir la duchesse de Langeais pour maîtresse ! un autre : – Celui qui sera aimé de la duchesse de Langeais sera un bien heureux coquin ! Mais le général se dit : – J'aurai pour maîtresse madame de Langeais. Quand un homme vierge de cœur, et pour qui l'amour devient une religion, conçoit une semblable pensée, il ne sait pas dans quel enfer il vient de mettre le pied.

Monsieur de Montriveau s'échappa brusquement du salon, et revint chez lui dévoré par les premiers accès de sa première fièvre amoureuse. Si, vers le milieu de l'âge, un homme garde encore les croyances, les illusions, les franchises, l'impétuosité de l'enfance, son premier geste est pour ainsi dire d'avancer la main pour s'emparer de ce qu'il désire ; puis, quand il a sondé les distances presque impossibles à franchir qui l'en séparent, il est saisi, comme les enfants, d'une sorte d'étonnement ou d'impatience qui communique de la valeur à l'objet souhaité, il tremble ou il pleure. Aussi le lendemain, après les plus orageuses réflexions qui lui eussent bouleversé l'âme, Armand de Montriveau se trouva-t-il sous le joug de ses sens, que concentra la pression d'un amour vrai. Cette femme si cavalièrement traitée la veille était devenue le lendemain le plus saint, le plus redouté des pouvoirs. Elle fut dès lors pour lui le monde et la vie. Le seul souvenir des plus légères émotions qu'elle lui avait données faisait pâlir ses plus grandes joies, ses plus vives douleurs jadis ressenties. Les révolutions les plus rapides ne troublent que les intérêts de l'homme, tandis qu'une passion en renverse les sentiments. Or, pour ceux qui vivent plus par le sentiment que par l'intérêt, pour ceux qui ont plus d'âme et de sang que d'esprit et de lymphe[1], un amour réel produit un changement complet d'existence. D'un seul trait, par une seule réflexion, Armand de Montriveau effaça donc toute sa vie passée. Après s'être vingt fois demandé, comme un enfant : – Irai-je ? N'irai-je pas ? il s'habilla, vint à l'hôtel de Langeais vers huit heures du soir, et fut admis auprès de la femme, non pas de la femme, mais de l'idole qu'il avait vue la veille, aux lumières, comme une fraîche et pure jeune fille vêtue de gaze, de blondes[2] et de voiles. Il arrivait impétueusement pour lui déclarer son amour, comme s'il s'agissait du premier coup de canon sur un champ de bataille. Pauvre écolier ! Il trouva sa vaporeuse sylphide enveloppée d'un peignoir de cachemire brun, habilement bouillonné[3], languissamment couchée sur le divan d'un obscur boudoir. Madame de Langeais ne se leva même pas, elle ne montra que sa tête, dont les cheveux étaient en désordre, quoique retenus dans un voile. Puis d'une main qui, dans le clair-obscur produit par la tremblante lueur d'une seule bougie placée loin d'elle, parut aux yeux de Montriveau blanche comme une main de marbre, elle lui fit signe de s'asseoir, et lui dit d'une voix aussi douce que l'était la lueur :

– Si ce n'eût pas été vous, monsieur le marquis, si c'eût été un ami avec lequel j'eusse pu agir sans façon, ou un indifférent

1. *Lymphe* : liquide clair, blanchâtre, riche en protéines qui circule dans le corps humain. \ 2. *Blondes* : dentelles. \ 3. *Bouillonné* : plissé en fronces d'étoffe bouffante.

qui m'eût légèrement intéressée, je vous aurais renvoyé. Vous me voyez affreusement souffrante.

Armand se dit en lui-même : – Je vais m'en aller.

– Mais, reprit-elle en lui lançant un regard dont l'ingénu militaire attribua le feu à la fièvre, je ne sais si c'est un pressentiment de votre bonne visite à l'empressement de laquelle je suis on ne peut plus sensible, depuis un instant je sentais ma tête se dégager de ses vapeurs.

– Je puis donc rester, lui dit Montriveau.

– Ah ! je serais bien fâchée de vous voir partir. Je me disais déjà ce matin que je ne devais pas avoir fait sur vous la moindre impression ; que vous aviez sans doute pris mon invitation pour une de ces phrases banales prodiguées au hasard par les Parisiennes, et je pardonnais d'avance à votre ingratitude. Un homme qui arrive des déserts n'est pas tenu de savoir combien notre faubourg est exclusif dans ses amitiés.

Ces gracieuses paroles, à demi murmurées, tombèrent une à une, et furent comme chargées du sentiment joyeux qui paraissait les dicter. La duchesse voulait avoir tous les bénéfices de sa migraine, et sa spéculation eut un plein succès. Le pauvre militaire souffrait réellement de la fausse souffrance de cette femme. Comme Crillon entendant le récit de la passion de Jésus-Christ[1], il était prêt à tirer son épée contre les vapeurs. Hé ! comment alors oser parler à cette malade de l'amour qu'elle inspirait ? Armand comprenait déjà qu'il était ridicule de tirer son amour à brûle-pourpoint sur une femme si supérieure. Il entendit par une seule pensée toutes les délicatesses du sentiment et les exigences de l'âme. Aimer, n'est-ce pas savoir bien plaider, mendier, attendre ? Cet amour ressenti, ne

1. *Comme Crillon (...) Jésus-Christ* : dans la biographie Michaud, on peut lire cette anecdote : Crillon, compagnon d'armes de Henri IV, se serait écrié à l'église en portant la main à son épée, après avoir entendu le récit de la flagellation du Christ : « Où étais-tu, Crillon ? »

fallait-il pas le prouver ? Il se trouva la langue immobile, glacée par les convenances du noble faubourg, par la majesté de la migraine, et par les timidités de l'amour vrai. Mais nul pouvoir au monde ne put voiler les regards de ses yeux dans lesquels éclataient la chaleur, l'infini du désert, des yeux calmes comme ceux des panthères, et sur lesquels ses paupières ne s'abaissaient que rarement. Elle aima beaucoup ce regard fixe qui la baignait de lumière et d'amour.

– Madame la duchesse, répondit-il, je craindrais de vous mal dire la reconnaissance que m'inspirent vos bontés. En ce moment je ne souhaite qu'une seule chose, le pouvoir de dissiper vos souffrances.

– Permettez que je me débarrasse de ceci, j'ai maintenant trop chaud, dit-elle en faisant sauter par un mouvement plein de grâce le coussin qui lui couvrait les pieds, qu'elle laissa voir dans toute leur clarté.

– Madame, en Asie, vos pieds vaudraient presque dix mille sequins.

– Compliment de voyageur, dit-elle en souriant.

Cette spirituelle personne prit plaisir à jeter le rude Montriveau dans une conversation pleine de bêtises, de lieux communs et de non-sens, où il manœuvra, militairement parlant, comme eût fait le prince Charles aux prises avec Napoléon [1]. Elle s'amusa malicieusement à reconnaître l'étendue de cette passion commencée, d'après le nombre de sottises arrachées à ce débutant, qu'elle amenait à petits pas dans un labyrinthe inextricable où elle voulait le laisser honteux de lui-même. Elle débuta donc par se moquer de cet homme, à qui elle se plaisait néanmoins à faire oublier le temps. La longueur d'une première visite est souvent une flatterie, mais Armand n'en fut pas complice. Le célèbre

1. *Prince Charles (…) Napoléon :* l'archiduc autrichien Charles (1771-1847), très bon stratège, avait été battu par Napoléon à Essling et à Wagram.

voyageur était dans ce boudoir depuis une heure, causant de tout, n'ayant rien dit, sentant qu'il n'était qu'un instrument dont jouait cette femme, quand elle se dérangea, s'assit, se mit sur le cou le voile qu'elle avait sur la tête, s'accouda, lui fit les honneurs d'une complète guérison, et sonna pour faire allumer les bougies du boudoir. À l'inaction absolue dans laquelle elle était restée, succédèrent les mouvements les plus gracieux. Elle se tourna vers monsieur de Montriveau, et lui dit, en réponse à une confidence qu'elle venait de lui arracher et qui parut la vivement intéresser[1] : – Vous voulez vous moquer de moi en tâchant de me donner à penser que vous n'avez jamais aimé. Voilà la grande prétention des hommes auprès de nous. Nous les croyons. Pure politesse ! Ne savons-nous pas à quoi nous en tenir là-dessus par nous-mêmes ? Où est l'homme qui n'a pas rencontré dans sa vie une seule occasion d'être amoureux ? Mais vous aimez à nous tromper, et nous vous laissons faire, pauvres sottes que nous sommes, parce que vos tromperies sont encore des hommages rendus à la supériorité de nos sentiments, qui sont tout pureté.

Cette dernière phrase fut prononcée avec un accent plein de hauteur et de fierté qui fit de cet amant novice une balle jetée au fond d'un abîme, et de la duchesse un ange revolant vers son ciel particulier.

– Diantre ! s'écriait en lui-même Armand de Montriveau, comment s'y prendre pour dire à cette créature sauvage que je l'aime ?

Il l'avait déjà dit vingt fois, ou plutôt la duchesse l'avait vingt fois lu dans ses regards, et voyait, dans la passion de cet homme vraiment grand, un amusement pour elle, un intérêt à mettre dans sa vie sans intérêt. Elle se préparait donc déjà fort habilement à élever autour d'elle une certaine quantité de redoutes[2]

1. *La vivement intéresser* : vivement l'intéresser (archaïsme). \ **2.** *Redoutes* : ouvrages de fortification isolés.

qu'elle lui donnerait à emporter avant de lui permettre l'entrée de son cœur. Jouet de ses caprices, Montriveau devait rester stationnaire tout en sautant de difficultés en difficultés comme un de ces insectes tourmenté par un enfant saute d'un doigt sur un autre en croyant avancer, tandis que son malicieux bourreau le laisse au même point. Néanmoins, la duchesse reconnut avec un bonheur inexprimable que cet homme de caractère ne mentait pas à sa parole. Armand n'avait, en effet, jamais aimé. Il allait se retirer mécontent de lui, plus mécontent d'elle encore ; mais elle vit avec joie une bouderie qu'elle savait pouvoir dissiper par un mot, d'un regard, d'un geste.

– Viendrez-vous demain soir ? lui dit-elle. Je vais au bal, je vous attendrai jusqu'à dix heures.

Le lendemain Montriveau passa la plus grande partie de la journée assis à la fenêtre de son cabinet, et occupé à fumer une quantité indéterminée de cigares. Il put atteindre ainsi l'heure de s'habiller et d'aller à l'hôtel de Langeais. C'eût été grande pitié pour l'un de ceux qui connaissaient la magnifique valeur de cet homme, de le voir devenu si petit, si tremblant, de savoir cette pensée, dont les rayons pouvaient embrasser des mondes, se rétrécir aux proportions du boudoir d'une petite-maîtresse[1]. Mais il se sentait lui-même déjà si déchu dans son bonheur, que, pour sauver sa vie, il n'aurait pas confié son amour à l'un de ses amis intimes. Dans la pudeur qui s'empare d'un homme quand il aime, n'y a-t-il pas toujours un peu de honte, et ne serait-ce pas sa petitesse qui fait l'orgueil de la femme ? Enfin ne serait-ce pas une foule de motifs de ce genre, mais que les femmes ne s'expliquent pas, qui les porte presque toutes à trahir les premières le mystère de leur amour, mystère dont elles se fatiguent peut-être ?

1. *Petite-maîtresse* : jeune élégante aux manières affectées.

– Monsieur, dit le valet de chambre, madame la duchesse n'est pas visible, elle s'habille, et vous prie de l'attendre ici.

Armand se promena dans le salon en étudiant le goût répandu dans les moindres détails. Il admira madame de Langeais, en admirant les choses qui venaient d'elle et en trahissaient les habitudes, avant qu'il pût en saisir la personne et les idées. Après une heure environ, la duchesse sortit de sa chambre sans faire de bruit. Montriveau se retourna, la vit marchant avec la légèreté d'une ombre, et tressaillit. Elle vint à lui, sans lui dire bourgeoisement : – Comment me trouvez-vous ? Elle était sûre d'elle, et son regard fixe disait : – Je me suis ainsi parée pour vous plaire. Une vieille fée, marraine de quelque princesse méconnue, avait seule pu tourner autour du cou de cette coquette personne le nuage d'une gaze dont les plis avaient des tons vifs que soutenait encore l'éclat d'une peau satinée. La duchesse était éblouissante. Le bleu clair de sa robe, dont les ornements se répétaient dans les fleurs de sa coiffure, semblait donner, par la richesse de la couleur, un corps à ses formes frêles devenues tout aériennes ; car, en glissant avec rapidité vers Armand, elle fit voler les deux bouts de l'écharpe qui pendait à ses côtés, et le brave soldat ne put alors s'empêcher de la comparer aux jolis insectes bleus qui voltigent au-dessus des eaux, parmi les fleurs, avec lesquelles ils paraissent se confondre.

– Je vous ai fait attendre, dit-elle de la voix que savent prendre les femmes pour l'homme auquel elles veulent plaire.

– J'attendrais patiemment une éternité, si je savais trouver la Divinité belle comme vous l'êtes ; mais ce n'est pas un compliment que de vous parler de votre beauté, vous ne pouvez plus être sensible qu'à l'adoration. Laissez-moi donc seulement baiser votre écharpe.

– Ah, fi ! dit-elle en faisant un geste d'orgueil, je vous estime assez pour vous offrir ma main.

Et elle lui tendit à baiser sa main encore humide. Une main de femme, au moment où elle sort de son bain de senteur, conserve je ne sais quelle fraîcheur douillette, une mollesse veloutée dont la chatouilleuse impression va des lèvres à l'âme. Aussi, chez un homme épris qui a dans les sens autant de volupté qu'il a d'amour au cœur, ce baiser, chaste en apparence, peut-il exciter de redoutables orages.

– Me la tendrez-vous toujours ainsi ? dit humblement le général en baisant avec respect cette main dangereuse.

– Oui ; mais nous en resterons là, dit-elle en souriant.

Elle s'assit et parut fort maladroite à mettre ses gants, en voulant en faire glisser la peau d'abord trop étroite le long de ses doigts, et regarder en même temps monsieur de Montriveau, qui admirait alternativement la duchesse et la grâce de ses gestes réitérés.

– Ah ! c'est bien, dit-elle, vous avez été exact, j'aime l'exactitude. Sa Majesté dit qu'elle est la politesse des rois ; mais, selon moi, de vous à nous, je la crois la plus respectueuse des flatteries. Hé ! n'est-ce pas ? Dites donc.

Puis elle le guigna de nouveau pour lui exprimer une amitié décevante, en le trouvant muet de bonheur, et tout heureux de ces riens. Ah ! la duchesse entendait à merveille son métier de femme, elle savait admirablement rehausser un homme à mesure qu'il se rapetissait, et le récompenser par de creuses flatteries à chaque pas qu'il faisait pour descendre aux niaiseries de la sentimentalité.

– Vous n'oublierez jamais de venir à neuf heures.

– Oui, mais irez-vous donc au bal tous les soirs ?

– Le sais-je ? répondit-elle en haussant les épaules par un petit geste enfantin comme pour avouer qu'elle était tout caprice et qu'un amant devait la prendre ainsi. – D'ailleurs, reprit-elle, que vous importe ? vous m'y conduirez.

– Pour ce soir, dit-il, ce serait difficile, je ne suis pas mis convenablement.

– Il me semble, répondit-elle en le regardant avec fierté, que si quelqu'un doit souffrir de votre mise, c'est moi. Mais sachez, monsieur le voyageur, que l'homme dont j'accepte le bras est toujours au-dessus de la mode, personne n'oserait le critiquer. Je vois que vous ne connaissez pas le monde, je vous en aime davantage.

Et elle le jetait déjà dans les petitesses du monde, en tâchant de l'initier aux vanités d'une femme à la mode.

– Si elle veut faire une sottise pour moi, se dit en lui-même Armand, je serais bien niais de l'en empêcher. Elle m'aime sans doute, et, certes, elle ne méprise pas le monde plus que je ne le méprise moi-même ; ainsi va pour le bal !

La duchesse pensait sans doute qu'en voyant le général la suivre au bal en bottes et en cravate noire, personne n'hésiterait à le croire passionnément amoureux d'elle. Heureux de voir la reine du monde élégant vouloir se compromettre pour lui, le général eut de l'esprit en ayant de l'espérance. Sûr de plaire, il déploya ses idées et ses sentiments, sans ressentir la contrainte qui, la veille, lui avait gêné le cœur. Cette conversation substantielle, animée, remplie par ces premières confidences aussi douces à dire qu'à entendre, séduisit-elle madame de Langeais, ou avait-elle imaginé cette ravissante coquetterie, mais elle regarda malicieusement la pendule quand minuit sonna.

– Ah ! vous me faites manquer le bal ! dit-elle en exprimant de la surprise et du dépit de s'être oubliée. Puis, elle se justifia le changement de ses jouissances par un sourire qui fit bondir le cœur d'Armand.

– J'avais bien promis à madame de Beauséant, ajouta-t-elle. Ils m'attendent tous.

– Hé ! bien, allez.

– Non, continuez, dit-elle. Je reste. Vos aventures en Orient me charment. Racontez-moi bien toute votre vie. J'aime à participer aux souffrances ressenties par un homme de courage, car je les ressens, vrai ! Elle jouait avec son écharpe, la tordait, la déchirait par des mouvements d'impatience qui semblaient accuser un mécontentement intérieur et de profondes réflexions. – Nous ne valons rien, nous autres, reprit-elle. Ah ! nous sommes d'indignes personnes, égoïstes, frivoles. Nous ne savons que nous ennuyer à force d'amusements. Aucune de nous ne comprend le rôle de sa vie. Autrefois, en France, les femmes étaient des lumières bienfaisantes, elles vivaient pour soulager ceux qui pleurent, encourager les grandes vertus, récompenser les artistes et en animer la vie par de nobles pensées. Si le monde est devenu si petit, à nous la faute. Vous me faites haïr ce monde et le bal. Non, je ne vous sacrifie pas grand'chose. Elle acheva de détruire son écharpe, comme un enfant qui, jouant avec une fleur, finit par en arracher tous les pétales ; elle la roula, la jeta loin d'elle, et put ainsi montrer son cou de cygne. Elle sonna. – Je ne sortirai pas, dit-elle à son valet de chambre. Puis elle reporta timidement ses longs yeux bleus sur Armand, de manière à lui faire accepter, par la crainte qu'ils exprimaient, cet ordre pour un aveu, pour une première, pour une grande faveur. – Vous avez eu bien des peines, dit-elle après une pause pleine de pensées et avec cet attendrissement qui souvent est dans la voix des femmes sans être dans le cœur.

– Non, répondit Armand. Jusqu'aujourd'hui, je ne savais pas ce qu'était le bonheur.

– Vous le savez donc, dit-elle en le regardant en dessous d'un air hypocrite et rusé.

– Mais, pour moi désormais, le bonheur, n'est-ce pas de vous voir, de vous entendre... Jusqu'à présent je n'avais que souffert, et maintenant je comprends que je puis être malheureux...

– Assez, assez, dit-elle, allez-vous-en, il est minuit, respectons les convenances. Je ne suis pas allée au bal, vous étiez là. Ne faisons pas causer. Adieu. Je ne sais ce que je dirai, mais la migraine est bonne personne et ne nous donne jamais de démentis.

– Y a-t-il bal demain ? demanda-t-il.

– Vous vous y accoutumeriez, je crois. Hé ! bien, oui, demain nous irons encore au bal.

Armand s'en alla l'homme le plus heureux du monde et vint tous les soirs chez madame de Langeais à l'heure qui, par une sorte de convention tacite, lui fut réservée. Il serait fastidieux et ce serait pour une multitude de jeunes gens qui ont de ces beaux souvenirs une redondance que de faire marcher ce récit pas à pas, comme marchait le poème de ces conversations secrètes dont le cours avance ou retarde au gré d'une femme par une querelle de mots quand le sentiment va trop vite, par une plainte sur les sentiments quand les mots ne répondent plus à sa pensée. Aussi, pour marquer le progrès de cet ouvrage à la Pénélope[1], peut-être faudrait-il s'en tenir aux expressions matérielles du sentiment. Ainsi, quelques jours après la première rencontre de la duchesse et d'Armand de Montriveau, l'assidu général avait conquis en toute propriété le droit de baiser les insatiables mains de sa maîtresse. Partout où allait madame de Langeais, se voyait inévitablement monsieur de Montriveau, que certaines personnes nommèrent, en plaisantant, *le planton de la duchesse*. Déjà la position d'Armand lui avait fait des envieux, des jaloux, des ennemis. Madame de Langeais avait atteint à son but. Le marquis se confondait parmi ses nombreux admirateurs, et lui servait à humilier ceux qui se

1. *Pénélope* : dans la mythologie grecque, Pénélope, pendant l'absence de son mari Ulysse, pour échapper aux sollicitations de ses prétendants, avait déclaré qu'elle ferait son choix quand elle aurait fini une tapisserie qu'elle avait entreprise : chaque nuit, elle défaisait le travail de la journée précédente.

vantaient d'être dans ses bonnes grâces, en lui donnant publiquement le pas sur tous les autres.

– Décidément, disait madame de Sérisy, monsieur de Montriveau est l'homme que la duchesse distingue le plus.

Qui ne sait pas ce que veut dire, à Paris, *être distingué par une femme*? Les choses étaient ainsi parfaitement en règle. Ce qu'on se plaisait à raconter du général le rendit si redoutable, que les jeunes gens habiles abdiquèrent tacitement leurs prétentions sur la duchesse, et ne restèrent dans sa sphère que pour exploiter l'importance qu'ils y prenaient, pour se servir de son nom, de sa personne, pour s'arranger au mieux avec certaines puissances du second ordre, enchantées d'enlever un amant à madame de Langeais. La duchesse avait l'œil assez perspicace pour apercevoir ces désertions et ces traités dont son orgueil ne lui permettait pas d'être la dupe. Alors elle savait, disait monsieur le prince de Talleyrand, qui l'aimait beaucoup, tirer un regain de vengeance par un mot à deux tranchants dont elle frappait ces épousailles *morganatiques*[1]. Sa dédaigneuse raillerie ne contribuait pas médiocrement à la faire craindre et passer pour une personne excessivement spirituelle. Elle consolidait ainsi sa réputation de vertu, tout en s'amusant des secrets d'autrui, sans laisser pénétrer les siens. Néanmoins, après deux mois d'assiduités, elle eut, au fond de l'âme, une sorte de peur vague en voyant que monsieur de Montriveau ne comprenait rien aux finesses de la coquetterie Faubourg-Saint-Germanesque, et prenait au sérieux les minauderies parisiennes. – Celui-là, ma chère duchesse, lui avait dit le vieux vidame de Pamiers, est cousin-germain des aigles, vous ne l'apprivoiserez pas, et il vous emportera dans son aire, si vous n'y prenez garde. Le lendemain du soir où le rusé vieillard lui avait dit ce mot, dans lequel madame

1. *Morganatique* : se dit d'un mariage contracté entre un prince et une femme de condition inférieure.

de Langeais craignit de trouver une prophétie, elle essaya de se faire haïr, et se montra dure, exigeante, nerveuse, détestable pour Armand, qui la désarma par une douceur angélique. Cette femme connaissait si peu la bonté large des grands caractères, qu'elle fut pénétrée des gracieuses plaisanteries par lesquelles ses plaintes furent d'abord accueillies. Elle cherchait une querelle et trouva des preuves d'affection. Alors elle persista.

– En quoi, lui dit Armand, un homme qui vous idolâtre a-t-il pu vous déplaire ?

– Vous ne me déplaisez pas, répondit-elle, en devenant tout à coup douce et soumise ; mais pourquoi voulez-vous me compromettre ? Vous ne devez être qu'un ami pour moi. Ne le savez-vous pas ? Je voudrais vous voir l'instinct, les délicatesses de l'amitié vraie, afin de ne perdre ni votre estime, ni les plaisirs que je ressens près de vous.

– N'être que votre ami ? s'écria monsieur de Montriveau à la tête de qui ce terrible mot donna des secousses électriques. Sur la foi des heures douces que vous m'accordez, je m'endors et me réveille dans votre cœur ; et aujourd'hui, sans motif, vous vous plaisez gratuitement à tuer les espérances secrètes qui me font vivre. Voulez-vous, après m'avoir fait promettre tant de constance, et avoir montré tant d'horreur pour les femmes qui n'ont que des caprices, me faire entendre que, semblable à toutes les femmes de Paris, vous avez des passions, et point d'amour ? Pourquoi donc m'avez-vous demandé ma vie, et pourquoi l'avez-vous acceptée ?

– J'ai eu tort, mon ami. Oui, une femme a tort de se laisser aller à de tels enivrements quand elle ne peut ni ne doit les récompenser.

– Je comprends, vous n'avez été que légèrement coquette, et…

– Coquette ?… je hais la coquetterie. Être coquette, Armand, mais c'est se promettre à plusieurs hommes et ne pas se donner.

Se donner à tous est du libertinage. Voilà ce que j'ai cru comprendre de nos mœurs. Mais se faire mélancolique avec les humoristes [1], gaie avec les insouciants, politique avec les ambitieux, écouter avec une apparente admiration les bavards, s'occuper de guerre avec les militaires, être passionnée pour le bien du pays avec les philanthropes, accorder à chacun sa petite dose de flatterie, cela me paraît aussi nécessaire que de mettre des fleurs dans nos cheveux, des diamants, des gants et des vêtements. Le discours est la partie morale de la toilette, il se prend et se quitte avec la toque à plumes. Nommez-vous ceci coquetterie ? Mais je ne vous ai jamais traité comme je traite tout le monde. Avec vous, mon ami, je suis vraie. Je n'ai pas toujours partagé vos idées, et quand vous m'avez convaincue, après une discussion, ne m'en avez-vous pas vue tout heureuse ? Enfin, je vous aime, mais seulement comme il est permis à une femme religieuse et pure d'aimer. J'ai fait des réflexions. Je suis mariée, Armand. Si la manière dont je vis avec monsieur de Langeais me laisse la disposition de mon cœur, les lois, les convenances m'ont ôté le droit de disposer de ma personne. En quelque rang qu'elle soit placée, une femme déshonorée se voit chassée du monde, et je ne connais encore aucun exemple d'un homme qui ait su ce à quoi l'engageaient alors nos sacrifices. Bien mieux, la rupture que chacun prévoit entre madame de Beauséant et monsieur d'Ajuda, qui, dit-on, épouse mademoiselle de Rochefide [2], m'a prouvé que ces mêmes sacrifices sont presque toujours les causes de votre abandon. Si vous m'aimiez sincèrement, vous cesseriez de me voir pendant quelque temps ! Moi, je dépouillerai pour vous toute vanité ; n'est-ce pas quelque chose ? Que ne dit-on pas d'une femme à laquelle aucun homme ne s'attache ? Ah ! elle est sans cœur, sans esprit, sans âme, sans charme

1. *Humoriste* : qui a souvent de l'humeur. \ 2. *La rupture (…) Rochefide* : le récit de cette rupture et de ses conséquences se trouve dans *Le Père Goriot* et dans *La Femme abandonnée.*

surtout. Oh ! les coquettes ne me feront grâce de rien, elles me raviront les qualités qu'elles sont blessées de trouver en moi. Si ma réputation me reste, que m'importe de voir contester mes avantages par des rivales ? elles n'en hériteront certes pas. Allons, mon ami, donnez quelque chose à qui vous sacrifie tant ! Venez moins souvent, je ne vous en aimerai pas moins.

– Ah ! répondit Armand avec la profonde ironie d'un cœur blessé, l'amour, selon les écrivassiers, ne se repaît que d'illusions ! Rien n'est plus vrai, je le vois, il faut que je m'imagine être aimé. Mais, tenez, il est des pensées comme des blessures dont on ne revient pas : vous étiez une de mes dernières croyances, et je m'aperçois en ce moment que tout est faux ici-bas.

Elle se prit à sourire.

– Oui, reprit Montriveau d'une voix altérée, votre foi catholique à laquelle vous voulez me convertir est un mensonge que les hommes se font, l'espérance est un mensonge appuyé sur l'avenir, l'orgueil est un mensonge de nous à nous, la pitié, la sagesse, la terreur sont des calculs mensongers. Mon bonheur sera donc aussi quelque mensonge, il faut que je m'attrape moi-même et consente à toujours donner un louis contre un écu. Si vous pouvez si facilement vous dispenser de me voir, si vous ne m'avouez ni pour ami, ni pour amant, vous ne m'aimez pas ! Et moi, pauvre fou, je me dis cela, je le sais, et j'aime.

– Mais, mon Dieu, mon pauvre Armand, vous vous emportez.

– Je m'emporte ?

– Oui, vous croyez que tout est en question, parce que je vous parle de prudence.

Au fond, elle était enchantée de la colère qui débordait dans les yeux de son amant. En ce moment, elle le tourmentait ; mais elle le jugeait, et remarquait les moindres altérations de sa physionomie. Si le général avait eu le malheur de se montrer généreux sans discussion, comme il arrive quelquefois à certaines âmes candides, il eût été forbanni[1] pour toujours, atteint et convaincu de ne pas savoir aimer. La plupart des femmes veulent se sentir le moral violé. N'est-ce pas une de leurs flatteries de ne jamais céder qu'à la force ? Mais Armand n'était pas assez instruit pour apercevoir le piège habilement préparé par la duchesse. Les hommes forts qui aiment ont tant d'enfance dans l'âme !

– Si vous ne voulez que conserver les apparences, dit-il avec naïveté, je suis prêt à...

– Ne conserver que les apparences, s'écria-t-elle en l'interrompant, mais quelles idées vous faites-vous donc de moi ? Vous ai-je donné le moindre droit de penser que je puisse être à vous ?

– Ah çà, de quoi parlons-nous donc ? demanda Montriveau.

– Mais, monsieur, vous m'effrayez. Non, pardon, merci, reprit-elle d'un ton froid, merci, Armand : vous m'avertissez à temps d'une imprudence bien involontaire, croyez-le, mon ami. Vous savez souffrir, dites-vous ? Moi aussi, je saurai souffrir. Nous cesserons de nous voir ; puis, quand l'un et l'autre nous aurons su recouvrer un peu de calme, eh ! bien, nous aviserons à nous arranger un bonheur approuvé par le monde. Je suis jeune, Armand, un homme sans délicatesse ferait faire bien des sottises et des étourderies à une femme de vingt-quatre ans. Mais, vous ! vous serez mon ami, promettez-le-moi.

– La femme de vingt-quatre ans, répondit-il, sait calculer. Il s'assit sur le divan du boudoir, et resta la tête appuyée dans ses mains. – M'aimez-vous, madame ? demanda-t-il en relevant la tête et lui montrant un visage plein de résolution. Dites hardiment : oui ou non.

La duchesse fut plus épouvantée de cette interrogation qu'elle ne l'aurait été d'une menace de mort, ruse vulgaire dont

1. *Forbanni* : banni.

s'effraient peu de femmes au dix-neuvième siècle, en ne voyant plus les hommes porter l'épée au côté ; mais n'y a-t-il pas des effets de cils, de sourcils, des contractions dans le regard, des tremblements de lèvres qui communiquent la terreur qu'ils expriment si vivement, si magnétiquement ?

– Ah ! dit-elle, si j'étais libre, si…

– Eh ! n'est-ce que votre mari qui nous gêne ? s'écria joyeusement le général en se promenant à grands pas dans le boudoir. Ma chère Antoinette, je possède un pouvoir plus absolu que ne l'est celui de l'autocrate de toutes les Russies. Je m'entends avec la Fatalité ; je puis, socialement parlant, l'avancer ou la retarder à ma fantaisie, comme on fait d'une montre. Diriger la Fatalité, dans notre machine politique, n'est-ce pas tout simplement en connaître les rouages ? Dans peu, vous serez libres, souvenez-vous alors de votre promesse.

– Armand, s'écria-t-elle, que voulez-vous dire ? Grand Dieu ! croyez-vous que je puisse être le gain d'un crime ? voulez-vous ma mort ? Mais vous n'avez donc pas du tout de religion ? Moi, je crains Dieu. Quoique monsieur de Langeais m'ait donné le droit de le haïr, je ne lui souhaite aucun mal.

Monsieur de Montriveau, qui battait machinalement la retraite avec ses doigts sur le marbre de la cheminée, se contenta de regarder la duchesse d'un air calme.

– Mon ami, dit-elle en continuant, respectez-le. Il ne m'aime pas, il n'est pas bien pour moi, mais j'ai des devoirs à remplir envers lui. Pour éviter les malheurs dont vous le menacez, que ne ferais-je pas ?

– Écoutez, reprit-elle après une pause, je ne vous parlerai plus de séparation, vous viendrez ici comme par le passé, je vous donnerai toujours mon front à baiser ; si je vous le refusais quelquefois, c'était pure coquetterie, en vérité. Mais, entendons-nous, dit-elle en le voyant s'approcher. Vous me permettrez d'augmenter le nombre de mes poursuivants, d'en recevoir dans la matinée encore plus que par le passé : je veux redoubler de légèreté, je veux vous traiter fort mal en apparence, feindre une rupture ; vous viendrez un peu moins souvent ; et puis, après…

En disant ces mots, elle se laissa prendre par la taille, parut sentir, ainsi pressée par Montriveau, le plaisir excessif que trouvent la plupart des femmes à cette pression, dans laquelle tous les plaisirs de l'amour semblent promis ; puis elle désirait sans doute se faire faire quelque confidence, car elle se haussa sur la pointe des pieds pour apporter son front sous les lèvres brûlantes d'Armand.

– Après, reprit Montriveau, vous ne me parlerez plus de votre mari : vous n'y devez plus penser.

Madame de Langeais garda le silence.

– Au moins, dit-elle après une pause expressive, vous ferez tout ce que je voudrai, sans gronder, sans être mauvais, dites, mon ami ? N'avez-vous pas voulu m'effrayer ? Allons, avouez-le ?… vous êtes trop bon pour jamais concevoir de criminelles pensées. Mais auriez-vous donc des secrets que je ne connaisse point ? Comment pouvez-vous donc maîtriser le sort ?

– Au moment où vous confirmez le don que vous m'avez déjà fait de votre cœur, je suis trop heureux pour bien savoir ce que je vous répondrais. J'ai confiance en vous, Antoinette, je n'aurai ni soupçons, ni fausses jalousies. Mais, si le hasard vous rendait libre, nous sommes unis…

– Le hasard, Armand, dit-elle en faisant un de ces jolis gestes de tête qui semblent pleins de choses et que ces sortes de femmes jettent à la légère, comme une cantatrice joue avec sa voix. Le pur hasard, reprit-elle. Sachez-le bien : s'il arrivait, par votre faute, quelque malheur à monsieur de Langeais, je ne serais jamais à vous.

Ils se séparèrent contents l'un et l'autre. La duchesse avait fait un pacte qui lui permettait de prouver au monde, par ses paroles et ses actions, que monsieur de Montriveau n'était point son amant. Quant à lui, la rusée se promettait bien de le lasser en ne lui accordant d'autres faveurs que celles surprises dans ces petites luttes dont elle arrêtait le cours à son gré. Elle savait si joliment le lendemain révoquer les concessions consenties la veille, elle était si sérieusement déterminée à rester physiquement vertueuse, qu'elle ne voyait aucun danger pour elle à des préliminaires redoutables seulement aux femmes bien éprises. Enfin, une duchesse séparée de son mari offrait peu de chose à l'amour, en lui sacrifiant un mariage annulé depuis longtemps. De son côté, Montriveau, tout heureux d'obtenir la plus vague des promesses, et d'écarter à jamais les objections qu'une épouse puise dans la foi conjugale pour se refuser à l'amour, s'applaudissait d'avoir conquis encore un peu plus de terrain. Aussi, pendant quelque temps, abusa-t-il des droits d'usufruit qui lui avaient été si difficilement octroyés. Plus enfant qu'il ne l'avait jamais été, cet homme se laissait aller à tous les enfantillages qui font du premier amour la fleur de la vie. Il redevenait petit en répandant et son âme et toutes les forces trompées que lui communiquait sa passion sur les mains de cette femme, sur ses cheveux blonds dont il baisait les boucles floconneuses, sur ce front éclatant qu'il voyait pur. Inondée d'amour, vaincue par les effluves magnétiques d'un sentiment si chaud, la duchesse hésitait à faire naître la querelle qui devait les séparer à jamais. Elle était plus femme qu'elle ne le croyait, cette chétive créature, en essayant de concilier les exigences de la religion avec les vivaces émotions de vanité, avec les semblants de plaisir dont s'affolent les Parisiennes. Chaque dimanche elle entendait la messe, ne manquait pas un office ; puis, le soir, elle se plongeait dans les enivrantes voluptés que procurent des désirs sans cesse réprimés. Armand et madame de Langeais ressemblaient à ces faquirs de l'Inde qui sont récompensés de leur chasteté par les tentations qu'elle leur donne. Peut-être aussi, la duchesse avait-elle fini par résoudre l'amour dans ces caresses fraternelles, qui eussent paru sans doute innocentes à tout le monde, mais auxquelles les hardiesses de sa pensée prêtaient d'excessives dépravations. Comment expliquer autrement le mystère incompréhensible de ses perpétuelles fluctuations ? Tous les matins elle se proposait de fermer sa porte au marquis de Montriveau ; puis, tous les soirs, à l'heure dite, elle se laissait charmer par lui. Après une molle défense, elle se faisait moins méchante ; sa conversation devenait douce, onctueuse ; deux amants pouvaient seuls être ainsi. La duchesse déployait son esprit le plus scintillant, ses coquetteries les plus entraînantes ; puis, quand elle avait irrité l'âme et les sens de son amant, s'il la saisissait, elle voulait bien se laisser briser et tordre par lui, mais elle avait son *nec plus ultra*[1] de passion ; et, quand il en arrivait là, elle se fâchait toujours si, maîtrisé par sa fougue, il faisait mine d'en franchir les barrières. Aucune femme n'ose se refuser sans motif à l'amour, rien n'est plus naturel que d'y céder ; aussi madame de Langeais s'entoura-t-elle bientôt d'une seconde ligne de fortifications plus difficiles à emporter que ne l'avait été la première. Elle évoqua les terreurs de la religion. Jamais le Père de l'Église le plus éloquent ne plaida mieux la cause de Dieu ; jamais les vengeances du Très-Haut ne furent mieux justifiées que par la voix de la duchesse. Elle n'employait ni phrases de sermon, ni amplifications de rhétorique. Non, elle avait son *pathos*[2] à elle. À la plus ardente supplique d'Armand elle répondait par un regard mouillé de larmes, par un geste qui peignait une affreuse plénitude de sentiments ; elle le faisait taire en lui demandant grâce ; un mot de plus, elle ne voulait pas l'entendre, elle succomberait, et la mort lui semblait préférable à un bonheur criminel.

1. Nec plus ultra : ce qui constitue un terme, un état qui ne saurait être dépassé. \ **2.** Pathos : manifestation pathétique et exagérée de la souffrance.

– N'est-ce donc rien que de désobéir à Dieu ! lui disait-elle en retrouvant une voix affaiblie par des combats intérieurs sur lesquels cette jolie comédienne paraissait prendre difficilement un empire passager. Les hommes, la terre entière, je vous les sacrifierais volontiers ; mais vous êtes bien égoïste de me demander tout mon avenir pour un moment de plaisir. Allons ! voyons, n'êtes-vous pas heureux ? ajoutait-elle en lui tendant la main et se montrant à lui dans un négligé qui certes offrait à son amant des consolations dont il se payait toujours.

Si, pour retenir un homme dont l'ardente passion lui donnait des émotions inaccoutumées, ou si, par faiblesse, elle se laissait ravir quelque baiser rapide, aussitôt elle feignait la peur, elle rougissait et bannissait Armand de son canapé au moment où le canapé devenait dangereux pour elle.

– Vos plaisirs sont des péchés que j'expie, Armand ; ils me coûtent des pénitences, des remords, s'écriait-elle.

Quand Montriveau se voyait à deux chaises de cette jupe aristocratique, il se prenait à blasphémer, il maugréait Dieu. La duchesse se fâchait alors.

– Mais, mon ami, disait-elle sèchement, je ne comprends pas pourquoi vous refusez de croire en Dieu, car il est impossible de croire aux hommes. Taisez-vous, ne parlez pas ainsi ; vous avez l'âme trop grande pour épouser les sottises du libéralisme, qui a la prétention de tuer Dieu.

Les discussions théologiques et politiques lui servaient de douches pour calmer Montriveau, qui ne savait plus revenir à l'amour quand elle excitait sa colère, en le jetant à mille lieues de ce boudoir dans les théories de l'absolutisme [1] qu'elle défendait à merveille. Peu de femmes osent être démocrates, elles sont alors trop en contradiction avec leur despotisme en fait de sentiments. Mais souvent aussi le général secouait sa crinière,

1. *Absolutisme* : exercice sans contrôle du pouvoir absolu.

laissait la politique, grondait comme un lion, se battait les flancs, s'élançait sur sa proie, revenait terrible d'amour à sa maîtresse, incapable de porter longtemps son cœur et sa pensée en flagrance. Si cette femme se sentait piquée par une fantaisie assez incitante pour la compromettre, elle savait alors sortir de son boudoir : elle quittait l'air chargé de désirs qu'elle y respirait, venait dans son salon, s'y mettait au piano, chantait les airs les plus délicieux de la musique moderne, et trompait ainsi l'amour des sens, qui parfois ne lui faisait pas grâce, mais qu'elle avait la force de vaincre. En ces moments elle était sublime aux yeux d'Armand : elle ne feignait pas, elle était vraie, et le pauvre amant se croyait aimé. Cette résistance égoïste la lui faisait prendre pour une sainte et vertueuse créature, et il se résignait, et il parlait d'amour platonique, le général d'artillerie ! Quand elle eut assez joué de la religion dans son intérêt personnel, madame de Langeais en joua dans celui d'Armand : elle voulut le ramener à des sentiments chrétiens, elle lui refit *Le Génie du Christianisme*[1] à l'usage des militaires. Montriveau s'impatienta, trouva son joug pesant. Oh ! alors, par esprit de contradiction, elle lui cassa la tête de Dieu pour voir si Dieu la débarrasserait d'un homme qui allait à son but avec une constance dont elle commençait à s'effrayer. D'ailleurs, elle se plaisait à prolonger toute querelle qui paraissait éterniser la lutte morale, après laquelle venait une lutte matérielle bien autrement dangereuse.

Mais si l'opposition faite au nom des lois du mariage représente l'*époque civile* de cette guerre sentimentale, celle-ci en constituerait l'*époque religieuse*, et elle eut, comme la précédente, une crise après laquelle sa rigueur devait décroître. Un soir, Armand, venu fortuitement de très bonne heure, trouva monsieur l'abbé Gondrand, directeur de la conscience de madame

1. *Le Génie du christianisme* : ouvrage de Chateaubriand (1768-1848) publié en 1802 qui a contribué à réhabiliter la religion chrétienne.

de Langeais, établi dans un fauteuil au coin de la cheminée, comme un homme en train de digérer son dîner et les jolis péchés de sa pénitente. La vue de cet homme au teint frais et reposé, dont le front était calme, la bouche ascétique, le regard malicieusement inquisiteur, qui avait dans son maintien une véritable noblesse ecclésiastique, et déjà dans son vêtement le violet épiscopal [1], rembrunit singulièrement le visage de Montriveau qui ne salua personne et resta silencieux. Sorti de son amour, le général ne manquait pas de tact ; il devina donc, en échangeant quelques regards avec le futur évêque, que cet homme était le promoteur des difficultés dont s'armait pour lui l'amour de la duchesse. Qu'un ambitieux abbé bricolât et retînt le bonheur d'un homme trempé comme l'était Montriveau ? cette pensée bouillonna sur sa face, lui crispa les doigts, le fit lever, marcher, piétiner ; puis, quand il revenait à sa place, avec l'intention de faire un éclat, un seul regard de la duchesse suffisait à le calmer. Madame de Langeais, nullement embarrassée du noir silence de son amant, par lequel toute autre femme eût été gênée, continuait à converser fort spirituellement avec monsieur Gondrand sur la nécessité de rétablir la religion dans son ancienne splendeur. Elle exprimait mieux que ne le faisait l'abbé pourquoi l'Église devait être un pouvoir à la fois temporel et spirituel, et regrettait que la chambre des Pairs n'eût pas encore son *banc des évêques*, comme la chambre des Lords avait le sien. Néanmoins l'abbé, sachant que le carême lui permettait de prendre sa revanche, céda la place au général et sortit. À peine la duchesse se leva-t-elle pour rendre à son directeur l'humble révérence qu'elle en reçut, tant elle était intriguée par l'attitude de Montriveau.

– Qu'avez-vous, mon ami ?

– Mais j'ai votre abbé sur l'estomac.

---

1. *Épiscopal* : de l'évêque.

– Pourquoi ne preniez-vous pas un livre ? lui dit-elle sans se soucier d'être ou non entendue par l'abbé qui fermait la porte.

Montriveau resta muet pendant un moment, car la duchesse accompagna ce mot d'un geste qui en relevait encore la profonde impertinence.

– Ma chère Antoinette, je vous remercie de donner à l'Amour le pas sur l'Église ; mais, de grâce, souffrez que je vous adresse une question.

– Ah ! vous m'interrogez. Je le veux bien, reprit-elle. N'êtes-vous pas mon ami ? je puis, certes, vous montrer le fond de mon cœur, vous n'y verrez qu'une image.

– Parlez-vous à cet homme de notre amour ?

– Il est mon confesseur.

– Sait-il que je vous aime ?

– Monsieur de Montriveau, vous ne prétendez pas, je pense, pénétrer les secrets de ma confession ?

– Ainsi cet homme connaît toutes nos querelles et mon amour pour vous…

– Un homme, monsieur ! dites Dieu.

– Dieu ! Dieu ! je dois être seul dans votre cœur. Mais laissez Dieu tranquille là où il est, pour l'amour de lui et de moi. Madame, vous n'irez plus à confesse, ou…

– Ou ? dit-elle en souriant.

– Ou je ne reviendrai plus ici.

– Partez, Armand. Adieu, adieu pour jamais.

Elle se leva et s'en alla dans son boudoir, sans jeter un seul regard à Montriveau, qui resta debout, la main appuyée sur une chaise. Combien de temps resta-t-il ainsi, jamais il ne le sut lui-même. L'âme a le pouvoir inconnu d'étendre comme de resserrer l'espace. Il ouvrit la porte du boudoir, il y faisait nuit. Une voix faible devint forte pour dire aigrement : – Je n'ai pas sonné. D'ailleurs pourquoi donc entrer sans ordre ? Suzette, laissez-moi.

– Tu souffres donc ? s'écria Montriveau.

– Levez-vous, monsieur, reprit-elle en sonnant, et sortez d'ici, au moins pour un moment.

– Madame la duchesse demande de la lumière, dit-il au valet de chambre, qui vint dans le boudoir y allumer les bougies.

Quand les deux amants furent seuls, madame de Langeais demeura couchée sur son divan, muette, immobile, absolument comme si Montriveau n'eût pas été là.

– Chère, dit-il avec un accent de douleur et de bonté sublime, j'ai tort. Je ne te voudrais certes pas sans religion…

– Il est heureux, répliqua-t-elle sans le regarder et d'une voix dure, que vous reconnaissiez la nécessité de la conscience. Je vous remercie pour Dieu.

Ici le général, abattu par l'inclémence de cette femme, qui savait devenir à volonté une étrangère ou une sœur pour lui, fit vers la porte un pas de désespoir, et allait l'abandonner à jamais sans lui dire un seul mot. Il souffrait, et la duchesse riait en elle-même des souffrances causées par une torture morale bien plus cruelle que ne l'était jadis la torture judiciaire. Mais cet homme n'était pas maître de s'en aller. En toute espèce de crise, une femme est en quelque sorte grosse d'une certaine quantité de paroles ; et quand elle ne les a pas dites, elle éprouve la sensation que donne la vue d'une chose incomplète. Madame de Langeais, qui n'avait pas tout dit, reprit la parole.

– Nous n'avons pas les mêmes convictions, général, j'en suis peinée. Il serait affreux pour la femme de ne pas croire à une religion qui permet d'aimer au-delà du tombeau. Je mets à part les sentiments chrétiens, vous ne les comprenez pas. Laissez-moi vous parler seulement des convenances. Voulez-vous interdire à une femme de la cour *la sainte table* quand il est reçu de s'en approcher à Pâques ? mais il faut pourtant bien savoir faire quelque chose pour son parti. Les Libéraux ne tueront pas, malgré leur désir, le sentiment religieux. La religion sera toujours une nécessité politique. Vous chargeriez-vous de gouverner un peuple de raisonneurs ! Napoléon ne l'osait pas, il persécutait les idéologues. Pour empêcher les peuples de raisonner, il faut leur imposer des sentiments. Acceptons donc la religion catholique avec toutes ses conséquences. Si nous voulons que la France aille à la messe, ne devons-nous pas commencer par y aller nous-mêmes ? La religion, Armand, est, vous le voyez, le lien des principes conservateurs qui permettent aux riches de vivre tranquilles. La religion est intimement liée à la propriété. Il est certes plus beau de conduire les peuples par des idées morales que par des échafauds, comme au temps de la Terreur, seul moyen que votre détestable révolution ait inventé pour se faire obéir. Le prêtre et le roi, mais c'est vous, c'est moi, c'est la princesse ma voisine ; c'est en un mot tous les intérêts des honnêtes gens personnifiés. Allons, mon ami, veuillez donc être de votre parti, vous qui pourriez en devenir le Sylla[1], si vous aviez la moindre ambition. J'ignore la politique, moi, j'en raisonne par sentiment ; mais j'en sais néanmoins assez pour deviner que la société serait renversée si l'on en faisait mettre à tout moment les bases en question…

– Si votre cour, si votre gouvernement pensent ainsi, vous me faites pitié, dit Montriveau. La Restauration, madame, doit se dire comme Catherine de Médicis[2], quand elle crut la bataille de Dreux perdue : – Eh ! bien, nous irons au prêche ! Or, 1815 est votre bataille de Dreux[3]. Comme le trône de ce temps-là, vous l'avez gagnée en fait, mais perdue en droit. Le protestantisme politique est victorieux dans les esprits. Si vous ne voulez pas faire un Édit de Nantes[4] ; ou si, le faisant, vous le révoquez ; si vous êtes un jour atteints et convaincus de ne

1. *Sylla* : général romain (138-78 av. J-C), il vint tardivement à la politique, se fit décerner en 82 le titre de dictateur à vie et gouverna par la terreur. \ **2.** *Catherine de Médicis* : reine de France (1519-1589). \ **3.** *Bataille de Dreux* : cette bataille religieuse de 1562 fut gagnée par les catholiques sur les protestants. \ **4.** *Édit de Nantes* : édit rendu par Henri IV en 1598 pour autoriser la pratique du culte protestant.

plus vouloir de la Charte[1], qui n'est qu'un gage donné au maintien des intérêts révolutionnaires, la Révolution se relèvera terrible, et ne vous donnera qu'un seul coup ; ce n'est pas elle qui sortira de France ; elle y est le sol même. Les hommes se laissent tuer, mais non les intérêts… Eh ! mon Dieu, que nous font la France, le trône, la légitimité, le monde entier ? Ce sont des billevesées auprès de mon bonheur. Régnez, soyez renversés, peu m'importe. Où suis-je donc ?

– Mon ami, vous êtes dans le boudoir de madame la duchesse de Langeais.

– Non, non, plus de duchesse, plus de Langeais, je suis près de ma chère Antoinette !

– Voulez-vous me faire le plaisir de rester où vous êtes, dit-elle en riant et en le repoussant, mais sans violence.

– Vous ne m'avez donc jamais aimé, dit-il avec une rage qui jaillit de ses yeux par des éclairs.

– Non, mon ami.

Ce non valait un oui.

– Je suis un grand sot, reprit-il en baisant la main de cette terrible reine redevenue femme.

– Antoinette, reprit-il s'appuyant la tête sur ses pieds, tu es trop chastement tendre pour dire nos bonheurs à qui que ce soit au monde.

– Ah ! vous êtes un grand fou, dit-elle en se levant par un mouvement gracieux quoique vif. Et sans ajouter une parole, elle courut dans le salon.

– Qu'a-t-elle donc ? demanda le général, qui ne savait pas deviner la puissance des commotions que sa tête brûlante avait électriquement communiquées des pieds à la tête de sa maîtresse.

1. *Charte* : constitution octroyée par Louis XVIII en 1814 et qui offrait un certain nombre de garanties libérales.

Au moment où il arrivait furieux dans le salon, il y entendit de célestes accords. La duchesse était à son piano. Les hommes de science ou de poésie qui peuvent à la fois comprendre et jouir sans que la réflexion nuise à leurs plaisirs, sentent que l'alphabet et la phraséologie musicale sont les instruments intimes du musicien, comme le bois ou le cuivre sont ceux de l'exécutant. Pour eux, il existe une musique à part au fond de la double expression de ce sensuel langage des âmes. *Andiamo mio ben*[1] peut arracher des larmes de joie ou faire rire de pitié, selon la cantatrice. Souvent, çà et là, dans le monde, une jeune fille expirant sous le poids d'une peine inconnue, un homme dont l'âme vibre sous les pincements d'une passion, prennent un thème musical et s'entendent avec le ciel, ou se parlent à eux-mêmes dans quelque sublime mélodie, espèce de poème perdu. Or, le général écoutait en ce moment une de ces poésies inconnues autant que peut l'être la plainte solitaire d'un oiseau mort sans compagne dans une forêt vierge.

– Mon Dieu, que jouez-vous donc là ? dit-il d'une voix émue.

– Le prélude d'une romance appelée, je crois, *Fleuve du Tage*.

– Je ne savais pas ce que pouvait être une musique de piano, reprit-il.

– Hé, mon ami, dit-elle en lui jetant pour la première fois un regard de femme amoureuse, vous ne savez pas non plus que je vous aime, que vous me faites horriblement souffrir, et qu'il faut bien que je me plaigne sans trop me faite comprendre, autrement je serais à vous… Mais vous ne voyez rien.

– Et vous ne voulez pas me rendre heureux !

– Armand, je mourrais de douleur le lendemain.

Le général sortit brusquement ; mais quand il se trouva dans la rue, il essuya deux larmes qu'il avait eu la force de contenir dans ses yeux.

1. *Andiamo mio ben* : conclusion d'un des airs les plus célèbres du *Dom Juan* de Mozart.

La religion dura trois mois. Ce terme expiré, la duchesse, ennuyée de ses redites, livra Dieu pieds et poings liés à son amant. Peut-être craignait-elle, à force de parler éternité, de perpétuer l'amour du général en ce monde et dans l'autre. Pour l'honneur de cette femme, il est nécessaire de la croire vierge, même de cœur ; autrement elle serait trop horrible. Encore bien loin de cet âge où mutuellement l'homme et la femme se trouvent trop près de l'avenir pour perdre du temps et se chicaner leurs jouissances, elle en était, sans doute, non pas à son premier amour, mais à ses premiers plaisirs. Faute de pouvoir comparer le bien au mal, faute de souffrances qui lui eussent appris la valeur des trésors jetés à ses pieds, elle s'en jouait. Ne connaissant pas les éclatantes délices de la lumière, elle se complaisait à rester dans les ténèbres. Armand, qui commençait à entrevoir cette bizarre situation, espérait dans la première parole de la nature. Il pensait, tous les soirs, en sortant de chez madame de Langeais, qu'une femme n'acceptait pas pendant sept mois les soins d'un homme et les preuves d'amour les plus tendres, les plus délicates, ne s'abandonnait pas aux exigences superficielles d'une passion pour la tromper en un moment, et il attendait patiemment la saison du soleil, ne doutant pas qu'il n'en recueillît les fruits dans leur primeur. Il avait parfaitement conçu les scrupules de la femme mariée et les scrupules religieux. Il était même joyeux de ces combats. Il trouvait la duchesse pudique là où elle n'était qu'horriblement coquette ; et il ne l'aurait pas voulue autrement. Il aimait donc à lui voir inventer des obstacles ; n'en triomphait-il pas graduellement ? Et chaque triomphe n'augmentait-il pas la faible somme des privautés amoureuses longtemps défendues, puis concédées par elle avec tous les semblants de l'amour ? Mais il avait si bien dégusté les menues et processives conquêtes dont se repaissent les amants timides, qu'elles étaient devenues des habitudes pour lui. En fait d'obstacles, il n'avait donc plus que ses propres terreurs à vaincre ; car il ne voyait plus à son bonheur d'autre empêchement que les caprices de celle qui se laissait appeler *Antoinette*. Il résolut alors de vouloir plus, de vouloir tout. Embarrassé comme un amant jeune encore qui n'ose pas croire à l'abaissement de son idole, il hésita longtemps, et connut ces terribles réactions de cœur, ces volontés bien arrêtées qu'un mot anéantit, ces décisions prises qui expirent au seuil d'une porte. Il se méprisait de ne pas avoir la force de dire un mot, et ne le disait pas. Néanmoins un soir il procéda par une sombre mélancolie à la demande farouche de ses droits illégalement légitimes. La duchesse n'attendit pas la requête de son esclave pour en deviner le désir. Un désir d'homme est-il jamais secret ? les femmes n'ont-elles pas toute la science infuse de certains bouleversements de physionomie ?

– Hé quoi ! voulez-vous cesser d'être mon ami ? dit-elle en l'interrompant au premier mot et lui jetant des regards embellis par une divine rougeur qui coula comme un sang nouveau sur son teint diaphane. Pour me récompenser de mes générosités, vous voulez me déshonorer. Réfléchissez donc un peu. Moi, j'ai beaucoup réfléchi ; je pense toujours à nous. Il existe une probité de femme à laquelle nous ne devons pas plus manquer que vous ne devez faillir à l'honneur. Moi, je ne sais pas tromper. Si je suis à vous, je ne pourrai plus être en aucune manière la femme de monsieur de Langeais. Vous exigez donc le sacrifice de ma position, de mon rang, de ma vie, pour un douteux amour qui n'a pas eu sept mois de patience. Comment ! déjà vous voudriez me ravir la libre disposition de moi-même. Non, non, ne me parlez plus ainsi. Non, ne me dites rien. Je ne veux pas, je ne peux pas vous entendre. Là, madame de Langeais prit sa coiffure à deux mains pour reporter en arrière les touffes de boucles qui lui échauffaient le front, et parut très animée. – Vous venez chez une faible créature avec des calculs bien arrêtés, en vous disant : elle me parlera de son mari pendant un certain temps, puis de Dieu, puis des suites inévitables de l'amour ; mais j'userai, j'abuserai de l'influence que j'aurai conquise ; je me rendrai nécessaire ; j'aurai pour moi les liens de l'habitude, les arrangements tout faits par le public ; enfin, quand le monde aura fini par accepter notre liaison, je serai le maître de cette femme. Soyez franc, ce sont là vos pensées… Ah ! vous calculez, et vous dites aimer, fi ! Vous êtes amoureux, ha ! je le crois bien ! Vous me désirez, et voulez m'avoir pour maîtresse, voilà tout. Hé ! bien, non, la *duchesse de Langeais* ne descendra pas jusque-là. Que de naïves bourgeoises soient les dupes de vos faussetés ; moi, je ne le serai jamais. Rien ne m'assure de votre amour. Vous me parlez de ma beauté, je puis devenir laide en six mois, comme la chère princesse ma voisine. Vous êtes ravi de mon esprit, de ma grâce ; mon Dieu, vous vous y accoutumerez comme vous vous accoutumeriez au plaisir. Ne vous êtes-vous pas habitué depuis quelques mois aux faveurs que j'ai eu la faiblesse de vous accorder ? Quand je serai perdue, un jour, vous ne me donnerez d'autre raison de votre changement que le mot décisif : je n'aime plus. Rang, fortune, honneur, toute la duchesse de Langeais se sera engloutie dans une espérance trompée. J'aurai des enfants qui attesteront ma honte, et… mais, reprit-elle en laissant échapper un geste d'impatience, je suis trop bonne de vous expliquer ce que vous savez mieux que moi. Allons ! restons-en là. Je suis trop heureuse de pouvoir encore briser les liens que vous croyez si forts. Y a-t-il donc quelque chose de si héroïque à être venu à l'hôtel de Langeais passer tous les soirs quelques instants auprès d'une femme dont le babil vous plaisait, de laquelle vous vous amusiez comme d'un joujou ? Mais quelques jeunes fats arrivent chez moi, de trois heures à cinq heures, aussi régulièrement que vous venez le soir. Ceux-là sont donc bien généreux. Je me moque d'eux, ils supportent assez tranquillement mes boutades, mes impertinences, et me font rire ; tandis que vous, à qui j'accorde les plus précieux trésors de mon âme, vous voulez me perdre, et me causez mille ennuis. Taisez-vous, assez, assez, dit-elle en le voyant prêt à parler, vous n'avez ni cœur, ni âme, ni délicatesse. Je sais ce que vous voulez me dire. Eh ! bien, oui. J'aime mieux passer à vos yeux pour une femme froide, insensible, sans dévouement, sans cœur même, que de passer aux yeux du monde pour une femme ordinaire, que d'être condamnée à des peines éternelles après avoir été condamnée à vos prétendus plaisirs, qui vous lasseront certainement. Votre égoïste amour ne vaut pas tant de sacrifices…

Ces paroles représentent imparfaitement celles que fredonna la duchesse avec la vive prolixité d'une serinette[1]. Certes, elle put parler longtemps, le pauvre Armand n'opposait pour toute réponse à ce torrent de notes flûtées qu'un silence plein de sentiments horribles. Pour la première fois, il entrevoyait la coquetterie de cette femme, et devinait instinctivement que l'amour dévoué, l'amour partagé ne calculait pas, ne raisonnait pas ainsi chez une femme vraie. Puis il éprouvait une sorte de honte en se souvenant d'avoir involontairement fait les calculs dont les odieuses pensées lui étaient reprochées. Puis, en s'examinant avec une bonne foi tout angélique, il ne trouvait que de l'égoïsme dans ses paroles, dans ses idées, dans ses réponses conçues et non exprimées. Il se donna tort, et, dans son désespoir, il eut l'envie de se précipiter par la fenêtre. Le *moi* le tuait. Que dire, en effet, à une femme qui ne croit pas à l'amour ? – « Laissez-moi vous prouver combien je vous aime. » Toujours *moi*. Montriveau ne savait pas, comme en ces sortes de circonstances le savent les héros de boudoir, imiter le rude logicien marchant devant les Pyrrhoniens[2], qui niaient le mouvement.

1. *Serinette* : petit orgue mécanique pour apprendre des airs aux oiseaux. \ **2.** *Pyrrhonien* : qui appartient à l'école des sceptiques.

Cet homme audacieux manquait précisément de l'audace habituelle aux amants qui connaissent les formules de l'algèbre féminine. Si tant de femmes, et même les plus vertueuses, sont la proie des gens habiles en amour auxquels le vulgaire donne un méchant nom, peut-être est-ce parce qu'ils sont de grands *prouveurs*, et que l'amour veut, malgré sa délicieuse poésie de sentiment, un peu plus de géométrie qu'on ne le pense. Or, la duchesse et Montriveau se ressemblaient en ce point qu'ils étaient également inexperts en amour. Elle en connaissait très peu la théorie, elle en ignorait la pratique, ne sentait rien et réfléchissait à tout. Montriveau connaissait peu de pratique, ignorait la théorie, et sentait trop pour réfléchir. Tous deux subissaient donc le malheur de cette situation bizarre. En ce moment suprême, ses myriades de pensées pouvaient se réduire à celle-ci : « Laissez-vous posséder. » Phrase horriblement égoïste pour une femme chez qui ces mots n'apportaient aucun souvenir et ne réveillaient aucune image. Néanmoins, il fallait répondre. Quoiqu'il eût le sang fouetté par ces petites phrases en forme de flèches, bien aiguës, bien froides, bien acérées, décochées coup sur coup, Montriveau devait aussi cacher sa rage, pour ne pas tout perdre par une extravagance.

– Madame la duchesse, je suis au désespoir que Dieu n'ait pas inventé pour la femme une autre façon de confirmer le don de son cœur que d'y ajouter celui de sa personne. Le haut prix que vous attachez à vous-même me montre que je ne dois pas en attacher un moindre. Si vous me donnez votre âme et tous vos sentiments, comme vous me le dites, qu'importe donc le reste ? D'ailleurs, si mon bonheur vous est un si pénible sacrifice, n'en parlons plus. Seulement, vous pardonnerez à un homme de cœur de se trouver humilié en se voyant pris pour un épagneul.

Le ton de cette dernière phrase eût peut-être effrayé d'autres femmes ; mais quand une de ces porte-jupes s'est mise au-dessus de tout en se laissant diviniser, aucun pouvoir ici-bas n'est orgueilleux comme elle sait être orgueilleuse.

– Monsieur le marquis, je suis au désespoir que Dieu n'ait pas inventé pour l'homme une plus noble façon de confirmer le don de son cœur que la manifestation de désirs prodigieusement vulgaires. Si, en donnant notre personne, nous devenons esclaves, un homme ne s'engage à rien en nous acceptant. Qui m'assurera que je serai toujours aimée ? L'amour que je déploierais à tout moment pour vous mieux attacher à moi serait peut-être une raison d'être abandonnée. Je ne veux pas faire une seconde édition de madame de Beauséant. Sait-on jamais ce qui vous retient près de nous ? Notre constante froideur est le secret de la constante passion de quelques-uns d'entre vous ; à d'autres, il faut un dévouement perpétuel, une adoration de tous les moments ; à ceux-ci, la douceur ; à ceux-là, le despotisme. Aucune femme n'a encore pu bien déchiffrer vos cœurs. Il y eut une pause, après laquelle elle changea de ton. – Enfin, mon ami, vous ne pouvez pas empêcher une femme de trembler à cette question : Serai-je aimée toujours ? Quelque dures qu'elles soient, mes paroles me sont dictées par la crainte de vous perdre. Mon Dieu ! ce n'est pas moi, cher, qui parle, mais la raison ; et comment s'en trouve-t-il chez une personne aussi folle que je le suis ? En vérité, je n'en sais rien.

Entendre cette réponse commencée par la plus déchirante ironie, et terminée par les accents les plus mélodieux dont une femme se soit servie pour peindre l'amour dans son ingénuité, n'était-ce pas aller en un moment du martyre au ciel ? Montriveau pâlit, et tomba pour la première fois de sa vie aux genoux d'une femme. Il baisa le bas de la robe de la duchesse, les pieds, les genoux ; mais, pour l'honneur du faubourg Saint-Germain, il est nécessaire de ne pas révéler les mystères de ses boudoirs, où l'on voulait tout de l'amour, moins ce qui pouvait attester l'amour.

– Chère Antoinette, s'écria Montriveau dans le délire où le plongea l'entier abandon de la duchesse qui se crut généreuse en se laissant adorer ; oui, tu as raison, je ne veux pas que tu conserves de doutes. En ce moment, je tremble aussi d'être quitté par l'ange de ma vie, et je voudrais inventer pour nous des liens indissolubles.

– Ah ! dit-elle tout bas, tu vois, j'ai donc raison.

– Laisse-moi finir, reprit Armand, je vais d'un seul mot dissiper toutes tes craintes. Écoute, si je t'abandonnais, je mériterais mille morts. Sois toute à moi, je te donnerai le droit de me tuer si je te trahissais. J'écrirai moi-même une lettre par laquelle je déclarerai certains motifs qui me contraindraient à me tuer ; enfin, j'y mettrai mes dernières dispositions. Tu posséderas ce testament qui légitimerait ma mort, et pourras ainsi te venger sans avoir rien à craindre de Dieu ni des hommes.

– Ai-je besoin de cette lettre ? Si j'avais perdu ton amour, que me ferait la vie ? Si je voulais te tuer, ne saurais-je pas te suivre ? Non, je te remercie de l'idée, mais je ne veux pas de la lettre. Ne pourrais-je pas croire que tu m'es fidèle par crainte, ou le danger d'une infidélité ne pourrait-il pas être un attrait pour celui qui livre ainsi sa vie ? Armand, ce que je demande est seul difficile à faire.

– Et que veux-tu donc ?

– Ton obéissance et ma liberté.

– Mon Dieu, s'écria-t-il, je suis comme un enfant.

– Un enfant volontaire et bien gâté, dit-elle en caressant l'épaisse chevelure de cette tête qu'elle garda sur ses genoux. Oh ! oui, bien plus aimé qu'il ne le croit, et cependant bien désobéissant. Pourquoi ne pas rester ainsi ? pourquoi ne pas me sacrifier des désirs qui m'offensent ? pourquoi ne pas accepter ce que j'accorde, si c'est tout ce que je puis honnêtement octroyer ? N'êtes-vous donc pas heureux ?

– Oh ! oui, dit-il, je suis heureux quand je n'ai point de doutes. Antoinette, en amour, douter, n'est-ce pas mourir ? Et il se montra tout à coup ce qu'il était et ce que sont tous les hommes sous le feu des désirs, éloquent, insinuant. Après avoir goûté les plaisirs permis sans doute par un secret et jésuitique oukase [1], la duchesse éprouva ces émotions cérébrales dont l'habitude lui avait rendu l'amour d'Armand nécessaire autant que l'étaient le monde, le bal et l'Opéra. Se voir adorée par un homme dont la supériorité, le caractère inspirent de l'effroi ; en faire un enfant ; jouer, comme Poppée [2], avec un Néron ; beaucoup de femmes, comme firent les épouses d'Henri VIII [3], ont payé ce périlleux bonheur de tout le sang de leurs veines. Eh ! bien, pressentiment bizarre ! en lui livrant les jolis cheveux blanchement blonds dans lesquels il aimait à promener ses doigts, en sentant la petite main de cet homme vraiment grand la presser, en jouant elle-même avec les touffes noires de sa chevelure, dans ce boudoir où elle régnait, la duchesse se disait : – Cet homme est capable de me tuer, s'il s'aperçoit que je m'amuse de lui.

Monsieur de Montriveau resta jusqu'à deux heures du matin près de sa maîtresse, qui, dès ce moment, ne lui parut plus ni une duchesse, ni une Navarreins : Antoinette avait poussé le déguisement jusqu'à paraître femme. Pendant cette délicieuse soirée, la plus douce préface que jamais Parisienne ait faite pour ce que le monde appelle *une faute*, il fut permis au général de voir en elle, malgré les minauderies d'une pudeur jouée, toute la beauté des jeunes filles. Il put penser avec quelque raison que tant de querelles capricieuses formaient des voiles avec lesquels une âme céleste s'était vêtue, et qu'il fallait lever un à un, comme

1. *Oukase :* décision arbitraire et sans appel. \ **2.** *Poppée* : femme romaine célèbre par sa beauté et ses mœurs dissolues, elle fut la maîtresse puis l'épouse de Néron. \ **3.** *Henri VIII* : roi d'Angleterre (1509-1547), il épousa six femmes et il en fit décapiter deux.

ceux dont elle enveloppait son adorable personne. La duchesse fut pour lui la plus naïve, la plus ingénue des maîtresses, et il en fit la femme de son choix ; il s'en alla tout heureux de l'avoir enfin amenée à lui donner tant de gages d'amour, qu'il lui semblait impossible de ne pas être désormais, pour elle, un époux secret dont le choix était approuvé par Dieu. Dans cette pensée, avec la candeur de ceux qui sentent toutes les obligations de l'amour en en savourant les plaisirs, Armand revint chez lui lentement. Il suivit les quais, afin de voir le plus grand espace possible de ciel, il voulait élargir le firmament et la nature en se trouvant le cœur agrandi. Ses poumons lui paraissaient aspirer plus d'air qu'ils n'en prenaient la veille. En marchant, il s'interrogeait, et se promettait d'aimer si religieusement cette femme qu'elle pût trouver tous les jours une absolution de ses fautes sociales dans un constant bonheur. Douces agitations d'une vie pleine ! Les hommes qui ont assez de force pour teindre leur âme d'un sentiment unique ressentent des jouissance infinies en contemplant par échappées toute une vie incessamment ardente, comme certains religieux pouvaient contempler la lumière divine dans leurs extases. Sans cette croyance en sa perpétuité, l'amour ne serait rien ; la constance le grandit. Ce fut ainsi qu'en s'en allant en proie à son bonheur, Montriveau comprenait la passion. – Nous sommes donc l'un à l'autre à jamais ! Cette pensée était pour cet homme un talisman qui réalisait les vœux de sa vie. Il ne se demandait pas si la duchesse changerait, si cet amour durerait ; non, il avait la foi, l'une des vertus sans laquelle il n'y a pas d'avenir chrétien, mais qui peut-être est encore plus nécessaire aux Sociétés. Pour la première fois, il concevait la vie par les sentiments, lui qui n'avait encore vécu que par l'action la plus exorbitante des forces humaines, le dévouement quasi corporel du soldat.

Le lendemain, monsieur de Montriveau se rendit de bonne heure au faubourg Saint-Germain. Il avait un rendez-vous dans une maison voisine de l'hôtel de Langeais, où, quand ses affaires furent faites, il alla comme on va chez soi. Le général marchait alors de compagnie avec un homme pour lequel il paraissait avoir une sorte d'aversion quand il le rencontrait dans les salons. Cet homme était le marquis de Ronquerolles, dont la réputation devint si grande dans les boudoirs de Paris ; homme d'esprit, de talent, homme de courage surtout, et qui donnait le ton à toute la jeunesse de Paris ; un galant homme dont les succès et l'expérience étaient également enviés, et auquel ne manquaient ni la fortune, ni la naissance, qui ajoutent à Paris tant de lustre aux qualités des gens à la mode.

– Où vas-tu ? dit monsieur de Ronquerolles à Montriveau.

– Chez madame de Langeais.

– Ah ! c'est vrai, j'oubliais que tu t'es laissé prendre à sa glu. Tu perds chez elle un amour que tu pourrais bien mieux employer ailleurs. J'avais à te donner dans la Banque dix femmes qui valent mille fois mieux que cette courtisane titrée, qui fait avec sa tête ce que d'autres femmes plus franches font…

– Que dis-tu là, mon cher, dit Armand en interrompant Ronquerolles, la duchesse est un ange de candeur.

Ronquerolles se prit à rire.

– Puisque tu en es là, mon cher, dit-il, je dois t'éclairer. Un seul mot ! entre nous, il est sans conséquence. La duchesse t'appartient-elle ? En ce cas, je n'aurai rien à dire. Allons, fais-moi tes confidences. Il s'agit de ne pas perdre ton temps à greffer ta belle âme sur une nature ingrate qui doit laisser avorter les espérances de ta culture.

Quand Armand eut naïvement fait une espèce d'état de situation dans lequel il mentionna minutieusement les droits qu'il avait si péniblement obtenus, Ronquerolles partit d'un éclat de rire si cruel, qu'à tout autre il aurait coûté la vie. Mais à voir de quelle manière ces deux êtres se regardaient et se parlaient seuls au coin d'un mur, aussi loin des hommes qu'ils eussent pu l'être au milieu d'un désert, il était facile de présumer qu'une amitié sans bornes les unissait et qu'aucun intérêt humain ne pouvait les brouiller.

– Mon cher Armand, pourquoi ne m'as-tu pas dit que tu t'embarrassais de la duchesse ? Je t'aurais donné quelques conseils qui t'auraient fait mener à bien cette intrigue. Apprends d'abord que les femmes de notre faubourg aiment, comme toutes les autres, à se baigner dans l'amour ; mais elles veulent posséder sans être possédées. Elles ont transigé avec la nature. La jurisprudence de la paroisse leur a presque tout permis, moins le péché positif. Les friandises dont te régale ta jolie duchesse sont des péchés véniels[1] dont elle se lave dans les eaux de la pénitence. Mais si tu avais l'impertinence de vouloir sérieusement le grand péché mortel auquel tu dois naturellement attacher la plus haute importance, tu verrais avec quel profond dédain la porte du boudoir et de l'hôtel te serait incontinent fermée. La tendre Antoinette aurait tout oublié, tu serais moins que zéro pour elle. Tes baisers, mon cher ami, seraient essuyés avec l'indifférence qu'une femme met aux choses de sa toilette. La duchesse épongerait l'amour sur ses joues comme elle en ôte le rouge. Nous connaissons ces sortes de femmes, la Parisienne pure. As-tu jamais vu dans les rues une grisette trottant menu ? sa tête vaut un tableau : joli bonnet, joues fraîches, cheveux coquets, fin sourire, le reste est à peine soigné. N'en est-ce pas bien le portrait ? Voilà la Parisienne, elle sait que sa tête seule sera vue ; à sa tête, tous les soins, les parures, les vanités. Hé ! bien, ta duchesse est tout tête, elle ne sent que par sa tête, elle a un cœur dans la tête, une voix de tête, elle est friande par la tête. Nous nommons cette pauvre chose une Laïs[2] intellectuelle.

1. *Péchés véniels* : fautes mineures qui ne font pas perdre la grâce. \ 2. *Laïs* : nom de plusieurs courtisanes grecques.

Tu es joué comme un enfant. Si tu en doutes, tu en auras la preuve ce soir, ce matin, à l'instant. Monte chez elle, essaie de demander, de vouloir impérieusement ce que l'on te refuse ; quand même tu t'y prendrais comme feu monsieur le maréchal de Richelieu [1], néant au placet [2].

Armand était hébété.

– La désires-tu au point d'en être devenu sot ?

– Je la veux à tout prix, s'écria Montriveau désespéré.

– Hé ! bien, écoute. Sois aussi implacable qu'elle le sera, tâche de l'humilier, de piquer sa vanité ; d'intéresser non pas le cœur, non pas l'âme, mais les nerfs et la lymphe de cette femme à la fois nerveuse et lymphatique. Si tu peux lui faire naître un désir, tu es sauvé. Mais quitte tes belles idées d'enfant. Si, l'ayant pressée dans tes serres d'aigle, tu cèdes, si tu recules, si l'un de tes sourcils remue, si elle croit pouvoir encore te dominer, elle glissera de tes griffes comme un poisson et s'échappera pour ne plus se laisser prendre. Sois inflexible comme la loi. N'aie pas plus de charité que n'en a le bourreau. Frappe. Quand tu auras frappé, frappe encore. Frappe toujours, comme si tu donnais le knout [3]. Les duchesses sont dures, mon cher Armand, et ces natures de femme ne s'amollissent que sous les coups ; la souffrance leur donne un cœur, et c'est œuvre de charité que de les frapper. Frappe donc sans cesse. Ah ! quand la douleur aura bien attendri ces nerfs, ramolli ces fibres que tu crois douces et molles ; fait battre un cœur sec, qui, à ce jeu, reprendra de l'élasticité ; quand la cervelle aura cédé, la passion entrera peut-être dans les ressorts métalliques de cette machine à larmes, à manières, à évanouissements, à phrases fondantes ; et tu verras le plus magnifique des incendies, si toutefois la cheminée prend feu. Ce sys-

1. *Le maréchal de Richelieu* : (1696-1788) petit neveu du cardinal de Richelieu, fameux pour ses aventures galantes. \ 2. *Néant au placet* : refus à la requête. \ 3. *Knout* : fouet à lanières de cuir, qui servait d'instrument de supplice en ancienne Russie.

tème d'acier femelle aura le rouge du fer dans la forge ! une chaleur plus durable que toute autre, et cette incandescence deviendra peut-être de l'amour. Néanmoins, j'en doute. Puis, la duchesse vaut-elle tant de peines ? Entre nous, elle aurait besoin d'être préalablement formée par un homme comme moi, j'en ferais une femme charmante, elle a de la race, tandis qu'à vous deux, vous en resterez à l'A B C de l'amour. Mais tu aimes, et tu ne partagerais pas en ce moment mes idées sur cette matière. – Bien du plaisir, mes enfants, ajouta Ronquerolles en riant et après une pause. Je me suis prononcé, moi, en faveur des femmes faciles ; au moins, elles sont tendres, elles aiment au naturel, et non avec les assaisonnements sociaux. Mon pauvre garçon, une femme qui se chicane, qui ne veut qu'inspirer de l'amour ? eh, mais il faut en avoir une comme on a un cheval de luxe ; voir, dans le combat du confessionnal contre le canapé, ou du blanc contre le noir, de la reine contre le fou, des scrupules contre le plaisir, une partie d'échecs fort divertissante à jouer. Un homme tant soit peu roué, qui sait le jeu, donne le *mat* en trois coups, à volonté. Si j'entreprenais une femme de ce genre, je me donnerais pour but de…

Il dit un mot à l'oreille d'Armand et le quitta brusquement pour ne pas entendre de réponse.

Quant à Montriveau, d'un bond il sauta dans la cour de l'hôtel de Langeais, monta chez la duchesse ; et, sans se faire annoncer, il entra chez elle, dans sa chambre à coucher.

– Mais cela ne se fait pas, dit-elle en croisant à la hâte son peignoir, Armand, vous êtes un homme abominable. Allons, laissez-moi, je vous prie. Sortez, sortez donc. Attendez-moi dans le salon. Allez.

– Chère ange, lui dit-il, un époux n'a-t-il donc aucun privilège ?

– Mais c'est d'un goût détestable, monsieur, soit à un époux, soit à un mari, de surprendre ainsi sa femme.

Il vint à elle, la prit, la serra dans ses bras : – Pardonne, ma chère Antoinette, mais mille soupçons mauvais me travaillent le cœur.

– Des soupçons, fi ! Ah ! fi, fi donc !

– Des soupçons presque justifiés. Si tu m'aimais, me ferais-tu cette querelle ? N'aurais-tu pas été contente de me voir ? n'aurais-tu pas senti je ne sais quel mouvement au cœur ? Mais moi qui ne suis pas femme, j'éprouve des tressaillements intimes au seul son de ta voix. L'envie de te sauter au cou m'a souvent pris au milieu d'un bal.

– Ah ! si vous avez des soupçons tant que je ne vous aurai pas sauté au cou devant tout le monde, je crois que je serai soupçonnée pendant toute ma vie ; mais, auprès de vous, Othello[1] n'est qu'un enfant !

– Ha ! dit-il au désespoir, je ne suis pas aimé.

– Du moins, en ce moment, convenez que vous n'êtes pas aimable.

– J'en suis donc encore à vous plaire ?

– Ah ! je le crois. Allons, dit-elle d'un petit air impératif, sortez, laissez-moi. Je ne suis pas comme vous, moi : je veux toujours vous plaire…

Jamais aucune femme ne sut, mieux que madame de Langeais, mettre tant de grâce dans son impertinence ; et n'est-ce pas en doubler l'effet ? n'est-ce pas à rendre furieux l'homme le plus froid ? En ce moment ses yeux, le son de sa voix, son attitude attestèrent une sorte de liberté parfaite qui n'est jamais chez la femme aimante, quand elle se trouve en présence de celui dont la seule vue doit la faire palpiter. Déniaisé par les avis du marquis de Ronquerolles, encore aidé par cette rapide intussusception[2] dont sont doués

1. *Othello* : héros maure de la pièce éponyme (1604) de Shakespeare, il tue par jalousie sa femme Desdémone, pourtant innocente. \ **2.** *Intussuspection* : digestion ; au sens psychologique, intuition.

momentanément les êtres les moins sagaces par la passion, mais qui se trouve si complète chez les hommes forts, Armand devina la terrible vérité que trahissait l'aisance de la duchesse, et son cœur se gonfla d'un orage comme un lac prêt à se soulever.

– Si tu disais vrai hier, sois à moi, ma chère Antoinette, s'écria-t-il, je veux…

– D'abord, dit-elle en le repoussant avec force et calme, lorsqu'elle le vit s'avancer, ne me compromettez pas. Ma femme de chambre pourrait vous entendre. Respectez-moi, je vous prie. Votre familiarité est très bonne, le soir, dans mon boudoir ; mais ici, point. Puis, que signifie votre je veux ? Je veux ! Personne ne m'a dit encore ce mot. Il me semble très ridicule, parfaitement ridicule.

– Vous ne me céderiez rien sur ce point ? dit-il.

– Ah ! vous nommez un point, la libre disposition de nous-mêmes : un point très capital, en effet ; et vous me permettrez d'être, en ce point, tout à fait la maîtresse.

– Et si, me fiant à vos promesses, je l'exigeais ?

– Ah ! vous me prouveriez que j'aurais eu le plus grand tort de vous faire la plus légère promesse, je ne serais pas assez sotte pour la tenir, et je vous prierais de me laisser tranquille.

Montriveau pâlit, voulut s'élancer ; la duchesse sonna, sa femme de chambre parut, et cette femme lui dit en souriant avec une grâce moqueuse : – Ayez la bonté de revenir quand je serai visible.

Armand de Montriveau sentit alors la dureté de cette femme froide et tranchante autant que l'acier, elle était écrasante de mépris. En un moment, elle avait brisé des liens qui n'étaient forts que pour son amant. La duchesse avait lu sur le front d'Armand les exigences secrètes de cette visite, et avait jugé que l'instant était venu de faire sentir à ce soldat impérial que les duchesses pouvaient bien se prêter à l'amour, mais ne s'y donnaient pas, et que leur conquête était plus difficile à faire que ne l'avait été celle de l'Europe.

– Madame, dit Armand, je n'ai pas le temps d'attendre. Je suis, vous l'avez dit vous-même, un enfant gâté. Quand je voudrai sérieusement ce dont nous parlions tout à l'heure, je l'aurai.

– Vous l'aurez ? dit-elle d'un air de hauteur auquel se mêla quelque surprise.

– Je l'aurai.

– Ah ! vous me feriez bien plaisir de le vouloir. Pour la curiosité du fait, je serais charmée de savoir comment vous vous y prendriez…

– Je suis enchanté, répondit Montriveau en riant de façon à effrayer la duchesse, de mettre un intérêt dans votre existence. Me permettez-vous de venir vous chercher pour aller au bal ce soir ?

– Je vous rends mille grâces, monsieur de Marsay vous a prévenu[1], j'ai promis.

Montriveau salua gravement et se retira.

– Ronquerolles a donc raison, pensa-t-il, nous allons jouer maintenant une partie d'échecs.

Dès lors il cacha ses émotions sous un calme complet. Aucun homme n'est assez fort pour pouvoir supporter ces changements, qui font passer rapidement l'âme du plus grand bien à des malheurs suprêmes. N'avait-il donc aperçu la vie heureuse que pour mieux sentir le vide de son existence précédente ? Ce fut un terrible orage ; mais il savait souffrir, et reçut l'assaut de ses pensées tumultueuses, comme un rocher de granit reçoit les lames de l'Océan courroucé.

– Je n'ai rien pu lui dire ; en sa présence, je n'ai plus d'esprit. Elle ne sait pas à quel point elle est vile et méprisable.

1. *Prévenu* : précédé.

Personne n'a osé mettre cette créature en face d'elle-même. Elle a sans doute joué bien des hommes, je les vengerai tous.

Pour la première fois peut-être, dans un cœur d'homme, l'amour et la vengeance se mêlèrent si également qu'il était impossible à Montriveau lui-même de savoir qui de l'amour, qui de la vengeance l'emporterait. Il se trouva le soir même au bal où devait être la duchesse de Langeais, et désespéra presque d'atteindre cette femme à laquelle il fut tenté d'attribuer quelque chose de démoniaque : elle se montra pour lui gracieuse et pleine d'agréables sourires, elle ne voulait pas sans doute laisser croire au monde qu'elle s'était compromise avec monsieur de Montriveau. Une mutuelle bouderie trahit l'amour. Mais que la duchesse ne changeât rien à ses manières, alors que le marquis était sombre et chagrin, n'était-ce pas faire voir qu'Armand n'avait rien obtenu d'elle ? Le monde sait bien deviner le malheur des hommes dédaignés, et ne le confond point avec les brouilles que certaines femmes ordonnent à leurs amants d'affecter dans l'espoir de cacher un mutuel amour. Et chacun se moqua de Montriveau qui, n'ayant pas consulté son cornac, resta rêveur, souffrant; tandis que monsieur de Ronquerolles lui eût prescrit peut-être de compromettre la duchesse en répondant à ses fausses amitiés par des démonstrations passionnées. Armand de Montriveau quitta le bal, ayant horreur de la nature humaine, et croyant encore à peine à de si complètes perversités.

– S'il n'y a pas de bourreaux pour de semblables crimes, dit-il en regardant les croisées lumineuses des salons où dansaient, causaient et riaient les plus séduisantes femmes de Paris, je te prendrai par le chignon du cou, madame la duchesse, et t'y ferai sentir un fer plus mordant que ne l'est le couteau de la Grève. Acier contre acier, nous verrons quel cœur sera plus tranchant.

Chapitre III

La femme vraie

Pendant une semaine environ, madame de Langeais espéra revoir le marquis de Montriveau ; mais Armand se contenta d'envoyer tous les matins sa carte à l'hôtel de Langeais. Chaque fois que cette carte était remise à la duchesse, elle ne pouvait s'empêcher de tressaillir, frappée par de sinistres pensées, mais indistinctes comme l'est un pressentiment de malheur. En lisant ce nom, tantôt elle croyait sentir dans ses cheveux la main puissante de cet homme implacable, tantôt ce nom lui pronostiquait des vengeances que son mobile esprit lui faisait atroces. Elle l'avait trop bien étudié pour ne pas le craindre. Serait-elle assassinée ? Cet homme à cou de taureau l'éventrerait-il en la lançant au-dessus de sa tête ? la foulerait-il aux pieds ? Quand, où, comment la saisirait-il ? la ferait-il bien souffrir, et quel genre de souffrance méditait-il de lui imposer ? Elle se repentait. À certaines heures, s'il était venu, elle se serait jetée dans ses bras avec un complet abandon. Chaque soir, en s'endormant, elle revoyait la physionomie de Montriveau sous un aspect différent. Tantôt son sourire amer ; tantôt la contraction jupitérienne de ses sourcils, son regard de lion, ou quelque hautain mouvement d'épaules, le lui faisaient terrible. Le lendemain, la carte lui semblait couverte de sang. Elle vivait agitée par ce nom, plus qu'elle ne l'avait été par l'amant fougueux, opiniâtre, exigeant. Puis ses appréhensions grandissaient encore dans le silence, elle était obligée de se préparer, sans secours étranger, à une lutte horrible dont il ne lui était pas permis de parler. Cette âme, fière et dure, était plus sensible aux titillations de la haine qu'elle ne l'avait été naguère aux caresses de l'amour. Ha ! si le général avait pu voir sa maîtresse au moment où elle amassait les plis de son front entre ses sourcils, en se plongeant dans d'amères pensées, au fond de ce boudoir où il avait savouré tant de joies, peut-être eût-il conçu de grandes espérances. La fierté n'est-elle pas un des sentiments humains qui ne peuvent enfanter que de nobles actions ? Quoique madame de Langeais gardât le secret de ses pensées, il est permis de supposer que monsieur de Montriveau ne lui était plus indifférent. N'est-ce pas une immense conquête pour un homme que d'occuper une femme ? Chez elle, il doit nécessairement se faire un progrès dans un sens ou dans l'autre. Mettez une créature féminine sous les pieds d'un cheval furieux, en face de quelque animal terrible ; elle tombera, certes, sur les genoux, elle attendra la mort ; mais si la bête est clémente et ne la tue pas entièrement, elle aimera le cheval, le lion, le taureau, elle en parlera tout à l'aise. La duchesse se sentait sous les pieds du lion : elle tremblait, elle ne haïssait pas. Ces deux personnes, si singulièrement posées l'une en face de l'autre, se rencontrèrent trois fois dans le monde durant cette semaine. Chaque fois, en réponse à de coquettes interrogations, la duchesse reçut d'Armand des saluts respectueux et des sourires empreints d'une ironie si cruelle, qu'ils confirmaient toutes les appréhensions inspirées le matin par la carte de visite. La vie n'est que ce que nous la font les sentiments, les sentiments avaient creusé des abîmes entre ces deux personnes.

La comtesse de Sérisy, sœur du marquis de Ronquerolles, donnait au commencement de la semaine suivante un grand bal auquel devait venir madame de Langeais. La première figure que vit la duchesse en entrant fut celle d'Armand. Armand l'attendait cette fois, elle le pensa du moins. Tous deux échangèrent un regard. Une sueur froide sortit soudain de tous les pores de cette femme. Elle avait cru Montriveau capable de quelque vengeance inouïe, proportionnée à leur état ; cette vengeance était trouvée, elle était prête, elle était chaude, elle bouillonnait. Les yeux de cet amant trahi lui lancèrent les éclairs de la foudre, et son visage rayonnait de haine heureuse. Aussi, malgré la volonté qu'avait la duchesse d'exprimer la froideur et l'impertinence, son regard resta-t-il morne. Elle alla se placer près de la comtesse de Sérisy, qui ne put s'empêcher de lui dire : – Qu'avez-vous, ma chère Antoinette ? Vous êtes à faire peur.

– Une contredanse va me remettre, répondit-elle en donnant la main à un jeune homme qui s'avançait.

Madame de Langeais se mit à valser avec une sorte de fureur et d'emportement que redoubla le regard pesant de Montriveau. Il resta debout, en avant de ceux qui s'amusaient à voir les valseurs. Chaque fois que sa maîtresse passait devant lui, ses yeux plongeaient sur cette tête tournoyante, comme ceux d'un tigre sûr de sa proie. La valse finie, la duchesse vint s'asseoir près de la comtesse, et le marquis ne cessa de la regarder en s'entretenant avec un inconnu.

– Monsieur, lui disait-il, l'une des choses qui m'ont le plus frappé dans ce voyage…

La duchesse était tout oreilles.

… Est la phrase que prononce le gardien de Westminster en vous montrant la hache avec laquelle un homme masqué trancha, dit-on, la tête de Charles Ier, en mémoire du roi qui les dit à un curieux.

– Que dit-il ? demanda madame de Sérisy.

– *Ne touchez pas à la hache*, répondit Montriveau d'un son de voix où il y avait de la menace.

– En vérité, monsieur le marquis, dit la duchesse de Langeais, vous regardez mon cou d'un air si mélodramatique en répétant cette vieille histoire, connue de tous ceux qui vont à Londres, qu'il me semble vous voir une hache à la main.

Ces derniers mots furent prononcés en riant, quoiqu'une sueur froide eût saisi la duchesse.

– Mais cette histoire est, par circonstance, très neuve, répondit-il.

– Comment cela ? je vous prie, de grâce, en quoi ?

– En ce que, madame, vous avez touché à la hache, lui dit Montriveau à voix basse.

– Quelle ravissante prophétie ! reprit-elle en souriant avec une grâce affectée. Et quand doit tomber ma tête ?

– Je ne souhaite pas de voir tomber votre jolie tête, madame. Je crains seulement pour vous quelque grand malheur. Si l'on vous tondait, ne regretteriez vous pas ces cheveux si mignonnement blonds, et dont vous tirez si bien parti…

– Mais il est des personnes auxquelles les femmes aiment à faire de ces sacrifices, et souvent même à des hommes qui ne savent pas leur faire crédit d'un mouvement d'humeur.

– D'accord. Eh ! bien, si tout à coup, par un procédé chimique, un plaisant vous enlevait votre beauté, vous mettait à cent ans, quand vous n'en avez pour nous que dix-huit ?

– Mais, monsieur, dit-elle en l'interrompant, la petite vérole est notre bataille de Waterloo. Le lendemain nous connaissons ceux qui nous aiment véritablement.

– Vous ne regretteriez pas cette délicieuse figure qui…

– Ha, beaucoup ; mais moins pour moi que pour celui dont elle ferait la joie. Cependant, si j'étais sincèrement aimée, toujours, bien, que m'importerait la beauté ? Qu'en dites-vous, Clara ?

– C'est une spéculation dangereuse, répondit madame de Sérisy.

– Pourrait-on demander à sa majesté le roi des sorciers, reprit madame de Langeais, quand j'ai commis la faute de toucher à la hache, moi qui ne suis pas encore allée à Londres…

– *Non so*[1], fit-il en laissant échapper un rire moqueur.

– Et quand commencera le supplice ?

Là, Montriveau tira froidement sa montre et vérifia l'heure avec une conviction réellement effrayante.

– La journée ne finira pas sans qu'il vous arrive un horrible malheur…

– Je ne suis pas un enfant qu'on puisse facilement épouvanter, ou plutôt je suis un enfant qui ne connaît pas le danger, dit la duchesse, et vais danser sans crainte au bord de l'abîme.

– Je suis enchanté, madame, de vous savoir tant de caractère, répondit-il en la voyant aller prendre sa place à un quadrille.

Malgré son apparent dédain pour les noires prédictions d'Armand, la duchesse était en proie à une véritable terreur. À peine l'oppression morale et presque physique sous laquelle la tenait son amant cessa-t-elle lorsqu'il quitta le bal. Néanmoins, après avoir joui pendant un moment du plaisir de respirer à son aise, elle se surprit à regretter les émotions de la peur, tant la nature femelle est avide de sensations extrêmes. Ce regret n'était pas de l'amour, mais il appartenait certes aux sentiments qui le préparent. Puis, comme si la duchesse eût de nouveau ressenti l'effet que monsieur de Montriveau lui avait fait éprouver, elle se rappela l'air de conviction avec lequel il venait de regarder l'heure, et, saisie d'épouvante, elle se retira. Il était alors environ minuit. Celui de ses gens qui l'attendait lui mit sa pelisse et marcha devant elle pour faire avancer sa voiture ; puis, quand elle y fut assise, elle tomba dans une rêverie assez naturelle, provoquée par la prédiction de monsieur de Montriveau. Arrivée dans sa cour, elle entra

1. *Non so* : je ne sais, en italien.

dans un vestibule presque semblable à celui de son hôtel ; mais tout à coup elle ne reconnut pas son escalier, puis au moment où elle se retourna pour appeler ses gens, plusieurs hommes l'assaillirent avec rapidité, lui jetèrent un mouchoir sur la bouche, lui lièrent les mains, les pieds, et l'enlevèrent. Elle jeta de grands cris.

– Madame, nous avons ordre de vous tuer si vous criez, lui dit-on à l'oreille.

La frayeur de la duchesse fut si grande, qu'elle ne put jamais s'expliquer par où ni comment elle fut transportée. Quand elle reprit ses sens, elle se trouva les pieds et les poings liés, avec des cordes de soie, couchée sur le canapé d'une chambre de garçon. Elle ne put retenir un cri en rencontrant les yeux d'Armand de Montriveau, qui, tranquillement assis dans un fauteuil, et enveloppé dans sa robe de chambre, fumait un cigare.

– Ne criez pas, madame la duchesse, dit-il en s'ôtant froidement son cigare de la bouche, j'ai la migraine. D'ailleurs je vais vous délier. Mais écoutez bien ce que j'ai l'honneur de vous dire. Il dénoua délicatement les cordes qui serraient les pieds de la duchesse. – À quoi vous serviraient vos cris ? personne ne peut les entendre. Vous êtes trop bien élevée pour faire des grimaces inutiles. Si vous ne vous teniez pas tranquille, si vous vouliez lutter avec moi, je vous attacherais de nouveau les pieds et les mains. Je crois que, tout bien considéré, vous vous respecterez assez pour demeurer sur ce canapé, comme si vous étiez chez vous, sur le vôtre ; froide encore, si vous voulez... Vous m'avez fait répandre, sur ce canapé, bien des pleurs que je cachais à tous les yeux.

Pendant que Montriveau lui parlait, la duchesse jeta autour d'elle ce regard de femme, regard furtif qui sait tout voir en paraissant distrait. Elle aima beaucoup cette chambre assez semblable à la cellule d'un moine. L'âme et la pensée de l'homme y planaient. Aucun ornement n'altérait la peinture grise des parois vides. À terre était un tapis vert. Un canapé noir, une table couverte de papiers, deux grands fauteuils, une commode ornée d'un réveil, un lit très bas sur lequel était jeté un drap rouge bordé d'une grecque[1] noire annonçaient par leur contexture[2] les habitudes d'une vie réduite à sa plus simple expression. Un triple flambeau posé sur la cheminée rappelait, par sa forme égyptienne, l'immensité des déserts où cet homme avait longtemps erré. À côté du lit, entre le pied que d'énormes pattes de sphinx faisaient deviner sous les plis de l'étoffe et l'un des murs latéraux de la chambre, se trouvait une porte cachée par un rideau vert à franges rouges et noires que de gros anneaux rattachaient sur une hampe. La porte par laquelle les inconnus étaient entrés avait une portière pareille, mais relevée par une embrasse. Au dernier regard que la duchesse jeta sur les deux rideaux pour les comparer, elle s'aperçut que la porte voisine du lit était ouverte, et que des lueurs rougeâtres allumées dans l'autre pièce se dessinaient sous l'effilé d'en bas. Sa curiosité fut naturellement excitée par cette lumière triste, qui lui permit peine de distinguer dans les ténèbres quelques formes bizarres ; mais, en ce moment, elle ne songea pas que son danger pût venir de là, et voulut satisfaire un plus ardent intérêt.

– Monsieur, est-ce une indiscrétion de vous demander ce que vous comptez faire de moi ? dit-elle avec une impertinence et une moquerie perçante.

La duchesse croyait deviner un amour excessif dans les paroles de Montriveau. D'ailleurs, pour enlever une femme, ne faut-il pas l'adorer ?

– Rien du tout, madame, répondit-il en soufflant avec grâce sa dernière bouffée de tabac. Vous êtes ici pour peu de temps.

1. *Grecque* : dessin formé d'une suite de lignes brisées à angles droits. \ 2. *Contexture* : liaison, agencement des différentes parties d'un tout.

Je veux d'abord vous expliquer ce que vous êtes, et ce que je suis. Quand vous vous tortillez sur votre divan, dans votre boudoir, je ne trouve pas de mots pour mes idées. Puis chez vous, à la moindre pensée qui vous déplaît, vous tirez le cordon de votre sonnette, vous criez bien fort et mettez votre amant à la porte comme s'il était le dernier des misérables. Ici, j'ai l'esprit libre. Ici, personne ne peut me jeter à la porte. Ici, vous serez ma victime pour quelques instants, et vous aurez l'extrême bonté de m'écouter. Ne craignez rien. Je ne vous ai pas enlevée pour vous dire des injures, pour obtenir de vous par violence ce que je n'ai pas su mériter, ce que vous n'avez pas voulu m'octroyer de bonne grâce. Ce serait une indignité. Vous concevez peut-être le viol ; moi, je ne le conçois pas.

Il lança, par un mouvement sec, son cigare au feu.

– Madame, la fumée vous incommode sans doute ?

Aussitôt il se leva, prit dans le foyer une cassolette chaude, y brûla des parfums, et purifia l'air. L'étonnement de la duchesse ne pouvait se comparer qu'à son humiliation. Elle était au pouvoir de cet homme, et cet homme ne voulait pas abuser de son pouvoir. Ces yeux jadis si flamboyants d'amour, elle les voyait calmes et fixes comme des étoiles. Elle trembla. Puis la terreur qu'Armand lui inspirait fut augmentée par une de ces sensations pétrifiantes, analogues aux agitations sans mouvement ressenties dans le cauchemar. Elle resta clouée par la peur, en croyant voir la lueur placée derrière le rideau prendre de l'intensité sous les aspirations d'un soufflet. Tout à coup les reflets devenus plus vifs avaient illuminé trois personnes masquées. Cet aspect horrible s'évanouit si promptement qu'elle le prit pour une fantaisie d'optique.

– Madame, reprit Armand en la contemplant avec une méprisante froideur, une minute, une seule me suffira pour vous atteindre dans tous les moments de votre vie, la seule éternité dont je puisse disposer, moi. Je ne suis pas Dieu.

Écoutez-moi bien, dit-il, en faisant une pause pour donner de la solennité à son discours. L'amour viendra toujours à vos souhaits ; vous avez sur les hommes un pouvoir sans bornes ; mais souvenez-vous qu'un jour vous avez appelé l'amour : il est venu pur et candide, autant qu'il peut l'être sur cette terre ; aussi respectueux qu'il était violent ; caressant, comme l'est l'amour d'une femme dévouée, ou comme l'est celui d'une mère pour son enfant ; enfin, si grand, qu'il était une folie. Vous vous êtes jouée de cet amour, vous avez commis un crime. Le droit de toute femme est de se refuser à un amour qu'elle sent ne pouvoir partager. L'homme qui aime sans se faire aimer ne saurait être plaint, et n'a pas le droit de se plaindre. Mais, madame la duchesse, attirer à soi, en feignant le sentiment, un malheureux privé de toute affection, lui faire comprendre le bonheur dans toute sa plénitude, pour le lui ravir ; lui voler son avenir de félicité ; le tuer non seulement aujourd'hui, mais dans l'éternité de sa vie, en empoisonnant toutes ses heures et toutes ses pensées, voilà ce que je nomme un épouvantable crime !

– Monsieur…

– Je ne puis encore vous permettre de me répondre. Écoutez-moi donc toujours. D'ailleurs, j'ai des droits sur vous ; mais je ne veux que de ceux du juge sur le criminel, afin de réveiller votre conscience. Si vous n'aviez plus de conscience, je ne vous blâmerais point : mais vous êtes si jeune ! vous devez vous sentir encore de la vie au cœur, j'aime à le penser. Si je vous crois assez dépravée pour commettre un crime impuni par les lois, je ne vous fais pas assez dégradée pour ne pas comprendre la portée de mes paroles. Je reprends.

En ce moment, la duchesse entendit le bruit sourd d'un soufflet, avec lequel les inconnus qu'elle venait d'entrevoir attisaient sans doute le feu dont la clarté se projeta sur le rideau ; mais le regard fulgurant de Montriveau la contraignit à rester palpitante et les yeux fixes devant lui. Quelle que fût sa curiosité, le feu des paroles d'Armand l'intéressait plus encore que la voix de ce feu mystérieux.

– Madame, dit-il après une pause, lorsque, dans Paris, le bourreau devra mettre la main sur un pauvre assassin, et le couchera sur la planche où la loi veut qu'un assassin soit couché pour perdre la tête… Vous savez, les journaux en préviennent les riches et les pauvres, afin de dire aux uns de dormir tranquilles, et aux autres de veiller pour vivre. Eh! bien, vous qui êtes religieuse, et même un peu dévote, allez faire dire des messes pour cet homme : vous êtes de la famille ; mais vous êtes de la branche aînée. Celle-là peut trôner en paix, exister heureuse et sans soucis. Poussé par la misère ou par la colère, votre frère de bagne n'a tué qu'un homme ; et vous ! vous avez tué le bonheur d'un homme, sa plus belle vie, ses plus chères croyances. L'autre a tout naïvement attendu sa victime ; il l'a tuée malgré lui, par peur de l'échafaud ; mais vous !… vous avez entassé tous les forfaits de la faiblesse contre une force innocente ; vous avez apprivoisé le cœur de votre patient pour en mieux dévorer le cœur ; vous l'avez appâté de caresses ; vous n'en avez omis aucune de celles qui pouvaient lui faire supposer, rêver, désirer les délices de l'amour. Vous lui avez demandé mille sacrifices pour les refuser tous. Vous lui avez bien fait voir la lumière avant de lui crever les yeux. Admirable courage ! De telles infamies sont un luxe que ne comprennent pas ces bourgeoises desquelles vous vous moquez. Elles savent se donner et pardonner ; elles savent aimer et souffrir. Elles nous rendent petits par la grandeur de leurs dévouements. À mesure que l'on monte en haut de la société, il s'y trouve autant de boue qu'il y en a par le bas ; seulement elle s'y durcit et se dore. Oui, pour rencontrer la perfection dans l'ignoble, il faut une belle éducation, un grand nom, une jolie femme, une duchesse. Pour tomber au-dessous de tout, il fallait être au-dessus de tout. Je vous dis mal ce que je pense, je souffre encore trop des blessures que vous m'avez faites ; mais ne croyez pas que je me plaigne ! Non. Mes paroles ne sont l'expression d'aucune espérance personnelle, et ne contiennent aucune amertume. Sachez-le bien, madame, je vous pardonne, et ce pardon est assez entier pour que vous ne vous plaigniez point d'être venue le chercher malgré vous… Seulement, vous pourriez abuser d'autres cœurs aussi enfants que l'est le mien, et je dois leur épargner des douleurs. Vous m'avez donc inspiré une pensée de justice. Expiez votre faute ici-bas, Dieu vous pardonnera peut-être, je le souhaite ; mais il est implacable, et vous frappera.

À ces mots, les yeux de cette femme abattue, déchirée, se remplirent de pleurs.

– Pourquoi pleurez-vous ? Restez fidèle à votre nature. Vous avez contemplé sans émotion les tortures du cœur que vous brisiez. Assez, madame, consolez-vous. Je ne puis plus souffrir. D'autres vous diront que vous leur avez donné la vie, moi je vous dis avec délices que vous m'avez donné le néant. Peut-être devinez-vous que je ne m'appartiens pas, que je dois vivre pour mes amis, et qu'alors j'aurai la froideur de la mort et le chagrin de la vie à supporter ensemble. Auriez-vous tant de bonté ? Seriez-vous comme les tigres du désert, qui font d'abord la plaie, et puis la lèchent ?

La duchesse fondit en larmes.

– Épargnez-vous donc ces pleurs, madame. Si j'y croyais, ce serait pour m'en défier. Est-ce ou n'est-ce pas un de vos artifices ? Après tous ceux que vous avez employés, comment penser qu'il peut y avoir en vous quelque chose de vrai ? Rien de vous n'a désormais la puissance de m'émouvoir. J'ai tout dit.

Madame de Langeais se leva par un mouvement à la fois plein de noblesse et d'humilité.

– Vous êtes en droit de me traiter durement, dit-elle en tendant à cet homme une main qu'il ne prit pas, vos paroles ne sont pas assez dures encore, et je mérite cette punition.

– Moi, vous punir, madame ! mais punir, n'est-ce pas aimer ? N'attendez de moi rien qui ressemble à un sentiment. Je pourrais me faire, dans ma propre cause, accusateur et juge, arrêt et bourreau ; mais non. J'accomplirai tout à l'heure un devoir, et nullement un désir de vengeance. La plus cruelle vengeance est, selon moi, le dédain d'une vengeance possible. Qui sait ! je serai peut-être le ministre de vos plaisirs. Désormais, en portant élégamment la triste livrée dont la société revêt les criminels, peut-être serez-vous forcée d'avoir leur probité. Et alors vous aimerez !

La duchesse écoutait avec une soumission qui n'était plus jouée ni coquettement calculée ; elle ne prit la parole qu'après un intervalle de silence.

– Armand, dit-elle, il me semble qu'en résistant à l'amour, j'obéissais à toutes les pudeurs de la femme, et ce n'est pas de vous que j'eusse attendu de tels reproches. Vous vous armez de toutes mes faiblesses pour m'en faire des crimes. Comment n'avez-vous pas supposé que je pusse être entraînée au-delà de mes devoirs par toutes les curiosités de l'amour, et que le lendemain je fusse fâchée, désolée d'être allée trop loin ? Hélas ! c'était pécher par ignorance. Il y avait, je vous le jure, autant de bonne foi dans mes fautes que dans mes remords. Mes duretés trahissaient bien plus d'amour que n'en accusaient mes complaisances. Et d'ailleurs, de quoi vous plaignez-vous ? Le don de mon cœur ne vous a pas suffi, vous avez exigé brutalement ma personne…

– Brutalement ! s'écria monsieur de Montriveau. Mais il se dit à lui-même : – Je suis perdu, si je me laisse prendre à des disputes de mots.

– Oui, vous êtes arrivé chez moi comme chez une de ces mauvaises femmes, sans le respect, sans aucune des attentions de l'amour. N'avais-je pas le droit de réfléchir ? Eh ! bien, j'ai réfléchi. L'inconvenance de votre conduite est excusable : l'amour en est le principe ; laissez-moi le croire et vous justifier à moi-même. Hé bien ! Armand, au moment même où ce soir vous me prédisiez le malheur, moi je croyais à notre bonheur. Oui, j'avais confiance en ce caractère noble et fier dont vous m'avez donné tant de preuves… Et j'étais toute à toi, ajouta-t-elle en se penchant à l'oreille de Montriveau. Oui, j'avais je ne sais quel désir de rendre heureux un homme si violemment éprouvé par l'adversité. Maître pour maître, je voulais un homme grand. Plus je me sentais haut, moins je voulais descendre. Confiante en toi, je voyais toute une vie d'amour au moment où tu me montrais la mort… La force ne va pas sans la bonté. Mon ami, tu es trop fort pour te faire méchant contre une pauvre femme qui t'aime. Si j'ai eu des torts, ne puis-je donc obtenir un pardon ? ne puis-je les réparer ? Le repentir est la grâce de l'amour, je veux être bien gracieuse pour toi. Comment moi seule ne pouvais-je partager avec toutes les femmes ces incertitudes, ces craintes, ces timidités qu'il est si naturel d'éprouver quand on se lie pour la vie, et que vous brisez si facilement ces sortes de liens ! Ces bourgeoises, auxquelles vous me comparez, se donnent, mais elles combattent. Eh ! bien, j'ai combattu, mais me voilà… – Mon Dieu ! il ne m'écoute pas ! s'écria-t-elle en s'interrompant. Elle se tordit les mains en criant : – Mais je t'aime ! mais je suis à toi ! Elle tomba aux genoux d'Armand. – À toi ! à toi, mon unique, mon seul maître !

– Madame, dit Armand en voulant la relever, Antoinette ne peut plus sauver la duchesse de Langeais. Je ne crois plus ni à l'une ni à l'autre. Vous vous donnerez aujourd'hui, vous vous refuserez peut-être demain. Aucune puissance ni dans les cieux ni sur la terre ne saurait me garantir la douce fidélité de votre amour. Les gages en étaient dans le passé ; nous n'avons plus de passé.

En ce moment, une lueur brilla si vivement, que la duchesse ne put s'empêcher de tourner la tête vers la portière, et revit distinctement les trois hommes masqués.

– Armand, dit-elle, je ne voudrais pas vous mésestimer. Comment se trouve-t-il là des hommes ? Que préparez-vous donc contre moi ?

– Ces hommes sont aussi discrets que je le serai moi-même sur ce qui va se passer ici, dit-il. Ne voyez en eux que mes bras et mon cœur. L'un d'eux est un chirurgien…

– Un chirurgien, dit-elle. Armand, mon ami, l'incertitude est la plus cruelle des douleurs. Parlez donc, dites-moi si vous voulez ma vie : je vous la donnerai, vous ne la prendrez pas…

– Vous ne m'avez donc pas compris ? répliqua Montriveau. Ne vous ai-je pas parlé de justice ? Je vais, ajouta-t-il froidement, en prenant un morceau d'acier qui était sur la table, pour faire cesser vos appréhensions, vous expliquer ce que j'ai décidé de vous.

Il lui montra une croix de Lorraine adaptée au bout d'une tige d'acier.

– Deux de mes amis font rougir en ce moment une croix dont voici le modèle. Nous vous l'appliquerons au front, là, entre les deux yeux, pour que vous ne puissiez pas la cacher par quelques diamants, et vous soustraire ainsi aux interrogations du monde. Vous aurez enfin sur le front la marque infamante appliquée sur l'épaule de vos frères les forçats. La souffrance est peu de chose, mais je craignais quelque crise nerveuse, ou de la résistance…

– De la résistance, dit-elle en frappant de joie dans ses mains, non, non, je voudrais maintenant voir ici la terre entière. Ah ! mon Armand, marque, marque vite ta créature comme une pauvre petite chose à toi ! Tu demandais des gages à mon amour ; mais les voilà tous dans un seul. Ah ! je ne vois que clémence et pardon, que bonheur éternel en ta vengeance… Quand tu auras ainsi désigné une femme pour la tienne, quand tu auras une âme serve qui portera ton chiffre rouge, eh ! bien, tu ne pourras jamais l'abandonner, tu seras à jamais à moi. En m'isolant sur la terre, tu seras chargé de mon bonheur, sous peine d'être un lâche, et je te sais noble, grand ! Mais la femme qui aime se marque toujours elle-même. Venez, messieurs, entrez et marquez, marquez la duchesse de Langeais. Elle est à jamais à monsieur de Montriveau. Entrez vite, et tous, mon front brûle plus que votre fer.

Armand se retourna vivement pour ne pas voir la duchesse palpitante, agenouillée. Il dit un mot qui fit disparaître ses trois amis. Les femmes habituées à la vie des salons connaissent le jeu des glaces. Aussi la duchesse, intéressée à bien lire dans le cœur d'Armand, était tout yeux. Armand, qui ne se défiait pas de son miroir, laissa voir deux larmes rapidement essuyées. Tout l'avenir de la duchesse était dans ces deux larmes. Quand il revint pour relever madame de Langeais, il la trouva debout, elle se croyait aimée. Aussi dut-elle vivement palpiter en entendant Montriveau lui dire avec cette fermeté qu'elle savait si bien prendre jadis quand elle se jouait de lui :

– Je vous fais grâce, madame. Vous pouvez me croire, cette scène sera comme si elle n'eût jamais été. Mais ici, disons-nous adieu. J'aime à penser que vous avez été franche sur votre canapé dans vos coquetteries, franche ici dans votre effusion de cœur. Adieu, je ne me sens plus la foi. Vous me tourmenteriez encore, vous seriez toujours duchesse. Et… mais adieu, nous ne nous comprendrons jamais. Que souhaitez-vous maintenant ? dit-il en prenant l'air d'un maître de cérémonies. Rentrer chez vous, ou revenir au bal de madame de Sérisy ? J'ai employé tout mon pouvoir à laisser votre réputation intacte. Ni vos gens, ni le monde ne peuvent rien savoir de ce qui s'est passé entre nous depuis un quart d'heure. Vos gens vous croient au bal ; votre voiture n'a pas quitté la cour de madame de Sérisy ; votre coupé peut se trouver aussi dans celle de votre hôtel. Où voulez-vous être ?

– Quel est votre avis, Armand ?

– Il n'y a plus d'Armand, madame la duchesse. Nous sommes étrangers l'un à l'autre.

– Menez-moi donc au bal, dit-elle, curieuse encore de mettre à l'épreuve le pouvoir d'Armand. Rejetez dans l'enfer du monde une créature qui y souffrait, et qui doit continuer d'y souffrir, si pour elle il n'est plus de bonheur. Oh ! mon ami, je vous aime pourtant, comme aiment vos bourgeoises. Je vous aime à vous sauter au cou dans le bal, devant tout le monde, si vous le demandiez. Ce monde horrible, il ne m'a pas corrompue. Va, je suis jeune et viens de me rajeunir encore. Oui, je suis une enfant, ton enfant, tu viens de me créer. Oh ! ne me bannis pas de mon Éden !

Armand fit un geste.

– Ah ! si je sors, laisse-moi donc emporter d'ici quelque chose, un rien ! ceci, pour le mettre ce soir sur mon cœur, dit-elle en s'emparant du bonnet d'Armand, qu'elle roula dans son mouchoir…

– Non, reprit-elle, je ne suis pas de ce monde de femmes dépravées ; tu ne le connais pas, et alors tu ne peux m'apprécier ; sache-le donc ! quelques-unes se donnent pour des écus ; d'autres sont sensibles aux présents ; tout y est infâme. Ah ! je voudrais être une simple bourgeoise, une ouvrière, si tu aimes mieux une femme au-dessous de toi, qu'une femme en qui le dévouement s'allie aux grandeurs humaines. Ah ! mon Armand, il est parmi nous de nobles, de grandes, de chastes, de pures femmes, et alors elles sont délicieuses. Je voudrais posséder toutes les noblesses pour te les sacrifier toutes ; le malheur m'a faite duchesse ; je voudrais être née près du trône, il ne me manquerait rien à te sacrifier. Je serais grisette pour toi et reine pour les autres.

Il écoutait en humectant ses cigares.

– Quand vous voudrez partir, dit-il, vous me préviendrez…

– Mais je voudrais rester…

– Autre chose, ça ! fit-il.

– Tiens, il était mal arrangé, celui-là ! s'écria-t-elle en s'emparant d'un cigare, et y dévorant ce que les lèvres d'Armand y avaient laissé.

– Tu fumerais ? lui dit-il.

– Oh ! que ne ferais-je pas pour te plaire !

– Eh ! bien, allez-vous-en, madame…

– J'obéis, dit-elle en pleurant.

– Il faut vous couvrir la figure pour ne point voir les chemins par lesquels vous allez passer.

– Me voilà prête, Armand, dit-elle en se bandant les yeux.

– Y voyez-vous ?

– Non.

Il se mit doucement à ses genoux.

– Ah ! je t'entends, dit-elle en laissant échapper un geste plein de gentillesse en croyant que cette feinte rigueur allait cesser.

Il voulut lui baiser les lèvres, elle s'avança.

– Vous y voyez, madame !

– Mais je suis un peu curieuse.

– Vous me trompez donc toujours ?

– Ah ! dit-elle avec la rage de la grandeur méconnue, ôtez ce mouchoir et conduisez-moi, monsieur, je n'ouvrirai pas les yeux.

Armand, sûr de la probité en en entendant le cri, guida la duchesse qui, fidèle à sa parole, se fit noblement aveugle ; mais, en la tenant paternellement par la main pour la faire tantôt monter, tantôt descendre, Montriveau étudia les vives palpitations qui agitaient le cœur de cette femme si promptement envahie par un amour vrai. Madame de Langeais, heureuse de pouvoir lui parler ainsi, se plut à lui tout dire, mais il demeura inflexible ; et quand la main de la duchesse l'interrogeait, la sienne restait muette. Enfin, après avoir cheminé pendant quelque temps ensemble, Armand lui dit d'avancer, elle avança, et s'aperçut qu'il empêchait la robe d'effleurer les parois d'une ouverture sans doute étroite. Madame de Langeais fut touchée de ce soin, il trahissait encore un peu d'amour ; mais ce fut en quelque sorte l'adieu de Montriveau, car il la quitta sans lui dire un mot. En se sentant dans une chaude atmosphère, la duchesse ouvrit les yeux. Elle se vit seule devant la cheminée du boudoir de la comtesse de Sérisy. Son premier soin fut de réparer le désordre de sa toilette ; elle eut promptement rajusté sa robe et rétabli la poésie de sa coiffure.

– Eh ! bien, ma chère Antoinette, nous vous cherchons partout, dit la comtesse en ouvrant la porte du boudoir.

– Je suis venue respirer ici, dit-elle, il fait dans les salons une chaleur insupportable.

– L'on vous croyait partie, mais mon frère Ronquerolles m'a dit avoir vu vos gens qui vous attendent.

– Je suis brisée, ma chère, laissez-moi un moment me reposer ici.

Et la duchesse s'assit sur le divan de son amie.

– Qu'avez-vous donc ? vous êtes toute tremblante.

Le marquis de Ronquerolles entra.

– J'ai peur, madame la duchesse, qu'il ne vous arrive quelque accident. Je viens de voir votre cocher gris comme les Vingt-Deux Cantons[1].

La duchesse ne répondit pas, elle regardait la cheminée, les glaces, en y cherchant les traces de son passage ; puis elle éprouvait une sensation extraordinaire à se voir au milieu des joies du bal après la terrible scène qui venait de donner à sa vie un autre cours. Elle se prit à trembler violemment.

1. *Les Vingt-Deux Cantons* : cantons qui composent la Suisse, pays qui avait la réputation d'abriter beaucoup d'ivrognes.

– J'ai les nerfs agacés par la prédiction que m'a faite ici monsieur de Montriveau. Quoique ce soit une plaisanterie, je vais aller voir si sa hache de Londres me troublera jusque dans mon sommeil. Adieu donc, chère, Adieu, monsieur le marquis.

Elle traversa les salons, où elle fut arrêtée par des complimenteurs qui lui firent pitié. Elle trouva le monde petit en s'en trouvant la reine, elle si humiliée, si petite. D'ailleurs, qu'étaient ces hommes devant celui qu'elle aimait véritablement et dont le caractère avait repris les proportions gigantesques momentanément amoindries par elle mais qu'alors elle grandissait peut-être outre mesure ? Elle ne put s'empêcher de regarder celui de ses gens qui l'avait accompagnée, et le vit tout endormi.

– Vous n'êtes pas sorti d'ici ? lui demanda-t-elle.

– Non, madame.

En montant dans son carrosse, elle aperçut effectivement son cocher dans un état d'ivresse dont elle se fût effrayée en toute autre circonstance ; mais les grandes secousses de la vie ôtent à la crainte ses aliments vulgaires. D'ailleurs elle arriva sans accident chez elle ; mais elle s'y trouva changée et en proie à des sentiments tout nouveaux. Pour elle il n'y avait plus qu'un homme dans le monde, c'est-à-dire que pour lui seul elle désirait désormais avoir quelque valeur. Si les physiologistes peuvent promptement définir l'amour en s'en tenant aux lois de la nature, les moralistes sont bien plus embarrassés de l'expliquer quand ils veulent le considérer dans tous les développements que lui a donnés la société. Néanmoins il existe, malgré les hérésies des mille sectes qui divisent l'église amoureuse, une ligne droite et tranchée qui partage nettement les doctrines, une ligne que les discussions ne courberont jamais, et dont l'inflexible application explique la crise dans laquelle, comme presque toutes les femmes, la duchesse de Langeais était plongée. Elle n'aimait pas encore, elle avait une passion.

L'amour et la passion sont deux différents états de l'âme que poètes et gens du monde, philosophes et niais confondent continuellement. L'amour comporte une mutualité de sentiments, une certitude de jouissances que rien n'altère, et un trop constant échange de plaisirs, une trop complète adhérence entre les cœurs pour ne pas exclure la jalousie. La possession est alors un moyen et non un but ; une infidélité fait souffrir, mais ne détache pas ; l'âme n'est ni plus ni moins ardente ou troublée, elle est incessamment heureuse ; enfin le désir étendu par un souffle divin d'un bout à l'autre sur l'immensité du temps nous le teint d'une même couleur : la vie est bleue comme l'est un ciel pur. La passion est le pressentiment de l'amour et de son infini auquel aspirent toutes les âmes souffrantes. La passion est un espoir qui peut-être sera trompé. Passion signifie à la fois souffrance et transition ; la passion cesse quand l'espérance est morte. Hommes et femmes peuvent, sans se déshonorer, concevoir plusieurs passions ; il est si naturel de s'élancer vers le bonheur ! mais il n'est dans la vie qu'un seul amour. Toutes les discussions, écrites ou verbales, faites sur les sentiments, peuvent donc être résumées par ces deux questions : Est-ce une passion ? Est-ce l'amour ? L'amour n'existant pas sans la connaissance intime des plaisirs qui le perpétuent, la duchesse était donc sous le joug d'une passion ; aussi en éprouva-t-elle les dévorantes agitations, les involontaires calculs, les desséchants désirs, enfin tout ce qu'exprime le mot passion : elle souffrit. Au milieu des troubles de son âme, il se rencontrait des tourbillons soulevés par sa vanité, par son amour-propre, par son orgueil ou par sa fierté ; toutes ces variétés de l'égoïsme se tiennent. Elle avait dit à un homme : Je t'aime, je suis à toi ! La duchesse de Langeais pouvait-elle avoir inutilement proféré ces paroles ? Elle devait ou être aimée ou abdiquer son rôle social. Sentant alors la solitude de son lit voluptueux où la volupté n'avait pas encore mis ses pieds chauds, elle s'y roulait, s'y tordait en se répétant : – Je veux être aimée !

Et la foi qu'elle avait encore en elle lui donnait l'espoir de réussir. La duchesse était piquée, la vaniteuse Parisienne était humiliée, la femme vraie entrevoyait le bonheur, et son imagination, vengeresse du temps perdu pour la nature, se plaisait à lui faire flamber les feux inextinguibles du plaisir. Elle atteignait presque aux sensations de l'amour ; car, dans le doute d'être aimée qui la poignait, elle se trouvait heureuse de se dire à elle-même : – Je l'aime ! Le monde et Dieu, elle avait envie de les fouler à ses pieds. Montriveau était maintenant sa religion. Elle passa la journée du lendemain dans un état de stupeur morale mêlé d'agitations corporelles que rien ne pouvait exprimer. Elle déchira autant de lettres qu'elle en écrivit, et fit mille suppositions impossibles. À l'heure où Montriveau venait jadis, elle voulut croire qu'il arriverait, et prit plaisir à l'attendre. Sa vie se concentra dans le seul sens de l'ouïe. Elle fermait parfois les yeux et s'efforçait d'écouter à travers les espaces. Puis elle souhaitait le pouvoir d'anéantir tout obstacle entre elle et son amant afin d'obtenir ce silence absolu qui permet de percevoir le bruit à d'énormes distances. Dans ce recueillement, les pulsations de sa pendule lui furent odieuses, elles étaient une sorte de bavardage sinistre qu'elle arrêta. Minuit sonna dans le salon.

– Mon Dieu ! se dit-elle, le voir ici, ce serait le bonheur. Et cependant il y venait naguère, amené par le désir. Sa voix remplissait ce boudoir. Et maintenant, rien !

En se souvenant des scènes de coquetterie qu'elle avait jouées, et qui le lui avaient ravi, des larmes de désespoir coulèrent de ses yeux pendant longtemps.

– Madame la duchesse, lui dit sa femme de chambre, ne sait peut-être pas qu'il est deux heures du matin, j'ai cru que madame était indisposée.

– Oui, je vais me coucher ; mais rappelez-vous, Suzette, dit madame de Langeais en essuyant ses larmes, de ne jamais entrer chez moi sans ordre, et je ne vous le dirai pas une seconde fois.

Pendant une semaine, madame de Langeais alla dans toutes les maisons où elle espérait rencontrer monsieur de Montriveau. Contrairement à ses habitudes, elle arrivait de bonne heure et se retirait tard ; elle ne dansait plus, elle jouait. Tentatives inutiles ! elle ne put parvenir à voir Armand, de qui elle n'osait plus prononcer le nom. Cependant un soir, dans un moment de désespérance, elle dit à madame de Sérisy, avec autant d'insouciance qu'il lui fut possible d'en affecter : – Vous êtes donc brouillée avec monsieur de Montriveau ? je ne le vois plus chez vous.

– Mais il ne vient donc plus ici ? répondit la comtesse en riant. D'ailleurs, on ne l'aperçoit plus nulle part, il est sans doute occupé de quelque femme.

– Je croyais, reprit la duchesse avec douceur, que le marquis de Ronquerolles était un de ses amis…

– Je n'ai jamais entendu dire à mon frère qu'il le connût.

Madame de Langeais ne répondit rien. Madame de Sérisy crut pouvoir alors impunément fouetter une amitié discrète qui lui avait été si longtemps amère, et reprit la parole.

– Vous le regrettez donc, ce triste personnage. J'en ai ouï dire des choses monstrueuses : blessez-le, il ne revient jamais, ne pardonne rien ; aimez-le, il vous met à la chaîne. À tout ce que je disais de lui, l'un de ceux qui le portent aux nues me répondait toujours par un mot : *Il sait aimer* ! On ne cesse de me répéter : Montriveau quittera tout pour son ami, c'est une âme immense. Ah, bah ! la société ne demande pas des âmes si grandes. Les hommes de ce caractère sont très bien chez eux, qu'ils y restent, et qu'ils nous laissent à nos bonnes petitesses. Qu'en dites-vous, Antoinette ?

Malgré son habitude du monde, la duchesse parut agitée, mais elle dit néanmoins avec un naturel qui trompa son amie : – Je suis fâchée de ne plus le voir, je prenais à lui beaucoup d'intérêt, et lui vouais une sincère amitié. Dussiez-vous me trouver ridicule, chère amie, j'aime les grandes âmes. Se donner à un sot, n'est-ce pas avouer clairement que l'on n'a que des sens ?

Madame de Sérisy n'avait jamais *distingué* que des gens vulgaires, et se trouvait en ce moment aimée par un bel homme, le marquis d'Aiglemont.

La comtesse abrégea sa visite, croyez-le. Puis madame de Langeais voyant une espérance dans la retraite absolue d'Armand, elle lui écrivit aussitôt une lettre humble et douce qui devait le ramener à elle, s'il aimait encore. Elle fit porter le lendemain sa lettre par son valet de chambre, et, quand il fut de retour, elle lui demanda s'il l'avait remise à Montriveau lui-même ; puis, sur son affirmation, elle ne put retenir un mouvement de joie. Armand était à Paris, il y restait seul, chez lui, sans aller dans le monde ! Elle était donc aimée. Pendant toute la journée elle attendit une réponse, et la réponse ne vint pas. Au milieu des crises renaissantes que lui donna l'impatience, Antoinette se justifia ce retard : Armand était embarrassé, la réponse viendrait par la poste ; mais, le soir, elle ne pouvait plus s'abuser. Journée affreuse, mêlée de souffrances qui plaisent, de palpitations qui écrasent, excès de cœur qui usent la vie. Le lendemain elle envoya chez Armand chercher une réponse.

– Monsieur le marquis a fait dire qu'il viendrait chez madame la duchesse, répondit Julien.

Elle se sauva afin de ne pas laisser voir son bonheur, elle alla tomber sur son canapé pour y dévorer ses premières émotions.

– Il va venir ! Cette pensée lui déchira l'âme. Malheur, en effet, aux êtres pour lesquels l'attente n'est pas la plus horrible des tempêtes et la fécondation des plus doux plaisirs, ceux-là n'ont point en eux cette flamme qui réveille les images des choses, et double la nature en nous attachant autant à l'essence pure des objets qu'à leur réalité. En amour, attendre, n'est-ce pas incessamment épuiser une espérance certaine, se livrer au fléau terrible de la passion, heureuse sans les désenchantements de la vérité ! Émanation constante de force et de désirs, l'attente ne serait-elle pas à l'âme humaine ce que sont à certaines fleurs leurs exhalations parfumées ? Nous avons bientôt laissé les éclatantes et stériles couleurs du choréopsis [1] ou des tulipes, et nous revenons sans cesse aspirer les délicieuses pensées de l'oranger ou du volkameria [2], deux fleurs que leurs patries ont involontairement comparées à de jeunes fiancées pleines d'amour, belles de leur passé, belles de leur avenir.

La duchesse s'instruisit des plaisirs de sa nouvelle vie en sentant avec une sorte d'ivresse ces flagellations de l'amour ; puis, en changeant de sentiments, elle trouva d'autres destinations et un meilleur sens aux choses de la vie. En se précipitant dans son cabinet de toilette, elle comprit ce que sont les recherches de la parure, les soins corporels les plus minutieux, quand ils sont commandés par l'amour et non par la vanité ; déjà, ces apprêts lui aidèrent à supporter la longueur du temps. Sa toilette finie, elle retomba dans les excessives agitations, dans les foudroiements nerveux de cette horrible puissance qui met en fermentation toutes les idées, et qui n'est peut-être qu'une maladie dont on aime les souffrances. La duchesse était prête à deux heures de l'après-midi ; monsieur de Montriveau n'était pas encore arrivé à onze heures et demie du soir. Expliquer les angoisses de cette femme, qui pouvait passer pour l'enfant gâté de la civilisation, ce serait vouloir dire combien le cœur peut concentrer de poésies dans une pensée ; vouloir peser la force exhalée par l'âme au bruit d'une sonnette, ou estimer ce que consomme de vie l'abattement causé par une voiture dont le roulement continue sans s'arrêter.

1. *Choréopsis* : arbuste aux fleurs inodores, cultivé en serre. \ 2. *Volkameria* : arbuste à épines dont les fleurs sentent bon.

– Se jouerait-il de moi ? dit-elle en écoutant sonner minuit.

Elle pâlit, ses dents se heurtèrent, et elle se frappa les mains en bondissant dans ce boudoir, où jadis, pensait-elle, il apparaissait sans être appelé. Mais elle se résigna. Ne l'avait-elle pas fait pâlir et bondir sous les piquantes flèches de son ironie ? Madame de Langeais comprit l'horreur de la destinée des femmes, qui, privées de tous les moyens d'action que possèdent les hommes, doivent attendre quand elles aiment. Aller au-devant de son aimée est une faute que peu d'hommes savent pardonner. La plupart d'entre eux voient une dégradation dans cette céleste flatterie ; mais Armand avait une grande âme, et devait faire partie du petit nombre d'hommes qui savent acquitter par un éternel amour un tel excès d'amour.

– Eh ! bien, j'irai, se dit-elle en se tournant dans son lit sans pouvoir y trouver le sommeil, j'irai vers lui, je lui tendrai la main sans me fatiguer de la lui tendre. Un homme d'élite voit dans chacun des pas que fait une femme vers lui des promesses d'amour et de constance. Oui, les anges doivent descendre des cieux pour venir aux hommes, et je veux être un ange pour lui.

Le lendemain elle écrivit un de ces billets où excelle l'esprit des dix mille Sévignés [1] que compte maintenant Paris. Cependant, savoir se plaindre sans s'abaisser, voler à plein de ses deux ailes sans se traîner humblement, gronder sans offenser, se révolter avec grâce, pardonner sans compromettre la dignité personnelle, tout dire et ne rien avouer, il fallait être la duchesse de Langeais et avoir été élevée par madame la princesse de Blamont-Chauvry, pour écrire ce délicieux billet. Julien partit. Julien était, comme tous les valets de chambre, la victime des marches et contre-marches de l'amour.

1. *Sévigné* : Marie de Sévigné (1626-1696), épistolière française.

– Que vous a répondu monsieur de Montriveau ? dit-elle aussi indifféremment qu'elle le put à Julien quand il vint lui rendre compte de sa mission.

– Monsieur le marquis m'a prié de dire à madame la duchesse que c'était bien.

Affreuse réaction de l'âme sur elle-même ! recevoir devant de curieux témoins la question du cœur, et ne pas murmurer, et se voir forcée au silence. Une des mille douleurs du riche !

Pendant vingt-deux jours madame de Langeais écrivit à monsieur de Montriveau sans obtenir de réponse. Elle avait fini par se dire malade pour se dispenser de ses devoirs, soit envers la princesse à laquelle elle était attachée, soit envers le monde. Elle ne recevait que son père, le duc de Navarreins, sa tante la princesse de Blamont-Chauvry, le vieux vidame de Pamiers, son grand-oncle maternel, et l'oncle de son mari, le duc de Grandlieu. Ces personnes crurent facilement à la maladie de madame de Langeais, en la trouvant de jour en jour plus abattue, plus pâle, plus amaigrie. Les vagues ardeurs d'un amour réel, les irritations de l'orgueil blessé, la constante piqûre du seul mépris qui pût l'atteindre, ses élancements vers des plaisirs perpétuellement souhaités, perpétuellement trahis ; enfin, toutes ses forces inutilement excitées, minaient sa double nature. Elle payait l'arriéré de sa vie trompée. Elle sortit enfin pour assister à une revue où devait se trouver monsieur de Montriveau. Placée sur le balcon des Tuileries, avec la famille royale, la duchesse eut une de ces fêtes dont l'âme garde un long souvenir. Elle apparut sublime de langueur, et tous les yeux la saluèrent avec admiration. Elle échangea quelques regards avec Montriveau, dont la présence la rendait si belle. Le général défila presque à ses pieds dans toute la splendeur de ce costume militaire dont l'effet sur l'imagination féminine est avoué même par les plus prudes personnes. Pour une femme bien éprise, qui n'avait pas vu son amant depuis deux mois, ce rapide moment ne dut-il pas ressembler à cette phase de nos rêves où, fugitivement, notre vue embrasse une nature sans horizon ? Aussi les femmes ou les jeunes gens peuvent-ils seuls imaginer l'avidité stupide et délirante qu'exprimaient les yeux de la duchesse. Quant aux hommes, si, pendant leur jeunesse, ils ont éprouvé, dans le paroxysme de leurs premières passions, ces phénomènes de la puissance nerveuse, plus tard ils les oublient si complètement, qu'ils arrivent à nier ces luxuriantes extases, le seul nom possible de ces magnifiques intuitions. L'extase religieuse est la folie de la pensée dégagée de ses liens corporels ; tandis que, dans l'extase amoureuse, se confondent, s'unissent et s'embrassent les forces de nos deux natures. Quand une femme est en proie aux tyrannies furieuses sous lesquelles ployait madame de Langeais, les résolutions définitives se succèdent si rapidement, qu'il est impossible d'en rendre compte. Les pensées naissent alors les unes des autres, et courent dans l'âme comme ces nuages emportés par le vent sur un fond grisâtre qui voile le soleil. Dès lors, les faits disent tout. Voici donc les faits. Le lendemain de la revue, madame de Langeais envoya sa voiture et sa livrée [1] attendre à la porte du marquis de Montriveau depuis huit heures du matin jusqu'à trois heures après-midi. Armand demeurait rue de Seine, à quelques pas de la chambre des pairs, où il devait y avoir une séance ce jour-là. Mais longtemps avant que les pairs ne se rendissent à leur palais, quelques personnes aperçurent la voiture et la livrée de la duchesse. Un jeune officier dédaigné par madame de Langeais, et recueilli par madame de Sérisy, le baron de Maulincour [2], fut le premier qui reconnut les gens. Il alla sur-le-champ chez sa maîtresse lui raconter sous le secret

1. *Livrée* : habit spécifique par sa couleur et son ornementation porté par les domestiques d'une grande maison. \ **2.** *Maulincour* : petite incohérence du texte. Plus haut, d'Aiglemont est l'amant en titre de madame de Sérisy.

cette étrange folie. Aussitôt, cette nouvelle fut télégraphiquement portée à la connaissance de toutes les coteries du faubourg Saint-Germain, parvint au château, à l'Élysée-Bourbon[1], devint le bruit du jour, le sujet de tous les entretiens, depuis midi jusqu'au soir. Presque toutes les femmes niaient le fait, mais de manière à le faire croire ; et les hommes le croyaient en témoignant à madame de Langeais le plus indulgent intérêt.

– Ce sauvage de Montriveau a un caractère de bronze, il aura sans doute exigé cet éclat, disaient les uns en rejetant la faute sur Armand.

– Eh ! bien, disaient les autres, madame de Langeais a commis la plus noble des imprudences ! En face de tout Paris, renoncer, pour son amant, au monde, à son rang, à sa fortune, à la considération, est un coup d'État féminin beau comme le coup de couteau de ce perruquier qui a tant ému Canning à la Cour d'Assises. Pas une des femmes qui blâment la duchesse ne ferait cette déclaration digne de l'ancien temps. Madame de Langeais est une femme héroïque de s'afficher ainsi franchement elle-même. Maintenant, elle ne peut plus aimer que Montriveau. N'y a-t-il pas quelque grandeur chez une femme à dire : Je n'aurai qu'une passion ?

– Que va donc devenir la société, monsieur, si vous honorez ainsi le vice, sans respect pour la vertu ? dit la femme du procureur-général, la comtesse de Grandville.

Pendant que le château, le faubourg et la Chaussée-d'Antin s'entretenaient du naufrage de cette aristocratique vertu ; que d'empressés jeunes gens couraient à cheval s'assurer, en voyant la voiture dans la rue de Seine, que la duchesse était bien réellement chez monsieur de Montriveau, elle gisait palpitante au fond de son boudoir. Armand, qui n'avait pas couché chez lui, se promenait aux Tuileries avec monsieur de Marsay. Puis, les

1. *Élysée-Bourbon* : actuel palais de l'Élysée, demeure du duc et de la duchesse de Berry.

grands-parents de madame de Langeais se visitaient les uns les autres en se donnant rendez-vous chez elle pour la semondre[1] et aviser aux moyens d'arrêter le scandale causé par sa conduite. À trois heures, monsieur le duc de Navarreins, le vidame de Pamiers, la vieille princesse de Blamont-Chauvry et le duc de Grandlieu se trouvaient réunis dans le salon de madame de Langeais, et l'y attendaient. À eux, comme à plusieurs curieux, les gens avaient dit que leur maîtresse était sortie. La duchesse n'avait excepté personne de la consigne. Ces quatre personnages, illustres dans la sphère aristocratique dont l'almanach de Gotha[2] consacre annuellement les révolutions et les prétentions héréditaires, veulent une rapide esquisse sans laquelle cette peinture sociale serait incomplète.

La princesse de Blamont-Chauvry était, dans le monde féminin, le plus poétique débris du règne de Louis XV, au surnom duquel, durant sa belle jeunesse, elle avait, dit-on, contribué pour sa quote-part[3]. De ses anciens agréments, il ne lui restait qu'un nez remarquablement saillant, mince, recourbé comme une lame turque, et principal ornement d'une figure semblable à un vieux gant blanc ; puis quelques cheveux crêpés et poudrés ; des mules à talons, le bonnet de dentelles à coques, des mitaines noires et des *parfaits contentements*[4]. Mais, pour lui rendre entièrement justice, il est nécessaire d'ajouter qu'elle avait une si haute idée de ses ruines, qu'elle se décolletait le soir, portait des gants longs, et se teignait encore les joues avec le rouge classique de Martin[5]. Dans ses rides une amabilité redoutable, un feu prodigieux dans ses yeux, une dignité profonde dans toute sa personne, sur sa

1. *Semondre* : mot désuet, semoncer, réprimander. \ **2.** *Almanach de Gotha* : almanach qui établissait la généalogie des grandes familles nobles d'Europe. \ **3.** *Règne de Louis XV (...) quote-part* : le surnom de Louis XV était « le bien-aimé ». \ **4.** *Parfaits contentements* : expression désignant un beau jeu au jeu de l'hombre. Par extension, parure de cou rehaussée de diamants. \ **5.** *Rouge classique de Martin* : vernis mis au point par les frères Martin à la fin du XVIIIe siècle.

langue un esprit à triple dard, dans sa tête une mémoire infaillible faisaient de cette vieille femme une véritable puissance. Elle avait dans le parchemin de sa cervelle tout celui du cabinet des chartes et connaissait les alliances des maisons princières, ducales et comtales de l'Europe, à savoir où étaient les derniers germains de Charlemagne. Aussi nulle usurpation de titre ne pouvait-elle lui échapper. Les jeunes gens qui voulaient être bien vus, les ambitieux, les jeunes femmes lui rendaient de constants hommages. Son salon faisait autorité dans le faubourg Saint-Germain. Les mots de ce Talleyrand femelle restaient comme des arrêts. Certaines personnes venaient prendre chez elle des avis sur l'étiquette ou les usages, et y chercher des leçons de bon goût. Certes, nulle vieille femme ne savait comme elle empocher sa tabatière ; et elle avait, en s'asseyant ou en se croisant les jambes, des mouvements de jupe d'une précision, d'une grâce qui désespérait les jeunes femmes les plus élégantes. Sa voix lui était demeurée dans la tête pendant le tiers de sa vie, mais elle n'avait pu l'empêcher de descendre dans les membranes du nez, ce qui la rendait étrangement significative. De sa grande fortune il lui restait cent cinquante mille *livres* en bois, généreusement rendus par Napoléon. Ainsi, biens et personne, tout en elle était considérable. Cette curieuse antique était dans une bergère au coin de la cheminée et causait avec le vidame de Pamiers, autre ruine contemporaine. Ce vieux seigneur, ancien Commandeur de l'Ordre de Malte[1], était un homme grand, long et fluet, dont le col était toujours serré de manière à lui comprimer les joues qui débordaient légèrement la cravate et à lui maintenir la tête haute ; attitude pleine de suffisance chez certaines gens, mais justifiée chez lui par un esprit voltairien. Ses yeux à fleur de tête semblaient tout voir et avaient effectivement tout vu. Il mettait du coton dans ses oreilles. Enfin

1. *Ordre de Malte* : ordre fondé pour soigner et protéger les pèlerins qui se rendaient en Palestine.

sa personne offrait dans l'ensemble un modèle parfait des lignes aristocratiques, lignes menues et frêles, souples et agréables, qui, semblables à celles du serpent, peuvent à volonté se courber, se dresser, devenir coulantes ou roides.

Le duc de Navarreins se promenait de long en large dans le salon avec monsieur le duc de Grandlieu. Tout deux étaient des hommes âgés de cinquante-cinq ans, encore verts, gros et courts, bien nourris, le teint un peu rouge, les yeux fatigués, les lèvres inférieures déjà pendantes. Sans le ton exquis de leur langage, sans l'affable politesse de leurs manières, sans leur aisance qui pouvait tout à coup se changer en impertinence, un observateur superficiel aurait pu les prendre pour des banquiers. Mais toute erreur devait cesser en écoutant leur conversation armée de précautions avec ceux qu'ils redoutaient, sèche ou vide avec leurs égaux, perfide pour les inférieurs que les gens de cour ou les hommes d'État savent apprivoiser par de verbeuses délicatesses et blesser par un mot inattendu. Tels étaient les représentants de cette grande noblesse qui voulait mourir ou rester tout entière, qui méritait autant d'éloge que de blâme, et sera toujours imparfaitement jugée jusqu'à ce qu'un poète l'ait montrée heureuse d'obéir au roi en expirant sous la hache de Richelieu, et méprisant la guillotine de 89 comme une sale vengeance.

Ces quatre personnages se distinguaient tous par une voix grêle, particulièrement en harmonie avec leurs idées et leur maintien. D'ailleurs, la plus parfaite égalité régnait entre eux. L'habitude prise par eux à la cour de cacher leurs émotions les empêchait sans doute de manifester le déplaisir que leur causait l'incartade de leur jeune parente.

Pour empêcher les critiques de taxer de puérilité le commencement de la scène suivante, peut-être est-il nécessaire de faire observer ici que Locke[1], se trouvant dans la

1. *Locke* : John Locke (1632-1704), philosophe anglais.

compagnie de seigneurs anglais renommés pour leur esprit, distingués autant par leurs manières que par leur consistance politique, s'amusa méchamment à sténographier leur conversation par un procédé particulier, et les fit éclater de rire en la leur lisant, afin de savoir d'eux ce qu'on en pouvait tirer. En effet, les classes élevées ont en tout pays un jargon de clinquant qui, lavé dans les cendres littéraires ou philosophiques, donne infiniment peu d'or au creuset. À tous les étages de la société, sauf quelques salons parisiens, l'observateur retrouve les mêmes ridicules que différencient seulement la transparence ou l'épaisseur du vernis. Ainsi, les conversations substantielles sont l'exception sociale, et le béotianisme[1] défraie habituellement les diverses zones du monde. Si forcément on parle beaucoup dans les hautes sphères, on y pense peu. Penser est une fatigue, et les riches aiment à voir couler la vie sans grand effort. Aussi est-ce en comparant le fond des plaisanteries par échelons, depuis le gamin de Paris jusqu'au pair de France, que l'observateur comprend le mot de monsieur de Talleyrand : *Les manières sont tout*, traduction élégante de cet axiome judiciaire : *La forme emporte le fond*. Aux yeux du poète, l'avantage restera aux classes inférieures qui ne manquent jamais à donner un rude cachet de poésie à leurs pensées. Cette observation fera peut-être aussi comprendre l'infertilité des salons, leur vide, leur peu de profondeur, et la répugnance que les gens supérieurs éprouvent à faire le méchant commerce d'y échanger leurs pensées.

Le duc s'arrêta soudain, comme s'il concevait une idée lumineuse, et dit à son voisin : – Vous avez donc vendu Thornthon ?

– Non, il est malade. J'ai bien peur de le perdre, et j'en serais désolé ; c'est un cheval excellent à la chasse. Savez-vous comment va la duchesse de Marigny ?

1. *Béotianisme* : néologisme qui signifie lourdeur, grossièreté.

– Non, je n'y suis pas allé ce matin. Je sortais pour la voir, quand vous êtes venu me parler d'Antoinette. Mais elle avait été fort mal hier, l'on en désespérait, elle a été administrée [1].

– Sa mort changera la position de votre cousin.

– En rien, elle a fait ses partages de son vivant et s'était réservé une pension que lui paye sa nièce, madame de Soulanges, à laquelle elle a donné sa terre de Guébriant à rente viagère.

– Ce sera une grande perte pour la société. Elle était bonne femme. Sa famille aura de moins une personne dont les conseils et l'expérience avaient de la portée. Entre nous soit dit, elle était le chef de la maison. Son fils, Marigny, est un aimable homme ; il a du trait ; il sait causer. Il est agréable, très agréable ; oh ! pour agréable, il l'est sans contredit ; mais... aucun esprit de conduite. Eh bien ! c'est extraordinaire, il est très fin. L'autre jour, il dînait au Cercle avec tous ces richards de la Chaussée-d'Antin, et votre oncle (qui va toujours y faire sa partie) le voit. Étonné de le rencontrer là, il lui demande s'il est du Cercle. – « Oui, je ne vais plus dans le monde, je vis avec les banquiers. » Vous savez pourquoi ? dit le marquis en jetant au duc un fin sourire.

– Non.

– Il est amouraché d'une nouvelle mariée, cette petite madame Keller, la fille de Gondreville, une femme que l'on dit fort à la mode dans ce monde-là.

– Mais Antoinette ne s'ennuie pas, à ce qu'il paraît, dit le vieux vidame.

– L'affection que je porte à cette petite femme me fait prendre en ce moment un singulier passe-temps, lui répondit la princesse en empochant sa tabatière.

– Ma chère tante, dit le duc en s'arrêtant, je suis désespéré. Il n'y avait qu'un homme de Bonaparte capable d'exiger d'une

1. *Être administrée* : avoir reçu les derniers sacrements.

femme comme il faut de semblables inconvenances. Entre nous soit dit, Antoinette aurait dû choisir mieux.

– Mon cher, répondit la princesse, les Montriveau sont anciens et fort bien alliés, ils tiennent à toute la haute noblesse de Bourgogne. Si les Rivaudoult d'Arschoot, de la branche Dulmen, finissaient en Galicie, les Montriveau succéderaient aux biens et aux titres d'Arschoot ; ils en héritent par leur bisaïeul.

– Vous en êtes sûre ?…

– Je le sais mieux que ne le savait le père de celui-ci, que je voyais beaucoup et à qui je l'ai appris. Quoique chevalier des ordres[1], il s'en moqua ; c'était un encyclopédiste[2]. Mais son frère en a bien profité dans l'émigration. J'ai ouï dire que ses parents du Nord avaient été parfaits pour lui…

– Oui, certes. Le comte de Montriveau est mort à Pétersbourg où je l'ai rencontré, dit le vidame. C'était un gros homme qui avait une incroyable passion pour les huîtres.

– Combien en mangeait-il donc ? dit le duc de Grandlieu.

– Tous les jours dix douzaines.

– Sans être incommodé ?

– Pas le moins du monde.

– Oh ! mais c'est extraordinaire ! Ce goût ne lui a donné ni la pierre, ni la goutte, ni aucune incommodité ?

– Non, il s'est parfaitement porté, il est mort par accident.

– Par accident ! La nature lui avait dit de manger des huîtres, elles lui étaient probablement nécessaires ; car, jusqu'à un certain point, nos goûts prédominants sont des conditions de notre existence.

– Je suis de votre avis, dit la princesse en souriant.

– Madame, vous entendez toujours malicieusement les choses, dit le marquis.

1. *Chevalier des ordres* : chevalier des ordres du roi. \ **2.** *Encyclopédiste* : proche des philosophes des Lumières.

– Je veux seulement vous faire comprendre que ces choses seraient très mal entendues par une jeune femme, répondit-elle.

Elle s'interrompit pour dire : – Mais ma nièce ! ma nièce !

– Chère tante, dit monsieur de Navarreins, je ne peux pas encore croire qu'elle soit allée chez monsieur de Montriveau.

– Bah ! fit la princesse.

– Quelle est votre idée, vidame ? demanda le marquis.

– Si la duchesse était naïve, je croirais…

– Mais une femme qui aime devient naïve, mon pauvre vidame. Vous vieillissez donc ?

– Enfin, que faire ? dit le duc.

– Si ma chère nièce est sage, répondit la princesse, elle ira ce soir à la cour, puisque, par bonheur, nous sommes un lundi, jour de réception ; vous verrez à la bien entourer et à démentir ce bruit ridicule. Il y a mille moyens d'expliquer les choses ; et si le marquis de Montriveau est un galant homme, il s'y prêtera. Nous ferons entendre raison à ces enfants-là…

– Mais il est difficile de rompre en visière[1] à monsieur de Montriveau, chère tante, c'est un élève de Bonaparte, et il a une position. Comment donc ! c'est un seigneur du jour, il a un commandement important dans la Garde, où il est très utile. Il n'a pas la moindre ambition. Au premier mot qui lui déplairait, il est homme à dire au roi : – Voilà ma démission, laissez-moi tranquille.

– Comment pense-t-il donc ?

– Très mal.

– Vraiment, dit la princesse, le roi reste ce qu'il a toujours été, un jacobin fleurdelisé[2].

– Oh ! un peu modéré, dit le vidame.

---

1. *Rompre en visière* : attaquer sans aucun ménagement. \ **2.** *Jacobin fleurdelisé* : homme de conviction révolutionnaire mais en apparence monarchiste.

– Non, je le connais de longue date. L'homme qui disait à sa femme, le jour où elle assista au premier grand couvert : « Voilà nos gens ! » en lui montrant la cour, ne pouvait être qu'un noir scélérat. Je retrouve parfaitement Monsieur dans le roi. Le mauvais frère qui votait si mal dans son bureau de l'Assemblée Constituante[1] doit pactiser avec les Libéraux, les laisser parler, discuter. Ce cagot[2] de philosophie sera tout aussi dangereux pour son cadet qu'il l'a été pour l'aîné ; car je ne sais si son successeur pourra se tirer des embarras que se plaît à lui créer ce gros homme de petit esprit ; d'ailleurs il l'exècre, et serait heureux de se dire en mourant : il ne régnera pas longtemps.

– Ma tante, c'est le roi, j'ai l'honneur de lui appartenir, et…

– Mais, mon cher, votre charge vous ôte-t-elle votre franc-parler ! Vous êtes d'aussi bonne maison que les Bourbons. Si les Guise avaient eu un peu plus de résolution, Sa Majesté serait un pauvre sire aujourd'hui. Je m'en vais de ce monde à temps, la noblesse est morte. Oui, tout est perdu pour vous, mes enfants, dit-elle en regardant le vidame. Est-ce que la conduite de ma nièce devrait occuper la ville ? Elle a eu tort, je ne l'approuve pas, un scandale inutile est une faute ; aussi douté-je encore de ce manque aux convenances, je l'ai élevée et je sais que…

En ce moment la duchesse sortit de son boudoir. Elle avait reconnu la voix de sa tante et entendu prononcer le nom de Montriveau. Elle était dans un déshabillé du matin, et, quand elle se montra, monsieur de Grandlieu, qui regardait insouciamment par la croisée, vit revenir la voiture de sa nièce sans elle.

– Ma chère fille, lui dit le duc en lui prenant la tête et l'embrassant au front, tu ne sais donc pas ce qui se passe ?

---

1. *Le mauvais frère (…) discuter* : Le comte de Provence, futur Louis XVIII, siégeait à l'Assemblée des notables en 1788 et vota pour la double représentation du tiers-état. \ **2.** *Cagot* : faux dévot, hypocrite.

– Que se passe-t-il d'extraordinaire, cher père ?

– Mais tout Paris te croit chez monsieur de Montriveau.

– Ma chère Antoinette, tu n'es pas sortie, n'est-ce pas ? dit la princesse en lui tendant la main que la duchesse baisa avec une respectueuse affection.

– Non, chère mère, je ne suis pas sortie. Et, dit-elle en se retournant pour saluer le vidame et le marquis, j'ai voulu que tout Paris me crût chez monsieur de Montriveau.

Le duc leva les mains au ciel, se les frappa désespérément et se croisa les bras.

– Mais vous ne savez donc pas ce qui résultera de ce coup de tête ? dit-il enfin.

La vieille princesse s'était subitement dressée sur ses talons, et regardait la duchesse qui se prit à rougir et baissa les yeux ; madame de Chauvry l'attira doucement et lui dit : – Laissez-moi vous baiser, mon petit ange. Puis, elle l'embrassa sur le front fort affectueusement, lui serra la main et reprit en souriant : – Nous ne sommes plus sous les Valois, ma chère fille. Vous avez compromis votre mari, votre état dans le monde ; cependant, nous allons aviser à tout réparer.

– Mais, ma chère tante, je ne veux rien réparer. Je désire que tout Paris sache ou dise que j'étais ce matin chez monsieur de Montriveau. Détruire cette croyance, quelque fausse qu'elle soit, est me nuire étrangement.

– Ma fille, vous voulez donc vous perdre, et affliger votre famille ?

– Mon père, ma famille, en me sacrifiant à des intérêts, m'a, sans le vouloir, condamnée à d'irréparables malheurs. Vous pouvez me blâmer d'y chercher des adoucissements, mais certes vous me plaindrez.

– Donnez-vous donc mille peines pour établir convenablement des filles ! dit en murmurant monsieur de Navarreins au vidame.

– Chère petite, dit la princesse en secouant les grains de tabac tombés sur sa robe, soyez heureuse si vous pouvez ; il ne s'agit pas de troubler votre bonheur, mais de l'accorder avec les usages. Nous savons tous, ici, que le mariage est une défectueuse institution tempérée par l'amour. Mais est-il besoin, en prenant un amant, de faire son lit sur le Carrousel ? Voyons, ayez un peu de raison, écoutez-nous.

– J'écoute.

– Madame la duchesse, dit le duc de Grandlieu, si les oncles étaient obligés de garder leurs nièces, ils auraient un état dans le monde ; la société leur devrait des honneurs, des récompenses, des traitements comme elle en donne aux gens du roi. Aussi ne suis-je pas venu pour vous parler de mon neveu, mais de vos intérêts. Calculons un peu. Si vous tenez à faire un éclat, je connais le sire, je ne l'aime guère. Langeais est assez avare, personnel en diable ; il se séparera de vous, gardera votre fortune, vous laissera pauvre, et conséquemment sans considération. Les cent mille livres de rente que vous avez héritées dernièrement de votre grand'tante maternelle payeront les plaisirs de ses maîtresses, et vous serez liée, garrottée par les lois, obligée de dire *amen* à ces arrangements-là. Que monsieur de Montriveau vous quitte ! Mon Dieu, chère nièce, ne nous colérons point, un homme ne vous abandonnera pas jeune et belle ; cependant nous avons vu tant de jolies femmes délaissées, même parmi les princesses, que vous me permettrez une supposition presque impossible, je veux le croire ; alors que deviendrez-vous sans mari ? Ménagez donc le vôtre au même titre que vous soignez votre beauté, qui est après tout le parachute des femmes, aussi bien qu'un mari. Je vous fais toujours heureuse et aimée ; je ne tiens compte d'aucun événement malheureux. Cela étant, par bonheur ou par malheur vous aurez des enfants ? Qu'en ferez-vous ? Des Montriveau ? – Eh ! bien, ils ne succéderont point à toute la fortune de leur père. Vous voudrez leur donner toute la vôtre et lui toute la sienne. Mon Dieu, rien n'est plus naturel. Vous trouverez les lois contre vous. Combien avons-nous vu de procès faits par les héritiers légitimes aux enfants de l'amour ! J'en entends retentir dans tous les tribunaux du monde. Aurez-vous recours à quelque *fidéicommis*[1] : si la personne en qui vous mettrez votre confiance vous trompe, à la vérité la justice humaine n'en saura rien ; mais vos enfants seront ruinés. Choisissez donc bien ! Voyez en quelles perplexités vous êtes. De toute manière vos enfants seront nécessairement sacrifiés aux fantaisies de votre cœur et privés de leur état. Mon Dieu, tant qu'ils seront petits, ils seront charmants ; mais ils vous reprocheront un jour d'avoir songé plus à vous qu'à eux. Nous savons tout cela, nous autres vieux gentilshommes. Les enfants deviennent des hommes, et les hommes sont ingrats. N'ai-je pas entendu le jeune de Horn[2], en Allemagne, disant après souper : – Si ma mère avait été honnête femme, je serais prince régnant. Mais ce SI, nous avons passé notre vie à l'entendre dire aux roturiers, et il a fait la révolution. Quand les hommes ne peuvent accuser ni leur père, ni leur mère, ils s'en prennent à Dieu de leur mauvais sort. En somme, chère enfant, nous sommes ici pour vous éclairer. Eh ! bien, je me résume par un mot que vous devez méditer : une femme ne doit jamais donner raison à son mari.

– Mon oncle, j'ai calculé tant que je n'aimais pas. Alors je voyais comme vous des intérêts là où il n'y a plus pour moi que des sentiments, dit la duchesse.

– Mais, ma chère petite, la vie est tout bonnement une complication d'intérêts et de sentiments, lui répliqua le

1. *Fidéicommis* : homme désigné par un mourant pour recueillir un legs afin de le transmettre à ses héritiers. \ **2.** *Jeune de Horn* : Frédéric, comte de Horn (1763-1823), régicide suédois. L'allusion à sa mère reste mystérieuse.

vidame ; et pour être heureux, surtout dans la position où vous êtes, il faut tâcher d'accorder ses sentiments avec ses intérêts. Qu'une grisette fasse l'amour à sa fantaisie, cela se conçoit ; mais vous avez une jolie fortune, une famille, un titre, une place à la cour, et vous ne devez pas les jeter par la fenêtre. Pour tout concilier, que venons-nous vous demander ? De tourner habilement la loi des convenances au lieu de la violer. Hé, mon Dieu, j'ai bientôt quatre-vingts ans, je ne me souviens pas d'avoir rencontré, sous aucun régime, un amour qui valût le prix dont vous voulez payer celui de cet heureux jeune homme.

La duchesse imposa silence au vidame par un regard ; et si Montriveau l'avait pu voir, il aurait tout pardonné…

– Ceci serait d'un bel effet au théâtre, dit le duc de Grandlieu, et ne signifie rien quand il s'agit de vos paraphernaux[1], de votre position et de votre indépendance. Vous n'êtes pas reconnaissante, ma chère nièce. Vous ne trouverez pas beaucoup de familles où les parents soient assez courageux pour apporter les enseignements de l'expérience et faire entendre le langage de la raison à de jeunes têtes folles. Renoncez à votre salut en deux minutes, s'il vous plaît de vous damner ; d'accord ! Mais réfléchissez bien quand il s'agit de renoncer à vos rentes. Je ne connais pas de confesseur qui nous absolve de la misère. Je me crois le droit de vous parler ainsi ; car, si vous vous perdez, moi seul je pourrai vous offrir un asile. Je suis presque l'oncle de Langeais, et moi seul aurai raison en lui donnant tort.

– Ma fille, dit le duc de Navarreins, en se réveillant d'une douloureuse méditation, puisque vous parlez de sentiments, laissez-moi vous faire observer qu'une femme qui porte votre nom se doit à des sentiments autres que ceux des gens du commun. Vous voulez donc donner gain de cause aux Libéraux, à ces

1. *Paraphernaux* : biens dont l'épouse peut librement disposer selon le contrat de mariage.

jésuites de Robespierre qui s'efforcent de honnir la noblesse. Il est certaines choses qu'une Navarreins ne saurait faire sans manquer à toute sa maison. Vous ne seriez pas seule déshonorée.

– Allons, dit la princesse, voilà le déshonneur. Mes enfants, ne faites pas tant de bruit pour la promenade d'une voiture vide, et laissez-moi seule avec Antoinette. Vous viendrez dîner avec moi tous trois. Je me charge d'arranger convenablement les choses. Vous n'y entendez rien, vous autres hommes, vous mettez déjà de l'aigreur dans vos paroles, et je ne veux pas vous voir brouillés avec ma chère fille. Faites-moi donc le plaisir de vous en aller.

Les trois gentilshommes devinèrent sans doute les intentions de la princesse, ils saluèrent leurs parentes ; et monsieur de Navarreins vint embrasser sa fille au front, en lui disant : – Allons, chère enfant, sois sage. Si tu veux, il en est encore temps.

– Est-ce que nous ne pourrions pas trouver dans la famille quelque bon garçon qui chercherait dispute à ce Montriveau ? dit le vidame en descendant les escaliers.

– Mon bijou, dit la princesse, en faisant signe à son élève de s'asseoir sur une petite chaise basse, près d'elle, quand elles furent seules ; je ne sais rien de plus calomnié dans ce bas monde que Dieu et le dix-huitième siècle, car, en me remémorant les choses de ma jeunesse, je ne me rappelle pas qu'une seule duchesse ait foulé aux pieds les convenances comme vous venez de le faire. Les romanciers et les écrivailleurs ont déshonoré le règne de Louis XV, ne les croyez pas. La Dubarry, ma chère, valait bien la veuve Scarron [1], et elle était meilleure personne. Dans mon temps, une femme savait, au milieu de ses galanteries, garder sa dignité. Les indiscrétions nous ont

1. *La Dubarry (…) veuve Scarron* : la Dubarry à la réputation de débauchée et la prude veuve Scarron, future madame de Maintenon, étaient deux maîtresses de rois.

perdues. De là vient tout le mal. Les philosophes, ces gens de rien que nous mettions dans nos salons, ont eu l'inconvenance et l'ingratitude, pour prix de nos bontés, de faire l'inventaire de nos cœurs, de nous décrier en masse, en détail, et de déblatérer contre le siècle. Le peuple, qui est très mal placé pour juger quoi que ce soit, a vu le fond des choses, sans en voir la forme. Mais dans ce temps-là, mon cœur, les hommes et les femmes ont été tout aussi remarquables qu'aux autres époques de la monarchie. Pas un de vos Werther[1], aucune de vos notabilités, comme ça s'appelle, pas un de vos hommes en gants jaunes et dont les pantalons dissimulent la pauvreté de leurs jambes, ne traverserait l'Europe, déguisé en colporteur, pour aller s'enfermer, au risque de la vie et en bravant les poignards du duc de Modène, dans le cabinet de toilette de la fille du régent[2]. Aucun de vos petits poitrinaires à lunettes d'écaille ne se cacherait comme Lauzun, durant six semaines, dans une armoire pour donner du courage à sa maîtresse pendant qu'elle accouchait[3]. Il y avait plus de passion dans le petit doigt de monsieur de Jaucourt[4] que dans toute votre race de disputailleurs qui laissent les femmes pour des amendements! Trouvez-moi donc aujourd'hui des pages qui se fassent hacher et ensevelir sous un plancher pour venir baiser le doigt ganté d'une Konismark[5]? Aujourd'hui, vraiment, il semblerait que les rôles soient changés, et que les femmes doivent se dévouer pour les hommes. Ces messieurs valent moins et s'estiment

1. *Werther* : héros romantique qui se suicide par amour dans *Les Souffrances du jeune Werther* (1774) de Goethe (1759-1832). \ **2.** *Pas un de vos Werther (…) régent* : le maréchal de Richelieu (1696-1788) usa de ce stratagème pour rencontrer sa maîtresse, Charlotte de Valois, duchesse de Modène. \ **3.** *Aucun de vos petits (…) accouchait* : cette anecdote concerne le duc de Lauzun (1633-1723) qui resta trente-six heures dans une penderie pendant que sa maîtresse, la princesse Czartoryska, accouchait. \ **4.** *Il y avait plus de passion (…) amendements* : anecdote mettant en scène le marquis de Jaucourt (1757-1852). \ **5.** *Trouvez-moi (…) Konismark* : Le comte de Kœnigsmark (1665-1694), officier au service de la Suède, fut sauvagement assassiné au moment où il sortait des appartements de Sophie Dorothée de Zell. Son corps fut enseveli sous un parquet.

davantage. Croyez-moi, ma chère, toutes ces aventures qui sont devenues publiques et dont on s'arme aujourd'hui pour assassiner notre bon Louis XV, étaient d'abord secrètes. Sans un tas de poétriaux [1], de rimailleurs, de moralistes qui entretenaient nos femmes de chambre et en écrivaient les calomnies, notre époque aurait eu littérairement des mœurs. Je justifie le siècle et non sa lisière. Peut-être y a-t-il eu cent femmes de qualité perdues ; mais les drôles en ont mis un millier, ainsi que font les gazetiers quand ils évaluent les morts du parti battu. D'ailleurs, je ne sais pas ce que la Révolution et l'Empire peuvent nous reprocher : ces temps-là ont été licencieux, sans esprit, grossiers, fi ! tout cela me révolte. Ce sont les mauvais lieux de notre histoire ! Ce préambule, ma chère enfant, reprit-elle après une pause, est pour arriver à te dire que si Montriveau te plaît, tu es bien la maîtresse de l'aimer à ton aise, et tant que tu pourras. Je sais, moi, par expérience (à moins de t'enfermer, mais on n'enferme plus aujourd'hui), que tu feras ce qui te plaira ; et c'est ce que j'aurais fait à ton âge. Seulement, mon cher bijou, je n'aurais pas abdiqué le droit de faire des ducs de Langeais. Ainsi comporte-toi décemment. Le vidame a raison, aucun homme ne vaut un seul des sacrifices par lesquels nous sommes assez folles pour payer leur amour. Mets-toi donc dans la position de pouvoir, si tu avais le malheur d'en être à te repentir, te trouver encore la femme de monsieur de Langeais. Quand tu seras vieille, tu seras bien aise d'entendre la messe à la cour et non dans un couvent de province, voilà toute la question. Une imprudence, c'est une pension, une vie errante, être à la merci de son amant ; c'est l'ennui causé par les impertinences des femmes qui vaudront moins que toi, précisément parce qu'elles auront été très ignoblement adroites. Il valait cent fois mieux aller chez Montriveau, le soir, en fiacre,

1. *Poétriaux* : mauvais poètes.

déguisée, que d'y envoyer ta voiture en plein jour. Tu es une petite sotte, ma chère enfant ! Ta voiture a flatté sa vanité, ta personne lui aurait pris le cœur. Je t'ai dit ce qui est juste et vrai, mais je ne t'en veux pas, moi. Tu es de deux siècles en arrière avec ta fausse grandeur. Allons, laisse-nous arranger tes affaires, dire que le Montriveau aura grisé tes gens, pour satisfaire son amour-propre et te compromettre…

– Au nom du ciel, ma tante, s'écria la duchesse en bondissant, ne le calomniez pas.

– Oh ! chère enfant, dit la princesse dont les yeux s'animèrent, je voudrais te voir des illusions qui ne te fussent pas funestes, mais toute illusion doit cesser. Tu m'attendrirais, n'était mon âge. Allons, ne fais de chagrin à personne, ni à lui, ni à nous. Je me charge de contenter tout le monde ; mais promets-moi de ne pas te permettre désormais une seule démarche sans me consulter. Conte-moi tout, je te mènerai peut-être à bien.

– Ma tante, je vous promets…

– De me dire tout…

– Oui, tout, tout ce qui pourra se dire.

– Mais, mon cœur, c'est précisément ce qui ne pourra pas se dire que je veux savoir. Entendons-nous bien. Allons, laisse-moi appuyer mes lèvres sèches sur ton beau front. Non, laisse-moi faire, je te défends de baiser mes os. Les vieillards ont une politesse à eux… Allons, conduis-moi jusqu'à mon carrosse, dit-elle après avoir embrassé sa nièce.

– Chère tante, je puis donc aller chez lui déguisée ?

– Mais, oui, ça peut toujours se nier, dit la vieille.

La duchesse n'avait clairement perçu que cette idée dans le sermon que la princesse venait de lui faire. Quand madame de Chauvry fut assise dans le coin de sa voiture, madame de Langeais lui dit un gracieux adieu, et remonta chez elle tout heureuse.

– Ma personne lui aurait pris le cœur ; elle a raison, ma tante. Un homme ne doit pas refuser une jolie femme, quand elle sait se bien offrir.

Le soir, au cercle de madame la duchesse de Berri, le duc de Navarreins, monsieur de Pamiers, monsieur de Marsay, monsieur de Grandlieu, le duc de Maufrigneuse démentirent victorieusement les bruits offensants qui couraient sur la duchesse de Langeais. Tant d'officiers et de personnes attestèrent avoir vu Montriveau se promenant aux Tuileries pendant la matinée, que cette sotte histoire fut mise sur le compte du hasard, qui prend tout ce qu'on lui donne. Aussi le lendemain la réputation de la duchesse devint-elle, malgré la station de sa voiture, nette et claire comme l'armet [1] de Mambrin après avoir été fourbi par Sancho. Seulement, à deux heures, au bois de Boulogne, monsieur de Ronquerolles, passant à côté de Montriveau dans une allée déserte, lui dit en souriant : – Elle va bien, ta duchesse ! – Encore et toujours, ajouta-t-il en appliquant un coup de cravache significatif à sa jument qui fila comme un boulet.

Deux jours après son éclat inutile, madame de Langeais écrivit à monsieur de Montriveau une lettre qui resta sans réponse comme les précédentes. Cette fois elle avait pris ses mesures, et corrompu Auguste, le valet de chambre d'Armand. Aussi le soir, à huit heures, fut-elle introduite chez Armand, dans une chambre tout autre que celle où s'était passée la scène demeurée secrète. La duchesse apprit que le général ne rentrerait pas. Avait-il deux domiciles ? Le valet ne voulut pas répondre. Madame de Langeais avait acheté la clef de cette chambre, et non toute la probité de cet homme. Restée seule,

1. *Armet* : casque. Dans *Don Quichotte*, le héros, parti à la recherche de l'armet enchanté du roi maure Mambrin s'empare d'un plat à barbe qu'il s'obstine à confondre avec ce casque réputé.

elle vit ses quatorze lettres posées sur un vieux guéridon; elles n'étaient ni froissées, ni décachetées; elles n'avaient pas été lues. À cet aspect, elle tomba dans un fauteuil, et perdit pendant un moment toute connaissance. En se réveillant, elle aperçut Auguste, qui lui faisait respirer du vinaigre.

– Une voiture, vite, dit-elle.

La voiture venue, elle descendit avec une rapidité convulsive, revint chez elle, se mit au lit, et fit défendre sa porte. Elle resta vingt-quatre heures couchée, ne laissant approcher d'elle que sa femme de chambre qui lui apporta quelques tasses d'infusion de feuilles d'oranger. Suzette entendit sa maîtresse faisant quelques plaintes, et surprit des larmes dans ses yeux éclatants mais cernés. Le surlendemain, après avoir médité dans les larmes du désespoir le parti qu'elle voulait prendre, madame de Langeais eut une conférence avec son homme d'affaires, et le chargea sans doute de quelques préparatifs. Puis elle envoya chercher le vieux vidame de Pamiers. En attendant le commandeur, elle écrivit à monsieur de Montriveau. Le vidame fut exact. Il trouva sa jeune cousine pâle, abattue, mais résignée. Il était environ deux heures après-midi. Jamais cette divine créature n'avait été plus poétique qu'elle ne l'était alors dans les langueurs de son agonie.

– Mon cher cousin, dit-elle au vidame, vos quatre-vingts ans vous valent ce rendez-vous. Oh! ne souriez pas, je vous en supplie, devant une pauvre femme au comble du malheur. Vous êtes un galant homme, et les aventures de votre jeunesse vous ont, j'aime à le croire, inspiré quelque indulgence pour les femmes.

– Pas la moindre, dit-il.

– Vraiment.

– Elles sont heureuses de tout, reprit-il.

– Ah! Eh! bien, vous êtes au cœur de ma famille; vous serez peut-être le dernier parent, le dernier ami de qui j'aurai serré la main ; je puis donc réclamer de vous un bon office. Rendez-moi, mon cher vidame, un service que je ne saurais demander à mon père, ni à mon oncle Grandlieu, ni à aucune femme. Vous devez me comprendre. Je vous supplie de m'obéir, et d'oublier que vous m'avez obéi, quelle que soit l'issue de vos démarches. Il s'agit d'aller, muni de cette lettre, chez monsieur de Montriveau, de le voir, de la lui montrer, de lui demander, comme vous savez d'homme à homme demander les choses, car vous avez entre vous une probité, des sentiments que vous oubliez avec nous, de lui demander s'il voudra bien la lire, non pas en votre présence, les hommes se cachent certaines émotions. Je vous autorise, pour le décider, et si vous le jugez nécessaire, à lui dire qu'il en va de ma vie ou de ma mort. S'il daigne...

– Daigne ! fit le commandeur.

– S'il daigne la lire, reprit avec dignité la duchesse, faites-lui une dernière observation. Vous le verrez à cinq heures, il dîne à cette heure, chez lui, aujourd'hui, je le sais ; eh ! bien, il doit pour toute réponse venir me voir. Si trois heures après, si à huit heures, il n'est pas sorti, tout sera dit. La duchesse de Langeais aura disparu de ce monde. Je ne serai pas morte, cher, non ; mais aucun pouvoir humain ne me retrouvera sur cette terre. Venez dîner avec moi, j'aurai du moins un ami pour m'assister dans mes dernières angoisses. Oui, ce soir, mon cher cousin, ma vie sera décidée ; et quoi qu'il arrive, elle ne peut être que cruellement ardente. Allez, silence, je ne veux rien entendre qui ressemble soit à des observations, soit à des avis. – Causons, rions, dit-elle en lui tendant une main qu'il baisa. Soyons comme deux vieillards philosophes qui savent jouir de la vie jusqu'au moment de leur mort. Je me parerai, je serai bien coquette pour vous. Vous serez peut-être le dernier homme qui aura vu la duchesse de Langeais.

Le vidame ne répondit rien, il salua, prit la lettre et fit la commission. Il revint à cinq heures, trouva sa parente mise avec recherche, délicieuse enfin. Le salon était paré de fleurs comme pour une fête. Le repas fut exquis. Pour ce vieillard, la duchesse fit jouer tous les brillants de son esprit, et se montra plus attrayante qu'elle ne l'avait jamais été. Le commandeur voulut d'abord voir une plaisanterie de jeune femme dans tous ces apprêts ; mais, de temps à autre, la fausse magie des séductions déployées par sa cousine pâlissait. Tantôt il la surprenait à tressaillir émue par une sorte de terreur soudaine ; et tantôt elle semblait écouter dans le silence. Alors, s'il lui disait : – Qu'avez-vous ?

– Chut ! répondait-elle.

À sept heures, la duchesse quitta le vieillard, et revint promptement, mais habillée comme aurait pu l'être sa femme de chambre pour un voyage ; elle réclama le bras de son convive qu'elle voulut pour compagnon, se jeta dans une voiture de louage. Tous deux, ils furent, vers les huit heures moins un quart, à la porte de monsieur de Montriveau.

Armand, lui, pendant ce temps, avait médité sur la lettre suivante :

« Mon ami, j'ai passé quelques moments chez vous, à votre insu ; j'y ai repris mes lettres. Oh ! Armand, de vous à moi, ce ne peut être indifférence, et la haine procède autrement. Si vous m'aimez, cessez un jeu cruel. Vous me tueriez. Plus tard, vous en seriez au désespoir, en apprenant combien vous êtes aimé. Si je vous ai malheureusement compris, si vous n'avez pour moi que de l'aversion, l'aversion comporte et mépris et dégoût ; alors, tout espoir m'abandonne : les hommes ne reviennent pas de ces deux sentiments. Quelque terrible qu'elle puisse être, cette pensée apportera des consolations à ma longue douleur. Vous n'aurez pas de regrets un jour. Des regrets ! ah, mon Armand, que je les ignore. Si je vous en causais un seul ?… Non je ne veux pas vous dire quels ravages il ferait en moi. Je vivrais et ne pourrais plus être votre femme. Après m'être entièrement donnée à vous en pensée, à qui donc me donner ?... à Dieu. Oui, les yeux que vous avez aimés pendant un moment ne verront plus aucun visage d'homme ; et puisse la gloire de Dieu les fermer ! Je n'entendrai plus de voix humaine, après avoir entendu la vôtre, si douce d'abord, si terrible hier, car je suis toujours au lendemain de votre vengeance ; puisse donc la parole de Dieu me consumer ! Entre sa colère et la vôtre, mon ami, il n'y aura pour moi que larmes et que prières. Vous vous demanderez peut-être pourquoi vous écrire ? Hélas ! ne m'en voulez pas de conserver une lueur d'espérance, de jeter encore un soupir sur la vie heureuse avant de la quitter pour jamais. Je suis dans une horrible situation. J'ai toute la sérénité que communique à l'âme une grande résolution, et sens encore les derniers grondements de l'orage. Dans cette terrible aventure qui m'a tant attachée à vous, Armand, vous alliez du désert à l'oasis, mené par un bon guide. Eh ! bien, moi, je me traîne de l'oasis au désert, et vous m'êtes un guide sans pitié. Néanmoins, vous seul, mon ami, pouvez comprendre la mélancolie des derniers regards que je jette au bonheur, et vous êtes le seul auquel je puisse me plaindre sans rougir. Si vous m'exaucez, je serai heureuse ; si vous êtes inexorable, j'expierai mes torts. Enfin, n'est-il pas naturel à une femme de vouloir rester dans la mémoire de son aimé, revêtue de tous les sentiments nobles ? Oh ! seul cher à moi ! laissez votre créature s'ensevelir avec la croyance que vous la trouverez grande. Vos sévérités m'ont fait réfléchir ; et depuis que je vous aime bien, je me suis trouvée moins coupable que vous ne le pensez. Écoutez donc ma justification, je vous la dois ; et vous, qui êtes tout pour moi dans le monde, vous me devez au moins un instant de justice.

J'ai su, par mes propres douleurs, combien mes coquetteries vous ont fait souffrir ; mais alors, j'étais dans une complète ignorance de l'amour. Vous êtes, vous, dans le secret de ces tortures, et vous me les imposez. Pendant les huit premiers mois que vous m'avez accordés, vous ne vous êtes point fait aimer. Pourquoi, mon ami ? Je ne sais pas plus vous le dire, que je ne puis vous expliquer pourquoi je vous aime. Ah ! certes, j'étais flattée de me voir l'objet de vos discours passionnés, de recevoir vos regards de feu ; mais vous me laissiez froide et sans désirs. Non, je n'étais point femme, je ne concevais ni le dévouement ni le bonheur de notre sexe. À qui la faute ! Ne m'auriez-vous pas méprisée, si je m'étais livrée sans entraînement ? Peut-être est-ce le sublime de notre sexe, de se donner sans recevoir aucun plaisir ; peut-être n'y a-t-il aucun mérite à s'abandonner à des jouissances connues et ardemment désirées ? Hélas ! mon ami, je puis vous le dire, ces pensées me sont venues quand j'étais si coquette pour vous ; mais je vous trouvais déjà si grand, que je ne voulais pas que vous me dussiez à la pitié... Quel mot viens-je d'écrire ? Ah ! j'ai repris chez vous toutes mes lettres, je les jette au feu ! Elles brûlent. Tu ne sauras jamais ce qu'elles accusaient d'amour, de passion, de folie... Je me tais, Armand, je m'arrête, je ne veux plus rien vous dire de mes sentiments. Si mes vœux n'ont pas été entendus d'âme à âme, je ne pourrais donc plus, moi aussi, moi la femme, ne devoir votre amour qu'à votre pitié. Je veux être aimée irrésistiblement ou laissée impitoyablement. Si vous refusez de lire cette lettre, elle sera brûlée. Si, l'ayant lue, vous n'êtes pas, trois heures après, pour toujours mon seul époux, je n'aurai point de honte à vous la savoir entre les mains : la fierté de mon désespoir garantira ma mémoire de toute injure, et ma fin sera digne de mon amour. Vous-même, ne me rencontrant plus sur cette terre, quoique vivante, vous ne penserez pas sans frémir à une femme qui, dans trois heures, ne respirera plus que pour vous accabler de sa tendresse, à une femme consumée par un amour sans espoir, et fidèle, non pas à des plaisirs partagés, mais à des sentiments méconnus. La duchesse de Lavallière[1] pleurait un bonheur perdu, sa puissance évanouie ; tandis que la duchesse de Langeais sera heureuse de ses pleurs et restera pour vous un pouvoir. Oui, vous me regretterez. Je sens bien que je n'étais pas de ce monde, et vous remercie de me l'avoir prouvé. Adieu, vous ne toucherez point à ma hache : la vôtre était celle du bourreau, la mienne est celle de Dieu ; la vôtre tue, et la mienne sauve. Votre amour était mortel, il ne savait supporter ni le dédain ni la raillerie ; le mien peut tout endurer sans faiblir, il est immortellement vivace. Ah ! j'éprouve une joie sombre à vous écraser, vous qui vous croyez si grand, à vous humilier par le sourire calme et protecteur des anges faibles qui prennent, en se couchant aux pieds de Dieu, le droit et la force de veiller en son nom sur les hommes. Vous n'avez eu que de passagers désirs ; tandis que la pauvre religieuse vous éclairera sans cesse de ses ardentes prières, et vous couvrira toujours des ailes de l'amour divin. Je pressens votre réponse, Armand, et vous donne rendez-vous... dans le ciel. Ami, la force et la faiblesse y sont également admises ; toutes deux sont des souffrances. Cette pensée apaise les agitations de ma dernière épreuve. Me voilà si calme, que je craindrais de ne plus t'aimer, si ce n'était pour toi que je quitte le monde.

Antoinette. »

– Cher vidame, dit la duchesse en arrivant à la maison de Montriveau, faites-moi la grâce de demander à la porte s'il est chez lui.

Le commandeur, obéissant à la manière des hommes du dix-huitième siècle, descendit et revint dire à sa cousine un oui qui la fit frissonner. À ce mot, elle prit le commandeur, lui serra la

1. *La duchesse de Lavallière :* (1644-1710) fut l'une des favorites de Louis XIV et termina sa vie au couvent.

main, se laissa baiser par lui sur les deux joues, et le pria de s'en aller sans l'espionner ni vouloir la protéger.

– Mais les passants ? dit-il.

– Personne ne peut me manquer de respect, répondit-elle.

Ce fut le dernier mot de la femme à la mode et de la duchesse. Le commandeur s'en alla. Madame de Langeais resta sur le seuil de cette porte en s'enveloppant de son manteau, et attendit que huit heures sonnassent. L'heure expira. Cette malheureuse femme se donna dix minutes, un quart d'heure ; enfin, elle voulut voir une nouvelle humiliation dans ce retard, et la foi l'abandonna. Elle ne put retenir cette exclamation : – Ô mon Dieu ! puis quitta ce funeste seuil. Ce fut le premier mot de la carmélite.

Montriveau avait une conférence avec quelques amis, il les pressa de finir, mais sa pendule retardait, et il ne sortit pour aller à l'hôtel de Langeais qu'au moment où la duchesse, emportée par une rage froide, fuyait à pied dans les rues de Paris. Elle pleura quand elle atteignit le boulevard d'Enfer. Là, pour la dernière fois, elle regarda Paris fumeux, bruyant, couvert de la rouge atmosphère produite par ses lumières ; puis elle monta dans une voiture de place, et sortit de cette ville pour n'y jamais rentrer. Quand le marquis de Montriveau vint à l'hôtel de Langeais, il n'y trouva point sa maîtresse, et se crut joué. Il courut alors chez le vidame, et y fut reçu au moment où le bonhomme passait sa robe de chambre en pensant au bonheur de sa jolie parente. Montriveau lui jeta ce regard terrible dont la commotion électrique frappait également les hommes et les femmes.

– Monsieur, vous seriez-vous prêté à quelque cruelle plaisanterie ? s'écria-t-il. Je viens de chez madame de Langeais, et ses gens la disent sortie.

– Il est sans doute arrivé, par votre faute, un grand malheur, répondit le vidame. J'ai laissé la duchesse à votre porte…

– À quelle heure ?

– À huit heures moins un quart.

– Je vous salue, dit Montriveau qui revint précipitamment chez lui pour demander à son portier s'il n'avait pas vu dans la soirée une dame à la porte.

– Oui, monsieur, une belle femme qui paraissait avoir bien du désagrément. Elle pleurait comme une Madeleine, sans faire de bruit, et se tenait droit comme un piquet. Enfin, elle a dit un : Ô mon Dieu ! en s'en allant, qui nous a, sous votre respect, crevé le cœur à mon épouse et à moi, qu'étions là sans qu'elle s'en aperçût.

Ce peu de mots fit pâlir cet homme si ferme. Il écrivit quelques lignes à monsieur de Ronquerolles, chez lequel il envoya sur-le-champ, et remonta dans son appartement. Vers minuit, le marquis de Ronquerolles arriva.

– Qu'as-tu, mon bon ami ? dit-il en voyant le général.

Armand lui donna la lettre de la duchesse à lire.

– Eh ! bien ? lui demanda Ronquerolles.

– Elle était à ma porte à huit heures, et à huit heures un quart elle a disparu. Je l'ai perdue, et je l'aime ! Ah ! si ma vie m'appartenait, je me serais déjà fait sauter la cervelle !

– Bah ! bah ! dit Ronquerolles, calme-toi. Les duchesses ne s'envolent pas comme des bergeronnettes [1]. Elle ne fera pas plus de trois lieues à l'heure ; demain, nous en ferons six, nous autres.

– Ah ! peste ! reprit-il, madame de Langeais n'est pas une femme ordinaire. Nous serons tous à cheval demain. Dans la journée, nous saurons par la police où elle est allée. Il lui faut une voiture, ces anges-là n'ont pas d'ailes. Qu'elle soit en route ou cachée dans Paris, nous la trouverons. N'avons-nous pas le télégraphe pour l'arrêter sans la suivre ? Tu seras heureux. Mais, mon cher frère, tu as commis la faute dont sont plus ou moins

1. *Bergeronnettes* : passereaux.

coupables les hommes de ton énergie. Ils jugent les autres âmes d'après la leur, et ne savent pas où casse l'humanité quand ils en tendent les cordes. Que ne me disais-tu donc un mot tantôt ? Je t'aurais dit : – Sois exact.

– À demain, donc, ajouta-t-il en serrant la main de Montriveau qui restait muet. Dors, si tu peux.

Mais les plus immenses ressources dont jamais hommes d'État, souverains, ministres, banquiers, enfin dont tout pouvoir humain se soit socialement investi, furent en vain déployées. Ni Montriveau ni ses amis ne purent trouver la trace de la duchesse. Elle s'était évidemment cloîtrée. Montriveau résolut de fouiller ou de faire fouiller tous les couvents du monde. Il lui fallait la duchesse, quand même il en aurait coûté la vie à toute une ville. Pour rendre justice à cet homme extraordinaire, il est nécessaire de dire que sa fureur passionnée se leva également ardente chaque jour, et dura cinq années. En 1829 seulement, le duc de Navarreins apprit, par hasard, que sa fille était partie pour l'Espagne, comme femme de chambre de lady Julia Hopwood, et qu'elle avait quitté cette dame à Cadix, sans que lady Julia se fût aperçue que mademoiselle Caroline était l'illustre duchesse dont la disparition occupait la haute société parisienne.

Les sentiments qui animèrent les deux amants quand ils se retrouvèrent à la grille des Carmélites et en présence d'une mère supérieure doivent être maintenant compris dans toute leur étendue, et leur violence, réveillée de part et d'autre, expliquera sans doute le dénouement de cette aventure.

Chapitre IV

Dieu fait les dénouements

Donc, en 1823, le duc de Langeais mort, sa femme était libre. Antoinette de Navarreins vivait consumée par l'amour sur un banc de la Méditerranée ; mais le pape pouvait casser les vœux de la sœur Thérèse. Le bonheur acheté par tant d'amour pouvait éclore pour les deux amants. Ces pensées firent voler Montriveau de Cadix à Marseille, de Marseille à Paris. Quelques mois après son arrivée en France, un brick de commerce armé en guerre partit du port de Marseille et fit route pour l'Espagne. Ce bâtiment était frété par plusieurs hommes de distinction, presque tous Français qui, épris de belle passion pour l'Orient, voulaient en visiter les contrées. Les grandes connaissances de Montriveau sur les mœurs de ces pays en faisaient un précieux compagnon de voyage pour ces personnes, qui le prièrent d'être des leurs, et il y consentit. Le ministre de la Guerre le nomma lieutenant-général et le mit au comité d'artillerie pour lui faciliter cette partie de plaisir.

Le brick s'arrêta, vingt-quatre heures après son départ, au nord-ouest d'une île en vue des côtes d'Espagne. Le bâtiment avait été choisi assez fin de carène[1], assez léger de mâture pour

1. *Carène :* partie immergée de la coque d'un bateau.

qu'il pût sans danger s'ancrer à une demi-lieue environ des récifs qui, de ce côté, défendaient sûrement l'abordage de l'île. Si des barques ou des habitants apercevaient le brick dans ce mouillage, ils ne pouvaient d'abord en concevoir aucune inquiétude. Puis il fut facile d'en justifier aussitôt le stationnement. Avant d'arriver en vue de l'île, Montriveau fit arborer le pavillon des États-Unis. Les matelots engagés pour le service du bâtiment étaient américains et ne parlaient que la langue anglaise. L'un des compagnons de monsieur de Montriveau les embarqua tous sur une chaloupe et les amena dans une auberge de la petite ville, où il les maintint à une hauteur d'ivresse qui ne leur laissa pas la langue libre. Puis il dit que le brick était monté par des chercheurs de trésors, gens connus aux États-Unis pour leur fanatisme, et dont un des écrivains de ce pays a écrit l'histoire. Ainsi la présence du vaisseau dans les récifs fut suffisamment expliquée. Les armateurs et les passagers y cherchaient, dit le prétendu contre-maître des matelots, les débris d'un galion échoué en 1778 avec les trésors envoyés du Mexique. Les aubergistes et les autorités du pays n'en demandèrent pas davantage.

Armand et les amis dévoués qui le secondaient dans sa difficile entreprise pensèrent tout d'abord que ni la ruse ni la force ne pouvaient faire réussir la délivrance ou l'enlèvement de la sœur Thérèse du côté de la petite ville. Alors, d'un commun accord, ces hommes d'audace résolurent d'attaquer le taureau par les cornes. Ils voulurent se frayer un chemin jusqu'au couvent par les lieux mêmes où tout accès y semblait impraticable, et vaincre la nature, comme le général Lamarque l'avait vaincue à l'assaut de Caprée[1]. En cette circonstance, les tables de granit taillées à pic, au bout de l'île, leur offraient moins de prise que celles de Caprée n'en avaient offert à Montriveau, qui

1. *Comme (...) Caprée :* l'île de Caprée fut conquise sur les Anglais par le général Lamarque en 1808 après un siège difficile.

fut de cette incroyable expédition, et les nonnes lui semblaient plus redoutables que ne le fut sir Hudson Lowe[1]. Enlever la duchesse avec fracas couvrait ces hommes de honte. Autant aurait valu faire le siège de la ville, du couvent, et ne pas laisser un seul témoin de leur victoire, à la manière des pirates. Pour eux cette entreprise n'avait donc que deux faces. Ou quelque incendie, quelque fait d'armes qui effrayât l'Europe en y laissant ignorer la raison du crime ; ou quelque enlèvement aérien, mystérieux, qui persuadât aux nonnes que le diable leur avait rendu visite. Ce dernier parti triompha dans le conseil secret tenu à Paris avant le départ. Puis, tout avait été prévu pour le succès d'une entreprise qui offrait à ces hommes blasés des plaisirs de Paris un véritable amusement.

Une espèce de pirogue d'une excessive légèreté, fabriquée à Marseille d'après un modèle malais, permit de naviguer dans les récifs jusqu'à l'endroit où ils cessaient d'être praticables. Deux cordes en fil de fer, tendues parallèlement à une distance de quelques pieds sur des inclinaisons inverses, et sur lesquelles devaient glisser les paniers également en fil de fer, servirent de pont, comme en Chine, pour aller d'un rocher à l'autre. Les écueils furent ainsi unis les uns aux autres par un système de cordes et de paniers qui ressemblaient à ces fils sur lesquels voyagent certaines araignées, et par lesquels elles enveloppent un arbre ; œuvre d'instinct que les Chinois, ce peuple essentiellement imitateur, a copiée le premier, historiquement parlant. Ni les lames ni les caprices de la mer ne pouvaient déranger ces fragiles constructions. Les cordes avaient assez de jeu pour offrir aux fureurs des vagues cette courbure étudiée par un ingénieur, feu Cachin, l'immortel créateur du port de Cherbourg, la ligne savante au-delà de laquelle cesse le pouvoir de l'eau courroucée ; courbe établie

1. *Sir Hudson Lowe* : général anglais (1769-1844) et geôlier de Napoléon.

d'après une loi dérobée aux secrets de la nature, par le génie de l'observation, qui est presque tout le génie humain.

Les compagnons de monsieur de Montriveau étaient seuls sur ce vaisseau. Les yeux de l'homme ne pouvaient arriver jusqu'à eux. Les meilleures longues-vues braquées du haut des tillacs par les marins des bâtiments à leur passage n'eussent laissé découvrir ni les cordes perdues dans les récifs ni les hommes cachés dans les rochers. Après onze jours de travaux préparatoires, ces treize démons humains arrivèrent au pied du promontoire élevé d'une trentaine de toises[1] au-dessus de la mer, bloc aussi difficile à gravir par des hommes qu'il peut l'être à une souris de grimper sur les contours polis du ventre en porcelaine d'un vase uni. Cette table de granit était heureusement fendue. Sa fissure, dont les deux lèvres avaient la roideur de la ligne droite, permit d'y attacher, à un pied de distance, de gros coins de bois dans lesquels ces hardis travailleurs enfoncèrent des crampons de fer. Ces crampons, préparés à l'avance, étaient terminés par une palette trouée sur laquelle ils fixèrent une marche faite avec une planche de sapin extrêmement légère qui venait s'adapter aux entailles d'un mât aussi haut que le promontoire et qui fut assujettie dans le roc au bas de la grève. Avec une habileté digne de ces hommes d'exécution, l'un d'eux, profond mathématicien, avait calculé l'angle nécessaire pour écarter graduellement les marches en haut et en bas du mât, de manière à placer dans son milieu le point à partir duquel les marches de la partie supérieure gagnaient en éventail le haut du rocher ; figure également représentée, mais en sens inverse, par les marches d'en bas. Cet escalier, d'une légèreté miraculeuse et d'une solidité parfaite, coûta vingt-deux jours de travail. Un briquet phosphorique, une nuit et le ressac de la mer suffisaient

1. *Toise* : ancienne mesure de longueur, usitée en France avant l'adoption du système métrique, qui valait 1,949 m. à Paris.

à en faire disparaître éternellement les traces. Ainsi nulle indiscrétion n'était possible, et nulle recherche contre les violateurs du couvent ne pouvait avoir de succès.

Sur le haut du rocher se trouvait une plate-forme, bordée de tous côtés par le précipice taillé à pic. Les treize inconnus, en examinant le terrain avec leurs lunettes du haut de la hune [1], s'étaient assurés que, malgré quelques aspérités, ils pourraient facilement arriver aux jardins du couvent, dont les arbres suffisamment touffus offraient de sûrs abris. Là, sans doute, ils devaient ultérieurement décider par quels moyens se consommerait le rapt de la religieuse. Après de si grands efforts, ils ne voulurent pas compromettre le succès de leur entreprise en risquant d'être aperçus, et furent obligés d'attendre que le dernier quartier de la lune expirât.

Montriveau resta, pendant deux nuits, enveloppé dans son manteau, couché sur le roc. Les chants du soir et ceux du matin lui causèrent d'inexprimables délices. Il alla jusqu'au mur, pour pouvoir entendre la musique des orgues, et s'efforça de distinguer une voix dans cette masse de voix. Mais, malgré le silence, l'espace ne laissait parvenir à ses oreilles que les effets confus de la musique. C'était de suaves harmonies où les défauts de l'exécution ne se faisaient plus sentir, et d'où la pure pensée de l'art se dégageait en se communiquant à l'âme, sans lui demander ni les efforts de l'attention ni les fatigues de l'entendement. Terribles souvenirs pour Armand, dont l'amour refleurissait tout entier dans cette brise de musique, où il voulut trouver d'aériennes promesses de bonheur. Le lendemain de la dernière nuit, il descendit avant le lever du soleil, après être resté durant plusieurs heures les yeux attachés sur la fenêtre d'une cellule sans grille. Les grilles n'étaient pas nécessaires au-dessus de ces abîmes. Il y avait vu de la lumière pendant toute

1. *Hune* : plate-forme fixée sur les mâts.

la nuit. Or, cet instinct du cœur, qui trompe aussi souvent qu'il dit vrai, lui avait crié : – Elle est là !

– Elle est certainement là, et demain je l'aurai, se dit-il en mêlant de joyeuses pensées aux tintements d'une cloche qui sonnait lentement. Étrange bizarrerie du cœur ! Il aimait avec plus de passion la religieuse dépérie [1] dans les élancements de l'amour, consumée par les larmes, les jeûnes, les veilles et la prière, la femme de vingt-neuf ans fortement éprouvée, qu'il n'avait aimé la jeune fille légère, la femme de vingt-quatre ans, la sylphide. Mais les hommes d'âme vigoureuse n'ont-ils pas un penchant qui les entraîne vers les sublimes expressions que de nobles malheurs ou d'impétueux mouvements de pensées ont gravées sur le visage d'une femme ? La beauté d'une femme endolorie n'est-elle pas la plus attachante de toutes pour les hommes qui se sentent au cœur un trésor inépuisable de consolations et de tendresses à répandre sur une créature gracieuse de faiblesse et forte par le sentiment ? La beauté fraîche, colorée, unie, le *joli* en un mot, est l'attrait vulgaire auquel se prend la médiocrité. Montriveau devait aimer ces visages où l'amour se réveille au milieu des plis de la douleur et des ruines de la mélancolie. Un amant ne fait-il pas alors saillir, à la voix de ses puissants désirs, un être tout nouveau, jeune, palpitant, qui brise pour lui seul une enveloppe belle pour lui, détruite pour le monde ? Ne possède-t-il pas deux femmes : celle qui se présente aux autres pâle, décolorée, triste ; puis celle du cœur que personne ne voit, un ange qui comprend la vie par le sentiment, et ne paraît dans toute sa gloire que pour les solennités de l'amour ? Avant de quitter son poste, le général entendit de faibles accords qui partaient de cette cellule, douces voix pleines de tendresse. En revenant sous le rocher au bas duquel se tenaient

1. *Dépérie* : ayant perdu progressivement de sa vitalité.

ses amis, il leur dit en quelques mots, empreints de cette passion communicative quoique discrète dont les hommes respectent toujours l'expression grandiose, que jamais, de sa vie, il n'avait éprouvé de si captivantes félicités.

Le lendemain soir, onze compagnons dévoués se hissèrent dans l'ombre en haut de ces rochers, ayant chacun sur eux un poignard, une provision de chocolat, et tous les instruments que comporte le métier des voleurs. Arrivés au mur d'enceinte, ils le franchirent au moyen d'échelles qu'ils avaient fabriquées, et se trouvèrent dans le cimetière du couvent. Montriveau reconnut et la longue galerie voûtée par laquelle il était venu naguère au parloir, et les fenêtres de cette salle. Sur-le-champ, son plan fut fait et adopté. S'ouvrir un passage par la fenêtre de ce parloir qui en éclairait la partie affectée aux Carmélites, pénétrer dans les corridors, voir si les noms étaient inscrits sur chaque cellule, aller à celle de la sœur Thérèse, y surprendre et bâillonner la religieuse pendant son sommeil, la lier et l'enlever, toutes ces parties du programme étaient faciles pour des hommes qui, à l'audace, à l'adresse des forçats, joignaient les connaissances particulières aux gens du monde, et auxquels il était indifférent de donner un coup de poignard pour acheter le silence.

La grille de la fenêtre fut sciée en deux heures. Trois hommes se mirent en faction au dehors, et deux autres restèrent dans le parloir. Le reste, pieds nus, se posta de distance en distance à travers le cloître où s'engagea Montriveau, caché derrière un jeune homme, le plus adroit d'entre eux, Henri de Marsay, qui, par prudence, s'était vêtu d'un costume de carmélite absolument semblable à celui du couvent. L'horloge sonna trois heures quand la fausse religieuse et Montriveau parvinrent au dortoir. Ils eurent bientôt reconnu la situation des cellules. Puis, n'entendant aucun bruit, ils lurent, à l'aide d'une lanterne sourde, les noms heureusement écrits sur chaque porte, et accompagnés de ces devises mystiques, de ces portraits de saints ou de saintes que chaque religieuse inscrit en forme d'épigraphe sur le nouveau rôle de sa vie, et où elle révèle sa dernière pensée. Arrivé à la cellule de la sœur Thérèse, Montriveau lut cette inscription : *Sub invocatione sanctae matris Theresae*[1] ! La devise était : *Adoremus in aeternum*[2]. Tout à coup son compagnon lui mit la main sur l'épaule, et lui fit voir une vive lueur qui éclairait les dalles du corridor par la fente de la porte. En ce moment, monsieur de Ronquerolles les rejoignit.

– Toutes les religieuses sont à l'église et commencent l'office des morts, dit-il.

– Je reste, répondit Montriveau ; repliez-vous dans le parloir, et fermez la porte de ce corridor.

Il entra vivement en se faisant précéder de la fausse religieuse, qui rabattit son voile. Ils virent alors, dans l'antichambre de la cellule, la duchesse morte, posée à terre sur la planche de son lit, et éclairée par deux cierges. Ni Montriveau ni de Marsay ne dirent une parole, ne jetèrent un cri ; mais ils se regardèrent. Puis le général fit un geste qui voulait dire : – Emportons-la.

– Sauvez-vous, cria Ronquerolles, la procession des religieuses se met en marche, vous allez être surpris.

Avec la rapidité magique que communique aux mouvements un extrême désir, la morte fut apportée dans le parloir, passée par la fenêtre et transportée au pied des murs, au moment où l'abbesse, suivie des religieuses, arrivait pour prendre le corps de la sœur Thérèse. La sœur chargée de garder la morte avait eu l'imprudence de fouiller dans sa chambre pour en connaître les secrets, et s'était si fort occupée à cette recherche qu'elle n'entendit rien et sortait alors épouvantée de ne plus trouver le corps. Avant que ces femmes stupéfiées n'eussent la pensée de faire des recherches, la duchesse avait été descendue par une corde en bas des rochers et les compagnons de Montriveau

1. *Sub (...) Theresae* : sous l'invocation de la sainte mère Thérèse. \ **2.** Adoremus in aeternum : adorons pour l'éternité.

avaient détruit leur ouvrage. À neuf heures du matin, nulle trace n'existait ni de l'escalier ni des ponts de cordes ; le corps de la sœur Thérèse était à bord ; le brick vint au port embarquer ses matelots, et disparut dans la journée. Montriveau resta seul dans sa cabine avec Antoinette de Navarreins, dont, pendant quelques heures, le visage resplendit complaisamment pour lui des sublimes beautés dues au calme particulier que prête la mort à nos dépouilles mortelles.

– Ah ! çà, dit Ronquerolles à Montriveau quand celui-ci reparut sur le tillac, c'était une femme, maintenant ce n'est rien. Attachons un boulet à chacun de ses pieds, jetons-la dans la mer, et n'y pense plus que comme nous pensons à un livre lu pendant notre enfance.

– Oui, dit Montriveau, car ce n'est plus qu'un poème.

– Te voilà sage. Désormais aie des passions ; mais de l'amour, il faut savoir le bien placer, et il n'y a que le dernier amour d'une femme qui satisfasse le premier amour d'un homme.

Genève, au Pré-Lévêque, 26 janvier 1834.

LA FILLE AUX YEUX D'OR

À Eugène Delacroix[1], peintre

1. *Eugène Delacroix* : peintre français (1798-1863) très apprécié des écrivains romantiques.

Chapitre premier

Physionomies parisiennes

Un des spectacles où se rencontre le plus d'épouvantement est certes l'aspect général de la population parisienne, peuple horrible à voir, hâve[1], jaune, tanné. Paris n'est-il pas un vaste champ incessamment remué par une tempête d'intérêts sous laquelle tourbillonne une moisson d'hommes que la mort fauche plus souvent qu'ailleurs et qui renaissent toujours aussi serrés, dont les visages contournés, tordus, rendent par tous les pores l'esprit, les désirs, les poisons dont sont engrossés leurs cerveaux ; non pas des visages, mais bien des masques : masques de faiblesse, masques de force, masques de misère, masques de joie, masques d'hypocrisie ; tous exténués, tous empreints des signes ineffaçables d'une haletante avidité ? Que veulent-ils ? De l'or, ou du plaisir ?

Quelques observations sur l'âme de Paris peuvent expliquer les causes de sa physionomie cadavéreuse qui n'a que deux âges, ou la jeunesse ou la caducité : jeunesse blafarde et sans couleur, caducité fardée qui veut paraître jeune. En voyant ce peuple exhumé, les étrangers, qui ne sont pas tenus de réfléchir, éprouvent tout d'abord un mouvement de dégoût pour cette capi-

1. *Hâve* : d'une pâleur et d'une maigreur maladives.

tale, vaste atelier de jouissances, d'où bientôt eux-mêmes ils ne peuvent sortir, et restent à s'y déformer volontiers. Peu de mots suffiront pour justifier physiologiquement la teinte presque infernale des figures parisiennes, car ce n'est pas seulement par plaisanterie que Paris a été nommé un enfer. Tenez ce mot pour vrai. Là, tout fume, tout brûle, tout brille, tout bouillonne, tout flambe, s'évapore, s'éteint, se rallume, étincelle, pétille et se consume. Jamais vie en aucun pays ne fut plus ardente, ni plus cuisante. Cette nature sociale toujours en fusion semble se dire après chaque œuvre finie : – À une autre ! comme se le dit la nature elle-même. Comme la nature, cette nature sociale s'occupe d'insectes, de fleurs d'un jour, de bagatelles, d'éphémères[1], et jette aussi feu et flamme par son éternel cratère. Peut-être avant d'analyser les causes qui font une physionomie spéciale à chaque tribu de cette nation intelligente et mouvante, doit-on signaler la cause générale qui en décolore, blêmit, bleuit et brunit plus ou moins les individus.

À force de s'intéresser à tout, le Parisien finit par ne s'intéresser à rien. Aucun sentiment ne dominant sur sa face usée par le frottement, elle devient grise comme le plâtre des maisons qui a reçu toute espèce de poussière et de fumée. En effet, indifférent la veille à ce dont il s'enivrera le lendemain, le Parisien vit en enfant quel que soit son âge. Il murmure de tout, se console de tout, se moque de tout, oublie tout, veut tout, goûte à tout, prend tout avec passion, quitte tout avec insouciance ; ses rois, ses conquêtes, sa gloire, son idole, qu'elle soit de bronze ou de verre ; comme il jette ses bas, ses chapeaux et sa fortune. À Paris, aucun sentiment ne résiste au jet des choses, et leur courant oblige à une lutte qui détend les passions : l'amour y est un désir, et la haine une velléité ; il n'y a là de vrai parent que le billet de mille francs, d'autre ami que le Mont-de-Piété. Ce laissez-aller

1. *Éphémères* : insectes qui ne vivent qu'un ou deux jours.

général porte ses fruits ; et, dans le salon, comme dans la rue, personne n'y est de trop, personne n'y est absolument utile, ni absolument nuisible : les sots et les fripons, comme les gens d'esprit ou de probité. Tout y est toléré, le gouvernement et la guillotine, la religion et le choléra. Vous convenez toujours à ce monde, vous n'y manquez jamais. Qui donc domine en ce pays sans mœurs, sans croyance, sans aucun sentiment ; mais d'où partent et où aboutissent tous les sentiments, toutes les croyances et toutes les mœurs ? L'or et le plaisir. Prenez ces deux mots comme une lumière et parcourez cette grande cage de plâtre, cette ruche à ruisseaux noirs, et suivez-y les serpenteaux de cette pensée qui l'agite, la soulève, la travaille. Voyez. Examinez d'abord le monde qui n'a rien.

L'ouvrier, le prolétaire, l'homme qui remue ses pieds, ses mains, sa langue, son dos, son seul bras, ses cinq doigts pour vivre ; eh ! bien, celui-là qui, le premier, devrait économiser le principe de sa vie, il outrepasse ses forces, attelle sa femme à quelque machine, use son enfant et le cloue à un rouage. Le fabricant, le je ne sais quel fil secondaire dont le branle agite ce peuple qui, de ses mains sales, tourne et dore les porcelaines, coud les habits et les robes, amincit le fer, amenuise le bois, tisse l'acier, solidifie le chanvre et le fil, satine les bronzes, festonne[1] le cristal, imite les fleurs, brode la laine, dresse les chevaux, tresse les harnais et les galons, découpe le cuivre, peint les voitures, arrondit les vieux ormeaux[2], vaporise le coton, souffle les tulles, corrode le diamant, polit les métaux, transforme en feuilles le marbre, lèche les cailloux, toilette la pensée, colore, blanchit et noircit tout ; eh ! bien, ce sous-chef est venu promettre à ce monde de sueur et de volonté, d'étude et de patience, un salaire excessif, soit au nom des caprices de la ville,

1. *Festonner* : orner d'éléments figurant des guirlandes de fleurs. \ **2.** *Ormeaux* : jeunes arbres de la famille des ormes.

soit à la voix du monstre nommé Spéculation. Alors ces quadrumanes se sont mis à veiller, pâtir, travailler, jurer, jeûner, marcher ; tous se sont excédés pour gagner cet or qui les fascine. Puis, insouciants de l'avenir, avides de jouissances, comptant sur leurs bras comme le peintre sur sa palette, ils jettent, grands seigneurs d'un jour, leur argent le lundi dans les cabarets, qui font une enceinte de boue à la ville ; ceinture de la plus impudique des Vénus, incessamment pliée et dépliée, où se perd comme au jeu la fortune périodique de ce peuple, aussi féroce au plaisir qu'il est tranquille au travail. Pendant cinq jours donc, aucun repos pour cette partie agissante de Paris ! Elle se livre à des mouvements qui la font se gauchir, se grossir, maigrir, pâlir, jaillir en mille jets de volonté créatrice. Puis son plaisir, son repos est une lassante débauche, brune de peau, noire de tapes, blême d'ivresse, ou jaune d'indigestion, qui ne dure que deux jours, mais qui vole le pain de l'avenir, la soupe de la semaine, les robes de la femme, les langes de l'enfant tous en haillons. Ces hommes, nés sans doute pour être beaux, car toute créature a sa beauté relative, se sont enrégimentés, dès l'enfance, sous le commandement de la force, sous le règne du marteau, des cisailles, de la filature, et se sont promptement vulcanisés[1]. Vulcain, avec sa laideur et sa force, n'est-il pas l'emblème de cette laide et forte nation, sublime d'intelligence mécanique, patiente à ses heures, terrible un jour par siècle, inflammable comme la poudre, et préparée à l'incendie révolutionnaire par l'eau-de-vie, enfin assez spirituelle pour prendre feu sur un mot captieux[2] qui signifie toujours pour elle : or et plaisir ! En comprenant tous ceux qui tendent la main pour une aumône, pour de légitimes salaires ou pour les cinq francs accordés à tous les genres de prostitution parisienne, enfin pour tout argent bien ou mal gagné, ce peuple compte trois cent

1. *Vulcanisés* : transformés par le soufre. \ **2.** *Captieux* : trompeur.

mille individus. Sans les cabarets, le gouvernement ne serait-il pas renversé tous les mardis ? Heureusement, le mardi, ce peuple est engourdi, cuve son plaisir, n'a plus le sou, et retourne au travail, au pain sec, stimulé par un besoin de procréation matérielle qui, pour lui, devient une habitude. Néanmoins ce peuple a ses phénomènes de vertu, ses hommes complets, ses Napoléons inconnus, qui sont le type de ses forces portées à leur plus haute expression, et résument sa portée sociale dans une existence où la pensée et le mouvement se combinent moins pour y jeter de la joie que pour y régulariser l'action de la douleur.

Le hasard a fait un ouvrier économe, le hasard l'a gratifié d'une pensée, il a pu jeter les yeux sur l'avenir, il a rencontré une femme, il s'est trouvé père, et après quelques années de privations dures il entreprend un petit commerce de mercerie, loue une boutique. Si ni la maladie ni le vice ne l'arrêtent en sa voie, s'il a prospéré, voici le croquis de cette vie normale.

Et, d'abord, saluez ce roi du mouvement parisien, qui s'est soumis le temps et l'espace. Oui, saluez cette créature composée de salpêtre[1] et de gaz qui donne des enfants à la France pendant ses nuits laborieuses, et remultiplie pendant le jour son individu pour le service, la gloire et le plaisir de ses concitoyens. Cet homme résout le problème de suffire, à la fois, à une femme aimable, à son ménage, au *Constitutionnel*, à son bureau, à la Garde nationale, à l'Opéra, à Dieu ; mais pour transformer en écus le *Constitutionnel*, le Bureau, l'Opéra, la Garde nationale, la femme et Dieu. Enfin, saluez un irréprochable cumulard. Levé tous les jours à cinq heures, il a franchi comme un oiseau l'espace qui sépare son domicile de la rue Montmartre. Qu'il vente ou tonne, pleuve ou neige, il est au *Constitutionnel* et y attend la charge de journaux dont il a

1. *Salpêtre* : nom usuel pour la poudre.

soumissionné la distribution. Il reçoit ce pain politique avec avidité, le prend et le porte. À neuf heures, il est au sein de son ménage, débite un calembour à sa femme, lui dérobe un gros baiser, déguste une tasse de café ou gronde ses enfants. À dix heures moins un quart, il apparaît à la Mairie. Là, posé sur fauteuil, comme un perroquet sur son bâton, chauffé par la ville de Paris, il inscrit jusqu'à quatre heures, sans leur donner une larme ou un sourire, les décès et les naissances de tout un arrondissement. Le bonheur, le malheur du quartier passe par le bec de sa plume, comme l'esprit du *Constitutionnel* voyageait naguère sur ses épaules. Rien ne lui pèse ! Il va toujours droit devant lui, prend son patriotisme tout fait dans le journal, ne contredit personne, crie ou applaudit avec tout le monde, et vit en hirondelle. À deux pas de sa paroisse, il peut, en cas d'une cérémonie importante, laisser sa place à un surnuméraire, et aller chanter un *requiem*[1] au lutrin de l'église, dont il est, le dimanche et les jours de fête, le plus bel ornement, la voix la plus imposante, où il tord avec énergie sa large bouche en faisant tonner un joyeux *Amen*. Il est chantre. Libéré à quatre heures de son service officiel, il apparaît pour répandre la joie et la gaieté au sein de la boutique la plus célèbre qui soit en la Cité. Heureuse est sa femme, il n'a pas le temps d'être jaloux ; il est plutôt homme d'action que de sentiment. Aussi, dès qu'il arrive, agace-t-il les demoiselles de comptoir, dont les yeux vifs attirent force chalands ; se gaudit[2] au sein des parures, des fichus, de la mousseline façonnée par ces habiles ouvrières ; ou, plus souvent encore, avant de dîner, il sert une pratique, copie une page du journal ou porte chez l'huissier quelque effet en retard. À six heures, tous les deux jours, il est fidèle à son poste. Inamovible basse-taille[3] des chœurs, il se trouve à l'Opéra, prêt

1. Requiem : dans la religion catholique, prière pour les morts. \ **2.** *Se gaudir* : se réjouir. \ **3.** *Basse-taille* : voix d'homme intermédiaire entre le baryton et la basse.

à y devenir soldat, Arabe, prisonnier, sauvage, paysan, ombre, patte de chameau, lion, diable, génie, esclave, eunuque noir ou blanc, toujours expert à produire de la joie, de la douleur, de la pitié, de l'étonnement, à pousser d'invariables cris, à se taire, à chasser, à se battre, à représenter Rome ou l'Égypte ; mais toujours *in petto*[1], mercier. À minuit, il redevient bon mari, homme, tendre père, il se glisse dans le lit conjugal, l'imagination encore tendue par les formes décevantes des nymphes de l'Opéra, et fait ainsi tourner, au profit de l'amour conjugal, les dépravations du monde et les voluptueux ronds de jambe de la Taglioni[2]. Enfin, s'il dort, il dort vite, et dépêche son sommeil comme il a dépêché sa vie. N'est-ce pas le mouvement fait homme, l'espace incarné, le protée de la civilisation ? Cet homme résume tout : histoire, littérature, politique, gouvernement, religion, art militaire. N'est-ce pas une encyclopédie vivante, un atlas grotesque, sans cesse en marche comme Paris et qui jamais ne repose ? En lui tout est jambes. Aucune physionomie ne saurait se conserver pure en de tels travaux. Peut-être l'ouvrier qui meurt vieux à trente ans, l'estomac tanné par les doses progressives de son eau-de-vie, sera-t-il trouvé, au dire de quelques philosophes bien rentés, plus heureux que ne l'est le mercier. L'un périt d'un seul coup et l'autre en détail. De ses huit industries, de ses épaules, de son gosier, de ses mains, de sa femme et de son commerce, celui-ci retire, comme d'autant de fermes, des enfants, quelque mille francs et le plus laborieux bonheur qui ait jamais récréé cœur d'homme. Cette fortune et ces enfants, ou les enfants qui résument tout pour lui, deviennent la proie du monde supérieur, auquel il porte ses écus et sa fille, ou son fils élevé au collège, qui, plus instruit que ne l'est son père, jette plus haut ses

1. *In petto* : en secret, intérieurement. \ **2.** *Taglioni* : Marie Taglioni (1804-1884), danseuse célèbre.

regards ambitieux. Souvent le cadet d'un petit détaillant veut être quelque chose dans l'État.

Cette ambition introduit la pensée dans la seconde des sphères parisiennes. Montez donc un étage et allez à l'entresol; ou descendez du grenier et restez au quatrième; enfin pénétrez dans le monde qui a quelque chose : là, même résultat. Les commerçants en gros et leurs garçons, les employés, les gens de la petite banque et de grande probité, les fripons, les âmes damnées, les premiers et les derniers commis, les clercs de l'huissier, de l'avoué, du notaire, enfin les membres agissants, pensants, spéculants de cette petite bourgeoisie qui triture les intérêts de Paris et veille à son grain, accapare les denrées, emmagasine les produits fabriqués par les prolétaires, encaque[1] les fruits du Midi, les poissons de l'Océan, les vins de toute côte aimée du soleil; qui étend les mains sur l'Orient, y prend les châles dédaignés par les Turcs et les Russes; va récolter jusque dans les Indes, se couche pour attendre la vente, aspire après le bénéfice, escompte les effets, roule et encaisse toutes les valeurs; emballe en détail Paris tout entier, le voiture, guette les fantaisies de l'enfance, épie les caprices et les vices de l'âge mûr, en pressure les maladies; hé bien, sans boire de l'eau-de-vie comme l'ouvrier, ni sans aller se vautrer dans la fange des barrières, tous excèdent aussi leurs forces; tendent outre mesure leur corps et leur moral, l'un par l'autre; se dessèchent de désirs, s'abîment de courses précipitées. Chez eux, la torsion physique s'accomplit sous le fouet des intérêts, sous le fléau des ambitions qui tourmentent les mondes élevés de cette monstrueuse cité, comme celle des prolétaires s'est accomplie sous le cruel balancier des élaborations matérielles incessamment désirées par le despotisme du *je le veux* aristocrate. Là donc aussi, pour obéir à ce maître universel, le plaisir ou l'or, il faut dévorer le temps,

1. *Encaquer* : mettre dans des barils.

presser le temps, trouver plus de vingt-quatre heures dans le jour et la nuit, s'énerver, se tuer, vendre trente ans de vieillesse pour deux ans d'un repos maladif. Seulement l'ouvrier meurt à l'hôpital, quand son dernier terme de rabougrissement s'est opéré, tandis que le petit bourgeois persiste à vivre et vit, mais crétinisé : vous le rencontrez la face usée, plate, vieille, sans lueur aux yeux, sans fermeté dans la jambe, se traînant d'un air hébété sur le boulevard, la ceinture de sa Vénus, de sa ville chérie. Que voulait le bourgeois ? le briquet du garde national, un immuable pot-au-feu, une place décente au Père-Lachaise, et pour sa vieillesse un peu d'or légitimement gagné. Son lundi, à lui, est le dimanche ; son repos est la promenade en voiture de remise, la partie de campagne, pendant laquelle femme et enfants avalent joyeusement de la poussière ou se rôtissent au soleil ; sa barrière est le restaurateur dont le vénéneux dîner a du renom, ou quelque bal de famille où l'on étouffe jusqu'à minuit. Certains niais s'étonnent de la Saint-Guy dont sont atteintes les monades[1] que le microscope fait apercevoir dans une goutte d'eau, mais que dirait le Gargantua de Rabelais, figure d'une sublime audace incomprise, que dirait ce géant, tombé des sphères célestes, s'il s'amusait à contempler le mouvement de cette seconde vie parisienne, dont voici l'une des formules ? Avez-vous vu ces petites baraques, froides en été, sans autre foyer qu'une chaufferette en hiver, placées sous la vaste calotte de cuivre qui coiffe la halle au blé ? Madame est là dès le matin, elle est factrice aux halles et gagne à ce métier douze mille francs par an, dit-on. Monsieur, quand madame se lève, passe dans un sombre cabinet, où il prête à la petite semaine, aux commerçants de son quartier. À neuf heures, il se trouve au bureau des passeports, dont il est un des sous-chefs. Le soir, il est à la caisse du Théâtre Italien, ou de tout autre théâtre qu'il vous plaira

1. *Monades* : substances simples, indivisibles dont tous les êtres sont composés.

choisir. Les enfants sont mis en nourrice, et en reviennent pour aller au collège ou dans un pensionnat. Monsieur et madame demeurent à un troisième étage, n'ont qu'une cuisinière, donnent des bals dans un salon de douze pieds sur huit, et éclairé par des quinquets[1] ; mais ils donnent cent cinquante mille francs à leur fille, et se reposent à cinquante ans, âge auquel ils commencent à paraître aux troisièmes loges à l'Opéra, dans un fiacre à Longchamp, ou en toilette fanée, tous les jours de soleil, sur les boulevards, l'espalier de ces fructifications. Estimé dans le quartier, aimé du gouvernement, allié à la haute bourgeoisie, Monsieur obtient à soixante-cinq ans la croix de la Légion d'Honneur, et le père de son gendre, maire d'un arrondissement, l'invite à ses soirées. Ces travaux de toute une vie profitent donc à des enfants que cette petite bourgeoisie tend fatalement à élever jusqu'à la haute. Chaque sphère jette ainsi tout son frai[2] dans sa sphère supérieure. Le fils du riche épicier se fait notaire, le fils du marchand de bois devient magistrat. Pas une dent ne manque à mordre sa rainure, et tout stimule le mouvement ascensionnel de l'argent.

Nous voici donc amenés au troisième cercle de cet enfer, qui peut-être, un jour, aura son DANTE. Dans ce troisième cercle social, espèce de ventre parisien, où se digèrent les intérêts de la ville et où ils se condensent sous la forme dite *affaires*, se remue et s'agite par un âcre et fielleux mouvement intestinal la foule des avoués, médecins, notaires, avocats, gens d'affaires, banquiers, gros commerçants, spéculateurs, magistrats. Là, se rencontrent encore plus de causes pour la destruction physique et morale que partout ailleurs. Ces gens vivent, presque tous, en d'infectes études, en des salles d'audiences empestées, dans de petits cabinets grillés, passent le jour courbés sous le poids des affaires, se lèvent dès l'aurore pour être en mesure, pour ne

1. *Quinquets* : lampes à huile. \ **2.** *Frai* : très jeune poisson, fruit de sa reproduction.

pas se laisser dévaliser, pour tout gagner ou pour ne rien perdre, pour saisir un homme ou son argent, pour emmancher ou démancher une affaire, pour tirer parti d'une circonstance fugitive, pour faire pendre ou acquitter un homme. Ils réagissent sur les chevaux, ils les crèvent, les surmènent, leur vieillissent, aussi à eux, les jambes avant le temps. Le temps est leur tyran, il leur manque, il leur échappe ; ils ne peuvent ni l'étendre, ni le resserrer. Quelle âme peut rester grande, pure, morale, généreuse, et conséquemment quelle figure demeure belle dans le dépravant exercice d'un métier qui force à supporter le poids des misères publiques, à les analyser, les peser, les estimer, les mettre en coupe réglée ? Ces gens-là déposent leur cœur, où ?... je ne sais ; mais ils le laissent quelque part, quand ils en ont un, avant de descendre tous les matins au fond des peines qui poignent les familles. Pour eux, point de mystères, ils voient l'envers de la société dont ils sont les confesseurs, et la méprisent. Or, quoi qu'ils fassent, à force de se mesurer avec la corruption, ils en ont horreur et s'attristent ; ou par lassitude, par transaction secrète, ils l'épousent ; enfin, nécessairement, ils se blasent sur tous les sentiments, eux que les lois, les hommes, les institutions font voler comme des choucas sur les cadavres encore chauds. À toute heure, l'homme d'argent pèse les vivants, l'homme des contrats pèse les morts, l'homme de loi pèse la conscience. Obligés de parler sans cesse, tous remplacent l'idée par la parole, le sentiment par la phrase, et leur âme devient un larynx. Ils s'usent et se démoralisent. Ni le grand négociant, ni le juge, ni l'avocat ne conservent leur sens droit : ils ne sentent plus, ils appliquent les règles que faussent les espèces. Emportés par leur existence torrentueuse, ils ne sont ni époux, ni pères, ni amants ; ils glissent à la ramasse sur les choses de la vie, et vivent à toute heure, poussés par les affaires de la grande cité. Quand ils rentrent chez eux, ils sont requis d'aller au bal, à l'Opéra, dans les fêtes où ils vont se faire des clients, des connaissances, des protecteurs. Tous mangent démesurément, jouent, veillent, et leurs figures s'arrondissent, s'aplatissent, se rougissent. À de si terribles dépenses de forces intellectuelles, à des contractions morales si multipliées, ils opposent non pas le plaisir, il est trop pâle et ne produit aucun contraste, mais la débauche, débauche secrète, effrayante, car ils peuvent disposer de tout, et font la morale de la société. Leur stupidité réelle se cache sous une science spéciale. Ils savent leur métier, mais ils ignorent tout ce qui n'en est pas. Alors, pour sauver leur amour-propre, ils mettent tout en question, critiquent à tort et à travers; paraissent douteurs et sont gobe-mouches en réalité, noient leur esprit dans leurs interminables discussions. Presque tous adoptent commodément les préjugés sociaux, littéraires ou politiques pour se dispenser d'avoir une opinion; de même qu'ils mettent leurs consciences à l'abri du code, ou du tribunal de commerce. Partis de bonne heure pour être des hommes remarquables, ils deviennent médiocres, et rampent sur les sommités du monde. Aussi leurs figures offrent-elles cette pâleur aigre, ces colorations fausses, ces yeux ternis, cernés, ces bouches bavardes et sensuelles où l'observateur reconnaît les symptômes de l'abâtardissement de la pensée et sa rotation dans le cirque d'une spécialité qui tue les facultés génératives du cerveau, le don de voir en grand, de généraliser et de déduire. Ils se ratatinent presque tous dans la fournaise des affaires. Aussi jamais un homme qui s'est laissé prendre dans les conquassations[1] ou dans l'engrenage de ces immenses machines, ne peut-il devenir grand. S'il est médecin, ou il a peu fait la médecine, ou il est une exception, un Bichat[2] qui meurt jeune. Si, grand négociant, il reste quelque chose, il est presque Jacques Cœur[3]. Robespierre

1. *Conquassations* : réductions en petits fragments. \ 2. *Bichat :* médecin (1771-1802), fondateur de l'histologie. \ 3. *Jacques Cœur :* homme d'affaires français (1395-1456), banquier de Charles VII.

exerça-t-il ? Danton était un paresseux qui attendait. Mais qui d'ailleurs a jamais envié les figures de Danton et de Robespierre, quelque superbes qu'elles puissent être ? Ces affairés par excellence attirent à eux l'argent et l'entassent pour s'allier aux familles aristocratiques. Si l'ambition de l'ouvrier est celle du petit bourgeois, ici, mêmes passions encore. À Paris, la vanité résume toutes les passions. Le type de cette classe serait soit le bourgeois ambitieux, qui, après une vie d'angoisses et de manœuvres continuelles, passe au Conseil d'État comme une fourmi passe par une fente ; soit quelque rédacteur de journal, roué d'intrigues, que le roi fait Pair de France, peut-être pour se venger de la noblesse ; soit quelque notaire devenu Maire de son arrondissement, tous gens laminés par les affaires et qui, s'ils arrivent à leur but, y arrivent tués. En France, l'usage est d'introniser la perruque. Napoléon, Louis XIV, les grands rois seuls ont toujours voulu des jeunes gens pour mener leurs desseins.

Au-dessus de cette sphère, vit le monde artiste. Mais là encore, les visages, marqués du sceau de l'originalité, sont noblement brisés, mais brisés, fatigués, sinueux. Excédés par un besoin de produire, dépassés par leurs coûteuses fantaisies, lassés par un génie dévoreur, affamés de plaisir, les artistes de Paris veulent tous regagner par d'excessifs travaux les lacunes laissées par la paresse, et cherchent vainement à concilier le monde et la gloire, l'argent et l'art. En commençant, l'artiste est sans cesse haletant sous le créancier ; ses besoins enfantent les dettes, et ses dettes lui demandent ses nuits. Après le travail, le plaisir. Le comédien joue jusqu'à minuit, étudie le matin, répète à midi ; le sculpteur plie sous sa statue ; le journaliste est une pensée en marche comme le soldat en guerre ; le peintre en vogue est accablé d'ouvrage, le peintre sans occupation se ronge les entrailles s'il se sent homme de génie. La concurrence, les rivalités, les calomnies assassinent ces talents. Les uns, désespérés, roulent dans les abîmes du vice, les autres meurent jeunes et ignorés pour s'être escompté trop tôt leur avenir. Peu de ces figures, primitivement sublimes, restent belles. D'ailleurs la beauté flamboyante de leurs têtes demeure incomprise. Un visage d'artiste est toujours exorbitant, il se trouve toujours en dessus ou en dessous des lignes convenues pour ce que les imbéciles nomment le beau idéal. Quelle puissance les détruit ? La passion. Toute passion à Paris se résout par deux termes : or et plaisir.

Maintenant, ne respirez-vous pas ? Ne sentez-vous pas l'air et l'espace purifiés ? Ici, ni travaux ni peines. La tournoyante volute de l'or a gagné les sommités. Du fond des soupiraux où commencent ses rigoles, du fond des boutiques où l'arrêtent de chétifs bâtardeaux, du sein des comptoirs et des grandes officines où il se laisse mettre en barres, l'or, sous forme de dots ou de successions, amené par la main des jeunes filles ou par les mains ossues du vieillard, jaillit vers la gent aristocratique où il va reluire, s'étaler, ruisseler. Mais avant de quitter les quatre terrains sur lesquels s'appuie la haute propriété parisienne, ne faut-il pas, après les causes morales dites, déduire les causes physiques, et faire observer une peste, pour ainsi dire sous-jacente, qui constamment agit sur les visages du portier, du boutiquier, de l'ouvrier ; signaler une délétère influence dont la corruption égale celle des administrateurs parisiens qui la laissent complaisamment subsister ! Si l'air des maisons où vivent la plupart des bourgeois est infect, si l'atmosphère des rues crache des miasmes cruels en des arrière-boutiques où l'air se raréfie ; sachez qu'outre cette pestilence, les quarante mille maisons de cette grande ville baignent leurs pieds en des immondices que le pouvoir n'a pas encore voulu sérieusement enceindre de murs en béton qui pussent empêcher la plus fétide boue de filtrer à travers le sol, d'y empoisonner les puits et de continuer souterrainement à Lutèce [1] son nom célèbre. La

1. *Lutèce* : Lutèce est dérivé d'un nom celte signifiant « lieu des marais ».

moitié de Paris couche dans les exhalaisons putrides des cours, des rues et des basses œuvres. Mais abordons les grands salons aérés et dorés, les hôtels à jardins, le monde riche, oisif, heureux, renté. Les figures y sont étiolées et rongées par la vanité. Là rien de réel. Chercher le plaisir, n'est-ce pas trouver l'ennui ? Les gens du monde ont de bonne heure fourbu leur nature. N'étant occupés qu'à se fabriquer de la joie, ils ont promptement abusé de leurs sens, comme l'ouvrier abuse de l'eau-de-vie. Le plaisir est comme certaines substances médicales : pour obtenir constamment les mêmes effets, il faut doubler les doses, et la mort ou l'abrutissement est contenu dans la dernière. Toutes les classes inférieures sont tapies devant les riches et en guettent les goûts pour en faire des vices et les exploiter. Comment résister aux habiles séductions qui se trament en ce pays ? Aussi Paris a-t-il ses thériakis [1], pour qui le jeu, la gastrolâtrie ou la courtisane sont un opium. Aussi voyez-vous de bonne heure à ces gens-là des goûts et non des passions, des fantaisies romanesques et des amours frileux. Là règne l'impuissance ; là plus d'idées, elles ont passé comme l'énergie dans les simagrées du boudoir, dans les singeries féminines. Il y a des blancs-becs de quarante ans, de vieux docteurs de seize ans. Les riches rencontrent à Paris de l'esprit tout fait, la science toute mâchée, des opinions toutes formulées qui les dispensent d'avoir esprit, science ou opinion. Dans ce monde, la déraison est égale à la faiblesse et au libertinage. On y est avare de temps à force d'en perdre. N'y cherchez pas plus d'affections que d'idées. Les embrassades couvrent une profonde indifférence, et la politesse un mépris continuel. On n'y aime jamais autrui. Des saillies sans profondeur, beaucoup d'indiscrétions, des commérages, par-dessus tout des lieux communs ; tel est le fond de leur langage ; mais ces malheureux *Heureux*

1. *Thériakis* : fumeurs et mangeurs d'opium.

prétendent qu'ils ne se rassemblent pas pour dire et faire des maximes à la façon de La Rochefoucauld ; comme s'il n'existait pas un milieu, trouvé par le dix-huitième siècle, entre le trop plein et le vide absolu. Si quelques hommes valides usent d'une plaisanterie fine et légère, elle est incomprise ; bientôt fatigués de donner sans recevoir, ils restent chez eux et laissent régner les sots sur leur terrain. Cette vie creuse, cette attente continuelle d'un plaisir qui n'arrive jamais, cet ennui permanent, cette inanité d'esprit, de cœur et de cervelle, cette lassitude du grand raout [1] parisien se reproduisent sur les traits, et confectionnent ces visages de carton, ces rides prématurées, cette physionomie des riches où grimace l'impuissance, où se reflète l'or, et d'où l'intelligence a fui.

Cette vue de Paris moral prouve que le Paris physique ne saurait être autrement qu'il n'est. Cette ville à diadème est une reine qui, toujours grosse, a des envies irrésistiblement furieuses. Paris est la tête du globe, un cerveau qui crève de génie et conduit la civilisation humaine, un grand homme, un artiste incessamment créateur, un politique à seconde vue qui doit nécessairement avoir les rides du cerveau, les vices du grand homme, les fantaisies de l'artiste et les blasements du politique. Sa physionomie sous-entend la germination du bien et du mal, le combat et la victoire ; la bataille morale de 89 dont les trompettes retentissent encore dans tous les coins du monde ; et aussi l'abattement de 1814. Cette ville ne peut donc pas être plus morale, ni plus cordiale, ni plus propre que ne l'est la chaudière motrice de ces magnifiques pyroscaphes [2] que vous admirez fendant les ondes ! Paris n'est-il pas un sublime vaisseau chargé d'intelligence ? Oui, ses armes sont un de ces oracles que se permet quelquefois la fatalité. La ville de Paris

1. *Raout* : réunion mondaine. \ **2.** *Pyroscaphe* : nom donné par Jouffroy d'Abbans à son « bateau à feu », dont les essais furent les premiers de la navigation à vapeur.

a son grand mât tout de bronze, sculpté de victoires, et pour vigie Napoléon. Cette nauf[1] a bien son tangage et son roulis ; mais elle sillonne le monde, y fait feu par les cent bouches de ses tribunes, laboure les mers scientifiques, y vogue à pleines voiles, crie du haut de ses huniers par la voix de ses savants et de ses artistes : – « En avant, marchez ! suivez-moi ! » Elle porte un équipage immense qui se plaît à la pavoiser de nouvelles banderoles. Ce sont mousses et gamins riant dans les cordages ; lest de lourde bourgeoisie ; ouvriers et matelots goudronnés ; dans ses cabines, les heureux passagers ; d'élégants *midshipmen* fument leurs cigares, penchés sur le bastingage ; puis sur le tillac, ses soldats, novateurs ou ambitieux, vont aborder à tous les rivages, et, tout en y répandant de vives lueurs, demandent de la gloire qui est un plaisir, ou des amours qui veulent de l'or.

Donc le mouvement exorbitant des prolétaires, donc la dépravation des intérêts qui broient les deux bourgeoisies, donc les cruautés de la pensée artiste, et les excès du plaisir incessamment cherché par les grands, expliquent la laideur normale de la physionomie parisienne. En Orient seulement, la race humaine offre un buste magnifique ; mais il est un effet du calme constant affecté par ces profonds philosophes à longue pipe, à petites jambes, à torses carrés, qui méprisent le mouvement et l'ont en horreur ; tandis qu'à Paris, Petits, Moyens et Grands courent, sautent et cabriolent, fouettés par une impitoyable déesse, la Nécessité : nécessité d'argent, de gloire ou d'amusement. Aussi quelque visage frais, reposé, gracieux, vraiment jeune y est-il la plus extraordinaire des exceptions : il s'y rencontre rarement. Si vous en voyez un, assurément il appartient : à un ecclésiastique jeune et fervent, ou à quelque bon abbé quadragénaire, à triple menton ; à une jeune personne de mœurs pures comme il s'en élève dans certaines familles

1. *Nauf* : navire.

bourgeoises ; à une mère de vingt ans, encore pleine d'illusions et qui allaite son premier-né ; à un jeune homme frais débarqué de province, et confié à une douairière dévote qui le laisse sans un sou ; ou peut-être à quelque garçon de boutique, qui se couche à minuit, bien fatigué d'avoir plié ou déplié du calicot[1], et qui se lève à sept heures pour arranger l'étalage ; ou souvent à un homme de science ou de poésie, qui vit monastiquement en bonne fortune avec une belle idée, qui demeure sobre, patient et chaste ; ou à quelque sot, content de lui-même, se nourrissant de bêtise, crevant de santé, toujours occupé de se sourire à lui-même ; ou à l'heureuse et molle espèce de flâneurs, les seuls gens réellement heureux à Paris, et qui en dégustent à chaque heure les mouvantes poésies. Néanmoins, il est à Paris une portion d'êtres privilégiés auxquels profite ce mouvement excessif des fabrications, des intérêts, des affaires, des arts et de l'or. Ces êtres sont les femmes. Quoiqu'elles aient aussi mille causes secrètes qui, là plus qu'ailleurs, détruisent leur physionomie, il se rencontre, dans le monde féminin, de petites peuplades heureuses qui vivent à l'orientale, et peuvent conserver leur beauté ; mais ces femmes se montrent rarement à pied dans les rues, elles demeurent cachées, comme des plantes rares qui ne déploient leurs pétales qu'à certaines heures, et qui constituent de véritables exceptions exotiques. Cependant Paris est essentiellement aussi le pays des contrastes. Si les sentiments vrais y sont rares, il se rencontre aussi, là comme ailleurs, de nobles amitiés, des dévouements sans bornes. Sur ce champ de bataille des intérêts et des passions, de même qu'au milieu de ces sociétés en marche où triomphe l'égoïsme, où chacun est obligé de se défendre lui seul, et que nous appelons des *armées*, il semble que les sentiments se plaisent à être complets quand ils se montrent, et sont

1. *Calicot* : toile de coton.

sublimes par juxtaposition. Ainsi des figures. À Paris, parfois, dans la haute aristocratie, se voient clairsemés quelques ravissants visages de jeunes gens, fruits d'une éducation et de mœurs tout exceptionnelles. À la juvénile beauté du sang anglais ils unissent la fermeté des traits méridionaux, l'esprit français, la pureté de la forme. Le feu de leurs yeux, une délicieuse rougeur de lèvres, le noir lustré de leur chevelure fine, un teint blanc, une coupe de visage distinguée les rendent de belles fleurs humaines, magnifiques à voir sur la masse des autres physionomies, ternies, vieillottes, crochues, grimaçantes. Aussi, les femmes admirent-elles aussitôt ces jeunes gens avec ce plaisir avide que prennent les hommes à regarder une jolie personne, décente, gracieuse, décorée de toutes les virginités dont notre imagination se plaît à embellir la fille parfaite. Si ce coup d'œil rapidement jeté sur la population de Paris a fait concevoir la rareté d'une figure raphaélesque, et l'admiration passionnée qu'elle y doit inspirer à première vue, le principal intérêt de notre histoire se trouvera justifié. *Quod erat demonstrandum*, ce qui était à démontrer, s'il est permis d'appliquer les formules de la scolastique à la science des mœurs.

Or, par une de ces belles matinées de printemps, où les feuilles ne sont pas vertes encore, quoique dépliées ; où le soleil commence à faire flamber les toits et où le ciel est bleu ; où la population parisienne sort de ses alvéoles, vient bourdonner sur les boulevards, coule comme un serpent à mille couleurs, par la rue de la Paix vers les Tuileries, en saluant les pompes de l'hyménée que recommence la campagne ; dans une de ces joyeuses journées donc, un jeune homme, beau comme était le jour de ce jour-là, mis avec goût, aisé dans ses manières (disons le secret) un enfant de l'amour, le fils naturel de lord Dudley et de la célèbre marquise de Vordac, se promenait dans la grande allée des Tuileries. Cet Adonis, nommé Henri de Marsay, naquit en France, où lord Dudley vint marier la jeune personne, déjà mère d'Henri, à un vieux gentilhomme appelé monsieur de Marsay. Ce papillon déteint et presque éteint reconnut l'enfant pour sien, moyennant l'usufruit d'une rente de cent mille francs définitivement attribuée à son fils putatif; folie qui ne coûta pas fort cher à lord Dudley : les rentes françaises valaient alors dix-sept francs cinquante centimes. Le vieux gentilhomme mourut sans avoir connu sa femme. Madame de Marsay épousa depuis le marquis de Vordac; mais, avant de devenir marquise, elle s'inquiéta peu de son enfant et de lord Dudley. D'abord, la guerre déclarée entre la France et l'Angleterre avait séparé les deux amants, et la fidélité *quand même* n'était pas et ne sera guère de mode à Paris. Puis les succès de la femme élégante, jolie, universellement adorée étourdirent dans la Parisienne le sentiment maternel. Lord Dudley ne fut pas plus soigneux de sa progéniture, que ne l'était la mère. La prompte infidélité d'une jeune fille ardemment aimée lui donna peut-être une sorte d'aversion pour tout ce qui venait d'elle. D'ailleurs, peut-être aussi, les pères n'aiment-ils que les enfants avec lesquels ils ont fait une ample connaissance; croyance sociale de la plus haute importance pour le repos des familles, et que doivent entretenir tous les célibataires, en prouvant que la paternité est un sentiment élevé en serre chaude par la femme, par les mœurs et les lois.

Le pauvre Henri de Marsay ne rencontra de père que dans celui des deux qui n'était pas obligé de l'être. La paternité de monsieur de Marsay fut naturellement très incomplète. Les enfants n'ont, dans l'ordre naturel, de père que pendant peu de moments; et le gentilhomme imita la nature. Le bonhomme n'eût pas vendu son nom s'il n'avait point eu de vices. Alors il mangea sans remords dans les tripots, et but ailleurs le peu de semestres que payait aux rentiers le trésor national. Puis il livra l'enfant à une vieille sœur, une demoiselle de Marsay, qui en eut grand soin, et lui donna, sur la maigre pension allouée par son frère, un précepteur, un abbé sans sou ni maille[1], qui toisa l'avenir du jeune homme et résolut de se payer, sur les cent mille livres de rente, des soins donnés à son pupille, qu'il prit en affection. Ce précepteur se trouvait par hasard être un vrai prêtre, un de ces ecclésiastiques taillés pour devenir cardinaux en France ou Borgia[2] sous la tiare. Il apprit en trois ans à l'enfant ce qu'on lui eût appris en dix ans au collège. Puis ce grand homme, nommé l'abbé de Maronis, acheva l'éducation de son élève en lui faisant étudier la civilisation sous toutes ses faces : il le nourrit de son expérience, le traîna fort peu dans les églises, alors fermées ; le promena quelquefois dans les coulisses, plus souvent chez les courtisanes ; il lui démonta les sentiments humains pièce à pièce ; lui enseigna la politique au cœur des salons où elle se rôtissait alors ; il lui numérota les machines du gouvernement, et tenta, par amitié pour une belle nature délaissée, mais riche en espérance, de remplacer virilement la mère : l'Église n'est-elle pas la mère des orphelins ? L'élève répondit à tant de soins. Ce digne homme mourut évêque en 1812, avec la satisfaction d'avoir laissé sous le ciel un enfant dont le cœur et l'esprit étaient à seize ans si bien façonnés, qu'il pouvait jouer sous jambe un homme de quarante. Qui se serait attendu à rencontrer un cœur de bronze, une cervelle alcoolisée sous les dehors les plus séduisants que les vieux peintres, ces artistes naïfs, aient donné au serpent dans le paradis terrestre ? Ce n'est rien encore. De plus, le bon diable violet avait fait faire à son enfant de prédilection certaines connaissances dans la haute société de Paris qui pouvaient équivaloir comme produit, entre les mains du jeune homme, à cent autres mille livres de rente. Enfin, ce prêtre, vicieux mais politique, incrédule mais savant, perfide mais aimable, faible en apparence mais aussi

1. *Maille* : la plus petite monnaie ; sans sou ni maille signifie sans argent. \ 2. *Borgia* : famille romaine au XVe et XVIe siècles qui a donné de nombreux papes.

vigoureux de tête que de corps, fut si réellement utile à son élève, si complaisant à ses vices, si bon calculateur de toute espèce de force, si profond quand il fallait faire quelque décompte humain, si jeune à table, à Frascati [1], à... je ne sais où, que le reconnaissant Henri de Marsay ne s'attendrissait plus guère, en 1814, qu'en voyant le portrait de son cher évêque, seule chose mobilière qu'ait pu lui léguer ce prélat, admirable type des hommes dont le génie sauvera l'Église catholique, apostolique et romaine, compromise en ce moment par la faiblesse de ses recrues, et par la vieillesse de ses pontifes; mais si veut l'Église. La guerre continentale empêcha le jeune de Marsay de connaître son vrai père dont il est douteux qu'il sût le nom. Enfant abandonné, il ne connut pas davantage madame de Marsay. Naturellement il regretta fort peu son père putatif. Quant à mademoiselle de Marsay, sa seule mère, il lui fit élever dans le cimetière du Père-Lachaise lorsqu'elle mourut un fort joli petit tombeau. Monseigneur de Maronis avait garanti à ce vieux bonnet à coques l'une des meilleures places dans le ciel, en sorte que, la voyant heureuse de mourir, Henri lui donna des larmes égoïstes, il se mit à la pleurer pour lui-même. Voyant cette douleur, l'abbé sécha les larmes de son élève, en lui faisant observer que la bonne fille prenait bien dégoûtamment son tabac, et devenait si laide, si sourde, si ennuyeuse, qu'il devait des remerciements à la mort. L'évêque avait fait émanciper son élève en 1811. Puis quand la mère de monsieur de Marsay se remaria, le prêtre choisit, dans un conseil de famille, un de ces honnêtes acéphales [2] triés par lui sur le volet du confessionnal, et le chargea d'administrer la fortune dont il appliquait bien les revenus au besoin de la communauté, mais dont il voulait conserver le capital.

1. *Frascati* : maison de jeu à l'angle de la rue de Richelieu et du boulevard Montmartre.
\ 2. *Acéphales* : personnes sans cerveau.

Vers la fin de 1814, Henri de Marsay n'avait donc sur terre aucun sentiment obligatoire et se trouvait libre autant que l'oiseau sans compagne. Quoiqu'il eût vingt-deux ans accomplis, il paraissait en avoir à peine dix-sept. Généralement, les plus difficiles de ses rivaux le regardaient comme le plus joli garçon de Paris. De son père, lord Dudley, il avait pris les yeux bleus les plus amoureusement décevants ; de sa mère, les cheveux noirs les plus touffus ; de tous deux, un sang pur, une peau de jeune fille, un air doux et modeste, une taille fine et aristocratique, de fort belles mains. Pour une femme, le voir, c'était en être folle ; vous savez ? concevoir un de ces désirs qui mordent le cœur, mais qui s'oublient par impossibilité de le satisfaire, parce que la femme est vulgairement à Paris sans ténacité. Peu d'entre elles se disent à la manière des hommes le : JE MAINTIENDRAI de la maison d'Orange. Sous cette fraîcheur de vie, et malgré l'eau limpide de ses yeux, Henri avait un courage de lion, une adresse de singe. Il coupait une balle à dix pas dans la lame d'un couteau ; montait à cheval de manière à réaliser la fable du centaure ; conduisait avec grâce une voiture à grandes guides ; était leste comme Chérubin [1] et tranquille comme un mouton ; mais il savait battre un homme du faubourg au terrible jeu de la savate ou du bâton ; puis, il touchait du piano de manière à pouvoir se faire artiste s'il tombait dans le malheur, et possédait une voix qui lui aurait valu de Barbaja cinquante mille francs par saison. Hélas, toutes ces belles qualités, ces jolis défauts étaient ternis par un épouvantable vice : il ne croyait ni aux hommes ni aux femmes, ni à Dieu ni au diable. La capricieuse nature avait commencé à le douer ; un prêtre l'avait achevé.

Pour rendre cette aventure compréhensible, il est nécessaire d'ajouter ici que lord Dudley trouva naturellement beaucoup de femmes disposées à tirer quelques exemplaires d'un si déli-

1. *Chérubin* : personnage de jeune amoureux dans *Le Mariage de Figaro* de Beaumarchais.

cieux portrait. Son second chef-d'œuvre en ce genre fut une jeune fille nommée Euphémie, née d'une dame espagnole, élevée à La Havane, ramenée à Madrid avec une jeune créole des Antilles, avec les goûts ruineux des colonies ; mais heureusement mariée à un vieux et puissamment riche seigneur espagnol, don Hijos, marquis de San-Réal qui, depuis l'occupation de l'Espagne par les troupes françaises, était venu habiter Paris, et demeurait rue Saint-Lazare. Autant par insouciance que par respect pour l'innocence du jeune âge, lord Dudley ne donna point avis à ses enfants des parentés qu'il leur créait partout. Ceci est un léger inconvénient de la civilisation, elle a tant d'avantages, il faut lui passer ses malheurs en faveur de ses bienfaits. Lord Dudley, pour n'en plus parler, vint, en 1816, se réfugier à Paris, afin d'éviter les poursuites de la justice anglaise, qui, de l'Orient, ne protège que la marchandise. Le lord voyageur demanda quel était ce beau jeune homme en voyant Henri. Puis, en l'entendant nommer : – Ah ! c'est mon fils. Quel malheur ! dit-il.

Telle était l'histoire du jeune homme qui, vers le milieu du mois d'avril, en 1815, parcourait nonchalamment la grande allée des Tuileries, à la manière de tous les animaux qui, connaissant leurs forces, marchent dans leur paix et leur majesté ; les bourgeoises se retournaient tout naïvement pour le revoir, les femmes ne se retournaient point, elles l'attendaient au retour, et gravaient dans leur mémoire, pour s'en souvenir à propos, cette suave figure qui n'eût pas déparé le corps de la plus belle d'entre elles.

– Que fais-tu donc ici le dimanche ? dit à Henri le marquis de Ronquerolles en passant.

– Il y a du poisson dans la nasse, répondit le jeune homme.

Cet échange de pensées se fit au moyen de deux regards significatifs et sans que ni Ronquerolles ni de Marsay eussent l'air de se reconnaître. Le jeune homme examinait les promeneurs, avec cette promptitude de coup d'œil et d'ouïe particulière au Parisien qui paraît, au premier aspect, ne rien voir et ne rien entendre, mais qui voit et entend tout. En ce moment, un jeune homme vint à lui, lui prit familièrement le bras, en lui disant : – Comment cela va-t-il, mon bon de Marsay ?

– Mais très bien, lui répondit de Marsay de cet air affectueux en apparence, mais qui entre les jeunes gens parisiens, ne prouve rien, ni pour le présent ni pour l'avenir.

En effet, les jeunes gens de Paris ne ressemblent aux jeunes gens d'aucune autre ville. Ils se divisent en deux classes : le jeune homme qui a quelque chose, et le jeune homme qui n'a rien ; où le jeune homme qui pense et celui qui dépense. Mais entendez-le bien, il ne s'agit ici que de ces indigènes qui mènent à Paris le train délicieux d'une vie élégante. Il y existe bien quelques autres jeunes gens, mais ceux-là sont des enfants qui conçoivent très tard l'existence parisienne et en restent les dupes. Ils ne spéculent pas, ils étudient, ils piochent, disent les autres. Enfin il s'y voit encore certains jeunes gens, riches ou pauvres, qui embrassent des carrières et les suivent tout uniment ; ils sont un peu l'Émile[1] de Rousseau, de la chair à citoyen, et n'apparaissent jamais dans le monde. Les diplomates les nomment impoliment des niais. Niais ou non, ils augmentent le nombre de ces gens médiocres sous le poids desquels plie la France. Ils sont toujours là ; toujours prêts à gâcher les affaires publiques ou particulières, avec la plate truelle de la médiocrité, en se targuant de leur impuissance qu'ils nomment mœurs et probité. Ces espèces de *Prix d'excellence* sociaux infestent l'administration, l'armée, la magistrature, les chambres, la cour. Ils amoindrissent, aplatissent le pays et constituent en quelque sorte dans le corps politique une

1. *Émile* : jeune enfant, sujet central du traité de l'éducation *Émile* (1762) de Rousseau.

lymphe qui le surcharge et le rend mollasse. Ces honnêtes personnes nomment les gens de talent, immoraux, ou fripons. Si ces fripons font payer leurs services, du moins ils servent; tandis que ceux-là nuisent et sont respectés par la foule; mais heureusement pour la France, la jeunesse élégante les stigmatise sans cesse du nom de ganaches.

Donc, au premier coup d'œil, il est naturel de croire très distinctes les deux espèces de jeunes gens qui mènent une vie élégante; aimable corporation à laquelle appartenait Henri de Marsay. Mais les observateurs qui ne s'arrêtent pas à la superficie des choses sont bientôt convaincus que les différences sont purement morales, et que rien n'est trompeur comme l'est cette jolie écorce. Néanmoins tous prennent également le pas sur tout le monde; parlent à tort et à travers, des choses, des hommes, de littérature, de beaux arts; ont toujours à la bouche le *Pitt et Cobourg*[1] de chaque année; interrompent une conversation par un calembour; tournent en ridicule la science et le savant; méprisent tout ce qu'ils ne connaissent pas ou tout ce qu'ils craignent; puis se mettent au-dessus de tout, en s'instituant juges suprêmes de tout. Tous mystifieraient leurs pères, et seraient prêts à verser dans le sein de leurs mères des larmes de crocodile; mais généralement ils ne croient à rien, médisent des femmes, ou jouent la modestie, et obéissent en réalité à une mauvaise courtisane, ou à quelque vieille femme. Tous sont également cariés jusqu'aux os par le calcul, par la dépravation, par une brutale envie de parvenir, et s'ils sont menacés de la pierre[2], en les sondant on la leur trouverait à tous, au cœur. À l'état normal, ils ont les plus jolis dehors, mettent l'amitié à tout propos en jeu, sont également entraînants. Le même persiflage domine leurs changeants jargons; ils visent à la

1. *Pitt et Cobourg* : ministres anglais et autrichien dont les noms restent symboles d'une politique antilibérale. \ **2.** *Pierre* : amas de gravier qui se forme dans le corps, en général dans la vessie, la vésicule biliaire…

bizarrerie dans leurs toilettes, se font gloire de répéter les bêtises de tel ou tel acteur en vogue, et débutent avec qui que ce soit par le mépris ou l'impertinence pour avoir en quelque sorte la première manche à ce jeu ; mais malheur à qui ne sait pas se laisser crever un œil pour leur en crever deux. Ils paraissent également indifférents aux malheurs de la patrie, et à ses fléaux. Ils ressemblent bien enfin tous à la jolie écume blanche qui couronne le flot des tempêtes. Ils s'habillent, dînent, dansent, s'amusent le jour de la bataille de Waterloo, pendant le choléra, ou pendant une révolution. Enfin, ils font bien tous la même dépense ; mais ici commence le parallèle. De cette fortune flottante et agréablement gaspillée, les uns ont le capital, et les autres l'attendent ; ils ont les mêmes tailleurs, mais les factures de ceux-là sont à solder. Puis si les uns, semblables à des cribles[1], reçoivent toutes espèces d'idées, sans en garder aucune ; ceux-là les comparent et s'assimilent toutes les bonnes. Si ceux-ci croient savoir quelque chose, ne savent rien et comprennent tout ; prêtent tout à ceux qui n'ont besoin de rien et n'offrent rien à ceux qui ont besoin de quelque chose ; ceux-là étudient secrètement les pensées d'autrui, et placent leur argent aussi bien que leurs folies à gros intérêts. Les uns n'ont plus d'impressions fidèles, parce que leur âme, comme une glace dépolie par l'user, ne réfléchit plus aucune image ; les autres économisent leur sens et leur vie tout en paraissant la jeter, comme ceux-là, par les fenêtres. Les premiers, sur la foi d'une espérance, se dévouent sans conviction à un système qui a le vent et remonte le courant, mais ils sautent sur une autre embarcation politique, quand la première va en dérive ; les seconds toisent l'avenir, le sondent et voient dans la fidélité politique ce que les Anglais voient dans la probité commerciale, un élément de succès. Mais là où le jeune homme qui a

1. *Cribles* : sortes de passoires.

quelque chose fait un calembour ou dit un bon mot sur le revirement du trône ; celui qui n'a rien, fait un calcul public, ou une bassesse secrète, et parvient tout en donnant des poignées de main à ses amis. Les uns ne croient jamais de facultés à autrui, prennent toutes leurs idées comme neuves, comme si le monde était fait de la veille, ils ont une confiance illimitée en eux, et n'ont pas d'ennemi plus cruel que leur personne. Mais les autres sont armés d'une défiance continuelle des hommes qu'ils estiment à leur valeur, et sont assez profonds pour avoir une pensée de plus que leurs amis qu'ils exploitent ; alors le soir, quand leur tête est sur l'oreiller, ils pèsent les hommes comme un avare pèse ses pièces d'or. Les uns se fâchent d'une impertinence sans portée et se laissent plaisanter par les diplomates qui les font poser devant eux en tirant le fil principal de ces pantins, l'amour-propre ; tandis que les autres se font respecter et choisissent leurs victimes et leurs protecteurs. Alors, un jour, ceux qui n'avaient rien, ont quelque chose ; et ceux qui avaient quelque chose, n'ont rien. Ceux-ci regardent leurs camarades parvenus à une position comme des sournois, des mauvais cœurs, mais aussi comme des hommes forts. – Il est très fort !... est l'immense éloge décerné à ceux qui sont arrivés, *quibuscumque viis*[1], à la politique, à une femme ou à une fortune. Parmi eux, se rencontrent certains jeunes gens qui jouent ce rôle en le commençant avec des dettes ; et naturellement, ils sont plus dangereux que ceux qui le jouent sans avoir un sou.

Le jeune homme qui s'intitulait ami de Henri de Marsay était un étourdi, arrivé de province et auquel les jeunes gens alors à la mode apprenaient l'art d'écorner proprement une succession, mais il avait un dernier gâteau à manger dans sa province, un établissement certain. C'était tout simplement un

1. *Quibuscumque viis* : par tous les moyens.

héritier passé sans transition de ses maigres cent francs par mois à toute la fortune paternelle, et qui, s'il n'avait pas assez d'esprit pour s'apercevoir que l'on se moquait de lui, savait assez de calcul pour s'arrêter aux deux tiers de son capital. Il venait découvrir à Paris, moyennant quelques billets de mille francs, la valeur exacte des harnais, l'art de ne pas trop respecter ses gants, y entendre de savantes méditations sur les gages à donner aux gens, et chercher quel forfait était le plus avantageux à conclure avec eux ; il tenait beaucoup à pouvoir parler en bons termes de ses chevaux, de son chien des Pyrénées, à reconnaître d'après la mise, le marcher, le brodequin [1], à quelle espèce appartenait une femme ; étudier l'écarté [2], retenir quelques mots à la mode, et conquérir, par son séjour dans le monde parisien, l'autorité nécessaire pour importer plus tard en province le goût du thé, l'argenterie à forme anglaise, et se donner le droit de tout mépriser autour de lui pendant le reste de ses jours. De Marsay l'avait pris en amitié pour s'en servir dans le monde, comme un hardi spéculateur se sert d'un commis de confiance. L'amitié fausse ou vraie de de Marsay était une question sociale pour Paul de Manerville qui, de son côté, se croyait fort en exploitant à sa manière son ami intime. Il vivait dans le reflet de son ami, se mettait constamment sous son parapluie, en chaussait les bottes, se dorait de ses rayons. En se posant près de Henri, ou même en marchant à ses côtés, il avait l'air de dire : – Ne nous insultez pas, nous sommes de vrais tigres. Souvent il se permettait de dire avec fatuité : – Si je demandais telle ou telle chose à Henri, il est assez mon ami pour le faire… Mais il avait soin de ne lui jamais rien demander. Il le craignait, et sa crainte, quoique imperceptible, réagissait sur les autres, et servait de Marsay. – C'est un fier homme que de Marsay, disait Paul. Ha, ha, vous verrez, il sera ce qu'il voudra être. Je

1. *Brodequin* : chaussure montant au-dessus de la cheville. \ **2.** *Écarté* : jeu de cartes.

ne m'étonnerais pas de le trouver un jour ministre des affaires étrangères. Rien ne lui résiste. Puis il faisait de de Marsay ce que le caporal Trim [1] faisait de son bonnet, un enjeu perpétuel. Demandez à de Marsay, et vous verrez !

Ou bien : – L'autre jour, nous chassions, de Marsay et moi, il ne voulait pas me croire, j'ai sauté un buisson sans bouger de mon cheval !

Ou bien : – Nous étions, de Marsay et moi, chez des femmes, et, ma parole d'honneur, j'étais, etc.

Ainsi Paul de Manerville ne pouvait se classer que dans la grande, l'illustre et puissante famille des niais qui arrivent. Il devait être un jour député. Pour le moment il n'était même pas un jeune homme. Son ami de Marsay le définissait ainsi : – Vous me demandez ce que c'est que Paul. Mais Paul ?... c'est Paul de Manerville.

– Je m'étonne, mon bon, dit-il à de Marsay, que vous soyez là, le dimanche.

– J'allais te faire la même question.

– Une intrigue ?

– Une intrigue.

– Bah !

– Je puis bien te dire cela à toi, sans compromettre ma passion. Puis une femme qui vient le dimanche aux Tuileries n'a pas de valeur, aristocratiquement parlant.

– Ha ! ha !

– Tais-toi donc, ou je ne te dis plus rien. Tu ris trop haut, tu vas faire croire que nous avons trop déjeuné. Jeudi dernier, ici, sur la terrasse des Feuillants, je me promenais sans penser à rien du tout. Mais en arrivant à la grille de la rue Castiglione par laquelle je comptais m'en aller, je me trouve nez à nez avec

1. *Caporal Trim* : personnage excentrique du *Tristram Shandy* (1760 à 1767) du romancier anglais Laurence Sterne.

une femme, ou plutôt avec une jeune personne qui, si elle ne m'a pas sauté au cou, fut arrêtée, je crois, moins par le respect humain que par un de ces étonnements profonds qui coupent bras et jambes, descendent le long de l'épine dorsale et s'arrêtent dans la plante des pieds pour vous attacher au sol. J'ai souvent produit des effets de ce genre, espèce de magnétisme animal qui devient très puissant lorsque les rapports sont respectivement crochus. Mais, mon cher, ce n'était ni une stupéfaction, ni une fille vulgaire. Moralement parlant, sa figure semblait dire : – Quoi, te voilà, mon idéal, l'être de mes pensées, de mes rêves du soir et du matin. Comment es-tu là ? pourquoi ce matin ? pourquoi pas hier ? Prends-moi, je suis à toi, *et cœtera* ! – Bon, me dis-je en moi-même, encore une ! Je l'examine donc. Ah ! mon cher, physiquement parlant, l'inconnue est la personne la plus adorablement femme que j'aie jamais rencontrée. Elle appartient à cette variété féminine que les Romains nommaient *fulva, flava*, la femme de feu. Et d'abord, ce qui m'a le plus frappé, ce dont je suis encore épris, ce sont deux yeux jaunes comme ceux des tigres ; un jaune d'or qui brille, de l'or vivant, de l'or qui pense, de l'or qui aime et veut absolument venir dans votre gousset !

– Nous ne connaissons que ça, mon cher ! s'écria Paul. Elle vient quelquefois ici, c'est la *Fille aux yeux d'or*. Nous lui avons donné ce nom-là. C'est une jeune personne d'environ vingt-deux ans, et que j'ai vue ici quand les Bourbons y étaient, mais avec une femme qui vaut cent mille fois mieux qu'elle.

– Tais-toi, Paul ! Il est impossible à quelque femme que ce soit de surpasser cette fille semblable à une chatte qui veut venir frôler vos jambes, une fille blanche à cheveux cendrés, délicate en apparence, mais qui doit avoir des fils cotonneux sur la troisième phalange de ses doigts ; et le long des joues un duvet blanc dont la ligne, lumineuse par un beau jour, commence aux oreilles et se perd sur le col.

– Ah ! l'autre ! mon cher de Marsay. Elle vous a des yeux noirs qui n'ont jamais pleuré, mais qui brûlent ; des sourcils noirs qui se rejoignent et lui donnent un air de dureté démentie par le réseau de ses lèvres, sur lesquelles un baiser ne reste pas, des lèvres ardentes et fraîches ; un teint mauresque auquel un homme se chauffe comme au soleil ; mais, ma parole d'honneur, elle te ressemble…

– Tu la flattes !

– Une taille cambrée, la taille élancée d'une corvette[1] construite pour faire la course, et qui se rue sur le vaisseau marchand avec une impétuosité française, le mord et le coule bas en deux temps.

– Enfin, mon cher, que me fait celle que je n'ai point vue ! reprit de Marsay. Depuis que j'étudie les femmes, mon inconnue est la seule dont le sein vierge, les formes ardentes et voluptueuses m'aient réalisé la seule femme que j'aie rêvée, moi ! Elle est l'original de la délirante peinture, appelée la femme caressant sa chimère, la plus chaude, la plus infernale inspiration du génie antique ; une sainte poésie prostituée par ceux qui l'ont copiée pour les fresques et les mosaïques ; pour un tas de bourgeois qui ne voient dans ce camée[2] qu'une breloque[3], et la mettent à leurs clefs de montre, tandis que c'est toute la femme, un abîme de plaisirs où l'on roule sans en trouver la fin, tandis que c'est une femme idéale qui se voit quelquefois en réalité dans l'Espagne, dans l'Italie, presque jamais en France. Hé ! bien, j'ai revu cette fille aux yeux d'or, cette *femme caressant sa chimère*, je l'ai revue ici, vendredi. Je pressentais que le lendemain elle reviendrait à la même heure. Je ne me trompais point. Je me suis plu à la suivre sans qu'elle

1. *Corvette* : bateau de guerre, fin et bien voilé, à trois mâts. \ 2. *Camée* : peinture ou céramique imitant la pierre camée. \ 3. *Breloque* : bijou de petite dimension que l'on attache à une chaîne de montre.

me vît, à étudier cette démarche indolente de la femme inoccupée, mais dans les mouvements de laquelle se devine la volupté qui dort. Eh ! bien, elle s'est retournée, elle m'a vu, m'a de nouveau adoré, a de nouveau tressailli, frissonné. Alors j'ai remarqué la véritable *duègne* espagnole qui la garde, une hyène à laquelle un jaloux a mis une robe, quelque diablesse bien payée pour garder cette suave créature... Oh ! alors, la duègne m'a rendu plus qu'amoureux, je suis devenu curieux. Samedi, personne. Me voilà, aujourd'hui, attendant cette fille dont je suis la chimère, et ne demandant pas mieux que de me poser comme le monstre de la fresque.

– La voilà, dit Paul, tout le monde se retourne pour la voir...

L'inconnue rougit, ses yeux scintillèrent en apercevant Henri, elle les ferma, et passa.

– Tu dis qu'elle te remarque ? s'écria plaisamment Paul de Manerville.

La duègne regarda fixement et avec attention les deux jeunes gens. Quand l'inconnue et Henri se rencontrèrent de nouveau, la jeune fille le frôla, et de sa main serra la main du jeune homme. Puis, elle se retourna, sourit avec passion ; mais la duègne l'entraînait fort vite, vers la grille de la rue Castiglione. Les deux amis suivirent la jeune fille en admirant la torsion magnifique de ce cou auquel la tête se joignait par une combinaison de lignes vigoureuses, et d'où se relevaient avec force quelques rouleaux de petits cheveux. La fille aux yeux d'or avait ce pied bien attaché, mince, recourbé, qui offre tant d'attraits aux imaginations friandes. Aussi était-elle élégamment chaussée, et portait-elle une robe courte. Pendant ce trajet, elle se retourna de moments en moments pour revoir Henri, et parut suivre à regret la vieille dont elle semblait être tout à la fois la maîtresse et l'esclave : elle pouvait la faire rouer de coups, mais non la faire renvoyer. Tout cela se voyait. Les deux amis arrivèrent à la grille. Deux valets en livrée dépliaient le marchepied d'un coupé de bon goût, chargé d'armoiries. La fille aux yeux d'or y monta la première, prit le côté où elle devait être vue quand la voiture se retournerait ; mit sa main sur la portière, et agita son mouchoir, à l'insu de la duègne, en se moquant du qu'en dira-t-on des curieux et disant à Henri publiquement à coups de mouchoir : – Suivez-moi…

– As-tu jamais vu mieux jeter le mouchoir ? dit Henri à Paul de Manerville.

Puis apercevant un fiacre prêt à s'en aller après avoir amené du monde, il fit signe au cocher de rester.

– Suivez ce coupé, voyez dans quelle rue, dans quelle maison il entrera, vous aurez dix francs. – Adieu, Paul.

Le fiacre suivit le coupé. Le coupé rentra rue Saint-Lazare, dans un des plus beaux hôtels de ce quartier.

Chapitre II

Singulière bonne fortune

De Marsay n'était pas un étourdi. Tout autre jeune homme aurait obéi au désir de prendre aussitôt quelques renseignements sur une fille qui réalisait si bien les idées les plus lumineuses exprimées sur les femmes par la poésie orientale ; mais, trop adroit pour compromettre ainsi l'avenir de sa bonne fortune, il avait dit à son fiacre de continuer la rue Saint-Lazare, et de le ramener à son hôtel. Le lendemain, son premier valet de chambre nommé Laurent, garçon rusé comme un Frontin [1] de l'ancienne comédie, attendit aux environs de la maison habitée par l'inconnue, l'heure à laquelle se distribuent les lettres. Afin de pouvoir espionner à son aise et rôder autour de l'hôtel, il avait, suivant la coutume des gens de police qui veulent se bien déguiser, acheté sur place la défroque d'un Auvergnat, en essayant d'en prendre la physionomie. Quand le facteur qui pour cette matinée faisait le service de la rue Saint-Lazare vint à passer, Laurent feignit d'être un commissionnaire en peine de se rappeler le nom d'une personne à laquelle il devait remettre un paquet, et consulta le facteur. Trompé d'abord par les apparences, ce personnage si pittoresque au milieu de la civilisation pari-

1. *Frontin* : nom traditionnel de valet, notamment dans le théâtre de Marivaux.

sienne lui apprit que l'hôtel où demeurait la *Fille aux yeux d'or* appartenait à Don Hijos, marquis de San-Réal, Grand d'Espagne. Naturellement l'Auvergnat n'avait pas affaire au marquis.

– Mon paquet, dit-il, est pour la marquise.

– Elle est absente, répondit le facteur. Ses lettres sont retournées sur Londres.

– La marquise n'est donc pas une jeune fille qui…

– Ah ! dit le facteur en interrompant le valet de chambre et le regardant avec attention, tu es un commissionnaire comme je danse.

Laurent montra quelques pièces d'or au fonctionnaire à claquette[1], qui se mit à sourire.

– Tenez, voici le nom de votre gibier, dit-il en prenant dans sa boîte de cuir une lettre qui portait le timbre de Londres et sur laquelle cette adresse :

À Mademoiselle
Paquita Valdès,
Rue Saint-Lazare, hôtel de San-Réal.
PARIS.

était écrite en caractères allongés et menus qui annonçaient une main de femme.

– Seriez-vous cruel à une bouteille de vin de Chablis, accompagnée d'un filet sauté aux champignons, et précédée de quelques douzaines d'huîtres ? dit Laurent qui voulait conquérir la précieuse amitié du facteur.

– À neuf heures et demie, après mon service. Où ?

– Au coin de la rue de la Chaussée-d'Antin et de la rue Neuve-des-Mathurins, Au puits sans vin, dit Laurent.

1. *À claquette* : bavard.

– Écoutez, l'ami, dit le facteur en rejoignant le valet de chambre, une heure après cette rencontre, si votre maître est amoureux de cette fille, il s'inflige un fameux travail ! Je doute que vous réussissiez à la voir. Depuis dix ans que je suis facteur à Paris, j'ai pu y remarquer bien des systèmes de porte ! mais je puis bien dire, sans crainte d'être démenti par aucun de mes camarades, qu'il n'y a pas une porte aussi mystérieuse que l'est celle de monsieur de San-Réal. Personne ne peut pénétrer dans l'hôtel sans je ne sais quel mot d'ordre, et remarquez qu'il a été choisi exprès entre cour et jardin pour éviter toute communication avec d'autres maisons. Le suisse est un vieil Espagnol qui ne dit jamais un mot de français ; mais qui vous dévisage les gens, comme ferait Vidocq [1], pour savoir s'ils ne sont pas des voleurs. Si ce premier guichetier pouvait se laisser tromper par un amant, par un voleur ou par vous, sans comparaison, eh ! bien, vous rencontreriez dans la première salle, qui est fermée par une porte vitrée, un majordome entouré de laquais, un vieux farceur encore plus sauvage et plus bourru que ne l'est le suisse. Si quelqu'un franchit la porte cochère, mon majordome sort, vous l'attend sous le péristyle et te lui fait subir un interrogatoire comme à un criminel. Ça m'est arrivé, à moi, simple facteur. Il me prenait pour un *hémisphère* déguisé, dit-il en riant de son coq-à-l'âne. Quant aux gens, n'en espérez rien tirer, je les crois muets, personne dans le quartier ne connaît la couleur de leurs paroles ; je ne sais pas ce qu'on leur donne de gages pour ne point parler et pour ne point boire ; le fait est qu'ils sont inabordables, soit qu'ils aient peur d'être fusillés, soit qu'ils aient une somme énorme à perdre en cas d'indiscrétion. Si votre maître aime assez mademoiselle Paquita Valdès pour surmonter tous ces obstacles, il ne triomphera certes pas de dona Concha Marialva, la duègne qui l'accompagne et qui

1. *Vidocq* : ancien forçat (1775-1857) devenu chef de la police de Sûreté sous le Ier Empire.

la mettrait sous ses jupes plutôt que de la quitter. Ces deux femmes ont l'air d'être cousues ensemble.

– Ce que vous me dites, estimable facteur, reprit Laurent après avoir dégusté le vin, me confirme ce que je viens d'apprendre. Foi d'honnête homme, j'ai cru que l'on se moquait de moi. La fruitière d'en face m'a dit qu'on lâchait pendant la nuit, dans les jardins, des chiens dont la nourriture est suspendue à des poteaux, de manière qu'ils ne puissent pas y atteindre. Ces damnés animaux croient alors que les gens susceptibles d'entrer en veulent à leur manger, et les mettraient en pièces. Vous me direz qu'on peut leur jeter des boulettes, mais il paraît qu'ils sont dressés à ne rien manger que de la main du concierge.

– Le portier de monsieur le baron de Nucingen, dont le jardin touche par en haut à celui de l'hôtel San-Réal, me l'a dit effectivement, reprit le facteur.

– Bon, mon maître le connaît, se dit Laurent. Savez-vous, reprit-il en guignant le facteur, que j'appartiens à un maître qui est un fier homme, et s'il se mettait en tête de baiser la plante des pieds d'une impératrice, il faudrait bien qu'elle en passât par là ? S'il avait besoin de vous, ce que je vous souhaite, car il est généreux, pourrait-on compter sur vous ?

– Dame, monsieur Laurent, je me nomme Moinot. Mon nom s'écrit absolument comme un moineau : M-o-i-n-o-t, not, Moinot.

– Effectivement, dit Laurent.

– Je demeure rue des Trois-Frères, n° 2, au cintième, reprit Moinot ; j'ai une femme et quatre enfants. Si ce que vous voudrez de moi ne dépasse pas les possibilités de la conscience et mes devoirs administratifs, vous comprenez ! je suis le vôtre.

– Vous êtes un brave homme, lui dit Laurent en lui serrant la main.

– Paquita Valdès est sans doute la maîtresse du marquis de San-Réal, l'ami du roi Ferdinand. Un vieux cadavre espagnol de quatre-vingts ans est seul capable de prendre des précautions semblables, dit Henri quand son valet de chambre lui eut raconté le résultat de ses recherches.

– Monsieur, lui dit Laurent, à moins d'y arriver en ballon, personne ne peut entrer dans cet hôtel-là.

– Tu es une bête ! Est-il donc nécessaire d'entrer dans l'hôtel pour avoir Paquita, du moment où Paquita peut en sortir ?

– Mais, monsieur, et la duègne ?

– On la chambrera pour quelques jours, ta duègne.

– Alors, nous aurons Paquita ! dit Laurent en se frottant les mains.

– Drôle ! répondit Henri, je te condamne à la Concha si tu pousses l'insolence jusqu'à parler ainsi d'une femme avant que je ne l'aie eue. Pense à m'habiller, je vais sortir.

Henri resta pendant un moment plongé dans de joyeuses réflexions. Disons-le à la louange des femmes, il obtenait toutes celles qu'il daignait désirer. Et que faudrait-il donc penser d'une femme sans amant, qui aurait su résister à un jeune homme armé de la beauté qui est l'esprit du corps, armé de l'esprit qui est une grâce de l'âme, armé de la force morale et de la fortune qui sont les deux seules puissances réelles ? Mais en triomphant aussi facilement, de Marsay devait s'ennuyer de ses triomphes ; aussi, depuis environ deux ans s'ennuyait-il beaucoup. En plongeant au fond des voluptés, il en rapportait plus de gravier que de perles. Donc il en était venu, comme les souverains, à implorer du hasard quelque obstacle à vaincre, quelque entreprise qui demandât le déploiement de ses forces morales et physiques inactives. Quoique Paquita Valdès lui présentât le merveilleux assemblage des perfections dont il n'avait encore joui qu'en détail, l'attrait de la passion était presque nul chez lui. Une satiété constante avait affaibli dans son cœur le sentiment de l'amour. Comme les vieillards et les gens blasés, il n'avait plus que des caprices extravagants, des goûts ruineux, des fantaisies qui, satisfaites, ne lui laissaient aucun bon souvenir au cœur. Chez les jeunes gens, l'amour est le plus beau des sentiments, il fait fleurir la vie dans l'âme, il épanouit par sa puissance solaire les plus belles inspirations et leurs grandes pensées : les prémices en toute chose ont une délicieuse saveur. Chez les hommes, l'amour devient une passion : la force mène à l'abus. Chez les vieillards, il se tourne au vice : l'impuissance conduit à l'extrême. Henri était à la fois vieillard, homme et jeune. Pour lui rendre les émotions d'un véritable amour, il lui fallait comme à Lovelace une Clarisse Harlowe [1]. Sans le reflet magique de cette perle introuvable, il ne pouvait plus avoir que, soit des passions aiguisées par quelque vanité parisienne, soit des partis pris avec lui-même de faire arriver telle femme à tel degré de corruption, soit des aventures qui stimulassent sa curiosité. Le rapport de Laurent, son valet de chambre, venait de donner un prix énorme à la *Fille aux yeux d'or*. Il s'agissait de livrer bataille à quelque ennemi secret, qui paraissait aussi dangereux qu'habile; et, pour remporter la victoire, toutes les forces dont Henri pouvait disposer n'étaient pas inutiles. Il allait jouer cette éternelle vieille comédie qui sera toujours neuve, et dont les personnages sont un vieillard, une jeune fille et un amoureux : don Hijos, Paquita, de Marsay. Si Laurent valait Figaro [2], la duègne paraissait incorruptible. Ainsi, la pièce vivante était plus fortement nouée par le hasard qu'elle ne l'avait jamais été par aucun auteur dramatique! Mais aussi le hasard n'est-il pas un homme de génie?

– Il va falloir jouer serré, se dit Henri.

– Hé! bien, lui dit Paul de Manerville en entrant, où en sommes-nous? Je viens déjeuner avec toi.

1. *Clarisse Harlowe* : héroïne du romancier britannique Richardson (1689-1761), incarnant la vertu persécutée par le monstre-séducteur Lovelace. \ **2.** *Figaro* : valet célèbre et habile de Beaumarchais dans *Le Barbier de Séville* (1775) et *Le Mariage de Figaro* (1784).

– Soit, dit Henri. Tu ne te choqueras pas si je fais ma toilette devant toi ?

– Quelle plaisanterie !

– Nous prenons tant de choses des Anglais en ce moment que nous pourrions devenir hypocrites et prudes comme eux, dit Henri.

Laurent avait apporté devant son maître tant d'ustensiles, tant de meubles différents, et de si jolies choses, que Paul ne put s'empêcher de dire : – Mais, tu vas en avoir pour deux heures ?

– Non ! dit Henri, deux heures et demie.

– Eh ! bien, puisque nous sommes entre nous et que nous pouvons tout nous dire, explique-moi pourquoi un homme supérieur autant que tu l'es, car tu es supérieur, affecte d'outrer[1] une fatuité qui ne doit pas être naturelle en lui. Pourquoi passer deux heures et demie à s'étriller[2], quand il suffit d'entrer un quart d'heure dans un bain, de se peigner en deux temps, et de se vêtir ? Là, dis-moi ton système.

– Il faut que je t'aime bien, mon gros balourd, pour te confier de si hautes pensées, dit le jeune homme qui se faisait en ce moment brosser les pieds avec une brosse douce frottée de savon anglais.

– Mais je t'ai voué le plus sincère attachement, répondit Paul de Manerville, et je t'aime en te trouvant supérieur à moi...

– Tu as dû remarquer, si toutefois tu es capable d'observer un fait moral, que la femme aime le fat, reprit de Marsay sans répondre autrement que par un regard à la déclaration de Paul. Sais-tu pourquoi les femmes aiment les fats ? Mon ami,

1. *Outrer* : donner une importance, une grandeur exagérée à quelque chose. \ **2.** *S'étriller* : frotter vigoureusement avec un instrument de fer conçu pour enlever les malpropretés qui s'attachent au poil des chevaux.

les fats sont les seuls hommes qui aient soin d'eux-mêmes. Or, avoir trop soin de soi, n'est-ce pas dire qu'on soigne en soi-même le bien d'autrui ? L'homme qui ne s'appartient pas est précisément l'homme dont les femmes sont friandes. L'amour est essentiellement voleur. Je ne te parle pas de cet excès de propreté dont elles raffolent. Trouves-en une qui se soit passionnée pour un *sans-soin*, fût-ce un homme remarquable ? Si le fait a eu lieu, nous devons le mettre sur le compte des envies de femme grosse, ces idées folles qui passent par la tête à tout le monde. Au contraire, j'ai vu des gens fort remarquables plantés net pour cause de leur incurie[1]. Un fat qui s'occupe de sa personne s'occupe d'une niaiserie, de petites choses. Et qu'est-ce que la femme ? Une petite chose, un ensemble de niaiseries. Avec deux mots dits en l'air, ne la fait-on pas travailler pendant quatre heures ? Elle est sûre que le fat s'occupera d'elle, puisqu'il ne pense pas à de grandes choses. Elle ne sera jamais négligée pour la gloire, l'ambition, la politique, l'art, ces grandes filles publiques qui, pour elle, sont des rivales. Puis les fats ont le courage de se couvrir de ridicule pour plaire à la femme, et son cœur est plein de récompenses pour l'homme ridicule par amour. Enfin, un fat ne peut être fat que s'il a raison de l'être. C'est les femmes qui nous donnent ce grade-là. Le fat est le colonel de l'amour, il a des bonnes fortunes, il a son régiment de femmes à commander ! Mon cher ! à Paris, tout se sait, et un homme ne peut pas y être fat *gratis*. Toi qui n'as qu'une femme et qui peut-être as raison de n'en avoir qu'une, essaie de faire le fat ?... tu ne deviendras même pas ridicule, tu seras mort. Tu deviendrais un préjugé à deux pattes, un de ces hommes condamnés inévitablement à faire une seule et même chose. Tu signifierais *sottise* comme monsieur de

1. *Incurie* : manque total de soin.

La Fayette[1] signifie Amérique ; monsieur de Talleyrand, diplomatie ; Désaugiers[2], chanson ; monsieur de Ségur[3], romance. S'ils sortent de leur genre, on ne croit plus à la valeur de ce qu'ils font. Voilà comme nous sommes en France, toujours souverainement injustes ! Monsieur de Talleyrand est peut-être un grand financier, monsieur de La Fayette un tyran, et Désaugiers un administrateur. Tu aurais quarante femmes l'année suivante, on ne t'en accorderait pas publiquement une seule. Ainsi donc la fatuité, mon ami Paul, est le signe d'un incontestable pouvoir conquis sur le peuple femelle. Un homme aimé par plusieurs femmes passe pour avoir des qualités supérieures ; et alors c'est à qui l'aura, le malheureux ! Mais crois-tu que ce ne soit rien aussi que d'avoir le droit d'arriver dans un salon, d'y regarder tout le monde du haut de sa cravate, ou à travers un lorgnon, et de pouvoir mépriser l'homme le plus supérieur s'il porte un gilet arriéré ? Laurent, tu me fais mal ! Après déjeuner, Paul, nous irons aux Tuileries voir l'adorable *Fille aux yeux d'or*.

Quand, après avoir fait un excellent repas, les deux jeunes gens eurent arpenté la terrasse des Feuillants et la grande allée des Tuileries, ils ne rencontrèrent nulle part la sublime Paquita Valdès pour le compte de laquelle se trouvaient cinquante des plus élégants jeunes gens de Paris, tous musqués[4], haut cravatés, bottés, éperonnaillés, cravachant, marchant, parlant, riant, et se donnant à tous les diables.

– Messe blanche, dit Henri ; mais il m'est venu la plus excellente idée du monde. Cette fille reçoit des lettres de Londres, il faut acheter ou griser le facteur, décacheter une lettre,

1. *Monsieur de La Fayette* : général et homme politique français (1757-1834), maréchal de camp en Amérique pendant la guerre d'Indépendance, personnage politique important pendant la Révolution française et en 1830. \ **2.** *Désaugiers* : chansonnier et vaudevilliste (1772-1827). \ **3.** *Monsieur de Ségur :* vicomte de Ségur (1756-1805), auteur de nombreuses romances. \ **4.** *Musqués* : pleins d'élégance féminine.

naturellement la lire, y glisser un petit billet doux, et la recacheter. Le vieux tyran, *crudel tiranno*, doit sans doute connaître la personne qui écrit les lettres venant de Londres et ne s'en défie plus.

Le lendemain, de Marsay vint encore se promener au soleil sur la terrasse des Feuillants, et y vit Paquita Valdès : déjà pour lui la passion l'avait embellie. Il s'affola sérieusement de ces yeux dont les rayons semblaient avoir la nature de ceux que lance le soleil et dont l'ardeur résumait celle de ce corps parfait où tout était volupté. De Marsay brûlait de frôler la robe de cette séduisante fille quand ils se rencontraient dans leur promenade ; mais ses tentatives étaient toujours vaines. En un moment où il avait dépassé la duègne et Paquita, pour pouvoir se trouver du côté de la *Fille aux yeux d'or* quand il se retournerait, Paquita, non moins impatiente, s'avança vivement, et de Marsay se sentit presser la main par elle d'une façon tout à la fois si rapide et si passionnément significative, qu'il crut avoir reçu le choc d'une étincelle électrique. En un instant toutes ses émotions de jeunesse lui sourdirent au cœur. Quand les deux amants se regardèrent, Paquita parut honteuse ; elle baissa les yeux pour ne pas revoir les yeux d'Henri, mais son regard se coula par en dessous pour regarder les pieds et la taille de celui que les femmes nommaient avant la révolution *leur vainqueur*.

– J'aurai décidément cette fille comme maîtresse, se dit Henri.

En la suivant au bout de la terrasse, du côté de la place Louis XV, il aperçut le vieux marquis de San-Réal qui se promenait appuyé sur le bras de son valet de chambre, en marchant avec toute la précaution d'un goutteux et d'un cacochyme. Dona Concha, qui se défiait d'Henri, fit passer Paquita entre elle et le vieillard.

– Oh ! toi, se dit de Marsay en jetant un regard de mépris sur la duègne, si l'on ne peut pas te faire capituler, avec un peu d'opium l'on t'endormira. Nous connaissons la Mythologie et la fable d'Argus[1].

Avant de monter en voiture, la *Fille aux yeux d'or* échangea avec son amant quelques regards dont l'expression n'était pas douteuse et dont Henri fut ravi ; mais la duègne en surprit un, et dit vivement quelques mots à Paquita, qui se jeta dans le coupé d'un air désespéré. Pendant quelques jours Paquita ne vint plus aux Tuileries. Laurent, qui, par ordre de son maître, alla faire le guet autour de l'hôtel, apprit par les voisins que ni les deux femmes ni le vieux marquis n'étaient sortis depuis le jour où la duègne avait surpris un regard entre la jeune fille commise à sa garde et Henri. Le lien si faible qui unissait les deux amants était donc déjà rompu.

Quelques jours après, sans que personne sût par quels moyens, de Marsay était arrivé à son but, il avait un cachet et de la cire absolument semblables au cachet et à la cire qui cachetaient les lettres envoyées de Londres à mademoiselle Valdès, du papier pareil à celui dont se servait le correspondant, puis tous les ustensiles et les fers nécessaires pour y apposer les timbres des postes anglaise et française. Il avait écrit la lettre suivante, à laquelle il donna toutes les façons d'une lettre envoyée de Londres.

« Chère Paquita, je n'essaierai pas de vous peindre, par des paroles, la passion que vous m'avez inspirée. Si, pour mon bonheur, vous la partagez, sachez que j'ai trouvé les moyens de correspondre avec vous. Je me nomme Adolphe de Gouges, et demeure rue de l'Université, n° 54. Si vous êtes trop surveillée pour m'écrire, si vous n'avez ni papier ni plumes, je le saurai par votre silence. Donc, si demain, de huit heures du matin à

1. *Argus* : Argus aux cent yeux, chargé par Zeus de garder la nymphe Io, fut endormi par Hermès au son d'une flûte et massacré.

dix heures du soir, si vous n'avez pas jeté de lettre par-dessus le mur de votre jardin dans celui du baron de Nucingen, où l'on attendra pendant toute la journée, un homme qui m'est entièrement dévoué vous glissera par-dessus le mur, au bout d'une corde, deux flacons, à dix heures du matin, le lendemain. Soyez à vous promener vers ce moment-là, l'un des deux flacons contiendra de l'opium pour endormir votre Argus, il suffira de lui en donner six gouttes. L'autre contiendra de l'encre. Le flacon à l'encre est taillé, l'autre est uni. Tous deux sont assez plats pour que vous puissiez les cacher dans votre corset. Tout ce que j'ai fait déjà pour pouvoir correspondre avec vous doit vous dire combien je vous aime. Si vous en doutiez, je vous avoue que, pour obtenir un rendez-vous d'une heure, je donnerais ma vie. »

– Elles croient cela pourtant, ces pauvres créatures ! se dit de Marsay ; mais elles ont raison. Que penserions-nous d'une femme qui ne se laisserait pas séduire par une lettre d'amour accompagnée de circonstances si probantes ?

Cette lettre fut remise par le sieur Moinot, facteur, le lendemain, vers huit heures du matin, au concierge de l'hôtel San-Réal.

Pour se rapprocher du champ de bataille, de Marsay était venu déjeuner chez Paul, qui demeurait rue de la Pépinière. À deux heures, au moment où les deux amis se contaient en riant la déconfiture d'un jeune homme qui avait voulu mener le train de la vie élégante sans une fortune assise, et qu'ils lui cherchaient une fin, le cocher d'Henri vint chercher son maître jusque chez Paul, et lui présenta un personnage mystérieux, qui voulait absolument lui parler à lui-même. Ce personnage était un mulâtre dont Talma[1] se serait certes inspiré pour jouer

1. *Talma* : François-Joseph Talma (1763-1826), tragédien français qui a introduit au théâtre une réforme profonde de la diction et des costumes, désormais plus naturels.

Othello[1] s'il l'avait rencontré. Jamais figure africaine n'exprima mieux la grandeur dans la vengeance, la rapidité du soupçon, la promptitude dans l'exécution d'une pensée, la force du Maure et son irréflexion d'enfant. Ses yeux noirs avaient la fixité des yeux d'un oiseau de proie, et ils étaient enchâssés, comme ceux d'un vautour, par une membrane bleuâtre dénuée de cils. Son front, petit et bas, avait quelque chose de menaçant. Évidemment cet homme était sous le joug d'une seule et même pensée. Son bras nerveux ne lui appartenait pas. Il était suivi d'un homme que toutes les imaginations, depuis celles qui grelottent au Groenland jusqu'à celles qui suent à la Nouvelle-Angleterre, se peindront d'après cette phrase : *c'était un homme malheureux*. À ce mot, tout le monde le devinera, se le représentera d'après les idées particulières à chaque pays. Mais qui se figurera son visage blanc, ridé, rouge aux extrémités, et sa barbe longue ? qui verra sa cravate jaunasse en corde, son col de chemise gras, son chapeau tout usé, sa redingote verdâtre, son pantalon piteux, son gilet recroquevillé, son épingle en faux or, ses souliers crottés, dont les rubans avaient barboté dans la boue ? qui le comprendra dans toute l'immensité de sa misère présente et passée ? Qui ? le Parisien seulement. L'homme malheureux de Paris est l'homme malheureux complet, car il trouve encore de la joie pour savoir combien il est malheureux. Le mulâtre semblait être un bourreau de Louis XI tenant un homme à pendre.

– Qu'est-ce qui nous a pêché ces deux drôles-là ? dit Henri.

– Pantoufle ! il y en a un qui me donne le frisson, répondit Paul.

– Qui es-tu, toi qui as l'air d'être le plus chrétien des deux ? dit Henri en regardant l'homme malheureux.

Le mulâtre resta les yeux attachés sur ces deux jeunes gens, en homme qui n'entendait rien, et qui cherchait néanmoins à

1. *Othello* : général maure, héros de la pièce éponyme (1604) de Shakespeare.

deviner quelque chose d'après les gestes et le mouvement des lèvres.

– Je suis écrivain public et interprète. Je demeure au Palais de Justice et me nomme Poincet.

– Bon ! Et celui-là ? dit Henri à Poincet en montrant le mulâtre.

– Je ne sais pas ; il ne parle qu'une espèce de patois espagnol, et m'a emmené ici pour pouvoir s'entendre avec vous.

Le mulâtre tira de sa poche la lettre écrite à Paquita par Henri, et la lui remit, Henri la jeta dans le feu.

– Eh ! bien, voilà qui commence à se dessiner, se dit en lui-même Henri. Paul, laisse-nous seuls un moment.

– Je lui ai traduit cette lettre, reprit l'interprète lorsqu'ils furent seuls. Quand elle fut traduite, il a été je ne sais où. Puis il est revenu me chercher pour m'amener ici en me promettant deux louis.

– Qu'as-tu à me dire, Chinois ? demanda Henri.

– Je ne lui ai pas dit *Chinois*, dit l'interprète en attendant la réponse du mulâtre.

– Il dit, monsieur, reprit l'interprète après avoir écouté l'inconnu, qu'il faut que vous vous trouviez demain soir, à dix heures et demie, sur le boulevard Montmartre, auprès du café. Vous y verrez une voiture, dans laquelle vous monterez en disant à celui qui sera prêt à ouvrir la portière le mot *cortejo*, un mot espagnol qui veut dire *amant*, ajouta Poincet en jetant un regard de félicitation à Henri.

– Bien !

Le mulâtre voulut donner deux louis ; mais de Marsay ne le souffrit pas et récompensa l'interprète ; pendant qu'il le payait, le mulâtre proféra quelques paroles.

– Que dit-il ?

– Il me prévient, répondit l'homme malheureux, que, si je fais une seule indiscrétion, il m'étranglera. Il est gentil, et il a très fort l'air d'en être capable.

– J'en suis sûr, répondit Henri. Il le ferait comme il le dit.

– Il ajoute, reprit l'interprète, que la personne dont il est l'envoyé vous supplie, pour vous et pour elle, de mettre la plus grande prudence dans vos actions, parce que les poignards levés sur vos têtes tomberaient dans vos cœurs, sans qu'aucune puissance humaine pût vous en garantir.

– Il a dit cela ! Tant mieux, ce sera plus amusant. – Mais tu peux entrer, Paul ! cria-t-il à son ami.

Le mulâtre, qui n'avait cessé de regarder l'amant de Paquita Valdès avec une attention magnétique, s'en alla suivi de l'interprète.

– Enfin, voici donc une aventure bien romanesque, se dit Henri quand Paul revint. À force de participer à quelques-unes, j'ai fini par rencontrer dans ce Paris une intrigue accompagnée de circonstances graves, de périls majeurs. Ah ! diantre, combien le danger rend la femme hardie ! Gêner une femme, la vouloir contraindre, n'est-ce pas lui donner le droit et le courage de franchir en un moment des barrières qu'elle mettrait des années à sauter ? Gentille créature, va, saute. Mourir ? pauvre enfant ! Des poignards ? imagination de femmes ! Elles sentent toutes le besoin de faire valoir leur petite plaisanterie. D'ailleurs on y pensera, Paquita ! on y pensera, ma fille ! Le diable m'emporte, maintenant que je sais que cette belle fille, ce chef-d'œuvre de la nature est à moi, l'aventure a perdu de son piquant.

Malgré cette parole légère, le jeune homme avait reparu chez Henri. Pour attendre jusqu'au lendemain sans souffrances, il eut recours à d'exorbitants plaisirs : il joua dîna, soupa avec ses amis ; il but comme un fiacre, mangea comme un Allemand, et gagna dix ou douze mille francs. Il sortit du Rocher de Cancale [1] à deux heures du matin, dormit comme un enfant, se réveilla le lendemain frais et rose, et s'habilla pour aller aux Tuileries, en se

1. *Rocher de Cancale* : célèbre restaurant, près des Halles.

proposant de monter à cheval après avoir vu Paquita pour gagner de l'appétit et mieux dîner, afin de pouvoir brûler le temps.

À l'heure dite, Henri fut sur le boulevard, vit la voiture et donna le mot d'ordre à un homme qui lui parut être le mulâtre. En entendant ce mot, l'homme ouvrit la portière et déplia vivement le marchepied. Henri fut si rapidement emporté dans Paris, et ses pensées lui laissèrent si peu de faculté de faire attention aux rues par lesquelles il passait, qu'il ne sut où la voiture s'arrêta. Le mulâtre l'introduisit dans une maison où l'escalier se trouvait près de la porte cochère. Cet escalier était sombre, aussi bien que le palier sur lequel Henri fut obligé d'attendre pendant le temps que le mulâtre mit à ouvrir la porte d'un appartement humide, nauséabond, sans lumière, et dont les pièces, à peine éclairées par la bougie que son guide trouva dans l'antichambre, lui parurent vides et mal meublées, comme le sont celles d'une maison dont les habitants sont en voyage. Il reconnut cette sensation que lui procurait la lecture d'un de ces romans d'Anne Radcliffe[1] où le héros traverse les salles froides, sombres, inhabitées, de quelque lieu triste et désert. Enfin le mulâtre ouvrit la porte d'un salon. L'état des vieux meubles et des draperies passées dont cette pièce était ornée la faisait ressembler au salon d'un mauvais lieu. C'était la même prétention à l'élégance et le même assemblage de choses de mauvais goût, de poussière et de crasse. Sur un canapé couvert en velours d'Utrecht rouge, au coin d'une cheminée qui fumait, et dont le feu était enterré dans les cendres, se tenait une vieille femme assez mal vêtue, coiffée d'un de ces turbans que savent inventer les femmes anglaises quand elles arrivent à un certain âge, et qui auraient infiniment de succès en Chine, où le beau idéal des artistes est la

1. *Anne Radcliffe* : Ann Radcliffe (1764-1823) est l'auteur de romans noirs aux épisodes terribles et surnaturels.

monstruosité. Ce salon, cette vieille femme, ce foyer froid, tout eût glacé l'amour, si Paquita n'avait pas été là sur une causeuse[1] dans un voluptueux peignoir, libre de jeter ses regards d'or et de flamme, libre de montrer son pied recourbé, libre de ses mouvements lumineux. Cette première entrevue fut ce que sont tous les premiers rendez-vous que se donnent des personnes passionnées qui ont rapidement franchi les distances et qui se désirent ardemment, sans néanmoins se connaître. Il est impossible qu'il ne se rencontre pas d'abord quelques discordances dans cette situation, gênante jusqu'au moment où les âmes se sont mises au même ton. Si le désir donne de la hardiesse à l'homme et le dispose à ne rien ménager ; sous peine de ne pas être femme, la maîtresse, quelque extrême que soit son amour, est effrayée de se trouver si promptement arrivée au but et face à face avec la nécessité de se donner, qui pour beaucoup de femmes équivaut à une chute dans un abîme, au fond duquel elles ne savent pas ce qu'elles trouveront. La froideur involontaire de cette femme contraste avec sa passion avouée et réagit nécessairement sur l'amant le plus épris. Ces idées, qui souvent flottent comme des vapeurs à l'alentour des âmes, y déterminent donc une sorte de maladie passagère. Dans le doux voyage que deux êtres entreprennent à travers les belles contrées de l'amour, ce moment est comme une lande à traverser, une lande sans bruyères, alternativement humide et chaude, pleine de sables ardents, coupée par des marais, et qui mène aux riants bocages vêtus de roses où se déploient l'amour et son cortège de plaisirs sur des tapis de fine verdure. Souvent l'homme spirituel se trouve doué d'un rire bête qui lui sert de réponse à tout ; son esprit est comme engourdi sous la glaciale compression de ses désirs. Il ne serait pas impossible que deux êtres également beaux, spirituels et passionnés, parlassent

1. *Causeuse* : petit canapé où deux personnes peuvent s'asseoir pour bavarder.

d'abord des lieux communs les plus niais, jusqu'à ce que le hasard, un mot, le tremblement d'un certain regard, la communication d'une étincelle, leur ait fait rencontrer l'heureuse transition qui les amène dans le sentier fleuri où l'on ne marche pas, mais où l'on roule sans néanmoins descendre. Cet état de l'âme est toujours en raison de la violence des sentiments. Deux êtres qui s'aiment faiblement n'éprouvent rien de pareil. L'effet de cette crise peut encore se comparer à celui que produit l'ardeur d'un ciel pur. La nature semble au premier aspect couverte d'un voile de gaze, l'azur du firmament paraît noir, l'extrême lumière ressemble aux ténèbres. Chez Henri, comme chez l'Espagnole, il se rencontrait une égale violence : et cette loi de la statique en vertu de laquelle deux forces identiques s'annulent en se rencontrant pourrait être vraie aussi dans le règne moral. Puis l'embarras de ce moment fut singulièrement augmenté par la présence de la vieille momie. L'amour s'effraie ou s'égaie de tout, pour lui tout a un sens, tout lui est présage heureux ou funeste. Cette femme décrépite était là comme un dénouement possible, et figurait l'horrible queue de poisson par laquelle les symboliques génies de la Grèce ont terminé les Chimères et les Sirènes, si séduisantes, si décevantes par le corsage, comme le sont toutes les passions au début. Quoique Henri fût, non pas un esprit fort, ce mot est toujours une raillerie, mais un homme d'une puissance extraordinaire, un homme aussi grand qu'on peut l'être sans croyance, l'ensemble de toutes ces circonstances le frappa. D'ailleurs les hommes les plus forts sont naturellement les plus impressionnés, et conséquemment les plus superstitieux, si toutefois l'on peut appeler superstition le préjugé du premier mouvement, qui sans doute est l'aperçu du résultat dans les causes cachées à d'autres yeux, mais perceptibles aux leurs.

L'Espagnole profitait de ce moment de stupeur pour se laisser aller à l'extase de cette adoration infinie qui saisit le cœur d'une femme quand elle aime véritablement et qu'elle se trouve en présence d'une idole vainement espérée. Ses yeux étaient tout joie, tout bonheur, et il s'en échappait des étincelles. Elle était sous le charme, et s'enivrait sans crainte d'une félicité longtemps rêvée. Elle parut alors si merveilleusement belle à Henri que toute cette fantasmagorie de haillons, de vieillesse, de draperies rouges usées, de paillassons verts devant les fauteuils, que le carreau rouge mal frotté, que tout ce luxe infirme et souffrant disparut aussitôt. Le salon s'illumina, il ne vit plus qu'à travers un nuage la terrible harpie[1], fixe, muette sur son canapé rouge, et dont les yeux jaunes trahissaient les sentiments serviles que le malheur inspire ou que cause un vice sous l'esclavage duquel on est tombé comme sous un tyran qui vous abrutit sous les flagellations de son despotisme. Ses yeux avaient l'éclat froid de ceux d'un tigre en cage qui sait son impuissance et se trouve obligé de dévorer ses envies de destruction.

– Quelle est cette femme ? dit Henri à Paquita.

Mais Paquita ne répondit pas. Elle fit signe qu'elle n'entendait pas le français, et demanda à Henri s'il parlait anglais. De Marsay répéta sa question en anglais.

– C'est la seule femme à laquelle je puisse me fier, quoiqu'elle m'ait déjà vendue, dit Paquita tranquillement. Mon cher Adolphe, c'est ma mère, une esclave achetée en Géorgie pour sa rare beauté, mais dont il reste peu de chose aujourd'hui. Elle ne parle que sa langue maternelle.

L'attitude de cette femme et son envie de deviner, par les mouvements de sa fille et d'Henri, ce qui se passait entre eux furent expliquées soudain au jeune homme, que cette explication mit à l'aise.

1. *Harpie* : dans l'Antiquité, monstre fabuleux, à tête de femme et à corps d'oiseau ; au figuré, femme méchante et acariâtre.

– Paquita, lui dit-il, nous ne serons donc pas libres ?

– Jamais ! dit-elle d'un air triste. Nous avons même peu de jours à nous.

Elle baissa les yeux, regarda sa main, et compta de sa main droite sur les doigts de sa main gauche, en montrant ainsi les plus belles mains qu'Henri eût jamais vues.

– Un, deux, trois…

Elle compta jusqu'à douze.

– Oui, dit-elle, nous avons douze jours.

– Et après ?

– Après, dit-elle en restant absorbée comme une femme faible devant la hache du bourreau et tuée d'avance par une crainte qui la dépouillait de cette magnifique énergie que la nature semblait ne lui avoir départie que pour agrandir les voluptés et pour convertir en poèmes sans fin les plaisirs les plus grossiers. – Après, répéta-t-elle. Ses yeux devinrent fixes ; elle parut contempler un objet éloigné, menaçant. – Je ne sais pas, dit-elle.

– Cette fille est folle, se dit Henri, qui tomba lui-même en des réflexions étranges.

Paquita lui parut occupée de quelque chose qui n'était pas lui, comme une femme également contrainte et par le remords et par la passion. Peut-être avait-elle dans le cœur un autre amour qu'elle oubliait et se rappelait tour à tour. En un moment, Henri fut assailli de mille pensées contradictoires. Pour lui cette fille devint un mystère ; mais, en la contemplant avec la savante attention de l'homme blasé, affamé de voluptés nouvelles, comme ce roi d'Orient qui demandait qu'on lui créât un plaisir, soif horrible, dont les grandes âmes sont saisies, Henri reconnaissait dans Paquita la plus riche organisation que la nature se fût complu à composer pour l'amour. Le jeu présumé de cette machine, l'âme mise à part, eût effrayé tout autre homme que de Marsay ; mais il fut fasciné par cette riche moisson de plaisirs promis, par cette constante variété dans le bonheur, le rêve de tout homme, et que toute femme aimante ambitionne aussi. Il fut affolé par l'infini rendu palpable et transporté dans les plus excessives jouissances de la créature. Il vit tout cela dans cette fille plus distinctement qu'il ne l'avait encore vu, car elle se laissait complaisamment voir, heureuse d'être admirée. L'admiration de de Marsay devint une rage secrète, et il la dévoila tout entière en lançant un regard que comprit l'Espagnole, comme si elle était habituée à en recevoir de semblables.

– Si tu ne devais pas être à moi seul, je te tuerais ! s'écria-t-il.

En entendant ce mot, Paquita se voila le visage de ses mains et s'écria naïvement : – Sainte Vierge, où me suis-je fourrée !

Elle se leva, s'alla jeter sur le canapé rouge, se plongea la tête dans les haillons qui couvraient le sein de sa mère, et y pleura. La vieille reçut sa fille sans sortir de son immobilité, sans lui rien témoigner. La mère possédait au plus haut degré cette gravité des peuplades sauvages, cette impassibilité de la statuaire sur laquelle échoue l'observation. Aimait-elle, n'aimait-elle pas sa fille ? Nulle réponse. Sous ce masque couvaient tous les sentiments humains, les bons et les mauvais, et l'on pouvait tout attendre de cette créature. Son regard allait lentement des beaux cheveux de sa fille, qui la couvraient comme d'une mantille[1], à la figure d'Henri, qu'elle observait avec une inexprimable curiosité. Elle semblait se demander par quel sortilège il était là, par quel caprice la nature avait fait un homme si séduisant.

– Ces femmes se moquent de moi ! se dit Henri.

En ce moment, Paquita leva la tête, jeta sur lui un de ces regards qui vont jusqu'à l'âme et la brûlent. Elle lui parut si belle, qu'il se jura de posséder ce trésor de beauté.

1. *Mantille* : écharpe de soie ou de dentelle, généralement noire, dont les Espagnoles se couvrent la tête et les épaules.

Marie Laforêt et Paul Guers dans *La Fille aux yeux d'or*.

Film de Jean-Gabriel Albicocco, 1961. ph© Collection Christophe L.

– Ma Paquita, sois à moi !

– Tu veux me tuer ? dit-elle peureuse, palpitante, inquiète, mais ramenée à lui par une force inexplicable.

– Te tuer, moi ! dit-il en souriant.

Paquita jeta un cri d'effroi, dit un mot à la vieille, qui prit d'autorité la main d'Henri, celle de sa fille, les regarda longtemps, les leur rendit en hochant la tête d'une façon horriblement significative.

– Sois à moi ce soir, à l'instant, suis-moi, ne me quitte pas, je le veux, Paquita ! m'aimes-tu ? viens !

En un moment, il lui dit mille paroles insensées avec la rapidité d'un torrent qui bondit entre des rochers, et répète le même son, sous mille formes différentes.

– C'est la même voix ! dit Paquita mélancoliquement, sans que de Marsay pût l'entendre, et… la même ardeur, ajouta-t-elle.

– Eh ! bien, oui dit-elle avec un abandon de passion que rien ne saurait exprimer. Oui, mais pas ce soir. Ce soir, Adolphe, j'ai donné trop peu d'opium à la *Concha*, elle pourrait se réveiller, je serais perdue. En ce moment, toute la maison me croit endormie dans ma chambre. Dans deux jours, sois au même endroit, dis le même mot au même homme. Cet homme est mon père nourricier, Christemio m'adore et mourrait pour moi dans les tourments sans qu'on lui arrachât une parole contre moi. Adieu, dit-elle en saisissant Henri par le corps et s'entortillant autour de lui comme un serpent.

Elle le pressa de tous les côtés à la fois, lui apporta sa tête sous la sienne, lui présenta ses lèvres, et prit un baiser qui leur donna de tels vertiges à tous deux, que de Marsay crut que la terre s'ouvrait, et que Paquita cria : – « Va – t'en ! » d'une voix qui annonçait assez combien elle était peu maîtresse d'elle-même. Mais elle le garda tout en lui criant toujours : « Va-t'en ! » et le mena lentement jusqu'à l'escalier.

Là, le mulâtre, dont les yeux blancs s'allumèrent à la vue de Paquita, prit le flambeau des mains de son idole, et conduisit Henri jusqu'à la rue. Il laissa le flambeau sous la voûte, ouvrit la portière, remit Henri dans la voiture, et le déposa sur le boulevard des Italiens avec une rapidité merveilleuse. Les chevaux semblaient avoir l'enfer dans le corps.

Cette scène fut comme un songe pour de Marsay, mais un de ces songes qui, tout en s'évanouissant, laissent dans l'âme un sentiment de volupté surnaturelle, après laquelle un homme court pendant le reste de sa vie. Un seul baiser avait suffi. Aucun rendez-vous ne s'était passé d'une manière plus décente, ni plus chaste, ni plus froide peut-être, dans un lieu plus horrible par les détails, devant une plus hideuse divinité ; car cette mère était restée dans l'imagination d'Henri comme quelque chose d'infernal, d'accroupi, de cadavéreux, de vicieux, de sauvagement féroce, que la fantaisie des peintres et des poètes n'avait pas encore deviné. En effet, jamais rendez-vous n'avait plus irrité ses sens, n'avait révélé de voluptés plus hardies, n'avait mieux fait jaillir l'amour de son centre pour se répandre comme une atmosphère autour d'un homme. Ce fut quelque chose de sombre, de mystérieux, de doux, de tendre, de contraint et d'expansif, un accouplement de l'horrible et du céleste, du paradis et de l'enfer, qui rendit de Marsay comme ivre. Il ne fut plus lui-même, et il était assez grand cependant pour pouvoir résister aux enivrements du plaisir.

Pour bien comprendre sa conduite au dénouement de cette histoire, il est nécessaire d'expliquer comment son âme s'était élargie à l'âge où les jeunes gens se rapetissent ordinairement en se mêlant aux femmes ou en s'en occupant trop. Il avait grandi par un concours de circonstances secrètes qui l'investissaient d'un immense pouvoir inconnu. Ce jeune homme avait en main un sceptre plus puissant que ne l'est celui des rois modernes presque tous bridés par les lois dans leurs moindres volontés. De Marsay exerçait le pouvoir autocratique du despote oriental. Mais ce pouvoir, si stupidement mis en œuvre dans l'Asie par des hommes abrutis, était décuplé par l'intelligence européenne, par l'esprit français, le plus vif, le plus acéré de tous les instruments intelligentiels[1]. Henri pouvait ce qu'il voulait dans l'intérêt de ses plaisirs et de ses vanités. Cette invisible action sur le monde social l'avait revêtu d'une majesté réelle, mais secrète, sans emphase et repliée sur lui-même. Il avait de lui, non pas l'opinion que Louis XIV pouvait avoir de soi, mais celle que les plus orgueilleux des Kalifes, des Pharaons, des Xerxès[2] qui se croyaient de race divine, avaient d'eux-mêmes, quand ils imitaient Dieu en se voilant à leurs sujets, sous prétexte que leurs regards donnaient la mort. Ainsi, sans avoir aucun remords d'être à la fois juge et partie, de Marsay condamnait froidement à mort l'homme ou la femme qui l'avait offensé sérieusement. Quoique souvent prononcé presque légèrement, l'arrêt était irrévocable. Une erreur était un malheur semblable à celui que cause la foudre en tombant sur une Parisienne heureuse dans quelque fiacre, au lieu d'écraser le vieux cocher qui la conduit à un rendez-vous. Aussi la plaisanterie amère et profonde qui distinguait la conversation de ce jeune homme causait-elle assez généralement de l'effroi ; personne ne se sentait l'envie de le choquer. Les femmes aiment prodigieusement ces gens qui se nomment pachas eux-mêmes, qui semblent accompagnés de lions, de bourreaux, et marchent dans un appareil de terreur. Il en résulte chez ces hommes une sécurité d'action, une certitude de pouvoir, une fierté de regard, une conscience léonine qui réalise pour les femmes le type de force qu'elles rêvent toutes. Ainsi était de Marsay.

1. *Intelligentiels* : néologisme créé par Balzac, mot signifiant « de l'intelligence ». \ 2. *Xerxès* : roi achéménide de Perse 486-465 av. J.-C. qui fit réprimer les révoltes d'Égypte et de la Babylonie avec une grande sévérité, détruisit les temples de Babylone et fit fondre leurs statues en or représentant les Dieux.

Heureux en ce moment de son avenir, il redevint jeune et flexible, et ne songeait qu'à aimer en allant se coucher. Il rêva de la *Fille aux yeux d'or,* comme rêvent les jeunes gens passionnés. Ce fut des images monstrueuses, des bizarreries insaisissables, pleines de lumière, et qui révèlent les mondes invisibles, mais d'une manière toujours incomplète, car un voile interposé change les conditions de l'optique. Le lendemain et le surlendemain, il disparut sans que l'on pût savoir où il était allé. Sa puissance ne lui appartenait qu'à de certaines conditions, et heureusement pour lui, pendant ces deux jours, il fut simple soldat au service du démon dont il tenait sa talismanique existence. Mais à l'heure dite, le soir, sur le boulevard, il attendit la voiture, qui ne se fit pas attendre. Le mulâtre s'approcha d'Henri pour lui dire en français une phrase qu'il paraissait avoir apprise par cœur : – Si vous voulez venir, m'a-t-elle dit, il faut consentir à vous laisser bander les yeux.

Et Christemio montra un foulard de soie blanche.

– Non ! dit Henri dont la toute-puissance se révolta soudain.

Et il voulut monter. Le mulâtre fit un signe ; la voiture partit.

– Oui ! cria de Marsay furieux de perdre un bonheur qu'il s'était promis. D'ailleurs, il voyait l'impossibilité de capituler avec un esclave dont l'obéissance était aveugle autant que celle d'un bourreau. Puis, était-ce sur cet instrument passif que devait tomber sa colère ?

Le mulâtre siffla, la voiture revint. Henri monta précipitamment. Déjà quelques curieux s'amassaient niaisement sur le boulevard. Henri était fort, il voulut se jouer du mulâtre. Lorsque la voiture partit au grand trot, il lui saisit les mains pour s'emparer de lui et pouvoir garder, en domptant son surveillant, l'exercice de ses facultés afin de savoir où il allait. Tentative inutile. Les yeux du mulâtre étincelèrent dans l'ombre. Cet homme poussa des cris que la fureur faisait expirer dans sa gorge, se dégagea, rejeta de Marsay par une main de fer, et le cloua, pour ainsi dire, au fond de la voiture ; puis, de sa main libre, il tira un poignard triangulaire, en sifflant. Le cocher entendit le sifflement, et s'arrêta. Henri était sans armes, il fut forcé de plier ; il tendit la tête vers le foulard. Ce geste de soumission apaisa Christemio, qui lui banda les yeux avec un respect et un soin qui témoignaient une sorte de vénération pour la personne de l'homme aimé par son idole. Mais, avant de prendre cette précaution, il avait serré son poignard avec défiance dans sa poche de côté, et se boutonna jusqu'au menton.

– Il m'aurait tué, ce Chinois-là ! se dit de Marsay.

La voiture roula de nouveau rapidement. Il restait une ressource à un jeune homme qui connaissait aussi bien Paris que le connaissait Henri. Pour savoir où il allait, il lui suffisait de se recueillir, de compter, par le nombre des ruisseaux franchis, les rues devant lesquelles on passerait sur les boulevards tant que la voiture continuerait d'aller droit. Il pouvait ainsi reconnaître par quelle rue latérale la voiture se dirigerait, soit vers la Seine, soit vers les hauteurs de Montmartre, et deviner le nom ou la position de la rue où son guide le ferait arrêter. Mais l'émotion violente que lui avait causée sa lutte, la fureur où le mettait sa dignité compromise, les idées de vengeance auxquelles il se livrait, les suppositions que lui suggérait le soin minutieux que prenait cette fille mystérieuse pour le faire arriver à elle, tout l'empêcha d'avoir cette attention d'aveugle, nécessaire à la concentration de son intelligence, et à la parfaite perspicacité du souvenir. Le trajet dura une demi-heure. Quand la voiture s'arrêta, elle n'était plus sur le pavé. Le mulâtre et le cocher prirent Henri à bras le corps, l'enlevèrent, le mirent sur une espèce de civière, et le transportèrent à travers un jardin dont il sentit les fleurs et l'odeur particulière aux arbres et à la verdure. Le silence qui y régnait était si profond qu'il put distinguer le bruit que faisaient quelques gouttes d'eau en tombant des feuilles humides. Les deux hommes le montèrent dans un escalier, le firent lever, le conduisirent à travers plusieurs pièces, en le guidant par les mains, et le laissèrent dans une chambre dont l'atmosphère était parfumée, et dont il sentit sous ses pieds le tapis épais. Une main de femme le poussa sur un divan et lui dénoua le foulard. Henri vit Paquita devant lui, mais Paquita dans sa gloire de femme voluptueuse.

La moitié du boudoir où se trouvait Henri décrivait une ligne circulaire mollement gracieuse, qui s'opposait à l'autre partie parfaitement carrée, au milieu de laquelle brillait une cheminée en marbre blanc et or. Il était entré par une porte latérale que cachait une riche portière en tapisserie, et qui faisait face à une fenêtre. Le fer-à-cheval était orné d'un véritable divan turc, c'est-à-dire un matelas posé par terre, mais un matelas large comme un lit, un divan de cinquante pieds de tour, en cachemire blanc, relevé par des bouffettes en soie noire et ponceau [1], disposées en losanges. Le dossier de cet immense lit s'élevait de plusieurs pouces au-dessus des nombreux coussins qui l'enrichissaient encore par le goût de leurs agréments. Ce boudoir était tendu d'une étoffe rouge, sur laquelle était posée une mousseline des Indes cannelée comme l'est une colonne corinthienne, par des tuyaux alternativement creux et ronds, arrêtés en haut et en bas dans une bande d'étoffe couleur ponceau sur laquelle étaient dessinées des arabesques noires. Sous la mousseline, le ponceau devenait rose, couleur amoureuse que répétaient les rideaux de la fenêtre qui étaient en mousseline des Indes doublée de taffetas rose, et ornés de franges ponceau mélangé de noir. Six bras en vermeil, supportant chacun deux bougies, étaient attachés sur la tenture à d'égales distances pour éclairer le divan. Le plafond, au milieu

1. *Ponceau* : de couleur rouge, coquelicot.

duquel pendait un lustre en vermeil mat, étincelait de blancheur, et la corniche était dorée. Le tapis ressemblait à un châle d'Orient, il en offrait les dessins et rappelait les poésies de la Perse, où des mains d'esclaves l'avaient travaillé. Les meubles étaient couverts en cachemire blanc, rehaussé par des agréments noirs et ponceau. La pendule, les candélabres, tout était en marbre blanc et or. La seule table qu'il y eût avait un cachemire pour tapis. D'élégantes jardinières contenaient des roses de toutes les espèces, des fleurs ou blanches ou rouges. Enfin le moindre détail semblait avoir été l'objet d'un soin pris avec amour. Jamais la richesse ne s'était plus coquettement cachée pour devenir de l'élégance, pour exprimer la grâce, pour inspirer la volupté. Là tout aurait réchauffé l'être le plus froid. Les chatoiements de la tenture, dont la couleur changeait suivant la direction du regard, en devenant ou toute blanche, ou toute rose, s'accordaient avec les effets de la lumière qui s'infusait dans les diaphanes tuyaux de la mousseline, en produisant de nuageuses apparences. L'âme a je ne sais quel attachement pour le blanc, l'amour se plaît dans le rouge, et l'or flatte les passions, il a la puissance de réaliser leurs fantaisies. Ainsi tout ce que l'homme a de vague et de mystérieux en lui-même, toutes ses affinités inexpliquées se trouvaient caressées dans leurs sympathies involontaires. Il y avait dans cette harmonie parfaite un concert de couleurs auquel l'âme répondait par des idées voluptueuses, indécises, flottantes.

Ce fut au milieu d'une vaporeuse atmosphère chargée de parfums exquis que Paquita, vêtue d'un peignoir blanc, les pieds nus, des fleurs d'oranger dans ses cheveux noirs, apparut à Henri agenouillée devant lui, l'adorant comme le dieu de ce temple où il avait daigné venir. Quoique de Marsay eût l'habitude de voir les recherches du luxe parisien, il fut surpris à l'aspect de cette coquille, semblable à celle où naquit Vénus. Soit effet du contraste entre les ténèbres d'où il sortait et la lumière qui baignait son âme, soit par une comparaison rapidement faite entre cette scène et celle de la première entrevue, il éprouva une de ces sensations délicates que donne la vraie poésie. En apercevant, au milieu de ce réduit éclos par la baguette d'une fée, le chef-d'œuvre de la création, cette fille dont le teint chaudement coloré, dont la peau douce, mais légèrement dorée par les reflets du rouge et par l'effusion de je ne sais quelle vapeur d'amour étincelait comme si elle eût réfléchi les rayons des lumières et des couleurs, sa colère, ses désirs de vengeance, sa vanité blessée, tout tomba. Comme un aigle qui fond sur sa proie, il la prit à plein corps, l'assit sur ses genoux, et sentit avec une indicible ivresse la voluptueuse pression de cette fille dont les beautés si grassement développées l'enveloppèrent doucement.

– Viens, Paquita ! dit-il à voix basse.

– Parle ! parle sans crainte, lui dit-elle. Cette retraite a été construite pour l'amour. Aucun son ne s'en échappe, tant on y veut ambitieusement garder les accents et les musiques de la voix aimée. Quelque forts que soient des cris, ils ne sauraient être entendus au delà de cette enceinte. On y peut assassiner quelqu'un, ses plaintes y seraient vaines comme s'il était au milieu du Grand-Désert.

– Qui donc a si bien compris la jalousie et ses besoins ?

– Ne me questionne jamais là-dessus, répondit-elle en défaisant avec une incroyable gentillesse de geste la cravate du jeune homme, sans doute pour en bien voir le col.

– Oui, voilà ce cou que j'aime tant ! dit-elle. Veux-tu me plaire ?

Cette interrogation, que l'accent rendait presque lascive, tira de Marsay de la rêverie où l'avait plongé la despotique réponse par laquelle Paquita lui avait interdit toute recherche sur l'être inconnu qui planait comme une ombre au-dessus d'eux.

– Et si je voulais savoir qui règne ici ?

Paquita le regarda en tremblant.

– Ce n'est donc pas moi, dit-il en se levant et se débarrassant de cette fille qui tomba la tête en arrière. Je veux être seul, là où je suis.

– Frappant ! frappant ! dit la pauvre esclave en proie à la terreur.

– Pour qui me prends-tu donc ? Répondras-tu ?

Paquita se leva doucement, les yeux en pleurs, alla prendre dans un des deux meubles d'ébène un poignard et l'offrit à Henri par un geste de soumission qui aurait attendri un tigre.

– Donne-moi une fête comme en donnent les hommes quand ils aiment, dit-elle, et pendant que je dormirai, tue-moi, car je ne saurais te répondre. Ecoute : je suis attachée comme un pauvre animal à son piquet ; je suis étonnée d'avoir pu jeter un pont sur l'abîme qui nous sépare. Enivre-moi, puis tue-moi. Oh ! non, non, dit-elle en joignant les mains, ne me tue pas ! j'aime la vie ! La vie est si belle pour moi ! Si je suis esclave, je suis reine aussi. Je pourrais t'abuser par des paroles, te dire que je n'aime que toi, te le prouver, profiter de mon empire momentané pour te dire : – Prends-moi comme on goûte en passant le parfum d'une fleur dans le jardin d'un roi. Puis, après avoir déployé l'éloquence rusée de la femme et les ailes du plaisir, après avoir désaltéré ma soif, je pourrais te faire jeter dans un puits où personne ne te trouverait, et qui a été construit pour satisfaire la vengeance sans avoir à redouter celle de la justice, un puits plein de chaux qui s'allumerait pour te consumer sans qu'on retrouvât une parcelle de ton être. Tu resterais dans mon cœur, à moi pour toujours.

Henri regarda cette fille sans trembler, et ce regard sans peur la combla de joie.

– Non, je ne le ferai pas ! tu n'es pas tombé ici dans un piège, mais dans un cœur de femme qui t'adore, et c'est moi qui serai jetée dans le puits.

– Tout cela me paraît prodigieusement drôle, lui dit de Marsay en l'examinant. Mais tu me parais une bonne fille, une nature bizarre ; tu es, foi d'honnête homme, une charade vivante dont le mot me semble bien difficile à trouver.

Paquita ne comprit rien à ce que disait le jeune homme ; elle le regarda doucement en ouvrant des yeux qui ne pouvaient jamais être bêtes, tant il s'y peignait de volupté.

– Tiens, mon amour, dit-elle en revenant à sa première idée, veux-tu me plaire ?

– Je ferai tout ce que tu voudras, et même ce que tu ne voudras pas, répondit en riant de Marsay qui retrouva son aisance de fat en prenant la résolution de se laisser aller au cours de sa bonne fortune sans regarder ni en arrière ni en avant. Puis peut-être comptait-il sur sa puissance et sur son savoir-faire d'homme à bonnes fortunes pour dominer quelques heures plus tard cette fille, et en apprendre tous les secrets.

– Eh ! bien, lui dit-elle, laisse-moi t'arranger à mon goût.

– Mets-moi donc à ton goût, dit Henri.

Paquita joyeuse alla prendre dans un des deux meubles une robe de velours rouge, dont elle habilla de Marsay, puis elle le coiffa d'un bonnet de femme et l'entortilla d'un châle. En se livrant à ses folies, faites avec une innocence d'enfant, elle riait d'un rire convulsif, et ressemblait à un oiseau battant des ailes ; mais elle ne voyait rien au delà.

S'il est impossible de peindre les délices inouïes que rencontrèrent ces deux belles créatures faites par le ciel dans un moment où il était en joie, il est peut-être nécessaire de traduire métaphysiquement les impressions extraordinaires et presque fantastiques du jeune homme. Ce que les gens qui se trouvent dans la situation sociale où était de Marsay et qui vivent comme il vivait savent le mieux reconnaître, est l'innocence d'une fille. Mais, chose étrange ! si la *Fille aux yeux d'or* était vierge, elle n'était certes pas innocente. L'union si bizarre du mystérieux et du réel, de l'ombre et de la lumière, de l'horrible et du beau, du plaisir et du danger, du paradis et de l'enfer, qui s'était déjà rencontrée dans cette aventure, se continuait dans l'être capricieux et sublime dont se jouait de Marsay. Tout ce que la volupté la plus raffinée a de plus savant, tout ce que pouvait connaître Henri de cette poésie des sens que l'on nomme l'amour, fut dépassé par les trésors que déroula cette fille dont les yeux jaillissants ne mentirent à aucune des promesses qu'ils faisaient. Ce fut un poème oriental, où rayonnait le soleil que Saadi, Hafiz[1] ont mis dans leurs bondissantes strophes. Seulement, ni le rythme de Saadi, ni celui de Pindare[2] n'auraient exprimé l'extase pleine de confusion et la stupeur dont cette délicieuse fille fut saisie quand cessa l'erreur dans laquelle une main de fer la faisait vivre.

– Morte ! dit-elle, je suis morte ! Adolphe, emmène-moi donc au bout de la terre, dans une île où personne ne nous sache. Que notre fuite ne laisse pas de traces ! Nous serions suivis dans l'enfer. Dieu ! voici le jour. Sauve-toi. Te reverrai-je jamais ? Oui, demain, je veux te revoir, dussé-je, pour avoir ce bonheur, donner la mort à tous mes surveillants. À demain.

Elle le serra dans ses bras par une étreinte où il y avait la terreur de la mort. Puis elle poussa un ressort qui devait répondre à une sonnette, et supplia de Marsay de se laisser bander les yeux.

– Et si je ne voulais plus, et si je voulais rester ici.

– Tu causerais plus promptement ma mort, dit-elle ; car maintenant je suis sûre de mourir pour toi.

Henri se laissa faire. Il se rencontre en l'homme qui vient de se gorger de plaisir une pente à l'oubli, je ne sais quelle ingratitude, un désir de liberté, une fantaisie d'aller se promener, une teinte de mépris et peut-être de dégoût pour son idole, il se rencontre enfin d'inexplicables sentiments qui le rendent infâme et ignoble. La certitude de cette affection confuse, mais

1. *Saadi, Hafiz* : poètes persans des XIIIe et XIVe siècles. \ 2. *Pindare* : poète lyrique grec (518-438 av. J.-C.).

réelle chez les âmes qui ne sont ni éclairées par cette lumière céleste, ni parfumées de ce baume saint d'où nous vient la pertinacité[1] du sentiment, a dicté sans doute à Rousseau les aventures de milord Édouard, par lesquelles sont terminées les lettres de la *Nouvelle Héloïse*[2]. Si Rousseau s'est évidemment inspiré de l'oeuvre de Richardson, il s'en est éloigné par mille détails qui laissent son monument magnifiquement original ; il l'a recommandé à la postérité par de grandes idées qu'il est difficile de dégager par l'analyse, quand, dans la jeunesse, on lit cet ouvrage avec le dessein d'y trouver la chaude peinture du plus physique de nos sentiments, tandis que les écrivains sérieux et philosophes n'en emploient jamais les images que comme la conséquence ou la nécessité d'une vaste pensée ; et les aventures de milord Edouard sont une des idées les plus européennement délicates de cette œuvre.

Henri se trouvait donc sous l'empire de ce sentiment confus que ne connaît pas le véritable amour. Il fallait en quelque sorte le persuasif arrêt des comparaisons et l'attrait irrésistible des souvenirs pour le ramener à une femme. L'amour vrai règne surtout par la mémoire. La femme qui ne s'est gravée dans l'âme ni par l'excès du plaisir, ni par la force du sentiment, celle-là peut-elle jamais être aimée ? À l'insu d'Henri, Paquita s'était établie chez lui par ces deux moyens. Mais en ce moment, tout entier à la fatigue du bonheur, cette délicieuse mélancolie du corps, il ne pouvait guère s'analyser le cœur en reprenant sur ses lèvres le goût des plus vives voluptés qu'il eût encore égrappées. Il se trouva sur le boulevard Montmartre au petit jour, regarda stupidement l'équipage qui s'enfuyait, tira deux cigares de sa poche, en alluma un à la lanterne d'une bonne femme qui vendait de l'eau-de-vie et du café aux

1. *Pertinacité* : opiniâtreté, ténacité. \ **2.** *Nouvelle Héloïse* : *Julie ou la Nouvelle Héloïse,* roman épistolaire sentimental (1761) de Rousseau.

ouvriers, aux gamins, aux maraîchers, à toute cette population parisienne qui commence sa vie avant le jour ; puis il s'en alla, fumant son cigare, et mettant ses mains dans les poches de son pantalon avec une insouciance vraiment déshonorante.

– La bonne chose qu'un cigare ! Voilà ce dont un homme ne se lassera jamais, se dit-il.

Cette *Fille aux yeux d'or* dont raffolait à cette époque toute la jeunesse élégante de Paris, il y songeait à peine ! L'idée de la mort exprimée à travers les plaisirs, et dont la peur avait à plusieurs reprises rembruni le front de cette belle créature qui tenait aux houris [1] de l'Asie par sa mère, à l'Europe par son éducation, aux Tropiques par sa naissance, lui semblait être une de ces tromperies par lesquelles toutes les femmes essaient de se rendre intéressantes.

– Elle est de La Havane, du pays le plus espagnol qu'il y ait dans le Nouveau-Monde ; elle a donc mieux aimé jouer la terreur que de me jeter au nez de la souffrance, de la difficulté, de la coquetterie ou le devoir, comme font les Parisiennes. Par ses yeux d'or, j'ai bien envie de dormir.

Il vit un cabriolet de place, qui stationnait au coin de Frascati [2], en attendant quelques joueurs, il le réveilla, se fit conduire chez lui, se coucha, et s'endormit du sommeil des mauvais sujets, lequel, par une bizarrerie dont aucun chansonnier n'a encore tiré parti, se trouve être aussi profond que celui de l'innocence. Peut-être est-ce un effet de cet axiome proverbial, *les extrêmes se touchent*.

1. *Houri :* en Perse, femme d'une très grande beauté. \ **2.** *Frascati* : maison de jeu à l'angle de la rue de Richelieu et du boulevard Montmartre.

Chapitre III

La force du sang

Vers midi, de Marsay se détira les bras en se réveillant, et sentit les atteintes d'une de ces faims canines que tous les vieux soldats peuvent se souvenir d'avoir éprouvée au lendemain de la victoire. Aussi vit-il devant lui Paul de Manerville avec plaisir, car rien n'est alors plus agréable que de manger en compagnie.

– Eh ! bien, lui dit son ami, nous imaginions tous que tu t'étais enfermé depuis dix jours avec la *Fille aux yeux d'or*.

– *La Fille aux yeux d'or !* je n'y pense plus. Ma foi ! j'ai bien d'autres chats à fouetter.

– Ah ! tu fais le discret.

– Pourquoi pas ? dit en riant de Marsay. Mon cher, la discrétion est le plus habile des calculs. Écoute… Mais non, je ne te dirai pas un mot. Tu ne m'apprends jamais rien, je ne suis pas disposé à donner en pure perte les trésors de ma politique. La vie est un fleuve qui sert à faire du commerce. Par tout ce qu'il y a de plus sacré sur la terre, par les cigares, je ne suis pas un professeur d'économie sociale mise à la portée des niais. Déjeunons. Il est moins coûteux de te donner une omelette au thon que de te prodiguer ma cervelle.

– Tu comptes avec tes amis ?

– Mon cher, dit Henri qui se refusait rarement une ironie, comme il pourrait t'arriver cependant tout comme à un autre d'avoir besoin de discrétion, et que je t'aime beaucoup… Oui, je t'aime ! Ma parole d'honneur, s'il ne te fallait qu'un billet de mille francs pour t'empêcher de te brûler la cervelle, tu le trouverais ici, car nous n'avons encore rien hypothéqué là-bas, hein, Paul ? Si tu te battais demain, je mesurerais la distance et chargerais les pistolets, afin que tu sois tué dans les règles. Enfin, si une personne autre que moi s'avisait de dire du mal de toi en ton absence, il faudrait se mesurer avec un rude gentilhomme qui se trouve dans ma peau, voilà ce que j'appelle une amitié à toute épreuve. Eh ! bien, quand tu auras besoin de discrétion, mon petit, apprends qu'il existe deux espèces de discrétions : discrétion active et discrétion négative. La discrétion négative est celle des sots qui emploient le silence, la négation, l'air renfrogné, la discrétion des portes fermées, véritable impuissance ! La discrétion active procède par affirmation. Si ce soir, au Cercle, je disais : – Foi d'honnête homme, la *Fille aux yeux d'or* ne valait pas ce qu'elle m'a coûté ! tout le monde, quand je serais parti, s'écrierait : – Avez-vous entendu ce fat de de Marsay qui voudrait nous faire croire qu'il a déjà eu la *Fille aux yeux d'or* ? il voudrait ainsi se débarrasser de ses rivaux, il n'est pas maladroit. Mais cette ruse est vulgaire et dangereuse. Quelque grosse que soit la sottise qui nous échappe, il se rencontre toujours des niais qui peuvent y croire. La meilleure des discrétions est celle dont usent les femmes adroites quand elles veulent donner le change à leurs maris. Elle consiste à compromettre une femme à laquelle nous ne tenons pas, ou que nous n'aimons pas, ou que nous n'avons pas, pour conserver l'honneur de celle que nous aimons assez pour la respecter. C'est ce que j'appelle *la femme-écran*. – Ha ! voici Laurent. Que nous apportes-tu ?

– Des huîtres d'Ostende, monsieur le comte…

– Tu sauras quelque jour, Paul, combien il est amusant de se jouer du monde en lui dérobant le secret de nos affections. J'éprouve un immense plaisir d'échapper à la stupide juridiction de la masse qui ne sait jamais ni ce qu'elle veut ni ce qu'on lui fait vouloir, qui prend le moyen pour le résultat, qui tour à tour adore et maudit, élève et détruit ! Quel bonheur de lui imposer des émotions et de n'en pas recevoir, de la dompter, de ne jamais lui obéir ! Si l'on peut être fier de quelque chose, n'est-ce pas d'un pouvoir acquis par soi-même, dont nous sommes à la fois la cause, l'effet, le principe et le résultat ? Eh ! bien, aucun homme ne sait qui j'aime, ni ce que je veux. Peut-être saura-t-on qui j'ai aimé, ce que j'aurai voulu, comme on sait les drames accomplis ; mais laisser voir dans mon jeu ?… faiblesse, duperie. Je ne connais rien de plus méprisable que la force jouée par l'adresse. Je m'initie tout en riant au métier d'ambassadeur, si toutefois la diplomatie est aussi difficile que l'est la vie ! J'en doute. As-tu de l'ambition ? veux-tu devenir quelque chose ?

– Mais, Henri, tu te moques de moi, comme si je n'étais pas assez médiocre pour arriver à tout.

– Bien ! Paul. Si tu continues à te moquer de toi-même, tu pourras bientôt te moquer de tout le monde.

En déjeunant, de Marsay commença, quand il en fut à fumer ses cigares, à voir les événements de sa nuit sous un singulier jour. Comme beaucoup de grands esprits, sa perspicacité n'était pas spontanée, il n'entrait pas tout à coup au fond des choses. Comme chez toutes les natures douées de la faculté de vivre beaucoup dans le présent, d'en exprimer pour ainsi dire le jus et de le dévorer, sa seconde vue avait besoin d'une espèce de sommeil pour s'identifier aux causes. Le cardinal de Richelieu était ainsi, ce qui n'excluait pas en lui le don de prévoyance nécessaire à la conception des grandes choses. De Marsay se trouvait dans toutes ces conditions, mais il n'usa d'abord de ses armes qu'au profit de ses plaisirs, et ne devint l'un des hommes politiques les plus profonds du temps actuel que quand il se fut saturé des plaisirs auxquels pense tout d'abord un jeune homme lorsqu'il a de l'or et le pouvoir. L'homme se bronze ainsi : il use la femme, pour que la femme ne puisse pas l'user. En ce moment donc, de Marsay s'aperçut qu'il avait été joué par la *Fille aux yeux d'or*, en voyant dans son ensemble cette nuit dont les plaisirs n'avaient que graduellement ruisselé pour finir par s'épancher à torrents. Il put alors lire dans cette page si brillante d'effet, en deviner le sens caché. L'innocence purement physique de Paquita, l'étonnement de sa joie, quelques mots d'abord obscurs et maintenant clairs, échappés au milieu de la joie, tout lui prouva qu'il avait posé pour une autre personne. Comme aucune des corruptions sociales ne lui était inconnue, qu'il professait au sujet de tous les caprices une parfaite indifférence, et les croyait justifiés par cela même qu'ils se pouvaient satisfaire, il ne s'effaroucha pas du vice, il le connaissait comme on connaît un ami, mais il fut blessé de lui avoir servie de pâture. Si ses présomptions étaient justes, il avait été outragé dans le vif de son être. Ce seul soupçon le mit en fureur, il laissa éclater le rugissement du tigre dont une gazelle se serait moquée, le cri d'un tigre qui joignait à la force de la bête l'intelligence du démon.

– Eh ! bien, qu'as-tu donc ? lui dit Paul.

– Rien !

– Je ne voudrais pas, si l'on te demandait si tu as quelque chose contre moi, que tu répondisses un rien semblable, il faudrait sans doute nous battre le lendemain.

– Je ne me bats plus, dit de Marsay.

– Ceci me semble encore plus tragique. Tu assassines donc ?

– Tu travestis les mots. J'exécute.

– Mon cher ami, dit Paul, tes plaisanteries sont bien poussées au noir, ce matin.

– Que veux-tu ? la volupté mène à la férocité. Pourquoi ? je n'en sais rien, et je ne suis pas assez curieux pour en chercher la cause. – Ces cigares sont excellents. Donne du thé à ton ami. – Sais-tu, Paul, que je mène une vie de brute ? Il serait bien temps de se choisir une destinée, d'employer ses forces à quelque chose qui valût la peine de vivre. La vie est une singulière comédie. Je suis effrayé, je ris de l'inconséquence de notre ordre social. Le gouvernement fait trancher la tête à de pauvres diables qui ont tué un homme, et il patente [1] des créatures qui expédient, médicalement parlant, une douzaine de jeunes gens par hiver. La morale est sans force contre une douzaine de vices qui détruisent la société, et que rien ne peut punir. – Encore une tasse ? – Ma parole d'honneur ! l'homme est un bouffon qui danse sur un précipice. On nous parle de l'immoralité des *Liaisons dangereuses* [2], et de je ne sais quel autre livre qui a un nom de femme de chambre [3] ; mais il existe un livre horrible, sale, épouvantable, corrupteur, toujours ouvert, qu'on ne fermera jamais, le grand livre du monde, sans compter un autre livre mille fois plus dangereux, qui se compose de tout ce qui se dit à l'oreille, entre hommes, ou sous l'éventail entre femmes, le soir, au bal.

– Henri, certes il se passe en toi quelque chose d'extraordinaire, et cela se voit malgré ta discrétion active.

– Oui ! tiens, il faut que je dévore le temps jusqu'à ce soir. Allons au jeu. Peut-être aurai-je le bonheur de perdre.

De Marsay se leva, prit une poignée de billets de banque, les roula dans sa boîte à cigares, s'habilla et profita de la voiture de Paul pour aller au Salon des Étrangers [4] où, jusqu'au dîner, il consuma le temps dans ces émouvantes alternatives de perte

1. *Patenter* : donner un droit ou un privilège. \ **2.** Liaisons dangereuses : roman épistolaire (1782) de Choderlos de Laclos. \ **3.** *Quel autre livre (…) qui a un nom de femme de chambre* : allusion à *Justine ou les malheurs de la vertu* (1791) de Sade. \ **4.** *Salon des Étrangers* : salon, situé rue Drouot, où l'on jouait et où l'on dînait.

et de gain qui sont la dernière ressource des organisations fortes, quand elles sont contraintes de s'exercer dans le vide. Le soir, il vint au rendez-vous, et se laissa complaisamment bander les yeux. Puis, avec cette ferme volonté que les hommes vraiment forts ont seuls la faculté de concentrer, il porta son attention et appliqua son intelligence à deviner par quelles rues passait la voiture. Il eut une sorte de certitude d'être mené rue Saint-Lazare, et d'être arrêté à la petite porte du jardin de l'hôtel San-Réal. Quand il passa, comme la première fois, cette porte et qu'il fut mis sur un brancard porté sans doute par le mulâtre et par le cocher, il comprit, en entendant crier le sable sous leurs pieds, pourquoi l'on prenait de si minutieuses précautions. Il aurait pu, s'il avait été libre, ou s'il avait marché, cueillir une branche d'arbuste, regarder la nature du sable qui se serait attaché à ses bottes ; tandis que, transporté pour ainsi dire aériennement dans un hôtel inaccessible, sa bonne fortune devait être ce qu'elle avait été jusqu'alors, un rêve. Mais, pour le désespoir de l'homme, il ne peut rien faire que d'imparfait, soit en bien soit en mal. Toutes ses œuvres intellectuelles ou physiques sont signées par une marque de destruction. Il avait plu légèrement, la terre était humide. Pendant la nuit certaines odeurs végétales sont beaucoup plus fortes que pendant le jour, Henri sentait donc les parfums du réséda le long de l'allée par laquelle il était convoyé. Cette indication devait l'éclairer dans les recherches qu'il se promettait de faire pour reconnaître l'hôtel où se trouvait le boudoir de Paquita. Il étudia de même les détours que ses porteurs firent dans la maison, et crut pouvoir se les rappeler. Il se vit comme la veille sur l'ottomane[1], devant Paquita qui lui défaisait son bandeau ; mais il la vit pâle et changée. Elle avait pleuré. Agenouillée comme un ange en prière, mais comme un ange triste et profondément

1. *Ottomane* : canapé à dossier arrondi.

mélancolique, la pauvre fille ne ressemblait plus à la curieuse, à l'impatience, à la bondissante créature qui avait pris de Marsay sur ses ailes pour le transporter dans le septième ciel de l'amour. Il y avait quelque chose de si vrai dans ce désespoir voilé par le plaisir, que le terrible de Marsay sentit en lui-même une admiration pour ce nouveau chef-d'œuvre de la nature, et oublia momentanément l'intérêt principal de ce rendez-vous.

– Qu'as-tu donc, ma Paquita ?

– Mon ami, dit-elle, emmène-moi, cette nuit même ! Jette-moi quelque part où l'on ne puisse pas dire en me voyant : Voici Paquita ; où personne ne réponde : Il y a ici une fille au regard doré, qui a de longs cheveux. Là je te donnerai des plaisirs tant que tu voudras en recevoir de moi. Puis, quand tu ne m'aimeras plus, tu me laisseras, je ne me plaindrai pas, je ne dirai rien ; et mon abandon ne devra te causer aucun remords, car un jour passé près de toi, un seul jour pendant lequel je t'aurai regardé, m'aura valu toute une vie. Mais si je reste ici, je suis perdue.

– Je ne puis pas quitter Paris, ma petite, répondit Henri. Je ne m'appartiens pas, je suis lié par un serment au sort de plusieurs personnes qui sont à moi comme je suis à elles. Mais je puis te faire dans Paris un asile où nul pouvoir humain n'arrivera.

– Non, dit-elle, tu oublies le pouvoir féminin.

Jamais phrase prononcée par une voix humaine n'exprima plus complètement la terreur.

– Qui pourrait donc arriver à toi, si je me mets entre toi et le monde ?

– Le poison ! dit-elle. Déjà dona Concha te soupçonne. Et, reprit-elle en laissant couler des larmes qui brillèrent le long de ses joues, il est bien facile de voir que je ne suis plus la même. Eh ! bien, si tu m'abandonnes à la fureur du monstre qui me dévorera, que ta sainte volonté soit faite ! Mais viens, fais qu'il y ait toutes les voluptés de la vie dans notre amour.

D'ailleurs, je supplierai, je pleurerai, je crierai, je me défendrai, je me sauverai peut-être.

– Qui donc imploreras-tu ? dit-il.

– Silence ! reprit Paquita. Si j'obtiens ma grâce, ce sera peut-être à cause de ma discrétion.

– Donne-moi ma robe, dit insidieusement Henri.

– Non, non, répondit-elle vivement, reste ce que tu es, un de ces anges qu'on m'avait appris à haïr, et dans lesquels je ne voyais que des monstres, tandis que vous êtes ce qu'il y a de plus beau sous le ciel, dit-elle en caressant les cheveux d'Henri. Tu ignores à quel point je suis idiote ? je n'ai rien appris. Depuis l'âge de douze ans, je suis enfermée sans avoir vu personne. Je ne sais ni lire ni écrire, je ne parle que l'anglais et l'espagnol.

– Comment se fait-il donc que tu reçoives des lettres de Londres ?

– Mes lettres ! tiens, les voici ! dit-elle en allant prendre quelques papiers dans un long vase du Japon.

Elle tendit à de Marsay des lettres où le jeune homme vit avec surprise des figures bizarres semblables à celles des rébus, tracées avec du sang, et qui exprimaient des phrases pleines de passion.

– Mais, s'écria-t-il en admirant ces hiéroglyphes créés par une habile jalousie, tu es sous la puissance d'un infernal génie ?

– Infernal, répéta-t-elle.

– Mais comment donc as-tu pu sortir…

– Ha ! dit-elle, de là vient ma perte. J'ai mis dona Concha entre la peur d'une mort immédiate et une colère à venir. J'avais une curiosité de démon, je voulais rompre ce cercle d'airain que l'on avait décrit entre la création et moi, je voulais voir ce que c'était que des jeunes gens, car je ne connais d'hommes que le marquis et Christemio. Notre cocher et le valet qui nous accompagne sont des vieillards…

– Mais, tu n'étais pas toujours enfermée ? Ta santé voulait…

– Ha ! reprit-elle, nous nous promenions, mais pendant la nuit et dans la campagne, au bord de la Seine, loin du monde.

– N'es-tu pas fière d'être aimée ainsi ?

– Non, dit-elle, plus ! Quoique bien remplie, cette vie cachée n'est que ténèbres en comparaison de la lumière.

– Qu'appelles-tu la lumière ?

– Toi, mon bel Adolphe ! toi, pour qui je donnerais ma vie. Toutes les choses de passion que l'on m'a dites et que j'inspirais, je les ressens pour toi ! Pendant certains moments je ne comprenais rien à l'existence, mais maintenant je sais comment nous aimons, et jusqu'à présent j'étais aimée seulement, moi je n'aimais pas. Je quitterais tout pour toi, emmène-moi. Si tu le veux, prends-moi comme un jouet, mais laisse-moi près de toi jusqu'à ce que tu me brises.

– Tu n'auras pas de regret ?

– Pas un seul ! dit-elle en laissant lire dans ses yeux dont la teinte d'or resta pure et claire.

– Suis-je le préféré ? se dit en lui-même Henri qui, s'il entrevoyait la vérité, se trouvait alors disposé à pardonner l'offense en faveur d'un amour si naïf. – Je verrai bien, pensa-t-il.

Si Paquita ne lui devait aucun compte du passé, le moindre souvenir devenait un crime à ses yeux. Il eut donc la triste force d'avoir une pensée à lui, de juger sa maîtresse, de l'étudier tout en s'abandonnant aux plaisirs les plus entraînants que jamais Péri[1] descendue des cieux ait trouvés pour son bien-aimé. Paquita semblait avoir été créée pour l'amour, avec un soin spécial de la nature. D'une nuit à l'autre, son génie de femme avait fait les plus rapides progrès. Quelle que fût la puissance de ce jeune homme, et son insouciance en fait de plaisirs, malgré sa satiété de la veille, il trouva dans la *Fille aux yeux d'or* ce sérail que sait créer la femme aimante et à laquelle un homme ne

1. *Péri* : génie ou fée dans la mythologie persane.

renonce jamais. Paquita répondait à cette passion que sentent tous les hommes vraiment grands pour l'infini, passion mystérieuse si dramatiquement exprimée dans Faust, si poétiquement traduite dans Manfred, et qui poussait Don Juan[1] à fouiller le cœur des femmes, en espérant y trouver cette pensée sans bornes à la recherche de laquelle se mettent tant de chasseurs de spectres, que les savants croient entrevoir dans la science, et que les mystiques trouvent en Dieu seul. L'espérance d'avoir enfin l'Être idéal avec lequel la lutte pouvait être constante sans fatigue, ravit de Marsay qui, pour la première fois, depuis longtemps, ouvrit son cœur. Ses nerfs se détendirent, sa froideur se fondit dans l'atmosphère de cette âme brûlante, ses doctrines tranchantes s'envolèrent, et le bonheur lui colora son existence, comme l'était ce boudoir blanc et rose. En sentant l'aiguillon d'une volupté supérieure, il fut entraîné par delà les limites dans lesquelles il avait jusqu'alors enfermé la passion. Il ne voulut pas être dépassé par cette fille qu'un amour en quelque sorte artificiel avait formée par avance aux besoins de son âme, et alors il trouva, dans cette vanité qui pousse l'homme à rester en tout vainqueur, des forces pour dompter cette fille; mais aussi, jeté par delà cette ligne où l'âme est maîtresse d'elle-même, il se perdit dans ces limbes[2] délicieuses que le vulgaire nomme si niaisement les *espaces imaginaires*. Il fut tendre, bon et communicatif. Il rendit Paquita presque folle.

– Pourquoi n'irions-nous pas à Sorente, à Nice, à Chiavari, passer toute notre vie ainsi ? Veux-tu ? disait-il à Paquita d'une voix pénétrante.

– As-tu donc jamais besoin de me dire : – *Veux-tu* ? s'écria-t-elle. Ai-je une volonté ? Je ne suis quelque chose hors de toi qu'afin d'être un plaisir pour toi. Si tu veux choisir une retraite

1. *Faust, Manfred, Don Juan* : personnages qui défient Dieu et font alliance avec le diable. \ 2. *Limbes* : dans la théologie catholique, séjour des enfants nés sans baptême; par extension, lieu mal défini, état incertain.

digne de nous, l'Asie est le seul pays où l'amour puisse déployer ses ailes…

– Tu as raison, reprit Henri. Allons aux Indes, là où le printemps est éternel, où la terre n'a jamais que des fleurs, où l'homme peut déployer l'appareil des souverains, sans qu'on en glose comme dans les sots pays où l'on veut réaliser la plate chimère de l'égalité. Allons dans la contrée où l'on vit au milieu d'un peuple d'esclaves, où le soleil illumine toujours un palais qui reste blanc, où l'on sème des parfums dans l'air, où les oiseaux chantent l'amour, et où l'on meurt quand on ne peut plus aimer…

– Et où l'on meurt ensemble ! dit Paquita. Mais ne partons pas demain, partons à l'instant, emmenons Christemio.

– Ma foi, le plaisir est le plus beau dénouement de la vie. Allons en Asie, mais pour partir, enfant ! il faut beaucoup d'or, et pour avoir de l'or, il faut arranger ses affaires.

Elle ne comprenait rien à ces idées.

– De l'or, il y en a ici haut comme ça ! dit-elle en levant la main.

– Il n'est pas à moi.

– Qu'est-ce que cela fait ? reprit-elle, si nous en avons besoin, prenons-le.

– Il ne t'appartient pas.

– Appartenir ! répéta-t-elle. Ne m'as-tu pas prise ? Quand nous l'aurons pris, il nous appartiendra.

Il se mit à rire.

– Pauvre innocente ! tu ne sais rien des choses de ce monde.

– Non, mais voilà ce que je sais, s'écria-t-elle en attirant Henri sur elle.

Au moment même où de Marsay oubliait tout, et concevait le désir de s'approprier à jamais cette créature, il reçut au milieu de sa joie un coup de poignard qui traversa de part en part son cœur mortifié pour la première fois. Paquita, qui l'avait enlevé vigoureusement en l'air comme pour le contempler s'était écriée :

– Oh! Mariquita!

– Mariquita! cria le jeune homme en rugissant, je sais maintenant tout ce dont je voulais encore douter.

Il sauta sur le meuble où était renfermé le long poignard. Heureusement pour elle et pour lui l'armoire était fermée. Sa rage s'accrut de cet obstacle; mais il recouvra sa tranquillité, alla prendre sa cravate et s'avança vers elle d'un air si férocement significatif, que, sans connaître de quel crime elle était coupable, Paquita comprit néanmoins qu'il s'agissait pour elle de mourir. Alors elle s'élança d'un seul bond au bout de la chambre pour éviter le nœud fatal que de Marsay voulait lui passer autour du cou. Il y eut un combat. De part et d'autre la souplesse, l'agilité, la vigueur furent égales. Pour finir la lutte, Paquita jeta dans les jambes de son amant un coussin qui le fit tomber, et profita du répit que lui laissa cet avantage pour pousser la détente du ressort auquel répondait un avertissement. Le mulâtre arriva brusquement. En un clin d'œil Christemio sauta sur de Marsay, le terrassa, lui mit le pied sur la poitrine, le talon tourné vers la gorge. De Marsay comprit que s'il se débattait il était à l'instant écrasé sur un seul signe de Paquita.

– Pourquoi voulais-tu me tuer, mon amour? lui dit-elle.

De Marsay ne répondit pas.

– En quoi t'ai-je déplu? lui dit-elle. Parle, expliquons-nous.

Henri garda l'attitude flegmatique de l'homme fort qui se sent vaincu; contenance froide, silencieuse, tout anglaise, qui annonçait la conscience de sa dignité par une résignation momentanée. D'ailleurs il avait déjà pensé, malgré l'emportement de sa colère, qu'il était peu prudent de se commettre avec la justice en tuant cette fille à l'improviste et sans en avoir préparé le meurtre de manière à s'assurer l'impunité.

– Mon bien-aimé, reprit Paquita, parle-moi ; ne me laisse pas sans un adieu d'amour ! Je ne voudrais pas garder dans mon cœur l'effroi que tu viens d'y mettre. Parleras-tu ? dit-elle en frappant du pied avec colère.

De Marsay lui jeta pour réponse un regard qui signifiait si bien : *tu mourras* ! que Paquita se précipita sur lui.

– Eh ! bien, veux-tu me tuer ? Si ma mort peut te faire plaisir, tue-moi !

Elle fit un signe à Christemio, qui leva son pied de dessus le jeune homme et s'en alla sans laisser voir sur sa figure qu'il portât un jugement bon ou mauvais sur Paquita.

– Voilà un homme ! dit de Marsay en montrant le mulâtre par un geste sombre. Il n'y a de dévouement que le dévouement qui obéit à l'amitié sans la juger. Tu as en cet homme un véritable ami.

– Je te le donnerai si tu veux, répondit-elle ; il te servira avec le même dévouement qu'il a pour moi si je le lui recommande.

Elle attendit un mot de réponse, et reprit avec un accent plein de tendresse : – Adolphe, dis-moi donc une bonne parole. Voici bientôt le jour.

Henri ne répondit pas. Ce jeune homme avait une triste qualité, car on regarde comme une grande chose tout ce qui ressemble à de la force, et souvent les hommes divinisent des extravagances. Henri ne savait pas pardonner. Le savoir-revenir, qui certes est une des grâces de l'âme, était un non-sens pour lui. La férocité des hommes du Nord, dont le sang anglais est assez fortement teint, lui avait été transmise par son père. Il était inébranlable dans ses bons comme dans ses mauvais sentiments. L'exclamation de Paquita fut d'autant plus horrible pour lui qu'il avait été détrôné du plus doux triomphe qui eût jamais agrandi sa vanité d'homme. L'espérance, l'amour et tous les sentiments s'étaient exaltés chez lui, tout avait flambé dans son cœur et dans son intelligence ; puis ces flambeaux, allumés pour éclairer sa vie, avaient été soufflés par un vent froid. Paquita, stupéfaite, n'eut dans sa douleur que la force de donner le signal du départ.

– Ceci est inutile, dit-elle en jetant le bandeau. S'il ne m'aime plus, s'il me hait, tout est fini.

Elle attendit un regard, ne l'obtint pas, et tomba demi-morte. Le mulâtre jeta sur Henri un coup d'œil si épouvantablement significatif qu'il fit trembler, pour la première fois de sa vie, ce jeune homme, à qui personne ne refusait le don d'une rare intrépidité. – « Si tu ne l'aimes pas bien, si tu lui fais la moindre peine, je te tuerai. » Tel était le sens de ce rapide regard. De Marsay fut conduit avec des soins presque serviles le long d'un corridor éclairé par des jours de souffrance, et au bout duquel il sortit par une porte secrète dans un escalier dérobé qui conduisait au jardin de l'hôtel San-Réal. Le mulâtre le fit marcher précautionneusement le long d'une allée de tilleuls qui aboutissait à une petite porte donnant sur une rue déserte à cette époque. De Marsay remarqua bien tout, la voiture l'attendait ; cette fois le mulâtre ne l'accompagna point ; et, au moment où Henri mit la tête à la portière pour revoir les jardins et l'hôtel, il rencontra les yeux blancs de Christemio, avec lequel il échangea un regard. De part et d'autre ce fut une provocation, un défi, l'annonce d'une guerre de sauvages, d'un duel où cessaient les lois ordinaires, où la trahison, où la perfidie était un moyen admis. Christemio savait qu'Henri avait juré la mort de Paquita. Henri savait que Christemio voulait le tuer avant qu'il ne tuât Paquita. Tous deux s'entendirent à merveille.

– L'aventure se complique d'une façon assez intéressante, se dit Henri.

– Où monsieur va-t-il ? lui demanda le cocher.

De Marsay se fit conduire chez Paul de Manerville.

Pendant plus d'une semaine Henri fut absent de chez lui, sans que personne pût savoir ni ce qu'il fit pendant ce temps, ni dans quel endroit il demeura. Cette retraite le sauva de la fureur du mulâtre, et causa la perte de la pauvre créature qui avait mis toute son espérance dans celui qu'elle aimait comme jamais aucune créature n'aima sur cette terre. Le dernier jour de cette semaine, vers onze heures du soir, Henri revint en voiture à la petite porte du jardin de l'hôtel San-Réal. Trois hommes l'accompagnaient. Le cocher était évidemment un de ses amis, car il se leva droit sur son siège, en homme qui voulait, comme une sentinelle attentive, écouter le moindre bruit. L'un des trois autres se tint en dehors de la porte, dans la rue ; le second resta debout dans le jardin, appuyé sur le mur ; le dernier, qui tenait à la main un trousseau de clefs, accompagna de Marsay.

– Henri, lui dit son compagnon, nous sommes trahis.

– Par qui, mon bon Ferragus ?

– Ils ne dorment pas tous, répondit le chef des Dévorants : il faut absolument que quelqu'un de la maison n'ait ni bu ni mangé. Tiens, vois cette lumière.

– Nous avons le plan de la maison, d'où vient-elle ?

– Je n'ai pas besoin du plan pour le savoir, répondit Ferragus ; elle vient de la chambre de la marquise.

– Ah ! cria de Marsay. Elle sera sans doute arrivée de Londres aujourd'hui. Cette femme m'aura pris jusqu'à ma vengeance ! Mais, si elle m'a devancé, mon bon Gratien, nous la livrerons à la justice.

– Écoute donc ! l'affaire est faite, dit Ferragus à Henri. Les deux amis prêtèrent l'oreille et entendirent des cris affaiblis qui eussent attendri des tigres.

– Ta marquise n'a pas pensé que les sons sortiraient par le tuyau de la cheminée, dit le chef des Dévorants avec le rire d'un critique enchanté de découvrir une faute dans une belle œuvre.

– Nous seuls, nous savons tout prévoir, dit Henri. Attends-moi, je veux aller voir comment cela se passe là-haut, afin d'apprendre la manière dont se traitent leurs querelles de ménage. Par le nom de Dieu, je crois qu'elle la fait cuire à petit feu.

De Marsay grimpa lestement l'escalier qu'il connaissait et reconnut le chemin du boudoir. Quand il en ouvrit la porte, il eut le frissonnement involontaire que cause à l'homme le plus déterminé la vue du sang répandu. Le spectacle qui s'offrit à ses regards eut d'ailleurs pour lui plus d'une cause d'étonnement. La marquise était femme : elle avait calculé sa vengeance avec cette perfection de perfidie qui distingue les animaux faibles. Elle avait dissimulé sa colère pour s'assurer du crime avant de le punir.

– Trop tard, mon bien-aimé ! dit Paquita mourante dont les yeux pâles se tournèrent vers de Marsay.

La *Fille aux yeux d'or* expirait noyée dans le sang. Tous les flambeaux allumés, un parfum délicat qui se faisait sentir, certain désordre où l'œil d'un homme à bonnes fortunes devait reconnaître des folies communes à toutes les passions, annonçaient que la marquise avait savamment questionné la coupable. Cet appartement blanc, où le sang paraissait si bien, trahissait un long combat. Les mains de Paquita étaient empreintes sur les coussins. Partout elle s'était accrochée à la vie, partout elle s'était défendue, et partout elle avait été frappée. Des lambeaux entiers de la tenture cannelée étaient arrachés par ses mains ensanglantées, qui sans doute avaient lutté longtemps. Paquita devait avoir essayé d'escalader le plafond. Ses pieds nus étaient marqués le long du dossier du divan, sur lequel elle avait sans doute couru. Son corps, déchiqueté à coups de poignard par son bourreau, disait avec quel acharnement elle avait disputé une vie qu'Henri lui rendait si chère. Elle gisait à terre, et avait, en mourant, mordu les muscles du cou-de-pied de madame de San-Réal, qui gardait à la main son poignard trempé de sang. La marquise avait les cheveux arrachés, elle était couverte de morsures, dont plusieurs saignaient, et sa robe déchirée la laissait voir à demi-nue, les seins égratignés. Elle était sublime ainsi. Sa tête avide et furieuse respirait l'odeur du sang. Sa bouche haletante restait entrouverte, et ses narines ne suffisaient pas à ses aspirations. Certains animaux, mis en fureur, fondent sur leur ennemi, le mettent à mort, et, tranquilles dans leur victoire, semblent avoir tout oublié. Il en est d'autres qui tournent autour de leur victime, qui la gardent en craignant qu'on ne la leur vienne enlever, et qui, semblables à l'Achille d'Homère, font neuf fois le tour de Troie en traînant leur ennemi par les pieds[1]. Ainsi était la marquise. Elle ne vit pas Henri. D'abord, elle se savait trop bien seule pour craindre des témoins ; puis, elle était trop enivrée de sang chaud, trop animée par la lutte, trop exaltée pour apercevoir Paris entier, si Paris avait formé un cirque autour d'elle. Elle n'aurait pas senti la foudre. Elle n'avait même pas entendu le dernier soupir de Paquita, et croyait qu'elle pouvait encore être écoutée par la morte.

– Meurs sans confession ! lui disait-elle ; va en enfer, monstre d'ingratitude ; ne sois plus à personne qu'au démon. Pour le sang que tu lui as donné, tu me dois tout le tien ! Meurs, meurs, souffre mille morts, j'ai été trop bonne, je n'ai mis qu'un moment à te tuer, j'aurais voulu te faire éprouver toutes les douleurs que tu me lègues. Je vivrai, moi ! je vivrai malheureuse, je suis réduite à ne plus aimer que Dieu ! Elle la contempla. – Elle est morte ! se dit-elle après une pause en faisant un violent retour sur elle-même. Morte, ah ! j'en mourrai de douleur !

La marquise voulut s'aller jeter sur le divan accablée par un désespoir qui lui ôtait la voix, et ce mouvement lui permit alors de voir Henri de Marsay.

1. *Semblables (…) pieds* : dans *L'Iliade* de Homère, Achille traîne pendant plusieurs jours le cadavre d'Hector autour du tombeau de Patrocle.

– Qui es-tu ? lui dit-elle en courant à lui le poignard levé.

Henri lui arrêta le bras, et ils purent ainsi se contempler tous deux face à face. Une surprise horrible leur fit couler à tous deux un sang glacé dans les veines, et ils tremblèrent sur leurs jambes comme des chevaux effrayés. En effet, deux Ménechmes [1] ne seraient pas mieux ressemblé. Ils dirent ensemble le même mot :

– Lord Dudley doit être votre père ?

Chacun d'eux baissa la tête affirmativement.

– Elle est fidèle au sang, dit Henri en montrant Paquita.

– Elle était aussi peu coupable qu'il est possible, reprit Margarita-Euphémia Porrabéril, qui se jeta sur le corps de Paquita en poussant un cri de désespoir. – Pauvre fille ! oh ! je voudrais te ranimer ! J'ai eu tort, pardonne-moi, Paquita ! Tu es morte, et je vis, moi ! Je suis la plus malheureuse.

En ce moment apparut l'horrible figure de la mère de Paquita.

– Tu vas me dire que tu ne l'avais pas vendue pour que je la tuasse, s'écria la marquise. Je sais pourquoi tu sors de ta tanière. Je te la payerai deux fois. Tais-toi.

Elle alla prendre un sac d'or dans le meuble d'ébène et le jeta dédaigneusement aux pieds de cette vieille femme. Le son de l'or eut le pouvoir de dessiner un sourire sur l'immobile physionomie de la Géorgienne.

– J'arrive à temps pour toi, ma sœur, dit Henri. La justice va te demander…

– Rien, répondit la marquise. Une seule personne pouvait demander compte de cette fille. Christemio est mort.

– Et cette mère, demanda Henri en montrant la vieille, ne te rançonnera-t-elle pas toujours ?

– Elle est d'un pays où les femmes ne sont pas êtres, mais des choses dont on fait ce qu'on veut, que l'on vend, que l'on

1. *Ménechmes* : jumeaux dans une comédie de Plaute.

achète, que l'on tue, enfin dont on se sert pour ses caprices, comme vous vous servez ici de vos meubles. D'ailleurs, elle a une passion qui fait capituler toutes les autres, et qui aurait anéanti son amour maternel, si elle avait aimé sa fille ; une passion…

– Laquelle ? dit vivement Henri en interrompant sa sœur.

– Le jeu, dont Dieu te garde ! répondit la marquise.

– Mais par qui vas-tu te faire aider, dit Henri en montrant la *Fille aux yeux d'or*, pour enlever les traces de cette fantaisie, que la justice ne te passerait pas ?

– J'ai sa mère, répondit la marquise, en montrant la vieille Géorgienne à qui elle fit signe de rester.

– Nous nous reverrons, dit Henri, qui songeait à l'inquiétude de ses amis et sentait la nécessité de partir.

– Non, mon frère, dit-elle, nous ne nous reverrons jamais. Je retourne en Espagne pour m'aller mettre au couvent de *los Dolores*.

– Tu es encore trop jeune, trop belle, dit Henri en la prenant dans ses bras et lui donnant un baiser.

– Adieu, dit-elle, rien ne console d'avoir perdu ce qui nous a paru être l'infini.

Huit jours après, Paul de Manerville rencontra de Marsay aux Tuileries, sur la terrasse des Feuillants.

– Eh ! bien, qu'est donc devenue notre belle FILLE AUX YEUX D'OR, grand scélérat ?

– Elle est morte.

– De quoi ?

– De la poitrine.

Paris, mars 1834-avril 1835.

APPENDICES DE BALZAC
AUX
PREMIÈRES ÉDITIONS

Note en appendice à *Ferragus*, dans la *Revue de Paris*

Cette aventure, où se pressent plusieurs physionomies parisiennes, et dans le récit de laquelle les digressions étaient en quelque sorte le sujet principal pour l'auteur, montre la froide et puissante figure du seul personnage qui, dans la grande association des Treize, ait succombé sous la main de la Justice, au milieu du duel que ces hommes livraient secrètement à la société.

Si l'auteur a réussi à peindre Paris sous quelques-unes de ses faces, en le parcourant en hauteur, en largeur ; en allant du faubourg Saint-Germain au Marais ; de la rue au boudoir ; de l'hôtel à la mansarde ; de la prostituée à la figure d'une femme qui avait mis l'amour dans le mariage, et du mouvement de la vie au repos de la mort, peut-être aura-t-il le courage de poursuivre cette entreprise et de l'achever, en donnant deux autres histoires où les aventures de deux nouveaux Treize seront mises en lumière.

La seconde aura pour titre : *Ne touchez pas la hache*, et la troisième : *La Femme aux yeux rouges*.

Ces trois épisodes de l'*Histoire des Treize* sont les seuls que l'auteur puisse publier. Quant aux autres drames de cette histoire, si féconde en drames, ils peuvent se conter entre onze heures et minuit ; mais il est impossible de les écrire.

Avril 1833.

Note en appendice à la première édition de la *Duchesse de Langeais (Ne touchez pas la hache)*

En ces deux épisodes de leur histoire, la puissance des Treize n'a rencontré d'autres empêchements que l'obstacle éternellement opposé par la nature aux volontés humaines : la mort et Dieu. Le confident involontaire de ces curieux personnages se promet de donner un troisième épisode, parce que, dans l'aventure toute parisienne de la *Fille aux yeux d'or*, les Treize ont vu leur pouvoir également brisé, leur vengeance trompée, et que, cette fois, au dénouement, ils n'ont vu ni Dieu ni la mort, mais une passion terrible, devant laquelle a reculé notre littérature, qui ne s'effraye cependant de rien.

1834.

Note en appendice à la première édition de *La Fille aux yeux d'or*

Depuis le jour où le premier épisode de l'*Histoire des Treize* fut publié, jusqu'aujourd'hui que paraît le dernier, plusieurs personnes ont questionné l'auteur pour savoir si cette histoire était vraie ; mais il s'est bien gardé de satisfaire leur curiosité. Cette concession pourrait porter atteinte à la foi due aux narrateurs. Cependant, il ne terminera pas sans avouer ici que l'épisode de *La Fille aux yeux d'or* est vrai dans la plupart de ses détails, que la circonstance la plus poétique, et qui en fait le nœud, celle de la ressemblance des deux principaux personnages, est exacte. Le héros de l'aventure, qui vint la lui raconter, en le priant de la publier, sera sans doute satisfait de voir son désir accompli, quoique d'abord l'auteur ait jugé l'entreprise impossible. Ce qui semblait surtout difficile à faire croire était cette beauté merveilleuse, et féminine à demi, qui distinguait le héros quand il avait dix-sept ans, et dont l'auteur a reconnu les traces dans le jeune homme de vingt-six ans. Si quelques personnes s'intéressent à La Fille aux yeux d'or, elles pourront la revoir après le rideau tombé sur la pièce, comme une de ces actrices qui, pour recevoir leurs couronnes éphémères, se relèvent bien portantes après avoir été publiquement poignardées. Rien ne se dénoue poétiquement dans la nature. Aujourd'hui, La Fille aux yeux d'or a trente ans et s'est bien fanée. La marquise de San-Réal, coudoyée pendant cet hiver aux Bouffes ou à l'Opéra par quelques-unes des honorables personnes qui viennent de lire cet épisode, a précisément l'âge que les femmes ne disent plus, mais que révèlent ces effroyables coiffures dont quelques étrangères se permettent d'embarrasser le devant des loges, au grand déplaisir des jeunes personnes qui se tiennent sur l'arrière. Cette marquise est une personne élevée aux îles, où les mœurs légitiment si bien les Filles aux yeux d'or, qu'elles y sont presque une institution.

Quant aux deux autres épisodes, assez de personnes dans Paris en ont connu les acteurs pour que l'auteur soit dispensé d'avouer ici que les écrivains n'inventent jamais rien, aveu que le grand Walter Scott a fait humblement dans la préface où il déchira le voile dont il s'était si longtemps enveloppé. Les détails appartiennent même rarement à l'écrivain, qui n'est qu'un copiste plus ou moins heureux. La seule chose qui vienne de lui, la combinaison des événements, leur disposition littéraire, est presque toujours le côté faible que la critique s'empresse d'attaquer. La critique a tort. La société moderne, en nivelant toutes les conditions, en éclairant tout, a supprimé le comique et le tragique. L'historien des mœurs est obligé, comme ici, d'aller prendre, là où ils sont, les faits engendrés par la même passion, mais arrivés à plusieurs sujets, et de les coudre ensemble pour obtenir un drame complet. Ainsi, le dénouement de *La Fille aux yeux d'or*, auquel s'est arrêtée l'histoire réelle que l'auteur a racontée dans toute sa vérité, ce dénouement est un fait périodique à Paris, dont les chirurgiens des hôpitaux connaissent seuls la triste gravité, car la médecine et la chirurgie sont les confidentes des excès auxquels mènent les passions, comme les gens de lois sont témoins de ceux que produit le conflit des intérêts. Tout, le dramatique et le comique de notre époque est à l'hôpital ou dans l'étude des gens de loi.

Quoique chacun des Treize puisse offrir le sujet de plus d'un épisode, l'auteur a pensé qu'il était convenable et peut-être poétique de laisser leurs aventures dans l'ombre, comme s'y est constamment tenue leur étrange association.

Meudon, 6 avril 1835.

DOSSIER

LIRE L'ŒUVRE

QUESTIONNAIRE DE LECTURE

LES TITRES

1. Pourquoi Balzac a-t-il choisi ce titre *Histoire des Treize* ? Vous paraît-il approprié ?

2. Comment peut-on justifier la réunion de ces trois romans sous un titre commun ?

■ Pour répondre
Au-delà de l'histoire de la société des Treize, vous chercherez notamment des rapprochements concernant le destin des personnages, les thèmes abordés dans les trois œuvres ou encore la structure des récits.

3. Résumez en quelques lignes le contenu de chaque chapitre des trois récits. Justifiez les titres choisis par Balzac pour ces chapitres.

LA SOCIÉTÉ DES TREIZE

4. Que désigne l'expression « société des Treize », quels en sont les membres dans les différents romans ? À quel idéal obéit-elle ? En quoi l'association des Treize peut-elle être rapprochée du mouvement romantique ?

■ Pour répondre
Vous lirez le chapitre « L'influence du romantisme » dans le commentaire (p. 436).

5. Identifiez le(s) héros dans chaque roman.

■ Pour répondre
Il peut y avoir une certaine indétermination quant au choix du héros. Vous expliquerez alors les raisons de votre hésitation.

6. Montrez que dans les trois histoires le pouvoir des membres de la société des Treize est partiellement mis en échec. Comment interprétez-vous ces faiblesses de l'association ?

L'HISTOIRE

7. Comment l'Histoire est-elle présente dans les trois récits ?

■ Pour répondre
Vous relèverez quelques réflexions sur l'Histoire dans les trois romans : vous vous demanderez par exemple quel est le discours tenu sur l'Ancien Régime ou quelle place occupe la personnalité de Napoléon Ier dans l'imaginaire de l'*Histoire des Treize*.

8. Les aventures des Treize sont-elles politiques ou strictement privées ? Qu'en déduisez-vous ?

9. Quelle est la place tenue par l'aristocratie dans les trois romans ?

■ Pour répondre
Vous pourrez par exemple dresser une typologie des différents visages de l'aristocratie en examinant quels personnages incarnent cette classe sociale dans les trois romans et quels sont leurs destins. Vous vous appuierez également sur le discours tenu sur l'aristocratie au début de *La Duchesse de Langeais* et vous étudierez les éventuelles contradictions entre ce discours et les destins des aristocrates.

10. Quelles sont les évolutions historiques et sociales profondes mises en valeur dans l'*Histoire des Treize* ?

■ Pour répondre
Vous pourrez notamment vous interroger sur la modification des rapports de force entre les différentes classes sociales et sur l'émergence d'une société nouvelle urbanisée.

L'ESPACE ROMANESQUE

11. Pourquoi Balzac, dans *La Comédie humaine*, a-t-il regroupé ces trois récits dans les « Scènes de la vie parisienne » ? Quelle vision donne-t-il de la capitale française : quels lieux/quartiers évoque-t-il ?

■ Pour répondre
Vous montrerez que ce sont trois Paris bien différents qui sont campés dans chacun des romans.

12. Quelle place l'exotisme occupe-t-il dans les trois romans ?

■ Pour répondre
Vous serez sensible aussi bien aux utilisations métaphoriques de l'Orient qu'à sa présence véritable dans les intrigues.

LA NARRATION

13. Comparez la situation initiale et la situation finale des trois romans. Que remarquez-vous ?

■ Pour répondre
Vous serez notamment attentifs aux destins comparés des héros masculins (par exemple Montriveau et de Marsay) et des héroïnes (madame Jules, la duchesse de Langeais et Paquita).

14. Comment débutent les trois romans ? Quelles sont les caractéristiques stylistiques, les thèmes des trois *incipits* ? Proposez un titre pour chacun de ces passages.

15. Identifiez des passages ironiques dans ces récits. À qui attribuer cette ironie ? Quelle est sa fonction ?

■ Pour répondre

Vous pourrez par exemple travailler sur la clausule, c'est-à-dire les lignes finales, des trois récits.

16. Si l'on entend par réalisme un type de littérature qui veut représenter le quotidien au plus près du vécu en puisant dans les choses vues, peut-on dire que l'*Histoire des Treize* relève de ce courant ?

L'ŒUVRE DANS L'HISTOIRE

L'*Histoire des Treize* se compose de trois récits écrits et publiés d'abord séparément entre 1833 et 1835. Leur point commun le plus évident est de mettre en scène une société secrète fondée sous l'Empire et formée de treize membres influents et mystérieux.

L'*Histoire des Treize* est triplement une œuvre de transition :

– littérairement, elle tient d'un romantisme noir déjà un peu daté en 1833 mais elle annonce par son mode de publication et par ses thèmes le succès populaire du roman-feuilleton ;

– idéologiquement, elle manifeste une sorte de regret du passé (de l'Ancien Régime et de l'Empire) et elle témoigne de la grande désillusion de la monarchie de Juillet (1830-1848) ;

– dans la carrière de Balzac, elle se situe à un carrefour. Elle appartient encore aux œuvres de jeunesse et aux scènes de la vie privée mais elle annonce aussi *La Comédie humaine* par le renouvellement de ses thèmes (la création de la scène parisienne) et par l'invention du procédé du retour des personnages.

LE CONTEXTE LITTÉRAIRE : À LA CROISÉE DU ROMANTISME ET DU ROMAN-FEUILLETON

UNE PUBLICATION MORCELÉE, COURANTE AU XIXe SIÈCLE

L'*Histoire des Treize* est parue par morceaux dans les journaux et revues avant d'être éditée en librairie. En mars et avril 1833, la *Revue de Paris* publie *Ferragus*, le premier récit, accompagné d'une préface qui annonce une suite (p. 7). Dans la dernière livraison paraît la postface qui prévoit les deux épisodes suivants (p. 425) : *Ne touchez pas la hache* et *La Femme aux yeux rouges*. En avril 1833, un journal légitimiste, c'est-à-dire monarchiste, *L'Écho de la jeune France* publie *Ne touchez pas la hache*, version abrégée de *La Duchesse de Langeais*. Mais Balzac se brouille avec le rédacteur en chef et ne livre pas la totalité de son récit.

Peu après, en 1834, Balzac publie en librairie une édition complète de son œuvre, sous le titre *Études de mœurs au XIXe siècle*. Dans le tome X, figure *Ferragus*, et le tome XI présente l'édition complète de *Ne touchez pas la hache*. À la fin de ce volume, Balzac place la première partie de *La Fille aux yeux d'or* sous le titre *Physionomies parisiennes*. Ce texte est d'ailleurs la réécriture d'un article paru dans *La Caricature* en 1830 et intitulé « Le petit mercier ». En 1835, dans le tome XII des *Études de mœurs*, paraît la fin de *La Fille aux yeux d'or*.

Il faut attendre 1843, et l'édition Furne de la *Comédie humaine*, pour voir paraître sous le titre de l'*Histoire des Treize* une première édition complète des trois récits. La publication de l'*Histoire des Treize* suit une logique compliquée, la diffusion en journaux ou en revues précède l'édition en librairie : ce trajet et cette histoire sont ceux de nombreux textes du XIXe siècle dont le devenir dépend de leur succès. C'est parce que les journaux et les revues ont su capter un public que l'industrie de la librairie décide de diffuser largement un texte auquel les publications dans différents périodiques ont déjà assuré une première notoriété.

L'INFLUENCE DU ROMANTISME

Entre 1820, année de parution des *Méditations poétiques* de Lamartine et 1830, bataille autour de la pièce de théâtre *Hernani* de Victor Hugo, un nouveau mouvement littéraire est apparu en France : le romantisme. Il se caractérise surtout par son refus du classicisme et des règles strictes, par le culte du sentiment contre la raison, par la recherche des contrastes et donc la valorisation du grotesque et du laid à côté du sublime, par une défense de la liberté et de la valeur individuelle. La dédicace de *La Fille aux yeux d'or* à Eugène Delacroix, le grand peintre romantique, est très significative. L'*Histoire des Treize* s'ancre dans la littérature romantique grâce à des thèmes comme la vengeance ou l'amour. Ainsi *La Fille aux yeux d'or* se construit autour de la vengeance sanguinaire fomentée au nom de l'amour par la marquise de San-Réal contre Paquita qui l'a trompée. Les femmes dans l'*Histoire des Treize*, que ce soit madame Jules, la duchesse de Langeais ou Paquita incarnent bien cet absolu de l'amour romantique. Ces récits de l'amour sont servis par la poétique romantique de l'hyperbole et du contraste. Comme Hernani et Ruy Blas, personnages de Victor Hugo, comme Antony héros d'Alexandre Dumas, comme

Chatterton, création d'Alfred de Vigny, les Treize sont des révoltés et des marginaux. Ferragus est un ancien forçat et Montriveau (*La Duchesse de Langeais*) un aventurier fraichement rentré de ses explorations africaines. L'association des Treize est une fraternité entre gens de milieux différents qui se laissent gouverner par des passions comme la paternité (Ferragus), l'amour fou (Montriveau) ou l'érotisme (de Marsay). Balzac semble également s'être beaucoup inspiré du grand roman historique et romantique de Victor Hugo, *Notre-Dame de Paris* (1831) aussi bien pour son panorama parisien que pour sa peinture du crime.

L'ESTHÉTIQUE SANGLANTE DU ROMAN-FEUILLETON

À beaucoup d'égards, l'*Histoire des Treize* est l'ancêtre des romans-feuilletons, ces récits longs et échevelés mettant en scène crimes et passions qui feront la gloire et la vente du journal quotidien à partir de la parution de *La Vieille fille* de Balzac dans *La Presse* en 1836. Poisons, attentats mystérieux dans *Ferragus*, scène de marquage au fer rouge dans *La Duchesse de Langeais*, assassinat au poignard de Paquita dans *La Fille aux yeux d'or*, tous les ressorts feuilletonesques sont déjà présents dans l'*Histoire des Treize*. La scène sanglante à la fin de *La Fille aux yeux d'or* est par exemple d'une crudité tout à fait exceptionnelle :

> La marquise avait les cheveux arrachés, elle était couverte de morsures, dont plusieurs saignaient et sa robe déchirée la laissait voir à demi nue, les seins égratignés. Elle était sublime ainsi. Sa tête avide et furieuse respirait l'odeur du sang. Sa bouche haletante restait entrouverte, et ses narines ne suffisaient pas à ses aspirations (p. 418-419).

La curiosité du lecteur pour les scènes de sang est flattée et exhibée en parvenant à cette scène-acmé qui clôt l'*Histoire des Treize*.

Les grands romans-feuilletons du siècle s'inspireront beaucoup de l'*Histoire des Treize*. *Les Mystères de Paris* d'Eugène Sue, publié en 1842-1843 dans *Le Journal des Débats*, met en scène les aventures du prince-justicier Rodolphe de Gerolstein et de la jeune prostituée au cœur pur, Fleur-de-Marie. Ils empruntent à l'*Histoire des Treize* le cadre parisien, les crimes sanglants et terribles, le thème de l'association secrète avec ses annexes, le déguisement, la vengeance, la punition et jusqu'à la reconnaissance familiale finale. Comme de Marsay reconnaît en la marquise de San-Réal sa sœur, Rodolphe apprend à la fin du roman que Fleur-de-Marie est sa fille perdue. *Le Comte de Monte-Cristo* (1844-1846) d'Alexandre Dumas s'inspire également de cette esthétique définie dès la préface de *Ferragus* :

> Des drames dégouttant de sang, des comédies pleines de terreurs, des romans où roulent des têtes secrètement coupées, lui ont été confiés. Si quelque lecteur n'était pas rassasié des horreurs froidement servies au public depuis quelque temps, il pourrait lui révéler de calmes atrocités, de surprenantes tragédies de famille, pour peu que le désir de les savoir lui fût témoigné (p. 9).

LE CONTEXTE HISTORIQUE : LA FIN DE L'HISTOIRE ?

L'*Histoire des Treize* donne un éclairage sur quatre époques historiques. L'Ancien Régime, c'est-à-dire l'époque prérévolutionnaire, est présenté comme un âge d'or ; l'Empire permet d'évoquer la silhouette énergique et déjà quasi mythique de Napoléon Ier, véritable idéal héroïque ; la Restauration (1814-1830), époque de l'intrigue, temps sans passion est quasi vidée de toute réalité politique ; la monarchie de Juillet (1830-1848), moment de la rédaction, décrite à travers une longue prolepse, c'est-à-dire une anticipation, (pp. 187 *sq.*) dans *La Duchesse de Langeais* constitue l'aboutissement catastrophique de cette évolution fatidique. Il semblerait pourtant que, selon Balzac, la société secrète puisse avoir une fonction salvatrice et fédératrice pour des sujets pleins d'énergie mais en manque de buts et d'idéaux politiques.

LA NOSTALGIE DE L'ANCIEN RÉGIME

Balzac, après la déception de la révolution de juillet 1830, est devenu ouvertement légitimiste, c'est-à-dire favorable à une monarchie absolue incarnée par le roi exilé Charles X, représentant de la dynastie des Bourbons. L'*Histoire des Treize* traduit une nostalgie certaine de l'Ancien Régime, idéalisé dans la description de très vieux aristocrates qui en portent la mémoire. La conversation légèrement caricaturale qui se tient autour du destin de la duchesse de Langeais (pp. 298 *sq.*) met en scène, autour de la très vieille douairière et du presque centenaire vidame, une aristocratie déclinante mais digne, héritée du XVIIIe siècle, à laquelle Balzac oppose l'aristocratie opportuniste de la génération suivante. « Je m'en vais de ce monde à temps, la noblesse est morte » (p. 302, l. 1119-1120), déclare lucidement la princesse de Blamont-Chauvry devant les ducs de Navarreins et de Grandlieu qui ressemblent à des banquiers. Dès qu'Antoinette de Langeais aime, elle cesse d'ailleurs d'incarner l'aristocratie de son époque, futile, hypocrite et vaine et son retrait au couvent manifeste l'incompatibilité entre un sentiment vrai et le faubourg Saint-Germain. Elle est alors la dernière incarnation des valeurs chevaleresques de sa caste et sa mort signe la défaite de cet amour anachronique.

Si Balzac regrette l'aristocratie prérévolutionnaire, il a cependant parfaitement conscience des bouleversements sociaux et il en rend compte. Dans *Ferragus*, l'ascension exceptionnelle de Jules, grâce à son travail en Bourse et à l'appui secret d'un ancien forçat, montre l'apparition de nouvelles forces dans la société française. Balzac sait que l'avenir n'appartient plus à une jeunesse aristocratique passéiste, incarnée par Maulincour :

> La jeunesse de ce temps n'est la jeunesse d'aucune époque : elle s'est rencontrée entre les souvenirs de l'Empire et les souvenirs de l'Émigration, entre les vieilles traditions de la cour et les études consciencieuses de la bourgeoisie, entre la religion et les bals costumés, entre deux Fois politiques, entre Louis XVIII qui ne voyait que le présent, et Charles X qui voyait trop en avant (p. 27-28).

Il appartient en revanche à l'homme politique, à l'homme d'argent, au magistrat ou à l'homme de science. Dans *La Fille aux yeux d'or*, de Marsay, parfait dandy, est aussi l'incarnation dégénérée d'une aristocratie impotente. Il sera plus tard pourtant président du conseil lorsqu'il consacrera sa valeur non à ses intrigues amoureuses mais à la conquête du politique :

> De Marsay se trouvait dans toutes ces conditions, mais il n'usa d'abord de ses armes qu'au profit de ses plaisirs, et ne devint l'un des hommes politiques profonds du temps actuel que quand il fut saturé des plaisirs auxquels pense tout d'abord un jeune homme lorsqu'il a de l'or et le pouvoir (p. 405-406).

LE MYTHE DE NAPOLÉON

Pour tout le XIXe siècle, Napoléon incarne l'image du héros solitaire aimant l'énergie et l'action. Ainsi Julien Sorel, jeune héros du *Rouge et le Noir* de Stendhal (1830) dort avec le portrait de Napoléon sous son oreiller. Dans la *Confession d'un enfant du siècle* (1836), Musset fait le panégyrique de la conquête napoléonienne : « Un seul homme était en vie alors en Europe ; le reste des êtres tâchait de se remplir les poumons de l'air qu'il avait respiré. »

Si le régime impérial n'attire pas Balzac, la personnalité de l'Empereur le fascine. Significativement, la Société des Treize a été fondée sous l'Empire et elle disparaît à la mort de Napoléon [1]. Montriveau, général conquérant, semble d'ailleurs cultiver malgré ses opinions politiques libérales quelque ressemblance avec l'Empereur et participer au rayonnement romantique attaché à la personne de Napoléon.

LA RESTAURATION OU L'ABSENCE DE L'HISTOIRE

L'intrigue des trois romans se passe sous la Restauration (1814-1830). *La Fille aux yeux d'or* commence en 1815, *Ferragus* se déroule en 1820. Les événements rapportés dans *La Duchesse de Langeais* se déroulent au cours d'une période qui va de 1816 à 1823. Les événements historiques qui viennent scander le récit sont cependant peu nombreux et assez mineurs. Le mariage du duc de Berry en 1816 marque l'entrée dans la vie mondaine de la duchesse de Langeais (p. 205). La conquête de Cadix en 1823 justifie l'arrivée de Montriveau à Cadix et la visite du couvent où s'abrite la duchesse de Langeais. Tout se passe donc comme si les histoires privées des Treize se déroulaient dans un temps coupé de l'Histoire et se circonscrivaient à une sphère exclusivement privée : le ménage Jules, les amours de Montriveau ou de de Marsay.

1. Notons d'ailleurs une légère incohérence chronologique entre la préface (p. 7) qui associe la mort de Napoléon (1821) et la fin des Treize d'une part et l'intrigue de *La Duchesse de Langeais* d'autre part qui montre que la société des Treize est encore très active en 1823.

LA MONARCHIE DE JUILLET OU L'ÉPUISEMENT DE L'HISTOIRE

Si l'*Histoire des Treize* se passe sous la Restauration, elle ne se comprend qu'à la lumière de la déception qu'a fait naître la monarchie de Juillet (1830-1848).

Rappelons qu'après l'Empire de Napoléon Ier, période guerrière et enflammée et le règne assez bien accepté de Louis XVIII (1815-1824), la France est entrée avec Charles X, roi rigoriste et conservateur, dans une ère de mécontentement. En août 1829 notamment, l'ultra – c'est-à-dire le très conservateur – Polignac est nommé président du conseil. Sa politique réactionnaire aliène au régime l'opinion publique. Sous son influence, dans un véritable coup de force politique, Charles X tente, par quatre ordonnances promulguées le 26 juillet 1830, de suspendre le régime constitutionnel et de contrôler la presse. Sous la conduite des journalistes, le peuple se soulève. Beaucoup d'écrivains croient alors en un retour de la République. Mais les trois jours de révolution n'aboutissent qu'à un piètre changement : une autre dynastie, celle des Orléans, remplace les Bourbons sur le trône. Louis-Philippe devient le roi des Français. Il règne sur une monarchie bourgeoise, loin de la République et des changements radicaux dont certains rêvaient. Balzac écrit le 31 mars 1831 dans un journal intitulé *Le Voleur* : « Nous nous sommes agités pour déplacer le pouvoir, mais le pouvoir n'a pas changé. » Dès 1831, dans une fiction, *La Peau de chagrin*, Balzac dénonce la mollesse absolue de la monarchie bourgeoise et le désespoir de la jeunesse.

Le début du chapitre II de *La Duchesse de Langeais* fait état de cette déception à travers un long commentaire proleptique. La déchéance de l'aristocratie s'explique historiquement par la grande désillusion engendrée par la monarchie bourgeoise : « Le faubourg Saint-Germain s'est laissé momentanément abattre pour n'avoir pas voulu reconnaître les obligations de son existence qu'il lui était encore facile de perpétuer. » (p. 191) Malgré la montée de la classe bourgeoise, malgré la révolution industrielle et banquaire, malgré la poussée des idées révolutionnaires et libérales, phénomènes qu'il décrit si bien, Balzac croit encore à la suprématie de la noblesse et préfère parier pour une carence momentanée de l'aristocratie sans admettre que l'Histoire continue et se joue ailleurs.

L'ASSOCIATION SECRÈTE

Dans ce contexte de fin de l'Histoire, de désœuvrement et de désillusion, la société secrète pourrait receler encore un espoir et peut-être offrir des solutions. Dans une société post-révolutionnaire et gérontocratique où la naissance prend de moins en moins d'importance et où la désillusion politique est patente, la tentation de l'association secrète – franc-maçonnerie et carbonarisme notamment – est fréquente (le père de Balzac lui-même avait été franc-maçon, il avait fait allégeance au Grand-Orient de France en 1806). Ce développement des sociétés parallèles suscite toute une littérature documentaire qui fascine jusqu'au grand public obsédé, comme les politiques, par la théorie du complot. Ainsi Charles Nodier un homme de lettres, camarade de Balzac, avait publié en 1833 un essai *De la maçonnerie et du carbonarisme*.

La Comédie humaine regorge d'associations aux perspectives variées. Les chevaliers de la désœuvrance de *La Rabouilleuse* s'associent pour faire de mauvaises farces aux habitants d'Issoudun. Les frères de la Consolation de *L'Envers de l'histoire contemporaine* se réunissent pour faire le bien et la charité autour d'eux. Le Cénacle d'*Illusions perdues* réunit des écrivains qui refusent de vendre leur plume au plus offrant et notamment de prostituer leurs œuvres dans des journaux. D'autres romanciers du XIXe siècle vont faire de la société secrète une grille attendue de lecture de l'Histoire comme Stendhal dans *Le Rouge et le Noir* (1830), Alexandre Dumas avec *Ange Pitou* (1851) ou George Sand dans *Consuelo* (1842).

Pour son roman de l'association secrète, Balzac choisit plutôt le modèle des compagnons. Ferragus a été le chef-compagnon des Dévorants avant d'être membre des Treize, nous dit la préface. « Les Dévorants » était un compagnonnage c'est-à-dire une association d'ouvriers hautement qualifiés, qui prétendait remonter à la haute antiquité et qui comportait dans sa législation en particulier l'obligation du secret. Cette origine prérévolutionnaire du compagnonnage illustre encore ce regret d'un âge d'or.

La société secrète de l'*Histoire des Treize* se caractérise par ses ressources humaines exceptionnelles plus que par ses valeurs ou son idéal politique :

> Il s'est rencontré, sous l'Empire et dans Paris, treize hommes également frappés du même sentiment, tous doués d'une assez grande énergie pour être fidèles à la même pensée, assez probes entre eux pour ne point se trahir, alors même que leurs intérêts se trouvaient opposés, assez profondément politiques pour dissimuler les liens sacrés qui les unissaient, assez forts pour se mettre au-dessus de toutes les lois, assez hardis pour tout entreprendre, et assez heureux pour avoir presque toujours réussi dans leurs desseins ; ayant couru les plus grands dangers, mais taisant leurs défaites ; inaccessibles à la peur, et n'ayant tremblé ni devant le prince, ni devant le bourreau, ni devant l'innocence ; s'étant acceptés tous, tels qu'ils étaient, sans tenir compte des préjugés sociaux ; criminels sans doute, mais certainement remarquables par quelques-unes des qualités qui font les grands hommes et ne se recrutant que parmi les hommes d'élite (Préface, p. 7).

L'*Histoire des Treize* ne nomme que quatre de ces treize conspirateurs : Ferragus, Montriveau, de Marsay, Ronquerolles. On remarquera d'ailleurs que l'utilité et le pouvoir des Treize s'avèrent au fil des trois récits de plus en plus décevants. Leur échec dans des épreuves discutables et peu glorieuses – la torture et l'assassinat de deux femmes, l'enlèvement d'une religieuse dans un couvent – signale peut-être la nécessité pour eux de songer à d'autres tâches, plus dignes d'eux. Car cette association élitiste, sans idéal commun, sans stratégie politique identifiable constitue une sorte de paradoxe qui renvoie à l'absence de perspective historique décrite par Balzac. La dissolution de cette association dans les années 1820 manifeste peut-être le retour à un destin historique (voir texte 2, p. 453).

LE CONTEXTE PERSONNEL : LA PART DE BALZAC

L'*Histoire des Treize* constitue un ensemble balzacien exemplaire d'abord parce qu'il fait le bilan des œuvres passées. À l'heure où il publie ces récits, Balzac a en effet à son actif plusieurs centaines de pages de romans de jeunesse publiés sous pseudonyme, des nouvelles prépubliées dans les revues d'époque, des centaines d'articles, déjà quelques grands romans comme *La Peau de Chagrin*.

Cet ensemble modèle révèle également certaines sources d'inspiration privilégiée. La réécriture du souvenir autobiographique, notamment, constitue souvent chez Balzac un moteur d'écriture tout comme la chose vue parisienne qui contient un nœud dramatique potentiel.

L'*Histoire des Treize* surtout annonce et prépare les principes constitutifs de *La Comédie humaine* : une macrostructure réunissant plusieurs récits et unifiée par des personnages reparaissants d'un récit à l'autre. L'œuvre infinie se prépare ici.

LE BILAN DES ŒUVRES DE JEUNESSE

L'*Histoire des Treize* s'inspire à la fois des grands romans noirs populaires que Balzac avait écrits dans sa jeunesse et également des nouvelles publiées dans les revues dans les années 1830, ensuite réunies en volumes sous le titre *Scènes de la vie privée*.

Dans le sillage des romans de jeunesse

Honoré de Balzac est né le 20 mai 1799 à Tours. Son père, Bernard-François Balzac y était directeur des vivres de la 22e division militaire depuis quatre ans. En septembre 1816, l'ambition de sa mère étant de faire de lui un notaire, Balzac entre comme petit clerc chez l'avoué Jean-Baptiste Guyonnet-Merville. En 1818, il renonce aux études d'avoué et s'installe dans une mansarde. Il se donne un an pour mettre à l'épreuve sa vocation d'écrivain. Son premier essai, une tragédie, *Cromwell*, ne reçoit que peu de succès auprès de ceux qui la lisent. Balzac se lance alors dans la littérature industrielle, celle qui fait (mal) vivre, publie brochures journalistiques et romans populaires sous pseudonyme. Écrits en 1822, *Clotilde de Lusignan*, roman historique, *Le Centenaire*, roman noir fondé sur le surnaturel, *Le Vicaire des Ardennes*, roman sentimental, sont des parodies de genres existants. *La Dernière Fée* (1823), *Annette et le criminel*, roman de pirates (1824), *Wann-Chlore* (1825) permettent à Balzac de terminer ses classes d'écrivain.

Tout le romanesque de la première jeunesse de Balzac (le protecteur mystérieux, le bandit indompté, le pacte des brigands, les drames sanglants) réapparaît dix ans plus tard dans l'*Histoire des Treize*. Le pirate Argow qui dans *Le Vicaire des Ardennes* mène une existence essentiellement consacrée au brigandage et à l'assassinat et qui dans

Annette et le criminel meurt sur l'échafaud après un coup de foudre rédempteur pour la pieuse Annette est le frère aîné de Ferragus, de Marsay et Montriveau.

Des scènes de la vie privée

En 1830 et 1832, Balzac publie en librairie deux recueils de nouvelles intitulés *Scènes de la vie privée*. Ces petits récits, *La Maison du chat-qui-pelote, Le Bal de Sceaux* mettent en scène des drames de l'intimité et notamment des mariages malheureux. Balzac décide de raconter la face cachée de l'intimité bourgeoise à travers les malheurs de la femme mal mariée, avec ses souffrances et ses tentations. Il abandonne la description du passé et les grandes figures de l'histoire pour l'évocation du présent. Il dénonce déjà deux grands moteurs sociaux : l'argent et le pouvoir. L'argent est incarné exemplairement par le banquier, le baron de Nucingen (*Splendeurs et misères des courtisanes)* ou le très ladre Grandet (*Eugénie Grandet*), deux personnages médiocres mais devenus omnipotents par leur richesse. La soif de réussite politique et mondaine se dénonce à travers les intrigues de quelques jeunes gens prêts à l'adultère (Eugène de Rastignac dans *Le Père Goriot*), au proxénétisme (Lucien de Rubembré dans *Illusions Perdues* et *Splendeurs et misères des courtisanes*) et au crime (Jean-François Tascheron dans *Le Curé de village*) par ambition.

Or les trois récits dramatiques de l'*Histoire des Treize* sont encore à leur manière des scènes de la vie privée. Les trois femmes, madame Jules, la duchesse de Langeais, Paquita sont présentées dans leurs intérieurs, leurs désirs secrets sont fouillés par le romancier. Le vrai sujet de *La Duchesse de Langeais* est une étude de femme qui donne à voir en une ligne continue toutes les phases d'une découverte tragique de l'amour par une femme qui n'y était guère préparée.

La trilogie dessine de plus une sorte de gradation érotique. Si la description du couple Jules reste encore assez chaste, *La Duchesse de Langeais* décrit de manière cryptée les privautés sexuelles que l'on peut attendre d'une duchesse qui ne souhaite pas avoir d'enfants (p. 207) et surtout *La Fille aux yeux d'or* met en scène des duos amoureux voluptueux au sein d'un boudoir voué auparavant aux amours lesbiennes. *La Fille aux yeux d'or* s'inspire même des textes les plus libertins du XVIIIe siècle comme la *Justine* du marquis de Sade ou encore les *Liaisons dangereuses* de Laclos (p. 407).

DES SOURCES D'INSPIRATIONS PRIVILÉGIÉES

Si Balzac s'inspire souvent d'anecdotes ou de traits de caractères particuliers pour ses romans, la part de l'inspiration autobiographique est très importante, notamment dans *La Duchesse de Langeais*. La trilogie en général s'alimente d'anecdotes, de « *choses vues* » parisiennes.

La part de l'inspiration autobiographique

À partir de 1831, les grands romans se succèdent. Certains s'inspirent de souvenirs autobiographiques, comme *La Peau de chagrin* (1831), *Louis Lambert* (1832), *Le Médecin de campagne* (1833). Si *Ferragus* ou *La Fille aux yeux d'or* semblent assez loin du souvenir personnel, *La Duchesse de Langeais* transpose une expérience amoureuse de Balzac. Le personnage de la duchesse de Langeais s'inspire de la personnalité d'Henriette de Maillé, nièce du duc de Fitz-James, épouse séparée du marquis de Castries. Celle-ci, fort cultivée, avait ouvert son hôtel du faubourg Saint-Germain au grand écrivain si bien que celui-ci avait cru pouvoir espérer plus de son hôtesse. Éconduit brutalement après un périple fatiguant et onéreux en Italie, Balzac en conçut un dépit extrême qu'il traduisit littérairement deux fois : dans Le *Médecin de campagne* puis dans *La Duchesse de Langeais*. Montriveau d'ailleurs ressemble physiquement et moralement à Balzac : la tête grosse et carrée, le cheveu noir (p. 215), il est énergique et pourrait sauver l'aristocratie de sa léthargie et de son destin funeste comme a souhaité également le faire le romancier.

Des scènes de la vie parisienne

En 1833, Balzac signe un contrat pour la publication des *Études de mœurs au* XIX*e siècle* comprenant, outre les scènes de la vie privée, des scènes de la vie de province et des scènes de la vie parisienne. Le plan de la *Comédie humaine* commence à apparaître, et Balzac va devenir le chantre du Paris du XIXe siècle avec *Le Père Goriot* (1835), *Illusions perdues* (1837-1839), *Splendeurs et misères des courtisanes* (1839).

Les trois romans de l'*Histoire des Treize* seront les premières scènes de la vie parisienne. En 1831, Victor Hugo avait déjà décrit Paris en publiant *Notre-Dame de Paris* mais il peignait le Paris médiéval. Le souci de Balzac est de peindre le Paris du début du XIXe siècle. Il a conscience de l'originalité et de la nouveauté de cette entreprise. Dans l'appendice qui suit la publication de *Ferragus* dans la *Revue de Paris*, il se félicite d'avoir su « peindre Paris sous quelques-unes de ses faces, en le parcourant en hauteur, en largeur ; en allant du faubourg Saint-Germain au Marais ; de la rue au boudoir ; de l'hôtel à la mansarde ; de la prostituée à la figure d'une femme qui avait mis l'amour dans le mariage, et du mouvement de la vie au repos de la mort » (p. 425). Dans *Ferragus*, l'épigraphe de la *Revue de Paris* laisse même entendre qu'il s'attribue le mérite d'avoir inventé un nouveau fantastique, le fantastique parisien : « Personne encore ne nous a raconté quelque aventure parisienne comme il en arrive dans Paris, avec le fantastique de Paris, car je soutiens qu'il y a beaucoup de fantastique dans Paris. »

L'ÉBAUCHE DE LA *COMÉDIE HUMAINE*

Le principe des personnages reparaissants d'un roman à l'autre est également expérimenté dès l'*Histoire des Treize*. Ferragus intervient dans *La Fille aux yeux d'or* pour aider de Marsay qui lui-même est apparu dans *La Duchesse de Langeais* pour seconder Montriveau (p. 327). Le marquis de Ronquerolles, autre membre connu de l'association, participe aux trois histoires. Les autres sociétaires apparaissent de manière anonyme et spectrale lors de l'enterrement de madame Jules (p. 141 *sq.*), de l'attaque du couvent ou de la scène du fer rouge. En 1834, Balzac a l'intuition que ces personnages reparaissants sont la fondation même de son œuvre. Les personnages qui resurgissent d'un roman à l'autre commencent dans leurs rencontres, leurs croisements et leurs incidences, à former ce vaste réseau d'intrigues, d'intérêts, de passions et d'aventures, dans lequel comme en un gigantesque filet le romancier enveloppe la société entière de son temps. Dorénavant, le système de l'œuvre est défini. Balzac devient un romancier reconnu qui, année après année, écrit les grands romans de *la Comédie humaine*. Il réécrit aussi ses premières œuvres en systématisant le retour des personnages : la duchesse de Langeais est ainsi évoquée dans toutes les œuvres qui mettent en scène le faubourg Saint-Germain : *Le Cabinet des Antiques*, *Le Père Goriot*, *le Lys dans la vallée*, *L'Interdiction*.

En 1842, Balzac trouve le titre de son grand œuvre, *La Comédie humaine* en référence à Dante auquel il pensait déjà en 1835 dans *La Fille aux yeux d'or* (p. 342). En 1842, il signe avec quatre grands libraires, dont Furne, un contrat pour la publication de ses œuvres complètes et il rédige son avant-propos qui précise son ambition immense à la fois historique, encyclopédique et littéraire. De 1842 à 1846, il fait paraître les seize volumes de *La Comédie humaine*. Elle comprend 91 romans achevés et 46 autres à l'état de projets. Les récits achevés sont groupés en trois grandes parties : les *Études de mœurs*, les *Études philosophiques* et les *Études analytiques*. Les *Études de mœurs* comprennent six rubriques : « scènes de la vie privée », « scènes de la vie de province », « scènes de la vie parisienne », « scènes de la vie politique », « scènes de la vie militaire », « scènes de la vie de campagne ». L'*Histoire des Treize* comme une magnifique introduction ouvre les « scènes de la vie parisienne ».

LA RÉCEPTION DE L'ŒUVRE

UN SUCCÈS DE SCANDALE

L'*Histoire des Treize* connaît un succès de curiosité au moment de sa publication en 1833-1834. Une lettre d'Amédée Pichot, le directeur de la *Revue de Paris*, adressée à Balzac le 21 mars 1833 en atteste : « Nos lecteurs sont [...] palpitants sous le poids de la curiosité qui les oppresse. » Et Balzac dans une lettre à Madame Hanska confirme le 1er juin 1833 : « L'*Histoire des Treize* a eu un succès extraordinaire dans ce Paris si insouciant et si occupé. » Il affirme même que la Duchesse de Berry a été sur le point de lui écrire pour en savoir la fin par avance « tant elle en était agitée ». Comme *La Physiologie du mariage* ou *La Peau de chagrin*, l'œuvre attire d'abord par son côté scandaleux et notamment par le jeu constant sur l'adultère attendu, pressenti, voire souhaité par le lecteur puis finalement évité soit que l'amant potentiel s'avère le père de la jeune femme (*Ferragus*) soit que les amants soient séparés par leur orgueil, leur indifférence, la religion ou la mort (*La Duchesse de Langeais*).

UNE LONGUE DISGRÂCE

Après quelques années, si certains grands écrivains comme Théophile Gautier, Victor Hugo ou Charles Baudelaire continuent à apprécier cette œuvre pour son esthétique de l'excès, l'*Histoire des Treize* cesse d'avoir bonne presse. Ses lecteurs l'ont associée au bas romantisme et préfèrent ouvertement d'autres récits balzaciens plus mesurés comme *Eugénie Grandet* (1833) ou *Le Père Goriot* (1834-1835). Balzac lui-même, dans une lettre à madame Hanska, dénigre *La Fille aux yeux d'or*. Le *Dictionnaire universel du XIXe siècle*, rédigé par Pierre Larousse se fait le porte-parole de la critique bourgeoise lorsqu'il stipendie l'immoralité de *La Fille aux yeux d'or* :

> L'auteur de la *Physiologie du mariage* et des *Contes drolatiques*, des *Mémoires de deux jeunes mariées*, de *La Fille aux yeux d'or*, de *Vautrin* et des *Parents pauvres*, peut être taxé hautement et très justement d'immoralité. C'est là un des caractères généraux des œuvres de Balzac, qui sont, quoi qu'en disent ses partisans enthousiastes, une lecture malsaine et corruptrice.

Les grands écrivains réalistes de la seconde moitié du XIXe siècle, Émile Zola par exemple, préfèrent des œuvres plus vraisemblables, des intrigues moins trépidantes que celle de l'*Histoire des Treize*.

De plus, l'*Histoire des Treize* ne bénéficie pas vraiment du retour de Balzac sur la scène universitaire à la fin du siècle. La critique universitaire, avec Émile Faguet dès 1887, puis Gustave Lanson en 1894 et Ferdinand Brunetière dans le *Manuel de la littérature française* de 1898, fait de Balzac un modèle du réalisme classique. Elle préfère oublier ou critiquer le Balzac excentrique et fantastique des années de jeunesse. Ainsi Gustave Lanson écrit :

> Balzac est déplorablement romanesque : la moitié de son œuvre appartient au bas romantisme, par les invraisemblables ou insipides fictions qu'il développe sérieusement ou tragiquement. Mélodrame, roman-feuilleton, tous les pires mots sont trop doux pour caractériser l'écœurante extravagance des intrigues que

> combine lourdement la fantaisie de Balzac. Il fait concurrence à Eugène Sue, et à Dumas père, dans *Ferragus* et *les Treize*, dans *La Dernière incarnation de Vautrin*, dans *Une ténébreuse affaire*, dans *La Femme de trente ans*, dans maint épisode ou incident des meilleurs romans. Une seule fois peut-être il a tiré d'une donnée extraordinaire un pathétique puissant : c'est dans la nouvelle du *Colonel Chabert*. […] On voit aisément par où Balzac a pu passer pour le père du réalisme contemporain. Il a été effrénément romantique : mais comme il manquait de sens artistique, de génie poétique et de style, les romans et les scènes d'inspiration romantique sont justement aujourd'hui les parties mortes, ayant été toujours les parties manquées de son œuvre. Au contraire il a représenté en perfection les âmes moyennes ou vulgaires, les mœurs bourgeoises ou populaires, les choses matérielles et sensibles ; et son tempérament s'est trouvé admirablement approprié aux sujets où il semble que l'art réaliste doive toujours se confiner chez nous. Ainsi, par ses impuissances et par sa puissance, Balzac opérait dans le roman la séparation du romantisme et du réalisme[1].

Après cet éreintement, rien d'étonnant si l'*Histoire des Treize* reste peu lue dans la première moitié du XXe siècle. Albert Thibaudet, le grand critique de l'entre-deux-guerres, n'en fait aucun commentaire dans son *Histoire de la littérature française* de 1936. Même les relectures socialistes de Balzac opérées à la suite de Georg Lukacs laissent de côté l'*Histoire des Treize*. Seul le passage sur l'ouvrier dans *La Fille aux yeux d'or* attire l'attention de la critique, qui y voit une exception à la règle de l'absence de représentation de la classe ouvrière dans *La Comédie humaine*.

DE NOUVELLES LECTURES AU XXe SIÈCLE

Mais peu à peu certains critiques oublient la prétendue faiblesse réaliste de l'*Histoire des Treize* pour appeler l'attention du lecteur sur d'autres aspects. Pour Maurice Bardèche, « ce qui compte dans son œuvre à cette date, c'est la maturation de sa vision physiologique de la société[2] ».

1. Gustave Lanson, *Histoire de la littérature française*, Hachette, 1894. \ **2.** *Balzac*, Julliard, 1980, p. 248.

Il faut l'essor des lectures structuralistes puis le retour de la mode de l'histoire littéraire pour voir l'*Histoire des Treize* réhabilitée et relue. Deux axes de lecture sont privilégiés. On y voit souvent, avec Rose Fortassier, le creuset de *La Comédie humaine* : « Dans la diversité des trois récits dont elle se compose, l'*Histoire des Treize* préfigure en petit *La Comédie humaine* » [1]. Pierre-Georges Castex ou Pierre Barbéris [2] partagent cette analyse. Cette lecture semble avoir favorisé la réédition récente de l'*Histoire des Treize* comme un ensemble unitaire dans plusieurs collections de poche.

Quant aux lectures les plus modernes, elles sont sensibles à la construction complexe des récits et à l'importance des multiples digressions qui pourraient être la clé de ces trois textes [3]. Henri Mitterand notamment propose une étude des formes et fonctions de l'espace parisien dans le récit. Il montre qu'à côté d'un discours sur Paris, une utilisation narrative de Paris se construit. La matière de Paris devient une sorte de matière de Bretagne comme dans les romans arthuriens, avec ses codes et ses consignes.

GROUPEMENT DE TEXTES : LITTÉRATURE ET HISTOIRE

Lisez les textes 1 à 7 puis répondez aux questions suivantes :

1. Quelles sont les raisons historiques et politiques qui expliquent le relatif échec des Treize dans la trilogie ?

2. Quelles étaient les reconversions possibles de l'association des Treize après 1830 ? Quelle est celle retenue par Balzac ?

3. Pourquoi la trilogie est-elle caractéristique du romantisme ?

4. Qu'est-ce qui justifie la réunion de ces trois récits ?

5. Pourquoi l'*Histoire des Treize* peut-elle être considérée comme une ébauche de *La Comédie humaine* ?

---

1. *La Comédie humaine*, édition de La Pléiade, p. 737. \ **2.** Pierre-Georges Castex et Pierre Barbéris ont préfacé respectivement l'édition Garnier (1966) et l'édition du Livre de Poche (1999) de *L'Histoire des Treize*. \ **3.** Voir dans la bibliographie les essais d'Henri Mitterand ou Aude Déruelle pour *Ferragus* et d'Henri Mitterand et de Nicole Mozet pour *La Fille aux yeux d'or*.

TEXTE 1 • Honoré de Balzac, « De la conduite actuelle des royalistes » (1832)

Dans cet article du printemps 1832 paru dans *Le Rénovateur*, Balzac exprime son *credo* politique : un mépris certain pour le peuple et pour le régime bourgeois de la monarchie de Juillet, une volonté de restauration de l'aristocratie de talent et de naissance.

Dans tous les temps, dans tous les pays, il sera ridicule de vouloir prétendre donner autre chose que de l'ouvrage, des vêtements et des abris aux classes inférieures. Faire lire les devoirs du citoyen ou les journaux à des gens qui se lèvent au jour et se couchent à la nuit, après avoir travaillé dix heures, est une entreprise bouffonne à laquelle aucun écrivain libéral n'a pensé.

Quant à vouloir donner à tous les citoyens d'un même pays le même morceau de pain et le même vêtement, en divisant la terre en autant de portions égales qu'il y a de familles, c'est une autre folie dont l'inégalité des familles et la variété des estomacs, dont toutes les passions humaines feraient justice, si ce singulier système était appliqué. L'impossibilité de ces utopies libérales conduit à la reconnaissance des supériorités sociales en haine desquelles la révolution de Juillet s'est faite. Mais le peuple s'est aperçu que l'aristocratie de la Pairie allait être remplacée par celle de l'apothicaire et du banquier. Or, aristocratie pour aristocratie, s'il était consulté, peut-être aimerait-il mieux celle du talent et de la naissance ; car, pour durer, celle-là est soumise à certaines conditions qui impliquent la gloire et le bonheur d'une nation.

Or la révolution de Juillet a détruit la légitimité, n'a plus voulu d'une religion dominante, et, par amour d'une liberté impossible, a renversé la Pairie. Qui a fait la révolution de Juillet ? Ce n'est certes point le peuple français, c'est le peuple de Paris. Le peuple en France avait ressenti l'influence de deux principes fondamentaux sur lesquels s'appuie le système des royalistes, et, libre de travailler, de s'instruire et d'acquérir, il savourait la paix la plus florissante après quarante années de troubles. Le mouvement de Juillet a été dû à la classe moyenne, avec laquelle le peuple de Paris se trouve sans cesse en contact.

TEXTE 2 • Honoré de Balzac, *Le Contrat de mariage* (1835)

Dans *Le Contrat de mariage*, roman paru en 1835 sous le titre *La Fleur des pois*, Balzac met de nouveau en scène de Marsay et Manerville. De Marsay, après la dissolution des Treize, donne dans une lettre une véritable leçon de cynisme politique à son « ami ». Les Treize sont visiblement entrés dans la carrière.

Ainsi, prends des chevaux de poste, arrive à Paris et recommence la partie ; tu la gagneras avec Henri de Marsay pour *partner*, car Henri de Marsay sait vouloir et sait frapper. Vois où nous en sommes. Mon vrai père fait partie du ministère anglais. Nous aurons des intelligences en Espagne par les Evangelista ; car une fois que nous aurons mesuré nos griffes, ta belle-mère et moi, nous verrons qu'il n'y a rien à gagner quand on se trouve diable contre diable. Montriveau, mon cher, est lieutenant-général ; il sera certes un jour ministre de la Guerre, car son éloquence lui donne un grand ascendant sur la chambre. Voici Ronquerolles ministre d'État et du conseil privé. Martial de La Roche-Hugon est nommé ministre en Allemagne et pair de France, il nous apporte en dot le maréchal duc de Carigliano et tout le croupion de l'Empire qui s'est soudé si bêtement à l'échine de la Restauration. Serizy mène le Conseil d'État où il est indispensable. Grandville tient la magistrature à laquelle appartiennent ses deux fils ; les Grandlieu sont admirablement bien en cour ; Féraud est l'âme de la coterie Gondreville, bas intrigants qui sont toujours en haut, je ne sais pourquoi. Appuyés ainsi, qu'avons-nous à craindre ? Nous avons un pied dans toutes les capitales, un œil dans tous les cabinets, et nous enveloppons l'administration sans qu'elle s'en doute. La question argent n'est-elle pas une misère, un rien dans ces grands rouages préparés ? Qu'est surtout une femme ? resteras-tu donc toujours lycéen ? Qu'est la vie, mon cher, quand une femme est toute la vie ? une galère dont on n'a pas le commandement, qui obéit à une boussole folle, mais non sans aimant, que régissent des vents contraires et où l'homme est un vrai galérien qui exécute non seulement la loi, mais encore celle qu'improvise l'argousin, sans vengeance possible. Pouah ! Je comprends que par passion, ou pour le plaisir que l'on éprouve à transmettre sa force à des mains blanches, on obéisse à une femme ; mais obéir à Médor ?... dans ce cas, je brise Angélique[1]. Le grand secret de l'alchimie sociale, mon cher, est de tirer tout le parti possible de chacun des âges par lesquels nous passons, d'avoir toutes ses feuilles au printemps, toutes ses fleurs en été, tous les fruits en automne. Nous nous sommes amusés, quelques bons vivants et moi, comme des mousquetaires noirs, gris et rouges, pendant douze années, ne nous refusant rien, pas même une entreprise de flibustier par-ci, par-là ; maintenant nous allons nous mettre à secouer les prunes mûres dans l'âge où l'expérience a doré les moissons. Viens avec nous, tu auras ta part dans le *pudding* que nous allons cuisiner. Arrive, et tu trouveras un ami tout à toi dans la peau de HENRI DE M.

TEXTE 3 • Honoré de Balzac, *L'Envers de l'histoire contemporaine* (1848)

Dans *L'Envers de l'histoire contemporaine*, Balzac met en scène une autre association, caritative celle-ci. Il en profite pour donner sa théorie de l'association qui s'oppose à l'individualisme post-révolutionnaire.

L'association, une des plus grandes forces sociales et qui a fait l'Europe du Moyen Âge repose sur des sentiments qui, depuis 1792, n'existent plus en France, où l'individu a triomphé de l'État. L'association exige d'abord une nature de dévouement qui n'y est pas comprise, puis une foi candide contraire à l'esprit de la nation, enfin, une discipline contre laquelle tout regimbe, et que la Religion catholique peut seule obtenir.

Dès qu'une association se forme dans notre pays, chaque membre, en rentrant chez soi d'une assemblée où les plus beaux sentiments ont éclaté, pense à faire litière de ce dévouement collectif, de cette réunion de forces, et il s'ingénie à traire à son profit la vache commune, qui, ne pouvant suffire à tant d'adresse individuelle, meurt étique.

On ne sait pas combien de sentiments généreux ont été flétris, combien de germes ardents ont péri, combien de ressorts ont été brisés, perdus pour le pays, par les infâmes déceptions de la Charbonnerie française, par les souscriptions patriotiques

1. Angélique et Médor sont des héros du *Roland furieux* (1532) de l'Arioste.

du Champ-d'Asile, et autres tromperies politiques qui devraient être de grands, de nobles drames, et qui ne furent que des vaudevilles de police correctionnelle. Il en fut des associations industrielles comme des associations politiques.

L'amour de soi s'est substitué à l'amour du Corps collectif. Les corporations et les Hanses[1] du Moyen Âge, auxquelles on reviendra, sont impossibles encore ; aussi les seules SOCIÉTÉS qui subsistent sont-elles des institutions religieuses auxquelles on fait la plus rude guerre en ce moment, car la tendance naturelle des malades est de s'attaquer aux remèdes et souvent aux médecins. La France ignore l'abnégation.

Aussi, toute association ne peut-elle vivre que par le sentiment religieux, le seul qui dompte les rébellions de l'esprit, les calculs de l'ambition et les avidités de tout genre.

En marchant dans les rues, Godefroid[2] se sentait un tout autre homme. Qui l'eût pu pénétrer, aurait admiré le phénomène curieux de la communication du pouvoir collectif.

Ce n'était plus un homme, mais bien un être décuplé, se sachant le représentant de cinq personnes dont les forces réunies appuyaient ses actions, et qui marchaient avec lui.

Portant ce pouvoir dans son cœur, il éprouvait une plénitude de vie, une puissance noble qui l'exaltait. Ce fut, comme il dit plus tard, l'un des plus beaux moments de son existence ; car, il jouissait d'un sens nouveau, celui d'une omnipotence plus certaine que celle des despotes.

Le pouvoir moral est comme la pensée, sans limites.

– Vivre pour autrui, se dit-il, agir en commun comme un seul homme, et agir à soi seul comme tous ensemble ! avoir pour chef la Charité, la plus belle, la plus vivante des figures idéales que nous avons faite des vertus catholiques, voilà vivre !

---

1. *Hanse* : autre nom donné au Moyen Âge aux corporations. \ **2.** *Godefroid* : héros de *L'Envers de l'histoire contemporaine*, il est ici investi par sa société secrète de sa première mission de charité.

TEXTE 4 • Maurice Bardèche, *Balzac romancier* (1940)

Paris, Plon

Tout cela est encore proche des romans de jeunesse de Balzac, mais transformé, fécondé. Dans ces récits souvent médiocres par leur conception et leurs détails, tout est riche de promesses et les métamorphoses prochaines se dessinent déjà : il y a maintenant quelque chose de douloureux, d'humain, dans ces caractères si semblables encore à ceux du mélodrame, il y a une certaine conception de la puissance et de la lutte pour la vie dans des situations, dans des pactes encore bien absurdes, et le mélodrame lui-même, la chasse à l'homme, l'aventure, s'agrandit et s'enrichit grâce à la présence de Paris. Toutes les tendances primitives de Balzac subsistent, mais chacune d'entre elles se double désormais d'une interprétation nouvelle. Des formes du mélodrame et du roman « noir » se dégage une notion encore fausse de la vie, mais déjà traversée de lueurs, d'intentions, de lambeaux de vérité. En même temps, l'*Histoire des Treize* montre le lien entre les romans de jeunesse de Balzac et ses nouvelles. Les deux sources ici se confondent. Les images dramatiques et violentes de la vie qui furent celles de ses débuts, se mêlent à l'observation plus exacte, plus féconde de sa trentième année. Paris a remplacé la savane de Cooper ; les salons, les intrigues, les beaux conquérants du jour ont succédé aux compagnies de brigands. Les monstres du mélodrame, déguisés en dandys, font leur apparition à l'entrée des boudoirs. Argow[1] est présenté au faubourg Saint-Germain.

TEXTE 5 • Pierre-Georges Castex, Note préliminaire à l'édition de *l'Histoire des Treize* (1966) Paris, Garnier

Mais nous ne pouvons nous dissimuler la fragilité du lien entre les trois récits. Après avoir lu l'éloquente préface, nous nous attendons à voir constamment agir les Treize sous nos yeux. Or, d'une aventure à l'autre, leur rôle devient de moins en moins nécessaire ;

1. Personnage de deux romans de jeunesse de Balzac, *Le Vicaire des Ardennes* et *Annette et le criminel*, type de l'homme fort et intrépide.

dans *Ferragus*, les conjurés témoignent de leur attachement au héros en assistant aux obsèques de sa fille et donnent la mesure de leur pouvoir en obtenant de vive force l'incinération de la morte ; mais dans *La Duchesse de Langeais*, où l'accent est mis sur les manèges d'une coquette, le romancier pouvait sans dommage se passer de leur intervention ; dans *La Fille aux yeux d'or*, enfin, le lecteur ne peut comprendre pourquoi le hardi de Marsay, après avoir conduit seul son intrigue, s'entoure soudain de ses amis et le nom de Ferragus ne semble cité que pour justifier le rattachement de ce dernier récit à l'*Histoire des Treize*. En outre, pendant leurs courtes apparitions, les Treize ne répondent guère à notre attente : ils ne se montrent vraiment terribles qu'au cours de la scène mélodramatique où ils s'apprêtent à châtier la duchesse de Langeais ; la plupart du temps, la société secrète n'est pour le romancier qu'un moyen commode de faire progresser l'action et d'amener un dénouement. D'ailleurs, dans les trois aventures, le pouvoir des héros, que l'on croyait invincible, se trouve finalement mis en échec.

L'association des Treize joue donc, au total, dans cette suite romanesque, un rôle peu important, et ce rôle semble diminuer de récit en récit. Tout se passe comme si Balzac avait peu à peu perdu de vue son projet primitif. L'intérêt des différents épisodes n'en est nullement amoindri, mais on doit les considérer séparément, sans s'arrêter à une unité factice. L'*Histoire des Treize*, ce sont trois romans distincts, réunis sous une commune étiquette.

TEXTE 6 • Pierre Barbéris, préface à l'*Histoire des Treize* (1999)

Paris, Le Livre de poche

Dès lors, les Treize sont bien l'enfance de *La Comédie humaine* et de son vaste et universel complot : celui de l'argent, celui des intérêts et des *viols* qu'ils commettent. Le Grand Guignol un peu gratuit vagit pour une Histoire rendue logique et désinnocentée. Les Treize sont encore un peu nerveux, un peu légers pour les tâches qui leur sont dévolues ; mais aussi les Treize ouvrent le chemin aux invisibles et inévitables synarchies qui organiseront la chute de Birotteau, la colonisation de Paris, les chemins de fer, etc.

Nucingen et Keller, eux, n'auront plus besoin de faire partie d'une société secrète et organique, ayant pignon sur rue ; il leur suffira de la grande solidarité capitaliste, par-delà les apparentes différences « politiques » ; ils n'auront pas besoin de ce scoutisme aventureux et exaltant mais faiblement crédible, de quelques hommes à qui l'Empire avait pu donner des idées (Bonaparte, bien sûr, mais aussi Fouché, Talleyrand et leurs multiples conspirations et coups fourrés). Seulement pour voir et dire cela sans vouloir nécessairement le dire, il faudra à Balzac bien du temps, bien des expériences nouvelles. Là où il voit d'abord du monstrueux, il verra plus tard du structurel ; là où il croit aux meneurs, il verra les classes. Reste que, littérairement parlant, il fallait bien commencer, et oser dire que rien ne se faisait tout seul, que derrière le réel il y avait sans doute une autre main que la main invisible et bienfaisante d'Adam Smith, des économistes libéraux et des théoriciens du parlementarisme. Seulement, une autre main invisible, alors qu'on cherchait le secret des choses, et dans le champ hasardeux de la politique, comment cela aurait-il pu se faire en échappant totalement au « roman », le mot étant éventuellement pris aujourd'hui au pire sens du terme ? Le mot *machination* avec ses connotations (trucage, mise en condition, etc.) se trouve derrière toute la littérature qui, depuis 1830, a entrepris la critique du libéralisme, et Stendhal dans *Le Rouge et le Noir* avait bien su désigner ces ambitieux de la bourgeoisie qui s'entendraient entre eux pour appeler amour du peuple leur amour du pouvoir et leur désir de fortune.

TEXTE 7 • Christine Marcandier-Colard, *Crimes de sang et scènes capitales* (1998) Paris, PUF

Les stratégies d'attrait que l'écrivain met en œuvre pour faire partager à son lecteur la fascination qu'exerce la violence sont diverses, mais systématiquement soumises à un rapport de pouvoir et de séduction sur le lecteur. Il s'agit de jouer sur des procédés d'illusion, en créant un territoire du désir et de la curiosité. La représentation de meurtres, d'assassinats, de crimes, la description de corps mutilés, blessés, saignants répond à une esthétique du choc, de l'effet à produire. Une lecture sereine et passive est refusée au lecteur, qui doit investir son propre imaginaire pour répondre aux scènes qui lui sont offertes. L'énergie ou le désir représentés lui font violence : dans un jeu de complicité et de fascination, il doit répondre à l'agression. Mis dans une position d'insécurité, de voyeurisme, il est sans cesse sollicité, par la mise en abyme d'une fascination qui touche l'auteur comme les personnages qu'il met en scène, relais du désir et miroirs de la curiosité, du dégoût ou de la fascination que les scènes de crimes et de meurtres doivent exercer sur le lecteur. L'œuvre confronte le lecteur aux limites du représentable, par les thèmes choisis (l'érotisme, le meurtre, la transgression) mais aussi par un mode de représentation qui oscille entre monstration et non-dit, exhibition et voilement. [...] C'est entre ces deux pôles que prend place le désir transgressif du lecteur, lien de la violence et de la fascination. C'est entre ces deux pôles que s'ouvre l'espace du sens, entre ellipse et spectacle extrême. [...] La déstabilisation du lecteur accompagne le renouvellement esthétique ; dans cette littérature du romantisme extrême, qui fait des scènes de meurtre son sujet de prédilection, c'est bien le « texte » lui-même qui apparaît comme le « crime majeur ». Le scandale n'est en effet pas tant dans les thèmes abordés que dans la manière de les donner en spectacle, de les théâtraliser, dans la manière dont le texte met en scène la révélation de la violence, certes criminelle, mais surtout tentatrice, érotique, esthétique.

L'ŒUVRE DANS UN GENRE

Les trois récits de l'*Histoire des Treize*, par leur longueur intermédiaire, annoncent la volonté balzacienne d'abandonner la nouvelle, trop brève pour le projet d'étude de la société et des mœurs, et d'adopter le roman.

LE ROMAN, UN GENRE PROBLÉMATIQUE

Le terme de roman est apparu au Moyen Âge. Il désigne d'abord des récits en vers jusqu'au début du XIIIe siècle, puis en prose, écrits en langue vulgaire (et non en latin, langue réservée aux textes sacrés). Au XIVe siècle, le mot devient synonyme d'écrit composé directement en français et recouvre des récits rédigés aussi bien en vers qu'en prose.

LE ROMAN EN QUÊTE DE LÉGITIMITÉ

Jusqu'au XIXe siècle, le faiseur de romans n'a pas joui d'une grande considération. Le roman était un genre mineur, bon pour des tâcherons littéraires, ou tout juste admis, à titre d'exception, comme la distraction d'un grand seigneur. La plupart des romanciers affichaient une certaine désinvolture vis-à-vis de leur production, s'excusaient dans leurs préfaces de s'être livré à un passe-temps aussi futile et avouaient sans vergogne beaucoup de fautes d'impression. Beaucoup d'auteurs prétendaient n'être que l'éditeur de leurs ouvrages. Rousseau dans la préface de *Julie ou la nouvelle Héloïse* (1761) affirmait ainsi n'être que l'éditeur d'une correspondance. De même, Choderlos de Laclos a fait précéder *Les Liaisons dangereuses* (1782) d'une préface du « rédacteur » qui déclarait avoir sélectionné et mis en ordre les lettres authentiques des protagonistes.

Mais la vogue du roman historique, incarnée par le succès européen du romancier écossais Walter Scott (1771-1832), auteurd'*Ivanhoé* (1819), fait évoluer les mentalités. Dans l'Avant-propos de *La Comédie humaine* (1842), Balzac salue le romancier écossais qui a su imprimer « une allure gigantesque à un genre de composition injustement appelé secondaire » en y faisant entrer l'Histoire. Balzac, dans la lignée de Walter Scott, revendique pour le roman un pouvoir d'explication de la société. Chargé d'une mission d'investigation du social, doté de la méthode de l'observation, s'appuyant sur les découvertes récentes des sciences naturelles, Balzac en écrivant la *Comédie humaine* se définit comme le commissaire priseur de la société française, le nomenclateur des professions, l'enregistreur du bien et du mal. Déjà dans *L'Histoire des Treize* se fait pressentir ce retournement en faveur du roman « qui peut-être un jour aura son Dante » *La Fille aux yeux d'or* (p. 342).

Pourtant les préjugés anti-romanesques restent assez forts pour que Balzac refuse de voir l'*Histoire des Treize* classée comme un roman. Il parle, savoureusement, dans la préface d'« histoire presque romanesque » (p. 12).

AU CŒUR DU GENRE : LA FICTION

Défini d'abord comme un récit, le roman affirme son identité autour de l'idée de fiction. À partir du XIXe siècle, chaque dictionnaire centre sa définition, floue et imprécise, autour de ce concept d'univers fictif. Pour le *Dictionnaire de la langue française* de Littré (publié entre 1863 et 1867), le roman est « une histoire feinte, écrite en prose, où l'auteur cherche à exciter l'intérêt par la peinture des passions, des mœurs, ou par la singularité des aventures. » Le *Grand Dictionnaire universel* (1865) de Pierre Larousse oppose le roman ancien « un récit vrai ou faux » au roman moderne « récit en prose d'aventures imaginaires inventées et combinées pour intéresser le lecteur ». Enfin le *Dictionnaire alphabétique et analogique de la langue française* (1950) de Pierre Robert donne du roman la définition suivante :

> Œuvre d'imagination en prose, assez longue qui présente et fait vivre dans un milieu des personnages donnés comme réels, nous fait connaître leur psychologie, leur destin, leurs aventures.

Comme il est d'usage, Balzac prétend à plusieurs reprises dans l'appareil paratextuel des *Treize* qu'il raconte une histoire véridique, mais le lecteur ne peut être que sceptique devant ces « romans où roulent des têtes secrètement coupées » (p. 9).

L'ABSENCE DE RÈGLES

Mais au-delà de sa qualité fictionnelle, le roman ne semble répondre à aucune règle précise. C'est pourquoi l'Antiquité et l'époque classique lui refusent le statut de genre littéraire authentique. Pour les théoriciens antiques que sont Aristote (*Poétique*, vers 334 av. J.-C.) ou Horace (*Épître aux Pisons* ou *Art poétique*, entre 20 et 8 av. J.-C.), pour Boileau, l'auteur de l'*Art poétique* (1674), le roman est tout juste autorisé pour le divertissement :

> Dans un roman frivole aisément tout s'excuse.
> C'est assez qu'en courant la fiction amuse :
> Trop de rigueur alors serait hors de saison.
>
> Chant III, vers 119-121

Un peu méprisé, le roman n'est pas soumis comme la tragédie à des règles précises. L'absence de règles formelles est une donnée constitutive du genre qui se développe en tirant parti de cette liberté. Cette absence de règles a longtemps nui au roman condamné au nom de l'Histoire, de la morale, de la vérité. Le roman pâtit d'abord de la concurrence avec le grand genre antique et historique, l'épopée (*L'Iliade*) qui raconte le destin d'un peuple. Dès le XVIIe siècle, on condamne en outre l'immoralité du roman. Pierre Nicole, penseur d'inspiration janséniste, fulmine contre les romanciers dans sa première *Lettre sur l'hérésie imaginaire* (1665) :

> Un faiseur de romans et un poète de théâtre est un empoisonneur public, non des corps, mais des âmes des fidèles, qui doit se regarder comme coupable d'une infinité d'homicides spirituels, ou qu'il a causés en effet ou qu'il a pu causer par ses écrits pernicieux.

On reproche enfin au roman d'être mensonger. Il est vrai qu'avant 1660, le roman est tout sauf vraisemblable, il est le lieu de tous les excès, de toutes les fictions. En réaction, les romanciers du XVIIIe siècle revendiqueront presque tous de ne publier que des histoires authentiques.

C'est l'artifice utilisé encore en 1835 par Balzac dans son appareil paratextuel pour justifier la crudité des histoires :

> Depuis le jour où le premier épisode de l'*Histoire des Treize* fut publié, jusqu'à aujourd'hui que paraît le dernier, plusieurs per-

> sonnes ont questionné l'auteur pour savoir si cette histoire était vraie ; mais il s'est bien gardé de satisfaire leur curiosité. Cette concession pourrait porter atteinte à la foi due aux narrateurs. Cependant il ne terminera pas sans avouer ici que l'épisode de *La Fille aux yeux d'or* est vrai dans la plupart de ses détails, que la circonstance la plus poétique, et qui en fait le nœud, celle de la ressemblance des deux principaux personnages est exacte. [...] Quant aux deux autres épisodes, assez de personnes dans Paris en ont connu les acteurs pour que l'auteur soit dispensé d'avouer ici que les écrivains n'inventent jamais rien [...] (p. 426-427).

UN GENRE POLYMORPHE

L'absence de règles formelles n'est pas une faiblesse de la théorie critique mais une donnée constitutive du genre qui se développe sur cette liberté. Le roman est un genre colonisateur : il utilise à ses propres fins la description, la narration, le drame, l'essai, le commentaire, le monologue, le discours et il se transforme tour à tour en fable, histoire, apologue, idylle, chronique, conte, épopée...

Comme n'ont pas manqué de le souligner divers critiques, l'*Histoire des Treize* abonde en textes quasiment autonomes, documentaires souvent et *a priori* peu romanesques : développement journalistique sur les rues de Paris, portrait de mendiant, physiologies du flâneur, de l'espion, du piéton, de la grisette, de l'archiviste, du portier, de la vieille joueuse, du concierge de cimetière, morceaux de bravoure sur les femmes ou le mensonge, tableau du quartier de l'Observatoire, développement sur le faubourg Saint-Germain, description sociale des cercles de la société parisienne, tableau du jeune homme de Paris... Les trois récits fourmillent de chemins de traverses et de digressions qui retardent l'intrigue principale. Balzac lui-même avoue à propos de *Ferragus* que « les digressions étaient en quelque sorte le sujet principal pour l'auteur » (p. 425).

QUELQUES CONSTANTES DE LA POÉTIQUE ROMANESQUE DANS L'*HISTOIRE DES TREIZE*

En dépit des dénégations tactiques de Balzac, son œuvre répond aux caractéristiques poétiques et rhétoriques du genre romanesque. L'étude de l'inscription de l'*Histoire des Treize* dans le genre romanesque offre l'occasion de faire le point sur le traitement de la narration, de la description, des dialogues et du personnage.

LA NARRATION

Le lecteur d'un roman doit distinguer deux instances : l'auteur/romancier dont le nom figure sur la couverture du livre et le narrateur. Le romancier est une personne réelle, tandis que le narrateur fait partie du texte.

La narration [1] est le geste fondateur du récit, qui décide de la façon dont l'histoire est racontée. L'étude de la narration consiste à identifier le statut du narrateur et les fonctions qu'il assume dans un récit donné.

Les fonctions du narrateur

Outre la fonction narrative, le narrateur peut assumer

– une fonction communicative dans laquelle il s'adresse alors directement au destinataire pour agir sur lui (« Providence ou fatalité, choisissez », *Ferragus*, p. 26) ;
– une fonction métanarrative où il commente son récit et en définit l'organisation interne (« Voici textuellement, dans la splendeur de sa phrase naïve, dans son orthographe ignoble, cette lettre, à laquelle il était impossible de rien retrancher, si ce n'est la lettre même, mais qu'il a été nécessaire de ponctuer en la donnant », *Ferragus*, p. 50 ; ou encore, « Pour développer cette histoire dans toute la vérité de ses détails, pour en suivre le cours dans toutes ses sinuosités, il faut ici divulguer quelques secrets de l'amour, se glisser sous les lambris d'une chambre à coucher, non pas effrontément, mais à la manière de Trilby, n'effaroucher ni Dougal, ni Jeannie, n'effaroucher personne », *Ferragus*, p. 75) ;

1. Voir texte 8, p. 479.

– une fonction modalisante par laquelle il exprime le rapport qu'il entretient avec l'histoire qu'il raconte (« c'est grande pitié que de raconter une histoire à un public qui n'en épouse pas tout le mérite local », *Ferragus*, p. 21 ; ou, « il est fâcheux d'avoir à esquisser un portrait si suranné », *ibid.*, p. 28) ;
– une fonction idéologique qui lui permet d'émettre des jugements généraux sur le monde (« Les grandes passions sont rares comme les chefs-d'œuvre », *ibid.*, p. 30).

La mobilisation de toutes ces fonctions est à relier au désir de Balzac de créer une « œuvre-monde » traitant de toutes les classes, de tous les thèmes et citant tous les discours. Cette omniprésence du narrateur sature toutes les cases de l'œuvre et donne au lecteur le sentiment d'un roman total.

Le statut du narrateur

Dans un roman, le lecteur peut être confronté soit à un narrateur homodiégétique, présent dans l'univers spatio-temporel du roman, soit à un narrateur hétérodiégétique, absent de l'univers spatio-temporel. Dans la préface de l'*Histoire des Treize*, l'auteur fait allusion à un anonyme et mystérieux narrateur secondaire (certains ont voulu voir dans ce portrait le dandy de Marsay) :

> La permission assez étrange de raconter à sa guise quelques-unes des aventures arrivées à ces hommes, tout en respectant certaines convenances, ne lui a été que récemment donnée par un de ces héros anonymes auxquels la société tout entière fut occultement soumise, et chez lequel il croit avoir surpris un vague désir de célébrité. Cet homme en apparence jeune encore, à cheveux blonds, aux yeux bleus, dont la voix douce et claire semblait annoncer une âme féminine, était pâle de visage et mystérieux dans ses manières, il causait avec amabilité, prétendait n'avoir que quarante ans, et pouvait appartenir aux plus hautes classes sociales. Le nom qu'il avait pris paraissait être un nom supposé ; dans le monde, sa personne était inconnue. Qu'est-il ? On ne sait (Préface, p. 8).

Mais le roman ne garde pas trace de cette première narration homodiégétique. On sait par ailleurs que Balzac avait pensé un temps, profitant de la vogue des mémoires à faire raconter le récit de sa vie par Ferragus lui-même mais il avait abandonné finalement ce projet.

De fait, le narrateur de l'*Histoire des Treize* est hétérodiégétique. Il n'est pas partie prenante dans l'histoire racontée, ce qui permet à Balzac d'éviter d'être soupçonné d'adhérer aux crimes des Treize. Le narrateur résume, commente, prend de la distance par rapport au récit. Ainsi en est-il lorsqu'il raconte les vies de la duchesse de Langeais et de Montriveau avant leur rencontre. En revanche, lorsqu'un personnage raconte sa propre histoire, il devient le narrateur homodiégétique et secondaire de l'*Histoire des Treize*. La narration se fait donc à la première personne du singulier. Elle peut prendre la forme de lettres (lettre de madame Jules à son mari, *Ferragus*, p. 134 *sq.*), ou la forme de discours (récit de la rencontre avec la fille aux yeux d'or fait par de Marsay, p. 362 *sq.*). Les destinataires de ces confidences (monsieur Jules et Paul de Manerville) deviennent pendant un temps des représentations intradiégétiques du lecteur[1]. Ce jeu entre les différents types de narration permet d'introduire de la variété dans le roman (vitesse, perspective de récit, phénomène d'enchâssement) et de donner des effets de sens précis à un événement. Ainsi la lettre de madame Jules fait écho à celle d'Ida et conduit à mettre en parallèle le destin de ces deux femmes malheureuses persécutées par l'incompréhension masculine.

Les focalisations

L'étude de la focalisation tente de répondre à la question « qui perçoit ? » (et non à la question « qui raconte ? »).

On parle de focalisation interne lorsque le narrateur adapte son récit au point de vue d'un personnage. L'effet habituel de la focalisation interne est une identification au personnage dans la perspective duquel l'histoire est présentée.

On parle de focalisation externe lorsque l'histoire est racontée d'une façon neutre, comme si les événements se déroulaient devant l'œil fixe d'une caméra. Dans ce cas, le narrateur, incapable de pénétrer les consciences, ne saisit que l'aspect extérieur des êtres et des choses.

Lorsque le narrateur a une connaissance complète de l'histoire, du passé et du présent, il est omniscient. On parle alors de focalisation zéro.

1. Pour toutes ces distinctions, voir Gérard Genette, *Figures III*, Le Seuil, 1983, p. 251.

Le choix par le narrateur de tel ou tel type de focalisation varie selon les passages d'un récit. Le début de *Ferragus*, comme souvent dans l'œuvre de Balzac, se déroule en focalisation zéro. Mais lorsqu'Auguste de Maulincour entre en scène, c'est par les yeux de l'amoureux déçu qu'est présentée l'incongruité de la présence de madame Jules rue Soly. On entend même le discours indirect libre : « *Elle*, dans cette crotte, à cette heure » (*Ferragus*, p. 22). La focalisation zéro réintervient (p. 26) lorsque le narrateur éprouve le besoin de fournir la généalogie de Maulincour. Quant à l'artifice de la focalisation externe, il surgit pour renforcer le suspense. Ainsi la description des attentats commis sur Maulincour (pp. 44 *sq.*) se fait sans commentaires : le lecteur peut croire un instant que le hasard commande ces accidents. À partir du moment où Maulincour empoisonné n'est plus en état de conduire l'enquête, le mari devient le focalisateur principal. Dans la seconde partie de la nouvelle qui se concentre sur le couple, l'alternance des focalisations entre Jules et sa femme permet de suivre la lente progression de l'incompréhension et la marche vers le drame.

Balzac utilise le même expédient dans *La Duchesse de Langeais* alternant focalisation zéro et focalisation interne des deux personnages pour la mise en relation des sentiments. Dans *La Fille aux yeux d'or*, la focalisation interne est essentiellement celle de de Marsay, ce qui permet de garder le mystère sur les amours de Paquita.

La focalisation omnisciente est dominante dans l'*Histoire des Treize* : elle renvoie à la force de la position narratoriale. Le jeu des focalisations internes permet cependant de ménager quelques effets notamment de suspense. Grâce aux jeux de focalisation, le lecteur partage l'ignorance des personnages : il ne connaît pas les rapports de parenté entre madame Jules et Ferragus, entre de Marsay et la marquise de San-Réal.

L'ordre du récit

La narration peut être globalement linéaire, comme celle de *Ferragus* ou de *La Fille aux yeux d'or* : l'ordre du récit suit l'ordre des événements même si, dans ces cas précis, le passé et l'histoire des familles recèlent la clé de l'histoire. Dans *Ferragus*, le récit s'interrompt seulement pour quelques analepses minimales (généalogie de Maulincour, « histoire du ménage », confession de madame Jules).

En revanche, la construction narrative de *La Duchesse de Langeais* est plus complexe. Le dénouement encadre le drame. Le premier chapitre espagnol constitue en effet la première partie de l'épilogue, le nœud est relaté dans les deux chapitres centraux. Le dernier chapitre espagnol ponctue et conclue.

On trouve également dans les trois romans et notamment dans *La Duchesse de Langeais* des prolepses politiques où Balzac présente la révolution de 1830 comme la borne de l'Histoire.

Dans les récits à énigme que sont *Ferragus* et *La Fille aux yeux d'or*, la narration linéaire permet de ménager le suspense, la révélation et le coup de théâtre final. Dans *La Duchesse de Langeais*, la construction plus élaborée, plus complexe correspond à une intrigue plus psychologique (on explore les profondeurs du cœur humain) que policière.

Effets de parallélisme

Dans les trois romans, Balzac joue sur des effets de parallélisme et d'opposition entre des personnages, des lieux, des épisodes, effets qui scandent les récits de manière interne et externe. On peut penser dans *Ferragus* à la ressemblance des destins de madame Jules et d'Ida Gruget (amours, lettres, obsèques). Mais on peut également mettre en parallèle les trois figures d'héroïnes (madame Jules, Antoinette, Paquita) à travers quelques séquences codées : leurs lieux d'amour, leurs adieux épistolaires, leurs obsèques. Ces effets de parallélisme permettent d'abord d'insister sur la thématique commune de la femme malheureuse et désillusionnée mais au-delà ils invitent à tisser des liens entre trois récits fort dissemblables : ils renvoient également à un certain formalisme poétique de Balzac. Il aime ces effets de miroir qui ajoutent à la réflexivité de l'écriture et qui avant l'invention du retour des personnages permettent de tisser des liens entre les romans.

LA DESCRIPTION

Le roman balzacien est un roman très descriptif. L'étude des rapports entre le narratif et le descriptif conduit pour l'essentiel à considérer les fonctions de la description [1], c'est-à-dire le rôle joué par les passages ou

1. Voir texte 9, p. 479.

aspects descriptifs dans l'économie générale du récit. On soulignera dans l'*Histoire des Treize* la présence de quatre fonctions classiques de la description.

Une fonction décorative

La rhétorique traditionnelle range la description, au même titre que les autres figures de style, parmi les ornements du discours : la description détendue et détaillée apparaît comme une pause et une récréation dans le récit. Son rôle est esthétique, comme celui de la sculpture dans un édifice classique. La dédicace de *La Fille aux yeux d'or* « À Eugène Delacroix, peintre » tout comme le vocabulaire pictural (tableau, pinceau, figure raphaëlesque…) dispensé dans les trois nouvelles prouvent que Balzac a dans l'esprit cette dimension picturale de la description. Albert Béguin prétend même que « ce que Balzac a manifestement tenté, avant tout, c'est de « faire du Delacroix », et d'approcher le symbolisme des couleurs » (*Balzac lu et relu*, p. 81). Il a donc accumulé les couleurs vives, singulièrement le rouge intense et l'or éclatant, en y évoquant les fastes de l'Orient (voir les tableaux de Delacroix, *Femme caressant un perroquet* dit aussi *L'Odalisque couchée* ou encore *Femmes d'Alger dans leur appartement*). Ces deux couleurs s'affrontent durant tout le roman (dont le titre initial avait été *La Femme aux yeux rouges*) jusqu'à l'éclatement sanguinaire du crime final. Ainsi en est-il dans la description du boudoir de Paquita, lieu dédié à l'érotisme et au plaisir des sens (voir texte 9). Ces descriptions décoratives montrent une volonté de virtuosité artistique dans la rivalité avec le grand peintre romantique.

Une fonction réaliste

La description peut viser à produire l'illusion de la réalité. On parle alors de fonction réaliste ou référentielle. Ce type de description apporte au roman une caution d'objectivité. Elle s'attarde longuement sur des lieux dont l'existence est connue ou, tout au moins, vraisemblable. Le romancier laisse alors place à l'observateur. En témoignent l'amoncellement de noms propres (notamment les noms de rues parisiennes dans *Ferragus*) et la précision topographique (« l'espace enfermé entre la grille sud du Luxembourg et la grille nord de l'Observatoire »), la fréquence des constructions comparatives (« élégant comme une femme à la mode »), l'appel à l'observation propre du lecteur promu en quelque sorte observateur second (« ces observations incompréhensibles au-delà de Paris, seront sans doute saisies par ces hommes d'étude et de pensée, de poésie et de plaisir qui savent récolter, en flânant dans Paris, la masse de jouissances flottantes, à toute heure, entre ses murailles », *Ferragus*, p. 18). La critique d'époque a quelquefois vu dans la multiplication de ces descriptions un facteur d'ennui pour le lecteur tandis que Balzac y voyait une manière supplémentaire de légitimer le roman comme support du vrai.

Une fonction didactique

La description peut permettre, également, de diffuser un savoir sur le monde. Elle est alors informative ou didactique. Un romancier comme Jules Verne (1828-1905) y a fréquemment recours. La description des rues de Paris au début de *Ferragus* appartient à cette famille de notations presque pédagogiques tout comme le long développement sur les classes sociales parisiennes au début de *La Fille aux yeux d'or* (« Quelques observations sur l'âme de Paris peuvent expliquer les causes de sa physionomie cadavéreuse qui n'a que deux âges, ou la jeunesse ou la caducité : jeunesse blafarde et sans couleur, caducité fardée qui veut paraître jeune. », p. 333).

Ces descriptions révèlent la volonté de Balzac de conférer au genre romanesque une nouvelle légitimité fondée sur la valeur didactique du roman.

Une fonction narrative

La quatrième grande fonction de la description, la plus manifeste aujourd'hui parce que c'est avec Balzac qu'elle s'est imposée dans la tradition du genre romanesque, est d'ordre à la fois explicatif et symbolique. Chaque détail de la description devient signe et symbole pour le lecteur qui lui donne son sens propre au récit. Les portraits physiques, les descriptions d'habillements et d'ameublement tendent, sous la plume de Balzac et de ses successeurs réalistes, à révéler et en même temps à justifier la psychologie des personnages, dont ils sont à la fois signe, cause et effet. La description devient ici, ce qu'elle n'était pas à l'époque classique, un élément majeur de l'exposition.

Le portrait typique du mendiant dans l'*Histoire des Treize* est par exemple destiné à rendre intelligible l'identité problématique de *Ferragus* (« Il n'y avait rien de cette vie étrange dans le personnage collé fort insouciamment sur le mur [...] », p. 47). De même, la description de l'intérieur de madame Jules explique la relation idyllique du couple. Toutes les descriptions de Balzac ont une fonction narrative, c'est-à-dire qu'elles ne sont jamais gratuites pour le récit : elles explicitent certaines caractéristiques des personnages, elles préparent les événements à venir, elles éclairent les aspects symboliques du texte.

LE DIALOGUE

La narration romanesque, outre les descriptions, intègre aussi la parole directe des personnages sous forme de dialogue[1]. Le dialogue a longtemps participé à la déconsidération du roman. À l'âge classique, il semble que la facture des dialogues, essentiellement leur caractère oral et donc inachevé, ait contribué au discrédit esthétique qui frappait le genre. On considérait que la présence de dialogues rapprochait le roman de la langue parlée et tirait cette prose du côté du vulgaire. Au XVIIIe siècle, la vogue des salons littéraires réhabilite la parole et fait de Paris la capitale de la conversation brillante. De nombreux manuels de conversation sont édités, les essais philosophiques se publient sous forme de dialogue comme *Le Neveu de Rameau* (1761-1777) de Diderot. Le succès du théâtre au XVIIIe siècle (Marivaux, Beaumarchais) et au XIXe siècle (le drame romantique d'Alexandre Dumas et de Victor Hugo avec *Hernani* par exemple) contribuent encore à réhabiliter littérairement le dialogue. Le roman du XIXe siècle avec Balzac notamment ou le romancier Barbey d'Aurevilly (*Les Diaboliques*, 1874) s'exerce à insérer des conversations brillantes. Ainsi en est-il dans *La Duchesse de Langeais* où Balzac s'entraîne à retranscrire les joutes verbales, « les disputes de mots » du couple.

Une des difficultés du dialogue est de restituer la parole d'individus avec leurs propres registres de langue, leurs origines professionnelles et sociales et leurs tics de langage personnels. L'autre difficulté est de trouver un moyen terme entre un langage trop écrit, peu crédible et la retranscription brutale du réel, peu littéraire. Il faut ainsi trouver un équivalent écrit aux mimiques, aux accents... Balzac a été l'un des

1. Voir texte 10, p. 480.

fondateurs du style oralisé, retranscription du langage oral. Il met ainsi en scène des personnages populaires avec leurs fautes de français, signalées par l'italique. Ida Gruget avale certaines lettres ou syllabes : *conte* pour contre, *mucipalité* pour municipalité. Elle fait de véritables cuirs : je *haïs* les *bel hommes*, *deusse* pour deux. Elle est quelquefois familière : « j'ai fait *des brioches* ». *Ferragus* abonde en mises en scènes de personnages populaires avec leurs tics de langage.

Balzac, à l'école de la petite presse satirique (*La Silhouette, La Caricature* dont il fut un prolifique journaliste) et du vaudeville (à la façon d'Eugène Scribe) montre l'intérêt qu'il porte aux argots, aux autres logiques langagières.

LE PERSONNAGE

Le personnage[1] de roman est un être de fiction auxquels sont attribués des traits plus ou moins nombreux et précis appartenant d'ordinaire à la personne, c'est-à-dire à un être humain évoluant dans la réalité. Mais le personnage en littérature est toujours un être de papier qui n'existe que dans les mots du texte. Il est représenté en train de parler, de penser, d'agir ; il suscite des réactions affectives, mais cette illusion de vie réelle est provoquée par le romancier selon un ensemble de choix, de techniques et de partis pris qui s'enracinent dans une histoire du genre romanesque qu'il est possible de reconstituer.

L'héritage du théâtre et du conte

Une riche tradition fait du personnage un être totalement imaginaire, destiné à illustrer des catégories d'humanité, des vices ou des vertus, des théories, et ne recherche en rien son assimilation avec un individu réellement vivant.

Ainsi, le théâtre occidental, né dans la Grèce antique, présente des personnages qui incarnent avant tout des grands types de comportements humains devant la divinité : Œdipe, l'homme victime du destin, Prométhée l'homme révolté contre les dieux… Ce modèle prédomine généralement dans les genres anciens (les romans médiévaux) ou dans les genres brefs à vocation didactique (romans courts, nouvelles,

1. Voir texte 11, p. 480.

apologues, romans et contes de Voltaire). Les personnages secondaires des romans modernes relèvent de cet héritage.

Dans l'*Histoire des Treize*, quelques types nouveaux sont saisis : ils participent de la tentative physiologique des années 1830 pour constituer une nomenclature sociale : le piéton de Paris, le mendiant (« cet homme formait un type nouveau frappé en dehors de toutes les idées réveillées par le mot de mendiant », *Ferragus*, p. 46). Mais le type le plus décliné dans *Ferragus* est celui du portier ou de la concierge qui joue un rôle déterminant ici, ce qui justifie le mot fameux de Baudelaire : « Chez Balzac, même les portières ont du génie » (p. 490).

Vers la constitution d'une psychologie du personnage

Une autre tendance dans le traitement du personnage se manifeste à la Renaissance et surtout au XVIIe siècle avec le roman réaliste et satirique (*Le Roman bourgeois* de Furetière, 1666). Construire un personnage littéraire revient alors au contraire à favoriser l'identification à un personnage réel. Cette tendance semble due à l'influence, sans cesse grandissante, des récits biographiques et autobiographiques, qui se réclament d'une fidélité à la réalité vécue.

Les *Essais* de Montaigne constituent le point de départ de cette évolution. Au fur et à mesure que s'affirme, dans la société, la notion d'individu, la littérature présente des personnages plus élaborés, insérés dans un cadre de vie précis, entourés d'une famille, d'un groupe social, immergés dans la mentalité du temps. L'écrivain, adoptant un point de vue omniscient, nous fait plonger dans les sentiments et les pensées de ses créatures. Tous ces éléments renforcent la connaissance individuelle du personnage par le lecteur. Le personnage acquiert une identité particulière symbolisée par un nom propre et la somme de ses caractéristiques peut aller jusqu'à constituer de véritables dossiers signalétiques. Balzac participe de manière décisive à cette évolution.

Les personnages de Balzac dotés d'un état-civil, d'une biographie, marqués par leurs parentés et leurs amitiés, se rencontrent et se côtoient dans les romans de *La Comédie humaine* comme des personnages de la vie réelle. Ainsi Balzac mettra en scène plus tard dans *Le Contrat de mariage* (1835), le personnage falot de Paul de Manerville ruiné par sa femme, Nathalie Evangelista. Quant au comte Henry de Marsay, dont nous découvrons l'enfance et la jeunesse dans *La Fille aux yeux d'or*, il apparaît dans vingt-sept romans jusqu'à devenir président du conseil sous la Monarchie de juillet dans *La Fausse maîtresse* (1841). Dans la seconde moitié du XIXe siècle, Émile Zola fera même l'étude de l'hérédité de ses personnages et dressera leur arbre généalogique.

Ainsi s'est développée la conception du personnage littéraire comme être fictif certes, mais construit à partir d'éléments pris à la réalité, empruntés à des personnes, à l'histoire, aux activités pratiques d'une époque, aux arts. Les romanciers veulent affiner l'imitation et les effets de réel. Comme dans la vraie vie, les personnages évoluent, sortent de leur « type ». Ainsi en est-il de la duchesse de Langeais, personnage un peu caricatural au début du récit (« une jeune femme fut passagèrement le type le plus complet de la nature à la fois supérieure et faible, grande et petite, de sa caste », p. 201) et qui arrive en découvrant l'amour, à atteindre une véritable individualité (« ce fut le dernier mot de la *femme à la mode* et de la duchesse », p. 318).

L'*HISTOIRE DES TREIZE* AU CROISEMENT DES GENRES ET DES ÉPOQUES

Poétiquement, l'*Histoire des Treize* utilise des techniques importées de genres de la fin du XVIIIe siècle : le mélodrame et le roman noir. Elle annonce également les grandes innovations de la seconde moitié du XIXe siècle : le roman réaliste et le roman policier.

L'HOMMAGE AUX GENRES DU PASSÉ

Le mélodrame

Le mélodrame est un genre théâtral autonome, original qui naît au XVIIIe siècle. Dérivé de l'opérette, il conte des aventures périlleuses et sentimentales. Il met en scène des personnages populaires et il cultive la terreur et les effets pathétiques. De Marsay lui-même pense un moment qu'il est devant ce genre d'intrigue : « Il allait jouer cette éternelle vieille comédie qui sera toujours neuve, et dont les personnages sont un vieillard, une jeune fille et un amoureux : don Hijos, Paquita, de Marsay » (*La Fille aux yeux d'or*, p. 372). Ailleurs dans *Ferragus*, Balzac annonce dans la grande tradition mélodramatique le « drame le plus effroyablement terrible, un drame plein de sang et d'amour », (*Ferragus*, p. 21).

Effectivement, les trois récits de l'*Histoire des Treize* abondent en invraisemblances et en ressorts typiquement mélodramatiques (espionnage, quiproquos, surprises) : ainsi en est-il dans *La Fille aux yeux d'or* avec la découverte du secret de famille lors du dénouement du récit.

Il reste cependant que dans le mélodrame généralement tout s'arrange, alors qu'ici rien ne s'arrange. De plus le mélodrame est d'une chasteté et d'une moralité absolues, ce qui n'est pas le cas de l'*Histoire des Treize* dès qu'on lit – un peu – entre les lignes. La trilogie multiplie les cas d'adultères présumés ou réels, fait des sous-entendus sur les privautés que les duchesses qui ne veulent pas avoir d'enfants accordent à leurs amants (*La Duchesse de Langeais*, p. 255 *sq.*), décrit les nuits d'amour réussies entre un jeune dandy revenu de tout, et cette oxymore que constitue une jeune vierge experte, se conclut enfin de manière à peine cryptée par une description sanglante de l'éros lesbien (*La Fille aux yeux d'or*).

Le roman noir

Aux origines du roman noir [1] se trouve la littérature de colportage, qui séduisait un lectorat populaire en jouant sur deux constantes : le fantastique et le crime. Le roman noir anglais de la fin du XVIIIe siècle, traduit et imité à des milliers d'exemplaires, connaît chez ce même public un succès triomphant. Il s'agit principalement des romans (*L'Italien*, *Les Mystères d'Udolphe*) d'Ann Radcliffe (1764-1823) qui introduisent dans la littérature les thèmes du surnaturel, du démoniaque (pactes avec le diable), des forces mauvaises déchaînées (crimes, sang, folie) et de l'innocence persécutée.

La Fille aux yeux d'or convoque d'ailleurs cet intertexte lorsque de Marsay arrive dans la maison de Paquita : « Il reconnut cette sensation que lui procurait la lecture d'un de ces romans d'Ann Radcliffe où le héros traverse les salles froides, sombres, inhabitées de quelque lieu triste et désert » (p. 382). Balzac était un grand admirateur de cette prose dont

1. Voir texte 12, p. 480.

il s'était beaucoup inspiré dans ses œuvres de jeunesse. Dans le romanesque des trois récits, appartiennent au roman noir la thématique de la vengeance, la mise en scène de victimes (Paquita et la duchesse) avec leurs bourreaux, les tentatives d'enlèvements, les retraites au couvent, les lettres d'amour écrites avec du sang…

L'ÉBAUCHE DE GENRES FUTURS

Le roman réaliste

Au sens large, le réalisme[1] caractérise une attitude de l'artiste face au réel. Il définit un type de littérature qui veut représenter le quotidien, au plus près du vécu, en puisant dans les choses vues sans omettre le banal. Le mouvement réaliste, à proprement parler, débute après 1848 et préconise de traiter des sujets contemporains avec un souci du contexte social. Ce roman se veut également véhicule d'un savoir. La description devient alors un instrument essentiel du roman. Sa vocation est d'informer en rendant compte de certains éléments géographiques ou sociaux.

Si l'*Histoire des Treize* avec ses péripéties invraisemblables relève indiscutablement d'une esthétique romantique, il apparaît nettement que par la proximité temporelle de l'intrigue, par la peinture des types sociaux (le mendiant), par la description d'un Paris géographiquement très précis ou par le souci de retranscription de l'idiolecte des personnages populaires, Balzac contribue à définir les exigences du réalisme qu'il précisera dans d'autres romans comme *Le Cousin Pons* (1847). Dans la dernière postface rédigée en 1835, au moment où *La Comédie humaine* est un projet de plus en plus nettement défini, Balzac justifie le réalisme de son roman : « Les détails appartiennent même rarement à l'écrivain, qui n'est qu'un copiste plus ou moins heureux » (p. 427). L'ambition de donner les clés permettant de saisir le fonctionnement du social et la logique des rapports de force qui le traversent est déjà présente ici.

Le roman policier

L'irruption du crime dans la littérature du XIXe siècle est un phénomène essentiel, qui trouve son origine dans l'industrialisation et l'urbanisation,

---

1. Voir texte 13, p. 482.

ainsi que dans l'effroi qu'inspirent les classes laborieuses, nouvelles classes dangereuses, à la bourgeoisie du XIXe siècle. Le journal se fait le reflet de cette attraction notamment par la description de plus en plus étendue de faits divers. Le roman policier à proprement parler naît dans les années 1840. On considère traditionnellement que le premier récit policier serait anglo-saxon : il s'agirait du *Double assassinat dans la rue Morgue* d'Edgar Poe. Mais on aurait pu tout aussi bien citer une nouvelle de Balzac de 1832, *Maître Cornélius*, qui met en scène la figure fascinante d'un enquêteur occupé à dissiper un mystère et à démasquer un coupable.

Chacun des trois récits de l'*Histoire des Treize* annonce à sa manière le roman policier parce qu'il montre une énigme à élucider, expose une quête de la vérité. Dans *La Duchesse de Langeais*, il s'agit encore d'une traque amoureuse assez traditionnelle. Dans *Ferragus*, Maulincour, espion, tente de découvrir le secret de madame Desmarets durant une enquête de deux mois et demi. Il fait appel à la police en homme moderne tandis que le vidame, homme du XVIIIe siècle, le met en garde contre une confiance exagérée dans cette institution : « La police, mon cher enfant, est ce qu'il y a de plus inhabile au monde [...] » (p. 59) De fait, le sous-chef anonyme que finit par aller consulter Maulincour se révèle absolument incompétent. C'est Monsieur Jules qui, dans la seconde partie du roman, endosse l'habit de l'enquêteur. Véritable précurseur du policier de la seconde moitié du XIXe siècle, il oublie son rôle de victime pour se faire juge objectif : « Je poursuivrai courageusement la vérité dans cette affaire étrange, mais vous me permettrez de douter jusqu'à ce que l'évidence des faits me soit prouvée » (p. 86). Il traque les indices (la goutte d'eau sur le chapeau), suborne les témoins (le concierge), fait garder les portes, ouvre les correspondances privées, fait déchiffrer les lettres codées, espionne à travers les murs. Mais juge et partie, il perdra tout par amour de la vérité. Dans *La Fille aux yeux d'or*, de Marsay lance l'enquête sur sa belle inconnue. Mais son investigation reste incomplète et le lecteur pressent avant lui le mystère des amours de Paquita.

L'*Histoire des Treize* invente donc les ressources de la stratégie narrative policière : un cadre dramatique qui joue des tensions d'une violence latente, une énigme dont le coup de théâtre final dévoilera la clé, des systèmes d'annonces et de fausses pistes qui déroutent le lecteur et lui font soupçonner des innocents.

GROUPEMENT DE TEXTES : POÉTIQUE DU ROMAN

TEXTE 8 • *Ferragus*, chapitre I

À huit heures et demie du soir [...] dans cette crotte, à cette heure.

PAGES 21-22, LIGNES 117-139

Une entrée dans la narration

1. Comment la rupture stylistique avec les pages précédentes s'opère-t-elle ?

2. Montrez que ce texte présente toutes les caractéristiques d'un incipit. Pourquoi Balzac n'a-t-il pas commencé ici ?

Pour répondre

En règle générale, l'incipit informe, explique, décrit. Il doit également provoquer l'intérêt. Enfin, il propose un contrat de lecture, c'est-à-dire qu'il précise le genre auquel se rattache le texte et indique quelle lecture peut en être faite.

3. Relevez les indices de la présence d'un narrateur. Quel est l'effet recherché de cette présence ?

TEXTE 9 • *La Fille aux yeux d'or*, chapitre II

La moitié du boudoir [...] voluptueuses, indécises, flottantes.

PAGES 395-396, LIGNES 804-851

Une description

1. Quelles sont les marques stylistiques de la description utilisées ici (temps, vocabulaire, indices spatiaux, syntaxe, figures de style spécifiques) ?

2. Quelle est la fonction de ce boudoir ? Relevez les indices renvoyant à un certain érotisme latent.

3. À partir d'une représentation du tableau de la *Femme au perroquet* de Delacroix (voir p. 481), faites une comparaison entre le tableau et le texte. Vous serez notamment attentifs aux effets de transposition et d'équivalence recherchés entre la peinture et l'écriture.

TEXTE 10 • *Ferragus*, chapitre IV

Quand Jacquet l'aborda [...] à bien bon marché

PAGES 150-151, LIGNES 858-905

Un dialogue

1. Quels sont les signes typographiques du dialogue ?

2. Relevez les indices du style oralisé.

3. Quelle est la fonction de ce dialogue ?

TEXTE 11 • *La Duchesse de Langeais*, chapitre II

C'était une femme [...] La grâce lui servait d'unité.

PAGES 201-202, LIGNES 430-456

Un portrait

1. Quelle est la structure de cette description ?

2. Pourquoi l'héroïne est-elle l'incarnation et le symbole de la classe sociale décrite dans les lignes précédentes ?

3. Par quels procédés Balzac rend-il le lecteur sensible au caractère contradictoire d'Antoinette ?

TEXTE 12 • *La Fille aux yeux d'or*, chapitre III

La fille aux yeux d'or expirait [...] être écoutée par la morte.

PAGES 418-419, LIGNES 486-522

L'hommage au roman noir

1. Par quels effets (figures, champs lexicaux, syntaxe...) le narrateur rend-il l'idée d'une scène d'une violence extrême ?

2. Quelles sont les fonctions du sang dans cette scène ?

3. Peut-on parler d'une scène à caractère érotique ? Justifiez votre réponse.

Eugène Delacroix (1798-1863), *Odalisque couchée* ou *Femme au perroquet* (1827).
ph© Giraudon/Bridgeman.

TEXTE 13 • *Ferragus*, chapitre IV

Jacquet réussit à l'emmener [...] pour se presser et s'agiter.

PAGES 152-153, LIGNES 924-953

L'ébauche du roman réaliste

1. Comment la description s'organise-t-elle ?

2. En quoi cette description est-elle à la fois réaliste et symbolique ?

3. Trouvez des indices de l'ironie dans cette description.

VERS L'ÉPREUVE

ARGUMENTER, COMMENTER, RÉDIGER

L'étude de l'argumentation dans l'œuvre intégrale privilégie deux objets :

■ L'argumentation dans l'œuvre. *Chaque genre littéraire, chaque œuvre intégrale exprime un point de vue sur le monde. Un roman, une pièce de théâtre, un recueil de poésies peuvent défendre des thèses à caractère esthétique, politique, social, philosophique, religieux, etc. Ordonner les épisodes d'une œuvre intégrale, élaborer le système des personnages, recourir à tel ou tel procédé de style, c'est aussi, pour un auteur, se donner les moyens d'imposer un point de vue ou d'en combattre d'autres. Ce premier aspect est étudié dans une présentation synthétique, adaptée à la particularité de l'œuvre étudiée.*

■ L'argumentation sur l'œuvre. *Après publication, les œuvres suscitent des sentiments qui s'expriment dans des lettres, des articles de presse, des ouvrages savants... Chaque réaction exprime un point de vue sur l'œuvre, loue ses qualités, blâme ses défauts ou ses excès, éclaire ses enjeux. Une série d'exercices permet d'analyser des réactions publiées à différentes époques, dans lesquelles les lecteurs de l'œuvre entendent faire partager leurs enthousiasmes, leurs doutes ou leurs réserves.*

Quelle vision du monde, quelles valeurs une œuvre véhicule-t-elle, et comment se donne-t-elle les moyens de les diffuser ? Quelles réactions a-t-elle suscitées, et comment les lecteurs successifs ont-ils voulu imposer leurs points de vue ? L'étude de l'argumentation dans l'œuvre et à propos de l'œuvre permet de répondre à cette double série de questions.

L'ARGUMENTATION DANS L'*HISTOIRE DES TREIZE*

L'*Histoire des Treize* présente trois récits à l'intrigue rocambolesque et aux péripéties abondantes, racontées par un narrateur invisible et difficilement localisable. Il semble donc délicat au premier abord, devant un texte qui met en avant la séduction de la fiction, de parler de dimension argumentative. Cependant dans cette œuvre, la profusion de textes quasi documentaires mettant en scène Paris, sa géographie, son architecture et sa population a constamment intrigué la critique.

Certains y ont vu une technique de remplissage : Balzac voulant terminer au plus vite son roman aurait réquisitionné ses textes journalistiques et les aurait fondus dans sa narration. D'autres, peut-être plus subtils, ont vu s'exprimer ici une sensibilité nouvelle, reflet des transformations de la grande ville. Pour la première fois, dans l'*Histoire des Treize* est amorcée une réflexion sur l'importance des mutations urbaines comme symbole de la modernité. Dans l'incipit de *Ferragus*, Balzac explique que ce « début vagabond » conduit à une « observation utile et neuve ». À la fin de la description parisienne de *La Fille aux yeux d'or*, il attire l'attention du lecteur sur sa thèse sociale et sur la démonstration qu'il a voulu mener : « *Quod erat demonstrandum*, ce qui était à démontrer, s'il est permis d'appliquer les formules de la scholastique à la science des mœurs. » Cette démonstration jaillit notamment dans les grands textes parisiens de l'*Histoire des Treize* : l'incipit de *Ferragus* (p. 17), le texte sur le faubourg Saint-Germain (p. 187 *sq.*) dans *La Duchesse de Langeais*, l'incipit de *La Fille aux yeux d'or* (p. 333). Elle est complétée par de petites intrusions physiologiques sur les métiers et les caractères de Paris et elle est portée évidemment par les trois intrigues et leurs conclusions dramatiques et funèbres.

PARIS, EMBLÈME DE LA SOCIÉTÉ FRANÇAISE

Dans l'*Histoire des Treize*, Paris est une métaphore de la société. L'expérience de la France post-révolutionnaire se concentre dans son foyer, la capitale. La description parisienne permet de tenir un discours sur les mutations sociales post-révolutionnaires. Selon la théorie balzacienne, Paris est le grand réflecteur à la fois de la perte d'importance de l'aristocratie, de la progression de la petite bourgeoisie et de la prolifération invisible mais dangereuse de tout un petit-Paris pauvre dont « l'attitude révèle d'effrayantes pensées ». Toutes ces classes sociales selon Balzac créent « une diversité de mouvements faits néanmoins dans un but commun ». En toile de fond de cette théorie sociale, les romans montrent l'argent et sa nouvelle puissance qui transforment la société. Il est vrai que cette lisibilité sociale n'est jamais absolue et qu'elle nécessite le décryptage fait par un narrateur omniscient. Par exemple la discrimination géographique n'est jamais exacte : l'aristocratie ne se réduit pas à un quartier précis (« Ce que l'on nomme en France le faubourg Saint-Germain n'est ni un quartier, ni une secte, ni une institution, ni rien qui se puisse nettement exprimer. La place Royale, le faubourg Saint-Honoré, la Chaussée d'Antin possèdent également des hôtels où se respire l'air du faubourg Saint-Germain. Ainsi déjà tout le faubourg n'est pas dans le faubourg », *La Duchesse de Langeais*, p. 187).

Il faut donc un romancier sociologue doublé d'un poète pour définir l'esprit parisien. Ce personnage à l'esprit visionnaire et aux idées politiques nettes, Balzac l'incarne et il milite dans l'*Histoire des Treize* pour un Paris, c'est-à-dire une société, aux classes circonscrites, à la tête aristocratique clairement définie et aux échanges sociaux réduits. Mais au-delà de ce souhait, Balzac rend compte de ses craintes et sa description de Paris montre les failles qui annoncent les grandes révolutions du siècle : 1830, 1848 et la Commune. Depuis la Révolution, l'aristocratie a oublié les principes essentiels de sa survie et a laissé la bourgeoisie saisir le pouvoir. Quant au peuple, il apparaît comme inquiétant à travers quelques types (le mendiant, le portier ou encore l'ouvrier) et son portrait annonce bien des bouleversements : « Sans les cabarets, le gouvernement ne serait-il pas renversé tous les mardis ? » (*La Fille aux yeux d'or*, p. 337) Paris est un vaste champ travaillé par l'intérêt, c'est-à-dire l'or et le plaisir, principes universels qui font mouvoir toutes les classes sociales.

PARIS, L'ENFER SOCIAL

Si les classes sociales ont une répartition géographique dont Balzac se fait l'explorateur dans *Ferragus* ou *La Duchesse de Langeais*, elles ont surtout une hiérarchisation métaphorique décrite dans *La Fille aux yeux d'or*. L'enfer parisien a ses cercles comme l'enfer de Dante : le premier cercle, qui comprend l'ouvrier et le mercier, est le monde de ceux qui n'ont rien (niveau double ou faut-il entendre comme le fait Henri Mitterand que le niveau zéro est celui de l'ouvrier et le premier niveau celui du mercier ?) Le deuxième cercle, la « seconde des sphères parisiennes », comprend les commerçants en gros, les employés, les clercs d'hommes de loi, en un mot la petite bourgeoisie. Le troisième cercle inclut les avoués, les médecins, avocats, notaires, banquiers, magistrats, c'est-à-dire la haute bourgeoisie. Le monde artiste occupe la quatrième sphère et l'aristocratie la cinquième.

L'ensemble est décrit comme un monde pourri et morose et Balzac convertit sa métaphore dantesque en la métaphore d'un vaisseau qui court au naufrage (*La Fille aux yeux d'or*, p. 349). La démonstration est close : « Donc le mouvement exorbitant des prolétaires, donc la dépravation des intérêts qui broient les deux bourgeoisies, donc les cruautés de la pensée artiste, et les excès du plaisir incessamment cherché par les grands, expliquent la laideur normale de la physionomie parisienne. » Paris, abrégé de la réalité est aussi un navire en perdition.

LES MOYENS DE L'ARGUMENTATION

Dans cette fiction dramatique dont le souci premier est de divertir, Balzac n'utilise pas pour convaincre de ses théories politiques et sociales un discours argumentatif lourd. Il aime se servir de la fiction elle-même et de ses choix structurels et stylistiques pour persuader.

Taxinomies

Pour tenir un discours compétent sur un objet difficilement cernable, Balzac utilise toutes les armes du scientifique et du rhéteur : taxinomies, hiérarchies, divisions en brèves sentences, paragraphes courts. L'incipit de *Ferragus* propose ainsi une taxinomie des rues parisiennes illustrée par des exemples variés (rue Montmartre, rue de la Paix, rue Royale…), des métaphores explicatives (île Saint-Louis : « Venise de Paris »). Le texte réquisitionne aussi des outils prépositionnels logiques (puis, enfin, cependant) et des propositions de liaison (pour résumer ces idées, par exemple).

À travers les trois récits, Balzac propose une typologie de la société parisienne où chaque espèce (la grisette, le mendiant, le jeune homme parisien, le concierge, le piéton) est soigneusement décrite, classée. Ainsi les joueurs de boules « s'il était permis d'assimiler les Parisiens aux différentes classes de la zoologie, appartiendraient au genre des mollusques », ailleurs ils sont répertoriés comme « une espèce intermédiaire entre le Parisien qui a le plus d'intelligence et l'animal qui en a le moins ». Car Balzac aime les énoncés gnomiques pour leur caractère fermé et indiscutable. Il accumule dans son discours sur Paris les maximes qui sont autant d'axiomes, bases absolues sur lesquelles s'appuie sa démonstration : « Toute passion à Paris se résout par deux termes : or et plaisir. »

Les parcours topologiques

Le discours balzacien sur Paris fait écho aux *Tableaux de Paris* (1783-1788) de Mercier et à la littérature panoramique qui existe depuis le XVIIIe siècle et connaît, dans les années 1830, un nouvel essor. Mais la nouveauté de la perspective balzacienne doit être soulignée. Mercier s'appuyait sur une conception statique de la description de la ville par tableaux, ainsi qu'en témoignent ses entrées de chapitres : Foire Saint-Germain, Spectacles de boulevards, Charlatans, Feux d'artifice, Liberté religieuse… Balzac, pour sa part, propose la représentation dynamique du combat entre des forces se heurtant les unes aux autres : qu'on relise le début de *La Fille aux yeux d'or*, ou la description du faubourg Saint-Germain dans *La Duchesse de Langeais*, Balzac établit une relation dramatique entre les classes sociales. Il est alors difficile de dire si le discours théorique sert la fiction ou si c'est le contraire. Dans les trois récits, la vision d'un Paris extrêmement compartimenté explique le drame.

Chacun de ses récits est à sa manière l'histoire d'une transgression géographique qui est aussi sociale, voire sexuelle. Jamais madame Jules et Auguste de Maulincour n'auraient dû se retrouver rue Soly, Montriveau n'appartient pas au faubourg Saint-Germain. Quant à de Marsay et Paquita Valdès, aucun espace parisien ne peut accepter leur improbable rencontre.

> La matière parisienne devient la substance même du roman balzacien […]. Le lecteur épouse successivement la frustration de Maulincour et de Desmarets, et les accompagne dans l'errance. Le mouvement de la lecture se calque sur un parcours topologique qui se confond lui-même avec la logique narrative. Espace fictif et espace du livre s'assimilent l'un l'autre.

Cette citation d'Henri Mitterand dans *Le Discours du roman* pourrait convenir à l'ensemble des récits qui sont rythmés par une analyse tout à fait neuve de Paris. Mais la narration sert également la théorie en créant des liaisons entre les textes (physiologies, réflexions) consacrés à Paris. Les aléas du récit miment les rencontres improbables mais possibles dans la grande ville : le banquier et la grisette, l'ancien forçat et le jeune dandy. La narration parce qu'elle fluidifie la théorie, parce qu'elle montre son caractère intransigeant permet de faire accéder à la conscience la totalité de la ville et de prendre la mesure du nouveau phénomène urbain.

Les métaphores

La force et la fécondité du discours balzacien sur Paris est donc d'être encore plus dramatique que logique et peut-être plus poétique que dramatique. Balzac, amoureux de Paris, conscient de la modernité littéraire de la grande ville, veut séduire plus que convaincre, éblouir plus que persuader. Il utilise tout l'appareil des figures rhétoriques et au premier chef l'hyperbole, l'oxymore et la métaphore, trois figures abondamment employées par les romantiques.

Comme l'explique Pierre Citron, au « Paris réel correspond un Paris poétique qui est peut-être le produit d'une intuition subconsciente de Balzac plutôt que d'un système raisonné ; un Paris poétique qui n'est jamais défini avec rigueur, mais dont la nature profonde est révélée par les affleurements, épars dans l'œuvre, de plusieurs systèmes d'images, eux aussi cohérents, et qui fournissent les lignes de force de la poésie du Paris balzacien[1] ».

Balzac pour illustrer ses théories utilise par exemple quelques métaphores plus ou moins galvaudées : Paris est à la fois un monstre, une jolie femme, une monstrueuse merveille, une créature, une grande courtisane, un enfer. Il crée d'autres images plus originales comme celle du Paris-homard. Il file quelquefois la métaphore jusqu'à l'allégorie avec ce sublime vaisseau qui court au naufrage.

Par ailleurs, certaines figures ou certains lieux sont utilisés comme des illustrations exemplaires de Paris et doivent aider à en comprendre la complexité. Ainsi en est-il du mercier (*La Fille aux yeux d'or*) ou de la grisette : « Vingt fois saisie par le crayon du peintre, par le pinceau du caricaturiste, par la plombagine du dessinateur, elle échappe à toutes les analyses, parce qu'elle est insaisissable dans tous ses modes, comme l'est la nature, comme l'est ce fantasque Paris » (*Ferragus*, p. 91).

Ailleurs c'est le cimetière du Père Lachaise qui constitue une miniature de Paris, et le rétrécissement spatial doit sans doute permettre une meilleure appréhension du phénomène par le lecteur : « c'est encore tout

1. Pierre Citron, *La Poésie de Paris de Rousseau à Baudelaire*, éditions de Minuit, 1961, p. 182.

Paris avec ses rues, ses enseignes, ses industries, ses hôtels ; mais vu par le verre dégrossissant de la lorgnette, un Paris microscopique, réduit aux petites dimensions des ombres, des larves, des morts, un genre humain qui n'a plus rien de grand que sa vanité » (*Ferragus*, p. 153).

L'utilisation de la métaphore chez Balzac confère à son texte sa force poétique car il met en relation la grande ville avec d'autres mondes imaginaires et fantasmatiques. La métaphore a certes une valeur explicative mais elle permet surtout de donner une valeur onirique à la description urbaine.

Le personnage du flâneur comme support de l'argumentation

Balzac met en scène dans tous ces textes sur Paris un personnage quasi invisible mais qui semble être le véritable focalisateur de la description parisienne : le flâneur, nouvelle métaphore de l'écrivain. Les flâneurs, constamment valorisés, sont « hommes d'étude et de pensée, de poésie et de plaisir qui savent récolter, en flânant dans Paris, la masse de jouissances flottantes, à toute heure, entre ces murailles », ailleurs « amateurs, [...] gens qui ne marchent jamais en écervelés, qui dégustent leur Paris, qui en possèdent si bien la physionomie qu'ils y voient une verrue, un bouton, une rougeur », « amants de Paris », « les seuls gens réellement heureux à Paris, et qui en dégustent à chaque heure les mouvantes poésies ». Ce flâneur, nouvelle silhouette parisienne, devient une sorte d'incarnation exemplaire de l'écrivain du XIXe siècle, œil au centre de la capitale. Baudelaire et Zola, écrivains également convaincus de la modernité parisienne, en seront d'autres incarnations. Cette figure renvoie au sentiment qu'a l'écrivain d'être une figure privilégiée de la société. Le flâneur est celui qui n'a pas de profession et pour qui les réalités matérielles sont secondaires. Son unique occupation est d'observer une société dont il est à la fois centre (l'œil) mais aussi marge (il ne participe pas aux activités de production effrénées, impératifs de la révolution industrielle).

GROUPEMENT DE TEXTES : JUGEMENTS CRITIQUES

TÉMOIGNAGES DE CONTEMPORAINS

Lorsqu'ils analysent l'œuvre de Balzac, ses contemporains écrivains soulignent ses dimensions gigantesques non pour lui en faire grief mais en reprenant le discours de Balzac lui-même sur son ambition de tout étreindre, de représenter par son œuvre la totalité de la société, la totalité de la littérature. L'ampleur et la réussite de cette visée totalisante frappent d'abord Hugo et Baudelaire.

TEXTE 14 • Victor Hugo, discours prononcé aux funérailles de Balzac (1850)

Tous ses livres ne forment qu'un livre, livre vivant, lumineux, profond, où l'on voit aller et venir, et marcher, et se mouvoir, avec je ne sais quoi d'effaré et de terrible mêlé au réel toute notre civilisation contemporaine ; livre merveilleux que le poète a intitulé comédie et qu'il aurait pu intituler histoire, qui prend toutes les formes et tous les styles, qui dépasse Tacite, et qui va jusqu'à Suétone, qui traverse Beaumarchais et qui va jusqu'à Rabelais, livre qui est l'observation et qui est l'imagination ; qui prodigue le vrai, l'intime, le bourgeois, le trivial, le matériel, et qui par moments, à travers toutes les réalités brusquement et largement déchirées, laisse tout à coup entrevoir le plus sombre et le plus tragique idéal.

TEXTE 15 • Charles Baudelaire, « Théophile Gautier » (1859)

Tous ses personnages sont doués de l'ardeur vitale dont il était animé lui-même. Toutes ses fictions sont aussi profondément colorées que les rêves. Depuis le sommet de l'aristocratie jusqu'aux bas-fonds de la plèbe, tous les acteurs de sa *Comédie* sont plus âpres à la vie, plus actifs et rusés dans la lutte, plus patients dans le malheur, plus goulus dans la jouissance, plus angéliques dans le dévouement, que la comédie du vrai monde ne nous les montre. Bref, chacun, chez Balzac, même les portières, a du génie. Toutes les âmes sont des âmes chargées de volonté jusqu'à la gueule. C'est bien Balzac lui-même [...]. Son goût prodigieux du détail, qui tient à une ambition immodérée de tout voir, de tout faire voir, de tout deviner, de tout faire deviner, l'obligeait d'ailleurs à marquer avec plus de forces les lignes principales, pour sauver la perspective de l'ensemble.

1. Ces deux jugements pourraient-ils s'appliquer à l'*Histoire des Treize* ? Justifiez votre réponse dans un paragraphe argumenté.

2. Sur quels aspects différents de l'œuvre Baudelaire et Hugo mettent-ils l'accent ?

TEXTE 16 • Pierre Larousse, *Grand Dictionnaire universel du XIXe siècle* (1865)

Tous les esprits ne sont pas également enthousiastes et des critiques se font jour contre le grand écrivain. On lui reproche son absence de style, voire son immoralité.

L'auteur de la *Physiologie du mariage* et des *Contes drolatiques*, des *Mémoires de deux jeunes mariées*, de *La Fille aux yeux d'or*, de *Vautrin* et des *Parents pauvres,* peut être taxé hautement et très justement d'immoralité. C'est là un des caractères généraux des œuvres de Balzac, qui sont, quoi qu'en disent ses enthousiastes, une lecture malsaine et corruptrice. Non seulement il a *tout peint et tout osé,* comme il le dit lui-même, à ce point que Sodome et Lesbos ont passé sous sa plume et figuré dans ses récits pour l'édification des belles dames rêveuses ou hystériques ; non seulement il peut corrompre par ses tableaux ; mais il peut agir encore d'une manière funeste sur les esprits faibles, les imaginations un peu maladives de la jeunesse, par ses maximes, par ses principes et par les mauvais sentiments qu'il éveille. Il semble qu'on respire dans ses romans un air vicié, chargé d'émanations nauséabondes. Quelle lecture pour les jeunes filles et les jeunes femmes ! Quel catéchisme pour un jeune homme, à son entrée dans la vie, et quelle école ! Quelle étude virile ! et comme il apprend bien à respecter tous les principes, toutes les convictions, tous les dévouements, tous les nobles enthousiasmes, à se soumettre aux devoirs austères de la vie, à avoir d'autre philosophie que l'égoïsme, d'autre préoccupation que la richesse, d'autre amour que celui de sa propre personnalité, d'autre but que les jouissances matérielles !

Toute une génération s'est formée dans ces principes, et nous en voyons aujourd'hui les effets, comme l'a dit éloquemment M. le procureur général Dupin. Avec Voltaire et avec Rousseau, nous avons eu une grande Révolution, dont les excès mêmes ne furent pas sans héroïsme, et à laquelle nous devons tous nos progrès ; avec Balzac, si nous avons jamais un 93, ce sera un 93 de dévergondage.

1. En quoi ce texte déroge-t-il à la conception moderne de l'article de dictionnaire ?

2. Quels sont les procédés rhétoriques utilisés dans cet article ?

3. Vous écrivez une lettre à Pierre Larousse pour défendre la lecture de Balzac par la jeunesse.

DEUX LECTURES DU XXe SIÈCLE

TEXTE 17 • Paul Bourget, « L'art du roman chez Balzac » (1926)

Revue des deux mondes

Résumons-nous : le roman est donc, avant tout, pour Balzac, la préparation et le dénouement d'une crise. De là cette construction si particulière et qui paraît avoir déconcerté Sainte-Beuve. Des pages et des pages se succèdent qui vous racontent l'histoire d'une famille, le fonctionnement d'une industrie, les raisons historiques du développement ou de la décadence d'une ville. Dans *La Duchesse de Langeais*, pour ne citer qu'un cas, mais significatif, une poignante tragédie d'amour commence par une dissertation sur le faubourg Saint-Germain et son rôle sous Louis XVIII et Charles X. Vous vous étonnez. Puis continuant la lecture, vous constatez que ce chapitre de psychologie politique rend plus poignante encore cette tragédie.

1. Dans *La Duchesse de Langeais*, le développement sur le faubourg Saint-Germain rend-il plus poignant encore le drame ? Vous répondrez dans un paragraphe argumenté.

2. Montrez que *Ferragus* et *La Fille aux yeux d'or* sont fondés sur le même schéma de préparation et de dénouement abrupt d'un drame.

3. Vous réfuterez l'opinion de Paul Bourget en condamnant avec des arguments de votre choix l'utilisation des développements à caractère documentaire.

TEXTE 18 • Christine Marcandier-Colard, *Crimes de sang et scènes capitales* (1998) Paris, PUF

Le corps concentre l'énergie de la passion, de la volonté, qu'il fascine par sa beauté ou inquiète par sa violence. L'énergie, associée à une virilité hyperbolique, même dans les portraits féminins, ne peut laisser son spectateur indifférent. Balzac en particulier multiplie dans les descriptions de ses personnages les plus énergiques les références à une force dont l'explosion produit une beauté sublime ; comme l'écrit Arlette Michel, Balzac crée un *romanesque de l'énergie* : « L'absolu ne se laisse approcher que dans une concentration forcenée d'énergie : une telle concentration porte en soi un risque de violence, de perversion, de profanation. Le *sublime* est presque toujours, dans cet univers, contaminé par *l'horreur.* » En effet, dans ses portraits, de Vautrin ou du général Montriveau, ces deux hommes de la volonté poussée jusqu'aux actions les plus transgressives, Balzac associe étroitement sublime et terreur, énergie et fascination. [...] Quant à de Marsay, héros de *La Fille aux yeux d'or*, Balzac souligne que son attrait irrésistible sur les femmes est lié à l'« effroi » qu'il provoque généralement sur elles.

1. Montrez, en étudiant les champs lexicaux et les métaphores, que dans le portrait de la marquise de San-Réal, « l'énergie est associée à une virilité hyperbolique ».

2. Prouvez en étudiant les portraits de de Marsay et de Montriveau que l'on peut parler effectivement de « romanesque de l'énergie ».

3. Trouvez dans l'*Histoire des Treize* d'autres portraits qui font référence à ce « romanesque de l'énergie ». Justifiez votre choix dans un paragraphe argumenté.

DÉBAT : POUR OU CONTRE L'*HISTOIRE DES TREIZE*

TEXTE 19 • Armand de Pontmartin, *Le Correspondant* (1846)

On a salué M. de Balzac du titre de grand inventeur ; on a signalé la puissance de ce cerveau capable d'enfanter des mondes sans épuisement ni fatigue. Nous croyons qu'il y a là-dessus énormément à rabattre, et nous espérons le prouver. Dès l'abord, cette *Histoire des Treize* nous suggère une remarque. On en connaît la donnée extravagante. Treize hommes, doués de cette force presque surhumaine que le roman moderne aime tant à prêter à ses héros, forment une espèce de conjuration mystérieuse, de carbonarisme mondain, qui leur assure un pouvoir sans bornes et leur permet de jouer à volonté le rôle de la Providence et du gouvernement. C'est tout simplement de l'Ann Radcliffe transporté de la région des fantômes dans celle de la vie active. Mais enfin, une fois cette donnée admise, et une imagination puissante se chargeant d'en tirer parti, il semble que nous allons en voir sortir des effets gigantesques, à faire pâlir tous les Monte-Cristo et tous les Gérolstein[1] de l'avenir. Il n'en est rien : trois petites histoires, presque sans aventures, où tout se borne à des roues de cabriolet qui se brisent et à des moellons qui tombent sur la tête ; trois histoires qu'il serait facile de nouer et de dénouer sans une seule de ces interventions surnaturelles : voilà tout ce qu'a su inventer la double omnipotence des personnages et de l'auteur. La première de ces histoires, *Ferragus*, est insensée, ennuyeuse et incompréhensible ; la troisième, la *Fille aux yeux d'or* est immonde ; la seconde, *l'Amour à Saint-Thomas d'Aquin*[2] a seule quelque valeur, et nous met en présence d'une des immoralités les plus dangereuses et d'une des prétentions les plus exorbitantes de M. de Balzac : l'amour platonique, entendu à sa manière, et la peinture exacte de la grandeur du faubourg Saint-Germain pendant la Restauration.

Si vraiment M. de Balzac avait réussi dans cette peinture, ce ne serait pas un médiocre honneur ; car, à cette fugitive époque où

---

1. Personnages des romans feuilletons, *Le Comte de Monte-Cristo* de Dumas et *Les Mystères de Paris* d'Eugène Sue. \ **2.** Il s'agit ici du titre fort approximatif d'un chapitre de *La Duchesse de Langeais*.

un vieux monde, dépaysé dans une société sans traditions, s'efforçait d'accommoder d'antiques souvenirs à des mœurs nouvelles, il y eut, sans doute, non pas, Dieu merci ! des duchesses de Langeais ou de Maufrigneuse, des vicomtesses de Beauséant et des marquises d'Espard, mais des femmes qui personnifièrent avec une suprême élégance ce moment tout de transitions et de nuances. Seulement, M. de Balzac avait tout juste les qualités nécessaires pour exceller à ne pas les peindre. Comment un talent si excessif, si naturellement porté à tout voir à travers un verre grossissant, aurait-il pu saisir et rendre ces délicatesses exquises, ces demi-teintes impalpables, auxquelles un homme du monde, à talent égal, oserait à peine toucher ? Comment un homme en qui la faculté d'observation s'absorbait si vite dans l'éblouissement ou l'ivresse de ses propres visions, aurait-il pu traduire exactement un texte où la moindre variante peut devenir un gros contre-sens ? Voici, j'imagine, de quelle façon s'est formée, dans l'esprit de M. de Balzac, ce type de la grande dame, qu'il a tant de fois reproduit sous les mêmes noms ou sous des noms différents. Il y a eu, de tout temps, dans le monde des *patriciennes,* comme disent ces messieurs, des exceptions coupables et bruyantes, des existences volontairement déclassées, des femmes que l'ennui, le désordre d'imagination ou une vocation invincible poussent hors des voies régulières et transplantent violemment dans les zones torrides où le roman va les chercher. Assurément celles-là gardent, de leur origine et de leurs habitudes primitives, des signes de *race*, des traces indélébiles de distinction et d'élégance. Mais qui ignore les emportements, les défis par lesquels ces natures orageuses signalent leurs ruptures, mêlant à leur langage, à leurs manières d'autrefois, les manières et le langage de leur situation nouvelle, à peu près comme ces exilés qui se hâtent de parler la langue de leur nouvelle patrie ; et qui même en forcent l'accent, de peur d'être reconnus par des étrangers ? Il en résulte des contrastes, des dissonances, des teintes violentes et heurtées, chères aux dramaturges et aux romanciers démocrates, mais qui sont aux vraies femmes de bonne compagnie ce que la rougeur de la fièvre est à la fraîcheur de la santé. C'est avec ces *patriciennes* déchues ou révoltées que M. de Balzac, par position ou par goût, s'est naturellement rencontré.

La curiosité a dû être égale des deux parts, ce qui veut dire que le peintre a posé tout autant que le modèle, et qu'il y a eu d'un côté comme de l'autre, exagération, affectation et spectacle. Puis est survenue l'imagination du célèbre écrivain, brodant sur ce premier thème, y mettant du sien avec excès, le refaisant à son image, et arrivant à un ensemble où ce prétendu génie d'observation, déjà mis hors du vrai par un *sujet* exceptionnel, achevait de s'égarer dans ses propres complications et ses propres surcharges. C'est par ces procédés que M. de Balzac a produit ces fleurs de serre chaude, bizarres, éclatantes, bigarrées, que l'on croirait artificielles si elles n'étaient vénéneuses ; ces femmes qui, malgré leurs grands airs et leur blason irréprochable, ne sont et ne peuvent être que des courtisanes titrées. On a osé comparer M. de Balzac à Molière, et je crois qu'un grand poète en a récemment donné l'exemple, comme pour achever de justifier ceux qui lui avaient refusé l'esprit critique. Chose étrange pourtant ! au dix-septième siècle, dans une société où toutes les classes étaient séparées par des cloisons impénétrables, Molière – un pauvre comédien – séparé, semblait-il, par un abîme, des grandes dames d'alors, a fait Célimène, c'est-à-dire la grande dame coquette, et n'a pas commis une seule fausse note. Au dix-neuvième siècle, dans un temps où tout est confondu, nivelé, percé à jour, M. de Balzac, gentilhomme de haute lice ou du moins de hautes prétentions, a voulu peindre la femme du faubourg Saint-Germain, et il ne nous a donné que de brillantes caricatures. C'est là qu'on peut étudier la différence du génie vrai et du faux génie. Chez Molière, la réalité observée de loin ou de près subissait cette transformation imposée à toute œuvre d'art ; mais elle se transformait dans le sens de la vérité, parce que le génie et la vérité sont frère et sœur, et que d'irrésistibles affinités les ramènent sans cesse l'un vers l'autre. Chez M. de Balzac, la transformation s'opérait dans le sens contraire, parce que, chez lui, l'observateur était dominé par le visionnaire, et qu'il voulait forcer la vérité à lui ressembler, au lieu de se faire semblable à elle.

La duchesse de Langeais fut une des plus chatoyantes figures de cette galerie où M. de Balzac a prétendu mettre les derniers portraits de nos dernières grandes dames. Ses amours avec le général Armand de Montriveau forment le second épisode de cette

Histoire des Treize. On nous saura gré de ne pas les suivre dans le dédale de leur métaphysique subtile, raffinée, quintessenciée, mélangée de musc et de poivre rouge, compliquée de trappes, de portes secrètes et d'enlèvements : Marivaux à l'eau de vie, raconté par un grognard de la Grande Armée au chevalier de Faublas. Quelques teintes locales, prises au hasard, peuvent donner une idée du ton général de cette peinture. « Madame de Langeais faisait voir qu'il y avait en elle une noble courtisane, que démentaient vainement les religions de la duchesse. » Cette phrase, avec des milliers de variantes, a été, pour M. de Balzac, toute la poétique du genre. Un peu plus loin, M. de Montriveau adresse à la duchesse, qu'il voit pour la seconde fois, ce compliment délicieusement tourné : « Madame, en Asie, vos pieds vaudraient *presque* mille sequins. » – En homme qui a traversé le désert et s'est battu contre des lions, M. de Montriveau, peu au fait des minauderies parisiennes, propose à sa maîtresse d'user du mystérieux pouvoir des Treize pour *supprimer* le pauvre M. de Langeais. À quoi elle répond, dans un français que le faubourg Saint-Germain n'avait pas prévu : « Grand Dieu ! croyez-vous que je puisse être le *gain* d'un crime ? » – Ensuite, pour mieux se défendre, elle appelle la religion à son secours, et il faut voir, encore une fois, ce que devient la religion sous la plume de ce fier disciple de Joseph de Maistre. « Un soir Armand trouva M. l'abbé Gondrand, directeur de la conscience de madame de Langeais, établi dans un fauteuil au coin de la cheminée, comme un homme en train de digérer son dîner et les jolis péchés de sa pénitente. La vue de cet homme *au teint frais et reposé,* dont le front était calme, *la bouche ascétique*, le regard malicieusement inquisiteur, qui avait dans son maintien une véritable noblesse ecclésiastique, et déjà *dans son vêtement le violet épiscopal,* rembrunit singulièrement le visage de Montriveau… » – Ce qui n'empêche pas madame de Langeais de converser fort tranquillement avec l'abbé Gondrand sur la « nécessité de rétablir la religion dans son ancienne splendeur. » Aussi M. de Montriveau fait-il à la duchesse une querelle de mécréant qu'elle apaise en lui affirmant que la « religion sera toujours une nécessité politique. » – « La religion dura trois mois, ajoute l'auteur. Ce terme expiré, la duchesse, ennuyée de ses redites, *livra Dieu pieds et poings liés* à

M. de Montriveau… » – N'allons pas plus loin. C'est déjà trop pour nos lecteurs ; c'est assez du moins pour réfuter ceux qui nous accusent d'aveuglement et d'ingratitude, sous prétexte que nous n'avons jamais accepté les services d'un pareil défenseur que sous bénéfice d'inventaire !

C'est dans *La Duchesse de Langeais* que M. de Balzac inaugura cette scolastique amoureuse, sentimentale, platonique, dépravée, à demi mystique, à demi sensuelle, plus immorale cent fois qu'une franche licence, dernier assaisonnement de la corruption des sens à l'usage des sociétés vieillies et des palais émoussés. Cette corde séraphique, trempée dans l'ordure va reparaître dans quelques-uns de ses récits les plus célèbres et fera constamment partie intégrante de son talent.

1. Quelle est la thèse du journaliste ? Détaillez les arguments successifs qui soutiennent cette thèse. Montrez qu'ils sont quelquefois contradictoires.

2. Relevez dans ce texte un argument d'autorité, une concession, un argument *ad hominem*, des indices d'ironie, de mauvaise foi.

3. En quoi cet article est-il différent d'un article de critique moderne qui pourrait paraître aujourd'hui dans un grand quotidien ?

Vous vous intéresserez par exemple aux arguments utilisés et à la position du journaliste par rapport à l'écrivain.

4. Vous êtes Balzac et vous écrivez un article en réponse à Armand de Pontmartin pour défendre l'*Histoire des Treize*.

TEXTE 20 • Michel Butor, *Paris à vol d'archange* (1998)

Éditions de la différence

La société secrète s'organise à l'image de la société manifeste. Elle peut devenir si puissante que le seul moyen de lutter contre elle sera de l'imiter à son tour par une contre-société secrète. La société secrète n'est possible qu'à cause des manques qu'elle utilise dans la société manifeste ; si noire qu'elle soit, elle est donc une préfiguration d'une société meilleure, et c'est pourquoi la société de bienfaisance doit s'en inspirer, peut dans certains cas se faire prendre pour elle. La lecture de *La Comédie humaine* doit réaliser une telle société secrète de bienfaisance politique, la conspiration suprême.

Treize jeunes hommes se sont liés du temps de l'Empire par un serment. Ils ont juré de s'aider les uns les autres et de venir immédiatement servir le désir ou la passion de l'un d'entre eux dès que celui-ci le demanderait, sans poser d'autres questions. Dans une société où tout est méfiance – et l'un des effets de lecture de *La Comédie humaine* est de montrer à quel point cette méfiance est justifiée, de l'augmenter considérablement – ces hommes se sont reconnus comme dignes d'une confiance absolue. Quelles que soient donc les apparences, même si celles-ci sont contraires à la moralité habituelle, leur qualité restera intacte. On voit qu'ils sont la vraie noblesse et la figure de ceux à qui l'on pourrait confier le pouvoir.

Au début il s'agit de satisfaire leurs passions ; du moins c'est la vue qu'ils en ont dans leur jeunesse. Ils comprendront vite que cela n'est possible qu'en changeant la société qui les empêche d'être heureux, et leur association devient politique.

L'Histoire des Treize contient trois récits dont chaque personnage principal est membre de l'association. Balzac nous déclare qu'il ne racontera pas l'aventure des dix autres bien qu'elles soient au moins aussi extraordinaires. C'est qu'elles ne sont pas achevées, qu'il n'est pas temps encore de lever leur secret. Derrière nombre d'aventures dans *La Comédie humaine*, plus ou moins mystérieuses, il y a donc la possibilité de l'intervention de quelqu'un des Treize. Ce secret permet d'augmenter beaucoup la vraisemblance. On ne comprend pas très bien ce qui s'est passé dans telle histoire, mais c'est qu'on n'a jamais tout dit.

1. Expliquez comment Michel Butor envisage la lecture de *La Comédie humaine*. Pourquoi ? De quoi l'association des Treize devient-elle alors la métaphore ?

2. Quel destin historique Michel Butor propose-t-il pour la société des Treize ?

3. Quel avenir littéraire leur offre-t-il également ? Cette proposition vous paraît-elle saugrenue ? séduisante ? Justifiez votre point de vue dans un paragraphe argumenté.

SUJETS

INVENTION ET ARGUMENTATION

Sujet 1

Marcel Proust dans son *Contre Sainte-Beuve* (ouvrage posthume, publié en 1954) se propose de décrire quelques stratégies narratives balzaciennes. Il écrit notamment dans un plan inachevé son programme : « Bien montrer pour Balzac (*Fille aux yeux d'or, Sarrazine, La Duchesse de Langeais*, etc.), les lentes préparations, le sujet qu'on ligote peu à peu, puis l'étranglement foudroyant de la fin. Et aussi l'interpolation des temps (*Duchesse de Langeais, Sarrazine*) comme dans un terrain où les laves d'époques différentes sont mêlées. »
Vous montrerez, dans un développement argumenté, que dans les trois récits de l'*Histoire des Treize*, ces deux stratégies narratives (lentes préparations et étranglement foudroyant d'une part, interpolation des temps d'autre part) sont utilisées.

Sujet 2

TEXTE 21 • Émile Zola, *Le roman expérimental* (1880)

J'avoue ne pas avoir d'admiration pour l'auteur de *La Femme de trente ans*, pour l'inventeur du type de Vautrin dans la troisième partie des *Illusions perdues* et dans *Splendeur et Misère des Courtisanes.* C'est là ce que j'appelle la fantasmagorie de Balzac. Je n'aime pas davantage son grand monde, qu'il a inventé de toutes pièces et qui fait sourire, si l'on met à part quelques types superbes devinés par son génie. En un mot, l'imagination de Balzac, cette imagination déréglée qui se jetait dans toutes les exagérations et qui voulait créer le monde à nouveau, sur des plans extraordinaires, cette imagination m'irrite plus qu'elle ne m'attire. Si le romancier n'avait eu qu'elle, il ne serait aujourd'hui qu'un cas pathologique et qu'une curiosité dans notre littérature.

Mais, heureusement, Balzac avait en outre le sens du réel, et le sens du réel le plus développé que l'on ait encore vu. Ses chefs-d'œuvre l'attestent, cette merveilleuse *Cousine Bette*, où le baron Hulot est si colossal de vérité, cette *Eugénie Grandet* qui contient toute la province à une date donnée de notre histoire. Il faudrait encore citer *Le Père Goriot*, *La Rabouilleuse*, *Le Cousin Pons*, et tant d'œuvres sorties toutes vivantes des entrailles de notre société. Là est l'immortelle gloire de Balzac. Il a fondé le roman contemporain, parce qu'il a apporté et employé un des premiers ce sens du réel qui lui a permis d'évoquer tout un monde.

1. Dégagez le schéma argumentatif de ce texte d'Émile Zola.

2. En vous inspirant éventuellement des arguments développés ici, imaginez un dialogue contradictoire entre deux lecteurs de l'*Histoire des Treize*.

Sujet 3

TEXTES 22 ET 23 • Pastiches de Balzac par Marcel Proust (1907)

Proust, dès 1903 dans *Le Figaro*, s'entraîne à pasticher le style balzacien et propose des transpositions au XXᵉ siècle de l'écriture balzacienne.

• Texte 22

Dans un des derniers mois de l'année 1907, à un de ces « routs » de la marquise d'Espard où se pressait alors l'élite de l'aristocratie parisienne (la plus élégante de l'Europe, au dire de M. de Talleyrand, ce Roger Bacon de la nature sociale, qui fut évêque et prince de Bénévent), de Marsay et Rastignac, le comte Félix de Vandenesse, les ducs de Rhétoré et de Grandlieu, le comte Adam Laginski, Mme Octave de Camps, lord Dudley, faisaient cercle autour de Mme la princesse de Cadignan, sans exciter pourtant la jalousie de la marquise. N'est-ce pas en effet une des grandeurs de la maîtresse de maison – cette carmélite de la réussite mondaine – qu'elle doit immoler sa coquetterie, son orgueil, son amour même, à la nécessité de se faire un salon dont ses rivales seront parfois le plus piquant ornement ? N'est-ce pas en cela l'égale de la sainte ? Ne mérite t-elle pas sa part, si chèrement acquise, du paradis social ?

• Texte 23

« Le salon de Madame Madeleine Lemaire »

Balzac s'il vivait de nos jours, aurait pu commencer une nouvelle en ces termes :

Les personnes qui, pour se rendre de l'avenue de Messine à la rue de Courcelles ou au boulevard Haussmann, prennent la rue appelée Monceau, du nom d'un de ces grands seigneurs de l'ancien régime dont les parcs privés sont devenus nos jardins publics, et que les temps modernes feraient certes bien de lui envier si l'habitude de dénigrer le passé sans avoir essayé de le comprendre n'était pas une incurable manie des soi-disants esprits forts d'aujourd'hui, les personnes, dis-je, qui prennent la rue Monceau au point où elle coupe l'avenue de Messine, pour se diriger vers l'avenue Friedland, ne manquent pas d'être frappées d'une des particularités archaïques, d'une de ces survivances, pour parler le langage physiologiste, qui font la joie des artistes et le désespoir des ingénieurs.

1. Repérez dans ces deux textes les traits effectivement balzaciens. Vous justifierez vos remarques en trouvant un exemple de chacun des traits relevés dans l'*Histoire des Treize*.

2. Vous proposerez un pastiche d'un incipit balzacien en vous situant au XXIe siècle dans une ville de votre choix. Pour vous aider, vous pourrez également lire le début du *Père Goriot* ou d'*Eugénie Grandet*.

COMMENTAIRES

Sujet 4

TEXTE 24 • *Ferragus*, chapitre III

Cette demoiselle [...] l'ensemble est l'infini.

PAGES 91-92, LIGNES 625-655

Après avoir répondu aux questions qui suivent, vous présenterez un commentaire de ce texte en montrant par exemple qu'il s'agit ici autant d'une description physiologique de la grisette que d'un exercice de haute voltige stylistique et de valorisation de l'écrivain.

1. Par quelles techniques, Balzac arrive-t-il à rendre compte de l'« indescriptibilité » du personnage de la grisette ?

2. Montrez que le descripteur est constamment présent dans cette description.

Sujet 5

TEXTE 25 • *Ferragus*, chapitre I

Ces observations, incompréhensibles au-delà de Paris [...] rougeur.

PAGES 18-19, LIGNES 39-68

Après avoir répondu aux questions qui suivent, vous présenterez un commentaire de ce texte en montrant par exemple que ce passage métaphorique et descriptif a une ambition poétique.

1. Commentez le développement de la métaphore filée du Paris-Monstre.

2. Commentez le rôle dédié au flâneur. À qui renvoie-t-il ?

Sujet 6

TEXTE 26 • *La Duchesse de Langeais*, chapitre I

Antoinette, veux-tu me suivre [...] de cette scène.

PAGE 185, LIGNES 677-706

Après avoir répondu aux questions qui suivent, vous présenterez un commentaire de ce texte en étant sensible par exemple à la tournure théâtrale et dramatique de cette scène et en mettant en avant tous les procédés de séduction ménagés par l'auteur (mystère, suspense).

1. Donnez la structure de cet extrait.

2. A quels indices, voit-on qu'Antoinette de Langeais aime toujours Montriveau ?

3. Pourquoi les discours des deux personnages sont-ils incompatibles ?

DISSERTATIONS

Sujet 7

Invité au Congrès scientifique de France consacré à l'étude du roman qui se tenait à Aix en décembre 1866, Zola déclare : « Si j'avais demandé

à Balzac de me définir le roman, il m'aurait certainement répondu : « Le roman est un traité d'anatomie morale, une compilation de faits humains, une philosophie expérimentale des passions. Il a pour but, à l'aide d'une action vraisemblable, de peindre les hommes et la nature dans leur vérité ». »
En vous appuyant sur vos lectures, vous commenterez et discuterez cette définition.

■ Indications complémentaires
On sera attentif au fait qu'il ne s'agit pas d'une définition véritablement donnée par Balzac, mais d'une supputation de Zola. Ce phénomène d'enchâssement jette le doute sur le sens de la définition et conduit à plusieurs questionnements :
– Est-ce une définition véritablement balzacienne du roman ? l'*Histoire des Treize* confirme-t-elle cette définition ? Permet-elle au contraire de la nuancer, de la modifier ?
– Quel but Zola vise-t-il en proposant cette définition ? Vous vous demanderez notamment quel effet un écrivain comme Zola peut rechercher en faisant parler Balzac. Pensez aux stratégies d'écrivains.
– Pouvez-vous discuter à l'aide de vos lectures de l'année cette définition et la corriger partiellement ?
Ces indications vous fourniront trois lignes directrices qui pourront correspondre à trois parties de votre dissertation. L'enjeu étant évidemment de montrer les limites de cette définition (est-elle vraiment balzacienne ? ne correspond-elle pas plutôt à des enjeux personnels de Zola ?) pour proposer à l'aide d'autres lectures une définition moins restrictive et moins datée du romanesque.

Sujet 8

Alain Robbe-Grillet écrit dans *Pour un nouveau roman* (éditions de Minuit, 1963) : « Flaubert écrivait le nouveau roman de 1860, Proust le nouveau roman de 1910. L'écrivain doit accepter avec orgueil de porter sa propre date, sachant qu'il n'y a pas de chef-d'œuvre dans l'éternité, mais seulement des œuvres dans l'histoire. »
En vous appuyant sur vos lectures, vous commenterez et discuterez cette affirmation.

■ Indications complémentaires
Alain Robbe-Grillet invite à réfléchir à l'idée que l'œuvre est datée et s'inscrit dans l'Histoire. La succession des courants littéraires, des modes pourrait lui donner raison. Pensez par exemple à la réception fluctuante de l'*Histoire des Treize*.
Mais subrepticement, sous forme d'axiome, Robbe-Grillet énonce une affirmation contestable « il n'y a pas de chef-d'œuvre dans l'éternité ». Vous pourrez sans doute en contestant ou en corrigeant cette affirmation polémique dynamiser votre devoir. Vous réfléchirez par exemple aux lectures structuralistes des œuvres qui invitent à les lire indépendamment de leur contexte en insistant sur des effets de structure. Vous réfléchirez à l'universalité de certains enjeux humanistes, à la capacité de certaines œuvres à transcender leur époque et leur lieu de production

pour engendrer des mythes : Don Quichotte, Hamlet, Ulysse, voire certains personnages balzaciens comme Vautrin ou Rastignac.
Vous présenterez finalement votre propre point de vue en essayant peut-être de définir une position nuancée. Vous montrerez par exemple que le chef d'œuvre est l'œuvre qui transcende les époques historiques, au point de trouver son actualité et sa lecture à d'autres époques que celles de sa production. Vous montrerez qu'il n'y a pas d'éternité du chef-d'oeuvre mais des renaissances perpétuelles des grandes œuvres.

BIBLIOGRAPHIE

Œuvres complètes

La Comédie humaine, nouvelle édition publiée sous la direction de Pierre-Georges Castex, Gallimard, Bibliothèque de la Pléiade, 1976-1981, 12 vol.

Ouvrages généraux sur Balzac

GENGEMBRE Gérard, *Balzac*, Gallimard, coll. « Découvertes », 1992.

MOZET Nicole, *Balzac au pluriel*, PUF, coll. « Écrivains », 1990.

ROSA Annette et TOURNIER Isabelle, *Balzac*, Armand Colin, coll. « Thèmes et œuvres », 1992.

VACHON Stéphane (dir.), *Balzac, une poétique du roman*, Presses universitaires de Vincennes, XYZ éditeurs, 1996.

VACHON Stéphane, *Les Travaux et les jours d'Honoré de Balzac*, préface de Roger Pierrot, coédition Presses du CNRS, Presses universitaires de Vincennes, Presses de l'université de Montréal, 1992.

Ouvrages et articles utiles à l'étude de L'Histoire des Treize

BUTOR Michel, *Paris à vol d'archange, Improvisations sur Balzac II*, Éditions de la différence, 1998.

CITRON Pierre, *La poésie de Paris dans la littérature française de Rousseau à Baudelaire*, 2 vol, Éditions de Minuit, 1961.

DÉRUELLE Aude, « Sujet et hors-sujet dans *Ferragus* », *Envers balzaciens*, La licorne, 2001.

GUICHARDET Jeannine, *Balzac archéologue de Paris*, Genève Slatkine reprints, 1998.

MASSOL-BÉDOIN Chantal, « L'énigme de *Ferragus* : du roman noir au roman réaliste », *L'Année balzacienne 1987*.

MITTERAND Henri « Le prologue de *La Fille aux yeux d'or* » p. 35-47 et « Le lieu et le sens : l'espace parisien dans *Ferragus* de Balzac » p. 189-213 dans *Le Discours du roman*, PUF, coll. « Écriture », 1986.

RAITT Alain, « L'art de la narration dans *Ferragus* », *L'Année balzacienne 1996*.

ROY-REVERZY Éléonore, « *La Duchesse de Langeais*, un romanesque de la séparation », *L'Année balzacienne 1995*.

STIERLE Karlheinz, *La capitale des signes, Paris et son discours*, Éditions de la maison des sciences de l'homme, Paris, 2001.

Filmographie

Histoire des Treize, Carmine Gallone, film italien de 1917.

Ferragus, André Calmettes, avec Claude Gerry et Jean Dax, film français de 1909.

Ferragus, Gaston Ravel et Tony Lekain, avec René Navarre, Lucien Dalsace, Elvire Vautier, film français de 1923.

La Duchesse de Langeais, André Calmettes, film français de 1910.

La Duchesse de Langeais (The Eternal Flame), Franck Lloyd, avec Norma Tamadge, Conway Tearle, Adolphe Menjou, film américain de 1922.

La Duchesse de Langeais, Jacques de Baroncelli, adaptation et dialogues de Jean Giraudoux, avec Edwige Feuillère, Pierre-Richard Wilm, Jacques Varennes, film français de 1942, disponible en cassette aux éditions Montparnasse.

La Fille aux yeux d'or, Jean-Gabriel Albicocco, avec Marie Laforêt, Paul Guers, Françoise Prévost, Jacques Verlier, Françoise Dorléac, Alice Sapritch, film français de 1961.

Sites Internet

Les études balzaciennes sont encore assez pauvres sur Internet. Les grandes associations balzaciennes préparent la sortie de quelques sites. À noter la préparation du site *Balzacorama*, site de l'actualité balzacienne, soutenu par le groupe international de recherche balzacienne.

En attendant, deux sites proposent le texte de *La Comédie humaine* :

– le site de la bibliothèque nationale de France : http://gallica.bnf.fr
– le site de François Brunet qui permet une recherche hypertextuelle sur un corpus de quarante neuf titres : http://lolita.unice.fr/~brunet/BALZAC/balzac. htm

Collection Classiques & Cie

6	Abbé Prévost	**Manon Lescaut**
11	Balzac	**Histoire des Treize (Ferragus - La Duchesse de Langeais - La Fille aux yeux d'or)**
3	Balzac	**La Peau de chagrin**
2	Corneille	**L'Illusion comique**
4	Hugo	**Le Dernier Jour d'un condamné**
8	Jarry	**Ubu roi**
5	Laclos	**Les Liaisons dangereuses**
14	Lafayette (Mme de)	**La Princesse de Clèves**
12	Marivaux	**Le Jeu de l'amour et du hasard**
1	Molière	**Dom Juan**
9	Molière	**Le Tartuffe**
10	Musset	**Lorenzaccio**
7	Racine	**Phèdre**

Imprimé en France par Maury-Imprimeur à Malesherbes
Dépôt légal n°33277 - Janvier 2008
N° d'imprimeur : 134065